RAINHAS DA ÁFRICA

e

heroínas da diáspora negra

Este livro, publicado no âmbito do Programa de Apoio à Publicação 2024 Atlântico Negro da Embaixada da França no Brasil e da Temporada Brasil França 2025, contou com o apoio à publicação do Institut Français assim como o apoio do Ministério da Europa e das Relações Exteriores.

Cet ouvrage, publié dans le cadre du Programme d'Aide à la Publication 2024 Atlantique Noir de l'Ambassade de France au Brésil et de la Saison France-Brésil 2025, bénéficie du soutien des Programmes d'Aide à la Publication de l'Institut Français ainsi que du soutien du Ministère de l'Europe et des Affaires Etrangères.

AMBASSADE
DE FRANCE
AU BRÉSIL
Liberté
Égalité
Fraternité

INSTITUT
FRANÇAIS

FRANÇA
BRASIL
2025

Sylvia SERBIN

RAINHAS DA ÁFRICA
E
heroínas da diáspora negra

10 anos
malê

Direção: Francisco Jorge & Vagner Amaro

Original title: Reines d'Afrique et héroïnes de la diaspora noire de Sylvia Serbin
MedouNeter 2023 for the French language revised edition
Publicado em colaboração com a Agência Literária Ægitna

Rainhas da África e heroínas da diáspora negra
ISBN: 978-65-85893-57-2
Edição: Vagner Amaro
Capa: Dandarra Santana
Diagramação: Maristela Meneghetti
Revisão: Saul Gabriel Diniz Santos

Texto revisado segundo o novo Acordo Ortográfico da Língua Portuguesa.

Dados internacionais de catalogação na publicação (CIP)
Vagner Amaro – Bibliotecário - CRB-7/5224

S482r Serbin, Sylvia
Rainhas da África e heroínas da diáspora negra / Sylvia Serbin; tradução de Junia Botelho.
— Rio de Janeiro : Malê, 2025.
422 p. il.

ISBN: 978-65-85893-57-2

1. História da África 2. Rainhas africanas
3. Mulheres africanas 4. Heroínas I. Título.
CDD 960

Índices para catálogo sistemático: 1. História da África : 960

Editora Malê
Rua Acre, 83, sala 202, Centro. Rio de Janeiro (RJ)
www.editoramale.com.br
contato@editoramale.com.br

À Esther, minha mãe, que abriu o sulco,
à minha filha, Bettina, que ilumina o caminho

e

em homenagem a todas as mulheres negras
que, por suas ações,
apoiaram as lutas da humanidade.

RAINHAS DA ÁFRICA E HEROINAS DA DIÁSPORA NEGRA

Dernière lecture validée

Este livro foi publicado pela primeira vez em 2004 em uma versão anterior (Sépia).

Do mesmo autor:

Reines d'Afrique et héroïnes de la diaspora noire, versão enriquecida MeduNeter, Paris, 2018.

Njinga Mbandi, Queen of Ndongo and Matamba, Collins & UNESCO Publishing, 2015. Livro coletivo.

The women soldiers of Dahomey, Collins & UNESCO Publishing, 2015. Livro coletivo.

Femmes africaines, Panafricanisme et Renaissance africaine - Éditions Unesco, Paris 2015 Livro coletivo.

Ndate Yalla Mbodj, une reine sénégalaise au temps des invasions européennes - MedouNeter, Paris, 2021.

*Dans l'empire du Mali à l'*époque de la reine KASSA - MedouNeter, Paris, 2022.

AGRADECIMENTOS

Gostaria de expressar minha profunda gratidão a todos aqueles que me incentivaram neste processo de escrita, me forneceram informações valiosas ou colaboraram para a divulgação desta contribuição sobre mulheres negras na História.

Em particular, o falecido Professor Christophe Wondji, antigo Vice-Diretor de Cultura da UNESCO, o falecido historiador angolano Simao Souindoula, o falecido Dr. Albert Couassi-Blé, bem como o historiador Jean-Noël Loucou em Abidjan, e Moussa Cissé, Primeiro Conselheiro na Delegação do Mali junto à UNESCO. A minha grande gratidão também a Anne Bouyge pela sua ajuda inestimável e generosa. Quero também saudar o apoio essencial de Hervé Mbouguen do *Grioo.com*, Simon Inou, do site de notícias austríaco *Afrikanet*, do jornalista Paul Théa nos Estados Unidos, do Brother Jimmy e do seu programa *B.World Connection* no Guadalupe, de Pascale Colisson do site *Les Influences.fr*, e de Catherine Fiankan em Genebra.

Além disso, eu gostaria de associar a estes agradecimentos algumas personalidades que, para além do seu interesse por *Reines d'Afrique*, contribuíram para ampliar a notoriedade da obra; principalmente Lazare Ki-Zerbo e Yvonne Duringer da Organização Internacional da Francofonia, Senhoras Lalla Aïcha Ben Barka e Anna-Elisa Santana Rosa da UNESCO, Senhora Rosa Cruz e Silva Ministra da Cultura da República de Angola, Senhora Fatima Beyina-Moussa em Brazzaville, Isilda Hurst em Luanda, Ali Moussa Iye, Sacha Rubel e Edouard Joubeaud da UNESCO, S.E. o embaixador de Angola José Sita Diekumpuna, Garcin Malsa e Miryam Malsa na Martinica, os professores Vuvu Fernando Manzambi e Pamphile Mabiala Mantuba Ngoma em Angola, bem como a professora Regina Marques de Souza da Universidade Federal do Recôncavo da Bahia no Brasil.

Meu agradecimento também a LaRéus Gangoueus, responsável pelo site literário *Les lectures de Gangoueus*, por seu talento em criar conexões (ou, poeticamente: de tecelão de laços), e ao meu agente literário, Raphaël Thierry, pelo seu notável trabalho de prospecção.

Uma menção especial, por fim, a Jocelyn Serbin por seus "milagres" tecnológicos, realizados muitas vezes em curto prazo para me permitir escrever com mais serenidade. E aqueles que não pude mencionar aqui, saibam que não foram esquecidos. Eu aproveito ainda esta reedição de *Rainhas de África e heroínas da diáspora negra* para expressar minha infinita gratidão a todos aqueles que, em todo o mundo – e em particular Binta Bah de Montreal – reagiram com vigor e mobilizaram outras reações diante do escândalo da falsificação alemã com objetivos racistas e revisionistas, publicada em 2006 pela editora Peter Hammer Verlag, sob o título ***Kòniginnen Afrikas***, sob o pretexto de uma tradução do meu livro. Este caso sórdido, respaldado pela Justiça Francesa, e certamente singular no mundo da escrita, foi percebido por muitos como a resposta mesquinha de uma forma de pensar conservadora contra uma obra que buscava se distanciar da visão colonial da história africana, cuja influência permanece infelizmente preponderante na opinião ocidental.

Os leitores de língua alemã foram efetivamente enganados quanto ao conteúdo do meu livro com essa tradução mal-intencionada, divulgada abusivamente sob meu nome e sem minha autorização, com o objetivo óbvio de desacreditar o ato de dar visibilidade às mulheres que encarnaram a vitalidade de certas sociedades africanas pré-coloniais. E todas as minhas tentativas de combater essa injustiça foram reprimidas arbitrariamente, em violação das leis vigentes. Além disso, para que cada um possa compreender melhor a situação, decidi compartilhar, no preâmbulo, minha vivência dessa experiência traumática.

O movimento de indignação que se manifestou de norte a sul do planeta, especialmente através das redes sociais, me emocionou. Mesmo que eu não tenha podido agradecer a cada um de vocês individualmente, saibam que esta nova edição de *Rainhas da África e heroínas da diáspora negra*, lançada para atender a uma grande demanda, representa para mim um ato de resistência.

SUMÁRIO

IV. PROFETISAS E MOVIMENTOS MESSIÂNICOS

V. GUERREIRAS

VI. ROMANCES PRINCIPESCOS

VII. VÍTIMA

VIII. MÃES DE HERÓIS

PREÂMBULO

O ENTRAVE DE UMA OBRA

Ou como neutralizar um autor considerado desviante da narrativa colonial da história africana

Em certas democracias ocidentais, especialmente na França republicana, autoproclamada defensora dos Direitos Humanos e da liberdade de expressão, não se questiona na visão colonial da História da África; aquela que faz do Branco o sujeito principal e o coloca no centro de tudo, diante de um continente vazio de História e povoado por sub-homens "atrasados", "selvagens" ou até mesmo "bárbaros", se tiverem o atrevimento de querer se rebelar.

Por ter me libertado do jugo dessa ideologia conservadora, neste século XXI triunfante em matéria de liberdade intelectual – embora aplicada de forma seletiva – me fizeram pagar caro o fato de ter ousado propor outra grelha de leitura, diferente da apresentação redutora e discriminante de uma história que, no entanto, nos diz respeito em primeiro lugar, e por querer desmontar os clichês ligados à colonização e à escravatura. As desventuras enfrentadas pelo meu livro *Rainhas da África e heroínas da diáspora negra,* demasiado sistemáticas para serem fruto apenas do acaso, ressoaram como uma advertência brutal: "Não se reapropria quem quer da reescrita e da releitura da história da África".

Sorte desta modesta contribuição dedicada às mulheres negras como atrizes históricas, em um período que vai da Antiguidade ao início do século XX, enquanto são ignoradas pela chamada História Universal; a sorte, portanto, desta obra que valoriza mulheres negras portadoras de valores de dignidade e de coragem, e que encarnam a vitalidade de sociedades muitas vezes retratadas como inertes e estagnadas nos escritos europeus de época, veio de seus leitores. Milhares de leitores ao redor do mundo reconheceram *Rainhas da África* como um documento de referência pelas informações inéditas que foram levadas ao conhecimento de um amplo público.

As pesquisas realizadas ao longo de cerca de dez anos para este livro me permitiram apresentar a mentes curiosas de todos os horizontes, aspectos desconhecidos da vida quotidiana em alguns reinos africanos ou entidades organizadas; mas também esclarecer os leitores sobre a dinâmica de sociedades pré-coloniais edificadas por populações trabalhadoras que mantinham economias locais autossuficientes, e realizavam trocas comerciais de longa distância para além do Continente. E isto, muito antes da chegada dos Brancos em solo africano. Portanto, nada a ver com aquela imagem persistente do "selvagem dormindo nas árvores", amplamente difundida por uma literatura colonial negrofóbica, e que ainda hoje nos é lançada à guisa de insulto, nem com o grotesco "*o homem africano não entrou suficientemente na história'* [1]", brota dessa França do século XXI sempre freneticamente apegada aos piores preconceitos raciais forjados pelo mundo ocidental.

Meu livro também forneceu referências a muitos leitores da diáspora negra, a quem se ensinou que sua história só começou com a escravidão. *Rainhas da África* lhes desvendou um continente africano que se bastou a si mesmo por milhares de anos, contrariamente ao que é ensinado por aqueles que se pretendem seus civilizadores. Das Antilhas ao Brasil e da Guiana ao Canadá, passando por diversos países da Europa onde já fui convidada para dar conferências, muitos afrodescendentes me agradeceram por esta contribuição, que os ajudou a encontrar um vínculo com um passado que nunca lhes havia sido transmitido, um passado no qual seus próprios ancestrais também foram atores antes que fossem deportados para a escravidão.

---

1 Trecho do discurso proferido pelo presidente francês Nicolas Sarkozy, em Dacar, no dia 26 de julho de 2007, durante uma visita oficial ao Senegal.

Foi a mobilização de todas essas consciências que impediu que este livro desaparecesse na armadilha à qual parecia estar claramente condenado. Seria esta obra considerada demasiadamente iconoclasta, aos olhos de formadores de opinião sectários, para que se permitisse sua circulação tranquila? Se fosse um documento de distribuição restrita, ou um assunto circunscrito a um obscuro cenáculo de pesquisa, será que teria incomodado tanto? Mas um livro promovido pela comunicação boca a boca e que, dentro de seu nicho de mercado, se beneficiava do entusiasmo popular? Não!

O fato é que, de repente, barreiras foram erguidas, como se fosse urgente desacreditar essa insuportável contribuição "negra"[2], como poderia ter dito o ilustre poeta martinicano Aimé Césaire. É claro que esse tipo de intimidação não se manifesta de maneira frontal, como ilustra o perturbador caso de falsificação do meu ensaio histórico. Ela se impõe de forma sutil e insidiosa, contando, quando necessário, com o reforço de tribunais complacentes, que vos golpearão com o gládio da Justiça para vos fazer passar a vontade de recorrer à Lei para defender vossos direitos, e resistir a uma agressão que não diz seu nome.

O sucesso de *Rainhas da África e Heroínas da Diáspora Negra*, publicado na França no final de 2004, levou a editora alemã Peter Hammer Verlag a solicitar os direitos de tradução à minha editora francesa, SEPIA. Uma negociação inicialmente conduzida sem o meu conhecimento. Mais de um ano depois, a editora francesa me informou que uma editora alemã estava interessada no meu livro e que eu seria informada caso se chegasse a um acordo. Depois, nenhuma notícia até julho de 2006, quando SEPIA me encaminhou um pedido dos alemães – cujo nome eu descobria pela primeira vez, que queriam remover de sua versão os retratos de duas resistentes à escravidão que figuram no meu livro (A mulata Solitude, de Guadalupe, e Harriet Tubman, dos Estados Unidos), alegando que: "Isso não interessa ao público alemão". Obviamente, me opus a isso e exigi receber uma cópia da tradução antes de qualquer publicação, para

2 Nas sociedades escravistas, a palavra 'negro' era usada de forma pejorativa pelos brancos para se referir às pessoas negras. No século XX, intelectuais da África e das colônias francesas das Antilhas e da Guiana, criaram o Movimento da Negritude, do qual o poeta Aimé Césaire foi um dos líderes. Eles reabilitaram a palavra 'negro', transformando-a em uma afirmação do orgulho de ser negro. Hoje, esse termo continua a ser usado como um insulto racista por brancos, enquanto para alguns negros oriundos de sociedades pós-escravistas, ele representa uma afirmação identitária.

que pudesse ser verificada, porque não entendo alemão. É provável que, nessa data, o trabalho de tradução já estivesse em andamento, mas eu ainda não havia sido informada sobre a formalização desse projeto por meio de um contrato.

Além disso, qual não foi minha surpresa, enquanto lia resenhas do meu livro na Internet, numa noite de novembro de 2006, ao descobrir meu nome em um anúncio publicitário anunciando o lançamento de uma obra intitulada *Königinnen Afrikas* para 15 de novembro, ou seja, dez dias depois o livro já estava até em pré-venda no site da Amazon da Alemanha. Foi assim que entendi que meu livro não só havia sido traduzido, mas que já estava prestes a ser comercializado!

Logo no dia seguinte, liguei para minha editora para relatar essa descoberta, visto que ainda não havia recebido a tradução. A assistente afirmou não estar ciente desse lançamento, ficou surpresa por eu não ter recebido uma prova da editora alemã (com quem eu não tinha nenhuma relação), e prometeu me dar um retorno. No dia 13 de novembro, ou seja: dois dias antes do suposto lançamento do livro, recebi da SEPIA o documento em alemão. Respondi imediatamente (eles sabiam que eu não falo essa língua) que eu procuraria um falante de alemão para me esclarecer sobre essa tradução, e que voltaria a procurá-los.

O custo cobrado pelas agências de tradução por tal serviço estava fora do meu alcance. Por isso, demorei mais de um mês para encontrar, em janeiro de 2007, uma professora alemã bilíngue que lecionava na França há mais de vinte anos, e que aceitou me ajudar. Mas, nova surpresa, antes mesmo que ela começasse a analisar o texto, fui contatada da Alemanha por uma jornalista solicitando uma entrevista, e diante do meu espanto, ela me informou que o livro já estava nas livrarias e sendo amplamente promovido na mídia. Verificação feita na Internet, o livro estava, de fato, à venda em todo o espaço de língua alemã (Alemanha, Áustria e Suíça). Ninguém havia me informado disso!

Meu editor sabia, no entanto, que eu estava tentando traduzir esse texto. No dia 7 de janeiro de 2007, comprei a obra numa livraria alemã, já que os editores não consideraram necessário me enviar um exemplar. Nos dois exemplares que tenho em mãos, a data de publicação mencionada era 2006. No entanto, a editora alemã afirmaria posteriormente ao tribunal, que não levaria em conta essa contradição que denunciávamos, que o livro havia sido impresso em janeiro de 2007!

Se tivessem querido esconder de mim essa operação ou me obrigar a avalizar um produto truncado, não teriam agido de forma diferente. Porque o que íamos descobrir nessa suposta tradução constituiu, para mim, um verdadeiro choque, um trauma do qual nunca me recuperei. No dia em que fui à casa dela para ouvir sua apreciação, minha tradutora me acolheu com um ar transtornado, os olhos cheios de lágrimas. Eu não sabia o porquê. Ela me disse: "Senhora, primeiramente eu li o seu livro e fui transportada por esta escrita magnífica e por tudo o que ali aprendi. Mas quando descobri a versão alemã, parecia sabotagem. Tenho vergonha do que meu país fez com sua obra."

Essas pessoas lançaram uma publicação em meu nome, cujo conteúdo tinha sido profundamente modificado sem minha autorização. Eles suprimiram ou amputaram mais de 400 parágrafos e truncaram múltiplas passagens para desviar a mensagem inicial; as supressões de textos se referiam principalmente ao dinamismo das atividades humanas, às trocas comerciais no continente e às resistências aos invasores europeus. A obra também estava repleta de clichês racistas, ridicularizando grandes figuras da história africana e qualificando os africanos de canibais. Tudo em um estilo pobre e aproximativo, que em nada reflete as exigências e a precisão da minha expressão literária. E só tomei conhecimento desse desastre após a sua publicação! Parecia uma empresa de desinformação. Fiquei chocada! Essa editora alemã tinha se arrogado o direito de destruir um trabalho que me exigiu quase dez anos de pesquisa que eu financiei sozinha, sem qualquer ajuda.

O mais extraordinário é que a prova recebida da SEPIA, na sequência da minha reclamação, veio acompanhada de uma carta da tradutora alemã datada de 7 de novembro de 2006. Essa senhora, que em momento algum se preocupou em me informar sobre as modificações introduzidas na sua versão do meu livro, nem solicitou minha autorização para fazê-lo, me escreveu esta nota ao passo que a obra estava em pré-venda no site deles. Uma carta cordial com a qual eu poderia ter me contentado com confiança, mas eu me questionei sobre sua motivação depois de ter descoberto seu grande logro. Eu entrego para você como está:

"Senhora,
Permita-me, através desta carta, apresentar-me.
Tanto como licenciada em literatura, quanto como apaixonada pela África através das minhas múltiplas e longas estadias em Ruanda e em outros países da África Ocidental, eu me empenhei na promoção de autores de literatura negra africana na Alemanha. Há 15 anos sou responsável pela coleção "Literatura da África" nas Edições Peter Hammer em Wuppertal. Como tal, traduzi e/ou editei as obras de Amadou Hampâte Bâ, Amadou Kourouma, Chinua Achebe, Véronique Tadjo, Esther Mujawayo, Patrice Nganang e Kangni Alem. Mas também supervisionei a tradução dos romances de Simone Schwarz-Bart, Gisèle Pineau e Maryse Condé.

Além disso, me é particularmente caro, também por razões pessoais – adotamos nossa filha, Anna, há vinte anos, em Ruanda – me mobilizar pela causa das mulheres negras e lutar contra todas as formas quotidianas de racismo e discriminação contra os negros.

É por isso que fiquei particularmente encantada, e lhe agradeço por ter escrito um livro tão inovador e documentado sobre mulheres notáveis que desempenharam um papel significativo na História. Ficarei encantada se sua obra alcançar o sucesso merecido que tornaria conhecidas na Alemanha essas grandes figuras femininas negras da História.
Estou convencida de que sua obra contribuirá, assim, para reduzir os preconceitos racistas e fortalecer o impacto das ações realizadas pelas mulheres negras.
Com os meus melhores votos de continuação do seu trabalho, aceite, Senhora, minhas mais sinceras saudações"

Seria interessante saber se, na sua atividade, ela respeitou as obras dos autores que menciona, e porque meu livro foi objeto de um tratamento especial. Outra descoberta que íamos fazer era que o livro provavelmente já estava em processo de produção em uma gráfica quando, em novembro, descobri o anúncio de seu lançamento. Da mesma forma, sua distribuição nas livrarias havia sido anunciada para o mês de dezembro. Tudo parecia ter sido planejado para que esse livro fosse publicado sem meu conhecimento.

Poderia ter sido um simples problema de incompetência na tradução, que poderia ter sido resolvido se a editora tivesse reconhecido a falha, retirado a obra falsificada e mandado refazer a tradução, talvez até por outra pessoa. Mas a postura ambígua da SEPIA e do seu parceiro alemão neste caso não encorajou a privilegiar tal hipótese.

Perante esta apropriação abusiva da minha obra, decidi, portanto, apresentar uma queixa, sabendo que existem leis no direito francês e europeu que protegem a propriedade intelectual dos autores, e defendem seu direito moral, proibindo, em particular, qualquer modificação de um texto sem o consentimento por escrito do autor. Tendo encontrado um advogado que concordou em me defender – o que também é um verdadeiro percurso de obstáculos para um cidadão comum –, solicitamos ao tribunal a suspensão da venda da obra litigiosa, a rescisão dos contratos de edição por violação do meu direito moral (o contrato podia ser denunciado em caso de descumprimento de uma tradução fiel e exata), e uma indenização pelos danos causados por essa tradução inaceitável, que manchava minha reputação e me causou prejuízos.

Eu descobriria de fato, no intervalo, que esse escrito que me havia sido ilegalmente atribuído, havia gerado uma enorme polêmica na Alemanha, na Áustria e na Suíça, onde muitos leitores e intelectuais afro-germânicos, chocados com o caráter racista e revisionista de seu conteúdo, indignaram-se com o fato de que uma intelectual negra tivesse ousado publicar um texto tão escandaloso e depreciativo.

Não tendo nenhum vínculo com a editora alemã (no contrato entre as duas editoras – redigido em inglês e não datado – meu nome nem sequer aparecia como autora do título original), e estando sob contrato apenas com minha editora francesa, só podia recorrer contra este último, sabendo que o contrato que nos ligava deveria garantir a integridade da obra que eu lhes havia confiado. Com efeito, esse contrato estipulava que as traduções que ele autorizava deveriam ser feitas sob seu controle, e sob a condição de respeitar o direito moral da autora.

Além disso, o contrato de edição entre SEPIA et Peter Hammer Verlag estabelecia que: "*A tradução da referida obra deverá ser feita de maneira fiel e exata. Todas as supressões e modificações estarão subordinadas ao consentimento por escrito do proprietário ou de seu agente", e [...] Se no mês seguinte à notificação do Proprietário ou de seu agente, a Editora falhar na execução de uma das cláusulas previstas no presente acordo, este contrato será rescindido automaticamente, sem prejuízo de eventuais pedidos de reparação que Proprietário possa formular em relação às quantias devidas, perdas e danos, ou outro".*

Para meu advogado, especialista em direito literário e propriedade intelectual, as violações da lei eram tão flagrantes que eu só poderia obter ganho de causa.

Seria de se esperar que a editora francesa apoiasse a defesa de meu livro contra a falsificação alemã. Bem, não. Desde o início, ficará ao lado de seu parceiro para afirmar que eu estava mentindo, e para negar a existência de modificações em sua "tradução". Na audiência de apelação, a advogada dos alemães chegou ao ponto de afirmar perante os magistrados – e até mesmo de mim, que estava presente – que eu havia "inventado essa história de falsificação para incomodá-los." No entanto, eu havia feito a tradução do texto alemão para o francês para que os juízes percebessem as falsificações ocorridas em relação à versão original, apresentada em paralelo. O magistrado que presidia essa audiência falou de "distorções constatadas no texto alemão". Mas, na notificação da sentença que viria em seguida, nem uma única palavra sobre isso.

Assim, a justiça francesa deve ter considerado que a proteção da Lei, válida para uns, não precisava sê-lo para outros, e que pessoas como eu, provavelmente não mereciam dela se beneficiar. Os tribunais, escolhidos pelo meu editor, como previsto no contrato de edição, emitiram, de fato, uma jurisprudência discriminatória em violação ao Código da Propriedade Intelectual – segundo a opinião de vários especialistas e instituições informadas sobre o caso posteriormente. Eles também recusaram a rescisão dos contratos de edição para atender ao desejo dos editores infratores – que pareciam querer manter o controle sobre essa obra – e, também, não quiseram ordenar a interrupção da comercialização do livro alemão. O que equivalia a respaldar os responsáveis pelo desvio da minha obra, autorizá-los a continuar a desacreditar meu nome, e permitir que fizessem o que quisessem com meu trabalho. Em outras palavras, fui privada de qualquer direito sobre meu próprio livro.

Na verdade, ignorando os argumentos do meu advogado sobre a violação da propriedade intelectual e a afronta ao direito moral, e além de desconsiderar o dossiê de comparação entre a versão francesa e a falsificação alemã, os juízes franceses rejeitaram sistematicamente minhas reivindicações ao longo de quatro anos de processo (Ação em procedimento sumário no Tribunal de Créteil, que se declarou incompetente em 10 de maio de 2007; decisão do Tribunal Superior de Créteil em 4 de novembro de 2008; e julgamento do Tribunal de Apelação de Paris, em 9 de junho de 2010).

Por outro lado, as alegações dos editores sempre foram recebidas com complacência. Assim, durante a audiência da Ação Provisória, meu editor declarou que não era responsável por nada, pois não havia feito a tradução. Então, não podendo apresentar ao tribunal uma autorização minha por escrito permitindo transformações em meu trabalho, alegou que eu não havia reagido ao envio do texto alemão e que, interpretando esse silêncio como um consentimento, havia mandado imprimi-lo. Explicação que abandonou no ano seguinte, durante a audiência de mérito de 30 de setembro de 2008, em que desta vez, afirmou que eu havia dado um acordo verbal para a publicação.

A razão dessa mudança de versão? Uma peça emergindo das sombras que o obrigou a alterar seu relato. De fato, a parte alemã decidiu finalmente revelar o pedido de impressão da SEPIA, datado de 24 de novembro de 2006, e que havia sido dissimulado durante o Procedimento da Ação Provisória. Um documento que provava que quase imediatamente após ter me enviado o manuscrito alemão que eu havia solicitado para revisão, SEPIA deu a seu parceiro a ordem de imprimir, via um e-mail que dizia: "A Sra. Serbin parece satisfeita com a tradução. Você pode, portanto, imprimi-la."

Quanto à editora alemã, depois de afirmar durante os primeiros três anos do processo que sua tradução era uma réplica exata do meu livro, acabou por admitir, na última fase do julgamento, que havia feito uma 'adaptação' da obra para o mercado alemão. Assim, em democracias ocidentais que se arrogam o direito de dar lições, é perfeitamente aceitável, que, para certos tipos de autores, se possa modificar o conteúdo de suas obras sem o seu conhecimento, a fim de satisfazer os preconceitos de públicos determinados. E esta manipulação escandalosa foi aceita pela justiça francesa, que decidiu que nada poderia ser aos editores. O tribunal de Créteil chegou até a qualificar a questão da contrafação como um 'detalhe'!

Outra afirmação mentirosa: os alemães alegaram perante os juízes que haviam cessado a distribuição do livro assim que o processo começou, para não interferir na ação, aguardando a decisão do tribunal. No entanto, fomos informados de que sua falsificação continuava a ser vendida nas livrarias e no seu próprio site; eu até recebi, nesse sentido, um e-mail de um bibliotecário alemão relatando uma reedição do livro! Nada aconteceu. Apesar das faturas que nos tinham sido enviadas da Alemanha ou da Áustria por pessoas que conseguiram adquirir o livro durante os seis meses seguintes, os juízes permaneceram cegos a essas provas constantes do processo.

Essas ações obscuras, no entanto, não incomodaram a justiça, que não viu problema no fato de que meu livro tenha sido:

- modificado sem minha autorização, transformando minha contribuição de caráter científico em uma produção revisionista repleta de inverdades destinadas a negar e a censurar eventos maiores da história da África, com o objetivo de desacreditar meu trabalho de investigação;
- amputado de mais de 400 parágrafos (em um livro de 300 páginas), com seu conteúdo deturpado para ser substituído por alegações fantasiosas travestindo minhas ideias, e modificando fatos, datas e nomes;
- publicado em meu nome, apesar da alteração sofrida, e do uso de clichês racistas e caricaturas;
- nem ao fato do que a prova de impressão, emitida sem meu conhecimento pela SEPIA, tenha sido ocultada durante a maior parte do processo, até à revelação dos alemães procurando se desculpar.

Além disso, para rejeitar minha ação, o Tribunal de Apelação não hesitou em levar em consideração o depoimento escrito de uma funcionária da SEPIA, datado do dia anterior à audiência em setembro de 2008, que afirmava que, em 24 de novembro de 2006, eu teria lhe dado, por telefone, uma autorização verbal para a impressão. O que, evidentemente, era absolutamente falso. A editora francesa jamais havia usado esse argumento antes, ainda assim, foi considerado admissível, apesar de ter sido apresentado dois anos após o início do processo.

Assim, ao longo de toda a obra, essas pessoas se empenharam em falsificar e distorcer ideias que, claramente, não lhes eram convenientes. Truncaram o conteúdo, eliminando informações extraídas de trabalhos de referência de historiadores e pesquisadores (não apenas ocidentais), para substituí-las por inverdades destinadas a desmentir as análises apresentadas no livro original, a fim de difundir, em seu lugar, sua própria versão dos temas abordados. E, para isso, receberam a bênção de tribunais de um Estado de Direito, que consideravam que nenhum prejuízo poderia me ser reconhecido. Fui, portanto, condenada a pagar as custas judiciais das partes contrárias, apesar de ter me beneficiado da assistência judiciária para esse processo, que meus recursos não me permitiam cobrir integralmente.

O único alívio, nessa humilhante batalha judicial, foi que meu advogado conseguiu evitar que eu fosse condenada a pagar os 100.000 euros em danos reivindicados pela SEPIA (de quem tive uma grande dificuldade em obter o pagamento normal dos meus direitos autorais – um prejuízo denunciado nas minhas reclamações, em vão aí também), que se dizia difamado porque eu havia ousado conceder uma entrevista a um site de notícias on-line sobre este caso escandaloso. O que me salvou? Sua solicitação foi apresentada mais de um ano após o prazo legal de três meses. Posteriormente, fui ameaçada com sanções judiciais se eu voltasse a falar sobre o caso, pois a outra parte parecia certa de obter dos juízes a condenação desejada para me derrubar. Confesso que essas pressões me assustaram. Com os diques abertos, não pude contar com qualquer proteção nem respeito pelos meus direitos como cidadã, dado o funcionamento de uma instituição judicial como essa. E eu iria descobrir isso novamente.

Tudo o que me restava era recorrer ao Tribunal de Cassação para contestar a jurisprudência discriminatória à qual eu havia sido submetida. Mas, mais uma vez, me aguardava uma surpresa. Em março de 2011, recebi uma notificação de indeferimento do meu pedido de assistência judiciária para recorrer da cassação. O gabinete de auxílio dessa instância indicou que eu tinha efetivamente direito a esse auxílio, e preenchia os requisitos necessários para obtê-lo, mas que decidiu não o conceder por considerar "pouco séria" minha vontade de contestar a sentença que me fora proferida em recurso. Ultrajado, meu advogado, que me acompanhara com dedicação neste caso penoso, disse-me que, em seus trinta e cinco anos de carreira, nunca tinha visto isso, e que não cabia a uma administração desse tipo julgar a pertinência de um processo. Em suma, o bloqueio era total em torno do *Rainhas da África*, e a Justiça agia como um escudo em torno destes editores pouco escrupulosos.

Seus excessos foram obviamente prejudiciais à minha reputação como autora e fizeram com que, mais de uma vez, eu fosse confrontada em conferências internacionais para as quais fui convidada. Este foi, por exemplo, o caso em setembro de 2007 em Viena, na Áustria, no qual o Congresso das Mulheres Negras Europeias me convidou para apresentar uma palestra sobre "Mulheres Negras na História". No momento da minha intervenção, leitores da versão alemã e intelectuais afro-germânicos presentes na sala, que desconheciam que eu havia sido enganada, expressaram-me sua indignação pelo fato de uma historiadora afrodescendente se prestar a um tal rebaixamento da história da África. Alguns até presumiram que eu havia me tornado cúmplice de ocidentais reacionários "que não cessam de nos combater".

Ali, como em outros lugares, foi necessário explicar que a obra havia sido modificada e publicada sem meu conhecimento, enquanto eu tentava obter sua tradução para verificar seu conteúdo. Falei também das minhas dificuldades em ser ouvida pela Justiça francesa. Revoltada, a assembleia decidiu imediatamente lançar um apelo ao boicote no espaço de língua alemã, exigir a retirada de circulação da obra, e denunciar o ato escandaloso do editor Peter Hammer Verlag.

A dimensão da mobilização acabou forçando essa editora a interromper a distribuição da sua contrafação que, tendo se beneficiado de uma campanha promocional em jornais e programas de rádio e televisão, estava vendendo como pães quentes entre seu público branco. O que não parece surpreendente se considerarmos a marca que este país deixou na História. Sem dúvida, ainda permanecem, em alguns, certos reflexos de "supremacia branca", que os levam a querer sempre designar como inferiores e selvagens grupos humanos específicos . Era-lhes manifestamente insuportável não censurar uma contribuição em ruptura com a visão racista veiculada sobre a história da África. Daí a vontade de desacreditar um ensaio que não apenas apresentava a imagem de uma África autônoma antes da chegada dos brancos, mas também evidenciava figuras de resistência negra – tanto homens quanto mulheres.

Devo acrescentar que, se alguns jornais e sites de língua alemã mencionaram este caso, na França, nenhum meio de comunicação aceitou falar sobre a jurisprudência discriminatória que me golpeou – mesmo entre aqueles que são mais rápidos em denunciar comportamentos inaceitáveis e em exaltar uma imagem virtuosa de respeito pelo outro. E não foi por falta de terem sido solicitados! Apenas uma jornalista francesa, colaboradora de um site de reflexão, teve essa coragem. No entanto, é uma aposta segura que tais ações nunca teriam sido toleradas em detrimento do menor autor branco, e que a censura – mesmo que de apenas três linhas – de qualquer produção intelectual, seja ela qual for, teria causado um clamor midiático.

Outra consequência do descrédito lançado sobre o meu nome: em fevereiro de 2012, durante uma cerimônia de abertura do *Mês da História dos Negros* em Paris, iniciei uma conversa com uma jovem africana, estudante de Nova York e de passagem pela cidade. Tivemos uma conversa muito cordial, e ela me perguntou meu nome para mantermos contato. Ao ouvir isso, ela de repente pareceu desconfortável e ficou um pouco distante. Então, ela imediatamente me disse: *"Um dos meus professores universitários, que viaja frequentemente para a Alemanha para fazer pesquisas, encontrou o seu livro, cujo título o interessou. Ele o comprou, pensando que esse assunto merecia ser traduzido para o inglês para ser estudado no corpus da African American Studies. Quando voltou para Nova York, ele nos contou isso em sala de aula e nos disse que, quando leu o livro (ele fala alemão fluentemente), caiu das nuvens e não imaginava que, na Europa, fosse possível publicar tais absurdos sob o pretexto de pretensão científica. Que esse livro era uma vigarice intelectual."* Tratava-se obviamente de *Königinnen Afrikas*, de Peter Hammer Verlag!

Eu estava arrasada. Mais uma vez tive que explicar o que havia sofrido. Ela, obviamente, ficou surpresa e prometeu contar ao seu professor. Mas imaginem a violência do impacto sobre mim da ação maliciosa orquestrada por esses editores! Os universitários e estudantes americanos que ouviram a opinião desse professor fizeram um julgamento sobre o meu nome; e isso representa, para mim, uma perda irreparável de oportunidades que nunca poderá ser corrigida! Se amanhã eu publicasse outro livro, a desconfiança estaria presente por parte daqueles que desconhecem o embuste que fui levada a endossar, e pelo qual a justiça me recusou a reparação solicitada, a saber que a editora delinquente informasse oficialmente o público sobre sua falsificação. Além disso, será uma coincidência que nenhuma editora de língua inglesa tenha manifestado interesse em publicar *Rainhas da África* em inglês, embora há cerca de quinze anos eu receba constantemente pedidos de leitores potenciais para uma versão em inglês – e de forma insistente – tanto nas redes sociais quanto em todas as conferências das quais participo?

Depois de o meu recurso ter sido rejeitado pela última vez, curiosamente a editora francesa concedeu uma entrevista à jornalista do site *Les Influences,* que tinha acompanhado o caso. E aí reconheceu – depois de o ter negado perante os juízes – que existem efetivamente diferenças entre a obra original e a versão alemã, mas que "não importa", já que se trata da história da África. Assim, a nossa democracia promotora dos Direitos Humanos, escolheu endossar um desrespeito pela proteção das obras intelectuais, apenas porque envolvia uma autora negra.

Quando você é esmagado pelo rolo compressor de uma justiça de exceção que, de vítima, faz de você um acusado, você sai quebrado, traumatizado por essa face odiosa do judiciário. Constatei também que meu status de cidadã francesa não me protegia de práticas que, neste país, normalmente seriam atribuídas a contextos não democráticos.

Tendo esgotado todos os recursos na França, senti-me perdida e espoliada. Ainda mais porque, com tal respaldo dos tribunais, a editora SEPIA deixaria de me pagar durante anos os direitos autorais aos quais eu tinha direito sobre a venda do livro francês que continuava a ser comercializado com sucesso. Certamente, às vezes havia "falta de estoque", mas essa situação se resolvia, como num passe de mágica, após meus pedidos de explicações em consequência das reclamações que recebia de leitores se queixando de não mais encontrarem o livro, ou de livreiros me informando que seus pedidos de reabastecimento ficavam sem resposta. A recusa em garantir a disponibilidade de uma obra podendo ser um motivo para a rescisão de um contrato de edição, relatar essas irregularidades me permitiu impedir o previsível desaparecimento de *Rainhas da África* sob o pretexto de um "desinteresse do público".

Desanimada, eu estava no mais profundo de mim. Foi então que entrei em contato com uma talentosa advogada da Ordem dos Advogados de Bruxelas, que já havia ouvido falar do caso. Depois de me dizer o quanto a havia escandalizado o tratamento discriminatório da justiça francesa, ela me falou sobre as possibilidades de apresentar uma petição ao Tribunal Europeu dos Direitos Humanos. Minha solicitação foi protocolada em outubro de 2011. Quando, alguns meses mais tarde, a Corte notificou que aceitava examinar meu caso — ocasião em que soube que, em média, apenas 20% dos processos submetidos têm chance de serem considerados admissíveis —, voltei a ter esperança de que meus direitos pudessem ser restaurados.

Infelizmente, quatro anos mais tarde, no início de 2016, quando eu estava preocupada por não ter notícias do processo, minha advogada me anunciou, depois de ter se informado, que "o arquivo tinha sido extraviado" pelo Tribunal Europeu dos Direitos do Homem! Sim, meus documentos, embora transmitidos em formato digital – e registrados pelo Tribunal – supostamente, haviam desaparecido! O que dizer diante disso, além de minha estupefação? Em seguida, foi impossível entrar em contato com essa advogada – que viaja muito por conta de suas atividades pelo mundo. Ela não respondia mais minhas mensagens lhe perguntando o que deveria ser feito. Assim mesmo ainda lhe tenho estima, pois ela me havia remobilizado e apoiado voluntariamente. Talvez o "caso *Rainhas da África*" tenha se tornado complexo demais para gerir? Em todo caso, a lição bem tirada de tudo isto é que não devemos esperar nada, nem mesmo um mínimo de equidade, dessas instituições judiciais autoproclamadas Estado de Direito, quando somos afro-europeus.

Neste ponto, sinto que devo retornar ao apoio inestimável que recebi, em 2011, de um jornalista vindo dos Estados Unidos para me entrevistar em Paris sobre meu livro, que ele havia apreciado profundamente. Após a entrevista, falara fora do microfone sobre minhas dificuldades com o processo judicial que tinha acabado de terminar. Chocado, ele imediatamente sugeriu que eu continuasse a entrevista acrescentando esse ponto. Em seguida, ele me pediu permissão para postar um trecho no YouTube. Hesitei um pouco, pois eu não dominava bem esses meios de comunicação e não entendia muito bem seu impacto. Esse vídeo curto circulou amplamente na web e foi compartilhado por um grande número de pessoas em lugares inimagináveis! Sua repercussão me surpreendeu. E, ainda hoje, continua a gerar inúmeras reações de pessoas que o descobrem, e vêm somar a todos aqueles que, leitores e apoiadores, me enviaram mensagens de solidariedade ao longo dos anos. Um grande obrigado a Paul Théa, que me encorajou a não desistir.

No final, minha luta exaustiva por *Rainhas da África* apenas me demonstrou que era possível roubar, violar, pilhar, distorcer, saquear uma obra do espírito, desde que ela incomode alguns formadores de opinião, sem que ninguém se escandalize na Europa. Em 2014, muitos leitores me alertaram, espantados que um jornalista francês "especialista em África" havia usado o título do meu livro (apenas metade, felizmente!), para lançar um "Rainhas da África" que desqualificava as esposas negras de chefes de Estado africanos. Informação obtida junto à minha editora: "Não se pode fazer nada. Ele tem o direito."

No entanto, dado o sucesso do meu livro, muito anterior ao dele e ainda em circulação na época, este senhor não poderia ignorar que este título já existia. E como seu público-alvo não era muito diferente do meu, foi um tiro para surfar na similaridade dos títulos. Mas isso também poderia introduzir uma confusão na mente de um público menos informado. A prova disso: foram-me relatados casos na África de pessoas que pediram a familiares que lhes trouxessem da França o meu *Rainhas da África*, e receberam o livro desse senhor. E as pessoas ficaram com raiva. Eu própria fui repreendida em uma capital da África Central por uma personalidade a quem acabara de ser apresentada como a autora de *Rainhas da África*. Esta, fazendo-me involuntariamente endossar o conteúdo do título apropriado pelo francês, acusou-me duramente de ter querido "insultar as esposas – apenas africanas – dos nossos presidentes, enquanto as poucas primeiras-damas européias no continente estão lá adornadas com todas as virtudes!"

Eis, portanto, o que viveu essa modesta obra, que não desejava nada além de promover uma releitura de algumas páginas da história africana através das mulheres que nelas se destacaram. E que não haja engano sobre meu testemunho. Não se trata, de forma alguma, de provocar desconfiança em relação aos editores de maneira generalizada. Como em qualquer sociedade humana, existem pessoas menos idôneas que outras e, quando possível, é importante tentar ser vigilante, buscar informações e, talvez, como vi aconselhado recentemente em um blog, digitando na Internet GOLPES + o nome da editora sobre a qual se quer saber mais. O debate também não se situa de forma maniqueísta entre editores brancos e negros, com a tentação de racializar ingenuamente o monopólio da honestidade. Há sementes ruins por toda parte, mas também, felizmente, profissionais sérios que respeitam seus autores. No entanto, é certamente mais difícil ter acesso a estes.

Definitivamente, essa luta não diz respeito apenas a mim. Se não reagirmos, outros ataques do mesmo tipo poderão ser perpetrados com a mesma violência sorrateira contra qualquer autor ou pesquisador negro cuja independência de pensamento possa desagradar. No passado, éramos linchados – no verdadeiro sentido do termo – quando ousávamos nos expressar. Hoje, tentam nos amordaçar, na maior indiferença.

Graças ao apoio inabalável de todos estes anônimos de quem recebi quase diariamente testemunhos de encorajamento, eu quis manter a minha combatividade para que *Rainhas da África* não fosse condenado a desaparecer. Em 2016, acabei conseguindo a atenção de uma organização que, entre outras funções, orienta escritores em seus litígios em matéria de edição. Assim, o peso da *Société des Gens de Lettres*, sediada em Paris, me permitiu que eu pudesse enfim, após anos de desalento, conseguir a rescisão do meu contrato com o editor francês.

Entretanto, sem me informar, essa editora havia transferido meu título para outra editora, que imediatamente havia começado a reimprimir e distribuir o livro sem meu conhecimento. Quanto ao subcontrato alemão, cujos direitos autorais nunca vi, espero que tenha expirado, apesar de não ter recebido qualquer notificação, como exigido por lei. SEPIA permaneceu sempre em silêncio, tanto em relação a meus pedidos de rescisão do contrato quanto em relação às minhas perguntas sobre esse assunto.

Hoje, *Rainhas da África* e heroínas da diáspora negra teve um novo começo com uma nova editora. Vamos apenas torcer para que sua vida futura siga sem obstáculos.

Para terminar, enfim, um apelo – talvez fora de contexto –, a todos aqueles que, universitários, blogueiros, jornalistas, copiam palavra por palavra excertos ou capítulos inteiros de nossos trabalhos, sem citar a fonte que lhes permitiu acessar essas informações. Eles sabem muito bem que não foram eles que realizaram essas pesquisas nem redigiram os documentos que divulgam na Internet. Eles não estão nos fazendo nenhum favor ao nos manter na sombra, depois de terem se apropriado de nossos escritos. Isto é importante.

Muitas vezes, enfrentamos o abafamento da cultura e dos conhecimentos intelectuais e científicos vindos do mundo negro, geralmente desdenhados pelos canais tradicionais de informação de massa que dominam nossa aldeia global. Depois ainda ousam nos dizer que não produzimos nada, que os Negros são ignaros e que são os outros que devem nos ensinar tudo. Então, por favor, citem-nos quando utilizarem nossos trabalhos em seus sites!

PREFÁCIO

Minha filha, então, com oito anos, me perguntou um dia, perplexa: "*Como é possível que todos os outros países tenham mulheres famosas e as pessoas como nós [subentendido de pele negra] não? Os índios têm Pocahontas, os americanos, Calamity Jane, os franceses, Joana D'Arc, os ingleses, a rainha Vitória. E nós, não existíamos antes?*"

A quem poderíamos convencer efetivamente que uma metade do gênero humano teria permanecido muda, inativa, silenciosa, ausente, até mesmo transparente, enquanto a outra parte estava ocupada em lutar, dirigir, construir, proteger? Nem mesmo a mente mais ingênua. Pois desde que o mundo é mundo, as mulheres também fizeram as coisas acontecerem, e seria vão tentar fazer crer que a animação das cenas históricas é responsabilidade exclusiva dos homens. Em outros lugares, em diversas latitudes, cada vez mais autores se dedicam a reler o passado em busca de figuras femininas a serem valorizadas, ainda que fossem esposas ou favoritas de reis. Mas, jamais nenhuma mulher negra foi reconhecida como heroína pela história chamada de universal.

Assim, embora o continente africano seja o mais antigo a ter sido povoado em nosso planeta, ainda hoje, no século XXI, muitos jovens afrodescendentes, cidadãos da Europa ou das Américas, imaginam que os Negros devem ter chegado depois dos outros povos da terra, pois são invisíveis nos programas de história que lhes são ministrados por uma Escola ainda impregnada do preconceito de que os Negros não têm História além dos laços de sujeição com os Brancos.

Então, porque não celebrar, nós também, essas rainhas que guiaram seu povo, essas resistentes fora do comum, essas mães que forjaram destinos de heróis e todas essas mulheres negras anônimas que, por suas façanhas, sustentaram as lutas da humanidade? Ausentes da memória coletiva, frequentemente ocultadas pelos guardiões da tradição, parecem não ter deixado nenhuma marca para a posteridade. No entanto, se nada for feito para iluminar as personagens excepcionais que ilustraram episódios marcantes de nosso passado, as jovens gerações nunca terão outras referências para alimentar seu imaginário além do eterno modelo do herói branco, sublimado pela literatura, televisão e cinema, como único portador de valores que, no entanto, são universais.

As crianças de origem negro-africana, em particular, poderão dificilmente construir uma identidade forte se tiverem apenas a escravidão e a colonização como patrimônio histórico em que se apoiar. Além disso, como poderiam se situar positivamente em relação aos outros, se constantemente lhes fazem acreditar que os povos negros não inventaram nada nem trouxeram nenhum valor à comunidade humana? É hora de saberem que as civilizações dominantes não têm o monopólio da eminência, e que entre seus ancestrais podem ter existido figuras cujo heroísmo, dignidade e coragem merecem igualmente ser celebrados. Homens e mulheres negros com os quais eles poderiam se identificar com orgulho.

Durante muito tempo relegados aos limbos de uma sub-humanidade, esses povos – cujo passado foi negado sob o pretexto de que não conheciam a escrita – certamente não carecem de personagens dignos de interesse para espíritos curiosos. A história da África pré-colonial é, na verdade, pontuada de lutas individuais e coletivas que testemunham uma longa tradição de engajamento das mulheres na defesa de sua sociedade. De norte a sul do continente, e em diferentes áreas geoculturais, personagens femininas de origens e condições diversas, vindas tanto da elite quanto do povo, se destacaram na primeira linha, e, por vezes, em atos de bravura.

Tal como aquelas valentes senegalesas do século XIX que, depois de repelirem um ataque de escravistas mouros contra sua aldeia, escolheram se imolar em uma cabana em chamas em vez de ser levadas em servidão. Ou aquelas mulheres que cumpriram seu dever, assim como a Rainha *Pokou* da Costa do Marfim, resignada a sacrificar seu único filho para permitir que os seus alcançassem uma terra de liberdade. Quantas resistentes ignoradas, tal como a *mulata Solitude*, executada sob a França de Napoleão Bonaparte por ter se revoltado contra o restabelecimento da escravidão em Guadalupe? Quanto à afro-americana *Harriet Tubman*, ela certamente mereceria figurar em algum panteão de heróis universais por ter ajudado, arriscando a própria vida, centenas de Negros a fugir da ferocidade das plantações do Sul.

Aliás, no que diz respeito à diáspora negra, em qual livro de história aprendemos que, em todos os lugares do mundo onde mulheres africanas foram deportadas pelo sistema escravagista, elas tiveram que demonstrar combatividade para aprender a sobreviver em terras desconhecidas, e preservar sua descendência em um ambiente hostil, sob a brutal dominação de sociedades brancas opressivas para com os Negros?

Elas se fizeram MEMÓRIA para transmitir fragmentos de culturas, de identidades originais ou de receitas da farmacopeia tradicional para cuidar e salvar sua espécie humana. Reduzidas à condição de instrumentos de trabalho, destinadas a ser compradas, vendidas ou trocadas, progenitoras, mas também escravas nutrizes cujo leite materno pertencia prioritariamente aos filhos brancos do senhor, nunca deixaram de agir com astúcias para que o jugo da servidão não esmagasse suas molas de resistência.

Pois a resistência era indissociável da escravidão, mesmo se esta história, por muito tempo escrita apenas por ocidentais que dela se beneficiaram, tenha deliberadamente ocultado a existência dessas revoltas negras. Suicídios, abortos após os estupros cometidos por capatazes brancos, envenenamentos de senhores tirânicos, fugas para lugares inacessíveis, revoltas ao custo da própria vida, apesar dos castigos bárbaros aos quais eram expostos: essa resistência à escravidão se manifestou de diversas formas nas colônias europeias do Novo Mundo, onde africanos foram transplantados para valorizar as terras arrancadas aos Ameríndios, e para trabalhar gratuitamente para o enriquecimento das potências escravagistas.

Das Américas ao Caribe, passando por Cuba, Guiana, Brasil, Colômbia, Suriname, Jamaica, Haiti e muitos outros, todas as revoltas de escravizados contaram com heróicas combatentes que, com facão na mão, desafiaram o fogo dos exércitos brancos que protegiam os interesses escravagistas. E nesses combates, as mulheres se engajavam em todos os níveis, escondendo armas e fugitivos, transmitindo informações aos insurgentes, cuidando dos feridos ou alimentando os combatentes, como as valentes resistentes que participaram da guerra de independência do Haiti entre 1802 e 1803. Uma figura comovente marcou as memórias, a de *Dédée Bazile* apelidada de *La Négresse Défilée.* Repetidamente estuprada por seu dono branco, ela se tornou trabalhadora de cantina para lutar ao lado dos combatentes negros que se opunham às tropas de Napoleão, enviadas para restabelecer a escravidão na ilha. Depois que seus três irmãos e dois de seus filhos foram massacrados pelo exército francês – que acabaria sendo derrotado –, ela afundou na loucura.

Mencionemos por fim, para voltar ao continente africano, essas Mães Coragem que, de crianças frágeis, formaram homens excepcionais. Como por exemplo *Sogolon Konté*[3], uma pobre corcunda maliana do século XIII, cujo filho, Sundiata Keita, soube superar a adversidade para fundar um prestigioso império. A mais bela homenagem que podemos prestar a esses personagens é assegurar que sua lembrança não desapareça de nossas memórias. Mostrar também que as mulheres negras não foram apenas submissas e amordaçadas. E, por fim, testemunhar a vitalidade das sociedades às quais elas pertenciam.

Pois, como raramente se lembra, o continente africano foi autossuficiente durante muito tempo. Seus povos desconheciam a fome e suas riquezas contribuíram para a prosperidade das civilizações mais avançadas. Assim foi com o ouro do antigo Império do Mali que, transportado pelas caravanas do comércio transaariano, alimentou durante séculos os circuitos monetários das grandes cortes da Europa e do mundo mediterrânico – e isso muito antes da chegada das primeiras caravelas portuguesas às costas africanas.

Sem cair em uma idealização vingativa, esta contribuição busca, portanto, promover uma visão diferente desse passado, frequentemente descrito como vazio de acontecimentos, e a traduzir o sentimento de povos indevidamente assimilados a um grupo inerte, que só tiveram acesso à ação e à civilização ao

3 Também chamada de Sogolon Kedjou.

entrar em contato com um Ocidente evoluído. Trecho escolhido entre tantos outros[4]: "*Até Livingstone, pode-se dizer que a África propriamente dita não tinha tido história. A maioria de seus habitantes permaneceu imersa na barbárie por tempos imemoriais. Ao que parecia, tal tinha sido o decreto da natureza. Eles permaneciam estagnados, sem avançar nem recuar.*"

No entanto, sabe-se, graças a trabalhos arqueológicos reconhecidos, que desde os primeiros tempos da Idade do Ferro, já existiam fluxos de circulação na África subsaariana entre diversas populações ribeirinhas das duas franjas do Sahara. Ligando zonas costeiras, grupos do interior que haviam domesticado a agricultura, ou tribos nômades de regiões pastoris, esse comércio por escambo abrangia uma ampla variedade de produtos: ferro, couro, sal, peixe seco, concha de cauris[5], noz-de-cola, plantas medicinais, sementes, tubérculos etc. Com a introdução do Islã e a unificação religiosa de diferentes áreas do continente, essas trocas evoluirão para um comércio de longa distância, que integrará a África numa vasta rede intercontinental conectando o Oriente Médio muçulmano, a Espanha, os países mediterrânicos, o Oceano Índico e a Ásia.

Enquanto a parte ocidental de África se orientava para o comércio mediterrânico e para o Egito, relações privilegiadas se estabeleceram a partir de sua costa oriental em direção a Ásia do Sul, e ao Oriente via mar Vermelho. Assim, no século XVIII, mascates do Império do Mali percorriam as aldeias mais remotas da savana, da floresta e do litoral, em busca de ouro, marfim, tecidos de algodão ou óleo de palma, que iam escoar até o Egito ao custo de uma travessia temerária do deserto. Nos primeiros séculos do cristianismo, o cobre do Zimbabué e do Shaba[6] era exportado regularmente para a Índia e para a China por navegadores muçulmanos ligados aos entrepostos comerciais do Golfo de Aden. Quanto às expedições de ouro da próspera cidade moçambicana de Sofala, eram particularmente abundantes se acreditarmos num testemunho do explorador árabe Al Masoudi, datado do ano 916. Essa cidade, mencionada

---

4 COUPLAND Réginald, *História da África Oriental* (1928), citado por Joseph Ki-Zerbo em sua *História da África negra*, Hatier, 1972.

5 Concha pequena e branca de molusco usada como moeda na Ásia Austral e na África (N.T.)

6 Shaba, região mineira da atual República Democrática do Congo; renomeado Katanga

nos famosos *Contos dos mil e uma noites*, já abastecia a brilhante corte do califa de Bagdá, Haroun al Rachid, no século VIII.

A escravidão, que constituiu um dos componentes mais antigos do comércio muçulmano, teve ramificações tanto na Europa, quanto na Rússia, na China ou na Índia, via Arábia ou Turquia, particularmente ativas nesse tráfico. No século XV, por exemplo, os africanos eram muito numerosos nas províncias indianas de Bengala e de Gujarat, e alguns deles ocuparam altos cargos na administração e no exército, até se tornarem generais eminentes. Foi o caso do etíope Malick Ambar, uma grande figura negra da região de Decão que, com seu exército, repeliu diversas tentativas de invasão de imperadores Mogóis, de influência muçulmana. De 1602 a 1626, governou a região de Ahmadnagar, onde vivia uma comunidade de vários milhares de africanos. Fundou cidades, construiu canais e sistemas de irrigação, incentivou a expansão do comércio com a Ásia e Europa, e atraiu muitos estudiosos e poetas para sua corte. Existe um retrato dele no *Museum of Fine Arts*, de Boston.

Com suas misturas de populações e suas interpenetrações culturais, o interior do continente se beneficiará também da difusão de novas técnicas, tais como a metalurgia do ferro dominada por grupos bantos a partir do ano 600 a.C., praticamente ao mesmo tempo que a Europa. Da mesma forma, certos modos de organização social evoluíram para formações mais estruturadas para dar à África negra pré-colonial cerca de vinte reinos, cidades-Estados ou impérios poderosos, como o do Mali, cujas minas de ouro deveriam despertar, já na era medieval, a cobiça de várias potências europeias.

Assim, longe de estar estático, como durante muito tempo tentaram fazer-nos crer, certos "especialistas" que, na maioria das vezes, tiveram apenas um contato superficial com essas sociedades, das quais não dominavam nem as línguas, nem os costumes, nem as mentalidades, nem as instituições, nem os saberes, nem a história, esse passado se escoou ao ritmo da sua própria dinâmica econômica e social. Uma dinâmica que será quebrada no século XVI pela brutalidade do contato imposto pela Europa. Os circuitos de comércio endógenos irão então declinar em favor das novas rotas marítimas controladas pelos europeus, e a África será saqueada de uma parte significativa de suas forças vitais para atender à demanda por mão de obra servil. Os traficantes negreiros farão da 'caça ao homem' uma indústria local, incitando os africanos a entregar seus semelhantes em troca de barris de vinho e de tafiá, fuzis obsoletos que os europeus já não usavam mais, e fardos de bugigangas.

Em um momento em que se fala do dever de memória, a corresponsabilidade desses africanos na deportação, segundo estimativas médias, de mais de 25 milhões de homens, de mulheres e de crianças através do tráfico negreiro, não deve ser silenciada.

Abalado pela dispersão de grandes grupos humanos fugindo de seus predadores, o continente negro será assim transformado numa fonte inesgotável de seres exploráveis sem limites de onde os Brancos, somando-se aos Árabes, irão buscar sem interrupção por mais de três séculos. Seus produtores mais robustos e seus procriadores mais saudáveis lhes serão arrancados: *"Nada de velhos com pele enrugada, testículos flácidos e encolhidos"*, especificava uma recomendação francesa de 1769. *"Nada de negros altos e magros, peito estreito, olhos vagos, ar estúpido. Para as mulheres, nem mamilos salientes nem seios flácidos"*. A mercadoria devia ser composta por rapazes "sem barba" e moças com "seios empinados".

Não é, portanto, surpreendente que as mentes supostamente superiores, que construíram sobre o tráfico negreiro e a escravidão um sistema econômico desavergonhado, tenham propagado abusivamente a descrição de uma África primitiva, enclausurada durante milênios em uma economia de subsistência, e totalmente à margem dos fluxos de circulação ligando as diferentes partes do mundo. Popularizada nas opiniões públicas ocidentais por uma literatura exótica prolífica, esta apresentação redutora preparava, na realidade, a implantação de uma estratégia de dominação destinada a permitir à Europa expandir suas fronteiras naturais para açambarcar, pela partilha desse continente, riquezas que não possuía. E é assim que a África, vítima de seus recursos naturais e de seu potencial humano "fisiologicamente fadado a ser dominado", se tornará um reservatório de escravos, um fornecedor de trabalhadores e de soldados, terras a serem exploradas, um recinto colonizado, um universo subdesenvolvido, antes de ser estigmatizada por seu "atraso irremediável".

Não se pode negar que houve um longo processo de inferiorização dessas populações. O confronto do Ocidente cristão com outras civilizações deu, de fato, origem ao desdobramento de um conjunto de ideologias racistas, cujas amarguras se cristalizarão surpreendentemente na raça negra. Tendo "descoberto" os outros povos que compartilhavam seu universo, a primeira preocupação dos europeus foi instaurar uma classificação dos grupos humanos visando a consagrar a supremacia branca. Em nome de uma segmentação maniqueísta entre civilizado e primitivo, será negada às *tribos negras selvagens* a qualificação de seres humanos.

A história da *Vênus hotentote*, evocada nestas páginas, nos fornece um esclarecimento edificante desse *racismo científico*, muito em voga nos séculos XVIII e XIX, que pretendia fazer do Negro o elo perdido entre o macaco e o homem. Foi um dos episódios mais indecentes da obstinação dos cientistas da época em conferir uma justificativa científica a seus preconceitos. Dissecada até mesmo em suas partes íntimas pelo professor Georges Cuvier, grande nome da ciência francesa, esta jovem sul-africana foi descrita, em 1817, como a representante de uma "raça arcaica próxima dos macacos", depois de ter sido, em vida, exposta como um animal de feira.

Canibal, atrasado, ingênuo: projeções depreciativas e caricaturas grosseiras foram sistematizadas ao longo de cinco séculos no imaginário ocidental. Ainda em voga na França, a publicidade zombeteira do chocolate "Ya bon Banania", ridicularizando esses grandes ingênuos dos fuzileiros senegaleses que tinham vindo servir de carne para canhão nos conflitos que diziam respeito à França, é um bom exemplo disso. Aprisionado em estereótipos devastadores, o negro da África ou da diáspora, muitas vezes visto como "diferente", "incapaz" de algumas evoluções ou a priori "suspeito", raramente recebe uma imagem positiva fora de sua cultura de referência.

África, berço da humanidade? Esta afirmação fundamental sobre as origens do homem, validada por eminentes pesquisadores, parece ter dificuldades em contrariar ideias preconcebidas. A datação de certos espécimes de Australopithecus, incluindo a famosa Lucy, localizada no Vale do Rifte, na Etiópia, permitiu, no entanto, estabelecer que os terráqueos descendem de ancestrais comuns que nada mais eram do que africanos negros! Pelo menos esta pesquisa veio nos tranquilizar sobre o fato de que o continente mais antigo habitado do planeta já existia muito antes da chegada dos Brancos em seu solo. Hipótese que ainda parece suscitar algumas resistências, se nos referirmos a esses manuais escolares que continuam a ensinar gerações de alunos de todo o mundo que a história de África começou no século XV, com a sua "descoberta" pelos europeus.

Os personagens que convidamos você a descobrir aqui refletem, portanto, diferentes facetas dos modos de vida e das culturas da África pré-colonial, que também abrigou sociedades organizadas com base em valores universais de paz, de cultura e de educação, ainda que as tribos guerreiras tenham atraído mais atenção. As fontes orais, que constituem a principal porta de entrada para a memória dos povos sem escrita, tornaram difícil este trabalho, que consistiu em harmonizar algumas fontes escritas com os frágeis referenciais provenientes da tradição oral. Considerando a antiguidade dos períodos estudados, tratou-se, portanto, de uma paciente busca por indícios e cruzamentos de fatos, pois tanto a documentação histórica quanto a literatura oral mencionam poucas figuras femininas, as quais são raramente valorizadas como agentes sociais ou política.

Um relatório de batalha de um oficial francês enviado à sua hierarquia em Paris, revelando que a resistência em tal região foi liderada por uma rainha; os escritos de dois missionários italianos sobre a intrépida Rainha Zingha, de Angola; crônicas medievais de Toulouse nas quais um nobre cidadão trouxe de sua viagem à África uma esposa negra; o diário de viagem de um geógrafo árabe do século XIV de passagem pelo Império do Mali, enquanto uma conspiração tramada pela rainha acabava de ser frustrada: nenhuma pista foi negligenciada para dar vida a essas heroínas, inscrevendo-as, tanto quanto possível, na dinâmica do seu universo familiar.

É à curiosidade dos antigos viajantes árabes que devemos nossas informações sobre os antigos reinos subsaarianos. De fato, a islamização da África, a partir do século VII, permitiu ampliar o leque de conhecimentos sobre essa parte do mundo, graças à proliferação de manuscritos ricos em ensinamentos sobre as áreas geoculturais recém-integradas a essa religião.

Movendo-se na esteira das conquistas militares, religiosas e do comércio de caravanas, esses geógrafos e eruditos, originários principalmente do Marrocos, da Síria, do Iraque, e da Andaluzia, e alguns dos quais já tinham percorrido o mundo, recolheram assim informações valiosas sobre a história, os costumes e a organização das populações cruzadas ao acaso em seus périplos. A partir do século XVI, um esclarecimento adicional nos será fornecido pelas crônicas portuguesas, as quais sucederão as fontes coloniais, trazendo, por vezes, a parte de subjetividade de "aquele que domina".

Alguns eruditos negros, muitas vezes oriundos da Universidade de Timbuktu, também redigiram crônicas históricas, mas poucos desses manuscritos sobreviveram aos estragos do tempo, às pilhagens ou às guerras de conquistas. Médico, jurisconsulto e autor prolífico, Ahmed Baba, que possuía uma biblioteca com mil e seiscentos volumes, deixou cerca de quarenta escritos sobre a história das grandes personagens sudanesas do século XVI. Houve também o historiador de Timbuktu, Mahmoud Kâti, nascido em 1468, ex-conselheiro do rei Askia Mohamed, e autor do famoso *Tarrikh el Fettah*, com o subtítulo "*Crônicas do pesquisador a serviço da história dos exércitos e dos personagens principais do Tekrour*".

Quanto a Abderramane es Saadi, também notável de Timbuktu, ex-notário de Djenné e secretário do governo, sua obra *Tarrikh es Soudan*, história regional redigida por volta de 1630 sobre as antigas civilizações do Sudão[7] nigeriano, teve grande difusão após sua tradução para o francês no final do século XIX.

Infelizmente, esse material inestimável sobre as antigas civilizações negras permanece insuficientemente explorado, tal como as tradições orais, que estão desaparecendo junto com seus últimos depositários. Se nada for feito para dar a conhecer este passado em sua diversidade, corremos o risco de nos tornarmos gerações amnésicas, por falta de referenciais que nos permitam refutar os clichês sobre o suposto vazio histórico dos povos negros.

---

7 Sudão: nome dado ao Mali durante a colonização francesa.

Última entidade conquistada pela Europa, a África, tantas vezes retratada como uma espécie de recinto anárquico ou um receptáculo passivo de influências externas, é o único espaço de civilizações a ter sido tão depreciado. Com suas culturas relegadas à categoria de folclore, suas artes banalizadas como curiosidades primitivas e seus saberes negados, suas contribuições para a história da humanidade se tornaram totalmente invisíveis.

Esperemos, portanto, que essa contribuição incite os pesquisadores, de onde quer que venham, a valorizar o papel desempenhado por figuras do mundo negro na construção da civilização universal. Devemos isso às nossas jovens gerações, para que possam ampliar seu quadro de referências para contribuir de forma mais fecunda ao enriquecimento dos valores da humanidade.

I

RAINHAS DA ÁFRICA

Anna Zingha[8]

Rainha de Angola

Aliando a diplomacia à estratégia militar, ela dominou a história de Angola por quase quarenta anos, sem jamais capitular face às ambições de Portugal sob seu reino, até sua morte, na idade de oitenta e dois anos. Popularizada desde o século XVII em diversas cortes da Europa por uma importante literatura documental e de ficção, a extraordinária resistência dessa mulher negra contra uma potência europeia, lhe conferiu uma notoriedade internacional inigualável entre todas as grandes figuras da história africana pré-colonial.

Por fim, uma trégua benéfica acalmava Angola, dilacerada neste século XVII por sangrentas guerras de conquista. O rei Mani Ngola, de Ndongo[9], um dos últimos bastiões de resistência às tentativas de invasão portuguesa, acabava de aceitar um tratado de paz proposto por Lisboa, que ansiava impacientemente às portas do seu território.

No final do século XV, alguns países europeus se lançaram em grandes expedições marítimas, com o objetivo de expandir suas fronteiras de origem

8 Existem diversas grafias, tais como N'zinga, Njinga, Ana Nzinga ou ainda Ana Nzinga a Mbande.
9 Também escrito Dongo em algumas fontes

pela conquista de novos territórios para estabelecer sua influência, e dos quais pretendiam se apropriar dos recursos. Durante as escalas de reabastecimento, os navegadores portugueses, ingleses, espanhóis, franceses e holandeses buscavam identificar áreas com riquezas promissoras. Depois, retornavam com tropas armadas para conquistar um ponto de apoio nas regiões cobiçadas, antes de deportar suas populações e submetê-las à escravidão no outro lado do Atlântico.

Anteriormente um vassalo do reino de Kongo do qual ele se libertou em meados do século XVI, o Ndongo, berço do povo Mbundu, foi o primeiro país africano a ser colonizado por europeus. Os portugueses haviam se estabelecido na ilha de Luanda com o acordo do rei do Kongo, e ali erigiram um entreposto negreiro em 1557. Após ter renomeado o local como Angola, inspirando-se na palavra *Ngola*, que na língua local significa rei, os recém-chegados farão deste reino costeiro da África central a região do continente mais dizimada pelo tráfico negreiro.

As caravelas do almirante Diego Cao avistaram esta parte da África em 1484. Ao desembarcar, os portugueses ficaram surpresos quando descobriram um verdadeiro Eldorado de oito províncias insolentemente férteis, irrigadas por inúmeros cursos d'água e dotadas de uma agricultura de subsistência autossuficiente, associada à criação de gado. Os burgos, percorridos por aléias de laranjeiras, romãzeiras e limoeiros, eram ligadas por trilhas bem cuidadas. No século XVI, um visitante europeu escreveu que o local "oferecia ao viajante o espetáculo mais brilhante e mais encantador. Vinhas imensas, campos que todos os anos se cobrem com uma colheita dupla, ricas pastagens. A natureza parece ter prazer em reunir aqui todas as vantagens que mãos benfazejas só concedem separadamente em outros países e, apesar de negros, os habitantes do reino de Angola são geralmente muito hábeis e muito engenhosos".

Os portugueses encontraram ali, efetivamente, uma população trabalhadora envolvida em atividades tão diversas quanto o artesanato – tecelagem de tecidos a partir da ráfia, trabalho de marfim e peles, fabricação de utensílios de cobre –, extração mineral e comércio transfronteiriço. Mas o que mais chamou sua atenção foram os diamantes transportados pelo rio Cuanza[10]. Eles também pressupuseram que o lugar era rico em minas de prata. Sem demora, decidiram tomar posse oficialmente desse lugar abençoado em nome de Sua Majestade Cristã, o rei de Portugal, para usá-lo como porto de escala para o fornecimento de escravos destinados ao desenvolvimento de seu território no Brasil. Assim, a deportação maciça das populações africanas lhes deixaria o caminho livre para tomar o controle da riqueza do país. E, de fato, nessa colônia, a intensidade do tráfico foi tal que a dinâmica anterior será completamente rompida, impedindo qualquer ressurgimento de uma economia diversificada.

Em 1575, a coroa portuguesa concedeu a Paulo Dias de Novais, neto do explorador Bartolomeu Dias, uma carta autorizando-o a conquistar duzentos quilômetros quadrados de costa ao sul de Cuanza, e a se apropriar de terras *"tão longe quanto ele pudesse penetrar no interior desse território"*. Um território onde ele já tinha feito um primeiro reconhecimento em 1560, e cujos autóctones o tinham acolhido calorosamente. No entanto, mesmo que os visitantes europeus acreditassem que estavam autorizados a se apropriar de tudo o que lhes aparecesse pela frente, essa região fazia parte integrante do reino de Ndongo. Percebendo as intenções de Novais, o soberano da época, seguro de seu justo direito, lançou seus soldados contra uma coluna de exploração de trinta portugueses, atraindo sobre seu país a ira dos conquistadores.

A partir dos fortins erigidos no litoral, esses últimos se lançarão à conquista desse reino que, de guerras em retiradas e de compromissos em tratados, acabará progressivamente desagregado. Por quase um século, os mosquetes cuspirão seu fogo contra guerreiros armados apenas com lanças e com sua própria coragem. As províncias costeiras cairão primeiro. Com a anexação de sua fachada marítima, o Ndongo será amputado de uma parte de sua área territorial; o que permitirá aos portugueses estabelecerem a prosperidade da cidade costeira de Luanda por meio da exportação de ouro, diamantes, mas também, em larga escala, de escravos para as plantações americanas e brasileiras. Tornando-se a capital de uma colônia de povoamento estratégica, Luanda será o foco de todas as atenções

10 Também escrito Kwanza ou Coanza dependendo das fontes.

de Portugal, que terá ali seus interesses administrados por um governador com o status de vice-rei.

Do vasto reino de outrora, edificado por seus antecessores, somente restará, diante do avanço português, uma única província para os soberanos angolanos, constantemente obrigados a recuar para o leste. Apesar da política de assédio de seus atacantes, o Ndongo se afirmava como um símbolo de resistência, embora sua área não cessasse de encolher. Nessa terra reinava, há várias gerações, a família da rainha Zingha, grande figura histórica de Angola.

Em 1617, com a morte de seu pai, Mbandi Ngola Kiluanji[11], oitavo rei de Ndongo que governou de 1592 a 1617, o filho mais velho, um bruto tirânico e maquiavélico, assumiu o poder depois de ter mandado assassinar o sucessor designado pelo falecido.

Com muita pressa de inaugurar seu reino com uma vitória sobre as colunas portuguesas que tinham avançado até cerca de cinquenta quilômetros de Cabasso, sua capital, Mani Ngola levou trinta mil guerreiros prontos para morrer como bravos. Ele queria fazer valer seus direitos sobre uma área sob sua autoridade, e que já tinha sido objeto de um pacto com o governador estrangeiro. Após vários meses de uma campanha sangrenta, na qual mais da metade de seu exército foi dizimada, o rei teve de reconhecer à evidência: ele não estava à altura de lutar contra o arsenal dos Brancos. Impunha-se, portanto, uma nova trégua para rediscutir a demarcação das fronteiras e arbitrar a troca de prisioneiros.

Ouvindo, por uma vez, as recomendações do Conselho do Reino, ele decidiu confiar à sua irmã, a princesa Zingha, a tarefa de negociar esse difícil tratado em Luanda. Seu nome verdadeiro era Ngola Mbandi Nzinga Bandi Kia Ngola, "a rainha cuja flecha sempre encontra o alvo". Ela era uma estrategista hábil com temperamento de ferro e carisma incontestável. Deve-se dizer que ela teve uma boa formação. Iniciada desde tenra idade por seu pai, a quem seguia como uma sombra, tinha aprendido a reagir como um "homem" de Estado. Portanto, mesmo se sua opinião não tivesse caráter oficial, não se constrangia em expressar suas apreciações sobre a maneira de conduzir o país ou quais

---

11 Também grafado Kiluanje em algumas fontes angolanas.

estratégias privilegiar em caso de hostilidade; o que enfurecia seu irmão, ele que só sabia usar o terror para impor seus pontos de vista. Ofendido pelo que considerava um desafio à sua autoridade e uma provocação humilhante, ele não lhe poupou nenhuma crueldade e, mais de uma vez, mandou acorrentá-la por motivos dos mais fúteis.

Carregada em uma liteira por uma brigada de quatro escravos velozes que se revezavam em intervalos regulares, Zingha, acompanhada por um séquito de cortesãos e criados, além de uma escolta armada, fez a viagem em alguns dias. Luanda! Quantas transformações naquele território arrancado ao reino de seus ancestrais! Filha querida dos portugueses, a cidade tinha se tornado um dos lugares mais animados da costa sul da África, graças ao seu enorme crescimento populacional. Com seus ares de cidade europeia e suas igrejas, a primeira construída em 1505, estava repleta de imponentes residências de madeira que abrigavam as novas elites coloniais, e de galpões de escravos voltados para o Atlântico.

O anúncio da chegada da embaixadora angolana teve um eco formidável e atraiu uma multidão de curiosos muito excitados, no final da trilha que levava ao Ndongo. Todas as pessoas importantes da cidade também tinham sido deslocadas para fazer parte do evento. Impressionados por essas pessoas da alta sociedade local, os espectadores, pouco acostumados a espetáculos tão solenes, enganavam sua impaciência tentando identificar os nomes dos oficiais. Finalmente, uma salva de vinte e um disparos de canhão trovejou, saudando a chegada da delegação aos portões da capital. Em seguida, o cortejo apareceu, arrancando exclamações de entusiasmo na multidão africana contida por duas colunas de milicianos portugueses em trajes cerimoniais. Um cordão de artilheiros lhes abriu passagem para o centro da cidade e, espontaneamente, os curiosos se aglutinaram na esteira dos visitantes.

Zingha estava vestida com um pano de fino veludo de ráfia. Uma estola de cor viva, colocada como uma echarpe em seus ombros, mal cobria seu peito. Sua coroa de ouro maciço, cravejada de pedras preciosas e encimada por um tufo de penas multicoloridas, formava um pequeno capacete sobre sua cabeça. Tudo nesse ornamento refletia o orgulho das mulheres de alta linhagem.

Como se fosse indiferente à curiosidade manifestada em sua passagem, a princesa, sentada bem ereta na sua liteira, observava com atenção o estranho universo que se apresentava diante dela. As cabanas redondas de antigamente deram lugar a habitações coloridas, cercadas por amplas varandas e com aberturas adornadas por venezianas de madeira. Ruelas tinham sido traçadas, onde circulavam novos tipos de populações mais mestiçadas. Ela notou as inúmeras lojas de comerciantes portugueses e a ostentação desses alguns negros abastados, que começavam a trocar seus trajes tradicionais por vestimentas europeias.

Ela sentiu também a resignação das pessoas da plebe, arrancadas de suas plantações de subsistência e privadas dos ofícios dos quais outrora tiravam seu sustento. A administração à qual estavam doravante submetidas lhes reconhecia apenas um único estatuto, o de escravo ou de servo. Aliás, caminhando ao longo da enseada ela avistou marinheiros portugueses, espanhóis, italianos e holandeses, atarefados em embarcar, sem nenhum cuidado, centenas de cativos alinhados em fileiras.

De guarda no cais, brancos traficantes de escravos vigiavam atentamente o bom andamento das operações, auxiliados por intermediários afro-brasileiros, a maioria deles originários da ilha de São Tomé. Luanda tinha a reputação de ser um dos portos negreiros mais ferozes da África. Os escravos eram mantidos lá como animais e quase metade deles morria de desnutrição e maus-tratos antes mesmo de serem transferidos para os navios.

Depois de descansar na residência onde ficaria hospedada durante sua estadia, a princesa foi conduzida ao palácio do governador, onde a aguardava uma breve cerimônia de boas-vindas. Saudada pelo próprio vice-rei de Portugal, Dom João Correia de Souza, foi encaminhada para o salão onde aconteceriam as negociações. Ao entrar na sala, Zingha teve um imperceptível movimento de rigidez. Acabara de notar, colocada no chão sobre um tapete, diante da única poltrona de veludo vermelho visivelmente reservada ao vice-rei, duas almofadas de brocado com franjas de fios de ouro. Entendeu imediatamente que aquelas almofadas estavam destinadas a ser seu assento. Essa diferença de tratamento, sugerindo uma posição de subserviência, a desagradou profundamente. Com um gesto firme, ela ordenou que uma de suas seguidoras se aproximasse.

A criada não precisou de explicação para entender a ira de sua senhora. Apressou-se a ficar de joelhos sobre o tapete e, apoiando-se nos cotovelos, inclinou o busto para a frente e lhe apresentou suas costas. Um zumbido de consternação percorreu a assembleia dos oficiais portugueses. Zingha se sentou nessa cadeira improvisada e permaneceu ali durante toda a entrevista. Um ilustrador holandês que se encontrava na sala teve o reflexo de imortalizar em um rápido esboço essa cena surpreendente. A anedota percorreu o país e se alastrou até os salões de Lisboa!

Por essa reação, a princesa de Ndongo deixava claro para seus interlocutores que ela não tinha vindo para fazer um ato de submissão, mas para negociar em pé de igualdade. Além disso, eles não demoraram muito para perceber que estavam diante de uma oponente intratável. Sem prestar muita atenção à comoção suscitada por tanta ousadia, Zingha indicou ao vice-rei que estava pronta para iniciar a discussão pela qual fizera aquela viagem.

Seu senso de réplica e sua habilidade política dominaram completamente a conversa, nos dizem as crônicas portuguesas da época. Ela não cedeu em nada sobre o que parecia relevar a dignidade de seu povo. No início, o vice-rei tentou intimidá-la, mas rapidamente teve que voltar a um tom diplomático mais respeitoso. Assim, antes mesmo de abordar o preâmbulo previsto sobre a questão das fronteiras, começou exigindo de forma peremptória a liberação dos prisioneiros de guerra portugueses. A princesa lhe respondeu calmamente que não via nenhum inconveniente nisso, desde que todos os negros deportados para a escravidão fossem trazidos de volta à sua pátria. Dom Correia de Souza voltou à agenda das discussões.

As negociações foram difíceis e árduas, mas Zingha não desistiu. Conseguiu obter o recuo das tropas estrangeiras além das fronteiras anteriormente reconhecidas, e o respeito da soberania do Ndongo. Em troca disso, o rei angolano deveria se comprometer a liberar seus reféns portugueses e cooperar com Luanda no comércio de escravos.

No momento de encerrar as negociações, o vice-rei sugeriu que Ndongo se colocasse sob a proteção do rei de Portugal. O que supunha, na realidade, o pagamento de um tributo de vassalagem consistindo na entrega de doze a treze mil escravos por ano à administração colonial! Mas era conhecer mal sua interlocutora. "*Saiba, Senhor*", objetou ela, "*que se os portugueses têm a vantagem de possuir uma civilização e conhecimentos desconhecidos para os africanos, os homens de Ndongo e Matamba, por sua vez, têm o privilégio de estar em sua pátria, no meio de riquezas que, apesar de todo o seu poder, o rei de Portugal jamais poderá dar a seus súditos. Vocês exigem tributo de um povo que vocês impeliram à última extremidade. Ora, vocês sabem muito bem: pagaremos esse tributo no primeiro ano, e no ano seguinte voltaremos a guerrear para nos livrarmos disso. Contente-se em pedir agora, e de uma vez por todas, o que podemos conceder a vocês.*"

O debate estava encerrado. No momento de se despedir, Dom Correia de Souza, ao sair da sala de audiência, observou, não sem certo constrangimento, que a jovem criada utilizada como banquinho não havia mudado de posição. "*A embaixadora de um grande rei*", respondeu Zingha com altivez, "*nunca usa a mesma coisa duas vezes. Essa moça me serviu de assento. Ela não me pertence mais!*"

E foi assim que, naquele ano de 1622, Zingha fez uma entrada notável na conturbada história das relações entre Portugal e Angola. Aureolada por esse primeiro sucesso diplomático, a convite de seu anfitrião, ficou alguns meses em Luanda, à espera da ratificação, por Lisboa, do novo tratado. Uma estadia que aproveitou para se impregnar da cultura lusófona, aperfeiçoar o conhecimento da língua e observar os costumes de seus futuros adversários.

Introduzida na alta sociedade de Luanda pelo governador e sua esposa, com quem havia fortalecido os laços, ela participou de algumas mundanidades locais. Foi convidada também para a missa de domingo, onde as elegantes damas coloniais faziam questão de exibir trajes da última moda, confeccionados pelas melhores modistas da metrópole. O que talvez fosse curiosidade, no início, se transformou sem dúvida em interesse. O fato é que, ao final, ela cedeu à pressão "amigável" do governador e decidiu abraçar a religião católica pouco antes de seu retorno a Ndongo. Mesmo se suas ações raramente fossem isentas de cálculos políticos, Zingha esperava sinceramente, na época, que essa conversão facilitasse as futuras relações de seu país com os portugueses, acreditando que estes respeitariam mais os soberanos negros que compartilhassem sua fé. O batismo ocorreu na catedral de Luanda, e a princesa, que teve Dom Correia de Souza e sua esposa Anna como padrinho e madrinha, recebeu o nome de Dona Anna Zingha.

Mas a paz não durou. Chegando ao final de seu mandato, o vice-rei foi substituído por um governador menos respeitoso dos compromissos assumidos e que, além disso, ardia de vontade de subir na hierarquia contribuindo para a expansão das possessões angolanas. Desdenhando as disposições anteriores, os conquistadores se recusaram a se retirar da região litigiosa de Ambaca, o que obrigou Ndongo a retomar as armas para se defender. Irritado, o rei africano mandou caçar todos os aventureiros que se infiltravam em seu território para ali identificar seus futuros domínios. Na realidade, a política de colonização forçada promovida por Lisboa atraía todo tipo de gente para as zonas de conflito – funcionários públicos, comerciantes, religiosos, pioneiros – que esperavam ser os primeiros a se beneficiar da apropriação das terras assim que os negros fossem caçados.

Esse novo confronto, às margens do rio Cuanza, seria fatal para o irmão de Zingha. O milhar de soldados portugueses, bem equipados com armas de fogo, e seus dez mil mercenários africanos recrutados no Congo, esmagaram o exército angolano, ameaçando até mesmo a capital. Incapaz de conter a derrocada dos seus, Mani Ngola foi obrigado a mergulhar no rio para escapar de seus perseguidores. Depois de nadar até um banco de areia, foi resgatado por dois criados da corte que, por acaso, estavam na mesma ilhota. Eles trataram suas feridas e lhe ofereceram algo para beber... Pouco antes de morrer fulminado pelo veneno, o tirano imprudente teve tempo de entender que Zingha acabava de assinar sua vingança.

Há muito tempo ela esperava seu momento. A informação, sem dúvida, ainda precisa ser verificada, mas parece que ela teria feito um acordo com os chefes das unidades de combate para que eles precipitassem a retirada sem realmente lutar, considerando que algumas decisões de seu irmão estavam levando o reino à ruína. Ela assumiu a sucessão em 1624 e, respeitando as tradições, ofereceu ao falecido um funeral grandioso, em que algumas de suas viúvas foram imoladas.

Seu primeiro ato como rainha foi enviar um emissário a Luanda para tranquilizar os dirigentes de suas intenções pacíficas. No entanto, ela não baixava a guarda, consciente da ameaça que eles representavam. "*Eles cortaram alguns galhos, mas a árvore ainda está viva.*" ela dizia sobre eles. Decidiu, então, fortalecer seu exército com exercícios de resistência física, como havia visto os europeus fazerem, e organizar a infantaria em formações disciplinadas. Ela agora estava pronta para assumir a tocha da resistência contra a ocupação estrangeira.

Anna Zingha uniu à sua causa vários Estados vizinhos. No entanto, não tolerando nenhuma contestação, acabou anexando os menos confiáveis de seus aliados para incorporá-los ao seu exército. Quando necessário, suas escolhas estratégicas não se incomodavam com escrúpulos; ainda que isso significasse vender sua alma ao diabo. Obcecada em proteger os seus, a implacável lógica da guerra que ela tinha feito, se baseava em uma exigência primordial: serem os mais fortes para não serem aniquilados.

Um dos atos que parecia lhe pesar mais moralmente, mas do qual ela se arrependeu apenas no crepúsculo da vida, foi sua complacência com os temíveis guerreiros Jagas[12], vizinhos considerados ávidos de sacrifício humano, mas cujas forças eram necessárias para garantir a segurança de seu território. Preocupada em demonstrar a seus novos aliados que a barbárie de seus costumes não a repelia, foi sem misericórdia que a ardente rainha de Ndongo ordenou execuções pavorosas para apimentar as recepções oferecidas a seus convidados, indo tão longe a ponto de provar a carne dos supliciados! Mostrar que ela era a mais forte, demonstrando uma crueldade à altura desses aliados imprevisíveis lhe permitiu assumir o controle do exército dos Jagas, que por sua vez reorganizou.

Enquanto se preparava militarmente, Anna Zingha também travava, no campo, uma verdadeira guerra psicológica, que obteve resultados notáveis. Assim, apareceu como uma libertadora, concedendo o asilo de seu reino a todos os fugitivos que quisessem abandonar os territórios controlados pelos portugueses. Um gesto que serviu amplamente sua ação de propaganda dirigida a soldados africanos, arregimentados no exército de ocupação e, portanto, bem

---

12 Denominação dada aos Mbangala que constituíam uma sociedade militar.

equipados. Incitando-os a se juntarem a suas tropas em troca de terras e generosas recompensas, ela conseguiu fragilizar o dispositivo inimigo. Ela também soube como usar a natureza a seu favor, escolhendo as estações propícias à malária para provocar as forças adversas exauridas por febres às quais não estavam acostumadas.

O uso de informações militares também lhe permitiu consolidar sua estratégia. Na verdade, Zingha havia criado uma polícia secreta particularmente eficaz, cujos espiões, perambulando pelos arredores de Luanda, vigiavam as chegadas de navios vindos de Lisboa ou do Brasil, bem como os desembarques de armas e tropas frescas. Assim, estava sempre informada das menores intenções portuguesas. Tinha que ser uma mulher excepcional para resistir por tantos anos a um exército europeu, sem jamais capitular!

Sua cruzada será longa, entre escaramuças violentas e resistência desesperada, para impedir que seu reino caísse sob o jugo de uma potência estrangeira. Certa vez, porém, faltou pouco para ser pega em uma emboscada perto dos desfiladeiros do rio Quina-Cunene[13], ao sudoeste. Sentindo sua retirada impedida, ela preferiu se jogar em um precipício para não cair nas mãos de seus perseguidores. Por sorte, *in extremis* ela conseguiu se agarrar a uma liana antes de desaparecer na floresta. Fuga prodigiosa quando tinha já cinquenta anos!

No entanto, sua obstinação e sua notável coragem não impediram a perda do Ndongo, que os portugueses agora controlavam quase inteiramente, a ponto de instalar um novo rei a seu serviço. Derrotada no nível militar, Anna Zingha, porém, não se deu por vencida. Ela passou à clandestinidade em 1626 antes de se retirar para o território fronteiriço de Matamba, uma província vassala do Ndongo, da qual ela iria assumir o comando em 1631. Nunca aceitará a perda de Ndongo e, até o crepúsculo de seu reinado, continuou assinando todas as suas correspondências com o título de *Nzinga Mbandi Ngola, Rainha de Ndongo e de Matamba.*

Os vice-reis que se sucediam não podiam mais sofrer revezes face a essa rocha indestrutível. E ainda por cima, uma mulher! Como último recurso, um

---

13 Cunene, também conhecido como Kunene

deles queria apelar para o lado sensível, pedindo-lhe, desta vez, que se submetesse à coroa portuguesa como cristã. "*Não sou dependente de ninguém*", respondeu ela prontamente em uma carta. "*As armas decidirão quem, entre Portugal ou eu, deverá tributo ao outro*". À sua fé cristã, aliás, ela já havia renunciado há muito tempo, considerando que praticar a religião de seus inimigos estava em contradição com seu estatuto de rainha.

Quando, em 1641, a frota holandesa do almirante Van Der Karkoven lançou um ataque contra Luanda com a intenção de arrebatar essa próspera colônia de Portugal, Anna Zingha viu a oportunidade de oferecer uma trégua ao seu país, exausto por anos de conflito. Regozijando-se com a derrota de seus adversários, enviou uma embaixada aos novos senhores da capital, propondo-lhes uma aliança: o monopólio, para os holandeses, do comércio com Angola, em troca da restauração dos direitos dos soberanos africanos sobre seus territórios.

O almirante holandês foi seduzido. O interior das terras lhe interessava pouco e, graças a esse pacto, os portugueses, cercados por populações hostis, se viram perdendo terreno. Durante os sete anos da presença holandesa, os comerciantes de Roterdã receberam ouro, diamantes e escravos em profusão, enquanto os camponeses angolanos retomavam posse das terras férteis de seus antepassados, transformadas pelos colonos lusitanos em culturas comerciais de milho e tabaco, plantas importadas do Novo Mundo. E começaram a reconstruir suas aldeias, ansiosos por saborear a paz que havia retornado.

Em 1648, a Europa resolvia um de seus muitos conflitos religiosos pela Guerra dos Trinta Anos entre potências católicas e protestantes. De acordo com o Tratado de Westfália, que garantiu a independência da Holanda, Amsterdã teve que se comprometer, em contrapartida, a respeitar as possessões de seus rivais na América e na África. Para grande desgosto de Zingha, que esperava reconstituir seu antigo reino, aproveitando-se da neutralidade benevolente de seus amigos holandeses.

Portanto, o almirante Van Der Karkoven reembarcou suas tropas, não sem antes prevenir a rainha da chegada iminente de uma nova frota vinda de Lisboa, com forças consideráveis em homens e armamentos. Temendo represálias contra a plebe da província colonial, Zingha imediatamente organizou o êxodo de todos os camponeses de Ndongo para Matamba, que ela havia ajudado a se reinstalar e que foram obrigados, com a tristeza na alma, a queimar suas aldeias e suas colheitas, a fim de deixar apenas uma "terra morta" para o inimigo.

Então veio o tempo do apaziguamento. Aos setenta e três anos, Anna Zingha continuava a conduzir suas tropas entre montanhas, florestas e savanas, para que nenhuma parte de seu reino desmoronasse. O novo governador português, Salvador Correia, sem dúvida mais perspicaz que seus antecessores, entendeu que uma guerra interminável não beneficiaria nenhuma das duas partes. Ele estava determinado a respeitar os termos do novo tratado que pretendia propor à rainha destemida de Matamba, sem tentar usar um ardil em seguida para desapossá-la de seu território. Lembrando-lhe que ela tinha sido batizada em Luanda mesmo, apelou em uma carta pessoal a seus sentimentos cristãos, para preparar a negociação.

No entanto, uma vez mais, a resposta foi mordaz: "*Dizem que o rei de Portugal consente em me conceder algumas províncias do meu reino de Angola. Que direito ele tem sobre meus Estados? Eu tenho algum sobre os dele? É porque ele é hoje o mais forte? Mas a lei do mais forte apenas prova a potência e nunca legitima tais usurpações. O rei de Portugal realizará, portanto, apenas um ato de justiça e não de generosidade, me restituindo não algumas províncias, mas todo o meu reino sobre o qual nem seu nascimento nem sua força lhe conferem qualquer título.*"

Após alguns cautelosos avanços diplomáticos, o tratado quase foi colocado em risco quando a rainha recusou radicalmente a ideia do pagamento de um tributo anual de seu país à coroa portuguesa. "*Fazei saber ao vosso soberano*", declarou ela ao diplomata Rui Pegado, enviado em missão para negociar com ela, "*que, devolvendo a parte do meu reino usurpado pela força, ele se comportaria como um grande cavalheiro. Mas, se ele devolvesse em sua totalidade, agiria como um monarca justo e generoso. Quanto ao tributo reivindicado, que ele se lembre de que nunca prestei homenagem a quem quer que seja. Não me reconheço nem vassala nem dependente de ninguém!*"

Compreendendo, após alguns meses, que ela não transigiria, os portugueses acabaram renunciando a essa pretensão. O tratado foi ratificado em 24 de novembro de 1657, em Lisboa, pelo jovem rei Afonso VI. Ele seria respeitado por dois séculos.

A paz finalmente reinava no reino de Matamba após cerca de quarenta anos de campanhas quase ininterruptas. Anna Zingha havia conseguido preservar o pouco que restava de seu reino perdido de Angola, sua terra natal reduzida, com suas tropas movidas apenas pelo desejo de defender ardentemente sua liberdade. "*Acredita*", confessará ela mais tarde ao missionário italiano Antonio de Gaëte, seu confessor, "*que eu era feliz em passar minha vida no tumulto das armas, na carnificina e na crueldade? Foram os seus, os europeus, que me obrigaram a isso. Eles me tomaram Estados, espoliaram meu reino e queriam nos reduzir à escravidão. Acredita que eu teria podido simplesmente deixá-los fazer isso e me tornar um objeto de desprezo para o meu povo? Eu tinha que lutar para que os usurpadores me devolvessem tudo o que eles nos tinham levado. Hoje só peço uma coisa: rezo para que Deus rompa as correntes que foram colocadas sobre mim.*"

A rainha sabia que, enquanto estivesse nesta terra, seu reino permaneceria protegido de uma ocupação externa. Mas o caminho para chegar a esse resultado tinha sido longo. Foi um pouco por isso que ela se converteu de volta ao cristianismo. Não mais por cálculo político, como durante sua estada em Luanda, onde na realidade sentira ter sido constrangida para que fosse manipulada, mas porque agora ela se sentia tocada pela graça. Ela abriu, portanto, suas portas para os missionários europeus, e os nobres angolanos não tiveram outra escolha senão se submeter por sua vez ao batismo cristão, mais para seguir sua rainha do que por convicção real. O catolicismo se tornou uma religião do Estado, mas a grande maioria da população permaneceu profundamente apegada a suas crenças ancestrais.

Anna Zingha também proclamou a proibição, em todo o seu reino, dos sacrifícios humanos tradicionalmente realizados durante os funerais. Ela não queria dar um pretexto aos brancos, que justificavam sua luta contra os nativos e a espoliação de seus territórios pela necessidade de pôr fim a tais práticas. A rainha estava mais inclinada a pensar que, longe de serem guiados por uma preocupação puramente humanitária, os europeus procuravam acima de tudo garantir a si mesmos um potencial de mercadoria humana para o tráfico negreiro que estava em pleno apogeu.

Atendendo aos desejos de seus missionários, mandou construir uma igreja em sua capital, e ela própria supervisionou as obras, desde a colocação da primeira pedra até o final da construção. No dia do início dos trabalhos, ela surpreendeu o mundo ao se dirigir à pedreira onde escravos quebravam blocos de granito para as fundações do edifício. Colocou um pequeno bloco de pedra em seus frágeis ombros e seguiu os carregadores até o sítio previsto. Um gesto simbólico, como ela gostava, para marcar os espíritos. Também, quando se procedeu à derrubada das árvores para a construção dos muros, ainda foi ela quem deu a primeira machadada. Passava regularmente pelo canteiro de obras para oferecer refeições aos trabalhadores. Esses, quando ela estava satisfeita com o andamento do trabalho, tinham direito a alguns barris de bons vinhos europeus ou à companhia de seus músicos, encarregados de lhes comunicar um pouco mais de ardor na tarefa!

Com a paz restabelecida, Anna Zingha pôde, mais uma vez, retomar as ocupações diárias de seu cargo, e fazer reviver um cerimonial e costumes da corte que haviam ficado adormecidos por muito tempo. Algumas dessas práticas eram bastante surpreendentes, como, por exemplo, o almoço público da rainha, celebrando momentos especiais definidos pela tradição. Nesse dia atarefado de idas e vindas de servos ocupados em suas tarefas de intendência, a mesa da rainha era posta em um amplo pátio sombreado, onde se reunia um grande número de pessoas. Com um estalar de dedos, o primeiro-ministro organizava a assistência como um corpo de balé: os oficiais alinhados em semicírculo ao longo das paliçadas que fechavam o pátio interno e, diante deles, as damas da companhia sentadas no chão, em esteiras, a dez passos da almofada da rainha.

Naquele dia, Anna Zingha chegou seguida pelo missionário capuchinho Antonio de Gaëte, que agora a acompanhava em todas as suas visitas, desde sua segunda conversão à religião católica. Seus oitenta anos não alteraram em nada sua vitalidade nem sua elegância natural. Ela era, de verdade, muito vaidosa. Seu gosto por trajes refinados, joias suntuosas e peças de brocado importadas da Europa foi atestado por vários documentos portugueses da época.

É simples: vários cômodos de seu palácio eram destinados exclusivamente ao armazenamento de seu guarda-roupa!

Cumprimentando com um sorriso ou uma palavra gentil os dignitários alinhados em sua passagem, Anna Zingha foi se instalar em uma grande almofada de ráfia vermelha disposta em uma esteira, e ergueu ligeiramente seu pano em suas pernas. Uma dúzia de criadas acorreu imediatamente, segurando com cuidado pratos de terracota que continham especialidades apetitosas preparadas pelas melhores cozinheiras de cada província. Trezentas mulheres eram permanentemente designadas para seu serviço, e se revezavam a cada semana em equipes de dez.

A rainha provou alguns espetinhos de gafanhotos e se regalou com um lagarto grelhado antes de iniciar uma untuosa ave assada na brasa e um peixe ao molho. A culinária regional era sempre celebrada em tais cerimônias, e foram servidos nada menos que oitenta pratos diferentes, representando especialidades culinárias de diversos grupos étnicos. Anna Zingha obviamente fazia questão de provar um pouco de cada prato para não melindrar ninguém. À medida que levava um alimento à boca, ela lançava os outros pedaços na direção das damas da corte, que os disputavam sem ressentimentos, pois receber uma porção da refeição da rainha era marca notável de distinção.

O ritual mais esperado, no entanto, era o "beber" da rainha. Quando ela levava o copo de terracota aos lábios, a plateia aplaudia em cadência e estalava os dedos. E enquanto ela bebia em pequenos goles, o primeiro-ministro, sentado ao seu lado, apertava o dedinho do seu pé esquerdo como sinal de comunhão, e declamava em voz alta algumas palavras que simbolizavam os votos da nação: "*Que esta bebida, misturada aos alimentos que sustentam tua vida, nutra cada parte do teu corpo, desde o topo da cabeça até a ponta dos dedos de teus pés.*"

Encerrada a cerimônia, a rainha mandava distribuir o restante da comida abundante – sempre havia o suficiente para todos – à assistência muitíssimo honrada de compartilhar sua refeição. Quanto ao primeiro-ministro, cabia a ele recolher todos os ossos e procurar cuidadosamente no chão os resíduos do almoço real, antes de colocá-los em um cofrinho de madeira que levava debaixo de seu braço. Isso para que nenhum inimigo tivesse a tentação de usar esses restos para fazer algum feitiço contra a rainha.

Quando ela recebia europeus, as mesas eram cobertas com toalhas de mesa adamascadas, e eram trazidos os talheres de prata, a louça de prata dourada e os copos de cristal. A comida, preparada ao estilo europeu, era acompanhada dos melhores vinhos de Portugal. As damas da corte, e ela inclusive, vestiam trajes luxuosos à moda de Lisboa para receber seus convidados, frequentemente surpreendidos com uma recepção tão refinada em um país de "selvagens". Além disso, alguns ficavam bastante embaraçados com os "preciosos" presentes trazidos da metrópole em nome de seus soberanos para marcar sua visita diplomática – na realidade, meros colares de contas de vidro ou falso coral, que ela então oferecia com um sorriso às suas damas de companhia. Uma maneira tipicamente sua de deixar claro ao embaixador estrangeiro que, em seu país rico em minerais preciosos, sabia-se muito bem o quão pouco valiam essas bugigangas que os brancos consideravam adequadas para uma rainha africana.

Em intervalos regulares, depois de resolver os assuntos corriqueiros do reino, presidir uma corte de apelação contra um julgamento imerecido ou discutir teologia com seus missionários, a rainha ia para suas terras agrícolas, carregada em uma rede por escravos acostumados a longas distâncias. Todos os seus súditos, homens e mulheres, nobres e camponeses, deviam dedicar parte de seu tempo, três vezes por semana, para cultivar as terras de sua soberana e da coletividade, e cuidar das pastagens. Suas visitas de inspeção se destinavam principalmente a monitorar o comportamento dos clãs superiores, mais inclinados a delegar essas tarefas aos seus servos do que a pegar eles mesmos na enxada. Nesse reino que governava com firmeza, ela reorganizou a alta administração do país, dobrando cada cargo de responsabilidade ocupado por um homem, por um cargo de adjunto designado a uma mulher, e cada um devia prestar contas diretamente a ela separadamente.

Caçar era um dos passatempos favoritos da rainha. Vários animais selvagens acorrentados em árvores guardavam a entrada de sua residência, e era com malícia que ela respondia aos que se espantavam com tal atividade, apesar de sua idade avançada, dizendo que "a prática de caçar é excelente para a saúde". Quando ela ia em campanha, sua escolta sabia que as mais belas presas deveriam lhes ser reservadas. Os troféus que cobriam as paredes, e as peles de zebras e de leopardos no chão impressionavam a maioria dos visitantes europeus que pisaram na sua casa.

Nos fins de semana, costumava receber as mulheres da nobreza angolana que, por sua iniciativa, participavam de cursos de leitura, costura e bordado, e cujo progresso ela queria avaliar. Para salvá-las de uma ociosidade que lhe era insuportável, Anna Zingha mandava trazer de Luanda esposas de comerciantes portugueses encarregadas de ensinar essas atividades às damas de sua corte, mediante alta retribuição que ela assumia. Também exigia de suas súditas femininas que treinassem o manuseio de armas, soubessem atirar com arco e lançar um dardo, a fim de serem úteis na defesa da cidade em tempos de guerra. Além disso, quando passava em revista suas tropas, suas damas de companhia eram obrigadas a acompanhá-la em suas visitas de inspeção.

E então, naquele mês de dezembro de 1663, a capital de Matamba foi tomada por uma tristeza incomum. Havia já vários dias, todas as saídas da rainha tinham sido canceladas e a guarda ao redor do palácio tinha sido reforçada. Zingha, aos 82 anos, sofria de uma inflamação na garganta, e nem os remédios de seus curandeiros nem o emplastro que o missionário branco aplicara em seu peito puderam aliviar suas dores. No entanto, nenhuma queixa escapava de seus lábios.

"*É em vão querer me fazer crer que vou viver mais do que os outros*", confidenciou em um suspiro ao padre Antonio Cavazzi da Montecuccolo, seu novo confessor, que praticamente não a deixava mais. "*Sou como os outros, apenas um saco de vermes e de podridão... O que dirão todas essas pessoas que me veem como imortal e me veneram como uma deusa?*"

Na manhã de 17 de dezembro, depois de receber os últimos sacramentos, ela convocou seus ministros. Falava com dificuldade e os acessos de tosse lhe arrancavam gemidos que ela não tinha mais forças para reprimir. Anunciou-lhes que estava feliz por morrer na fé católica. Ela também se arrependeu publicamente de ter praticado outrora os costumes bárbaros dos Jagas, e de ter derramado tanto sangue inocente.

Voltando-se para seu primeiro-ministro, que ela havia recentemente elevado ao posto de vice-rei de Matamba, disse-lhe: "*O reino está em paz e em boa ordem. Tente mantê-lo como eu o deixei. Defenda com vigor a causa de Deus. Quero que, para meu funeral e meu sepultamento, sigam as instruções do meu confessor, e que elas sejam organizadas segundo os ritos e costumes da religião cristã. E, principalmente, nada de sacrifícios humanos, mesmo que seja para honrar uma grande rainha.*"

Pode-se imaginar o alívio de seus seguidores, já aterrorizados com a ideia de ser enterrados vivos com os despojos de sua senhora, conforme a tradição que exigia que um cortejo de familiares "acompanhasse" o defunto até seu túmulo. Um apaziguamento sem dúvida compartilhado também pelos criados, cujo nervosismo, perceptível fazia alguns dias, traduzia bem esse temor de se verem emparedados na cripta da rainha. Assim, eles não teriam que fugir sub-repticiamente à noite para evitar ser pegos pela milícia real, que teria se empenhado em trazer de volta à razão a centena de vítimas designadas para o holocausto.

Apesar da febre da agonia, Anna Zingha ainda queria libertar sua consciência. "*Meu único arrependimento*", ela murmurou com uma voz quase inaudível, "*é não deixar um filho que possa me suceder no trono de Matamba*". Ela fez uma nova pausa, desta vez mais longa, como se esse esforço a esgotasse. Ou era a dor de uma lembrança insuportável, escondida no fundo de sua memória?

Estava ela revivendo, enquanto a morte vinha ao seu encontro, aquele dia maldito em que seu único filho, um bebê de alguns meses que ainda mamava no peito, foi assassinado pelos capangas de seu irmão tão odiado? Aquele tirano de Mani Ngola que lhe devotava um ciúme feroz porque ela sempre fora a favorita de seu pai, e porque sabia que ela era superior a ele.

Tinha sido fácil para Mani Ngola obrigar as servas, que geralmente cuidavam da criança, a obedecê-lo. Na ausência da mãe, elas prepararam um banho fervendo no qual o tinham mergulhado até que ele se sufocasse em queimaduras atrozes. Zingha tinha então cerca de trinta anos. A aterradora notícia a havia devastado. Sobre o corpo martirizado do bebê, ela havia jurado publicamente não chorar essa morte até que sua vingança fosse cumprida.

Mas isso não era tudo. Para completar seu desígnio odioso, uma noite, o irmão sanguinário tinha mandado cinco de seus homens capturá-la e levá-la, amarrada, até uma matrona a seu serviço. E com um tição ardente introduzido profundamente em seu corpo, a horrível megera lhe havia tirado toda esperança de conceber novamente. Uma dor pavorosa que jamais se havia apagado.

Em seus últimos instantes, talvez tenha sido essa imagem de sangue que impregnava seus pensamentos. A de quando, com uma punhalada no coração, ela tinha posto fim brutalmente à existência de um garotinho inocente: o único filho daquele irmão odioso, de quem se havia livrado com veneno alguns anos depois. Uma dupla vingança para uma dupla pena: seu filho assassinado e sua feminilidade mutilada. E depois, todas aquelas vítimas sacrificadas à ambição de uma grande rainha... Tudo isso parecia tão distante agora. O que ela tinha feito, tinha feito por seu povo.

Ela teve um último pensamento para todos os homens que também passaram por sua vida? Alianças de circunstâncias, ligações políticas ou paixões efêmeras, tantos amantes rapidamente repelidos fora de seu leito, mas que tinham se sucedido em grande número como se ela tivesse obstinadamente procurando provar a si mesma que ainda era uma mulher. Uma mulher atormentada que, em um dia de melancolia, deixou escapar seu "ódio implacável por toda a raça dos homens". Seu último companheiro tinha sido um jovem servo cinquenta anos mais novo, que ela havia escolhido no ano em que fez setenta e cinco anos. Anna Zingha morreu em 17 de dezembro de 1663. Foi enterrada coberta de ouro e de pedras preciosas, e foi sua querida irmã Cambo quem a sucedeu.

Numa época em que os europeus consideravam os negros inferiores, as façanhas de Anna Zingha, uma mulher culta que falava português perfeitamente, lhe conferiram uma extraordinária notoriedade já no século XVII. Isso ocorreu especialmente após a divulgação de relatórios de oficiais portugueses ou arquivos de governadores em exercício em Luanda, de suas cartas aos reis João IV e Afonso VI de Portugal, bem como ao papa Alexandre VII, em Roma e, finalmente, com os testemunhos dos dois missionários italianos que viveram em sua corte durante sua estada em Angola. Entre os séculos XVII e XIX, inspirou narrativas e ficções publicadas na Alemanha, França, Itália, Portugal e Holanda.

Também será mencionada em enciclopédias históricas, crônicas de viagens e outros dicionários de personagens famosos pelos quais leitores da época eram apaixonados. Esse florescimento de descrições sobre a soberana negra deveria despertar a curiosidade do ilustrador francês Achille Devéria que, sem nunca a ter encontrado, desenhou um retrato seu em 1830. E essa representação imaginária se imporá no Ocidente como uma ilustração quase oficial da rainha de Angola.

Durante a guerra de libertação contra Portugal, nas décadas de 1960/70, a lembrança de Zingha foi revivida como um ícone de resistência pelos líderes nacionalistas. Após a independência de Angola, em 1975, uma estátua mais próxima da fisionomia que parecia caracterizá-la, de acordo com descrições recolhidas nas tradições orais, lhe foi dedicada em 1976 pelo novo poder. Uma maneira de trazer um pouco de autenticidade para contrabalançar a imagem fantasmática dessa personagem emblemática.

O heroico sacrifício da Rainha Pokou na Costa do Marfim

> *"Há muito tempo, vivia à beira de uma lagoa tranquila, uma tribo onde os homens eram vigorosos e as mulheres alegres. A mais valente de todas era Abla (a princesa) Pokou. Mas numerosos inimigos, como grandes formigas, um dia os forçaram a abandonar suas plantações e a lagoa cheia de peixes. A floresta, com seus espinhos, lhes rasgava os tecidos e a carne. Era preciso fugir, sempre fugir... E Abla Pokou ia na frente, carregando seu filho nas costas."*

Assim começa a epopeia mítica que os marfinenses da etnia Baoulé se transmitem há gerações, em homenagem à mulher que liderou o êxodo dos seus ancestrais no caminho da liberdade. A Princesa Pokou nasceu no início do século XVIII, à sombra de um parente ilustre: seu tio-avô, o venerado Ossei Tutu, fundador da poderosa confederação Ashanti originária do Gana atual. Era um povo de ricos agricultores e de artesãos renomados, que se destacavam no trabalho com ouro e bronze, bem como na fabricação de móveis esculpidos em ébano.

Antes da sua unificação, a região vivia uma instabilidade crônica devido a antagonismos que opunham diferentes grupos culturais ou cidades-Estados detentoras de recursos cobiçados. Os exércitos se enfrentavam regularmente em consequência de tensões políticas ou de disputas estratégicas. O leque era, portanto, amplo entre conflitos dinásticos acarretando a partida daqueles que se sentiam prejudicados, lutas pelo controle das minas de ouro, ou mesmo tentativas de domínio de um clã em detrimento de outro, nos circuitos comerciais da noz-de-cola.

A conflagração também poderia advir do desejo de certas tribos de se libertarem de uma sujeição demasiado despótica. Outros ainda recorriam às armas para manifestar sua recusa em pagar os pesados tributos anuais exigidos por um domínio demasiado voraz. Além disso, favorecidas por esse clima de distúrbios, as caçadas humanas entre grupos opostos se multiplicavam para alimentar o tráfico negreiro controlado pelos europeus. Uma insegurança permanente, portanto, que resultou em grandes movimentos de dispersão de populações civis que, assediadas por todos os lados, fugiam em busca de uma nova terra de refúgio, representando sua última esperança de sobrevivência.

Imperador carismático, Ossei Tutu pôs fim à desordem ao unificar os turbulentos pequenos reis Akan que tiveram de se curvar diante de sua superioridade. Graças à venda de ouro para os entrepostos europeus instalados na faixa costeira do país, ele tinha adquirido um moderno poder de fogo que lhe permitiria impor sua autoridade sobre os vizinhos. Proclamado primeiro rei do país Ashanti, ajudado pelo mito do herói fundador construído em torno de sua pessoa, esse grande construtor impulsionou um crescimento notável em seu novo império. Ele também pacificou a próspera região de Kumasi, uma capital objeto de todas as cobiças, localizada na convergência das rotas comerciais que ligavam o litoral ao interior.

Manter a integridade de uma entidade tão próspera exigia, como se pode imaginar, vigorosas expedições militares contra os obstinados que insistiam em querer abalar a supremacia de Ashanti. Por volta de 1720, Ossei Tutu foi vítima de uma emboscada armada pela tribo dos Akim vizinhos, aliados num dia, rebeldes no outro. Aplicou-se então a regra da sucessão matrilinear, conforme a tradição Akan que favorece a transmissão da herança aos filhos do sexo masculino das irmãs ou sobrinhas do falecido. Seu sobrinho uterino, Opoku Ware, irmão mais velho de Pokou, o sucedeu.

O novo rei estava longe de ter a autoridade de Ossei Tutu. Durante os trinta anos que exerceu o poder, ele teve grandes dificuldades em conter as revoltas que eclodiam por todo o reino. Parecia óbvio que a unidade de Ashanti não resistiria por muito tempo ao desaparecimento de seu fundador. E foi assim que em 1749[14], após a morte de Opoku Ware, uma disputa de sucessão opondo o jovem irmão do rei morto, herdeiro designado, a um de seus tios, submeteu o país a ferro e fogo.

Segundo a genealogia da confederação Ashanti, foi com o desaparecimento de Opoku Ware que eclodiu a guerra civil entre o irmão do falecido e seu tio Obodoum. A tradição oral dos Akan da Costa do Marfim difere por sua vez ao descrever Opoku Ware e Dakon como primos e pretendentes rivais ao trono deixado vago por Ossei Tutu. O relato ganense não menciona a princesa Pokou, embora sua mãe, Nyakou Kusi Amoa, que também era a do rei Opoku Ware, seja mencionada. Mas isto não chega a ser surpreendente. Na verdade, em algumas sociedades africanas, os nomes daqueles que desafiaram o poder estabelecido eram apagados dos anais oficiais. Talvez tenha sido o caso de Pokou, que escolheu o exílio com os partidários de sua família, como forma de contestação contra o novo rei, seu tio, considerado um usurpador.

Alguns qualificam a epopeia de Pokou de lenda, como frequentemente acontece com ações de envergadura realizadas por mulheres na história da África. No entanto, a disputa dinástica que esteve na origem do êxodo de alguns grupos Akan para a Costa do Marfim é atestada tanto por tradições orais como por fontes documentais. Por que somente esta figura feminina nasceria do imaginário popular? O historiador marfinense Jean-Noel Loucou conduziu, em 1975, pesquisas com seus alunos do Instituto de História da Universidade de Abidjan, sobre as rotas migratórias seguidas pelo grupo de Pokou. Recolheu tradições orais na região de Sakassou, onde a rainha tinha se estabelecido com parte dos fugitivos. É uma pena que esta contribuição, que enriquece o conhecimento dos fatos, não tenha tido maior divulgação.

O tio Koussi[15] Obodoum, um homem de meia idade, vinha de um ramo lateral da família reinante, dado que sua avó era a irmã uterina de Ossei Tutu. Ele havia conquistado favores do Conselho de Anciãos por meio de intrigas e, fortalecido por esse apoio, estava determinado a contestar a ordem estabelecida,

14 Algumas fontes indicam 1750.

15 Escreve-se também Kusi Obodum.

depois de ter tido o cuidado de armar seus partidários para colocar todas as chances a seu favor.

O Príncipe Dakon foi finalmente assassinado em 1751. Aterrorizada pela luta fratricida que estava destruindo Kumasi, a Princesa Pokou compreendeu imediatamente o destino que aguardava o clã de seu infeliz irmão. As casas incendiadas, os campos saqueados, os rebanhos roubados, os bens pilhados lhe indicavam que só sobrava o exílio para evitar um destino trágico para os seus. Ela já tinha visto carnificinas demais naquele reino atormentado! Rivalidades, insurreições, vinganças, castigos, êxodos: famílias inteiras pagavam impiedosamente com a vida a ambição de um filho ou a degradação de um pai. Sua própria mãe, a rainha Nyakou, sobrinha direta de Ossei Tutu, não havia sido massacrada, junto com todas as suas primas, pelo rei do vizinho Sefwi, que havia jurado esmagar Kumasi? Ela própria devia sua sobrevivência milagrosa somente à proteção dos ancestrais que cuidavam dela no além.

Quando seu jovem marido, por sua vez, caiu em uma emboscada preparada pelos capangas do tio Obodoum, ela soube que a única saída para preservar a salvação de sua linhagem era a fuga. Em segredo, ela reuniu os chefes das quatro famílias nobres e das quatro famílias vassalas mais devotadas ao seu clã, e lhes revelou seu plano. Eles aceitaram se submeter à sua autoridade. Assim que a sombra da noite caiu sobre a cidade, eles deixaram sub-repticiamente seus bairros e se encontraram em uma plantação afastada. Havia poucos riscos de serem denunciados naquela mesma noite, pois, naquele clima de terror, todos estavam escondidos em casa. Ninguém queria saber, nem ouvir, nem falar sobre o que acontecia na parcela vizinha. Quando todos os seus partidários foram reagrupados, a coluna que contava com uma boa centena de homens, mulheres e crianças, bem como servos e um pelotão de soldados fiéis, partiu em direção ao noroeste, sob a liderança da princesa.

Curvados sob fardos apressadamente carregados de mantimentos e tesouros ancestrais, os fugitivos iniciaram uma longa marcha rumo ao desconhecido. Atordoados por noites sem sono, eles adentraram a mata, perseguidos pelos insetos e mosquitos vetores de morte que pululavam nessa estação de chuvas. Avançavam até perder o fôlego, amassando com os pés descalços o húmus espesso e repugnante que lhes aprisionava os tornozelos. Acima de tudo, não diminuir a marcha para manter a vantagem conquistada sobre o inimigo. À medida que avançavam, novos fugitivos vinham engrossar suas fileiras: aqueles que cruzavam seu caminho funesto julgavam, efetivamente, mais prudente abandonar suas aldeias em vez de enfrentar as sangrentas represálias do exército por terem oferecido alguma hospitalidade ao povo de Pokou.

Eles mal paravam um pouco em um acampamento improvisado para recuperar as forças e tocaiar alguma caça. Mal tinham tempo de enterrar seus mortos – velhos vencidos pela exaustão, crianças despedaçadas por feras rodeando seu rastro, caminhantes corajosos ceifados por febres delirantes. Eles precisavam seguir em frente, perseguidos pelas tropas que o novo rei de Kumasi havia enviado em seu encalço. À frente do cortejo, Pokou incitava os seus, exortando-os a resistir ao medo e ao desânimo.

Enfraquecidos, ofegantes, eles abriram caminho através de uma floresta densa e hostil que provavelmente nenhum ser humano havia atravessado antes. Uma umidade opressiva emanava da copa das árvores gigantes, cujas lianas com figuras demoníacas balançavam de maneira inquietante como longos dedos recurvados. Através do estalar dos galhos, sentia-se o sopro trepidante de espíritos invisíveis, indignados com aquela perturbadora intrusão humana. Eles próprios aterrorizados, os adultos não conseguiram encontrar as palavras reconfortantes que poderiam ter acalmado o terror das crianças.

Eles finalmente chegaram diante de um rio rugindo que os deixou apavorados. A Comoé formava uma barreira natural entre o berço dos seus ancestrais Ashanti e uma nova terra: a Costa do Marfim, que se apresentava como uma promessa de liberdade. O rio, inchado pelas recentes chuvas de inverno, estava, no entanto, intransitável. Sob a violência das correntes, as pirogas dos pescadores, amarradas em troncos, se despedaçavam como gravetos. Algumas cabanas haviam sido até sugadas pelas ondas borbulhantes, espalhando a desolação nas aldeias vizinhas. Qualquer travessia de vau era impossível. E o inimigo estava ali, próximo, anunciado pelo eco dos tambores falantes.

Na margem, jacarés descansavam, bocarras preguiçosamente abertas ao sol. Na beira da água, um grupo de hipopótamos brincava ruidosamente, soprando volumosos jatos de água. Dominando, de tempos em tempos, os sons da floresta, os gritos agudos dos necrófagos, empoleirados no alto das árvores, penetravam nos caminhantes até a medula dos ossos. Um mundo tão inóspito só podia representar um mau presságio para esses agricultores e ferreiros Ashanti, mais familiarizados com vastas clareiras e savanas exuberantes. Será que essa terrível massa de água anunciava sua sepultura?

Pokou avançou até a beira do rio em fúria, que carregava imensos troncos de árvores em um estrondo infernal. Ela ergueu os braços para o céu. Um gesto de impotência? De súplica? Cada um viu nele o que quis. Em seguida, ela se virou para seu adivinho, o guardião das tradições sagradas, e ordenou-lhe que consultasse os oráculos: *"O que podemos fazer para escapar dos inimigos que nos perseguem? Diga-nos o que pede o gênio do rio para nos deixar passar. Quer ele nozes de cola? Libações de óleo e vinho de palma? Quantas galinhas ele exige em sacrifício? Uma? Cem? E bois? Trinta? Quarenta bois?"*

O velho homem, chamado Nansi, escutou sem dizer uma palavra. Então, ele acenou com a cabeça. Dobrou as pernas, agachou-se no chão diante de uma panela de barro onde repousavam os espíritos dos ancestrais, e fechou os olhos em sinal de recolhimento. Um silêncio absoluto apenas perturbado pelos ecos sinistros da natureza tinha tomado conta das fileiras compactas que agora formavam corpo em torno da princesa, como para lhe expressar que representava seu último bastião. Ninguém ousava pronunciar uma palavra. Ai daquele que ousasse perturbar o diálogo secreto travado entre o homem de fé e as forças ocultas!

As mães enganchavam seus bebês em seus seios para evitar qualquer choramingo. Os pais, em uníssono, vieram fechar a boca dos pequenos curiosos com as mãos unidas para impedir qualquer questionamento. A angústia apertava seus estômagos. Cada minuto os aproximava dos fuzis e das lanças envenenadas de seus perseguidores. Certamente não era o momento de chamar a atenção do destino que, sem dúvida, procurava agorinha mesmo uma vítima expiatória.

Foi então que a voz do feiticeiro se elevou, imbuída de uma gravidade incomum. *"Rainha"*, ele falou, *"o gênio deste rio está irritado. Ele só se apaziguará quando lhe dermos em oferenda o que temos de mais precioso."* Foi assim que ele interpretou a resposta dos ancestrais. As mulheres desamarraram imediatamente os tecidos contendo os adornos de ouro e de marfim dos famosos ourives Ashanti. Os homens destrancaram os baús de madeira esculpida que guardavam tesouros inalienáveis. Mas o feiticeiro sacudiu a cabeça refutando e afastou essas oferendas com o pé. *"Não! O que temos de mais caro, o que mais amamos,* clamou ele, *são nossos filhos!"*

As mães estremeceram. No entanto, as mulheres Ashanti sabiam que, em certas circunstâncias, os deuses podiam exigir a morte de uma criança. Pela educação e pelos valores transmitidos por suas mães e suas avós, todas elas tinham aprendido que não era permitido se revoltar nem chorar pela criança sacrificial, sob pena de verem a ira dos deuses se abater sobre toda a tribo. Quando os espíritos dos ancestrais falavam pela boca do feiticeiro, que recurso restava aos mortais? Todos sabiam disso. No entanto, nem um único voluntário se apresentou entre a multidão petrificada.

"Uma criança? Vá buscá-la!", ordenou a princesa ao velho homem, apontando com o queixo a tropa de seus fiéis. *"Diga-lhes que as águas pedem uma criança para nos deixar em paz."* Mas o feiticeiro voltou de mãos vazias. À medida que ele se aproximava, cada um abraçava seus filhos, as mães escondendo apressadamente seus bebês sob duas camadas de tecidos kita[16]. Então, Pokou subiu em uma rocha que formava um promontório e gritou: *"Povo de Kumasi, quem dentre vocês dará um filho para a salvação de todos?"*. Os rostos permaneceram impassíveis, as bocas mudas.

Pokou percorreu lentamente com o olhar os infelizes que a cercavam, como para provocar um sobressalto entre esses orgulhosos chefes de clã, aqueles progenitores de longas linhagens de filhos, que lhe confiaram seu destino. Ela implorava com os olhos, indo de um para outro, esperando que algum chefe de família se devotaria a dar nem que fosse o mais frágil de seus filhos, um dos

16 Kita: tecido cerimonial feito de fios de algodão e seda com padrões coloridos, usada em Gana, Costa do Marfim e Togo.

que provavelmente não duraria até o fim de sua incerta viagem. Mas nenhum sustentou seu olhar. Aquela fuga desesperada rumo ao exílio tinha certamente tornado as diferentes famílias mais solidárias entre si, mas não a ponto de oferecerem em sacrifício o sangue do seu sangue!

Quem sabe se agora eles não estavam se questionando secretamente? Perguntando-se para qual aventura os tinha arrastado essa intrépida princesa? Afinal de contas, eles poderiam ter chegado a um acordo com o usurpador de Kumasi? Por que deveriam pagar por vãs disputas reais, das quais eram, considerando tudo, meros instrumentos! Tinham abandonado seus campos em plena semeadura e seus celeiros cheios até a borda, para se encontrarem longe da terra de seus ancestrais, presas da fome e do desespero, talvez até mesmo a caminho da sua última morada.

Pokou não demorou muito para entender. Ela avançou até a beira do rio e desamarrou a criança que carregava nas costas a jovem criada que a acompanhava. Seu próprio filho. *"Kouakou, meu único filho! Entendi que devo dar meu filho pela sobrevivência desta tribo. Foi por causa da minha família que eles foram forçados a fugir. Uma rainha não é, afinal, apenas rainha, e não mulher nem mãe!"*.

Sua mente se demorou por um instante nos longos anos de sofrimento durante os quais sua barriga permanecera vazia; nos companheiros dos quais precisou se separar porque sua semente não a tornava fértil; nas humilhações sentidas ao ouvir murmúrios reprovadores ao seu redor, evocando, ela adivinhava, a provável maldição ligada à sua esterilidade. Ela podia se manter altiva, mas uma princesa sem filhos, que degradação! Sobrinha-neta favorita do mais famoso dos reis Ashanti, era de seu sangue que, segundo a tradição, deveria nascer o herdeiro do trono. Mas, infelizmente, a honra de dar à luz um futuro rei não lhe tinha sido concedida. Com o passar dos anos, seu coração tinha secado sob o peso da amargura e da resignação, a ponto de suas antigas companheiras da mesma faixa de idade nem mais ousarem vir lhe apresentar seus bebezinhos.

E foi aos quarenta anos, quando as mulheres de sua geração se tornavam avós, que o milagre aconteceu. Sua última união finalmente deu fruto. O de Assoué Tano, o jovem guerreiro que veio libertá-la das garras do rei da vizinha

Sefwi que a mantinha prisioneira. Isso foi durante o reinado de seu irmão, Opoku Ware. Este, ocupado em cruzar armas contra uma província recalcitrante, cometeu a imprudência de deixar sua capital indefesa, convencido de que o lugar estava em segurança. Mas, assim que o exército Ashanti se moveu, a tribo vassala de Sefwi lançou um ataque contra a orgulhosa Kumasi, da qual se dizia que suas ruas eram pavimentadas com lingotes de ouro.

A guarnição que ali ficara não conseguira resistir por muito tempo à corte que se havia abatido sobre a cidade. Esta foi completamente saqueada e as famílias dos notáveis dizimadas. As mulheres da família real, que se recusaram a fugir diante do inimigo, foram estripadas. Nenhuma escapou da carnificina, nenhuma. Exceto Pokou e sua jovem sobrinha Akwa Boni, milagrosamente poupadas para servir como escudo humano caso se manifestasse o desejo de vingança do rei de Kumasi.

Um cálculo em vão, pois este, ao ser informado do saque de sua cidade, imediatamente retornou, tomado de fúria, contra o impetuoso vassalo que massacrou antes mesmo de buscar notícias de suas duas parentes, felizmente sãs e salvas! E como um milagre nunca acontece sozinho, Pokou, subjugada pela dedicação e pela imponência do valente soldado que comandava a escolta encarregada de trazê-la de volta para os seus, decidiu torná-lo seu marido. Dessa união deveria nascer esse filho que ela tinha esperado tanto.

Esta criança ternamente querida, acolhida como um presente do céu, era como uma seiva revigorante para seu corpo envelhecido. Ele também foi seu consolo único quando, vítima dessa trágica guerra de sucessão que a jogaria nas rotas do exílio, seu companheiro pagou com a vida por sua aliança inoportuna com a realeza em desgraça. E agora o que lhe sobrou? Essas pessoas que esperavam tudo dela? Piedade! Este pequeno ser que gorjeava não tinha nem três anos. Piedade!

Uma súplica silenciosa que ninguém ouviu. Não mais do que se viu em seu rosto, que traía somente pouca emoção, a expressão da dor indescritível que lhe esmagava o coração e lhe despedaçava as entranhas. Recuperar sua respiração... Livrar-se do aperto que lhe sufocava a respiração... Será que não tinham nenhuma compaixão, para exigir que uma infeliz viúva sacrificasse seu único filho?

Pokou afastou suavemente a jovem serva em prantos que se agarrava à criança; ela compartilhava tão profundamente a aflição de sua senhora. A princesa ergueu o filho acima de si, como para contemplá-lo uma última vez. Ela deslizou-o contra o peito, que ainda não havia secado, cobriu-o com algumas joias espalhadas aqui e ali, acariciou com os dedos as dobras do pescocinho rechonchudo, deslizou ternamente sua mão pelos braços e pelas perninhas vigorosas e depois, virando abruptamente a cabeça, ela o colocou rudemente nos braços do feiticeiro que, por respeito, não ousara interromper aquele comovente momento de amor.

Ela também não se virou quando o feiticeiro, depois de rápidas libações no corpo da criança e de algumas orações à glória dos ancestrais, subiu ao promontório e atirou o bebé às ondas, sob um imenso clamor de contrição.

Os sons da floresta de repente se tornaram menos ameaçadores. Como por encanto, as águas do Comoé se acalmaram e alguns instantes depois, a coluna do êxodo pôde passar! Por qual milagre? Ninguém sabe ao certo. Segundo algumas tradições orais, uma imensa árvore de sumaúma localizada na margem oposta do rio, teria inclinado seu tronco entre as duas margens para oferecer uma ponte ao povo de Pokou. Será que a árvore realmente quebrou em uma passagem mais praticável para criar uma passarela entre as duas margens? Teria ela sido empurrada para a água depois que todos a tivessem atravessado? Outras narrativas atribuem um caráter ainda mais mágico a essa travessia lendária. Relatam que hipopótamos que se banhavam no rio vieram docilmente se alinhar flanco a flanco entre as duas margens, oferecendo seus dorsos brilhantes aos mil pés da tribo em fuga ...

Quando o último dos exilados finalmente alcançou a outra margem, conta-se que a sumaúma se ergueu de repente e o rio retomou seu furioso borbulhamento, interrompendo a corrida dos perseguidores atordoados diante do inexplicável. Já esquecidos do drama que acabara de acontecer, os fugitivos saudaram sua incrível vitória com uma explosão de júbilo. Mas, ao designarem essa nova terra, os dignitários pediram a Pokou, a quem seu sacrifício agora elevava ao status de rainha, que batizasse seu novo reino, ela só conseguiu murmurar num soluço: "Ba ou li", que significa: *"A criança está morta."*. Em homenagem ao seu ato heroico, os chefes de clãs concordaram então em renomear sua etnia com o nome de Baoulé. Caçados de Ashanti, escolhiam renunciar à sua antiga denominação que, para eles, pertencia agora a um passado que preferiam esquecer.

Para marcar o renascimento simbólico do povo Akan nessa terra de liberdade, Pokou decidiu dar novos nomes aos clãs que a acompanharam. Um cerimonial onde a parábola comandava a palavra. Ela começou pelas famílias vassalas. Designando um primeiro grupo conhecido por sua pouca disposição para a guerra, ela declarou: "*Os membros dessa tribo se chamarão Atoutou, os depenadores. De agora em diante serão eles que vão depenar minhas galinhas. Vocês*, ela gritou se dirigindo a uma outra coluna, abatida pela exaustão, *vocês que sentem dor nos pés de tanto caminhar, e que mancam como se tivessem vermes-da-Guiné nas pernas, vamos apelidá-los de Ngban, os vermes-da-Guiné. E vocês que andam todos esfarrapados e nus, sempre acendendo fogueiras para se aquecer, seu nome será Nanafwé.*". Por fim, os *Agba*, reconhecíveis pelos panos tecidos com fibras de casca de árvore agbaon com que se vestiam, foram escolhidos para relançar as primeiras plantações de mandioca da comunidade, e organizar a atividade agrícola.

Avançando em seguida em direção às famílias nobres, ela anunciou a cada uma delas: "*Vocês, meus valentes soldados, eu os chamo de Nzipkli, "Aqueles que sabem lutar". E vocês, que são meu braço direito em quem me apoiei para organizar nossa resistência e o nosso êxodo, vocês serão os Faafoué, os homens da direita.*" Apontando para um terceiro grupo, ela prosseguiu: "*Quanto a aqueles, estão sempre falando todos ao mesmo tempo, parece até que vão brigar! Vamos chamá-los de Saa, como o gengibre, porque seu caráter é quente como o sabor do gengibre.*" Unindo-se finalmente aos membros de seu clã, os da obediência real, declarou em voz alta: "*Essas pessoas, por tradição, são designadas para liderar o país. Por isso, dou-lhes o nome de Walèbo em memória daquele Walè, a grande árvore sob a qual nos reunimos após a travessia do rio em fúria.*"

Essa formalidade, semelhante a uma redistribuição dos papéis sociais em um novo contexto, preludiou a dispersão das tribos Baoulés, que se fragmentaram em subgrupos para se estabelecer em diferentes regiões. Após percorrerem o país em busca de terras férteis, alguns deles repeliram populações indígenas como os Sénoufos e os Gouros, para ocupar o centro da Costa do Marfim. Criaram um importante núcleo de povoamento na região de Bouaké. Outros se espalharam pelo resto do país, enquanto o grosso das tropas, permanecendo sob o comando de Pokou, avançou em direção à bacia do rio Bandama, onde encontraram um território bem irrigado e rico em minerais de ouro. Para esses ferreiros Ashanti, o simbolismo era óbvio. Decidiram se instalar ali, começando por construir a cabana da rainha. Depois os clãs demarcaram suas posses, montaram suas casas e aos poucos criaram embriões de novas aldeias.

Quando todas essas pessoas estavam instaladas, chegou o momento de prestar homenagem aos ancestrais e de implorar a sua bênção para esse novo lar. Em reconhecimento à abnegação fora do comum que ela demonstrou, os chefes da família decidiram que o primeiro ato social da sua comunidade seria a celebração do funeral do filho de Pokou. E foi assim que o berço do povo Baoulé recebeu o nome de Sakassou, ou seja, "lugar de funerais".

Perpetuamente evocado, honrado, contado, cantado, esse sacrifício fez de Pokou a mulher mais glorificada da região. Dos lugares mais distantes, os Baoulés viajavam para vir prestar homenagem à sua rainha tão magnânima. Embora arrasada por esta perda cruel, ela cumpriu sua missão com dignidade. Durante seu longo reinado, ela demonstrou grande sabedoria na administração de seu povo.

Ela reorganizou a vida social para adaptá-la à sua nova vida, preservando, no entanto, a estrutura hierárquica da sociedade Akan, bem como as regras tradicionais de direito e de sucessão. Ela também se consagrou muito ao desenvolvimento da agricultura. Os trabalhos agrícolas eram realizados sob sua supervisão e, em cada colheita, ela garantia que os agricultores reservassem uma parte de sua produção que era depois armazenada em celeiros comunitários para previsão aos períodos de escassez.

Pokou morreu por volta de 1760 em Niamonou, uma aldeia da região de Bouaké, e seu gesto permaneceu para a posteridade. Outra versão reivindica Sakassou como o local de sepultamento da rainha e o berço do poder real Baoulé. Foi em Sakassou, anteriormente chamada Walèbo, que se estabeleceria sua sobrinha Akwa Boni, que a havia acompanhado no êxodo, e que a sucedeu. Esta tinha um temperamento bastante guerreiro e, sob sua liderança, várias tribos

Baoulé continuaram sua expansão para o resto do país. Ambicionando expandir as fronteiras de seu reino, Akwa Boni liderou suas tropas contra tribos indígenas da redondeza, enfrentando principalmente os Gouros, os Sénoufos, os Golis, os Malinkés. Boni morreu em 1790, durante uma expedição ao território Yaouré, rico em jazidas de ouro. Ela foi enterrada em Sakassou.

A ascensão dessas duas rainhas induziria transformações notáveis nestas sociedades, nas quais as mulheres tinham agora acesso a um papel central na comunidade. Assim, entre os Baoulés, as mulheres podem exercer o comando e ocupar às mais altas funções políticas e sociais. Elas podem ser designadas como chefes de linhagem, chefes de clã ou de aldeia, e as regras consuetudinárias de sucessão matriarcal permaneceram vivas nas tradições locais.

Tassin Hangbe

Rainha efêmera do Daomé[17]

A lista dos reis dahomeanos não menciona o reinado de uma mulher. No entanto, Tassin[18] Hangbe, apelidada de "a rainha sem pudor", exerceu uma breve regência no trono de Abomey, no início do século XVIII. É verdade que seu reinado foi manchado por um acontecimento sem precedentes nos anais do país. Um escândalo tão grande que foi perpetuado durante muito tempo pela tradição popular.

A princesa Tassin Hangbe era a irmã gêmea do rei Akaba, e dizia-se que eles se pareciam como duas gotas d'água. Com a morte de seu pai, Houegbadja, segundo rei de Abomey que reinou, segundo algumas fontes, de 1650 a 1680[19], Tassin Hangbe compartilhou oficialmente a soberania com seu irmão, pois o costume exigia que os gêmeos fossem tratados em estrita igualdade.

Mas se Tassin Hangbe se beneficiou de todas as honras devidas aos reis, ela não ocupou efetivamente nenhum cargo político. As princesas tinham certamente uma importante função social que se refletia até no papel de conselheira do reino que elas eram autorizadas a exercer. Contudo, essas mulheres de obediência real – assim como sua descendência masculina – eram excluídas do poder e da transmissão da herança; uma regra que permitia evitar qualquer transferência de autoridade ou dispersão de bens familiares em caso de casamento com um pretendente estrangeiro em sua comunidade, ou não pertencente à sua categoria social. O costume era muito claro neste ponto.

---

17 Corresponde a uma parte do atual Benin.

18 Também designada sob o nome de Tassi Hangbe.

19 Outras fontes situam este reinado de 1645 a 1685 ou 1655-1679.

Os casamentos fora das convenções estabelecidas não eram proibidos, mas nada deveria contribuir para perturbar a manutenção das regras da coletividade original. Portanto, era inconcebível que o filho de uma princesa e de um plebeu ou de um servo pudesse reivindicar o trono. É verdade que, ao contrário de outras mulheres da sociedade ou das esposas reais que podiam ser espancadas e até punidas com a morte em caso de falta grave, as princesas dahomeanas, como mulheres independentes, desfrutavam de uma grande liberdade de costumes da qual não se privavam. Os maridos também tinham todo o interesse em não se ofender com certas aventuras extraconjugais, se não quisessem ser repudiados sem cerimônia ou perder a guarda de seus filhos.

Na sua residência de Allada Vikpé, construída à semelhança do palácio de seu irmão, Tassin Hangbe não era diferente, levando uma vida bastante libertina que alimentava os boatos da corte. Ela já não era casada e, ao que tudo indicava, apreciava muito a companhia de jovens galantes que rivalizavam com ardor e inteligência para atrair sua atenção. Ela não prestava contas a ninguém e, em sua casa, havia festas todas as noites. Até altas horas, sua residência ressoava regularmente com uma barulheira de gargalhadas, de música e de batidas de tambor. Esta vida de prazer e de libertinagem não a impedia, no entanto, de passar longas horas com seu jovem filho, a quem ela amava acima de tudo. Ela geralmente dedicava suas tardes a ele. Sentada no seu pátio à sombra de um grande guarda-sol de penas de avestruz, com o menino colocado em seus joelhos, ela o fazia ouvir as façanhas dos reis de Abomey e de seu irmão Akaba, através de coros de cantoras e músicos que animavam seus momentos de lazer.

Mesmo se a princesa se mantivesse afastada dos assuntos políticos, o povo lhe demonstrava respeito e indulgência; o que não impedia os comentários divertidos sobre jeito franco de falar e as extravagâncias a que estava acostumada. Durante esse tempo, o rei Akaba passava a maior parte da sua existência medindo forças com pequenos reinos vizinhos que controlavam as aldeias de pescadores estabelecidos ao longo do rio Ouémé. Essa via navegável constituía um trunfo estratégico para o transporte do comércio, e o domínio sobre o fornecimento de escravos aos traficantes europeus estava no centro das disputas entre esses monarcas, que buscavam se neutralizar mutuamente.

Akaba, por sua vez, era movido por um forte desejo de vingança contra os Ouéménous, inimigos quase hereditários do reino de Abomey. Tiveram a audácia de lançar um ataque surpresa contra sua capital, onde incendiaram vários bairros, semeando o pânico entre os habitantes que tiveram de fugir para o mato. Foi no início do reinado de Akaba e, naquele dia, o rei só encontrou a sua salvação escondendo-se em um milharal!

Os dahomeanos, recuperados de suas emoções, tentaram retomar a ofensiva para se vingar da humilhação. Mas os adversários eram ardilosos, forçando Akaba a tentar incansavelmente, ao longo dos anos, a subjugar sua arrogância irredutível. Em 1708, quando a guerra contra o Ouéménous entrava em uma fase decisiva, uma terrível epidemia de varíola irrompeu na região. Essa doença, até então desconhecida nas margens do Golfo do Benim, tinha sido introduzida por um grupo de Brancos, contaminados na Europa, e que estavam em visita de prospecção comercial nos reinos costeiros de Ouidah e de Allada.

Os portugueses tinham sido os primeiros a instalar no reino de Allada, no século XVI, feitorias fortificadas encarregadas de coletar produtos africanos para exportação, e vender bens manufaturados europeus. Transformaram o local em uma escala próspera no qual ancoravam os navios negreiros vindos de Lisboa, Nantes, Bordeaux, Saint-Malo ou Liverpool. Atraídos pela facilidade de abastecimento de Negros, novos traficantes estabeleceram progressivamente pontos de ancoragem nos reinos vizinhos de Ouidah e Grand-Popo. A região, pontilhada de feitorias em cujos telhados hasteavam bandeiras nas cores portuguesas, francesas, holandesas, inglesas, dinamarquesas, merecia bem seu apelido de Costa dos Escravos.

Em edifícios insalubres adjacentes às feitorias, a carga humana era estocada esperando os navios que a transportariam através do Atlântico. Um cenário quase surrealista de praias de areia dourada abrigando verdadeiros campos de concentração, e que constituía uma base importante do comércio triangular entre a Europa, a África e as Antilhas. As trocas, em todo caso, eram extremamente lucrativas para os Brancos que negociavam aguardente adulterada, roupas velhas, colares de miçangas multicoloridas, mosquetes e velhos fuzis obsoletos, em troca de ouro, marfim, produtos tropicais, além de seres humanos placidamente chamados de *Madeira de ébano*, marcados a ferro quente com as iniciais da companhia escravista, e avaliados em "toneladas de negros".

Em um primeiro momento, os europeus não procuraram realmente se estabelecer no interior do país. Contentaram-se em encorajar os chefes locais a erigir a caça ao homem em uma indústria nacional, a fim de acelerar a cadência das deportações. Daí os confrontos furiosos entre reinos antagônicos que tentavam reorganizar suas atividades de acordo com o comércio de escravos, e controlar os circuitos de entrega, única garantia de relações comerciais duradouras com os europeus. O estado de guerra crônica, resultante dessas rivalidades mútuas, pôs fim aos laços de vizinhança - por vezes tensos - que existiam anteriormente. Os príncipes locais, presos a engrenagem infernal, passaram a capturar cada vez mais escravos, mesmo entre seus compatriotas e seus vizinhos, para adquirirem mais fuzis, a fim de estabelecerem sua supremacia sobre a região.

Por seu lado, os Estados do interior, como o de Abomey, distantes do litoral, não pretendiam ficar à margem dos lucros do tráfico. Também contribuíam para esse clima de turbulência, em que cada um buscava subjugar o outro para arrancar o cobiçado papel de intermediário direto dos traficantes brancos, com o que isso implicava em termos de poder de fogo e de frágil prosperidade.

Ironia do destino, portanto, o rei Akaba, que havia passado quase todo o seu reinado com armas na mão, foi brutalmente acometido pela doença na véspera de travar uma batalha crucial perto de Bohicon, ao sul do Daomé. Os chefes do exército e o Conselho do Rei, composto por ministros e alguns dignitários, decidiram manter a notícia em sigilo para não afetar a moral das tropas. Em seguida, informaram Tassin Hangbe e pediram-lhe que ocupasse secretamente o lugar do falecido à frente do exército, a fim de continuar a expedição prevista. A princesa aceitou sem hesitar, jurando que, mesmo sendo mulher, venceria a campanha empreendida por seu irmão.

Vestiram-na com as roupas de Akaba e a colocaram na rede real como o rei teria feito. Os generais a cercaram para aguardar suas ordens, e ela deu o sinal de partida para a aldeia de Lissèzoun, onde devia ocorrer o confronto. Envolvendo-se na batalha, ela participou da condução das operações e os soldados não notaram nada, pois a semelhança entre a princesa e seu falecido chefe era impressionante. Como se fosse impulsionada pela importância de sua missão, para grande surpresa daqueles que conheciam o segredo, ela se revelou uma amazona cheia de coragem, galvanizando seus homens e sem demonstrar medo diante da fúria do confronto selvagem que se desenrolava diante de seus olhos. Tradições orais recentes garantem, aliás, que Tassin Hangbe também foi a primeira entre os dirigentes do Daomé a utilizar mulheres como combatentes de guerra. Essas últimas demonstraram tanta bravura diante do inimigo que suas façanhas ficaram marcadas na memória.

E foi assim que ela conduziu suas tropas à vitória. As perdas foram numerosas em ambos os lados. Mas, entre as dezenas de cadáveres inimigos que jaziam pelo campo de batalha, a princesa teve a satisfação de reconhecer o do chefe dos Ouéménous, o famoso Yahassè Kpolou, inimigo mortal de seu irmão. Melhor ainda, o desaparecimento desse homem consagraria o colapso do reino de Ouéménou e de seus aliados, que foram obrigados a prestar vassalagem aos vencedores.

Assim que seu ato de bravura se tornou conhecido, ela ganhou um novo impulso de popularidade em todo o país. Além disso, quando chegou o momento de designar um sucessor para Akaba, o grande feiticeiro de Abomey pediu à princesa que assumisse a regência enquanto esperava que o herdeiro presuntivo, o jovem Agbo Sassa, de apenas dez anos, pudesse subir ao trono. Isto porque, antes de sua morte prematura, o rei Akaba não tivera tido tempo de iniciar seu filho nas forças ocultas que deveriam garantir a proteção dos reis da linhagem. Temendo morrer precocemente se persistisse em assumir o cargo antes dessa iniciação, o jovem príncipe aceitou deixar o poder para sua tia.

O que não agradou em nada ao caçula da fratria, o príncipe Dossou, irmão mais novo de Tassin Hangbe. Com pouco mais de vinte anos e um espírito conquistador, ele havia participado de várias campanhas militares ao lado do irmão mais velho e, ao contrário dele, tivera escapado dos estragos da doença, embora seu rosto tivesse ficado marcado por cicatrizes de pústulas variólicas. Desapontado por ver seus feitos ignorados em favor de uma mulher, o fogoso príncipe estava determinado a se livrar, mais cedo ou mais tarde, tanto da irmã quanto de seu sobrinho, para ocupar o trono que, segundo ele, lhe pertencia por direito. O que ele conseguiria mais tarde, assumindo o nome de Agadja.

A tradição relata assim que, quando o exército do Daomé se preparava para lançar uma ofensiva contra um território Adja, na fronteira com o rio Couffo, Tassin Hangbe colocava na cabeça que retomaria a tocha de chefe de guerra que ela já havia exercido por procuração. O Príncipe Dossou, ao saber disso, mandou trancá-la no seu palácio de Allada Vikpé, com a cumplicidade de alguns guardas. Longe de se deixar intimidar, a princesa, ajudada pelas suas servas, abriu uma passagem em uma das paredes de terra seca do palácio, e saltou em seu cavalo para se juntar ao exército. Quando os guerreiros a reconheceram, reuniram-se em torno dela com entusiasmo e, mais uma vez, ela ofereceu uma vitória ao seu povo.

Embora tenha assumido sua função com a maior seriedade, Tassin Hangbe não tinha a menor intenção de mudar seu estilo de vida. Se os desvios de conduta das princesas eram tolerados por não trazerem grandes consequências, a moral era, no entanto, muito mais rigorosa quando se tratava dos soberanos, de quem se esperava um comportamento exemplar. Desafiando as restrições ligadas ao seu novo cargo, ela continuou a chamar atenção por sua vida agitada. Ela tinha provado sua coragem e sua capacidade de manter o reino e, portanto, estimou que não tinha nenhuma concessão a fazer na existência irrestrita que queria viver. Em suma, sua reputação deixava a desejar, e poderia manchar o caráter sagrado da realeza. Os nobres se indignaram e exigiram sua abdicação. Por outro lado, aqueles que a apoiavam garantiam que sua vida privada em nada interferia na sua missão como rainha.

E eis a sociedade de Abomey dividida por uma grande disputa entre os fiéis de Tassin Hangbe e defensores da etiqueta real. Tudo isso gerava uma certa desordem e ameaçava a credibilidade do poder. Foi então que seus adversários mais ferrenhos tramaram um complô para forçar a rainha a se afastar em favor do seu pretendente, cujo nome será mantido em silêncio por falta de provas.

Em uma noite sem lua, duas silhuetas se introduziram silenciosamente na residência da rainha, sem que os guardas adormecidos diante da entrada percebessem. Como se conhecessem perfeitamente o lugar, dirigiram-se diretamente ao quarto do principezinho. O filho de Tassin Hangbe dormia em uma esteira ao lado de sua ama. Inclinando-se sobre o corpo da criança, um dos dois homens mergulhou nele duas vezes a adaga, antes que a serva, acordada em sobressalto pelo último suspiro do menino supliciado, tivesse tempo de dar gritos de terror que deram o alarme. Quando Tassin Hangbe, como se tivesse sido atingida por um raio, foi informada do assassinato de seu único filho, ela não emitiu uma palavra, não derramou uma lágrima. A rainha dissimulou sua dor até a reunião do Conselho do Trono que, nesse dia, ocorria em sessão pública. Vestida com três magníficos tecidos cerimoniais de kita, ela tomou assento no trono sagrado de Abomey, cercada por seus ministros e dignitários do reino.

Antes que a sessão fosse aberta, os "tambores falantes" lamentaram seus sofrimentos de mãe e exaltaram sua coragem como rainha, no meio de uma multidão em silêncio respeitoso. De repente, Tassin Hangbe se levantou, interrompendo, então, os cantos e o burburinho ao redor. A passos lentos, ela se afastou do trono, enquanto os espectadores se perguntavam o que poderia motivar tal distúrbio do protocolo. A rainha finalmente parou no centro do átrio, como se tivesse que presidir um sacrifício ou comandar uma cerimônia. Nesse momento, uma de suas seguidoras saiu silenciosamente da fileira de cortesãs e veio se ajoelhar aos seus pés. Ela segurava nas mãos um precioso vaso cheio de água, que apresentou à sua senhora.

E então aconteceu algo inédito! Algo inimaginável! Diante do público atônito, Tassin Hangbe levantou seu tecido sem nenhum pudor e aspergiu com água suas partes íntimas, urrando sua dor por ter perdido seu filho, e amaldiçoando sem distinção os nobres, os dignitários, os camponeses, os artesãos, o povo inteiro daquele reino ao qual tivera querido dar o melhor dela. Em suas imprecações, ela previu além disso que um grande infortúnio cairia sobre Abomey. Um imenso clamor surgiu da multidão escandalizada. Então, sob as vaias dos cortesãos sufocados de indignação, a rainha pronunciou sua abdicação... Este foi o último ato dessa regência que tinha começado três meses[20] antes, sob os auspícios mais promissores. Tassin Hangbe se retirou para seu

20 Outras fontes sustentam que a sua regência durou pelo menos três anos, senão mais.

palácio de Allada Vikpé, e seu jovem irmão foi imediatamente proclamado rei, no mesmo ano de 1708, sob o nome de Agadja. Nunca mais se ouviu falar dela.

A dor havia feito com que ela perdesse a razão? Não. Esse gesto de desespero deve ser analisado no contexto da tradição ancestral comum a certas áreas culturais que envolvem os Akans do Gana e da Costa do Marfim, bem como os Fons do Daomé. Quando elas estimavam que um grave perigo ameaçava a sociedade – decadência do poder, intolerância, perda de alguns valores fundamentais – as mulheres abandonavam sua discrição habitual para exibir o que tinham de mais íntimo e oculto. Velhas ou jovens, saíam em grupo, completamente nuas, com os corpos salpicados de pó de caulim branco, e caminhavam em procissão na via pública para indicar que, se certas tensões persistissem, a sociedade corria o risco de desmoronar.

Gesto de revolta, esse ritual antiquíssimo era utilizado excepcionalmente, e ainda hoje é muito raramente utilizado, quando as mulheres saem com o peito à mostra para demonstrar simbolicamente a desaprovação por parte daquelas que são tradicionalmente consideradas um pilar sacralizado da sociedade. Ao chamarem a atenção para si de maneira tão radical, elas lançavam um sinal aos homens que deviam desviar o olhar dessas mães e dessas esposas desnudas. Assim chamados à ordem, estes pressionavam os detentores do poder para forçá-los a restaurar a harmonia na comunidade, resolvendo a questão em disputa. Em outras culturas, as mulheres organizam marchas de protesto. Uma maneira pela qual elas intervêm na vida pública. Aqui, o ritual era simplesmente diferente, mas traduzia sem dúvida a expressão de uma mesma angústia feminina. Os anciãos dizem que a grande desgraça anunciada por Tassin Hangbe em sua abdicação foi a conquista de Daomé pelos povos de raça branca. Uma anexação que ocorreria em 1892, após a tomada de Abomey pelas tropas francesas do coronel Alfred Dodds, um mestiço franco-senegalês originário da colônia de Saint-Louis do Senegal.

Ndete Yalla

Rainha do Walo[21] no Senegal

Não muito longe de Saint-Louis, no Senegal, o pequeno reino anfíbio do Walo vivia seus últimos anos de autonomia em meados do século XIX. À sua frente, uma mulher lutava corajosamente para proteger seu povo da asfixia que o ameaçava: a linguère[22] Ndete Yalla Mbodj[23], descendente de uma das grandes famílias aristocráticas que fundaram essa entidade no século XVI, na margem esquerda do rio Senegal.

Ao suceder sua irmã, a rainha Ndjombött[24] Mbodj, em 1846, Ndete Yalla, então com trinta e três anos, herdou uma situação particularmente difícil em um clima de intensa hostilidade. Na verdade, duas frentes pressionavam o Walo. Primeiro, os Mouros Trarzas. Esses guerreiros escravagistas, que viviam do comércio transaariano, espalhavam terror nessa região onde tinham estabelecido uma soberania de fato. Originários da vizinha Mauritânia, tinham se fixado na margem direita do rio para se aproximarem de suas fontes de abastecimento de escravos e, todos os anos, desde tempos imemoriais, durante a estação seca, de dezembro a maio, atravessavam o vau para realizar incursões contra as populações negras com as quais também comerciavam, aliás.

---

21 Walo: também se encontra as ortografias Waalo ou Oualo.

22 Nas línguas Serer e Wolof, *linguère* significa rainha ou princesa, é o título atribuído à mãe ou à irmã do soberano. [N.T]

23 Segundo documentos de sua época, ela é mencionada sob o nome de Ndete Yalla, Ndatté Yalla ou Ndaté.

24 Também se encontra as ortografias, conforme as fontes, Ndiembeut.

Por outro lado, os franceses estabelecidos desde o século XVII nos seus entrepostos comerciais de Saint-Louis, suportavam dificilmente a submissão às taxas em espécie exigidas pelos chefes locais e pelos mouros, em contrapartida da permissão para navegar no rio, negociar com os nativos, e atravessar livremente seus territórios. Chamado de "costumes", esse imposto cobrado sobre as mercadorias importadas pelos comerciantes brancos provenientes da Europa, na maioria das vezes consistia em fuzis, álcool, pólvora, etc. Daí as pressões dos comerciantes sobre a administração francesa para neutralizar os pequenos reis locais que atrapalhavam sua expansão.

Palco de confrontos acirrados, as costas senegalesas representaram, por quase dois séculos, um dos assuntos mais disputados pelo controle do comércio de escravos no Atlântico. Portugueses, holandeses, franceses e ingleses se opuseram sucessivamente para estabelecer sua dominação sobre esse ponto estratégico de abastecimento de escravos, aberto ao Atlântico, e situado a meio caminho entre a metrópole e as ilhas açucareiras das Antilhas. Em 1659, os franceses ergueram um pequeno forte na ilha de Ndar, localizada no delta do rio Senegal, no limite do Saara mauritano e da savana senegalesa. Foi a partir desse local, fortificado contra as ofensivas inglesas, que surgiu progressivamente a primeira cidade construída por Brancos na África Ocidental: Saint-Louis, assim batizada em homenagem ao jovem soberano reinante Luís XIV.

Entreposto de escravos e base naval, a futura capital colonial do Senegal se metamorfoseará rapidamente em um verdadeiro centro de comércio Norte-Sul antes da hora. Em 1791, o fim do monopólio sobre o comércio de escravos e de goma arábica, concedido por Colbert – o "superministro" do rei Luís XIV – a uma companhia marítima francesa, provocou um afluxo de comerciantes e aventureiros de todos os tipos. Assim, começaram a surgir entrepostos comerciais normandos, bordaleses e marselheses, que tentaram expandir suas atividades explorando o interior do país em busca das famosas áreas auríferas do antigo império do Mali. Depois, quando se revelou que o rio poderia servir como uma rota estratégica de penetração no continente, a cidade passou a ser um ponto de apoio para a conquista francesa de todo o Oeste africano, da Guiné à Costa do Marfim, até o Gabão.

Porto de escala dos navios negreiros, Saint-Louis experimentou um notável crescimento servindo como plataforma de exportação de produtos tropicais para a metrópole, e para a distribuição de importações manufaturadas (fuzis, pólvora, tecidos, aguardente, bugigangas) para o interior do continente. A atividade era intensa, especialmente quando os veleiros conseguiam atravessar as ondas para ultrapassar a barreira litorânea que protegia suas costas. O porto podia receber cerca de uma dezena de navios, sem contar as centenas de pirogas usadas para a travessia do rio e para o transporte de mercadorias.

Até a implantação da ferrovia, o comércio interno era realizado essencialmente por via fluvial. As barcaças, conduzidas por barqueiros, se deslocavam em comboios até os mercados indígenas situados ao longo do rio. Era nessas paragens, verdadeiros centros de coleta onde os aldeões dos arredores vinham escoar seus produtos, que os comerciantes franceses, acompanhados por seus intérpretes, asseguravam seu abastecimento de ouro, especiarias, peles, marfins, penas de avestruz e goma arábica.

Durante muito tempo, o comércio da goma-arábica foi um monopólio do comércio de Saint-Louis, que se tornou o principal fornecedor desse produto para a Europa. Produzida pelos camponeses a partir de uma variedade de acácia, a goma arábica suscitava uma alta demanda, na metrópole, para a fabricação de confeitos, produtos medicinais, impressão, bem como de tecidos, de colas, de ceras e de tintas. O desenvolvimento da cidade foi acompanhado por um florescimento de lojas, ferragens, moagem de farinha e até cabarés, atendendo a uma numerosa comunidade branca de cerca de mil pessoas em meados do século XVIII. A maioria era composta por militares, comerciantes, artesãos ou funcionários administrativos, que espalharam pela população local mestiços provenientes de concubinagens com as mulheres do país. Essa elite de mestiços educados – cujas mulheres, as Signares, incluíam astutas mulheres de negócios – dinamizou a cidade através de seu papel no comércio.

Germes de uma burguesia negra, os mestiços geralmente atuavam como intermediários nos entrepostos comerciais franceses ou como armadores no transporte fluvial, quando não ingressavam na administração pública ou no exército, onde lhes eram reservados alguns cargos de oficiais no corpo dos "tirailleurs senegaleses" (fuzileiros), o nome dado aos soldados africanos pela administração colonial francesa. O primeiro prefeito de Saint-Louis, em 1778, era um mestiço franco-senegalês, assim como o primeiro padre, o pároco David Boilat, a quem devemos, graças aos seus escritos, uma parte de nossas informações sobre a rainha Ndete Yalla.

As ambições francesas na região eram, portanto, claras. O local devia ser pacificado, ou seja, limpo de todos os que prejudicavam o bom andamento das atividades comerciais europeias, e retardavam os projetos de expansão colonial. Em seguida, viriam a valorização do território através da construção de infraestruturas modernas – hospital militar, igreja, escola, pontes – para garantir um conforto de vida melhor para os europeus, bem como o desenvolvimento de culturas de exportação, especialmente de amendoins, para as fábricas de óleo e de sabão da metrópole em plena Revolução Industrial.

Fortins foram edificados ao longo do rio para proteger os pontos de parada e reforçar a posição francesa no comércio fluvial. Naturalmente, essas tentativas de implantação enfrentaram a hostilidade dos reinos autóctones que pressentiam nelas a perda de sua soberania. Por seu lado, os mouros pareciam pouco dispostos em ceder sua liderança sobre o vale do Senegal a esses comerciantes brancos que vinham competir diretamente com a organização de seu comércio tradicional. Enquanto controlassem o Walo, permaneceriam como os senhores do tráfico fluvial e influenciariam o preço de compra da goma arábica. Tornaram-se cada vez mais ameaçadores para com os europeus, extorquindo-os nas paradas ou, por vezes, abordando seus barcos carregados de mercadorias.

Os conflitos eram inevitáveis devido à coexistência, no mesmo segmento (escravos, ouro, marfim, goma arábica etc.) de duas redes de distribuição concorrentes, também que dependiam dos mesmos fornecedores locais. De qualquer forma, o comércio transaariano em direção à Europa e ao Oriente via o mundo mediterrâneo, já não era páreo contra a preponderância da rota marítima controlada pelos europeus, e onde transitava o tráfico triangular entre a Europa, a África e a América.

As forças coloniais decidiram partir para a ofensiva e livrar-se prioritariamente de seus concorrentes mouros, empurrando-os de volta para seu habitat original ao norte do Senegal. Assim, teriam via aberta para estender sua dominação sobre o Walo, que controlava o tráfego fluvial, e representava o último obstáculo em um vasto espaço que incluía também os reinos vizinhos de Cayor e Baol. Recorrendo à pressão psicológica, os administradores tentaram persuadir as chefias indígenas – mais inclinadas a aliar-se aos mouros contra o invasor comum – de que seriam os primeiros beneficiários dessa campanha de repressão, na verdade destinada a livrá-los de incursões mortais das quais eram vítimas constantes. "*Mas*", nota um observador francês da época, "*as populações negras tinham tanto medo dos mouros que não ousavam ficar do lado de seus protetores.*"

A *linguère* estava, portanto, plenamente consciente das cobiças que seu reino despertava. Povo de agricultores e comerciantes de dezesseis a vinte mil almas, os Wolofs[25] de Walo ocupavam um buquê de ilhotas verdejantes colocadas no rio, cuja travessia asseguravam graças à sua impressionante flotilha de pirogas. Celeiro de milho da região, o país dispunha de campos de arroz e de amendoim, águas ricas em peixes, pastagens férteis e rebanhos imponentes de bovinos, ovelhas, caprinos e de cavalos. A isto acrescentava-se uma savana rica em caça e, nas hortas familiares cultivadas pelas mulheres, cresciam abundantes hortaliças (batatas-doces, abóboras, melões) vendidas aos europeus de Saint-Louis, que dependiam do Walo para sua subsistência em produtos alimentares e pecuários, bem como sal.

As relações de vizinhança com os Mouros Trarzas se tornavam cada vez mais tensas. Aliados incertos, frequentemente inimigos, eles não cessavam de aumentar a pressão sobre as populações negras para impedi-las de privilegiar as trocas com a clientela europeia. Sua inquietante proximidade sempre pesara como pano de fundo na história do Walo, que eles transformaram em um terreno de confrontos quase permanentes.

Nesse reino onde as esposas, irmãs ou mães de reis sempre exerceram um papel político, Ndete Yalla sabia que sua margem de manobra era estreita, mas estava determinada a preservar seu Estado de qualquer alienação. Foi também no que acreditara a linguère anterior, sua irmã Ndjombött Mbodj, apelidada

25 Wolofs: escreve-se também Ouolofs; dizia-se também Walo-Walo.

pelos griots[26] de "pérola do Walo". Para proteger seu povo dos perpétuos ataques perpetrados pelos mouros, ela se sacrificou ao seu dever de rainha ao contrair, em 18 de junho de 1833, um casamento de conveniência com o chefe deles, Mohamed El Habib, com quem teve um filho chamado Ely. Mas essa aliança não foi suficiente para proteger os Walo de sua versatilidade. Pelo contrário, a infeliz mulher, que havia permanecido em Nder, se vira quase em posição de refém nas mãos dos mouros, que agora consideravam o Walo como um vassalo.

Agora, já nem sequer hesitavam em impor-se nos assuntos internos do reino sob o pretexto de contrariar os desígnios franceses. Mas ninguém ignorava suas pretensões sobre esta importante escala à saída do deserto, onde encontravam escravos em abundância para as tropas do sultão de Marrocos, goma arábica, peles e presas de marfim. Um comércio do qual também tiravam grande proveito vendendo ao povo do Walo: cavalos, barras de sal e tecidos, transportados do Norte de África por caravanas do deserto.

Tendo se substituído ao Brak (rei) Mody Malick, considerado demasiado apático para liderar um reino enfraquecido, Ndete Yalla decidiu seguir uma política ao mesmo tempo prudente e enérgica. De seu palácio em Nder, cercada por seus conselheiros que, quando necessário, não hesitavam em lhe apresentar opiniões contrárias às suas, a rainha procurava manter uma coesão entre os ilhéus sobre os quais se estendia sua autoridade. Ela recebia os dignitários, ouvia as queixas de seus súditos, arbitrava disputas, mas permanecia atenta às manobras das potências que a rodeavam.

Os atritos com o entreposto comercial de Saint-Louis eram, na maioria das vezes, causados por conflitos fundiários provocados pela apropriação intempestiva, pelos Brancos, de terras pertencentes aos Walo-Walo, e ao não pagamento dos costumes pelos franceses. *"Não fizemos mal a ninguém"*, ela escreveu em 1847 ao governador de Saint-Louis. *"Este país nos pertence e cabe a nós liderá-lo. Somos nós que garantimos a passagem dos rebanhos em nosso país. Por*

---

26 Griot: contador tradicional em algumas sociedades da África Ocidental. Verdadeiro guardião da memória coletiva, transmite os grandes feitos da história local e de suas figuras marcantes, assim como os relatos preservados pela tradição oral. É uma função que se transmite de pai para filho.

essa razão, tomamos um décimo dele e nunca aceitamos outra coisa além disso. Saint-Louis pertence ao governador, o reino de Cayor pertence ao Damel[27] *e o Walo pertence ao Brak. Que cada um desses líderes governe seu país como achar melhor."*

Mas, felizmente, esses períodos de tensão eram pontuados por momentos de lazer durante as festas rituais que faziam o povo esquecer seu temor da incerteza. Então, os tambores vibravam a noite toda e os tiédos, soldados de elite com o peito adornado com gris-gris[28] protetores, se entregavam à alegria, como grandes bebedores de cerveja de milho que eram, e como apreciadores do tafiá francês desembarcado em barris cheios pelos comerciantes de Saint-Louis. Quase anestesiados pelos vapores do álcool, faziam troar seus longos mosquetes importados como se fossem fogos de artifício, provocando a dispersão das crianças na escuridão da noite, tal como pardais assustados.

A *linguère* vivia na maior das ilhotas, margeada pelo lago Paniefoul[29] que se alcançava após uma travessia sinuosa do rio. Sua residência se encontrava relativamente afastada da costa, a algumas horas de caminhada através dos campos de milho. Foi para lá que se dirigiu o padre David Boilat, um mestiço franco-são-luisiano, filho de um francês, oficial da marinha, e de uma Signare, que nos deixou uma descrição pictórica da visita de cortesia que fez à Rainha em setembro de 1850.

Para aceder à residência real, os visitantes precisavam atravessar vários pátios fechados por grandes portões. O palácio era construído com tijolos de banco. Ao chegar, o padre Boilat, cuja visita havia sido protocolarmente anunciada alguns dias antes, esperou no calor da tarde, em um pátio guardado por cerca de vinte tiédos silenciosos, armados com fuzis e punhais. Algum tempo depois, vieram buscá-lo e levá-lo para o segundo pátio onde ficava a residência do Morosso[30] Tassé Diop, o novo esposo da rainha. O Morosso lhe apresentou os dignitários do palácio e, enquanto aguardava a audiência, fez-lhe companhia em uma grande cabana ensolarada que servia de antessala.

---

27 Damel, Brak: títulos reais.

28 Gris-gris: amuleto que pode trazer boa ou má sorte

29 Paniefoul, antigo nome do lago de Guiers.

30 Morosso: título designando o marido da rainha. Em alguns textos a ortografia é Marosso.

Pouco antes das dezoito horas, um soldado veio anunciar que a rainha estava pronta para receber o visitante. Indicando o caminho, o Morosso e os dignitários se dirigiram então para um terceiro pátio fechado por uma porta pesada. O missionário e seu guia eram seguidos por cerca de trinta tiédos que avançavam em cadência, dispostos em duas filas. Como uma colmeia, o terceiro pátio refletia uma pacífica animação típica de uma aldeia.

Ali se encontravam as casas dos cortesãos e marabus, os abrigos dos soldados, os estábulos e os depósitos de mantimentos. Criados se movimentavam ao redor das cozinhas. Em um canto do pátio, mulheres trituravam o milho para a refeição da noite, fazendo tilintar, a cada golpe do pilão, os cintos de miçangas que usavam sob seus panos. Adolescentes ajoelhadas diante de pequenos fogareiros de pedra atiçavam as chamas sob panelas bojudas, enquanto outras, com cabaças na cabeça, formavam fila diante de enormes jarras de terracota onde a água da chuva era recolhida.

Percebendo o cortejo, as crianças deslizaram das mangueiras que estavam saqueando de seus frutos, e correram, empurrando-se e soltando gritinhos de curiosidade. As casas se esvaziaram de seus ocupantes, que saíram apressadamente para ver passar o estrangeiro em longo traje branco, cuja chegada era aguardada com curiosidade. Uma agitação que contrastava singularmente com a atmosfera quase solene que reinava no último pátio, o da *linguère*. Era um grande recinto sombreado, forrado com esteiras de ráfia multicoloridas. Cabanas de barro com telhados de palha estavam alinhadas em ambos os lados de uma imponente residência situada no fundo do pátio. A rainha estava sentada em um banco de ébano diante de sua cabana. Ela fumava um longo cachimbo negro. Sentadas em largas esteiras, com as pernas dobradas, as damas da corte, trajando seus melhores vestidos, formavam em torno dela um círculo burburinho, que silenciou quando o convidado avançou ao encontro da rainha.

Ela estava vestida com um boubou[31] cerimonial cujas laterais deixavam entrever panos coloridos, enfeitados com fios de ouro pelos tecelões da corte. Seu lenço estava amarrado em forma de cone, bem alto em sua cabeça, e tranças

31 O boubou ou bubu é uma vestimenta externa solta do Senegal, usada por homens e mulheres na África Ocidental e em diáspora africana. [N.T.]

cravejadas de pepitas de ouro deslizavam por suas têmporas até seus pesados brincos de ouro maciço. Em seu busto, se entrelaçavam colares de ouro e amuletos recobertos de couro. Ela levantou a mão em sinal de boas-vindas e, com um movimento do pulso, fez deslizar seus impressionantes braceletes torcidos pelo antebraço. Anéis de prata incrustados com âmbar e ágata completavam o adorno.

À medida que o visitante se aproximava, seu sorriso se abriu, revelando dentes nacarados, cujo brilho era acentuado pelo contraste com suas gengivas escurecidas com hena. Com voz levemente rouca, a rainha convidou o missionário a sentar-se à sua frente. Ela lhe fez muitas perguntas sobre o papel dos missionários e sobre o modo de vida na França, os tipos de governo e a economia desse país. David Boilat falava fluentemente Wolof e Serer, duas línguas locais, e o diálogo foi fácil. O Morosso, por sua vez, mostrou-se curioso sobre as forças militares dessa potência e as mais recentes invenções europeias no campo de armamentos.

A conversa continuou no dia seguinte, durante o almoço que a *linguière* do Walo ofereceu ao missionário. Este, impressionado com sua vivacidade, se apressou, após o almoço, a desenhar discretamente um retrato do casal real, não querendo correr o risco de ofender seus anfitriões ao tirar ostensivamente seu caderno de esboços. Os retratos de Ndete Yalla e de seu esposo fariam parte de uma coleção de vinte e quatro ilustrações acompanhando a obra do padre Boilat, *Esquisses sénégalaises*, que seria publicada em 1853 em Paris. Esse testemunho com intenção monográfica e etnológica sobre os lugares e as populações encontradas ao longo de seus dez anos de missão no Senegal, constituirá a primeira publicação de um autor senegalês. Os esboços originais de David Boilat serão retrabalhados pelo litógrafo francês Jacques François Llanta para sua edição.

Durante quase dez anos, Ndete Yalla conseguiu manter seu reino em uma paz ilusória. Mas os incidentes aumentaram face aos avanços progressivos dos franceses na região. Incentivados pela administração colonial, os comerciantes de Saint-Louis se recusaram a continuar a pagar servidões ao Walo para se deslocarem no rio, e comercializarem em seu território. Eles consideravam que essas taxas freavam a expansão de seus negócios, assim como o fato de que os barqueiros do Walo detinham o monopólio do transporte fluvial.

De fato, os franceses que haviam trazido barcos a vapor, agora exigiam livre passagem pelo rio para o transporte de suas mercadorias. Privado de um imposto que se tornara essencial, o país enveredou pelo caminho da resistência contra o domínio europeu. Em uma carta muito firme ao governador de Saint Louis, Ndete Yalla exigiu a evacuação das terras sob sua soberania nos arredores da cidade colonial. Ela também proibiu todo comércio europeu nos pontos de escala de seu reino, para grande descontentamento dos comerciantes brancos.

A oportunidade era boa demais. O chefe do batalhão de engenharia, Louis Faidherbe, recém-nomeado governador do Senegal, ia agarrá-la. Chegando a Saint-Louis em 1854, aquele que assinava suas cartas para os chefes indígenas como "Governador do Senegal – Protetor dos Ouolofs contra os Mouros", era uma das figuras mais prestigiosas desses "imperadores sem cetros", expressão que por um tempo foi aplicado aos administradores coloniais franceses. Com seu bigode rígido e óculos de aro de ferro, dava a impressão de um homem autoritário e determinado. Qualidades que aplicará na conquista do Senegal assim como já havia usado uma tática de força na Argélia

Mas o modelo de administração territorial que esse politécnico, amigo de Victor Schoelcher, o defensor da abolição da escravatura, estabeleceu no Senegal, rendeu-lhe admiração e respeito, até mesmo por parte da população negra. Teve um filho com uma jovem senegalesa chamada Dioucounda Sidibé que o apelidou de Faidherbe Ndiaye como sinal de consideração.

A revolta da rainha Ndete Yalla lhe ofereceu, portanto, um pretexto para tentar um último golpe de força contra os mouros que apoiavam a revolta dos chefes africanos, e para subjugar, na mesma ocasião, o recalcitrante Walo. Em uma manhã de fevereiro de 1855, ele deixou Saint-Louis ao amanhecer com uma coluna de quatrocentos soldados fortemente armados, dentre eles se encontravam também os *tirailleurs senegaleses* (fuzileiros africanos), um corpo de militares africanos que Faidherbe acabava de criar. Voluntários brancos e mestiços, recrutados entre a população de Saint-Louis, também se tinham juntado à expedição. Nas aldeias próximas de Saint-Louis, os tambores de guerra começaram a rufar precipitadamente para prevenir os Walos da ofensiva que estava sendo preparada. Em dez dias de marcha, Faidherbe, praticando a política da terra queimada que já havia utilizado com sucesso na Argélia, devastou tudo em seu caminho.

No dia 25 de fevereiro, uma violenta batalha ocorreu na planície de Dioubouldou onde se havia posicionado o exército do Walo comandado pelo marido da rainha, e ao qual tinham se juntado guerreiros mouros. Apesar de uma valente resistência obscurecida por inúmeras perdas, os guerreiros foram derrotados pelos canhões inimigos. Os atacantes continuaram, então, sua marcha até a aldeia de Nder, entregue às chamas. No Walo subjugado, as tropas francesas incendiaram vinte e cinco aldeias, saquearam mantimentos e colheitas, capturaram rebanhos de carneiros, manadas de burros e de cavalos, e levaram dois mil bois e vacas para os Brancos de Saint-Louis, que temiam a falta de leite e de manteiga devido a esse conflito.

Sentindo sua causa perdida, a *linguère* Ndete Yalla encontrou refúgio com os seus no reino vizinho de Cayor, onde foi acolhida pela aldeia de Nguick. Consumida pela dor da derrota, ela tentou reavivar a resistência com suas últimas tropas, e com o apoio dos combatentes mouros de seu sobrinho Ely. Mas em vão. Foi no seu local de exílio que ela morreu por volta de 1856, segundo alguns arquivos militares franceses, ou em 1860, de acordo com fontes orais. Sua sepultura estaria na cidade de Dagana que, em julho de 2010, inaugurou uma estátua em sua memória. Depois de aniquilar várias aldeias suspeitas de apoiar os resistentes Walo-Walo e mouros, Faidherbe declarou oficialmente o Walo como território francês em dezembro de 1855. A paz com o chefe Trarza, Mohamed El Habib, foi alcançada em maio de 1858.

Última linguère do Walo, Ndete Yalla apenas atrasou a desonra de uma capitulação inevitável. Com o Walo se tornando a primeira colônia francesa na África Subsaariana, os outros reinos ruíram um a um tal como um castelo de cartas, sob o poder de fogo do governador Faidherbe. Em um território agora desprovido de qualquer resistência, este pôde finalmente dar rédea solta à sua política de ocupação, e colocar em prática seus talentos de grande construtor para lançar – até sua partida definitiva em 1865 – as bases de um Senegal moderno que faria sua reputação.

Ndete Yalla deixou para trás um órfão, o pequeno Sidya Diop, nascido em 1848 da sua união com Sakoura Diop, um governador do Walo. Após a morte de sua mãe, a criança de cerca de oito anos ficou sob a proteção de seu primo Ely. Este comandava uma parte do exército de seu pai e continuava a resistência contra a colonização francesa como chefe mouro, mas também como herdeiro da rainha Ndjombött. Precisando retornar à sua base de retaguarda na Mauritânia, confiou o menino ao chefe da aldeia de Niomré, no Ndiambour, uma das províncias do Cayor. Faidherbe decidiu imediatamente atacar essa dinâmica aldeia de cinco mil habitantes, culpada, aos seus olhos, por apoiar a resistência. Ele também sabia que o filho de Ndete Yalla estava escondido lá. Na madrugada de 7 de março de 1858, uma coluna de 3.200 homens, incluindo 400 cavaleiros, se precipitou sobre Niomré, que foi devastada apesar de uma defesa corajosa. Mas Sidya já havia sido retirado de lá.

Algum tempo depois, a criança foi levada para Nder e entregue ao novo chefe da aldeia nomeado pela administração colonial. Temendo que a presença do príncipe herdeiro do Walo ofuscasse seu prestígio, este enviou-o para Saint-Louis. O menino foi escolarizado na École des Otages *(Escola dos Reféns)*, uma turma criada em 1855 por Faidherbe para introduzir o ensino público e laico na colônia, onde, até então, a instrução era ministrada por congregações cristãs. Como a população, predominantemente muçulmana, relutava em matricular seus filhos nessas escolas, Faidherbe trouxe professores da França. Rebatizada em 1864 como *Escola dos Filhos de Chefes e dos Intérpretes*, o local acolhia filhos de famílias reinantes e de notáveis locais, que eram preparados para servir como intérpretes, soldados ou auxiliares administrativos.

Aluno brilhante, Sidya Diop chamou a atenção de Faidherbe que decidirá torná-lo seu afilhado quando o menino recebeu o batismo católico sob o prenome de Léon, que também era o de Faidherbe. Em abril de 1861, o adolescente foi enviado para o colégio imperial de Argel, de onde retornou em novembro de 1863 para continuar seus estudos na escola dos Irmãos de Ploërmel. Aos vinte anos, Sidya Léon Diop, que havia se tornado segundo-tenente do regimento dos fuzileiros senegaleses, recebeu o comando do Walo do governador de Saint Louis. No entanto, esse retorno às suas origens transformaria o jovem ocidentalizado que ele tinha se tornado. Depois de ter cumprido por um tempo a missão de desenvolvimento da região que lhe havia sido atribuída, em 1875, Sidya se rebelou contra o domínio estrangeiro, rejeitou seu nome cristão, e reacendeu o fogo da insurreição no Walo, onde ele havia reconstituído um impressionante exército de *tiédos*.

Sua revolta acarretou, no entanto, severas represálias para a região e a destruição de muitas aldeias. Perseguido pelos franceses, Sidya se aproximou de seu primo Ely, que se tornara o novo rei dos mouros Trarzas. Juntos, sonhavam em formar uma coligação entre os diferentes reinos da região para pôr fim à presença colonial. Mas, em dezembro de 1875, Sidya caiu em uma emboscada na região de Louga junto com seus principais tenentes, enquanto se dirigia para um encontro com Lat Dior, o damel (rei) do Cayor que ele acreditava ser seu aliado. Lat Dior, que gozava de uma aura de grande resistente por ter combatido ferozmente os colonizadores, infligindo-lhes duras derrotas, havia, naquela época, se aproximado secretamente dos franceses. A ponto de trair o príncipe do Walo, apesar dos laços seculares existentes entre seus dois reinos. Sentia-se ele ciumento da popularidade do jovem resistente? Em todo caso, foi sem escrúpulos que entregou o filho de Ndete Yalla ao governador François Valière em 21 de dezembro de 1875.

Julgado por um tribunal colonial em 17 de janeiro de 1876, Sidya Diop foi deportado no mês seguinte para o Gabão, onde as autoridades francesas enviavam para o exílio alguns resistentes africanos. Ele tentou um retorno clandestino ao Senegal embarcando no navio de linha que ligava as duas colônias. Mas, rejeitado à chegada pelo novo governador, Louis Brière de L'Isle, foi reenviado à prisão. Foi lá que ele se suicidou com um tiro no coração, em 28 de junho de 1878, aos trinta anos de idade.

Ranavalona III

Última soberana de Madagascar

Naquela manhã de julho de 1883, a Grande Ilha – apelido de Madagascar – estava em festa. Desde as primeiras luzes da madrugada, as cabanas de terra batida com telhados de colmo exalavam os apetitosos aromas das comidas picantes. Vindos das zonas rurais mais remotas e dos planaltos do Imerina, camponeses, com os braços carregados de oferendas, afluíam em grande número à capital. Tinham vestido suas túnicas brancas para a ocasião especial, e haviam colocado em suas cabeças o famoso chapéu de palha do país. Alguns tinham viajado durante vários dias a pé, e outros tinham atravessado imensas áreas de arrozais e plantações de cana-de-açúcar, para não perder nada desse momento histórico: a ascensão ao trono de sua nova rainha.

Na verdade, era um dia excepcional esse 14 de julho, quando a princesa Razafindrahety, de vinte e dois anos, seria entronizada sob o nome de Ranavalona III. As carpideiras mal tinham acompanhado com alguns discretos lamentos o último suspiro da rainha Ranavalona II, sua prima-mais velha, que já se preparavam para formar um coro de vivas para aclamar a nova soberana.

De repente, exclamações entusiasmadas se elevaram do formigueiro humano que, há várias horas, esperava pacientemente sob o sol. Algumas árvores começaram a se curvar perigosamente sob o peso dos cachos de homens acrobaticamente instalados em seus galhos. Eis que ela avançava, orgulhosa e digna, os ombros cobertos por uma pesada capa de veludo escarlate. Como ela parecia miúda em seu longo vestido vermelho bordado de ouro! Os dignitários mais próximos podiam adivinhar em seu rosto a emoção que ela se esforçava por dissimular sob uma máscara de serenidade. Era sua primeira aparição em público.

Com passo firme, subiu à pedra sagrada de Andohalo, reservada para a coroação dos soberanos malgaxes, e inclinou-se para o leste para implorar a bênção dos ancestrais. Em seguida, voltando-se para seu povo, falou com voz firme e segura diante de um mar de silêncio: *"Eu sou Ranavalona III, que aparece diante de vocês. Vocês me conhecem?"* Uma explosão de alegria lhe respondeu, acompanhada de uma salva de vinte e um tiros de canhão. Os espectadores, vibrantes de fervor, pontuavam cada uma de suas frases com vigorosos gritos de assentimento. Impulsionada pela onda de alegria que incendiava a multidão, ela continuou: *"Deus deu este grande reino a meus ancestrais. Minha primeira preocupação, minha única prioridade será sempre o bem de vocês, a fim de ampliar o que nossos ancestrais nos legaram, e para lhes dar sempre mais e mais. A felicidade de vocês passará antes da minha. Minha cabeça pensará pela de vocês. Meu dinheiro pagará suas dívidas. Meu corpo protegerá o de vocês!"*

Com essas poucas palavras, ela acabava de conquistar todos os corações!

Ainda ereta na pedra sagrada, a rainha pegou a coroa cintilante que estava em cima de um tronco de madeira preciosa, e colocou-a em sua cabeça. Ela então se apoderou do cetro real e, voltando-se novamente para a multidão silenciosa e reverente, acrescentou: *"Como exige o rito dos soberanos Andrias, subi na pedra sagrada ao som de canhões e de músicas. Coloquei na minha cabeça a coroa santa do Imerina, nosso país e, juro solenemente, qualquer um que ameace sequer um único pedaço deste território, mesmo que seja apenas a espessura de um fio de cabelo ou do tamanho de um grão de arroz, me encontrará, a mim, Ranavalona III, diante dele, como um homem, para defender nossa pátria!"*

Uma declaração cheia de determinação na boca desta mulher-criança, subitamente projetada para o centro do palco. Mesmo se o Primeiro Ministro governasse tudo, seria ela quem representaria doravante o país em todos os atos oficiais. Ela não devia demonstrar medo diante dessa responsabilidade totalmente inesperada, que agora pesava sobre seus ombros. Pois até o dia anterior, ninguém poderia ter previsto que a escolha do Primeiro-Ministro bem como o consentimento dos dignitários, recairiam sobre ela.

Com seus elegantes cinquenta anos, esse homem calculista e de ambição desmedida, mas com reputação de grande patriota, havia consolidado seu poder se casando com as três últimas rainhas de Madagascar; o que lhe garantiu uma longevidade excepcional de cerca de trinta anos no comando do país. No segredo do seu cérebro, Rainilaiarivony havia planejado tudo. Era ele quem presidia o Conselho da Nação, responsável por designar os sucessores ao trono.

Assim que sua real esposa teve a delicadeza de torná-lo viúvo, ele propôs como sucessora a mais tímida das princesas que conseguiu encontrar entre as inúmeras menores parentes que Ranavalona II mantinha no seu palácio. Ele já havia notado aquela linda viuvinha de olhos tristes, cujo marido havia falecido recentemente de morte súbita e inexplicável, após uma união efêmera. Educada em missões religiosas protestantes, ela parecia dócil o suficiente para seus planos. Imediatamente após sua proclamação, ele a adicionaria ao seu histórico matrimonial, sabendo que ela não ousaria lhe causar a afronta de recusar essa aliança.

E foi assim que Ranavalona III se tornou a última figura de uma linhagem de rainhas que encarnou o último século dessa monarquia matrilinear malgaxe. Tímida talvez, mas não tão maleável quanto seu velho esposo teria desejado. Queria mostrar-se digna dessa dinastia Andria do Imerina, a região das terras altas centrais de onde o pai fundador do reino, no século XVIII, havia se imposto sobre os outros principados para iniciar a unificação da Grande Ilha. Ela faria frente, assim como as três soberanas que a haviam precedido, e especialmente sua ancestral Ranavalona I, a única personalidade feminina notável da história de Madagascar.

Ranavalona I, que reinou de 1828 a 1861, era ao mesmo tempo a prima e a primeira esposa de Radama I, filho do fundador do reino. Este havia dedicado os dezoito anos do seu reino (1810-1828) a transformar a fisionomia geográfica e política de seu reino, continuando a expansão territorial iniciada por seu pai, e apostando na Inglaterra na competição colonial franco-britânica que se desenrolava no Oceano Índico. Essa aliança lhe abriu as portas do comércio internacional, bem como deu acesso a um armamento moderno para suas tropas, que foram reorganizadas em um exército profissional com a ajuda de instrutores britânicos. Fortalecido por essa superioridade técnica e militar, ele se empenhou em romper o isolamento do Imerina, conquistando acessos às duas fachadas marítimas da ilha. A sociedade malgaxe podia agora se abrir ao mundo exterior.

A penetração do mundo ocidental foi então muito rápida. Autorizados por Radama I, os missionários protestantes da *London Missionary Society* desembarcaram em Antananarivo em 1818, e deixaram uma marca profunda, particularmente na educação e na formação técnica. Da primeira escola fundada em 1820 com apenas alguns alunos, passou-se, nove anos depois, para 2.300 crianças matriculadas em 23 estabelecimentos! Esses missionários-artesãos, também ativos na evangelização dos citadinos, realizaram além disso um notável trabalho de formação de massa nos ofícios de carpintaria, alvenaria, curtume, tecelagem etc., preparando assim uma mão-de-obra qualificada para as inúmeras manufaturas que o rei mandou instalar na capital.

O desenvolvimento da educação também contribuiu para a popularização da escrita malgaxe, graças a uma transcrição fonética realizada pelos missionários. Assim, a nascente elite intelectual passou a dispor muito cedo de seus próprios jornais. As mulheres, por sua vez, acolhidas pelas esposas dos missionários, recebiam cursos de economia doméstica e de costura que podiam ajudá-las a encontrar atividades remuneradas.

A ascensão de Ranavalona I em 1828 deu um golpe brusco na política de abertura promovida por seu marido, que morreu aos trinta e seis anos. Tal como o clã de conservadores que a cercava, ela queria proteger seu país de qualquer interferência estrangeira, temendo que, com seus princípios igualitários, o cristianismo viesse a minar a ordem política e social baseada em uma rígida hierarquização de castas entre nobres (andriana), camponeses livres (hova) e escravos. E, então, a religião dos Brancos não corria o risco de desviar o povo da adoração das divindades reais e do culto aos ancestrais, base das tradições nacionais? Ela, portanto, rogou ao Residente britânico que retornasse ao seu país, revogou os tratados assinados com Londres, e afastou os ingleses de todas as suas funções no país.

A proibição das importações de produtos manufaturados europeus pôs certamente fim ao fornecimento de armas, munições e artigos de luxo, mas Ranavalona fez dessa política isolacionista um poderoso motor para a industrialização de seu país. O artífice dessa instalação do tecido industrial malgaxe foi o francês Jean Laborde, um genial faz tudo autodidata, que liderou a criação de um imenso complexo de dez mil trabalhadores, capaz de produzir tudo o que a rainha desejava: fuzis, canhões, pólvora, vidro, faiança, produtos químicos, tijolos, sabão, seda etc.

Vindo de uma família de artesãos pobres – seu pai fabricava carroças – esse jovem aventureiro gascão de vinte e dois anos, um dia tinha deixado sua querida cidade de Auch, tendo como bagagem apenas uma educação básica, para percorrer o mundo. Após administrar um comércio bastante lucrativo em Bombaim, na Índia, ele conheceu outro aventureiro francês com quem decidiu partir em busca de um suposto tesouro enterrado no Canal de Moçambique. Mas o barco deles, apanhado por uma tempestade, encalhou em Madagascar em novembro de 1831.

Ao se aproximar do círculo de plantadores franceses da costa leste, Laborde encontrou conhecidos de Ranavalona, a quem apresentou um projeto de plantação de cana-de-açúcar. A rainha estava interessada em qualquer iniciativa que permitisse ao seu país manter sua autossuficiência, produzindo localmente os artigos que já não eram importados. Esse homem enérgico e engenhoso, logo conquistará sua simpatia. Para a opinião pública, não havia nenhuma dúvida sobre seu relacionamento sentimental, mas a única certeza é que eram muito próximos.

Sem formação inicial, Laborde mandou vir da França livros sobre mecânica, indústria e química, e tornou-se, ao mesmo tempo, engenheiro, arquiteto e agrônomo, para impulsionar o desenvolvimento do Imerina. Ao captar as águas de sete vales em imensos reservatórios, encontrou a energia necessária para fazer funcionar sua zona industrial. Mandou construir fornos de cal, um alto-forno, trituradores e forjas para processar minério de ferro, fabricou ferro fundido para a produção de máquinas, ferramentas, e até panelas e frigideiras para uso doméstico. Uma unidade de produção de aço permitiu a confecção de facas e sabres; a exploração do minério de cobre foi ampliada, assim como a fabricação de produtos químicos úteis à indústria. Os malgaxes fabricaram localmente seus fuzis e seus canhões, e até mesmo uma fábrica de pólvora foi criada.

Na área da agricultura, a expansão da cana-de-açúcar permitiu satisfazer a demanda interna de açúcar e rum. Os camponeses malgaxes também aprenderam a utilizar seus zebus para arar e transportar as colheitas. Por fim, foi ao seu homem de confiança que Ranavalona confiou a construção de seu sumptuoso palácio de estilo vitoriano, dentro do recinto real situado na mais alta colina de Antanarivo.

Fortalecido pela sua instalação na corte, Jean Laborde aproveitou sua eminente função de conselheiro da rainha para favorecer o retorno da influência francesa no país. Mas a desconfiança anterior ressurgiu quando os franceses, estacionados na pequena ilha de Nossi-Bé, pretenderam opor-se à campanha de unificação lançada pela rainha, voando em socorro do reino Sakalave, no noroeste de Madagascar. Além disso, o impacto das rivalidades franco-inglesas começava a pesar seriamente na política interna de Antananarivo. De fato, como a maioria dos nobres e dos plebeus ricos havia aderido ao protestantismo, os missionários franceses, frustrados por estarem circunscritos apenas à evangelização das classes sociais mais baixas, solicitaram oficialmente o apoio da França contra a concorrência inglesa.

Irritada com o que considerou uma intromissão insuportável, Ranavalona expulsou todos os Brancos de seu reino em 1835: negociantes, mercadores, missionários, empresários, funcionários, plantadores – e até mesmo seu amigo Jean Laborde, que só retornaria ao país após a morte da rainha. Ele permaneceu em Madagascar até sua própria morte em 1878, e ali foi enterrado.

Não satisfeita com esta reviravolta diplomática, ela iniciou uma violenta caça às bruxas contra os cristãos, acusados de conspiração ou de bruxaria, e causou numerosos mártires nas comunidades malgaxes e europeias. Seus castigos eram particularmente espetaculares, entre a terrível prova do veneno ou a obrigação, para alguns condenados, de atravessar a nado um rio infestado de crocodilos, quando não eram simplesmente atirados do alto de uma falésia! Esta campanha contra a influência estrangeira lhe rendeu a reputação de tirana xenófoba por parte dos europeus perseguidos. A imprensa parisiense a descreveu como "Calígula feminina" ou Nero, enquanto uma parte de sua população via nela a encarnação do nacionalismo malgaxe.

Perante a deterioração de suas relações com a rainha, em 1845, franceses e ingleses enviaram suas esquadras para bombardear Tamatave, mas sem conseguirem pôr os pés na ilha bem defendida pelo seu exército. Um episódio marcado pela escravização do capitão de um navio mercante francês capturado pelas tropas de Ranavalona. Assumindo plenamente suas ordens, ela teria declarado: *"Já que eles vendem Negros, podemos também vender Brancos."*

Ao que parece, os britânicos não buscavam realmente colonizar a ilha, mas principalmente monopolizar seu comércio. A França, por outro lado, acreditava ter um direito histórico sobre esse subcontinente mais vasto que a própria França metropolitana, e que tinha, repetidamente desde o século XVII, tentado conquistar, mas sem jamais conseguir vencer a resistência de suas populações. Além disso, o lobby colonial francês da vizinha Ilha da Reunião pressionava Paris por uma rápida conquista de Madagascar, a fim de aproveitar as enormes potencialidades deste mercado de dois milhões e meio de habitantes. Com suas riquezas variadas, a Ilha Vermelha representava na verdade um interesse estratégico para as potências coloniais na rota para as Índias; em particular para a França e a Grã-Bretanha que disputavam ferozmente o controle da circulação marítima no Oceano Índico.

O fim do reinado de Ranavalona I foi um pouco suavizado pelo surgimento do príncipe herdeiro francófilo Rakoto, que, entusiasta do modernismo e defensor da retomada das relações com a Europa, aproximou dela jovens conselheiros malgaxes europeizados. Em 1853, a proibição do comércio de arroz e gado com as ilhas Maurício e Reunião foi suspensa e, três anos mais tarde, os missionários brancos reapareceram. Com a morte de sua mãe em 1861, após trinta e três anos de um reinado absoluto, o príncipe, rebatizado de Radama II, não teve tempo de implantar suas ideias reformistas. Dois anos após sua ascensão ao poder, foi assassinado, num clima de agitação popular e em um contexto de competição político-evangélica franco-inglesa, na sequência de uma conspiração atribuída à oligarquia conservadora.

Foi, portanto, sua viúva e prima, Rasoherina, quem assumiu o trono. A partir desse momento, assiste-se à ascensão da burguesia plebeia, encarnada pelo novo Primeiro-Ministro que literalmente se impôs ao poder graças a seus três casamentos reais. Rainilaiarivony tinha sido proclamado Primeiro-Ministro em julho de 1864, aos trinta e seis anos, enquanto exercia as funções de chefe supremo dos exércitos. Cinco anos mais tarde, ele repudiava sua esposa, com quem teve 16 filhos, e pediu a rainha em casamento! Com a morte desta em 1868, ele fez coroar uma prima da falecida, Ranavalona II, e casou-se com ela logo depois, no templo protestante - uma forma de significar oficialmente suas simpatias anglófilas. Durante os quinze anos que durou essa união, também sem filhos como com a rainha anterior, o Primeiro-Ministro reabriu o país aos estrangeiros, e repovoou os altos escalões da administração com uma elite majoritariamente protestante, que passou à frente da aristocracia tradicional.

Embora ainda reconhecendo as tradições ancestrais, o reino que agora se estendia por dois terços da ilha, retomou seu caminho interrompido rumo à ocidentalização. A abertura econômica despertou nos malgaxes abastados um espírito empreendedor e um gosto pelos negócios que favoreceram, nas atividades mais lucrativas, parcerias empresariais com os europeus. Os pastores protestantes e os missionários católicos retomaram sua missão educativa, e multiplicaram as aberturas de aulas para atender a uma nova prioridade: a escolaridade obrigatória a partir dos sete anos.

Nesse campo, o antagonismo franco-inglês, resultado de setenta anos de disputa por influência no país, foi bastante curioso: os protestantes da *London Missionnary Society*, os anglicanos, os luteranos e os quacres ensinavam em malgaxe, enquanto os jesuítas e católicos franceses ensinavam em francês! O nível superior foi enriquecido também com uma escola normal, dois colégios de ensino secundário e uma academia de medicina que, já em 1886, formou suas primeiras turmas de médicos, dentistas e enfermeiros malgaxes. Muitos médicos dessa geração se especializaram na Inglaterra ou na França.

A política de reformas do Primeiro-Ministro se estendeu também a diversos domínios da vida pública. Rainilaiarivony reestruturou seu governo segundo o modelo europeu, cercando-se de um gabinete e de oito ministérios.

Fez adotar uma legislação escrita e instituiu uma administração territorial dirigida por governadores, enquanto mantinha, nas distantes províncias estratégicas, estruturas do tipo feudal. No campo jurídico, as inovações incidiram principalmente no funcionamento dos tribunais, dotados de três tribunais superiores, o abrandamento do sistema penal tradicional, a supressão da poligamia, bem como a instituição do registro civil e do divórcio.

Mas, apesar desses avanços, a dominação econômica estrangeira era insuportável para o povo malgaxe. Os colonos franceses, em particular, exploravam duramente seus empregados em vastas concessões, e continuavam a praticar a escravidão, embora esta já tivesse sido abolida pelo governo. O que provocou um violento sentimento antifrancês em algumas camadas da população. Além disso, o esforço de guerra destinado a tornar o exército suficientemente dissuasivo para conter os apetites franceses, tinha enfraquecido os recursos orçamentais do Estado. O aumento da corveia (trabalho forçado) imposta a todos os plebeus do reino foi muito impopular. A contestação emergente seria vigorosamente repercutida pelos jornais dos círculos intelectuais de vanguarda, enquanto em Paris, a imprensa amplificava a propaganda demonizando a *"tirania dessas populações agitadas e insolentes que queriam ver nossos interesses arruinados em benefício dos ingleses."*

Ao chegar ao trono, Ranavalona III herdava, portanto, uma situação das mais complexas. Ela gostaria de se envolver mais, pois não era insensível ao sofrimento do seu povo. Teria desejado influenciar algumas decisões, incentivar consultas, sabendo que seus contatos com os diplomatas europeus que recebia no palácio eram geralmente muito cordiais. No entanto, Rainilaiarivony colocava entraves. Mais de uma vez ela quis iniciar negociações com os franceses, mas não foi páreo para o intransigente Primeiro-Ministro que até mesmo ameaçou destituí-la em favor de outra mulher da linhagem real. Rainilaiarivony não lhe permitia qualquer iniciativa, por medo de que o carisma de Ranavalona ofuscasse o seu próprio poder. Confinada em seu gigantesco palácio, ela era obrigada a suportar a presença opressiva daquele velho marido todo-poderoso e ciumento, que procurava reprimir as veleidades de energia que sentia surgir nela.

Dois meses antes de sua entronização, as tensões tinham se acentuado com a ocupação dos portos de Tamatave, na costa leste, e de Majunga, no noroeste, pelas tropas francesas apressadas em estabelecer uma presença na ilha para conter a influência inglesa. Em retaliação, o governo malgaxe decidiu expulsar os franceses da capital, obrigando-os a fugir às pressas. A comunidade francesa, ainda mais irritada por não poder dispor de direitos de propriedade sobre as terras que explorava, queixou-se à metrópole das intimidações e da crescente insegurança a que estava sujeita. Vários de seus membros haviam sido assassinados; outros eram constantemente atacados em suas casas por bandidos que infestavam os campos. Atraídos a Madagáscar para explorar seu ouro, suas pedras preciosas, seu arroz, seu café, seu açúcar, sua baunilha, essas pessoas acreditavam estar protegidas pelo tratado franco-malgaxe de 1868, que supostamente concedia uma ampla autonomia aos residentes franceses da ilha.

As populações do Imerina, por sua vez, sentiam agora que a ameaça era bem real, e cada notícia vinda da costa enchia-as de preocupação. Eles não entendiam por que os franceses queriam tomar seu reino. No dia 3 de julho de 1884, a rainha fez uma aparição para falar ao seu povo, que havia descido de todos os bairros da cidade para ouvir sua mensagem. Brandindo um sabre sob a sombrinha escarlate que a protegia do sol, ela declarou com fervor: *"Recuso-me a ceder qualquer parte do nosso território. Para preservar o que nos pertence legitimamente e o que Deus deu aos meus ancestrais, liderarei meus soldados ao combate."* Depois conclui com uma prece dirigida ao seu povo: a de respeitar os estrangeiros que viviam na capital. Pois, mesmo se não houvesse mais franceses, era preciso proteger os muitos outros europeus de possíveis linchamentos por uma multidão desesperada.

Em 1885, Paris entrou novamente em conflito com Madagascar por causa das terras ocupadas por seus cidadãos. Aqui, mais uma vez, a resposta não demorou a chegar. A Conferência de Berlim sobre a partilha da África, não esqueçamos, acabava de conceder às nações imperialistas todos os direitos sobre os territórios que cobiçavam em todo o mundo. Os canhões franceses trovejaram sobre Majunga e Tamatave, derrotando os soldados de infantaria sem meios de defesa equivalentes. A ofensiva inimiga prosseguiu até Diego Suarez, mas foi detida perto de Tamatave pelas tropas reais. Por fim, um tratado foi assinado em dezembro de 1885, no qual a França exigia o retorno de seus cidadãos na ilha e, concedendo-se um direito de protetorado sobre Madagascar, tornou-se tutora do país em suas relações externas, embora ainda tolerasse a soberania da rainha nos assuntos de política interna.

Ranavalona III não era praticamente mais senhora de seu país. Mas sua dignidade e seu senso patriótico não podiam se conformar com tal situação por muito tempo. Em 1890, ela apoiou a decisão de seu marido de se opor ao protetorado. Paris enviou então uma força expedicionária de 20.000 homens, que teve de enfrentar a malária e as condições insalubres das zonas úmidas, antes de tentar reprimir a rebelião contra a anexação que se aproximava. Desembarcadas em Majunga em 15 de janeiro de 1895, as tropas francesas, que perderam 40% de seus efetivos nessa marcha guerreira, demoraram quase oito meses para alcançar a capital malgaxe.

Em 21 de setembro de 1895, enquanto o anúncio do avanço francês sobre Antananarivo fazia fugir uma parte de seus habitantes, Ranavalona se dirigiu à pedra sagrada de Andohalo, onde havia prestado juramento no dia de sua coroação. Subida em um estrado, ela discursou ao povo que jamais deixara de demonstrar sua afeição por ela. *"Os franceses estão a um dia de marcha da capital,* anunciou ela. *Vocês me disseram que queriam lutar por mim, mas ainda não o fizeram. Quanto a mim, nunca os abandonarei. Resistirei até o fim e se Deus quiser, morrerei em meu palácio."* As pessoas a aclamaram com vigor. Eles estavam prontos para resistir ao seu lado.

No seu palácio defendido pelos insurgentes, Ranavalona presidiu um conselho de emergência. Apesar da oposição do Primeiro-Ministro, ela informou aos dignitários que planejava partir para o sul da ilha a fim de reorganizar a resistência ali. Mas já era tarde demais. Uma coluna francesa acabava de chegar a Antananarivo, pronta para aniquilar a defesa da cidade. Eles posicionaram suas baterias de canhões e morteiros em uma colina estratégica, mirando tanto os soldados malgaxes quanto os civis em fuga. Depois viraram seus canhões para a cidadela real e crivaram-na com quatro obuses que fulminaram parte da guarda e dos servos.

Apavorada com a visão de todas estas mortes e com o desespero das vítimas que, de suas janelas, via fugir em todas as direções, Ranavalona decidiu que era hora de capitular. A oposição do Primeiro-Ministro que pretendia manter a ordem de resistência, provocou uma violenta altercação entre as duas maiores figuras do poder malgaxe. *"Eu sou a rainha!"*, gritou finalmente Ranavalona com uma voz estridente, em que se misturavam a raiva e o medo que a atormentava. Então, ela ordenou que se içasse a bandeira branca no telhado do palácio. A rendição foi assinada no dia seguinte, 1º de outubro de 1895.

Como um rastilho de pólvora, a notícia se espalhou por toda a ilha: a rainha era prisioneira dos franceses! Foi então que explodiu uma violenta insurreição popular que, durante dias, aterrorizou os estrangeiros. A rebelião se iniciou na capital e rapidamente se espalhou pelo resto do país. Em Antanarivo, em ebulição, os sons das trompas chamavam noite e dia, incansavelmente, à revolta. O mundo rural, por sua vez, mobilizou-se. As antigas tradições animistas despertaram, e alguns insurgentes começaram a massacrar missionários. Principiou, então, o êxodo dos brancos. Nas estradas e trilhas esburacadas, longos cortejos se dirigiam às pressas para refúgios nas montanhas. Os residentes estrangeiros fugiam a pé, a cavalo, transportando famílias e bens em carroças puxadas por bois.

Enquanto isso, oficiais malgaxes que haviam conseguido reconstituir suas forças se preparavam para cercar Tananarive. Mas, para espanto geral da população, no entanto, mobilizada, Ranavalona apareceu no balcão de seu palácio, ao lado do residente geral francês, para lançar um apelo à calma. Foi um momento dramático, ainda mais quando a rainha precisou se opor a seus conselheiros mais fiéis, determinados a não abandonar a luta. Alguns, com a morte na alma, chegaram até a acusá-la de enfraquecer diante do adversário! Para esse povo orgulhoso, cuja elite era muitas vezes mais instruída do que os colonos franceses que agora pretendiam dominá-los, era inconcebível que pudessem se tornar subordinados de tais estrangeiros, quando seus antigos reis tinham tido a consideração de seus pares das grandes nações. *"Mas,* replicou ela, trêmula de raiva, *não há glória nenhuma em ser massacrados por esses porcos! A luta é desigual demais. Todos eles têm armas e meus filhos morrem porque não estão preparados para tal guerra. Eu decidi fazer a paz!"*

E foi assim que Ranavalona III perdeu Madagascar. Em fevereiro de 1896, o Primeiro-Ministro foi destituído e enviado ao exílio em Argel, onde faleceu alguns meses depois, aos sessenta e oito anos. Em 6 de agosto do mesmo ano, a Ilha Grande se tornou uma colônia francesa. Mas, enquanto se instalava a ordem colonial, a rendição não foi simples. Em setembro de 1896, o general Joseph Gallieni desembarcou em Antananarivo, hoje chamada Tananarive, como governador da colônia de Madagascar, para subjugar este país em nome da República Francesa. Começou por submeter ao pelotão de fuzilamento duas eminentes figuras protestantes da monarquia malgaxe: o tio da rainha, líder do Partido Realista, e o antigo ministro do Interior, um historiador humanista que gozava de grande consideração. Ele rejeitou os pedidos de clemência da rainha, como se quisesse lhe mostrar que agora era ele quem mandava.

Brutalidade e desprezo serão as palavras de ordem do comportamento de Gallieni em relação aos malgaxes. Além disso, os residentes franceses no país não se farão rogar para que retornem prontamente às humilhantes atitudes de antes, responsáveis pelo sentimento de rejeição que inspiravam aos autóctones. Após a anexação do Imerina, outras províncias também entraram em rebelião, por sua vez, a luta armada continuou até o início do século XX. A França não queria admitir que esse país orgulhoso, edificado por grandes construtores ciosos de sua independência, e dotado de uma organização elaborada, com elites de alto nível, não era apenas um simples território povoado por "indígenas", como ela sistematicamente percebia suas possessões deste lado do globo.

Suspeita de ser o aguilhão da revolta, Ranavalona III foi deposta e exilada por Gallieni, que aboliu a monarquia, e não perdeu oportunidade de rebaixar a rainha após tê-la isolado em seu palácio. Nem sequer se deu ao trabalho de informar o governo francês sobre sua decisão, colocando-o diante do fato consumado. Na noite de 27 de fevereiro de 1897, soldados franceses invadiram os aposentos da rainha, convencida de que vinham assassiná-la, e ordenaram-lhe que se preparasse para deixar o palácio. Deram-lhe tempo para preparar suas malas e, por volta das duas horas da manhã, foi uma soberana abalada e em lágrimas que partiu rumo a Tamatave sob forte escolta. A viagem durou uma semana.

Escondida em uma liteira coberta por uma capota, a rainha estava sob a vigilância rigorosa de uma unidade de fuzileiros africanos e argelinos, liderada por um tenente francês. Ao longo dessa penosa marcha através de florestas e de campos desertos, para evitar que ela fosse reconhecida, Ranavalona viveu com o medo constante de ser executada clandestinamente. Em Tamatave, foi embarcada em um navio com destino à Ilha da Reunião, onde permaneceu quase dois anos. Mas Gallieni, que a perseguiria com um ódio inexplicável até o fim de seus dias (morreu um ano antes da rainha, em 1916), considerava que ela ainda estava próxima demais de sua ilha, e que poderia representar perigo se conseguisse estabelecer contatos com seu próprio povo ou com aliados ingleses. De lá, ela foi colocada em um novo navio rumo ao porto francês de Marselha, última parada antes da Argélia, onde passaria o resto de seu cativeiro.

Em Argel, Ranavalona III viveu em prisão domiciliar em uma casa confortável no alto da cidade. A rainha era constantemente espionada por um inspetor geral da segurança francesa, e depois por um intendente que o governador-geral da Argélia francesa lhe impôs permanentemente. O espião anotava cuidadosamente seus menores gestos em cadernos que se juntavam sobre a mesa do governador aos relatórios policiais sobre seus passeios no jardim botânico ou suas idas às compras na cidade! Seus visitantes, assim como suas saídas, eram raros e deviam ser autorizados pelo governador ou pelo controlador geral da segurança. Quanto a Gallieni, continuou a reprimir à distância, pois era o único responsável pela decisão do montante da pensão anual que deveria ser concedida à prisioneira. Uma pensão que, no entanto, era deduzida do orçamento de Madagáscar!

Ele obrigará assim a rainha a fazer humilhantes pedidos para obter um aumento desse viático insuficiente para sustentar a si e aos que compartilhavam seu exílio: sua tia, sua irmã mais velha, sua pequena sobrinha órfã, seu intérprete e os três criados malgaxes designados para seu serviço. Gallieni recusou sistematicamente seus pedidos, bem como as solicitações do governador francês da Argélia, que se compadecia das dificuldades financeiras da rainha, obrigada, para sobreviver, a vender uma a uma as poucas joias que os soldados a haviam autorizado a levar quando foi arrancada de seu palácio. Algumas raras mundanidades na comunidade francesa de Argel vinham, de vez em quando, distrair seus dias monótonos. Mas, com seus vestidos cada vez mais puídos e seus chapéus ultrapassados, logo já não ousava aceitar convites para o teatro ou a ópera de Argel. O que não a impediu de permanecer sempre digna.

Seu médico era também o cônsul da Dinamarca em Argel. Embora, ele também, precisasse ter autorizações da polícia francesa para examiná-la em casa, conseguiu obter permissão para que ela fizesse curtas estadias em Paris para tratar sua neurastenia. Suas primeiras visitas à França ganharam manchetes na imprensa e lhe renderam uma notoriedade como curiosidade. Lá ela encontrou amigos franceses que havia conhecido em Madagascar e, pôde desfrutar, ali também, de alguns convites parisienses. Assistiu assim, das tribunas da Assembleia, a uma sessão da Câmara dos Deputados, e voltou encantada de um espetáculo na Ópera Garnier ou de uma visita às lojas de departamentos. Ela também aproveitou de curtos momentos de férias nas províncias, onde pôde descansar com sua sobrinha, Marie-Louise. Por fim, o entusiasmo popular que despertou foi tal que, no início de 1900, a famosa fábrica francesa de biscoitos LU afixou a fotografia da rainha nas latas de alumínio que continham os biscoitos vendidos sob a marca *Le Petit LU.*

Durante uma de suas viagens em 1912, Ranavalona, convidada para a parada do 14 de julho em Longchamp, encontrou-se nas tribunas na companhia da esposa do Presidente da República, a Sra. Fallières. Desta vez, ela conseguiu uma audiência com o ministro das Colônias, Albert Lebrun, para renegociar o aumento de sua pensão. Pela primeira vez, ela finalmente terá uma satisfação! Mas a cada vez era necessário sempre embarcar novamente em um navio a Marselha para retornar à sua vida monótona em Argel, na prisão domiciliar onde vivia em semi-reclusão, consumida pela saudade de sua terra natal. Seus pedidos de visita a Madagáscar eram sistematicamente ignorados.

Quando eclodiu a Primeira Guerra Mundial em 1914, a rainha deposta ofereceu um pouco de sua presença à Cruz Vermelha de Argel, dedicando-se inteiramente ao cuidado dos doentes e feridos.

Foi no exílio que ela morreu repentinamente após uma embolia, no dia 23 de maio de 1917, aos cinquenta e seis anos de idade, na sombra e na indiferença, longe do fervor de seu povo. Vinte anos tinham se passado desde sua partida forçada de Madagáscar. Alguns anos mais tarde, a França autorizou finalmente a transferência de seus restos mortais para Tananarive, onde foi sepultada em 31 de outubro de 1938, na presença do governador-geral francês da colônia, e depois de ter recebido a homenagem de seu povo, que desfilou em uma vibrante procissão de várias horas diante dos túmulos reais que aguardavam seus restos mortais.

II

MULHERES DE PODER E DE INFLUÊNCIA

Nefertiti do Egito

Um busto[32] antigo de três mil e trezentos anos, de uma perfeição artística inigualável, tornou-a famosa no mundo inteiro. Mas a rainha mais misteriosa do antigo Egito não foi apenas bela, também parece ter sido uma notável mulher de ação da 18ª Dinastia, sob o Novo Império.

Nefertiti teria vindo ao mundo no século quatorze a.C., por volta do ano 1381 ou 1370 segundo outras suposições. Embora nenhuma certeza possa sustentar a história de tempos tão remotos, na opinião de alguns especialistas, ela poderia ter sido originária do pequeno reino de Mitanni que, entre os séculos XVI e XIV a.C., dominou a Alta Mesopotâmia e o norte da atual Síria; um reino que viria a ruir sob a pressão do império hitita da Anatólia e dos assírios. Seu pai talvez fosse um dos dirigentes desse reino que mantinha relações com o Egito desde a época do faraó Tutmés IV, pai de Amenófis III. Outros autores, porém, situam suas origens no próprio Egito, e fazem dela a filha de um conselheiro do faraó Amenófis III, chamado Ay.

---

32 Este busto de calcário pintado, roubado em dezembro de 1912 pelo egiptólogo alemão Ludwig Borchardt em um campo de escavação que ele dirigia no sítio de Tell el Armana, foi enviado clandestinamente para a Alemanha sem o conhecimento das autoridades egípcias. Este vestígio, hoje objeto de controvérsia por ser suspeito por alguns de não ser uma peça autêntica, contribuiu para a celebridade do museu de Berlim.

Essa princesa de origem estrangeira, para ficarmos próximos da primeira hipótese, ocuparia um lugar singular na história do antigo Egito. Na época, de fato, falava-se tanto da beleza de Nefertiti que o velho Amenófis III, então casado com a rainha Tiy, e que ocupava o trono do Egito há mais de vinte anos, enviou mensageiros ao rei de Mitanni para pedir a mão de sua filha em casamento. Seu verdadeiro nome era Tadouchepa e, quando chegou ao Egito, foi apelidada de Nefertiti, que significa "A bela chegou".

É verdade que aqueles que se aproximaram dela ficaram deslumbrados. Ela tinha pouco mais de 1m40 de altura - com seu rosto delicado sustentado por um longo pescoço esguio, seus olhos amendoados, sua boca carnuda, longos cabelos negros cingidos por uma fita de couro adornada de pedras preciosas, e seu corpo de formas angulosas. Ela provavelmente não tinha mais de quinze anos quando pisou pela primeira vez o solo egípcio.

Foi um acontecimento memorável para o povo simples que se aglomerava ao longo do Nilo para não perder nada do espetáculo. Naquele dia, o vale sagrado dos reis parecia banhado por uma luz resplandecente, como para dar um brilho especial a esta margem onde deveria atracar a feluca real que transportava a jovem princesa. À medida que a embarcação de vela branca e dourada se aproximava, os curiosos se adiantavam em direção ao rio como se formassem uma guarda de honra para a estrangeira vinda do Norte.

No convés do barco erguia-se uma espécie de gaiola coberta por sedas brancas que tremulavam ao vento. Por trás dos véus que a protegiam dos olhares, a princesa observava, com curiosidade gulosa, aquele novo mundo que se abria diante dela. Deslumbrada, certamente deveria estar diante de tanto ouro, brilho e esplendor, que já faziam eco em todas as grandes metrópoles da Antiguidade. Diante de Tebas, a cidade das cem portas, celebrada pelo historiador grego Heródoto (falecido em 420 a.C.), luxuosas residências cercadas por vastos jardins se estendiam até onde a vista alcançava, margeando as ribeiras do Nilo.

Da embarcação que seguia ao longo da costa, ela vislumbrou edifícios monumentais: estátuas colossais, obeliscos, pilares e templos com paredes cintilantes, obras do grande arquiteto que foi Amenófis III, também apelidado de Amenhotep, e dedicados aos deuses do Egito. Sim, esse mundo refinado e opulento era muito diferente da sociedade austera em que fora criada, mas onde o valor da liberdade era sagrado.

Ao longo de todo o cais, podia-se sentir a agitação de um mundo de mercadores vindos dos quatro cantos do mundo. Robustos escravos carregavam nos barcos de partida múltiplas cargas empilhadas no porto. Outros descarregavam nos cais lotados, enormes blocos de pedra vindos de Assuã para a edificação de templos, frutas da Síria, tonéis de vinho das ilhas gregas, mirra e incenso destinados à farmacopeia e ao embalsamamento dos corpos, gado do Baixo Egito, e também tonéis de ouro extraído pelos Negros da Núbia, que também forneciam peles, marfim, ébano e penas de avestruz. O Egito estava então no auge de sua potência, e as riquezas afluíam de todos os territórios sob a soberania do faraó, a quem prestavam tributo.

A felucca finalmente chegou à terra firme. Segundo o protocolo estabelecido, os embaixadores do Mitanni aguardaram a chegada dos oficiais enviados para acolher a princesa. Então chegou o momento da partida. A princesa se levantou da jaula rapidamente descoberta por suas servas, e foi se sentar em uma liteira sustentada por oito escravos. Dois negros imponentes a ladeavam, agitando em sua direção grandes leques de plumas de avestruz para protegê-la dos ataques insistentes das moscas que haviam encontrado um paraíso naquele porto saturado de cheiros e de mercadorias.

Protegida por duas *coortes* de soldados, Tadouchepa foi escoltada pela multidão até o palácio onde o faraó a esperava de pé, no topo de uma grande escadaria de mármore. Com a coroa na cabeça, Amenófis III, o Sábio, estava com o torso nu, seus quadris grossos cingidos por um tecido de algodão branco ornado com uma cauda de leopardo. Estendeu o braço à princesa em sinal de boas-vindas, e dirigiu-lhe algumas palavras de acolhimento em uma língua incompreensível para ela. Foi assim que Nefertiti fez sua entrada na História.

A união entre Nefertiti e Amenófis-III[33] "o Fastuoso" durou pouco. Este, doente e já em plena maturidade, morreu algum tempo depois, deixando um sólido legado político e arquitetônico para seu país. Tornando-se viúva aos

---

33 Amenhotep III, também conhecido como Amenófis. O que vale também para Amenhotep IV.

dezoito anos, Nefertiti se casou em segundas núpcias com o príncipe herdeiro Amenófis IV, alguns anos mais jovem que ela. Outras fontes levantam a hipótese de que Nefertiti teria pertencido, mais simplesmente, ao harém do velho faraó antes de se casar com seu filho.

A plenitude que então conheceu foi visível em toda parte, até mesmo nos baixos-relevos que decoravam os edifícios oficiais. Segundo os raros vestígios da época que retratam diversos episódios da vida cotidiana do casal, jamais um par de faraós se mostrou tão unido. A grande esposa real deu à luz seis meninas, sem poder dar ao trono um herdeiro masculino. Mas pouco importava. Suas sucessivas gestações em nada diminuíram sua lendária beleza, amplamente celebrada, tanto mais que ela se prestava com graça às longas sessões de poses dos talentosos escultores egípcios, dos quais foi certamente a modelo favorita.

Embora a maior parte dos testemunhos relativos a seu reinado – amaldiçoado por ter renegado os antigos deuses do Egito – tenha sido apagada, Nefertiti parece ter exercido uma influência considerável sobre seu jovem esposo. Como ela era oriunda de uma civilização monoteísta da Ásia Menor, é a ela que realmente se atribui a introdução de uma religião única nesse ambiente politeísta, o culto ao Deus Sol, que iria abalar durante o período do seu reinado, as crenças mais profundas do Egito antigo. A chegada ao poder de Aménophis IV foi de fato marcada pela violenta oposição que manifestou ao poderoso clero devotado ao culto de Amon, deus tutelar de Tebas, capital dos faraós. Tomado por uma paixão ardente pelo disco solar, que batizou de Aton, tentou impor uma verdadeira revolução religiosa para seu país, através de uma série de reformas visando a eliminar as divindades milenares do panteão egípcio para instaurar um deus único e um culto nacional.

Esta obsessão de promover uma teologia monoteísta, questionando as tradições ancestrais, escandalizou as camadas mais ortodoxas da sociedade. Surdo ao tumulto provocado por tal decisão, o jovem faraó, rebatizado de Akhenaton, ou seja, "Aquele que está a serviço de Aton", mandou fechar os antigos templos e ordenou o apagamento total das imagens e símbolos honrando os deuses oficiais. Então, sacrilégio dos sacrilégios, colocou na cabeça mandar construir quatro novos templos em honra ao poder criador do Deus-Sol, bem ao redor do prestigiado santuário de Karnak, dedicado por seu pai ao deus protetor do Egito. Esse templo também servia de feudo para os sumos sacerdotes de Amon, que representavam um verdadeiro Estado dentro do Estado.

Um veemente braço de ferro o opôs então a esse clero quase soberano que, durante séculos, havia participado da perpetuação do poder teocrático. Furioso diante da controvérsia suscitada por sua rebelião contra a ordem estabelecida, Akhenaton decidiu repentinamente abandonar Tebas para mandar construir uma nova capital. Foi Tell El Amarna, a "Cidade do Horizonte", localizada na margem oriental do Nilo, a meio caminho entre a antiga cidade real e Mênfis. Em menos de dois anos, ele fez surgir naquele vale desértico às margens do rio, uma gigantesca cidade de vinte mil habitantes, dotada de palácios, templos, jardins suntuosos, e uma surpreendente rede de rotas por onde circulavam numerosas carroças. Essa cidade mítica de doze quilômetros por cinco foi dedicada a Nefertiti, então no auge de sua glória, e venerada como suma sacerdotisa.

Tirano, herege, visionário ou completamente insano - na opinião de seus detratores, Akhenaton não deixou, no entanto, de suscitar um forte movimento de adesão tanto no meio artístico quanto entre o povo simples. Considera-se, portanto, que o impacto mais importante de sua revolução amarniana (difundida a partir da sua capital Tell El Amarna) foi sobretudo de ordem cultural. Rompendo, de fato, com um classicismo rígido que promovia uma representação estática e idealizada dos personagens oficiais, esse movimento encorajou os artistas, agora libertos de um jugo religioso excessivamente pesado, retratando o mundo de maneira mais vívida.

Enquanto os soberanos eram tradicionalmente representados em um cenário religioso ou bélico – fazendo oferendas aos deuses ou esmagando o inimigo – pela primeira vez, surgiram esculturas do faraó na intimidade de sua vida familiar. Em um baixo-relevo ele abraçava a esposa, em outro brincava com suas filhas nos joelhos, e sempre com Nefertiti a seu lado; o que sugere o peso da influência que ela exercia. A criação começou a inspirar-se em cenas da vida quotidiana sublimando o gesto e o movimento: camponeses nos campos, padeiro fazendo pão, trigo ondulando ao vento, pastores alimentando suas vacas, exaltação da fauna, da flora, da natureza...

A literatura também se abriu a uma nova energia, mas foi na arquitetura que ocorreu a evolução mais notável. Os templos e as residências não deviam mais ser fechados como santuários fechados. Como o sol era deus, era preciso que a luz penetrasse nos edifícios: os rituais foram celebrados em altares a céu aberto, diante do povo e não mais na alcova secreta dos sacerdotes. Os templos foram construídos sem telhados, como se fazia no país de origem de Nefertiti. Assistiu-se a uma transformação radical das construções, onde os pedreiros substituíam doravante os enormes blocos de pedra talhada das antigas pirâmides por pedras mais leves.

Essa revolução religiosa, no entanto, foi muito efêmera. Atingido nos últimos anos de seu reinado por uma afecção grave que o tornou obeso e deformou seu corpo, Akhenaton mergulhou na decadência física. Além disso, durante todo o tempo em que se dedicou ao culto do sol, ao qual consagrou longos poemas cheios de lirismo, mostrou pouco interesse pela condução dos assuntos públicos. Ele não tinha o perfil de um guerreiro nem de um estadista. Os generais conspiraram e os vassalos deixaram de pagar seus tributos. Incapaz de enfrentar as perpétuas insurreições dos clãs beduínos atraídos pelas terras férteis do rico Egito, ele acabou por levar à beira do caos o poderoso império que seu pai lhe havia legado.

No auge de sua feminilidade, Nefertiti certamente não estava disposta a pôr fim à sua vida fastuosa nem a renunciar à sua paixão pelas artes por causa da doença incapacitante do marido! Talvez tenha sido naquele momento que ela começou a levar uma vida dupla, mesmo que, exteriormente, continuasse a parecer inacessível e irrepreensível. Atrás das paredes espessas de seu palácio, protegida por guardas fiéis, ela recebia sua corte na maior discrição. Foi sem dúvida nessa época que posou para o grande escultor Thutmose, artista renomado cujas esplêndidas obras imortalizaram sua voluptuosa beleza.

Amargurado pela doença, fanatizado pela sua adoração do Deus-Sol, de quem pretendia doravante ser a encarnação na Terra, e cada vez mais perturbado por alucinações, Akhenaton acabou por repudiá-la. Foi então o declínio, a queda brutal. O nome da rainha foi apagado de todas as pinturas murais. Os baixos-relevos foram cobertos com camadas de gesso para que sua efígie não pudesse mais ser vista. Suas magníficas estátuas foram demolidas a marteladas. Apenas algumas peças raras escaparam milagrosamente dessa destruição implacável. Entre as relíquias encontradas, o famoso busto, descoberto em 1912 por arqueólogos alemães em um sítio de escavação em Tell El Amarna, e hoje conservado no Museu Egípcio de Berlim.

Nefertiti mergulhou nas sombras, isolada em seu palácio ao norte da cidade. Ali permaneceu por vários anos, a tal ponto que o povo, que lhe tinha verdadeira devoção, acreditaram-na morta e a esqueceram. Quando Akhenaton morreu, após dezessete anos de reinado, provavelmente entre 1372 e 1354 A.C. Nefertiti, com apenas cerca de trinta anos, voltou a ter esperança. E se ela tentasse recuperar sua influência passada, para quem sabe, um dia reinar no Egito, temporariamente governado pelo marido de sua filha Meritaton?

Alguns afirmam até que ela assumiu uma breve regência durante a confusão política que se seguiu à morte do faraó, enquanto o país, fragilizado internamente, era ameaçado por diversas frentes inimigas. Fato é que a rainha deposta ditou a seu escriba várias mensagens destinadas ao rei dos hititas da Anatólia, que, no entanto, representava uma séria ameaça na fronteira norte do Egito. Esse rei, é verdade, acabava de assumir o controle de Mitanni, o suposto país de origem de Nefertiti.

Em uma dessas cartas descobertas na capital hitita de Hattusa, ela solicitava com um tom desesperado o apoio do rei conquistador para recuperar o trono do Egito. Ela chegou ao ponto de oferecer sua mão em casamento como moeda de troca, caso ele consentisse em ajudá-la! "*Meu esposo está morto,* dizia em essência essa missiva, *e eu não tenho filho. As pessoas dizem que teus filhos são adultos. Se me enviares um deles, ele se tornará meu esposo, pois não quero tomar nenhum dos meus súditos por esposo*[34]."

Mas o Egito vacilava em suas fundações. O monoteísmo, tão dificilmente imposto, era agora vigorosamente perseguido pelas novas elites políticas. Ao solicitar a aliança dos hititas, Nefertiti esperava pôr fim às guerras desastrosas que

---

34 Segundo outras hipóteses, essa mensagem ao rei dos hititas poderia ter sido enviada posteriormente pela filha de Nefertiti, Ankhesenamon, que se tornou viúva do jovem faraó Tutancâmon, falecido por volta dos dezenove anos.

opunham as tropas egípcias aos vizinhos beligerantes. Ela não queria renunciar a insuflar uma nova vitalidade a seu país, e sonhava restaurar sua grandeza passada.

Contudo, já era tarde demais. Sua estrela havia perdido o brilho. Na luta pelo controle do poder, os aliados do antigo faraó foram os mais fortes. O jovem Thutankhaten, com cerca de dez anos de idade, foi colocado no trono e o casaram com a filha mais nova de Nefertiti, Ankhesenpaaton, que adotou o nome de Ankhesenamon. Uma esposa que também era sua meia-irmã, pois ambos tinham o mesmo pai: Akhenaton. Bem supervisionado por mentores ambiciosos, entre os quais o general Horemheb (que mais tarde ocuparia o lugar como último faraó da XVIII dinastia), ele restabeleceu o culto ancestral de Amon, retornou a Tebas, a antiga capital, e mudou seu nome para se tornar Tutancâmon. Os templos de Aton foram arrasados, e suas pedras reutilizadas para outras construções.

A "Cidade do Horizonte", último vestígio do poder de Nefertiti, transformou-se em uma cidade fantasma. Progressivamente abandonada pelos cortesãos, esvaziada de seus habitantes e da antiga administração real, viu-se abandonada de toda a vida. Nefertiti, rainha proscrita, despojada de seu poder e de suas riquezas, já não era senão a sombra de si mesma, depois de ter sido a mulher mais poderosa de sua época. Sem dúvida ela também ficou marcada pela morte precoce de várias de suas filhas. Foi, portanto, em completa solidão que ela teria morrido em seu palácio em Tell El Amarna, provavelmente por volta dos trinta e sete anos.

Seu túmulo nunca foi descoberto, o que não fez senão reforçar o mistério que envolvia sua pessoa. Ainda hoje, parece exercer um verdadeiro fascínio a tal ponto que sua história deu origem a múltiplas especulações e hipóteses, tanto por parte de especialistas, quanto de apaixonados pelo Egito antigo. A imagem que geralmente se promove dela destaca sobretudo sua beleza. Contudo, raramente a esposa de um faraó exerceu tamanha influência na história do Egito.

Na corte da rainha Kassa no império do Mali

Kassa foi a primeira mulher do mansa [35] Suleiman Keita que reinou no império do Mali[36] de 1341 a 1360. Irmão do célebre Kankan Moussa, o único monarca africano a ser conhecido na Europa e no Oriente desde a Idade Média, Suleiman governava uma entidade poderosa que dominou a África Ocidental do século XIII ao século XV. Um território tão vasto quanto o da Roma Imperial, e cujas fronteiras abrangiam as atuais repúblicas de Mali, Senegal, Guiné, Mauritânia, Gâmbia e Guiné Bissau, estendendo-se ainda até as orlas do Níger, do norte da Costa do Marfim e do oeste de Burkina Faso.

Nesse país onde as mulheres da nobreza exerciam um papel social importante, Kassa, que era também a prima paterna de seu esposo, beneficiava de um estatuto privilegiado. Enquanto as esposas do rei não tinham nenhuma função política, ela compartilhava o trono com o sultão, e as decisões importantes relativas aos assuntos do reino eram sempre anunciadas em nome de ambos.

Segundo relatos de viajantes árabes que estiveram na região, a travessia do império mandinga, tanto em comprimento quanto em largura, exigia na época vários meses de caminhada. Estendendo-se por toda a savana da África Ocidental, desde o Oceano Atlântico até a parte oriental da Curva do rio Níger, abrigava uma grande diversidade de etnias e de culturas que viviam em harmonia. Dividido em catorze províncias dirigidas por governadores, o país contava com nada menos que quatrocentas cidades e aldeias, entre os quais importantes centros agrícolas e comerciais urbanizados.

---

35 Mansa: o rei dos reis, ou seja: o imperador.

36 Mali: chamado também Mandingo, depois Sudão pelos Europeus.

Situado na intersecção de estradas de troca que ligavam o continente africano à Europa pelo Mediterrâneo, e à Ásia através do Oceano Índico, o Mali representava, na Idade Média, um próspero ponto de encontro comercial. Sua opulenta riqueza em ouro atraiu, desde o século VIII, negociantes do Magrebe que passaram a monopolizar todas as transações internacionais envolvendo essa parte do globo. Graças às suas sólidas redes de intermediários judeus e árabes, baseados nas principais capitais do Oriente e do Ocidente, asseguravam a circulação de mercadorias do mundo inteiro pelo viés de tripulações de caravanas conduzidas por nômades árabe-berberes.

O Saara estava, naquela época, muito mais movimentado do que viria a ser mais tarde. Através dele transitavam todos os tipos de produtos vindos de e destinados tanto para o Oriente Médio, via Egito, quanto para o Ocidente pelos portos espanhóis de Barcelona, Sevilha, Cádiz ou Gênova, na Itália. Os berberes levavam até o coração da África, brocados e cortinas da Lombardia, livros, papel e sedas de Veneza, joias e bugigangas, armas e objetos heteróclitos que jorravam dos porões dos navios atracados na baía de Túnis. A clientela negra, portanto, tinha inúmeras opções, trocando facilmente suas pepitas de ouro por tecidos cintilantes do Egito e perfumes inebriantes da Síria, enquanto seus príncipes despendiam fortunas em soberbas montarias da África do Norte.

O comércio, transportado por caravanas de dromedários, se baseava em dois eixos principais: a rota ocidental ligando o sul marroquino às margens do rio Níger, e a trilha que conectava Trípoli e o Egito partindo do Níger. As trocas comerciais entre o Mali e os países mediterrâneos, que remontam ao primeiro milênio, apoiavam-se em cidades mercantis ativas situadas na rota do ouro, das quais as mais conhecidas eram as metrópoles saarianas de Aoudaghost, Koumbisaleh e Oualata, repertoriadas no sudeste da atual Mauritânia. Porta de entrada e saída do Mandinga, a famosa cidade medieval de Oualata, localizada nos confins do deserto, constituía um dos principais nós de comunicação da região. As caravanas que vinham às centenas do Magrebe em busca do ouro maliano cruzavam ali com aquelas que retornavam para as opulentas cidades marroquinas de Fez e Sidjilmassa[37], especializadas no transporte do ouro, chegando até os portos de Túnis e Tlemcen, na Argélia.

A preciosa carga era embarcada em navios catalães e galés florentinas fretados por casas comerciais principalmente andaluzas, lombardas e genovesas. Este produto ocupava a maior parte do comércio marítimo com a Andaluzia, mas também com o porto de Gênova. Nesta cidade onde se concentravam os tráficos mais distantes, o ouro do Mandinga era redistribuído entre os diferentes corpos de ofícios, que o transformavam em ourivesaria, moedas, joalharia, ligas e fios de ouro para a tecelagem de tecidos preciosos, ou mesmo em reluzentes baixelas destinadas às mais prestigiadas cortes da Europa. Gênova reexportava também uma parte do metal africano para a Inglaterra e Flandres via Mar do Norte.

O comércio entre Mandinga e o Egito, por sua vez, transitava pelas movimentadas cidades de Gao e Tombuctu. Centro de encontro dos cameleiros do Saara e dos barqueiros do Níger, Tombuctu, que contava com cerca de cem mil habitantes no século XIV, representava um ponto de convergência muito frequentado entre o deserto, a savana e a floresta. Verdadeira fortaleza econômica, investida por numerosos comerciantes e banqueiros berberes, a cidade também gozava de grande prestígio intelectual.

Do norte afluíam carregamentos de sal, especiarias, seda e cobre; do sul chegavam pirogas cheias de nozes de cola, ouro, marfim e plumas de avestruz. Todos os anos, cerca de doze mil camelos eram mobilizados para o transporte de mercadorias com destino ou origem no Cairo. Alguns particulares não hesitavam em enfrentar as trilhas do deserto para fazer compras lá. Era, de fato, o auge do requinte, para certa elite abastada de Mandinga, contratar os serviços de condutores de caravanas experientes para realizar viagens de lazer ao Egito, a fim de adquirir produtos de luxo que não estavam disponíveis localmente e, depois, exibi-los com orgulho.

Os comerciantes magrebinos se apoiavam em redes de distribuição bem organizadas que abasteciam as cidades comerciais de Mandinga. Armazéns administrados por agentes geralmente expatriados do Marrocos, garantiam

---

37 Segundo fontes, o nome desta localidade também se escreve Sijilmassa ou Sijilmasa.

tanto a coleta de produtos locais quanto o suprimento das caravanas. Uma vez descarregadas as mercadorias, os navios do deserto partiam novamente rumo à sua destinação de origem, pesadamente carregados de ouro, presas de marfim, especiarias, barras de cobre vermelho de Takkeda – muito procuradas por sua qualidade, placas de sal, fardos de algodão, cestos de nozes de cola, peixe seco e evidentemente ... escravos.

O tráfico de negros, liderado durante 14 séculos por traficantes árabe-berberes, ocupava uma parte importante do comércio transaariano. É importante destacar que a África negra foi o único espaço humano a ser assim investido por todos os seus acessos – Saara, Oceano Atlântico, Mar Vermelho, Oceano Índico – exclusivamente para que suas populações fossem levadas. Poucos grupos escaparam a isso, e o cenário não diferia muito de uma travessia para outra, para esse gado humano cujo desespero não era ouvido: quinhentas a seiscentas almas aterrorizadas, marchando em colunas na esteira dos camelos. Segundo alguns relatos, crianças de quatro anos eram levadas a pé de Kano (atual Nigéria) até Trípoli, na Líbia. Quer fossem príncipes orgulhosos ou simples camponeses, capturados por tribos rivais, todos acabavam tragados no inferno das trilhas do deserto, acorrentados e carregando pesadas cargas na cabeça.

Entre eles havia crianças raptadas nas bordas das aldeias, servos vendidos por seus senhores endividados, cidadãos banidos de suas comunidades por diversos delitos – roubo, adultério, crime etc. –, mulheres arrancadas em seus campos, viúvas, órfãos, e muitas vezes, também homens livres e orgulhosos, punidos por terem se mostrado recalcitrantes à fé islâmica...

Para os sobreviventes dessa viagem sinistra, vinha a separação com seus companheiros de infortúnio, e a dispersão por lotes para todos os destinos possíveis. Haréns do Norte de África e do Médio Oriente para as mulheres mais atraentes, exércitos dos mamelucos do Egito, dos sultões da Turquia e dos príncipes da Arábia para os machos mais robustos. Em 750, o exército do Sultão de Bagdá contava com mais de quatrocentos soldados de infantaria negros em suas fileiras. Outros, menos afortunados, tornavam-se guardiões emasculados de alcovas principescas. As crianças mais enternecedoras podiam sobreviver como pajens ou pequenos servos nas cortes europeias, onde era moda possuir um negrinho em sua criadagem, em sua carruagem, em seu salão ou em seus estábulos. Quanto os que não encontravam compradores, na maioria das vezes acabavam como mão-de-obra agrícola em plantações da África do Norte ou em outros locais.

Esse tráfico, que começou a declinar a partir do século XVI, devido à concorrência dos traficantes de escravos europeus, funcionou durante cerca de dez séculos como uma verdadeira bomba de sucção em benefício dos países muçulmanos. No entanto, existem poucos dados sobre esse comércio de escravos saariano, curiosamente chamado de "silencioso", apesar de seus 17 milhões de vítimas, e que, ainda no século XX, continuava sua devastação discreta. Pesquisadores poderiam se debruçar mais sobre a opacidade que parece envolver essa questão.

Na costa oriental da África, fortemente submetida à influência do Golfo Pérsico, e em particular do Sultanato de Omã, a deportação das populações africanas pelos muçulmanos foi igualmente considerável. Através da intensa navegação que ligava os portos árabes do Mar Vermelho e as costas africanas, mais de quatro milhões de Negros, incluindo numerosos menininhos e menininhas, foram vendidos ao longo dos séculos nas cidades de Omã, de Jeddah e de Meca. As ilhas de Kilwa e Zanzibar também prosperaram como mercados de escravos.

Armazéns do Golfo Pérsico e da Turquia, em ligação com as "escravarias" de Trípoli e Benghazi na Líbia, escoavam suas mercadorias humanas até as cortes do Imperador da China e do Czar da Rússia. Negros também foram despejados aos milhares nos portos indianos de Bombaim, Goa, Calcutá, Pondichéry, e na ilha de Timor. Segundo documentos históricos encontrados no local, na segunda metade do século XV, existia uma importante comunidade de origem africana na província de Bengala, no norte da Índia, da qual alguns membros chegaram a ocupar funções militares e administrativas eminentes junto aos sultões locais.

No auge de sua potência, na Idade Média, a notoriedade do Mandinga ultrapassava as fronteiras do continente africano, e seu esplendor não deixava de surpreender os estrangeiros de passagem. Primeiro produtor mundial de ouro antes da descoberta do Novo Mundo nas Américas, suas famosas minas do Bambouck e do Bouré irrigavam com suas fabulosas riquezas os circuitos monetários da Europa e do mundo muçulmano. Assim, alertadas por relatos fantasiosos de viagens sobre esse Eldorado negro, *"onde os mercadores levam mercadorias sem valor e voltam carregados de ouro bruto nos lombos dos camelos"*, a curiosidade das outras potências do mundo medieval se voltou para essa estranha *rota do ouro*, percorrida por incessantes balés de caravanas, algumas das quais chegavam a contar com mil camelos por viagem!

A oportunidade de saber mais sobre isso lhes será fornecida pela espetacular viagem ao Oriente Próximo do Imperador Kankan Moussa. Desejoso de afirmar sua piedade muçulmana, esse prestigiado monarca, que reinou sobre o Mandinga durante vinte e cinco anos, decidiu um dia fazer sua peregrinação a Meca. Após vários meses de preparativos, partiu à frente de um impressionante cortejo de mil cortesãos e servidores, para uma extraordinária travessia do deserto que o levou em maio de 1324 diante das pirâmides do Egito. Suas paradas em Oualata, Touât, Teghâza e, sobretudo, em Ghadamès, um fértil oásis no cruzamento entre a Líbia, a Tunísia e a Argélia, causaram sensação entre as tribos beduínas, pouco acostumadas a serem recompensadas por sua hospitalidade com tantas peças de ouro e presentes suntuosos.

Diz-se que sua caravana contava com mais de oitenta dromedários carregando entre dez e doze toneladas de ouro em pepitas, pólvora e pedaços! Pode-se imaginar o alvoroço causado na capital egípcia pela chegada insólita de homens negros em trajes festivos, entrando lentamente na cidade, cada um segurando um lingote de ouro na palma da mão aberta! O imperador era escoltado por uma fila interminável de quinhentas pessoas que ritmavam sua marcha com pesadas bengalas de ouro maciço, cada uma pesando três quilos. Na memória dos cairotas, nunca se tinha visto isso!

O acontecimento ganhou as manchetes das crônicas locais que se espalharam em comentários entusiasmados sobre aquele incrível *"soberano de aparência tão nobre"*, amplificando sem medida as generosidades que distribuía por onde passava. O sultão do Cairo, El Malek en Nasir, a quem Kankan Moussa fez uma visita de cortesia, recebeu um baú cheio de joias e pó de ouro. Um gesto de cortesia que ele retribuiu presenteando a escolta real com uma companhia de corcéis ricamente ajaezados. Ele também mandou entregar ao imperador um traje de brocado, guarnecido de uma gola de pele de castor e adornado com um véu bordado com fios de ouro representando uma fauna sobrenatural. Um turbante de musselina preso com presilhas de ouro, um arnês[38] incrustado de pedras preciosas e um sabre com o cabo ornado de finos fios de ouro completavam o presente.

Essa magnificência incomum causou tal repercussão que, na alta sociedade, acotovelavam-se para convidar o soberano negro, certos de que seriam generosamente recompensados por sua presença. Foi assim que o rico comerciante de Alexandria, Siradj ed Din, com quem Kankan Moussa fez amizade, recebeu uma impressionante quantidade de ouro em agradecimento por sua hospitalidade, por tê-lo hospedado enquanto esperava a abertura oficial da peregrinação a Meca.

Algumas semanas mais tarde, foi o próprio comerciante quem teve de socorrer o imperador, emprestando-lhe recursos para cobrir os últimos excessos de sua comitiva! De fato, os malianos, deslumbrados com as múltiplas tentações oferecidas pelas lojas e nos comércios do Cairo - que também haviam aproveitado a ocasião para decuplicar seus preços -, gastaram tanto e tanto que se viram completamente sem recursos antes mesmo do fim da estadia. Este foi particularmente o caso dos membros mais eminentes do séquito real, alojados em luxuosos hotéis do Cairo que já dispunham, na Idade Média, de banheiros com torneiras de água quente e fria, aparelhos de destilação de água, e até mesmo sistemas de esgotos! No fim das contas, o credor Siradj ed Din não saiu prejudicado, pois, ao regressar ao Mandinga, o imperador fez chegar ao filho do comerciante, que se deslocara até Niani -, um reembolso superior ao dobro do valor emprestado, baseado na quantia de 700 dinares para um crédito de 300 dinares.

Nos bazares do Cairo, em todo caso, esfregavam-se as mãos de satisfação. Os negócios foram tão prósperos que, segundo relatam as crônicas da época, esse súbito afluxo de metal precioso provocou uma queda acentuada no valor

38 Na Idade Média, era uma tira de couro usada em bandoleira sobre o ombro, à qual se prendia, do lado esquerdo do corpo, uma espada ou um sabre.

do mithqal[39] de ouro em todo o Oriente Próximo, a ponto de se tornar inferior à taxa de câmbio da prata durante os doze anos que se seguiram a essa visita extraordinária! As cidades sagradas de Medina e Meca também não ficaram de fora, já que o imperador deixou ali uma esmola de vinte mil peças de ouro. Quanto aos intérpretes, oficiais e funcionários egípcios colocados a seu serviço durante sua estada, cada um deles recebeu uma bengala de ouro à guisa de gratificação.

O dia da partida foi por si só um espetáculo épico para os curiosos do Cairo, que não queriam perder o evento. Os membros da comitiva real, no auge da excitação, correriam para todos os lados, supervisionando o carregamento de suas dispendiosas compras nas costas dos camelos, acenando aqui, comparando ali, com ruidosas exclamações, os móveis, os tecidos, os perfumes, joias e outras futilidades que haviam adquirido. O imperador, como homem cultivado, deixara-se seduzir especialmente por obras de erudição, destinadas a satisfazer sua sede de conhecimento. Seus baús estavam cheios de preciosos manuscritos e outros tratados de ciências e de direito adquiridos nas melhores bibliotecas da cidade.

Fiel à sua política de abertura ao mundo exterior, Kankan Moussa também aproveitou essa estadia para estabelecer vínculos econômicos e culturais com o Egito. As relações que mantinha, por exemplo, com o sultão marroquino de Fez, Aboul Hassan, da dinastia berbere dos Merínidas, já haviam trazido muitos benefícios para seus respectivos países. Ele decidiu então convidar algumas personalidades a conhecerem seu país. E foi assim que a caravana de retorno contou com diversos eruditos, artistas, juristas, arquitetos e pedreiros egípcios, habilidosos carpinteiros iemenitas, teólogos muçulmanos e alguns comerciantes que, encantados com o modo de vida dos negros, esperavam encontrar em suas terras promissores oportunidades para seus negócios.

Seu impacto em termos de notoriedade foi certamente considerável, mas as repercussões dessa peregrinação foram também muito importantes para o Mandinga. Assim, o desenvolvimento de trocas regulares com o Egito resultou em um influxo de novas influências, em particular nos domínios cultural e arquitetônico. Um dos pioneiros dessa renovação foi o arquiteto e poeta andaluz

39 Moeda de ouro. Um mithqal equivalia a aproximadamente 5 gramas de ouro.

Ibrahim Es-Sahéli, natural de Granada, na Espanha, e que Kankan Moussa trouxe consigo do Cairo. Este grande construtor viria a revolucionar o habitat tradicional de cabanas cilíndricas com telhado de palha – unicamente o bairro real era construído em pedra – introduzindo no país construções em tijolos de barro cozidos ao fogo e casas rodeadas por terraços ameados.

Acompanhando o imperador em suas viagens pelas diferentes províncias do reino, Es-Sahéli ergueu, a pedido de seu benfeitor, novos locais de oração em alvenaria, entre os quais a mesquita de Gao, com seu minarete piramidal, se tornou um famoso exemplar. Em Niani, capital do império, construiu uma vasta sala de audiências retangular, encimada por uma cúpula tão singular na região que todos queriam imitar seu estilo. Uma das obras arquitetônicas mais famosas de Es-Sahéli, no entanto, permanece o palácio e a mesquita de Tombuctu, construídos em 1325, e pelos quais ele foi remunerado com quarenta mil mithqals de ouro, o equivalente a cento e oitenta quilos de ouro.

A esse edifício religioso inspirado nas pirâmides faraônicas, com paredes de bases muito largas que se estreitam em direção ao topo, foi acrescentada mais tarde, em outro bairro da cidade, a famosa Universidade de Sankoré que serviu de viveiro de quadros intelectuais para todo o Sudão nigeriano nos séculos XV e XVI. O sucesso dos pedreiros egípcios foi, aliás, tão grande que eles desistiram de regressar à sua casa, preferindo fazer fortuna nesse país acolhedor, tamanha era a demanda por residências luxuosas. Eles contribuíram, assim, para o embelezamento e a ampliação das cidades, difundindo um novo estilo de construção com portas e janelas decoradas por arabescos em placas de metal. Do mesmo modo, eles introduziram novas tendências de decoração interior de inspiração mediterrânica, que influenciaram profundamente a arquitetura local.

Finalmente, o impacto da viagem de Kankan Moussa foi tal que, muito após sua morte em 1332, autores renomados como Maqrizi, Ibn Batuta, Ibn Khaldun, Leão, o Africano, e até mesmo os Tarikh sudaneses continuavam a lhe fazer referência. De passagem pelo Cairo cerca de dez anos após aquele que foi considerado o evento do século, o historiador Al-Omari ainda ouvirá anedotas contadas sobre a extravagante séquito do imperador. Mas a evocação de riquezas tão extraordinárias não podia deixar indiferentes os europeus, para quem localizar o fabuloso reino negro logo se tornou uma obsessão.

Os cartógrafos foram, portanto, convocados a trabalhar. Em 1339, apareceu pela primeira vez em um documento europeu um esboço da suposta localização do império africano. Esse mapa-múndi, realizado por Angelino Dulcert, mencionava o território do *"rex Melli* (rei do Mali)", qualificado de *"rei das minas de ouro"*, no final de uma rota que atravessava o Atlas Argelino e desembocava na orla do deserto.

Em 1367, o planisfério veneziano dos irmãos Pizzigani especificou um pouco melhor a localização do império, traçando um caminho que conduzia a Tombuctu passando pelo Hoggar. Incumbido, alguns anos depois, de desenhar um atlas para o rei da França Charles V, o cartógrafo catalão Abraham Cresques incluiria dessa vez o desenho de um monarca negro coroado, segurando em uma mão um cetro e na outra uma pepita de ouro do tamanho de uma maçã. Na legenda ele indicará: *"Este senhor negro se chama Mouse Melly (Moussa do Mali), soberano dos Negros. O ouro existe em tal abundância em seu país que ele é o rei mais rico e mais nobre de todo o território."* Isso foi em 1375.

Em 1492, por fim, uma reprodução do famoso mapa dito de Cristóvão Colombo indicava a região de Bambouk (no atual Senegal oriental) sob o nome de *Insula tiber*, tradução latina de um termo árabe que significa: *A ilha do pó de ouro*. O El Dorado maliano agora localizado, bastaram algumas décadas para que as potências europeias equipassem suas caravelas e se lançassem em uma verdadeira corrida pelo ouro africano, ao assalto dessas *Terras incognitas* que já na Antiguidade intrigavam gregos e romanos.

Sabemos os abalos que esse súbito interesse provocaria na África. Em particular o declínio, a partir do século XVI, da dinâmica de trocas que até então associava as populações africanas das duas margens do Saara.

Mas no tempo de Kassa ainda não estávamos a esse ponto. No auge de sua opulência, o império mandinga ainda abrigava uma civilização brilhante, cujo resplendor impressionou o viajante marroquino Ibn Batuta, que ali permaneceu por nove meses em 1352. Seu testemunho constitui um documento de referência sobre a vida quotidiana em um império africano da Idade Média. Nascido em

Tânger em 1304, esse jurista e etnólogo à frente de seu tempo, muito culto e de grande curiosidade, já tinha percorrido regiões correspondentes à África do Norte, Egito, Arábia, Síria, Líbano, Palestina, Irã, Iraque, Turquia, Índia, a ilha de Sumatra na Indonésia, Malásia, Vietnã, China, Ceilão (atual Sri Lanka) e Espanha. Dessa última viagem ao Mandinga, patrocinada pelo Sultão de Fez, ele deixaria preciosos escritos sobre a vitalidade desse império negro, cujo gosto pelo fausto e pelo saber muito o impressionou.

Depois de ter interrogado minuciosamente os habitantes, que ele considerou de uma grande cortesia, sobre a história de seu país, as produções do solo, as atividades econômicas, as tradições, as festas e manifestações culturais, os trajes, as habitações, as técnicas artesanais, e até mesmo as práticas culinárias, os comentários que esse lugar lhe inspira são muitas vezes elogiosos! Assim, foi com certa surpresa que ele constatou *"a admirável paz reinando sobre um território tão vasto"*, a boa administração do Estado, bem como sua prosperidade atribuída à excelente situação das finanças públicas. Deslocando-se pelo interior do país, ele observará a disciplina dos funcionários e governadores provinciais, particularmente respeitosos da autoridade do soberano, bem como a equidade das decisões judiciais. Ele também relata que as rotas eram seguras dentro das fronteiras e que os viajantes podiam fazer longos deslocamentos sem receio de serem molestados por bandos de saqueadores que geralmente ameaçavam as trilhas das caravanas.

O Mandinga beneficiava, nessa altura, de uma agricultura florescente – arroz dos vales fluviais, fonio, sorgo – de modo que os celeiros dispunham de reservas suficientemente amplas para evitar qualquer fome, e que a alimentação se beneficiava de um abastecimento de frutas e legumes variados: feijões, nabos, abóboras, alho, cebolas, karité etc. O algodão das planícies centrais, cujo cultivo havia sido incentivado no século XIII pelo herói fundador do império, Sundiata Keita, abastecia parte das trocas comerciais, e proporcionava uma intensa atividade à casta dos tecelões.

Atravessado pelos dois principais rios da África Ocidental, o Níger e o Senegal, o país era banhado, em sua parte sul, por águas piscosas, nas quais, desde o amanhecer, deslizavam longas pirogas de pescadores. A maior parte da produção se destinava ao consumo local, mas uma porção do pescado, defumado e seco por grupos de mulheres, era comercializada por mascates malinkés (também apelidados de dioulas) que se deslocavam muito além das fronteiras do reino. Estes participavam amplamente na vitalidade dos intercâmbios comerciais, particularmente com a zona florestal de onde traziam de volta noz-de-cola e óleo de palma.

A savana que margeava as aldeias oferecia vastos pastos para os rebanhos de bovinos, burros, ovelhas, cabras e cavalos. Senhores da mata, os caçadores conquistavam belas presas de búfalos, antílopes e gazelas, cujas peles curtidas e trabalhadas forneciam diversos produtos de artesanato. Quanto às avestruzes e aos elefantes, eram altamente valorizados para a exportação, por suas plumas e marfim.

Além de sua potência econômica e comercial, o Mandinga gozava, na África, de uma considerável fama intelectual. Originalmente introduzido por meio dos contatos mercantis, o Islã penetrou a região por volta do século XI, favorecendo a criação de numerosas escolas corânicas dedicadas à escolarização dos rapazes. No século XIV, nada menos que cento e oitenta escolas partilhavam a educação das crianças nos centros urbanos. Ao contrário da Europa, onde apenas o clero e uma ínfima parte da nobreza sabiam ler e escrever, nessa sociedade onde se cultivava o gosto pelo conhecimento, a educação não estava reservada apenas à elite. Na verdade, notáveis ricos financiavam sistemas de bolsas de estudo para oferecer aos estudantes de meios modestos a oportunidade de prosseguissem seus estudos nas grandes universidades do mundo muçulmano, em troca de lições privadas para seus próprios filhos.

Durante muito tempo, o império se orgulhou de seus centros de estudos nos quais se ensinavam disciplinas tão diversas como a medicina, as ciências, o direito, a literatura e a teologia, mas também de suas bibliotecas públicas e privadas ricamente abastecidas com obras preciosas. O mais renomado desses centros de ensino foi a universidade de Tombuctu que, segundo o autor do Tarikh El Fettach, formou mais de vinte e cinco mil alunos. A qualidade de seus programas atraiu a presença de numerosos eruditos árabes e andaluzes que aí vinham ministrar ciclos de palestras. Esses professores muitas vezes patrocinavam os mais merecedores de seus alunos negros a fim de lhes possibilitar acesso aos estudos superiores nas cidades universitárias de Fez, em Marrocos, Granada, na Espanha muçulmana, ou Al-Azhar, no Egito. Ao término de sua formação, esses jovens eruditos retornavam para enriquecer as fileiras de uma elite cultivada e refinada, contribuindo ao mesmo tempo para difundir localmente os conhecimentos adquiridos no exterior.

Aqueles que não tinham a sorte de se beneficiar de bolsas de estudo melhoravam seu sustento trabalhando como copistas ou escritores públicos. Instalados nos arredores de centros de estudos ou de mesquitas, como a de Sankoré – um renomado reduto de erudição cujos vestígios resistem há sete séculos à erosão das areias do deserto –, passavam horas copiando obras emprestadas de letrados refinados a fim de atender à demanda dos cidadãos que não tinham meios para fundar uma biblioteca digna desse nome. Manuscritos de literatura árabe, tratados de gramática e de filosofia, obras de direito ou de geografia, livros de medicina e de astronomia, coletâneas de poesia vindas de prestigiosos centros de saber como Granada, Bagdá ou Fez: tudo era meticulosamente caligrafado para o grande deleite de seus clientes.

Centro de viajantes e mercadorias, Niani (hoje situada em território guineense, a um quilômetro da fronteira maliana) abrigava cerca de cem mil almas. Construída em uma planície irrigada pelo Sankarani, um afluente do rio Níger, essa capital cosmopolita contava com amplas parcelas que abrigavam casas baixas feitas de tijolos de *banco* (argila seca). Estreitas ruazinhas arenosas percorriam os bairros adornados por jardinzinhos salpicados de árvores frutíferas. Ilhotas de vegetação em uma paisagem de seca austera, ofereciam aos viajantes que acabavam de enfrentar a aridez do deserto, um espaço de descanso bem-vindo à sombra dos baobás, sumaúmas e ceibas. O país era conhecido por sua calorosa hospitalidade, e não era raro que estrangeiros de passagem fossem convidados por chefes de família para se refrescarem com uma cabaça de água límpida ou para compartilharem um generoso cuscuz de fonio com frango, e seguido de uma sobremesa de rosquinhas aromatizadas com mel.

A praça central de Niani lembrava uma colmeia zoante ritmada pelas idas e vindas das caravanas. Tratava-se sobretudo de negócios, em um mercado com tendas bem abastecidas. Por algumas conchas de caurim[40], era possível adquirir feijões secos, legumes frescos, leite coalhado, sabão de karité, cobertores de pele de camelo, cantis de couro, enxadas de ferro, mas também perfumes do Egito e brocado de Veneza. Comerciantes mandingas de pele negra e de bela estatura, com os bolsos cheios de saquinhos de pó de ouro, demoravam-se em acirradas negociações com Messouffas[41] de pele clara, envoltos em longos tecidos de algodão índigo. Esses nômades saarianos, especializados no transporte de sal de Teghazza, eram particularmente procurados pelos intermediários de um comércio extremamente lucrativo. Moeda de troca valiosa e condimento muito apreciado na culinária, o sal, cortado em barras ou pedaços, encontrava rapidamente compradores.

A chegada das caravanas era um momento muito aguardado. Dos subúrbios da cidade acorria uma multidão multicolorida e tagarela, excitada pela perspectiva de adquirir novidades. Perto do meio-dia, donas de casa com cabaças cheias de mantimentos tentavam abrir caminho pela massa compacta de curiosos, para dar uma olhadinha rápida sobre aquela tentadora exibição de mercadorias. Silhuetas claras em meio à essa negra exuberância, grupinhos de funcionários marroquinos vestidos com ganduras[42] leves apressavam-se em direção aos cameleiros em busca de correspondência ou de algum recado enviado por parentes. Na maioria das vezes originários de Fez, esses letrados e juristas árabes de pele branca, mandatados pelo seu sultão, cumpriam missões de supervisão da administração real no âmbito das relações diplomáticas entre esses dois países.

Circulando entre os transeuntes, um enxame de adolescentes - meninas e meninos, carregando bandejas de alimentos na cabeça, atravessou a praça. A completa nudez desses jovens escravos não parecia absolutamente incomodar os transeuntes, mas Ibn Batuta, nossa testemunha na época, considerou a cena profundamente ofensiva, *"ultrajado que seres humanos pudessem andar assim tão despidos."*

---

40 Caurim ou cauris: concha do Oceano Índico usada como meio de pagamento.

41 Também se escreve Mesufa.

42 Gandura: túnica longa sem mangas, usada no Norte da África.

Administrador perspicaz, o sultão cobrava direitos aduaneiros sobre todas as mercadorias que transitavam por seu território. Esses recursos eram essencialmente destinados à segurança do território, garantida por um exército de mais de cem mil homens, mas também contribuíam para o financiamento de uma política de prestígio que ninguém sonharia contestar. No entanto, o povo de Mandinga desfrutava ali seus últimos anos de paz e prosperidade: meio século depois, o império viria a desmoronar sob a pressão de reis vizinhos, obcecados por aquela ostentação de riquezas que lhes faltava cruelmente.

Uma das lembranças mais marcantes de Ibn Batuta na corte do Mali se refere às suntuosas celebrações das quais foi espectador, como essa comemoração em Niani de uma festa agrícola que coincidia com o fim do Ramadã. Naquela sexta-feira, o imperador Suleiman e a rainha Kassa deviam presidir as festividades após as orações na grande mesquita. Assim que engoliram a refeição do meio-dia, os homens vestiram seus mais belos bubus e, depois de cobrirem a cabeça com um gorro de algodão vermelho, tomaram o caminho para a mesquita. Aqueles que, mais humildes, só possuíam uma boa camisa para as ocasiões especiais, haviam tomado o cuidado de lavá-la na véspera, para ficarem apresentáveis.

"Embelezadas" com joias e vestidas com seus trajes mais bonitos, as mulheres, por sua vez, cercadas por um bando de crianças vestidas com roupas limpas, dirigiram-se em pequenos grupos para a praça principal onde decorreriam as festividades. Do lado da mesquita, as pessoas agora se acotovelavam para se esgueirar lá dentro. Os mais precavidos haviam mandado, ainda ao amanhecer, um criado para lhes reservar um lugar. Outros haviam passado no dia anterior para deixar um tapete em seu local favorito, sabendo que ninguém ousaria roubá-lo. Assim que o muezim cantou o final da oração, os fiéis se dispersaram às pressas para se juntar às suas famílias no local do evento, pois o programa tinha sido anunciado como fora do comum pelo boca-a-boca e pelas vibrações dos tambores.

Um grande estrado com três arquibancadas, coberto com tecidos multicoloridos, havia sido erguido na praça central da cidade. Um trono de ébano estava disposto ali, ladeado por duas impressionantes presas de elefante cujas pontas se encontravam acima da cadeira real. Atrás, flutuava um estandarte amarelo sobre fundo vermelho com as cores do império. De cada lado das cadeiras do imperador e da rainha, os dignitários elegantemente vestidos estavam dispostos conforme o protocolo em largas esteiras coloridas, ou confortáveis almofadas de couro bordadas. Ali estavam o Primeiro-Ministro, Kandia Moussa, os chefes das grandes famílias, os governadores das províncias, os comandantes da cavalaria, os juízes, os marabus, o grande imã da mesquita, os jurisconsultos (especialistas em direito), o cadi (juiz muçulmano) e, claro, Doughâ, o griô real, porta-voz do sultão, mestre de cerimônias e mais alto funcionário da corte.

Dominando o burburinho ao redor, os griôs gritavam a todo pulmão suas epopeias cantadas, pontuadas por melodiosas variações de kora ou de balafon[43], e pelas batidas de tambores. A multidão, disciplinada por um rigoroso serviço de ordem, estava agora aglomerada em torno do estrado. Nas ruelas desertas, alguns aldeões vindos de províncias distantes corriam a passos largos para nada perder do espetáculo. Ao passarem diante do palácio, com um olhar furtivo às janelas decoradas com lâminas de prata que davam para os aposentos do sultão, asseguravam-se de sua ausência. Quando as cortinas de algodão estavam fechadas, isso significava efetivamente que ele não estava presente.

O imponente portão de ébano, cravejado de grandes triângulos de prata esculpidos, que fechava a parede circundante do palácio, abriu-se lentamente, em uma guarnição de trezentos homens representando os diferentes corpos do exército. Ao ritmo dos tambores e das trompas de marfim, moveram-se com passos cadenciados, levantando uma fina poeira ocre ao passar.

À frente do cortejo vinham os tontiguis, arqueiros com aljavas decoradas com pequenas placas de ouro e prata. Em seguida, avançavam os lanceiros armados de dardos e escudos incrustados de pequenas bolas de ouro. Um terceiro grupo encerrava a marcha. Ele estava equipado com espadas com punhos de ouro envoltas em bainhas também adornadas com o precioso metal. Os comandantes de cavalaria, todos provenientes da aristocracia, mantinham-se orgulhosamente erguidos em suas montarias, ostentando pesadas correntes de ouro, cada uma simbolizando sua bravura em batalhas passadas. Uma tal

---

43 A kora e o balafon são instrumentos musicais tradicionais africanos

exibição de riquezas poderia, sem dúvida, parecer surpreendente aos olhos de um estrangeiro, mas essa ostentação era – e continua sendo – perfeitamente aceite nessas sociedades em que o culto do ouro carrega um forte valor simbólico, tanto no plano ritual quanto no econômico.

Agora, eis que avançava o casal real, protegido dos ardores do sol por um grande guarda-sol de seda encimada por um gavião dourado, segurado por dois criados. Uma trupe de músicos os precedia: tocadores de corás cravejados de ouro e prata, flautistas e tocadores de chifres com instrumentos de marfim. Com iatagã em punho, trinta mercenários turcos vindos do Cairo e pertencentes à guarda pessoal, cercavam o rei e a rainha, seguidos por uma centena de escravos domésticos desnudos, alinhados em duas colunas e armados de finas lanças cerimoniais de prata.

Os olhares dos espectadores se voltavam todos para Kassa, altiva e majestosa ao lado do sultão, cuja fronte estava cingida por uma larga faixa de ouro. Com sua postura imponente, ela eclipsava as mais deslumbrantes belezas do reino. Envolta em um longo tecido de seda vermelha bordado com fios de ouro, ela usava no pescoço várias fileiras de colares combinando com seus brincos. Um lenço, adornado nas bordas por pequenos enfeites de ouro e prata, estava artisticamente amarrado sobre suas tranças. Com a mão direita, agitava com graça um leque de prata filigranada, em resposta às saudações da multidão.

À passagem dos soberanos, os homens retiravam seus gorros em sinal de deferência e depois, com os cotovelos apoiados no chão, prostravam-se aspergindo a testa com generosos punhados de areia. Tal era o costume, e o não cumprimento dessa regra podia acarretar punição. Assim, sempre que os dignitários precisavam ir até o imperador, sempre tinham o cuidado de se fazer acompanhar por um ou dois criados encarregados de uma pequena bacia de areia ou cinza para se submeterem a esse ritual. Uma prática que pareceu espantosa ao nosso querido Ibn Batouta, muito surpreso de que *"não cegassem ao realizar tal cerimônia"*.

No estrado, o sultão e a rainha recebiam agora as mensagens de boas-vindas dos dignitários, mensagens transmitidas pelos seus respectivos griôs a Doughâ, o único autorizado a dirigir-se diretamente aos soberanos. Foi só depois desta formalidade que o griô real pôde, enfim, dar início às festividades. Um programa rico em emoções que incluía: cambalhotas de dançarinos acrobatas, corridas de cavalos cobertos de ornamentos dourados, provas de habilidade de lanceiros, um concurso de músicos, uma exibição de cães de caça decorados com coleiras de guizos de ouro, o recital dos griôs e, por fim, ponto alto do espetáculo, um desfile de poetas, muito aguardado.

Era um dos momentos mais marcantes de tais celebrações. Disfarçados com fantasias de plumas de avestruz e máscaras de ébano com cabeças de pássaros, os contadores de histórias mais famosos do país, acompanhados de seus músicos, encontravam-se nesse espaço privilegiado para declamar com humor composições líricas em louvor ao imperador e à rainha. Esse repertório podia também assumir um tom de sátira social, denunciando certas falhas de personalidades públicas, o que explicava seu sucesso popular. Por fim, com o crepúsculo chegava a hora da dispersão e, com o coração cheio de alegria, cada um retornava tranquilamente ao seu bairro.

Kassa parecia gozar de uma grande notoriedade no país. Quando ela passeava pela cidade acompanhada de seus seguidores, as pessoas se prostravam à sua passagem, aspergindo vigorosamente a cabeça com areia. Um gesto de deferência tradicionalmente reservado ao imperador. Mesmo as outras esposas não se beneficiavam de tal demonstração de consideração; era costume cumprimentá-las com um simples punhado de areia lançado sobre o ombro.

Mas um dia, um acontecimento inesperado veio perturbar a serenidade de Niani. Embora nada fizesse prever isso, o Sultão Souleiman ordenou que prendessem Kassa e a colocou em prisão domiciliar na residência de um de seus governadores provinciais! Isso provocou um grande alvoroço na cidade. A sanção parecia ainda mais surpreendente porque não tinha sido justificada por nenhuma explicação, embora fosse bem conhecida a reputação de sabedoria e mansidão do imperador.

A agitação aumentou ainda mais quando, alguns dias depois, o sultão procedeu à instalação oficial de outra de suas co-esposas, chamada Bendjou que, além disso, nem sequer era de origem nobre. Toda essa história começou a causar grande alvoroço em uma sociedade tão apegada ao diálogo e à justiça. Foi então que as línguas começaram a se soltar, expressando reações de descontentamento contra o sultão, agora criticado abertamente por sua falta de moderação.

O episódio conheceu um novo impulso quando primas do rei, que haviam servido como damas de companhia no tempo de Kassa, decidiram visitar a recém-promovida para cumprimentá-la por sua ascensão. Mas, ao invés de adaptar suas saudações ao seu novo estatuto, como costumavam fazer para Kassa, as boas senhoras fizeram apenas o mínimo com alguns punhados de areia descuidadamente jogados nos braços. Bendjou, na hora, não viu nisso nada de errado, ainda mais porque esse gesto não tinha nada de repreensível em si.

Algum tempo depois, num gesto de clemência, e sem dúvida também para apaziguar os ânimos, o sultão decidiu libertar Kassa. Assim que foram informadas da notícia, as mesmas cortesãs se precipitaram para a casa da rainha deposta para celebrar seu retorno, mas agora com formas exageradas que já não eram realmente apropriadas. Na verdade, elas acompanharam seus clamores de alegria com vigorosos punhados de areia sobre a cabeça. Como era de se esperar, uma língua de víbora veio informar Bendjou, insistindo maldosamente na diferença de tratamento que ela havia recebido anteriormente. E esta se queixou amargamente ao sultão, que explodiu de raiva.

O que parecia, a princípio, ser apenas uma mesquinharia banal entre mulheres, transformou-se em um assunto de Estado. Pois, nessas sociedades zelosas pela ordem social e pelas aparências, nenhum desrespeito à tradição ou ao protocolo podia ser tolerado, principalmente quando envolvia figuras da realeza. Temendo ter ido longe demais na provocação, as primas atrevidas do rei fugiram sem pedir explicações e buscaram refúgio na grande mesquita, onde ninguém, nem mesmo a guarda real, tinha o direito de retirar à força quem ali se abrigasse em busca de proteção. Diante do ridículo da situação, da qual o povo já fazia piada, o sultão voltou atrás mais uma vez e decidiu conceder o perdão às insolentes.

No entanto, por terem ousado desafiar sua autoridade, as descaradas foram condenadas a comparecer completamente nuas, durante sete dias consecutivos, na sala do Conselho esvaziada de seus usuários habituais, para ali reiterar diariamente seus pedidos de desculpas ao Sultão. O objetivo de tal punição era lançar infâmia sobre as mulheres culpadas de adultério ou de falta grave, mas que não mereciam a pena de morte. Mesmo se a exibição ocorria a portas fechadas diante do sultão, que lhes demonstrava apenas desprezo, as culpadas se viam assim praticamente rebaixadas ao nível de escravas domésticas [44], a única camada da população ainda autorizada a não se vestir. E era ao custo dessa humilhação extrema, principalmente para mulheres de alta posição, que certas ofensas podiam ser perdoadas.

A punição foi aplicada também a Kassa, que recebeu a ordem de se apresentar duas vezes por dia, manhã e noite, na sala do Conselho para expressar seu arrependimento. No dia marcado, ela montou em seu cavalo e dirigiu-se à audiência acompanhada de suas criadinhas encarregadas das cabaças de saudação. Mas em vez de se despir antes de aparecer diante do sultão, desafiando o costume, ela avançou insolentemente até o trono, o corpo velado por uma leve musselina de seda. Então, a um sinal de sua senhora, as criadas despidas se prostraram no chão e, diante do imperador atônito, aspergiram areia em suas cabeças no lugar de Kassa.

Conhecendo o temperamento impetuoso de sua ex-esposa, e querendo evitar qualquer escândalo, Souleiman achou melhor mandá-la de volta para casa. Mas isso era subestimar Kassa. Para deixar claro o pouco caso que fazia de sua punição, ela voltou no dia seguinte e no outro dia, repetindo a mesma comédia, como se desafiasse abertamente o sultão.

A anedota não permaneceu por muito tempo circunscrita ao discreto recinto do palácio. Kassa passando a perna no imperador! A notícia se espalhou como um rastro de pólvora. Nos bairros, zombava-se tanto dessa impertinência que o sultão logo virou motivo de chacota popular. E Niani se viu dividida em dois campos: os que se divertiam com as provocações da irreverente rainha em desgraça, e os defensores da tradição, chocados com tal atitude de desrespeito ao imperador. A situação chegou a tal ponto que os comandantes da guarda real

---

44 Escravo doméstico ou cativo: designação de parte da força de trabalho descendente de cativos ligados a uma família. Servo ou soldado, o escravo estava integrado na comunidade familiar e seu estatuto nada tinha a ver com a escravidão instaurada pelos árabes e europeus com base na deportação dos negros da África.

decidiram tentar uma mediação, e interceder em favor da rainha para restaurar a calma.

O sultão os recebeu no palácio e mandou que Doughâ, seu porta-voz, lhes dissesse: *"Fala-se muito a respeito de Kassa e as intervenções se multiplicam para que ela recupere sua posição. Mas saibam que ela se tornou culpada de um grande crime."* E, diante do silêncio da assistência atônita, Doughâ emitiu uma ordem aos guardas. Estes trouxeram uma jovem criada aterrorizada, com os pés presos por uma barra de ferro, e a carne ainda dilacerada pelas chicotadas com que tinha sido castigada. O griô real gritou: *"Revela o que sabes!"*

Sem precisar ser forçada, a jovem contou que Kassa lhe tinha confiado, sob o selo do segredo, uma mensagem a ser entregue em mãos ao príncipe Djathal, turbulento primo paterno do rei, condenado ao exílio na aldeia de Kenborni, no extremo interior do país. Pelo que havia entendido da mensagem, a rainha convidava o príncipe banido a vir destronar seu esposo, e lhe assegurava que teria o apoio do exército para ajudá-lo a consolidar sua autoridade.

Ao ouvir essas revelações, os comandantes, tomados de espanto, exclamaram em coro que Kassa havia efetivamente cometido um grande crime e que ela merecia a morte. Imediatamente informada sobre o que se tramava, a ambiciosa rainha, que dispunha de uma rede eficaz de espiões, saiu sub-repticiamente de sua residência para se refugiar na casa – inviolável – do pregador. Era ali que também se podia buscar asilo quando não havia tempo de alcançar a grande mesquita!

Testemunha direta desses fatos pouco antes de sua partida do Império do Mali, Ibn Batuta infelizmente não nos deixou nenhuma indicação sobre o desfecho dessa história nem sobre o destino reservado a Kassa. Talvez ele próprio não tenha sabido, estando naquele momento no fim de sua estadia, e principalmente preocupado em preparar seu retorno ao Marrocos. O que parece certo, porém, é que Kassa foi a última mulher a ocupar uma posição tão proeminente no trono do Mali.

Curiosamente, a lembrança dessa rainha desapareceu completamente dos relatos populares e da memória popula Os griôs não mencionaram mais seu nome, a ponto de apagá-la da História. Desejando saber mais sobre essa personagem, durante uma viagem a Bamako em 2008, fiquei surpresa com a resposta dos especialistas da tradição oral que consultei. Eles me afirmaram unanimemente que essa rainha nunca existiu, ou que não tinham ouvido falar dela na transmissão da história. Por mais que eu lembrasse o testemunho escrito do jurista e explorador Ibn Batuta, que encontrou o imperador e sua esposa no século XIV, respondiam-me invariavelmente que nenhuma tradição oral corroborava a existência dessa mulher. Alguém chegou a garantir que, provavelmente, Ibn Batuta se tinha enganado!

Por fim, um grande erudito e professor malinês veio pôr fim à minha perplexidade. Ele me confirmou que não só Kassa realmente havia existido, mas também que ela de fato tinha desfrutado da aura que o testemunho deixado sobre ela lhe atribuía. "No entanto", explicou-me ele, "nenhum tradicionalista vai falar com você sobre ela porque o Islã não permite que se dê destaque às mulheres. Mesmo que ela tenha sido uma figura pública que ocupava uma posição elevada." Teria então essa rainha sido vítima de um arbítrio, para acabar lançada assim nos calabouços do esquecimento da História?

"Existe, porém, uma razão mais importante para seu apagamento", confidenciou-me ainda. E isso me foi confirmado alguns anos depois, em Paris, por outro homem de cultura maliano. Kassa havia desafiado a ordem estabelecida ao conspirar contra seu esposo por ambição pessoal, arriscando-se a desestabilizar o reino. Portanto, ela não merecia permanecer para a posteridade. Na realidade, sua traição havia chocado a sociedade e manchado o prestígio que gozava. Por esse comportamento escandaloso, a rainha havia extravasado os limites do papel concedido às mulheres de valor, aquelas que ajudavam seus maridos a conquistar e consolidar seu poder. *"Os griôs não se demoram nos períodos sombrios da história"*, concluiu meu segundo interlocutor, esclarecendo-me assim sobre esse silêncio obstinado que atingiu a ambiciosa Kassa.

Malan Alua

A Messalina Negra do reino Sanvi na Costa do Marfim

Jamais, entre os Agnis da Costa do Marfim, uma rainha deixou lembrança mais funesta do que a terrível Malan Alua[45]. Em vida, essa Messalina negra inspirou tanto terror em seu entorno que - dizem os contadores de histórias - ninguém na região teria ousado recusar sequer uma cabaça de água a um descendente da sua família, com medo de atrair sobre si sua ira póstuma!

Malan Alua foi uma figura feminina ilustre do Sanvi, um pequeno reino erguido no início do século XVIII por migrantes de origem Akan vindos do que hoje é o Gana. Fugindo de perseguições no seu país, dilacerado por confrontos incessantes, vieram se instalar no sudeste da Costa do Marfim. Aos poucos eles se impuseram aos povos autóctones graças à sua tradição militar, e desenvolveram sua comunidade por meio de miscigenação com diferentes grupos étnicos, o que deu origem ao povo Agni.

Segundo algumas fontes, a "paternidade" desse reino caberia a uma mulher, a rainha Akouanina, irmã do chefe Nzéma Assaie, que tinha sido expulsa de sua família por ter concedido seus favores a um escravo. Estabelecida com seus partidários ao norte da laguna Aby, ela estendeu sua dominação sobre várias províncias que unificou, fazendo do Sanvi seu reino e de Krinjabo sua capital.

---

45 Transcrito *Élua* em alguns documentos.

O Sanvi era uma região bem provida situada entre mar, lagoa e floresta densa, dotada de minas de ouro e importantes recursos madeireiros, cujas espécies, como o mogno, já eram naquela época regularmente exportadas para a Inglaterra. Sua agricultura autossuficiente e uma intensa atividade de pesca lhe garantiam uma confortável autonomia. Cruzamento de trocas entre os comerciantes ambulantes do país Ashanti e os negociantes dioulas do norte da Costa do Marfim, seu caráter atrativo e aberto ao exterior atraiu muitas populações vindas de outros lugares.

Malan Alua era sobrinha do soberano Amon Ndoufou, que ocupou o trono de 1844 a 1886. Como em toda sociedade matriarcal, ela desfrutava, como sobrinha do rei, de privilégios importantes e de uma influência notável no que dizia respeito ao poder. Pelo seu título de *Blahima*, que se traduz como rainha-mãe, ela era vista como a "mãe" do reino e representava uma espécie de alter ego do rei no plano social.

Seu papel na comunidade agni era, de fato, significativo. Associada à tomada de decisões, ela ocupava um status privilegiado na corte como guardiã das tradições. Além disso, a escolha de um novo rei entre os pretendentes recomendados pelo Conselho de Regência não podia ser feita sem o seu consentimento. Ela participava das cerimônias oficiais ao lado do rei, era responsável por receber os estrangeiros na capital, e organizava os mutirões de limpeza pública para garantir que o ambiente permanecesse sempre limpo e acolhedor.

Mais acessível, ela transmitia as queixas do povo aos representantes do poder, e se preocupava em manter um clima de ordem e compreensão na sociedade, impondo sua mediação nos conflitos entre grupos de origens diferentes. Ela defendia com igual vigor os interesses das mulheres, que tinham a certeza de obter justiça ao lhe apresentar um problema. Como ela também tinha autoridade para transmitir ao rei apelos de perdão, pessoas de todos os tipos desfilavam por sua residência para lhe confiar suas súplicas e solicitar recomendações. Acumulando funções de adjunta do rei e guardiã do culto e das tradições, Malan Alua, que também atuava como árbitra em tribunal, impôs-se por seu ativismo desde sua ascensão à cena pública, por volta de 1865.

Além disso, sua reputação de especialista nas artes ocultas, somada a seus supostos poderes sobrenaturais, lhe valeu tanto temor quanto respeito. Ela liderava as cerimônias sagradas e conhecia as palavras mágicas e os ritos secretos que permitiam entrar em contato com os ancestrais. Por fim, durante os conflitos com tribos vizinhas, ela cuidava pessoalmente para que nenhum soldado cedesse à tentação de desertar o campo de batalha. Mas eles preferiam morrer em combate a cair em suas garras.

No entanto, apesar de ser rainha, Malan Alua gostava muito dos homens. E ai daqueles que cruzassem o caminho do seu olhar! Escravo, nobre, camponês, estrangeiro, Negro, Branco, ninguém devia resistir aos assédios dessa "*bela mulher de pele clara e traços finos, de estatura relativamente alta, com um corpo agradavelmente rechonchudo*", segundo a descrição feita em 1892 pelo jornalista e fotógrafo Marcel Monnier, membro da delegação francesa da comissão para a delimitação das fronteiras entre a Costa do Ouro (Gana) e a Costa do Marfim, liderada por Louis Gustave Binger, que se tornaria em 1893 o primeiro governador da nova colônia da Costa do Marfim. "*Em seu rosto de lábios finos e nariz reto*", acrescentava ele, "*o olhar cintilante de malícia parecia um convite perpétuo.*" A rainha já não era muito jovem, mas ele chegou até a achar nela pés de criança!

Como as princesas não eram consideradas mulheres comuns, a poliandria era uma tradição na corte do Sanvi. Elas podiam, portanto, escolher seus maridos e, com esse privilégio, arrogavam-se os homens mais atraentes e os mais afortunados. Além disso, Malan Alua não tinha nenhum escrúpulo em separar maridos de suas esposas, pais de seus filhos, e em destruir muitas famílias.

Conta-se assim que durante um passeio pelo interior do país com o rei, seu tio, foi seduzida pela presença marcante de um jovem dançarino pertencente a um dos grupos folclóricos que animavam a cerimônia de boas-vindas organizada em sua homenagem. Ela encarregou o "porta-cajado[46]" de sua escolta de convocar os pais do jovem e disse-lhes sem rodeios: "*Teu filho me agrada. Tomo- o como marido.*" Não tendo outra escolha senão inclinar-se, o chefe da família só pôde responder: "*Entendi, minha rainha. Teus desejos são os nossos. Permita-me somente*

46 Porta-cajado: Em alguns cortes reais africanas, o porta-cajado é um funcionário responsável por carregar o cetro do rei ou o bastão de comando dos dignitários. Ele transmite as mensagens do rei ou dos nobres para o povo.

avisar aqueles que nos deram sua filha em casamento para nosso filho." E no dia da partida, o jovem dançarino seguia na comitiva, forçado a abandonar sua esposa chorosa...

A origem social de seus favoritos pouco lhe importava. Os belos machos, mesmo de origem modesta, tinham todas suas chances. O que não queria dizer que ela fosse indiferente à atração do poder e do dinheiro. Ouvia falar das riquezas de um homem? Ela imediatamente mandava anunciar aos notáveis de sua aldeia que o designava como seu esposo. A notícia era proclamada em voz alta e a "presa", atordoada, não tinha outra alternativa senão se submeter e desfazer-se, de imediato, de suas esposas e filhos. Muitas vezes, aliás, era o tempo necessário para que a rainha se apropriasse de uma parte dos bens de seu novo companheiro, como o permitia um regime matrimonial favorável.

Uma vez incorporado esse patrimônio ao tesouro da coroa, um único passo em falso e efêmero esposo corria o risco de ser repudiado sem cerimônia. Porém, ela fazia uso de todos os encantos da feminilidade para seduzir suas presas. No dia da chegada deles à sua residência, à guisa de boas-vindas ela lhes oferecia simbolicamente um alguidar cheio de perfumes raros, pós e panos tecidos de grande valor. Um prelúdio à felicidade que, em princípio, os aguardava. Pois, à menor contrariedade, adeus paixão! Ela podia expulsar qualquer um de seus amantes. Um de seus amantes quase pagou com a vida por ter tido o infortúnio de espirrar alto demais no quarto enquanto a rainha tirava uma soneca. Acordada com um sobressalto, ela ficou extremamente furiosa e correu para exigir do rei um castigo exemplar para o malcriado!

Apaixonada, Malan Alua também era de um ciúme doentio, o que a levou a cometer excessos nada dignos de seu status. A simples ideia de que mulheres ao seu redor pudessem competir com ela pelos favores masculinos lhe era insuportável. Aquelas que gostavam de flertar com os homens precisavam agir com total discrição, pois a rainha não tolerava nenhuma rivalidade! Era muito simples: os homens que tinham o privilégio de agradá-la eram mantidos sob constante vigilância em sua prisão dourada. Nenhuma representante do sexo feminino era autorizada a se aproximar deles, com exceção das servas encarregadas das tarefas domésticas. Obrigado a abandonar todas as suas atividades habituais, o eleito do momento deveria se dedicar exclusivamente à sua rainha. Ele não tinha permissão para sair nem para iniciar qualquer tipo de conversa com as outras mulheres da corte.

Intransigente quanto à virtude de seus amantes, a Rainha do Sanvi não aplicava a si o mesmo princípio. Seus companheiros do momento deviam aceitar em silêncio suas paixões e suas escapadas noturnas. Às vezes ela tentava manter as aparências. Neste caso, era ela quem se deslocava. Ela se organizava para que seus encontros amorosos não se estendessem além de determinada hora, de modo a regressar discretamente à sua residência antes do amanhecer, para que, ao despertar da casa, marido e servas acreditassem que ela havia passado a noite em seu quarto. Uma estratégia que ela aplicava sistematicamente com os europeus que passavam por seus braços. Assim, a honra permanecia intacta de ambos os lados.

Apesar de seu apetite insaciável por homens, Malan Alua era obcecada por um medo: o de engravidar. Uma atitude singular e até chocante em uma sociedade onde o fato de dar a vida representa um símbolo fortíssimo. Nenhum homem tinha o direito de contaminá-la com sua semente, a tal ponto que os parceiros desajeitados corriam o risco de serem banidos ou até executados. Nos dias em que ela estava em companhia galante, uma criada permanecia sempre perto de seu quarto com um recipiente de água quente, para que a rainha pudesse limpar suas partes íntimas imediatamente após o ato sexual.

Perturbado com sua conduta, o velho rei Amon Ndoufou, que aliás desaprovava muitos dos comportamentos da sobrinha, tentou em vão fazê-la escutar a razão. Relembrava-lhe constantemente os deveres de seu cargo e o respeito devido à tradição. A preocupação do chefe era legítima, sabendo que segundo as regras matriarcais, seu sucessor deveria nascer de uma das mulheres de sua fratria. A prosperidade ou o desaparecimento de uma dinastia dependia, portanto, das irmãs ou primas do soberano. Não era, portanto, admissível que, pela inconsequência de sua conduta, Alua colocasse em risco a sobrevivência de uma linhagem tão respeitada quanto a deles, aquela que havia guiado o êxodo de seu povo, e que lhe tinha oferecido um novo reino.

A impetuosa Messalina acabou enfim se resignando a cumprir seu dever, e decidiu dar um herdeiro ao trono. Mas, após inúmeras e frustradas tentativas - para grande alívio de seus garanhões, que não corriam mais o risco de morrer – ela teve que admitir a evidência: seu ventre estava amaldiçoado. As melhores receitas de feiticeiros foram testadas, mas sem sucesso. As consultas aos oráculos tampouco surtiram efeito. Foi um golpe terrível para seu orgulho, pois ela era a última descendente de um ramo onde as mulheres eram poucas.

Foi também um drama para a família real, pois, por culpa de Malan Alua, sua posteridade corria o risco de se extinguir. O Conselho dos notáveis chegou a buscar uma solução, enviando emissários até o Gana, terra de suas origens ancestrais, para encontrar, entre as primas maternas distantes do rei, alguém que pudesse suprir essa carência. Tida como responsável por essa infâmia, a rainha foi alvo de uma reprovação generalizada. Para todos era óbvio que os anos de contracepção que ela se impusera, usando misteriosas decocções desde a juventude, só poderiam ter causado essa esterilidade.

Aliás, muitos se perguntavam por toda parte: não seria esse o sinal de uma maldição divina? Depois de ter desperdiçado, por capricho, suas chances de procriar, como se surpreender que, já passada dos trinta, seu ventre já não respondesse mais? Muito tempo depois, tradicionalistas contemporâneos se debruçaram sobre a questão, e levantaram a hipótese de que essa esterilidade poderia estar ligada aos efeitos de uma consanguinidade, algo, aliás, bastante comum nos meios principescos. Foi justamente para evitar esse tipo de problema que certas sociedades concediam às princesas ampla liberdade para escolherem genitores fora da linhagem real. Ao poder se unir a quem bem quisessem, aumentavam suas chances de ter filhos saudáveis, graças à introdução de sangue novo.

Enquanto isso, em Krinjabo, a linguagem popular ganhou uma nova expressão apimentada: "Juro pelo ventre de Alua!" Uma piadinha dita quando não se tinha muita certeza do que se estava dizendo... Teria sido essa a verdadeira razão de sua crueldade? Seu provável sentimento de culpa a teria endurecido? O fato é que a segunda parte de sua existência foi completamente manchada pela fúria sanguinária que ela começou a demonstrar. Foi na época da chegada ao poder de seu primo Akassimandu[47], filho da irmã mais velha do falecido rei. Como possuída por uma raiva frenética, ela passou a ordenar a execução, por motivos banais, de escravos ou cidadãos inocentes que tinham apenas o azar de cruzar seu caminho. Nem mesmo as mulheres eram poupadas agora e, em um piscar de olhos, podiam acabar decapitadas se a rainha se sentisse ofendida de alguma forma. Quanto às famílias dos executados, era-lhes proibido expressar qualquer lamento, sob pena de sofrerem o mesmo destino!"

No entanto, era ela quem agora detinha o poder. O novo rei, embora em plena idade madura, demonstrava singularmente uma falta gritante de liderança. Sofrendo de uma paralisia que o obrigava a deslocar-se de liteira, parecia incapaz de assumir seu papel, revelando-se de uma lamentável indecisão, totalmente prisioneiro das facções que o haviam entronizado por meio de intrigas partidárias. Além disso, suspeito de ter sido imposto pelos franceses, que haviam se estabelecido na Costa do Marfim, não era respeitado nem pelo seu povo e tampouco pelos chefes vizinhos que lhe deviam obediência e, que, aliás, deixaram de pagar os tributos a que estavam sujeitos.

A região de Assinie foi alcançada no século XVII por comerciantes de Dieppe, que ali instalaram em 1637, um dos primeiros entrepostos comerciais franceses ultramarinos. Em seguida, estabeleceram-se relações diplomáticas entre a corte de Luís XIV e o rei dos Agnis, cujo país parecia, para Versalhes, mais do que digno de interesse. Prova disso é o relatório do Cavaleiro d'Amon, enviado em missão de reconhecimento ao reino em 1698: "*Os Negros recolhem o ouro nas margens do rio e das torrentes. Essas minas são tão abundantes que me asseguram que duzentos homens em um dia podiam encher com ouro seis baús de um pé quadrado*[48] *cada um.*" Recomendando uma instalação rápida nessa costa, ele acrescentava: "*A França poderia assim proibir o comércio nessas paragens, para mais de cinquenta navios suspeitos holandeses e ingleses que aqui atracam e prejudicam o comércio ao fornecer mercadorias a preços muito baixos.*"

Por mais de três séculos, esses estabelecimentos se dedicaram à troca de produtos manufaturados, principalmente armas, por ouro em pó, marfim,

---

47 Também escrito Aka Simadou em documentos coloniais.

48 Um pé quadrado é uma unidade de medida de superfície que era utilizada na Europa antes da adoção do sistema métrico.

goma arábica e, mais tarde, óleo de palma. No século XIX, período da expansão colonial, a República Francesa decidiu implantar ali uma força de infantaria da marinha, e construir fortes para proteger suas posições. Seus recursos em ouro e madeiras preciosas, bem como seu papel comercial estratégico com as províncias do norte da Costa do Marfim, colocavam agora o reino Agni em plena zona de turbulência, em razão das eternas rivalidades opondo a França aos ingleses.

Estes, instalados na vizinha Costa do Ouro (Gana) onde controlavam a exploração da borracha, cobiçavam avidamente esta parte da Costa do Marfim que os franceses esperavam transformar numa terceira zona de influência depois do Senegal e da Argélia. Além disso, apoiando-se no tratado de protetorado firmado em julho de 1843 com seu predecessor, que lhes permitia instalar-se no círculo de Assinie, os representantes franceses se apressaram em arrancar do fraco Akassimandou a autorização para se estabelecerem em Aboisso, importante escala comercial entre a laguna e o oceano.

Seu reino cobiçado por duas potências estrangeiras, corria-se o risco não só de afetar sua estabilidade, mas também de provocar uma degradação da sua situação econômica. Preocupada em atenuar os efeitos desse antagonismo imposto aos seus, Malan Alua decidiu tomar as rédeas da situação e começou a ditar a Akassimandou as decisões a serem tomadas. Sua presença se impôs naturalmente na gestão dos assuntos públicos, nos quais já possuía certa experiência, e ninguém ousou contestar sua autoridade. Nem mesmo os franceses. Ela, portanto, usou todo seu peso para atrasar ao máximo a instalação de suas feitorias nessa cidade e, até sua morte, se opôs ao estabelecimento de qualquer representação estrangeira em sua capital, Krinjabo.

Embora guiada pela vontade de preservar a coesão de seu reino, a rainha do Sanvi privilegiou o realismo político ao optar por conduzir uma resistência pacífica contra a penetração colonial. Seu objetivo era sobretudo não perder o benefício das boas relações iniciadas por seu tio com os representantes franceses. E ela conseguiu visivelmente manter as aparências, já que o governador Bayol, em visita à região em 1886, anotava a seu respeito, em um relatório ao Ministério da Marinha e das Colônias: "*Uma mulher junto ao rei compartilha com ele o poder absoluto. Ela é a Princesa Elua, a mais alta personalidade do reino depois de sua Majestade. Ela é muito inteligente e particularmente influente."*

No entanto, apesar do respeito verdadeiro que ela inspirava, Malan Alua parecia afetada por uma dupla personalidade. Se por um lado ela governava seu território com competência, por outro os relatos de seus atos de barbárie se espalhavam para além das fronteiras do país Agni. O afeto benevolente de seu falecido tio, por quem nutria profunda admiração, havia, sem dúvida, ajudado a canalizar sua impetuosidade, mas seu primo apático não tinha estatura para frear os excessos daquela mulher amargurada que ela agora parecia ter se tornado.

Contava-se, por exemplo, que um dia, ela havia desfigurado com golpes de canivete o belo rosto e o corpo desnudo de uma jovem imprudente, para quem um de seus amantes havia lançado um sorriso não autorizado. Espumando de raiva, ela então a jogou ao chão, vociferando: *"Agora vamos ver se até um cachorro vai querer te olhar!"* No dia seguinte, narrava-se o relato apavorante de como ela tinha mandado enterrar vivo um condenado. O infeliz tinha sido afundado na areia até o pescoço, e então ela ordenara espalhar pedaços de bananas fritas ao seu redor. Em poucos momentos, formigas carnívoras surgiram e devoraram a cabeça do supliciado. Durante dias, os habitantes das redondezas acreditaram ouvir nos ruídos do vento o aterrador eco de seus uivos.

Membro de direito dos tribunais consuetudinários, nos dias de julgamento, Malan Alua sempre começava com uma visita aos réus. Mas isso não se devia à compaixão. Se algum daqueles homens lhe agradava e ela desejava poupá-lo, mandava fazer-lhe uma discreta incisão em sua testa. O fino filete de sangue escorrendo no rosto do condenado o sinalizava aos juízes, que se apressavam em libertá-lo. Por outro lado, quando durante as deliberações do tribunal a rainha acariciava a própria nuca, a mensagem era clara: era preciso encontrar um culpado para ser decapitado, ainda que o delito não justificasse tal pena. Parecia até mesmo ter um prazer quase perverso ao assistir às execuções. Quando uma cabeça rolava no chão, ela imediatamente a usava como apoio para os pés e continuava serenamente observando o desenrolar do "espetáculo".

Sua vida privada era palco de episódios igualmente dramáticos. Como na vez em que descobriu que seu companheiro do momento tinha acabado de ter um filho com sua esposa legítima, a quem ele continuava a visitar às escondidas. Dissimulando o ciúme que lhe consumia o coração, Malan Alua decidiu aguardar o momento de sua vingança. Alguns dias depois, mas certamente não foi por acaso, ela encontrou a jovem mãe na cidade. Ela a cumprimentou cordialmente, como se nada tivesse acontecido, como fazem as co-esposas bem-educadas, e a felicitou pelo parto recente. Então ela a convidou para vir apresentar-lhe o recém-nascido.

Iludida pela aparente afabilidade do tom, no dia marcado, a ingênua mulher atendeu ao convite e foi calorosamente recebida. Foi, portanto, com confiança que ela entregou seu filho à rainha que quis tomá-lo nos braços. De repente, como uma fúria, Malan Alua se ergueu, agarrou o bebê por uma perna e girou-o violentamente acima de sua cabeça antes de esmagar seu corpinho no chão. O pai, que estava presente, não teve tempo de reagir. Tendo cometido seu ato hediondo, a rainha completamente histérica então latiu para ele: *"Consideras-te sortudo por eu te deixar viver para que continues fazendo outros filhos, e assim demonstrar abertamente a todos minha esterilidade!"*

Foi o ato de barbárie que ultrapassou todos os limites. O povo exasperado já não hesitava em expressar sua repulsa diante de tamanha monstruosidade, embora sem chegar ao ponto de se revoltar. A opinião pública se perguntava o que o rei esperava para destituí-la, como previa a tradição em caso de falta grave. Mas era ela quem encarnava o poder, e o Conselho de regência não ousou tomar qualquer iniciativa. E, assim, a história do Sanvi continuou a ser pontualmente manchada por atos de crueldade inspirados pelo seu sadismo.

Foi apenas ao entardecer de sua vida, ao aproximar-se dos cinquenta anos, Malan Alua começou a se acalmar. Os sacrifícios humanos se tornaram mais raros, mas não seus excessos amorosos. Até o dia em que conheceu aquele que se tornaria seu último esposo, o rico plantador Adou Ehui. Dessa vez, ela havia cruzado o caminho de um homem de pulso firme, que não hesitava em espancá-la com severidade para refrear sua inclinação de perseguir as pessoas gratuitamente. Ele se recusou a repudiar suas outras quatro esposas, que continuava a frequentar sem sequer dar prioridade à rainha. E o milagre aconteceu. Malan Alua foi transformada. Conta-se que, fascinada por aquele temperamento forte, a rainha seguia-o por toda parte como uma adolescente apaixonada, chegando até a acompanhá-lo nas suas plantações, quando ele ia supervisionar o trabalho campestre de seus camponeses.

Foi em seus braços que ela morreu em 1898, dois anos antes de seu primo Akassimandou. Embora sua morte tenha causado um grande alívio entre a população, Malan Alua teve direito a funerais reais, que incluíram alguns sacrifícios humanos para "acompanhá-la" em sua última jornada, como exigia a tradição. Exposta em um leito mortuário coberto por panos preciosos, seu corpo, untado de caulim, estava coberto de pó de ouro e adornado com uma impressionante quantidade de joias. Todos os seus ex-maridos e amantes compareceram à cerimônia para se juntar à última homenagem de seu povo. Uma delegação francesa também esteve presente às obséquias ao lado do rei. Pois, apesar da lembrança funesta que ofuscou parte de seu reinado, ela foi, antes de tudo, a rainha-mãe do Sanvi.

Madame Tinubu

Mulher de negócios e política da Nigéria do século XIX

Mulher de negócios, conselheira de reis, heroica resistente, essa nigeriana também se destaca como pioneira de uma empreendedora linhagem de comerciantes do Golfo da Guiné[49], conhecidas sob o nome de Nana-Benz[50]. Mulheres de origem modesta que, graças à sua habilidade e dinamismo, fizeram fortuna no pequeno comércio e na venda de panos, até alcançarem um status social respeitado em seus países.

Estamos no século XIX. Após trezentos anos de um intenso tráfico negreiro, algumas nações europeias, pressionadas pela Inglaterra, decidiram pôr fim às suas exportações de africanos. O ímpeto dos movimentos abolicionistas, de caráter religioso e humanitário, desempenhou um papel importante nessa reviravolta, primeiro na Grã-Bretanha e depois na França. Mas pode-se pensar que a parte determinante dessa mudança advém principalmente de considerações econômicas. Tornando-se subitamente menos atrativo para países como a Grã-Bretanha, cuja Revolução Industrial exigia novos mercados, o comércio negreiro que, nos séculos XVII e XVIII, constituía um assunto de Estado para a Europa, podia agora ser declarado ilegal.

Com efeito, os escravos já não representavam o mesmo interesse enquanto simples produtores manuais. Observação feita pelo escocês Adam Smith, pai

49 Togo, Benin, Gana, Nigéria.
50 Esse apelido vem do gosto dessas mulheres por carros de luxo como Mercedes Benz.

da economia moderna, em sua obra *Investigação sobre a natureza e as causas da riqueza das nações*, publicada em 1776: *"O trabalho realizado pelos escravos, embora pareça custar apenas sua subsistência, é, no fim das contas, o mais caro de todos. Um ser que não pode adquirir bens próprios não pode ter outro interesse senão o de comer o máximo possível e trabalhar o mínimo possível."*

Em graus variados, parecia cada vez mais óbvio, aos seus futuros tutores que a África poderia ser mais lucrativa, fornecendo suas matérias-primas e tornando-se consumidora de bens manufaturados. Daí a prioridade dada à expansão do que se passaria a chamar de os três C: comércio, cristianismo e civilização, que deveriam permitir ancorar esse continente na periferia de um mercado mundial.

Em 1802, a Dinamarca foi a primeira nação a abolir oficialmente sua participação no comércio de escravos, por razões humanitárias. Em 1807, foi a vez da Inglaterra, que considerou, além disso, que a legislação antiescravagista deveria ser aplicada em toda a Europa. No entanto, ia enfrentar a resistência de uma frente de recusa liderada pela França, por Portugal, pela Espanha e pelos Estados Unidos, ainda amplamente envolvidos na economia de plantação de suas colônias. Como a pressão britânica não enfraquecia, a França finalmente se resignou a assinar a convenção em 1818, mas hipocritamente fechando os olhos às atividades duvidosas das suas companhias comerciais.

É verdade que a diplomacia britânica havia desenvolvido uma força de dissuasão eficaz. Dona dos mares, ela havia de fato armado uma esquadra de navios-patrulha encarregados de interceptar as embarcações pegos em flagrante delito de tráfico, para liberar os negros encontrados a bordo e mandar condenar os traficantes negreiros. Essa reação vigorosa obrigou outros Estados europeus a se associarem, ainda que de forma tímida, a partir de 1841, a uma frota internacional de vigilância que patrulhava ao longo das costas da África Ocidental, do oceano Índico, da América e das Antilhas, para combater o comércio ilícito.

O reverso da medalha: ao avistar um desses cruzadores no horizonte, alguns capitães não hesitavam em lançar sua "carga" – centenas de homens, mulheres e crianças – ao mar, para evitar a apreensão de seu navio. Outros, por sua vez, submetiam-se ao pagamento de uma multa. Os escravos eram então libertados na ilha mais próxima e imediatamente emancipados. Mas, na maioria das vezes, eram obrigados a aceitar contratos de trabalho de oito anos, renováveis, o que na prática equivalia a mantê-los em uma condição equivalente à escravidão.

Na realidade, a proibição do comércio de negros não significava a supressão da escravatura. Até que o Brasil aceitasse sua abolição em 1888, a interdição do tráfico de escravos não pôs fim à demanda por mão de obra servil, que representava interesses colossais. Ao contrário, provocou uma recrudescência do tráfico, agora realizado de forma clandestina. É preciso lembrar que, nesse século XIX, o mercado europeu se abria amplamente ao consumo de produtos tropicais – chá, café, açúcar, cacau –, que passaram a ser difundidos entre as classes médias e populares, depois de terem sido durante muito tempo reservados aos mais afortunados.

As economias açucareira e cafeeira ainda necessitavam, portanto, de braços para dar conta do crescimento espetacular de suas exportações. A colônia portuguesa do Brasil, por exemplo, que junto com Cuba, foi uma das maiores beneficiárias do tráfico clandestino, teve de responder a uma triplicação de suas exportações de café para a Europa, enquanto sua produção já tinha decuplicado no período entre 1817 e 1835. Sozinhas, suas plantações absorveram quase um milhão e duzentos mil africanos entre 1811 e 1870, ou seja: 60% dos negros deportados para as Américas na época! Quanto a Cuba, que desde 1830 havia quadruplicado suas vendas de açúcar em quatro anos, viu suas importações de africanos passarem de 14.000 em 1853 para 30.500 em 1859!

Quanto à África, a interrupção progressiva do tráfico foi sentida de maneiras diversas. Do lado das populações dizimadas até o interior do continente por tribos organizadas como caçadores de escravos, grupos de refugiados tentavam reconstituir comunidades fragmentadas longe de suas terras de origem. Por outro lado, para as chefias da orla costeira, fornecedoras de mercadoria humana, tratava-se de um declínio anunciado. Tendo participado, desde o século XVI, do saque de regiões inteiras para um comércio florescente do qual, no fim, tiraram apenas migalhas, viviam agora seus últimos anos de autonomia antes de caírem nas mãos de seus antigos clientes. Pois, sob o pretexto de vigiar os infratores do comércio ilícito, as potências europeias ancoradas nas costas africanas já se mobilizavam, através de uma concorrência feroz, para controlar as prodigiosas matérias-primas do continente.

A história da Madame Tinubu é, de certa forma, o reflexo desse período. Sua trajetória evidencia a emergência de uma africana nesse contexto de profundas transformações, em que os poderes tradicionais estavam se desintegrando diante da ascensão de uma nova ordem.

Nascida por volta de 1805, segundo o autor nigeriano Oladipo Yemitan, Efunroye Tinubu era natural de uma pequena aldeia na zona florestal do país egba, na província de Yorubaland, situada a noroeste de Lagos, antiga capital da Nigéria contemporânea. Como todas as meninas da sua idade, ela se iniciou muito cedo no comércio, ajudando sua mãe, vendedora de mingau de milho. Carregando uma pesada cabaça na cabeça, ela a acompanhava aos mercados e beiras dos caminhos, chamando incansavelmente os viajantes de passagem para que provassem seu mingau. De seu pai não se sabe grande coisa, exceto que ele talvez fosse de origem Owu. Casada ainda jovem – por volta dos vinte anos, viúva aos vinte e cinco, Efunroye perderia posteriormente os dois filhinhos nascidos dessa união, que foram levados pela malária. Por volta de 1830, foi viver com a avó materna, estabelecida em Abeokuta, para ajudá-la em seu comércio de ervas medicinais e peles de animais que lhe proporcionavam bons rendimentos.

Após alguns anos de trabalho árduo, a jovem decidiu deixar sua terra natal para tentar a sorte em Badagry, uma cidade costeira em plena expansão a oeste de Lagos. Algumas fontes dizem que, na verdade, ela havia seguido até lá um charmoso príncipe de Lagos, chamado Adele, que se tinha apaixonado por ela em 1833, e com quem se tinha casado algum tempo depois. Mas o casamento durou pouco: seu marido morreu em 1837.

Com suas modestas economias, Efunroye reconstituiu um pequeno comércio ambulante de sal e tabaco, que lhe permitia sobreviver. Seus dias se passavam em longas caminhadas pela cidade, em busca de clientes para suas folhas de tabaco. O que a levou até o porto, onde pouco a pouco, realizava a maior parte de suas vendas. De espírito vivaz e curioso, ela se interessava por tudo o que acontecia ao seu redor e, circulando pelos armazéns, logo passou a prestar atenção às discretas negociações que se conduziam em torno do fornecimento de escravizados.

Na época, o porto de Badagry representava um dos últimos redutos do tráfico clandestino destinado às colônias do Brasil e de Cuba. Para escapar às patrulhas britânicas, os navios do comércio triangular ali vinham para reabastecer em rotações muito rápidas.

Efunroye Tinubu era empreendedora demais para se contentar com uma atividade tão pouco gratificante. De tanto observar as negociações que aconteciam no porto, ela procurou se inserir no círculo dos mestiços afro-brasileiros que lucravam com seu papel de intermediários entre traficantes negreiros europeus. Ela conquistou a confiança de uma clientela de grandes comerciantes que mal prestavam atenção naquela pequena vendedora de tabaco. Então, um dia, ela ousou propor colocá-los em contato com tribos guerreiras especializadas na captura de cativos. Sua audácia deu certo: a proposta interessou os revendedores.

A jovem se lançou imediatamente à procura de caçadores de escravos dentro da comunidade egba. Sendo ela própria originária dessa etnia, os contatos deveriam ser facilitados. Aproximou-se do círculo de alguns chefes notoriamente conhecidos por fornecerem mercadoria humana, e conseguiu lhes ser apresentada. E foi aí que demonstrou uma convicção tal que conseguiu convencê-los a fazer negócios com ela e, prometendo-lhes lucros substanciais, garantiu para si a exclusividade no fornecimento de prisioneiros.

Desse novo papel de intermediária, que ela aliás era a única mulher a desempenhar, surgiria a prosperidade. Era um período de grande instabilidade política para os reinos iorubás, em completo desmoronamento. Outrora poderosas, essas entidades mergulhavam em uma fase de declínio irreversível, sob a pressão combinada de intrigas palacianas e conflitos sangrentos que ofereciam aos traficantes alvos abundantes. Tendo-se tornado mercadorias raras devido à repressão crescente contra esse comércio, as capturas humanas eram negociadas a preços cada vez mais altos.

Tinubu estruturou uma rede de abastecimento altamente confiável, pagando seus fornecedores pontualmente com os adiantamentos concedidos por atacadistas brasileiros. E seu negócio se desenvolveu em tempo recorde. Para começar, ela tinha, de fato, astuciosamente praticado preços chamariz atrativos, oferecendo aos seus compradores tarifas ligeiramente inferiores aos praticados no mercado de Badagry. Assim, ela atraiu uma clientela cada vez maior.

Com fortuna feita, faltava apenas a Efunroye uma mãozinha do destino que lhe permitisse valorizar seu extraordinário potencial. Naquele ano de 1846, uma nova disputa sucessória abalou o trono de Lagos, então ocupado pelo rei Akintoye. Deposto do poder por um dos seus sobrinhos chamado Kosoko, encontrou refúgio em Badagry, onde Tinubu, que tinha diversificado suas atividades comerciais, era agora uma mulher influente. Se o tráfico clandestino havia oferecido um trampolim à jovem pobre que ela tinha sido, Tinubu sabia, no entanto, que ela era demasiado lúcida para persistir em um caminho condenado a desaparecer, e que poderia se tornar perigoso. Os ingleses, grandes denunciadores do tráfico negreiro depois de terem sido seus maiores protagonistas, agora se instalaram na região com o pretexto de pacificá-la contra os traficantes de escravos. A partir de seus fortins erguidos na costa, começaram pacientemente a tecer sua teia sobre o que viria a se tornar uma de suas colônias africanas mais prósperas. Mas, por ora, apresentavam-se como aliados dos poderes locais, antes de se tornarem mais tarde seus senhores.

A instalação de tropas estrangeiras devia abrir caminho para a implantação, nas cidades costeiras, de companhias comerciais europeias, atraídas pelos recursos do continente negro. Enquanto a França privilegiava o uso de expedições militares para se apoderar de territórios, a Grã-Bretanha optou por apoiar a instalação de companhias comerciais, o que lhe permitiria se apropriar das províncias mais ricas. E foi assim que o tráfico ilícito foi progressivamente suplantado pela emergência de um comércio convencional, focado em particular em produtos agrícolas, e que parecia prometer mais prosperidade.

Primeira potência industrial, a Inglaterra buscava agora mercados regulares para seus produtos manufaturados, e matérias-primas para fazer funcionar suas máquinas nascidas da Revolução Industrial. Tal como fizera a maioria dos antigos traficantes europeus, Tinubu, como empresária astuta, converteu-se em um comércio mais respeitável: o do óleo de palma, cuja procura estava em plena ascensão.

A repressão do tráfico atlântico havia obrigado, de fato, as economias africanas anteriormente ligadas ao comércio triangular, a reconverter-se para atender às novas necessidades da Revolução Industrial. Aos tradicionais produtos de troca (ouro, peles, marfim, madeiras preciosas), se acrescentavam agora novos produtos (óleo de palma, amendoim, algodão) fornecidos pelo trabalho dos camponeses e da mão de obra servil. Assim, diante da demanda por corpos graxos impulsionada pela melhoria do padrão de vida na Europa, os oleaginosos africanos, agora substituindo os escravos nos porões dos navios mercantes, passaram a integrar a economia internacional como lubrificantes para as máquinas e matérias-primas para a fabricação de sabões, de velas de iluminação e de margarina.

Nas zonas lagunares do delta do sudeste nigeriano, chamadas de *Rios de óleo* por abrigarem os maiores palmeirais da África, as exportações para a Grã-Bretanha registaram um salto considerável. O preço de compra do óleo foi multiplicado por dois, e a produção saltou de 2.000 toneladas anuais por volta de 1840 para mais de 25.000 toneladas a partir de 1855. Outra consequência dessa mudança, enquanto a venda de escravos era privilégio dos reis, de ricos notáveis e de grandes comerciantes, a produção e a exportação de produtos agrícolas favorecerão a ascensão de outras categorias sociais. Pequenos produtores, corretores e diversos intermediários africanos encontrariam ali um trampolim, mas também as mulheres, que desempenhavam um papel ativo na transformação do óleo de palma.

Em 1846, portanto, o rei de Lagos, expulso do seu trono, foi acolhido em Badagry. Como a falecida mãe do rei era da mesma etnia que o já morto pai de Tinubu, embora não se conhecessem, isso foi, para ela, motivo suficiente para ir se apresentar ao soberano deposto. Ela lhe fez uma visita compassiva e, de forma habilidosa, ofereceu colocar todas suas riquezas a seu serviço, em nome dos laços de clã que haviam herdado de seus pais respectivos.

Akintoye, perturbado pela perda de seu trono, recebeu esse testemunho de amizade com profunda gratidão. E Tinubu iria manter sua palavra. Suas generosidades e suas relações permitiram efetivamente ao exilado recompor suas forças e recuperar o apoio das autoridades britânicas, cujas relações com Kosoko estavam longe de serem amistosas. Este persistia em recusar a se submeter a um tratado de renúncia ao comércio de escravos. Cinco anos mais tarde, em 1851, o usurpador foi deposto por Akintoye, com a ajuda de uma vigorosa intervenção do esquadrão naval britânico contra Lagos.

De volta ao trono, o rei, que não era ingrato, ofereceu a Tinubu a oportunidade de se instalar em Lagos, capital do reino iorubá. Dito e feito. Ela transferiu para lá seus estabelecimentos comerciais e, aproveitando seu novo status de "sobrinha" do rei, conquistou rapidamente uma posição privilegiada na corte. Com seus conselhos sábios, soube se tornar indispensável ao rei, e logo se impôs como uma figura central do palácio, a ponto de ser considerada a detentora oficiosa do poder. Os outros conselheiros do rei tinham, aliás, todo o interesse em manter boas relações com ela se quisessem conservar suas funções.

Esse trampolim, ela usaria para impulsionar uma extraordinária expansão de seus negócios. Desejando continuar suas atividades como atacadista no fornecimento de óleo de palma à Europa, ela montou sua própria rede de importação e exportação: venda de óleo aos comerciantes brancos, e de produtos importados à clientela local. Tinubu passou, assim, a ocupar o centro de um sistema de distribuição com múltiplas ramificações, onde ela estava em contato com casas comerciais ocidentais, produtores agrícolas, mulheres que processavam o óleo, comerciantes locais, e pequenos vendedores ambulantes de Abeokuta, sua cidade natal, encarregados de distribuir tecidos e outros produtos manufaturados importados da Grã-Bretanha. Em apenas dois anos, tornou-se um elo essencial na cadeia do óleo de palma, ao mesmo tempo que se afirmava como a principal intermediária do comércio euro-africano nas áreas de Lagos e Abeokuta.

Esse quase monopólio lhe conferiu um poder sem precedentes para uma mulher. Sem dúvida, era realmente uma personalidade fora do comum, como destaca sua descrição que ressalta seu temperamento firme de temida empresária e genial negociadora, que dirigia com maestria os numerosos agentes e empregados, homens e mulheres, que trabalhavam sob suas ordens. Mesmo os europeus de Lagos, embora pouco inclinados a demonstrar consideração pelos nativos, a chamavam respeitosamente de "Madame Tinubu".

Essa ascensão fulgurante de uma mulher, além disso estrangeira àquela região, não deixou de irritar alguns notáveis frustrados pelo seu poder exorbitante. Eles tentaram alertar o rei contra o ativismo omnipotente de Tinubu, cujas intervenções intempestivas nos assuntos públicos poderiam, a seus olhos, desorganizar a ordem da corte. Mas foi em vão. Akintoye tinha plena confiança em sua eminência parda. Melhor, após sua morte em 1853, a influência de Tinubu não fez senão aumentar sobre o príncipe herdeiro Dosumu. Consciente de seu próprio temperamento fraco, o jovem achou mais sensato se apoiar naquela que seu pai lhe havia recomendado como protetora, e a quem ele mesmo considerava como sua tia.

A agitação suscitada por essa figura controversa era examinada de perto pelas autoridades inglesas locais, que não perdiam de vista as lutas de influência entre as diferentes facções da classe política local. Já fazia algum tempo que procuravam uma oportunidade para neutralizar essa mulher demasiado poderosa, cujo nacionalismo declarado era um motivo suficiente para torná-la suspeita a seus olhos.

É um fato: Tinubu incomodava. Sua vitalidade econômica tinha causado uma sensível redução nos lucros dos comerciantes europeus envolvidos no comércio de óleo de palma, e doravante obrigados a negociar sob suas condições. Além disso, sem sua presença constante ao lado do jovem rei, este, cercado por cortesãos mais preocupados com sua sucessão do que com a lealdade a ele, provavelmente teria se mostrado bem mais maleável nas mãos de seus "parceiros" estrangeiros.

Uma pessoa em particular nutria por ela uma antipatia extrema. Tratava-se do cônsul britânico em Lagos, Sir Benjamin Campbell, que considerava a musa do poder insuportavelmente arrogante – como é comum entre aqueles que tendem a rotular de arrogantes os negros sobre os quais não conseguem exercer seu paternalismo. Ele via na ambiciosa Tinubu um obstáculo à implantação dos desígnios imperialistas da Grã-Bretanha sobre aquele poder já enfraquecido.

A caça aos navios negreiros, e a libertação de suas cargas humanas pela frota de vigilância naval britânica, haviam favorecido o retorno de milhares de ex-escravizados às zonas costeiras da África Ocidental, depois que os ingleses terem forçado reinos locais a assinarem o tratado da abolição do tráfico negreiro, como foi o caso de Lagos em 1851. Áreas de acolhimento foram criadas por movimentos filantrópicos anglo-americanos, e esses negros, livres, fugitivos ou emancipados, encontraram-se em Serra Leoa, no caso dos libertos vindos das ex-colônias britânicas, e na Libéria, para os provenientes dos Estados Unidos. Quanto aos migrantes vindos de Cuba e do Brasil, eles optaram por reassentar-se na terra de seus ancestrais, mais geralmente na região dos Lagos e no país yorubá.

Em seu país de deportação, estes "repatriados" haviam aprendido – no convívio com seus antigos senhores – as profissões de arquiteto, professor, carpinteiro, mecânico, alfaiate, tipógrafo, comerciante ou agricultor. Aproveitando esses conhecimentos e técnicas adquiridas em cativeiro, começaram a exercer novas atividades em sua terra de acolhimento, da qual tiraram conforto e prosperidade. Dessa ascensão brotaria uma nova elite dinâmica e instruída, chamada a tornar-se um vetor de modernização dentro das sociedades locais. Atentas a essa evolução, as autoridades britânicas não se enganaram e incentivaram ativamente o movimento migratório que iria fazer dessas pessoas empreendedoras e de estilo de vida anglicizado, interlocutores privilegiados nos quais contavam se apoiar para contrabalançar o peso dos potentados africanos.

É pouco dizer que a chegada massiva desses migrantes era dificilmente tolerada pelos autóctones que viam com maus olhos a implantação, em suas terras, de sobreviventes de um comércio do qual haviam tirado - ou ainda tiravam – confortáveis rendimentos. Além disso, ao contribuírem para o desenvolvimento da educação e da expansão do cristianismo, esses recém-chegados professavam ideais de igualdade e liberdade estigmatizando a escravatura e o tráfico de pessoas, para desgosto de uma sociedade animista e hierarquizada, na qual tentavam construir uma nova vida.

As fontes de tensão eram, portanto, inevitáveis, e os autóctones expressavam periodicamente seu descontentamento por meio de manifestações barulhentas. A cessão de terras aos colonos negros da diáspora, provocou insurreições recorrentes. Os nativos do país constatavam com inquietação que esses recém-chegados não só estavam conquistando o terreno econômico, se integrando aos novos circuitos de comércio legítimo, mas também procuravam se posicionar na cena política local, cortejando a casa real.

Foi então que os ingleses julgaram ser inconcebível continuar a permitir, em um clima tão explosivo, a convivência entre sobreviventes da escravatura e personalidades locais, cuja responsabilidade no tráfico negreiro não podia ser ignorada. O representante da coroa britânica pensou encontrar aí uma boa oportunidade para se livrar de Tinubu, denunciando seu papel anterior como intermediária de traficantes de escravos. Portanto, ela não poderia continuar decentemente a ocupar uma posição de tanto destaque junto ao rei: ele exigiu, com insistência, que Dosumu a banisse de Lagos.

Reunindo seus partidários, Tinubu organizou de imediato uma mobilização em torno de si, especialmente dentro da comunidade Egba, que intercedeu em seu favor, em nome das relações de alianças que uniam sua etnia à do rei. Melhor ainda, a impetuosa empresária decidiu mostrar ao cônsul, já irritado com todas essas intervenções, do que era capaz. No decorrer de 1855, enquanto ele estava de férias em sua Inglaterra natal, ela inspirou um movimento "espontâneo" de descontentamento contra os imigrantes serra-leoneses e brasileiros da cidade.

Ao apontar esses últimos à vingança popular, ela conquistou habilmente a adesão da elite de Lagos, cujos membros esqueceram momentaneamente sua inimizade contra ela, para se unirem em uma unanimidade mobilizadora. Durante dias, os gritos vingativos de uma multidão enfurecida acusaram os imigrantes de favorecer seus próprios interesses em detrimento do país, de fazer jogo duplo ao usar sua posição privilegiada junto aos ingleses para enfraquecer a autoridade do rei, e de perverter a cultura tradicional ao tentar introduzir mudanças externas e transgressões inadmissíveis.

A cabala deu resultados inesperados. Ao retornar às pressas de suas férias, o cônsul britânico, exasperado, encontrou a cidade em tal efervescência que exigiu imediatamente do rei, que talvez desconhecesse o papel desempenhado por Tinubu no episódio, a prisão dos líderes do complô anti-estrangeiros. O rei obedeceu, mas, oh! surpresa, o marido de Tinubu figurava entre os réus! Assim que foi informada, ela explodiu de raiva e correu ao palácio para cuspir sua indignação. Como ousavam lhe infligir tal afronta! Um tão intolerável insulto à sua posição!

Empurrando os guardas e conselheiros que, envergonhados pelas pressões dos Brancos, tentavam acalmá-la, ela invadiu ruidosamente a sala de audiências onde o rei se encontrava, e o repreendeu publicamente por ter ousado mandar prender o marido de sua própria "tia", exigindo sua libertação imediata. Caso contrário, retiraria seu apoio para se colocar a serviço do famoso Kosoko que, no passado, havia tomado o trono do antigo rei e ainda não havia renunciado às suas pretensões ao trono.

Sem ousar se ofender com essa conduta intempestiva, Dosumu obtemperou docilmente porque temia atrair a ira de sua terrível tia. Era seu poder financeiro que lhe garantia as alianças necessárias para se manter no poder. O cônsul Campbell, por sua vez, não estava disposto a engolir a afronta. Para ele, tratava-se quase de uma questão de amor-próprio. Ele recorreu a um argumento de peso para fazer o rei ceder: a utilização da canhoneira que protegia o fortim inglês contra o palácio... A ordem de expulsão foi dada em maio de 1856.

Essa decisão provocou um verdadeiro alvoroço entre os compatriotas de Tinubu, mas também entre numerosos comerciantes de Lagos que multiplicaram intervenções e delegações na tentativa de anular a sentença. A partida para o exílio de sua poderosa protetora poderia lhes custar muito caro, já que Madame Tinubu tinha recebido um adiantamento de mais de cinco mil libras inglesas para pré-financiar futuras entregas de óleo de palma, cuja distribuição ela controlava.

Suas atividades comerciais se baseavam, de fato, em um sistema de crédito bem estruturado, que consistia em receber adiantamentos por parte dos exportadores europeus para patrocinar as diversas fases de disponibilização do produto: compra de nozes de palma, transformação em óleo, transporte e entrega. Para estabelecer sua organização ela havia anteriormente percorrido inúmeras aldeias no interior, para criar contatos personalizados com os plantadores. Ela soubera negociar para obter que eles lhe cedessem suas colheitas a crédito, aceitando um pagamento parcial de apenas um terço do preço de compra. O pagamento do saldo deveria ocorrer algumas semanas depois, assim que ela tivesse recebido seu pagamento, após a entrega dos barris de óleo nos armazéns dos atacadistas europeus.

Seguros de um escoamento regular de suas produções e de volumes mais remuneradores, os camponeses viam vantagens nessa relação de parceria com os intermediários africanos do comércio europeu, entre os quais Tinubu era uma pioneira. A ação desses intermediários foi particularmente benéfica à economia agrícola, pois imprimia uma nova dinâmica à produção local, e fidelizava, por meio desse sistema de crédito, os diferentes atores da cadeia produtiva. Foi assim que agrupamentos de mulheres encarregadas da extração do óleo a partir das amêndoas de dendê, conheceram um desenvolvimento significativo que lhes permitiu se beneficiar de uma ampla autonomia financeira.

A evacuação da produção dos centros rurais até as cidades costeiras era assegurada por colunas de carregadores e carregadoras, transportando suas jarras de óleo equilibradas em suas cabeças. Ao chegar ao destino, a mercadoria era entregue às casas de comércio que pagavam o preço acordado ao intermediário, antes de proceder ao embarque nos navios com destino à Europa. Restava então ao corretor pagar seus carregadores, liquidar suas dívidas com os agricultores e às transformadoras de óleo e, por fim, lançar novas encomendas após descontar sua comissão sobre a transação. Quando o sistema funcionava sem percalços (entregas regulares em quantidades satisfatórias e honestidade nas transações), os corretores mais sérios podiam obter adiantamentos cada vez mais substanciais dos comerciantes europeus, para pré-financiar a aquisição de produtos. Suas margens de lucro dependiam do volume das transações, mas também da capacidade de manter preços baixos para os produtores.

Esse sistema de compra a crédito aos camponeses e revenda aos exportadores brancos contra pagamento à vista, pressupunha, no entanto, relações sólidas de confiança entre as partes. Qualquer desonestidade em um dos elos da cadeia podia resultar em expedições punitivas contra os bens, ou até mesmo contra a pessoa do devedor inadimplente. Com sua reputação de seriedade firmemente estabelecida, Madame Tinubu constituiu assim uma imponente rede de distribuição baseada em equipes de agentes devotados, que ela havia treinado para auxiliá-la em suas atividades. Assim, dedicava-se principalmente à gestão das relações com os atacadistas europeus, deixando a seus colaboradores mais próximos à responsabilidade de assegurar o bom funcionamento da cadeia, de prospectar novos fornecedores capazes de ampliar a oferta e, por fim, de assegurar as transferências de fundos destinados a remunerar as comunidades rurais parceiras.

Além disso, considerando sua posição de quase monopólio, sua queda ameaçava não apenas causar enormes perdas a seus credores, mas também desorganizar uma das mais importantes cadeias de comercialização de óleo de palma do país. Essa ameaça de afastamento de sua intermediária preocupava tanto os comerciantes europeus que, por meio dela, obtinham os maiores volumes do produto. E depois, havia também esses notáveis de Lagos que lhe deviam a posição que ocupavam no funcionamento da administração e da economia, e que temiam que a desgraça de sua benfeitora colocasse em risco os privilégios clientelistas dos quais haviam desfrutado até então.

Grupos de pressão se formaram, portanto, na tentativa de fazer o rei voltar atrás, argumentando que uma autoridade independente não tinha de se submeter às injunções de uma potência estrangeira contra uma personalidade local. Lobbies de homens de negócios europeus chegaram até a tentar persuadir o residente inglês em nome dos interesses comerciais da Grã-Bretanha. Mas o cônsul Campbell, irredutível a esses argumentos, mandou escoltar Tinubu até sua cidade natal, Abeokuta, onde deveria permanecer em prisão domiciliar. Antes disso, contudo, foi necessário procurá-la durante várias semanas, pois ela havia desaparecido misteriosamente antes de ser detida. Seu esconderijo foi finalmente descoberto perto de uma plantação nos arredores de Lagos, onde ela havia se beneficiado da cumplicidade de alguns dignitários.

Campbell, que pensava ter se livrado de sua "insuportável nativa", alegrara-se um pouco rápido demais! Tinubu não era uma mulher que se deixava abater por um revés. Assim que se instalou no bairro Owu de Abeokuta, a combativa comerciante montou um novo negócio, mas desta vez, de armas de guerra e munições. O que, em uma região onde as demonstrações de força constituíam o passatempo favorito de pequenos reis belicosos, lhe permitiu reconstruir rapidamente sua fortuna.

Em sua loja, os últimos fuzis mais modernos importados da Inglaterra: Snider, Winchester, Spencer, Peabody! - eram disputados. Seu gênio comercial e seu talento para estabelecer contatos lhe serviram novamente para reconstruir uma ativa rede de vendas, da qual o rei Ghézo do Daomé, embora inimigo jurado do povo egba, foi um dos clientes mais assíduos. Um grande comprador cuja fidelidade ela mantinha, fora, é claro, dos períodos de conflito entre os dois países, com presentes ostentosos e espelhos ornamentados com dourados que pretendiam conferir à sua residência o prestígio dos palácios europeus.

Depois de cuidar da reconstituição de uma sólida equipe de colaboradores encarregados da gestão de seus negócios, Tinubu retornou à sua verdadeira paixão: a política. Um terreno ideal para seus talentos de manipuladora. Em sua luxuosa residência, onde organizava encontros políticos, reunia-se toda a elite "lagosiana" de Abeokuta, descontente com a crescente interferência dos ingleses nos assuntos de seu país. Desses debates acalorados começou a emergir um embrião de contestação ao regime de Lagos, acusado de fraqueza diante dos estrangeiros. Lagos que, em agosto de 1861, acabaria caindo nas mãos dos ingleses, após o rei Dosumu ter sido forçado a aceitar um tratado de anexação.

Profundamente nacionalista, Madame Tinubu não hesitou em se envolver pessoalmente quando seu dever o exigia. A extraordinária notoriedade que adquiriu como resistente está longe de ser usurpada, como demonstrou durante os famosos ataques dos reis Ghézo e Glélé do Daomé contra as muralhas de sua capital. Por duas vezes, em 1851 e 1864, destacou-se na defesa da cidade, quando a população de Abeokuta infligiu uma derrota memorável aos temíveis guerreiros do exército dahomeano.

Berço de uma vasta província no oeste da Nigéria agregando 153 aldeias, a orgulhosa cidade-Estado de Abeokuta desfrutava, por seu dinamismo comercial, de uma insolente prosperidade que despertava a inveja de seus vizinhos. Situada na margem esquerda do rio Ogun, a cidade fora fundada em 1830 por migrantes da etnia egba, um ramo oriundo do antigo império iorubá de Oyo, que tinham fugido de suas aldeias para escapar às chefias predatórias que dizimavam sua região. Em busca de um local mais seguro, instalaram-se em um terreno protegido encimado por uma enorme rocha de granito, onde construíram uma fortaleza de cerca de 20 km^2 de extensão, batizada de Abeokuta, ou seja: "sob a rocha". Uma espessa paliçada de cerca de dez metros de altura protegia o acesso, enquanto quatro imponentes portas esculpidas, que davam para os principais bairros da cidade, fechavam as entradas do sítio.

Essa metrópole de cem mil habitantes, cuja reputação atraiu numerosos visitantes europeus, distava apenas cento e sessenta quilômetros do reino de Abomey, o terror, na época, da tristemente famosa "Costa dos Escravos". Uma verdadeira tentação para o belicoso reininho do Daomé, que ambicionou subjugar a opulenta cidade mercantil.

Convencido de seus talentos como estrategista, o rei Ghézo decidiu primeiro isolar sua presa, atacando umas após as outras, as aldeias localizadas no caminho de Abeokuta, que pretendia então cercar em um assalto final. Mas a manobra não teve o efeito esperado, os daomeanos foram ridicularizados em uma emboscada imprevista, da qual demoraram a se recuperar. O confronto ocorreu em 1844, perto do vilarejo de Imojolun, que ainda não havia sofrido as devastações do exército dahomeano. De volta de uma incursão em território iorubá, as tropas de Ghézo, bloqueadas por uma violenta tempestade, tinham se abrigado em uma clareira onde aproveitaram para secar as roupas. Foi então que foram surpreendidas por um destacamento egba que patrulhava a área.

O salve-se quem puder foi geral! Atordoados diante desse encontro inesperado, os dahomeanos, entendendo que qualquer reação seria inútil, preferiram bater em retirada, abandonando na fuga calças e camisas espalhadas pelos arbustos! Pior ainda, o tambor real, o guarda-sol do soberano com seus amuletos de proteção, bem como as outras insígnias sagradas do poder, tornados demasiado incômodos para seus portadores, foram perdidos na debandada. Uma afronta suprema para Ghézo que, não contente por ter salvado sua própria pele, tinha apenas uma única obsessão: lavar essa desonra com a conquista de Abeokuta.

Após alguns anos de espera, foi em março de 1851 que se julgou o momento oportuno para lançar as represálias: o exército dahomeano se preparava para travar ali uma das suas batalhas mais sangrentas. Já em janeiro,

Ghézo, sedento de vingança, começou a reunir a maior tropa de que, há memória, jamais se havia visto em Abomey. Passando os batalhões em revista antes de cada treino, ele não parava de relembrar, com raiva no coração, "a afronta do guarda-sol", e exortava-os a reduzir em pedaços aqueles impertinentes. Quanto às amazonas que compunham seu exército de elite, rugiam de impaciência, galvanizadas pela ideia de aniquilar os combatentes egba.

Quando as tropas dahomeanas se moviam ao ritmo dos tambores e dos cantos de guerra, aldeões aterrorizados se apressaram a enviar emissários para alertar os Egba. Esses, inicialmente desorientados diante da perspectiva de uma agressão para a qual não estavam preparados, começaram por reforçar às pressas as fortificações que protegiam a cidade. Já fazia algum tempo que essas defesas não recebiam manutenção. Entre os troncos gigantes, apareciam aqui e ali brechas que ameaçavam enfraquecer a defesa da cidade. Na verdade, até então o exército egba sempre demonstrara superioridade frente aos inimigos, de modo que nenhuma precaução havia sido tomada para antecipar uma ofensiva dessa magnitude, na realidade inimaginável em plena estação seca. Noite e dia, homens e mulheres cortavam troncos de árvores, entrançaram grossos laços de cipós e trabalharam sem descanso na consolidação do muro de defesa.

E então, certa manhã, os canhões de um dos portões da cidade começaram a trovejar, semeando um vento de pânico entre a população. O inimigo se aproximava, já sinalizado pelos batedores enviados para reconhecimento. Aterrorizadas pelos relatos dos massacres perpetrados pelas tropas em marcha nos vilarejos aliados aos Egba, muitas famílias se aglomeraram, com seus bens mais preciosos, junto ao portão leste da cidade, que dava para a floresta, na esperança de fugir rumo a destinos incertos. Pois só havia duas formas de escapar da ferocidade desses temíveis caçadores de escravos: como cativo destinado à venda, ou como vítima de sacrifícios humanos. Os funerais dos dignitários dahomeanos exigiam, com efeito, um cortejo de "acompanhantes". Nessa ocasião, as cabeças decepadas rolavam em cascata pelo solo.

No coração da cidade, porém, grupos de mulheres, recusando-se a ceder ao pânico, iam de casa em casa para exortar a população à resistência. Diante de cada porta gritavam a plenos pulmões: *"Aos seus facões! Aos seus facões!"*

Na madrugada daquela segunda-feira, 3 de março, o nevoeiro se dissipou, revelando o exército inimigo agachado diante das muralhas de Abeokuta. O choque entre os beligerantes foi terrível. Um primeiro batalhão egba atravessou um dos portões da cidade para enfrentar os atacantes. Mas, sob a saraivada de tiros que o recebeu, foi forçado a recuar e a se abrigar atrás de uma saída barricada.

Driblando a vigilância dos soldados encarregados da defesa das portas da cidade, um grupo de amazonas, com a cabeça raspada e vestidas com calças bufantes, se precipitou repentinamente a grandes passadas, ao assalto das muralhas. Atravessando alegremente os fossos escavados diante das fortificações, pareciam não sentir nem os espinhos nem as pontas afiadas que ensanguentavam seus pés. No entanto, estavam crivados de estacas pontiagudas, escondidas sob várias camadas de plantas espinhosas. Começaram a escalar a espessa paliçada com uma destreza surpreendente, apoiando-se nas saliências dos troncos que formavam o muro de proteção.

Indiferentes aos tiros que choviam do alto das muralhas, avançavam em pequenos saltos sem se deixar distrair pela queda de suas companheiras, brutalmente interrompidas em sua progressão por balas mortais. Ao longo de suas coxas pendiam armas temíveis, especialmente aqueles longos facões em forma de navalha com os quais se orgulhavam de poder cortar um homem ao meio! Ao chegarem ao topo de sua escalada, como felinos, pularam ao solo e se lançaram em um feroz combate corpo a corpo contra os defensores egba. Primeiro surpreendidos por estarem enfrentando mulheres, depois furiosos diante de tamanha humilhação, precisaram, no entanto, redobrar seus esforços para conter a ofensiva.

Enquanto isso, dentro das muralhas, Madame Tinubu organizava a resistência. Na altura desse primeiro assalto, ela ainda vivia na corte de Lagos como conselheira do rei Akintoye. Mas, assim que tinha sido informada das ameaças de agressão contra a sua região, prontamente se havia colocado à disposição das autoridades de Abeokuta.

Diante do exército do Daomé, mais bem preparado, os combates foram extremamente duros. O dia estava particularmente quente naquela estação seca, e os combatentes, exaustos pela sede, sentiam sua resistência se esgotar.

Tinubu então organizou grupos de abastecimento compostos por voluntárias que se dividiam nas tarefas de assistência. Ouvindo apenas a sua coragem, essas mulheres iam e vinham pelo campo de batalha, arriscando suas vidas, algumas carregando cabaças de água, outras com pólvora para os mosquetes, e um terceiro grupo, com comida. Pois cada um sabia que, entre aqueles guerreiros, estavam um pai, um irmão, um marido, um filho, um amigo, um sobrinho. A própria Tinubu circulava entre as fileiras egba, esquivando-se milagrosamente das balas que silvavam ao seu redor e, como uma mãe protetora, colocava na boca de cada homem, ao alcance de sua mão, uma bola de massa de milho que ela amassava rapidamente entre os dedos para torná-la mais macia à ingestão.

Ao cair da noite, o exército dahomeano perdeu suas ilusões de invencibilidade diante dos muros de Abeokuta. Retirou-se vergonhosamente, abandonando no solo encharcado de sangue mais de três mil guerreiros, entre eles cerca de mil amazonas. Assim que foi anunciada a cessação dos combates, as mulheres egba, com Tinubu à frente, reuniram-se diante do portão principal da cidade e, apesar das perdas que haviam dizimado suas famílias, formaram uma alegre fileira de honra para receber os sobreviventes exaustos, aos gritos de: *"Muso!" Muso!", isto é: "Vitória! Vitória!".*

Com o passar dos anos, Daomé ainda não conseguia digerir a vergonha da derrota. Treze anos mais tarde, quase no mesmo dia, o sucessor e filho de Ghézo decidiu reabrir as hostilidades e lançar uma segunda ofensiva contra a capital egba. E foi assim que, na madrugada de 15 de março de 1864, os dez mil guerreiros do vingativo rei Glélé partiram mais uma vez ao assalto de Abeokuta.

Dessa vez a surpresa foi total. Mais astuto e estrategista, Glélé havia tomado o tempo necessário para subjugar progressivamente uma boa parte das aldeias situadas ao longo do eixo que levava a Abeokuta, de modo que seus habitantes já não podiam circular livremente. Dentro da cidade, o pânico era indescritível. Tinubu, que voltara a ser cidadã de Abeokuta desde sua expulsão de Lagos, havia transformado sua parcela em um verdadeiro arsenal de onde saíam todo tipo de armas e munições destinadas aos postos de guarda encarregados da defesa da cidade. Ela também havia oferecido aos generais do exército vários canhões

Krupp comprados de traficantes holandeses, e lhes ordenara que mantivessem os invasores à distância. Ela própria foi se posicionar junto à tropa de elite que havia formado, em um dos portões fortificados mais próximos da linha de frente onde, com a ajuda de outras mulheres, instalou um posto de atendimento para os feridos.

O local também lhe servia de ponto de observação para vigiar eventuais desertores, que ela exortava, com um tom que não admitia réplica, a voltarem a proteger sua cidade e sua família. Envergonhados por serem flagrados em falta por essa vigilante "titia", esses soldados pouco temerários logo compreendiam que era melhor reencontrar a coragem e retornar aos seus postos. Na cidade, grupos de mulheres circulavam ao longo das muralhas, parando em cada posto de defesa para incentivar os homens a resistir.

Enquanto um desses bandos se preparava para se juntar a outra patrulha de defensores, a cabeça de uma amazona decapitada, arremessada pelos ares, rolou até seus pés. Aquele que liderava a marcha empalou-a na ponta de uma lança e, como um enxame de abelhas, as boas mulheres se espalharam pela cidade, bradando gritos de guerra e interpelando os homens em seu caminho: *"Vejam só, soldados! Essas são mulheres que lutam contra vocês! Vocês vão se deixar humilhar por fêmeas do Daomé?!"* E os combatentes, galvanizados, apertavam ainda mais o gatilho de seus mosquetes, determinados a aniquilar até o último dos invasores.

Após dois dias de combates ferozes e apesar da coragem indizível das Amazonas, os dahomeanos se retiraram mais uma vez, deixando inúmeras perdas para trás. Tinubu saiu dessa guerra coroada de glória. Em reconhecimento ao seu patriotismo, sua coragem e seu envolvimento pessoal nessa vitória decisiva, as autoridades egba a elevaram ao título de *Iyalode*, um estatuto de primeira-dama da cidade, que lhe dava o direito de participar oficialmente nos assuntos públicos. Primeira mulher a se tornar membro do Conselho de Chefes, retomou seu papel favorito de eminência parda, como já havia feito à sombra do trono de Lagos.

Dominando as habituais intrigas da corte, Tinubu demonstrou determinação para consolidar sua influência e posicionar, como sempre fazia, seus aliados mais fiéis nos postos-chave do poder. Especialista em clientelismo político, ela realizou sua ambição ao fazer eleger o Alake[51] Oba Oyekan, um de seus protegidos no comando de Abeokuta em 1879.

Ela faleceu cerca de dez anos depois, em 3 de dezembro de 1887, no auge de sua glória, e teve direito a funerais nacionais. Como ela não tinha deixado filhos vivos, muitos jovens do país egba disputaram a honra de carregar sua mortalha por Abeokuta enlutada, onde se celebrou a grande dama que ela foi. A memória dessa mulher empreendedora e heroica, que forjou um destino excepcional, ainda hoje é perpetuada na Nigéria. Para que sua imagem fique completamente positiva, chegou-se até a apresentá-la como uma defensora tardia da luta pela abolição da escravatura. Dois lugares simbólicos foram batizados com seu nome: a Praça Tinubu, que domina o maior cruzamento de Lagos, e a Praça Iyalode em Abeokuta.

51 Alake: título de governante tradicional na Nigéria.

LISTA DAS ILUSTRAÇÕES

Retrato imaginário da Rainha Zingha pintado em 1830 pelo pintor francês Achille Devéria.

Estátua da Rainha Zingha erguida em Luanda após a independência de Angola em 1975.

Audiência do vice-rei português em Luanda com a rainha Zingha sentada em um banco humano improvisado. Século XVII.

Ndete Yalla, rainha do Walo no Senegal, século XIX.

Ranavalona III, última soberana de Madagascar – Século XIX

Estátua do escultor guadalupeano Jacky Poulier, erguida na comuna des Abymes em homenagem à mulata Solitude, resistente à escravidão em Guadalupe - século XIX.

Harriet Tubman, resistente à escravidão americana. século XIX.

No centro, o rei Ashanti de Kumasi, Prempeh I, exilado nas Seychelles com os líderes da grande revolta de 1900. À sua esquerda, Yaa Asantewa, que liderou a insurreição contra os ingleses.

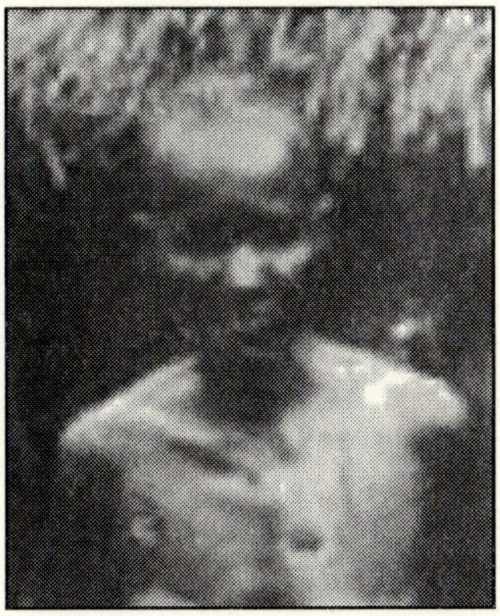

Yaa Asantewa após sua prisão em 1900.

Estátua feita em Kumasi em homenagem a Yaa Asantewa. Museu das Forças Armadas de Gana. Com a amável autorização de Nysymb Lascony. ©

Esboço da profetisa Kimpa Vita, conhecida como Dona Beatriz, feito por um missionário italiano em 1706.

Nongquause, funesta profetisa dos Xhosas da África do Sul.
Século XIX

Nehanda do Zimbabué na sua prisão de Salisbury, antes da sua execução em 1898.

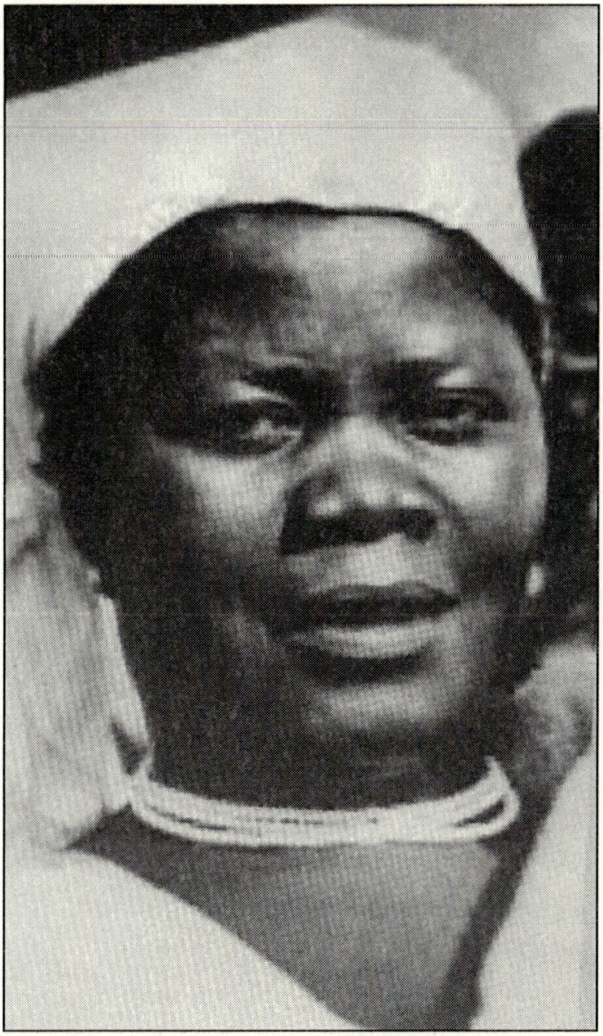

A profetisa Alice Lenshina, fundadora da igreja Lumpa na Zâmbia – Seculo XX

Esquadrão de Amazonas.

Ataque a um navio francês.

Guerra contra a invasão colonial.

Ex-comandantes amazonas.

Cartaz e foto com representações das Amazonas.
Na realidade, mulheres comuns vestidas de amazonas por produtores de shows para zoológicos humanos na França.

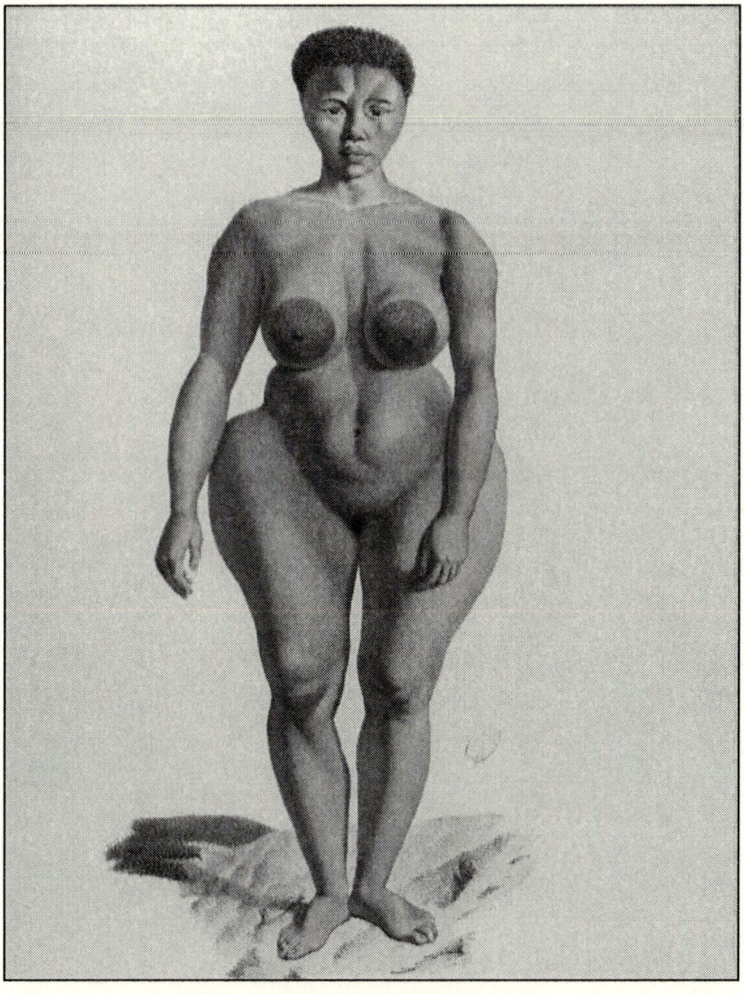

Litografia de Saartjie Baartman, conhecida como Vênus Hotentote, durante seu exame em Paris pelo Professor Cuvier em 1815.

III

RESISTENTES

A Kahena[52] *Rainha de Aurès*

Como uma faísca fulgurante, ela liderou a resistência berbere contra a conquista árabe do Magreb. Imortalizada sete séculos após esses eventos, pelo historiador tunisino da Idade Média, Ibn Khaldun, em sua *Histoire des Berbères,* essa figura mítica ainda vive na memória coletiva como um símbolo de orgulho e de dignidade para seu povo.

No século VIII, conquistadores beduínos vindos dos desertos da Arábia, se lançaram ao assalto da Ásia, da Europa e da África. Ardendo do desejo de impor ao mundo a mensagem do Profeta Maomé ao mundo, eles sonhavam em converter todos os povos da terra e fornecer a mais ampla base religiosa e cultural a este Islã triunfante. A anexação dos países vizinhos da Arábia ocorreu rapidamente: a Mesopotâmia caiu em quatro anos, o Irã se viu subjugado em sete anos, tal como a Palestina e a Síria. Uma vez conquistado o Oriente, os cruzados da guerra santa não demoraram mais de três anos a impor-se no fértil Egito.

Agora era a vez do Norte da África de se tornar alvo dos cavaleiros do deserto. Chegava a hora desse "pérfido Magrebe", povoado por comunidades politeístas influenciadas por diversas tradições animistas, judaicas e cristãs

52 Também chamada Kahina, segundo as fontes históricas.

ortodoxas, se submeter ao caráter universal do monoteísmo islâmico. Inserido na esfera cultural de um Império Bizantino greco-oriental em decadência, e erguido sobre os alicerces do antigo Império Romano, o Magreb parecia vulnerável aos olhos de seus invasores por não possuir uma força militar eficiente. Mas essa próspera região, celeiro da zona mediterrânea e porta de entrada estratégica para o país dos Negros com suas fabulosas reservas de ouro e de escravos, irá lhes oferecer uma resistência ferrenha.

Seria necessário, de fato, mais de meio século para que os beduínos da Arábia superem a intensa combatividade das populações magrebinas. A irrupção do Islã nessa parte de África ocorrerá, portanto, em ondas sucessivas, à custa de carnificinas impiedosas, de modo que a conquista, iniciada no ano 647 do Egipto, somente se concluirá em 710.

O ferro foi lançado primeiro contra os centros urbanos, sistematicamente saqueados, e cujas populações só tiveram suas vidas poupadas ao custo de conversões forçadas à nova religião. Um por um, os grupos sedentários caíram sob o jugo dos conquistadores, que também prometeram proteção aos seus vassalos, contra as tribos nômades que viviam de pilhagem nas suas costas. Na verdade, diferentes mundos coexistiam nesse país naquela época: cidades de comerciantes e de artesãos, impulsionadas por uma burguesia de negócios culta, perto de algumas comunidades camponesas que praticavam uma agricultura intensiva; mais para o interior das terras, tribos nômades de pastores transumantes e clãs guerreiros, originários das zonas saarianas, das regiões montanhosas e das estepes áridas do sul da Argélia e da Tunísia, cujos camelos os conduziam facilmente em busca das melhores áreas para saque.

Foi contra os nômades berberes que a expansão islâmica encontrou sua oposição mais feroz. Repelido em várias ocasiões por violentas revoltas, o exército de ocupação, longe de sua base, era sempre forçado a voltar ao ataque, após constantes idas e vindas entre o Magrebe e o Egito. O Egito onde batalhões cada vez maiores tinham que ser reconstituídos para tentar esmagar a insubmissão desses rebeldes "infiéis".

No coração da região montanhosa de Aurès, na Numídia (situada na Argélia contemporânea), a resistência foi particularmente implacável. As orgulhosas tribos nômades, espalhadas entre o deserto, as montanhas e os planaltos do país berbere, estavam determinadas a defender com a máxima energia o seu modo de vida, os seus bens e a sua liberdade, face aos árabes que consideravam saqueadores fanáticos. Sua história foi moldada por uma longa tradição de resistência contra os soldados do Império Romano, e depois contra as tropas turcas do Império Bizantino. Não era para capitular agora diante dos iluminados de Alá.

Em 683, o contingente do general Oqba Ibn Nafi, figura-chave na conquista muçulmana do Magrebe, e fundador da cidade de Kairouan, se viu infligir uma severa derrota pelo grande resistente Koceila, príncipe dos Aouraba. Uma vitória temerária que aumentou ainda mais seu prestígio. Convicto de ter afastado por algum tempo a ameaça de invasão, instalou-se então com os seus companheiros em Kairouan, apelidada na época de terceira maravilha do Islã por sua opulência e pelo esplendor de seus edifícios. No entanto, ele só conseguiu garantir três breves anos de paz a seu povo, que pensava poder finalmente restaurar a vida e a prosperidade de suas culturas.

O califado do Cairo decidiu, no entanto, enviar novas tropas de volta para a frente de guerra com a missão de vingar a morte de Oqba. Koceila tentou imediatamente reorganizar a resistência. Mas os berberes reunidos sob seu comando e reforçados por uma companhia bizantina, foram esmagados perto de Kairouan em 686, após um confronto cuja violência permaneceu na memória popular. A vingança árabe, porém, durou pouco: no caminho de volta, o restante da força expedicionária egípcia foi massacrado perto de Barqa, na Cirenaica, por um segundo contingente bizantino vindo de Sousse.

Seguiu-se uma nova calmaria, ainda efêmera, até que se espalhou a notícia, no outono de 689, de que um formidável exército de 40.000 homens, saído de Alexandria, no Egito, estava a caminho da Berbéria. Ele era comandado pelo governador árabe Hassan ibn em Noman el Ghassani que, em seu avanço, conquistou Cartago em 695 e entregou a mítica cidade greco-fenícia à furiosa brutalidade de suas tropas. Encruzilhada de diversas civilizações e ponto final de várias rotas comerciais, era o mais renomado mercado da África do Norte, onde se trocava uma grande variedade de produtos alimentícios - cestos de cereais, tâmaras, azeitonas, figos, laranjeiras, em troca de tapetes, ovelhas, tecidos, artesanato em couro, armas e escravos.

Entre os berberes, foi a consternação. Os chefes tribais mais importantes, quase derrotistas, começaram a perder a esperança. Eles sabiam que, quando os árabes fincavam a bandeira do Profeta em algum lugar, geralmente não sobrava quase nada após seus massacres. Todos os entrepostos comerciais gregos na costa já haviam sido subjugados, e agora eles se aproximavam inexoravelmente das montanhas de Aurès. Alguns clãs de pastores da montanha ousavam até considerar a rendição. Isto porque, desde a morte de Koceila, nenhum líder de homens de igual envergadura se havia distinguido verdadeiramente entre os príncipes do Magreb. Os muçulmanos, informados pelos seus espiões sobre o estado de espírito de suas futuras presas, já viam a vitória ao seu alcance. A Berbéria sucumbirá?

Foi então que apareceu uma mulher. Uma mulher cuja aura extraordinária subjugará multidões e empurrará o estandarte do Profeta até os confins do território ameaçado. Ela será chamada de Kahina, ou seja, "a profetisa". Seus inimigos traduzirão: a "possuída pelo demônio".

Damian[53] Bant Thabet, seu nome verdadeiro, era uma jovem nobre da poderosa tribo judaico-berbere de Djeraouah, que já havia fornecido reis aos clãs nômades estabelecidos no contraforte oriental de Aurès. Essa alma ardente, um tanto mística, não podia se resolver à ideia de ver seu país tremer sob a ameaça permanente de uma invasão estrangeira. Mas ela tinha apenas uns vinte anos! Quem iria ouvi-la? Como a levariam a sério? Pouco importa! Rejeitando suas dúvidas e as objeções de seus familiares, ela foi ao encontro dos chefes, como que movida por um impulso irresistível.

Eles estavam divididos quanto à estratégia a ser adotada face ao invasor árabe. Arrastavam-se em intermináveis conciliábulos, dos quais não emergia nenhuma decisão séria, enquanto o inimigo continuava sua progressão sem grandes obstáculos. Damian conseguiu forçar a entrada na tenda onde um novo Conselho de chefes estava reunido. E para esses homens perplexos, ela anunciou,

53 Damian: existem diferentes grafias de seu nome.

com ousadia, que se voluntaria para assumir a defesa do território. As exclamações surgiram. Seria louca, essa garota de quem se dizia que o pai tinha sido o último chefe dos Djeraouah, um homem corajoso e respeitado que havia sido morto ao tentar socorrer o grande Koceila? Será que este era o momento para brincadeiras quando a situação era tão grave? Tal ousadia poderia levá-la à morte!

Mas ela se impunha pela sua segurança. Eles ficaram abalados. Que força estranha animava essa jovem para que esses chefes de guerra, apesar da surpresa com suas palavras, acabarem por se deixar convencer? Estariam eles tão desamparados a ponto de não terem mais nada a perder, para que aceitem assim escutá-la? Ninguém soube explicar. O fato é que sua ascensão será fulgurante. Impulsionada por uma energia indomável, ela logo acedeu ao título de rainha de Aurès.

Uma predominância tão grande vinda de uma mulher tão jovem certamente não poderia ser obra de uma simples mortal! Então, para tentar esclarecer o inexplicável, diziam que ela se comunicava com os espíritos. Rumores afirmavam que ela possuía um poder sobrenatural, capaz de reanimar tropas desorientadas pelo temor de revés inevitáveis. Somente ela poderia lhes incutir a confiança que, quando chegasse o dia, os transformaria em heróis invencíveis. Sua palavra era ardente, cheia de fé. Ninguém resistia a ela. Todos ainda se lembravam da bravura de Koceila expulsando os atacantes com braço firme. Por que não essa maga certamente guiada pelos ancestrais?

Agora reconhecida como a rainha dos berberes, a Kahena recebeu o poder sob a supervisão do Conselho Federal de chefes nômades. Mas ela queria tomar suas decisões sozinha e dava suas instruções com uma autoridade que não admitia contestação. Sua influência logo se espalhou por toda a Numídia. Impressionados por sua sabedoria e firmeza, outros chefes de tribos vizinhas também se uniram a seu comando. Ela ia reunir os berberes da Numídia (Argélia), Ifríquia (Tunísia) e da Mauritânia. Outros virão de Fezzan, Cirenaica, e de Tripolitânia, territórios que correspondem à atual Líbia.

Os muçulmanos estavam agora a poucos dias de caminhada de Bagaïa, a antiga cidade romana que se havia tornado a capital da Berbéria. A Rainha de Aurès reuniu seus guerreiros, bem como as tropas mauritanas que já tinham se juntado a ela. Ela os dividiu em vários destacamentos, confiando a liderança aos chefes de clãs mais enérgicos. Depois, ela lhes ordenou que se espalhassem por todo o território, sem deixar de percorrer nenhuma das aldeias escondidas nas montanhas, para trazer todos os homens em condições de portar uma arma. *"Todos os homens fisicamente aptos deverão engrossar nosso exército"*, lhes declarou. *"Se necessário, usem a força contra aqueles que hesitarem em segui-los. Avisem-nos que nosso país está ameaçado e que eu mesma marcharei à frente deles para defender nossa liberdade!"*

Contava-se que ao chegarem ao acampamento militar de Bagaïa, os jovens pastores e os artesãos arrancados das suas aldeias para serem recrutados pelo exército, começaram a manifestar ruidosamente sua fúria, prontos para a revolta. O poder sobrenatural dessa mulher de quem tanto se falava? Eles não acreditavam nisso e, além do mais, zombavam dela! Mas quando a rainha apareceu e começou a chamá-los à resistência, sob os gritos de entusiasmo de uma multidão em delírio, os novos recrutas imediatamente exigiram flechas e lanças para marchar para o combate.

Após uma nova travessia coroada de vitórias, os soldados de Hassan El Ghassani, o governador egípcio, haviam agora tomado posição na região de Aurès. O campo de batalha era impressionante. Dos dois lados dos soldados de infantaria dispostos em meia-lua, o corpo de cavaleiros avançava com seus temíveis iatagãs apontando para o céu, com seus escudos dourados lançando relâmpagos ameaçadores sob os reflexos do sol. O relincho nervoso dos cavalos se misturava ao zumbido das últimas orações antes do ataque mortal.

Dissimulados nos recantos dos maciços montanhosos ladeados por precipícios dos quais controlavam cada canto, os berberes observavam seus adversários. A Kahena, vestida como seus homens, os cabelos presos sob um longo turbante preto, estava à frente deles. A influência da profetisa sobre as tribos rebeldes intrigava El Ghassani, que havia ouvido falar dos poderes que lhe eram atribuídos. Vendo a rainha altiva em seu cavalo junto ao seu exército, ele lhe enviou um emissário para lhe propor que ela se colocasse sob o protetorado do califa e abraçasse a religião muçulmana. A resposta explodiu, contundente! O confronto era inevitável. Ao sinal de seus líderes, os dois campos avançaram um contra o outro em um tumulto infernal de gritos e de imprecações.

No início, os berberes, sobrecarregados pelo número de seus adversários, começaram a ceder sob o impacto. Mas a voz da Kahena se elevou acima dos combates, galvanizando os seus com palavras mágicas. Foi então que um número impressionante de combatentes, escondidos nas montanhas, surgiu de todos os lados para reforçar o primeiro batalhão, cujo número deliberadamente limitado estava destinado a enganar o inimigo sobre a real força dos insurgentes. Como que inflamados pelas exortações de sua rainha, os guerreiros de Aurès retomaram a ofensiva com tanta intensidade que, por volta do meio da tarde, os muçulmanos bateram em retirada em total desordem, abandonando centenas de mortos e feridos.

Quase surpresos com seu próprio feito, os vencedores se prostraram em uníssono no chão para agradecer aos seus espíritos tutelares por essa vitória. Pouco depois, eles se lançaram na perseguição do governador egípcio que tentava recompor os destroços de seu exército. Sem dar trégua aos fugitivos, a Kahena, fundida ao seu corcel lançado a galope, os perseguiu até seus últimos redutos. Ela libertou várias praças fortes conquistadas anteriormente pelos muçulmanos e finalmente entrou em Cartago.

Ao ver as ruínas dessa brilhante cidade que, durante algum tempo, foi apresentada como rival da capital do Império Romano, ela ficou abalada. Liderados pela jovem, os berberes esmagaram os árabes nas margens do rio Meskiana, entre Ain Beïda e Tebessa, e empurraram-nos de volta para a Tripolitânia, após terem libertado Trípoli. A Rainha de Aurès pôde então iniciar o caminho de volta. Aclamada em sua passagem, desencadeou intensas manifestações de fervor. A maioria das cidades que haviam conseguido escapar da invasão externa a celebrou oferecendo-lhe presentes suntuosos. Os combatentes foram regalados com banquetes dignos de reis. Mesmo o clero bizantino, que dependia do patriarca de Constantinopla, não ficou de fora. Vários bispos se deslocaram com grande pompa, acompanhados por delegações de fiéis, para virem lhe proclamar sua gratidão.

Informados da passagem da Kahena a caminho de sua pátria, os habitantes da cidade de Bulla Régia cobriram de flores o percurso que ela devia tomar para atravessar sua cidade. Colocaram à sua disposição uma procissão de cem virgens ricamente adornadas e diversas trupes de músicos para abrir sua marcha. A escolta ia acompanhá-la ao som de cantos, flautas e pandeiros até a sua capital, onde a esperava uma verdadeira maré humana, vinda de todas as partes da Numídia para recebê-la como libertadora.

Durante os cinco anos de paz que se seguiram, a Kahena governou seu povo com autoridade absoluta. Isto rendeu-lhe a hostilidade de certos chefes sedentários, descontentes por terem de reconhecer a preeminência desses guerreiros nômades, cujo modo de vida era, na realidade, antagônico ao deles. A rainha não levava em conta as suas preocupações. Além disso, alguns de seus aliados entre essas comunidades de camponeses pacíficos profundamente apegados às suas terras, começaram a ver nela apenas uma líder cruel e despótica.

Então, os acontecimentos iam se precipitar no ano 702. De fato, chegou a notícia de que o califa Abd El Malick, do Egito, estava preparando uma nova expedição ao Magrebe. Para isso, havia incorporado novos reservistas em suas forças, as quais havia incluído alguns dos melhores contingentes da Síria! Um total de 60.000 homens experientes e prontos para enfrentar os habitantes do deserto. E uma vez mais à frente deles estava o famoso Hassan El Gassani, que havia jurado fazer a "maga" pagar a afronta de sua primeira derrota. E ele tinha motivos para levar isso a sério, pois, segundo o boato, no dia de sua partida, o califa o teria advertido: *"Desta vez, será a cabeça dela ou a tua!"*

A ameaça era, portanto, grave. Reunindo os chefes dos clãs e os representantes das tribos aliadas, a Kahena lhes deu suas últimas recomendações: *"Vocês não devem esperar nenhum socorro, exceto a do poder divino que, mais uma vez, armará meu braço para salvar esta terra que nos foi legada por nossos pais e que um dia transmitiremos aos nossos filhos. É pela força que teremos de defender nossos bens e nossa liberdade! Esses bárbaros não têm fé nem piedade. A violência é sua única lei. Somente a sede de pilhagem os conduz às nossas terras. Mais vale a morte do que a escravidão que nos espera, se capitularmos diante deles ou se perdermos esta batalha!"*

Estimulados por essas palavras, os berberes redescobriram sua sede de luta. Mas uma conspiração estava em andamento, uma felonia odiosa. Um punhado de conspiradores, invejosos da influência da rainha, iniciaram negociações secretas com os muçulmanos a quem eles prometeram lealdade se a "profetisa" fosse destituída do poder. Quando ela soube disso por meio de seus espiões, a Kahena ficou dolorosamente abalada.

Agora com cerca de trinta anos, ela tinha sacrificado tudo pelo seu povo, até mesmo seus deveres de mãe para com seus dois filhos, mais frequentemente criados por servas. Foi casada, ainda adolescente, com um rico e velho comerciante que mais tarde sucederia seu pai como chefe dos Djeraouah. Mas ela jamais conheceu as alegrias de uma família feliz. Além disso, foi com seu próprio punhal que ela havia livrado seu clã desse homem rude e tirânico que a oprimia. Ela não havia reconstruído um lar, mesmo se nem sempre ficasse solitária em seu leito. Pois desde que havia atingido a puberdade, sua beleza selvagem não cessava de atrair os homens, dos mais humildes aos mais poderosos...

Ela se havia colocado na linha de frente das batalhas, correndo o risco de tornar seus filhos órfãos. E agora, aqueles chefes a quem ela havia restaurado o orgulho, enquanto estavam prestes a se curvar diante do inimigo, pensavam em traí-la? Ela acreditava que os seus lhe seriam leais, especialmente após a gloriosa vitória para a qual os havia conduzido. Abalada, mas não derrotada, ela decidiu então praticar a política da terra queimada para retardar o avanço inimigo por um efeito surpresa. No entanto, se deparou com a violenta oposição das tribos sedentárias que se recusavam a ver sacrificadas as imensas plantações de trigo e florestas de oliveiras que garantiam sua prosperidade. A estratégia da Kahena lhes parecia uma verdadeira loucura. Especialmente para as numerosas populações que viviam da agricultura. Mas suas opiniões pouco lhe importavam. Isso também contribuiria para sua ruína.

"Eles correm como gafanhotos vindos do deserto para devastar nossas terras, ela disse em tom exaltado a seus conselheiros mais fiéis. Sim, nós podemos combatê-los até a morte. Outros, porém, virão, que passarão por cima de nossos cadáveres para conquistar o país inteiro. Eles são gananciosos por ouro e prata e querem apenas nossas casas e nossos

palácios. Vocês sabem o quanto eu amo esta terra. Não há um único bosque de tamareiras, um único oásis, uma única fonte nas montanhas, uma única flor no vale que não tenha me visto crescer, até o momento em que vocês me aceitaram, depois me escolheram, para carregar sua bandeira. Essas riquezas que nos foram concedidas, devemos sacrificá-las hoje pela salvação de nosso país! Sim, estas florestas, estas aldeias, estas fazendas, estas culturas devem ser reduzidas a cinzas no dia em que o invasor cruzar nossa fronteira. Peguem ferro e tochas, cortem as árvores, queimem os edifícios erguidos em nosso solo. É preciso também arrasar as fortalezas, alterar os rios, destruir as barragens, para que o soldado inimigo, sedento, exausto e sem abrigo, ao encontrar apenas escombros fumegantes e pontos de água ressequidos na terra que terá conquistado, não volte ali até o fim dos tempos!"

Alguns dias depois, quando, à tarde, os muçulmanos finalmente chegaram às alturas de Djebal Tsanef, encontraram à sua frente apenas um imenso braseiro. Na planície onde ardiam os incêndios, brilhando como milhares de tochas, quase se acreditaria estar no crepúsculo, de tão espessas as fumaças. Aterrorizadas, traumatizadas, arruinadas, as populações camponesas, em um coro de lamentações, continuavam a fugir entre os seus rebanhos em pânico, rumo a um longo êxodo em direção às zonas costeiras.

Refugiada nas montanhas próximas de Tabarqa, cujas cristas recortadas se destacavam majestosamente contra o céu, a Kahena fez a conta de seus últimos partidários. As tribos que ela havia unido, agora divididas quanto aos seus métodos, nem todas a seguiram. Ela lançou a ordem de ataque com um grande grito de furor, e avançou com os seus contra os soldados inimigos que a aguardavam, cimitarra em punho. Esse combate final foi desigual, implacável. Logo no início do choque, ela teve a cabeça cortada.

Fiel à sua promessa, El Gassani enviou a cabeça da rebelde como troféu ao califa do Egito. Mas antes disso, a fizera ser exibida na ponta de uma lança, por um cavaleiro risonho, no meio da multidão silenciosa. O corpo supliciado da Rainha de Aurès, crivado pelas lanças do inimigo determinado a profanar esse símbolo, foi enterrado nos arredores de Bagaïa, perto de um poço batizado de "Bir el Kahena".

Foi assim que no ano 702[54], sucumbiu no campo de batalha essa heroica combatente da resistência berbere. Com seu estandarte derrotado, os últimos focos de resistência foram duramente reprimidos pelos invasores. Cerca de dez anos depois, em 711, foi com os berberes vigorosamente convertidos ao Islã, que os árabes se lançaram sob o comando de Tariq, governador de Tânger, em direção à Espanha onde iam desenvolver uma brilhante civilização no califado de Córdoba, na Andaluzia.

54 Algumas fontes situam a morte em 705.

A trágica resistência das mulheres de Nder no Senegal

A história da África é rica em grandes feitos e atos de heroísmo. Mas, para os senegaleses, "Talata[55] Nder", que se traduz como "Terça-feira de Nder", permanece nas memórias como um episódio particularmente trágico de seu passado. Naquela famosa terça-feira, as mulheres de Nder, capital do pequeno reino do Walo, atacadas por traficantes de escravos árabe-berberes vindos da vizinha Mauritânia, sacrificaram-se coletivamente para não caírem nas mãos de seus atacantes.

Fala-se muito pouco sobre as resistências que se manifestaram no continente africano contra o comércio de escravos árabe-muçulmano. A historiografia, na realidade, é bastante discreta sobre esse capítulo, como denuncia o ensaísta senegalês Tidiane Ndiaye, também antropólogo e economista, em um notável livrinho intitulado *O Genocídio Velado*. Esse tráfico, controlado pelos árabes, estendeu-se por cerca de 14 séculos, tanto antes quanto depois do tráfico negreiro europeu. Causou mais de 17 milhões de vítimas entre os negros africanos, vendidos nos mercados de escravos da África do Norte, do Egito, da Líbia, ou ainda em Zanzibar, na costa leste da África. Depois, eram deportados para as cortes da Arábia, da Europa, da Rússia, da Índia e da China, mas também pelo Oceano Índico, para Madagáscar e para a Ilha da Reunião.

Os fatos teriam ocorrido por volta do mês de novembro de 1819[56], segundo as transcrições das primeiras crônicas históricas orais recolhidas no

55 Talata se pronuncia também Talatay.[Talatêi]
56 Fontes orais recentes situam esse evento em 7 de março de 1820. Deve-se fazer uma ligação com a data de 8 de março, simbolizando o Dia Internacional da Mulher, decretado pelas Nações Unidas?

século XIX sobre esses eventos, em particular por Yoro Dyao, antigo chefe de cantão sob a administração colonial. Oriundo de uma grande família aristocrática do Walo, começou a redigir, logo após o final da sua escolarização em Saint-Louis, preciosos anais sobre a história de seu povo, a partir de informações coletadas ao seu redor. Naquela época, o Walo era uma província próspera situada na foz do rio Senegal. As condições naturais favoráveis desse vale aluvial faziam dessa localidade um centro particularmente ativo. Seus habitantes, agricultores pacíficos, viviam do comércio com os condutores de caravanas mouros e com os moradores de Saint-Louis, a primeira capital colonial do Senegal, onde escoavam seus produtos agrícolas.

O rio separava o Walo da Mauritânia, onde, em sua parte oeste, estava estabelecida a tribo dos mouros Trarza. Deles, nunca se sabia de antemão se eles chegariam como clientes para trocar mercadorias do comércio levado pelas caravanas, como aliados para ajudar o Walo contra alguma agressão externa, ou como inimigos vindos caçar populações negras para vendê-las nos mercados de escravos da África do Norte. Na verdade, frequentemente semeavam a desolação na região para alimentar de cativos o tráfico transaariano de escravos. Além disso, desde a instalação das tropas francesas em Saint-Louis no século XVII, os mouros não paravam de aumentar sua pressão contra o Walo, que desejavam submeter ao seu controle a fim de impedir que a região caísse sob dominação estrangeira.

Naquele ano, um período de calma sucedeu os violentos confrontos dos quais os guerreiros mouros e seus aliados Toucouleur, haviam mais uma vez saído vitoriosos. Então, um acontecimento perturbador reacendeu sua ira: a assinatura, em 8 de maio de 1819, do Tratado de Ndiaw entre o governador francês de Saint-Louis, o coronel Julien-Désiré Schmaltz, e o Brak (rei) do Walo, Amar Fatim Borso Mbodge, na presença de chefes locais. O rei, que não entendia nem lia francês, estava convencido de que aquele pergaminho que os Brancos exigiam que assinasse, servia apenas para formalizar uma relação de amizade entre seu país e a França.

No entanto, o documento, redigido em uma linguagem diplomática complexa e hermética para um não iniciado, estabelecia claramente a tomada de posse pelos franceses, de uma parte do território do Walo, em nome de

"Sua Majestade Cristianíssima, o rei da França". Uma situação que viria a pesar fortemente no destino da região, pois abria a porta para a intrusão dos europeus em um espaço onde os mouros sempre haviam circulado livremente durante gerações. Também prenunciou a futura colonização de todos esses territórios.

Considerando esse pacto com seus inimigos como uma traição, os mouros decidiram, em represália, se vingar, fazendo o rei do Walo pagar caro por sua fraqueza. E seus ataques recomeçaram ainda mais intensamente contra estes antigos aliados. Em 21 de setembro do mesmo ano, lançaram uma carga mortal contra a aldeia de Thiaggar, onde estava sendo realizada uma reunião entre o soberano e diversos chefes da região. Surpreendido, o exército do Walo não conseguiu repelir o assalto que deixou muitos feridos, entre eles o Brak Amar Mbodge, atingido por uma bala nas coxas. Este foi rapidamente evacuado de piroga até Saint-Louis, para ser tratado pelos médicos franceses do hospital militar construído na colônia em 1786. Foi então que os dignitários do reino decidiram se deslocar até lá para fazer companhia a seu soberano, levando consigo uma boa parte da cavalaria encarregada de sua segurança.

E foi assim que os mouros aproveitaram esta ausência das autoridades oficiais para atacar Nder, a capital do reino. Era o início da estação seca, e a vida seguia em ritmo mais lento naquele mês de novembro de 1919. O rei ainda estava convalescendo em Saint-Louis, acompanhado de seus cortesãos e de seu exército. Aquela terça-feira se anunciava como um dia comum. Antes do nascer do sol, os homens já haviam partido para os campos, com a daba (enxada tradicional) ao ombro. Outros tinham saído para caçar, enquanto um terceiro grupo tinha se dirigido para o rio onde os esperavam seus barcos de pesca. Uma centena de *tiédos* (soldados) que permaneciam de guarnição lustravam preguiçosamente os longos mosquetes de troca que empunhavam com orgulho.

A aldeia de cabanas redondas tinha sido entregue às mulheres, crianças e idosos. Reinava ali a mesma animação de sempre. As pancadas de pilões, numa cadência ritmada, redobravam de ardor para moer o painço. As mulheres, ocupadas com suas tarefas, chamavam umas às outras dentro das parcelas. Outras se agitavam ao redor dos celeiros onde estavam armazenadas as últimas colheitas. Algumas, por fim, conversavam alegremente na praça da aldeia, enquanto as crianças se perseguiam ruidosamente em torno da árvore das palavras, onde, ao cair da noite, os anciãos costumavam conversar tranquilamente.

De repente, um grito de pavor rompeu a tranquilidade do lugar. Em um instante, as risadas se congelaram, os pilões caíram, as parcelas se esvaziaram. Todos os olhares convergiram para a mulher que acabava de atravessar, em disparada, a entrada do tata, esse muro de galhos e barro, erguido para proteger as aldeias em caso de ofensiva externa. Com a mão colada a uma cabaça pingando água, embora vazia de seu conteúdo, a mulher ofegava, aterrorizada: "Os mouros! *Os mouros estão aqui! Estão chegando! Eu estava à beira do lago de Guiers e os vi através dos juncos. Um exército de mouros! Eles estão acompanhados por uma tropa de Toucouleurs liderados por seu chefe Amar Ould Mokhtar! Eles se preparam para atravessar o rio e estão vindo para nossa aldeia!"*

Todas as mulheres gritaram ao mesmo tempo; algumas - de desespero - levantaram os braços ao céu, outras levaram as mãos às têmporas. Elas sabiam qual destino as aguardava... Os mouros tinham retomado suas ofensivas no Walo para se abastecer de cativos. Muitos homens, mulheres e crianças seriam arrancados de suas famílias para serem vendidos como escravos a famílias ricas da África do Norte. Sempre tinha sido assim e Nder já havia perdido muitos de seus filhos e filhas.

Enquanto isso, a alguns quilômetros dali, postados na outra margem do lago, os cavaleiros do deserto, com seus turbantes, se preparavam para lançar seus cavalos ao ataque da aldeia. As mulheres decidiram imediatamente organizar a resistência com os poucos soldados que ali permaneceram. Apressadamente, começaram enviando as crianças para os campos vizinhos, sob a liderança dos mais velhos. Em seguida, elas se precipitaram para dentro de suas cabanas, e saíram vestidas com bubus e calças bufantes de um marido, de um pai, de um irmão, com os cabelos dissimulados sob gorros masculinos. Estavam munidas de tudo que poderia servir para sua defesa: facões, lanças, porretes e até verdadeiros fuzis que elas se preparavam para manejar pela primeira vez.

Amazonas por um dia, essas mulheres lutaram com a energia do desespero. Criadas, camponesas, aristocratas, jovens, velhas, elas se engajaram, movidas apenas pela sua coragem, em um terrível confronto com o inimigo. Em seus cantos de celebração à memória dessas mulheres excepcionais, os griôs, contadores das páginas da história africana, asseguram que naquele dia elas mataram mais de trezentos mouros. O combate, porém, era desigual. Os tiédos foram rapidamente exterminados. Ondas de sangue borbulhante se espalhavam em uma lama avermelhada no chão de terra. Aqui e ali jaziam, misturados, cadáveres e feridos agonizantes.

Diante da heroica determinação dos sobreviventes que, embora desarmados, eram mais numerosos que a coluna inimiga, o chefe Amar Ould Mokhtar deu ordem de dispersar às suas tropas. Os cavaleiros do deserto embainharam seus sabres afiados, carregaram os feridos na garupa dos cavalos e atravessaram novamente o lago. A princípio, vexado por ter sido contido por simples mulheres, o chefe mouro tinha entendido que aquelas, exaustas, não resistiriam por muito tempo, apesar de sua bravura. Não querendo correr o risco de danificar a "mercadoria," planejava voltar um pouco mais tarde, para capturá-las vivas e vendê-las por um preço melhor nos mercados de escravos.

As mulheres do Walo se sentiram perdidas... Jamais conseguiriam resistir a um segundo ataque. Os homens tinham todos perecido e o mensageiro, que tinha partido às pressas em busca de socorro assim que a aproximação do inimigo foi anunciada, certamente chegaria tarde demais. Toda esperança parecia vã.

Foi então que uma voz se elevou acima dos clamores, das lamentações e dos uivos de dor. Era Mbarka Dia, a confidente da *linguère* (rainha) Fatim Yamar Mbodj. Só ela sabia se fazer obedecer pelas enérgicas e autoritárias cortesãs que cercavam a rainha. Apoiada na árvore das palavras, porque ela mesma havia sido ferida, ela começou a arengar suas companheiras:

"Mulheres de Nder!" Dignas filhas de Walo! Ergam-se! Ajustem seus panos e amarrem seus lenços! Vamos nos preparar para morrer! Mulheres de Nder, teremos sempre que nos curvar diante dos invasores? Nossos homens estão longe, não ouvem nossos gritos. Nossas crianças estão seguras nos campos, escondidas sob altos talos de painço. Alá, o Todo-Poderoso, saberá preservá-las. Mas nós, pobres mulheres, o que podemos fazer contra esses inimigos impiedosos que logo retomarão o ataque? Onde poderíamos nos esconder sem que eles nos descobrissem? Seremos capturadas como o foram nossas

mães e avós, que nos foram arrancadas antes de nos verem crescer. Seremos arrastadas para o outro lado do rio e vendidas como escravas. É esse um destino digno de nós?"

Os prantos pararam, os lamentos se tornaram mais abafados... *"Respondam!" Mas respondam em vez de ficar aí, prostradas e gemendo! O que corre em suas veias? Sangue ou água do pântano? E o que dirão mais tarde aos nossos netos e a sua descendência? Preferem que lhes digam "Suas avós deixaram a aldeia como cativas"* ou *"Suas ancestrais foram corajosas até a morte?"*

A Morte! A essa palavra, surgiu uma exclamação abafada. *"A Morte! O que tu estás dizendo, Mbarka Dia?" "Sim, minhas irmãs. Devemos morrer como mulheres livres, e não viver como escravas. Que aquelas que concordam comigo me sigam até a grande cabana do Brak, onde se reúne o Conselho dos Sábios. Entraremos todas lá e atearemos fogo... Será a fumaça de nossas cinzas que receberá nossos inimigos. De pé minhas irmãs! Já que não há outra saída senão a morte, que morramos como dignas mulheres do Walo!*

O sol agora estava alto no céu. Um silêncio angustiante caiu sobre a aldeia. Mudas de desespero, as mulheres avançaram lentamente em direção à sala do Conselho dos notáveis, uma vasta cabana construída de palha e galhos, que se erguia, imponente, no meio da aldeia. Nenhuma ousou se opor a Mbarka Dia, por medo de que o eco de sua covardia recaísse sobre seus descendentes. Pela última vez contemplaram o cenário familiar de seu quotidiano, deixaram seus olhares cheios de lágrimas vagarem sobre as aves em pânico, os espigueiros saqueados, os pilões largados no chão, as panelas viradas, as cabanas destruídas, e todos aqueles cadáveres de entes queridos que não tardariam a inchar sob o efeito do calor. Um espetáculo de desolação...

Então, elas se amontoaram na cabana principal. Algumas jovens mães, que se recusaram a se separar de seus recém-nascidos, os apertavam contra o peito, quase sufocando-os. A última a entrar na cabana estava grávida, prestes a dar à luz. Mbarka Dia fechou a porta. Com um gesto preciso, ela acendeu uma tocha e, sem o menor tremor, lançou-a contra uma das fachadas de galhos. Imediatamente, ergueu-se uma imensa labareda Dentro da cabana, as mulheres entrelaçadas, apertadas umas contra as outras, entoaram – para se darem um último impulso de coragem – canções de ninar e velhos refrões que, desde a infância, sempre haviam ritmado suas atividades.

Os cantos começaram a enfraquecer, logo substituídos por violentos acessos de tosse. Foi então que a futura mãe, debilitada por sua condição, não pôde resistir ao instinto de sobrevivência que a empurrou até a porta, que ela arrombou com um violento pontapé. Aspirando uma grande lufada de ar, ela se precipitou soluçando para fora, onde, sufocada pela fumaça, desabou desmaiada no chão.

As que ainda estavam vivas não se moveram. Algumas tiveram tempo de murmurar: *"Deixem-na. Ela testemunhará nossa história e a contará aos nossos filhos, que a transmitirão aos seus filhos para a posteridade."* As que ainda não haviam sido asfixiadas continuavam a buscar, em seus cantos de súplica, a coragem para permanecer naquele caixão incandescente. Pouco a pouco, as vozes enfraqueceram... depois se extinguiram... De repente, um barulho seco, um estrondo aterrador dominou o crepitar das chamas. Era a estrutura do telhado que desabava sobre os corpos que se consumiam. Depois, houve silêncio novamente... Um silêncio terrível e opressivo que acolheu os homens desmoronados, devastados, quando chegaram tarde demais para socorrer a aldeia. Todas as mulheres de Nder haviam perecido. Exceto uma.

Os anciãos afirmam que naquele momento pesadas nuvens negras velaram o céu e tudo ficou escuro. Como se quisessem esconder a dor desses pais, desses filhos e desses maridos, aniquilados por um desespero que nem seus gritos, nem suas lágrimas, nem mesmo o tempo, saberiam apaziguar.

A partir desse dia e por muito tempo, instaurou-se na aldeia de Nder um ritual conhecido como "Talata Nder", para honrar a memória dessas heroínas e de sua líder, a valorosa Mbarka Dia. Ele acontecia todos os anos em uma terça-feira do mês de novembro. Naquele dia, nenhuma atividade perturbava o silêncio da aldeia. Os homens não iam ao campo, nem à pesca, nem à caça. As mulheres não lavavam roupa, não pilavam o milho, nem cozinhavam. E, durante longas horas, homens e mulheres, jovens e velhos, permaneciam confinados dentro de suas casas. Durante esse dia de lembrança, rezavam e prestavam homenagem ao sacrifício heroico das mulheres de Nder.

Mas hoje, dizem-me, essa pequena aldeia do Walo, símbolo de resistência, está entregue ao abandono e ao apagamento tanto da natureza quanto da memória. Nenhuma comemoração vem mais lembrar a página da história que ali foi escrita. Será que nossas dignas ancestrais de Nder não mereceriam mais do que a indiferença e a amnésia demonstradas perante a sua bela lição de heroísmo, por essas gerações que elas mesmas trouxeram ao mundo?

A Mulata Solitude[57]

Mártir da escravidão em Guadalupe

Em 29 de novembro de 1802, na ilha de Guadalupe, uma mulher era levada à forca por ordem da França de Bonaparte, que havia restabelecido a escravidão. Ela tinha trinta anos. Seu nome era Solitude, a mulata Solitude, por causa de sua pele muito clara, lembrança do provável estupro de uma cativa africana algemada, acorrentada no navio que a levava para as Antilhas.

Apenas na véspera, Solitude havia dado à luz à criança que carregava, imediatamente arrancada de seu seio para ser adicionada aos bens de um proprietário de escravos. Ela já deveria ter sido executada há seis meses, mas os colonos não queriam desperdícios: aquele ventre animado poderia trazer mais dois braços para uma plantação.

Solitude foi uma dessas figuras anônimas que atravessaram a História por terem se sacrificado em defesa de uma causa, sem ocupar o centro da cena. Mas se nos referirmos às fontes documentais da época, sabe-se pouco sobre ela, exceto que se destacou por sua virulência e sua determinação durante as revoltas que abalaram Guadalupe em 1802, depois de Napoleão Bonaparte, então Primeiro Cônsul, ter decidido restabelecer a escravidão nas colônias francesas. E também que ela foi morta por enforcamento após o parto.

---

57 Mulato: termo que designa mestiços nascidos de um homem branco e de uma escrava negra em certas colônias escravagistas. Os Brancos utilizavam o vocabulário animal de forma pejorativa para rebaixar as pessoas de sangue negro, como a referência à mula, animal resultante do cruzamento entre um burro e uma égua. Posteriormente, este termo será revalorizado e orgulhosamente reivindicado em sociedades pós-escravidão, como as Antilhas Francesas, para distinguir pessoas mestiças com pele clara e cabelos lisos, de seus compatriotas com pele negra e cabelos crespos. Uma classificação racial que ainda persiste nessas sociedades, e que também continua a ser expressa através de expressões como "mestiços, pessoas de cor, mulato, alcaparra, quarteirão, oitavão", etc.

Muitos se perguntaram se a mulata Solitude realmente existiu. O primeiro registro escrito mencionando essa personagem vem da obra em 4 volumes de Auguste Lacour, *Histoire de la Guadeloupe*, publicada em 1858 em Basse-Terre. Ex-magistrado e conselheiro da corte imperial, esse Branco crioulo de Guadalupe, nascido em 1805 - portanto, posteriormente aos fatos, realizou um trabalho de pesquisa considerável e muito detalhado nos arquivos administrativos, documentos oficiais e judiciais, e crônicas da época, e recolheu depoimentos de pessoas (principalmente Brancas) afetadas pelos acontecimentos de 1802.

No entanto, a questão das resistências – particularmente nas colônias francesas – tem sido um dos temas mais ocultados na restituição da história dos povos que enfrentaram potências imperialistas e escravagistas. Os escritos da época, redigidos por Brancos, concentraram-se sobretudo em propagar a imagem do homem negro como um simples figurante que se submetia docilmente ao sistema que o oprimia. E quando ele ousava se revoltar, acabava, na narrativa dos fatos, caricaturado como um "negro selvagem, saqueador, incendiário e assassino", para retomar os termos do próprio Lacour ao se referir aos insurgentes antiescravistas.

Aqui está, sobre a mulata Solitude, o que diz Auguste Lacour nesta passagem relativa ao cativeiro de um grupo de oitenta prisioneiras brancas que caíram nas mãos de resistentes acantonados em Dolé, em um campo entrincheirado liderado pelo oficial negro Palermo, no início de maio de 1802. E ele mostra claramente que ela não foi uma simples figura passiva, mas uma verdadeira líder.

"Especialmente as negras e, sobretudo, as mulatas se mostravam ferozes contra as mulheres brancas. A mulata Solitude, vinda de Pointe-à-Pitre para Basse-Terre, [58] *estava então no campo de Palermo. Ela deixava explodir, em todas as ocasiões, seu ódio e sua fúria. Ela tinha coelhos. Quando um deles escapou, ela se armou de um espeto, correu, atravessou o animal, ergueu-o e, mostrando-o às prisioneiras:* "Toma!", *disse ela, misturando às suas palavras os epítetos mais injuriosos,* "é assim que vou tratar vocês quando chegar a hora!" *E essa infeliz estava prestes a se tornar mãe! Solitude não*

58 Basse-Terre, capital localizada no sul, foi o centro da insurreição organizada por militares negros contra o restabelecimento da escravidão.

abandonou os rebeldes permaneceu ao lado deles, como um gênio mau, para excitá-los aos maiores crimes. Finalmente presa no meio de um bando de insurgentes, foi condenada à morte; mas a execução da pena teve de ser adiada. Ela foi executada no dia 29 de novembro, após dar à luz."

Quando adolescente, enquanto estava em Guadalupe, ouvi parentes idosos evocarem o nome da mulata Solitude, a representação que tinham dela não era a mesma difundida por essa fonte escrita que se impunha - para alguns - como a única referência credível. Solitude era retratada como uma resistente, uma 'marron'[59](quilombola), um combatente que tinha tomado parte do levante dos Negros de Guadalupe contra a força napoleônica que tinha vindo reinstaurar a escravidão. Essas tradições orais, transmitidas ao longo de gerações pelos anciãos, não devem, portanto, ser negligenciadas como fontes de informação que podem garantir a sobrevivência dos atos de bravura e resistência dos povos negros, na memória coletiva.

Por fim, essa personagem acabaria sendo reconhecida como uma figura histórica graças à sua imortalização pela literatura. De fato, em 1972, o romancista francês André Schwarz-Bart, então casado com a escritora guadalupense Simone Schwarz-Bart, imaginou uma história para Solitude, assim como sua vida na escravidão, e fez dela uma forte protagonista feminina entre os resistentes de 1802. Exatamente como era percebida nas tradições orais. Esse romance alegórico encontrou eco entre aqueles que reivindicavam a reabilitação dos resistentes negros do período escravagista, e denunciavam a política de ocultação desse passado pela França.

Como conclusão desta introdução necessária, pode-se afirmar sem rodeios que a mulata Solitude simboliza essas milhares de mulheres de Guadalupe, e de outras terras de escravidão, que lutaram pela liberdade e foram martirizadas ou executadas durante as repressões que se seguiram. O relato aqui proposto se baseia, portanto, em publicações de historiadores e em trabalhos de pesquisadores sobre o contexto da época e, no que diz respeito à Solitude, em

59 O termo *marron* (quilombola) se refere aos escravizados que fugiam e resistiam, formando comunidades chamadas *quilombos* no Brasil.

fontes escritas e orais, bem como na obra literária que essa figura emblemática inspirou.

Voltemos à nossa narrativa.

Assim, oito anos antes desses acontecimentos, em fevereiro de 1794, na euforia da pós-Revolução Francesa, a abolição da escravatura tinha sido decretada nessa colônia, apesar da oposição dos plantadores brancos que controlavam a economia. Libertos de suas correntes, muitos Negros se afastaram de seu ambiente de servidão para tentar reconstruir uma vida própria, longe da tirania dos antigos senhores.

Sem dúvida foram necessários cinco anos de debates acalorados dos parlamentares parisienses para saber se os *Direitos do Homem e do Cidadão,* proclamados em 1789, deveriam se aplicar aos Negros, considerados na época como seres inferiores. Além disso, os humanistas franceses da *Sociedade dos Amigos dos Negros,* criada em 1788, eram mais favoráveis a um abrandamento da escravatura, de modo a não desorganizar a economia colonial da qual a França tirava sua prosperidade, e defendiam uma abolição gradual para permitir que os negros acessassem a civilização antes de reivindicarem a liberdade. Também estavam longe da indignação dos filantropos ingleses, que se sentiam muito mais à vontade para denunciar o tráfico negreiro e a escravatura, porque a Revolução Industrial e a chegada das máquinas à Grã-Bretanha já não exigiam mais o uso tão intensivo de mão de obra servil.

Os representantes dos grandes plantadores alertaram a Assembleia: *"O pacto social votado pelos indivíduos da nação francesa não poderia ter aceitação universal; ora, os negros e as pessoas de cor nunca fizeram parte da nação francesa. Estrangeiros retirados dos climas mais distantes, comprados pelos colonos das mãos dos negociantes franceses, poderiam eles ser chamados a aderir a este contrato feito por homens livres? [...] Abolir o tráfico de escravos acarretaria o abandono das nossas colônias, uma crise fatal para a nossa marinha e nosso comércio, o fechamento de nossas fábricas na própria França e, consequentemente, o desemprego de metade dos trabalhadores franceses. Seria, portanto, não apenas a ruína dos colonos, mas uma catástrofe para a economia nacional."* O lobby escravagista foi ouvido. As colônias foram colocadas sob autonomia interna, mantendo o *status quo.*

Porém, no local, algumas categorias de pessoas se sentiam particularmente afetadas por esse debate, dentro dessa sociedade escravagista racialmente hierarquizada, e segmentada em três estatutos jurídicos vinculados à origem: o Branco, a pessoa de cor livre ou o Negro emancipado conhecido como "negro liberto", e, finalmente, o escravizado. Haviam memorizado bem essa proclamação sobre os *"direitos naturais e imprescritíveis do homem que são a liberdade, a propriedade, a segurança e a resistência à opressão"*. E especialmente seu primeiro artigo que gravaram em suas cabeças: *"Os homens nascem e permanecem livres e iguais em direitos."* Eles não tinham dúvidas de que isso deveria se aplicar a eles. Eles eram em sua maioria mestiços, assim como Negros livres e libertos, mantidos à margem da sociedade pela discriminação branca. Viviam de seus ofícios manuais como pedreiros, padeiros, carpinteiros, marceneiros ou vendedores ambulantes; as mulheres eram costureiras, cuidadoras, parteiras ou pequenas comerciantes; alguns se dedicavam ao comércio ou possuíam uma pequena plantação, e alguns já haviam começado a fazer fortuna através do trabalho árduo...

Entre eles havia, portanto, pessoas instruídas que liam jornais, e sabiam o que estava acontecendo em outros lugares. Alguns também conduziam sua própria luta abolicionista, enquanto na Inglaterra e nos Estados Unidos esse movimento era liderado por filantropos brancos aliados a Negros livres. Assim, os livres de Guadalupe enviaram uma petição à Assembleia Constituinte, lida pelo seu advogado: *"As pessoas de cor são homens livres e cidadãos franceses. Não pedimos um favor. Reivindicamos os Direitos do Homem e do Cidadão. Pergunto-me com que direito os brancos excluíram um número tão grande de homens de cor livres, proprietários e contribuintes como eles."*

Na época da Revolução Francesa, a população de Guadalupe era estimada em cerca de 100.000 escravizados, 14 mil brancos e mais de 3 mil mestiços e negros livres ou libertos. Os franceses, que chegaram à ilha em 1635, exterminaram - pelas armas ou por doenças importadas - as tribos de ameríndios caribenhos, que na maioria das vezes os haviam recebido com hospitalidade. Depois, eles transformaram o local em uma escala para o comércio triangular, importando africanos do Senegal, Gana, Togo, Daomé (atual Benin), Costa do Marfim, Nigéria e um pouco também de Camarões, Gabão, Congo e Angola, a fim de ali produzirem cana-de-açúcar, rum, tabaco, café, algodão, cacau, especiarias e produtos alimentares.

Na sociedade guadalupense em formação, eles ocupavam, portanto, o topo de uma pirâmide caracterizada por uma linha divisória entre *os grandes Brancos* e *os pequenos Brancos*. Os primeiros reuniam aqueles cujos nomes com partícula indicavam ascendência nobre, bem como descendentes de famílias aristocráticas que emigraram para as colônias com o intuito de fazer com que seus escândalos fossem esquecidos, ou mesmo alguns desiludidos da metrópole. Em seguida vinham os grandes comerciantes, ricos burgueses, funcionários públicos, oficiais do exército e ex-capitães de navios negreiros. As propriedades dos plantadores, chamadas de "habitações", eram constituídas por uma plantação com a casa do senhor e suas dependências, as cabanas dos trabalhadores e os galpões para o gado. As plantações de açúcar também possuíam edifícios dedicados à fabricação do açúcar e do rum: manufatura, moinho, usina, fábrica, armazéns.

Enquanto os proprietários das plantações de café ou de culturas alimentares, que empregavam uma mão de obra reduzida, pertenciam mais à classe média, a aristocracia açucareira formava um mundo fechado que reinava sobre habitações de 100 a 300 escravizados. O senhor todo-poderoso administrava sua própria justiça e possuía sua prisão, sua enfermaria, sua capela. Nenhuma autoridade externa tinha influência sobre ele e, para gerir seu rebanho de escravizados, contava com a ajuda de intendentes, gerentes, capatazes e de uma milícia. Inicialmente composta por todos os homens brancos em idade de portar armas, ou seja, 2.200 homens, essa milícia foi aberta aos negros libertos a partir de 1785.

Longe de ser homogênea, a comunidade dos escravizados também possuía suas categorias: os *negros da casa* (domésticos, criadas, costureiras, servos, cozinheiros), que eram mais bem alimentados, um pouco mais bem tratados, mais bem vestidos, e que só tinham um medo, o de perder o estatuto privilegiado conferido pela proximidade com os Brancos, para serem reenviados entre os Negros da plantação, sobre os quais nutriam um sentimento de superioridade; os operários da indústria açucareira; os artesãos da habitação (tanoeiros, carpinteiros, pedreiros, ferreiros) ; e os pequenos produtores que garantiam o abastecimento interno (pescadores, produtores de alimentos, caçadores).

Quanto aos *negros da enxada, da plantação, dos campos ou do jardim,* conforme as terminologias utilizadas, constituíam mais de 90% dos Negros da habitação. Trabalhavam o ano todo, das quatro da manhã ao pôr do sol, arando a terra, cortando a cana, colhendo a mandioca, consertando os caminhos, limpando os canais, recolhendo lenha ou palha para os animais, preparando o esterco, semeando as plantas. E isso, sob a ameaça constante de chicotadas que regiam suas vidas como espadas de Dâmocles.

Os *pequenos Brancos* representavam um pouco menos da metade dos europeus da ilha. Ex-marinheiros e soldados, tornaram-se intendentes, capatazes de plantações, pequenos plantadores ou artesãos e lojistas em cidades e portos. Eles detestavam o desprezo arrogante dos *grandes Brancos,* cuja fortuna invejavam, tratavam os escravizados com ferocidade e ressentiam-se das pessoas de cor que competiam com eles nas atividades artesanais e comerciais. Quanto às mulheres brancas, a maioria delas saía das ruas de Paris ou da prisão e resgataram uma virgindade ao pisar o solo antilhano, tornando-se, por meio de uniões afortunadas, "grandes damas" da sociedade crioula.

Entre os não-Brancos, as *pessoas de cor,* frutos da exploração sexual imposta às mulheres negras pelos escravizadores brancos, faziam questão de se diferenciar dos outros negros livres, considerando as gotas de sangue branco que corriam em suas veias como um passaporte social. Além disso, é entre os indivíduos de pele mais clara e com traços não negróides (mulatos), e em sua maioria mulheres, que se encontrava o maior número de pessoas livres.

Porém, nem todos eram emancipados, pois a concessão desse status dependia da vontade do genitor branco. Como se temia, sob o reinado de Louis XIV, que um aumento do número de "mestiços" pudesse desorganizar a hierarquia social, o ministro Colbert promulgou em 1685 um *Código negro* destinado a regulamentar o estatuto dos escravizados. As relações inter-raciais eram condenadas, e o fato de ser pai de um mulato era considerado desonroso. Os Brancos culpados de uniões "inadequadas" corriam o risco de perder seus direitos e não podiam transmitir títulos a seus descendentes de cor.

Mas como essas medidas em nada freavam a libido exótica dos colonos, as autoridades francesas acabaram por atacar diretamente as pessoas de cor. Primeiramente, foi decretado que seu status dependeria daquele de sua mãe: só seriam considerados livres se ela já fosse livre. Depois, foi-lhes vedado o acesso aos empregos públicos, às profissões juramentadas e a algumas profissões liberais tais como: advogado, médico, ourives ou boticário. Eles eram obrigados a se apagar diante dos brancos em quaisquer circunstâncias, eram colocados afastados no barco ou no teatro, e recebiam a comunhão por último na igreja. Em um universo de dependência tão rígido, compreende-se seu sentimento de revolta quando perceberam que a *Declaração dos Direitos do Homem* corria o risco de passar debaixo de seus narizes!

As primeiras revoltas eclodiram em 1790 na colônia francesa de Saint-Domingue (atual Haiti), onde uma rebelião de trezentos e cinquenta mulatos foi esmagada com sangue pelas forças da ordem. Em Guadalupe, o enforcamento de líderes em praça pública não impediu realmente as revoltas esporádicas que abalaram a ilha entre 1790 e 1792. Ainda assim, foi um choque para a metrópole, pouco acostumada a revoltas negras dessa magnitude. Após a proclamação da República em 1792, a Assembleia Legislativa finalmente acabou cedendo e autorizou que homens de cor, negros livres e libertos se tornassem cidadãos franceses.

Enquanto isso, Solitude, prisioneira de sua plantação, ainda precisava conter sua revolta como todos os outros escravizados. Não por muito tempo, no entanto, pois as desordens da Revolução francesa não demorariam muito para rachar a estrutura bem organizada dessa ordem opressiva. A cena da morte do Antigo Regime também seria encenada nesse pequeno teatro do Caribe, com os grandes plantadores Brancos no papel de monarquistas e os pequenos Brancos no papel de patriotas, cada lado armando seus escravizados para colocá-los na linha de frente dos confrontos.

As notícias demoravam dois meses para chegar da metrópole de navio; consequentemente os acontecimentos franceses se repercutiam nos territórios ultramarinos com um pequeno atraso. Assim que se soube da execução na guilhotina do rei Luís XVI, em janeiro de 1793, o regime local de Terror também começou a fazer rolarem cabeças. Famílias inteiras de plantadores foram massacradas e seus bens, assim como os do clero, confiscados pelos representantes brancos da Convenção republicana. É preciso dizer que os religiosos, também proprietários de plantações, empunhavam o chicote como os outros senhores; os Irmãos de Caridade possuíam duas fábricas de açúcar e 180 escravizados; os Dominicanos, duas fábricas de açúcar e 80 escravizados, e os Jesuítas, uma grande propriedade com 312 escravizados.

Perseguida pelos pequenos brancos republicanos, uma parte da aristocracia da ilha encontrou a salvação na fuga para a vizinha Martinica, então ocupada pelos ingleses e, portanto, afastada dos ideais revolucionários. Aproveitando-se da anarquia ambiente, escravizados temerários começaram a desertar as oficinas para fugir para burgos sensíveis às novas ideias de liberdade e de igualdade, enquanto outros tomavam o caminho das colinas mais distantes. Esses eram chamados de *Negros marrons*[60], da palavra espanhola *cimarrón*, "aquele que foge de seu mestre". Porque, sob a bandeira republicana, o cabo do chicote apenas se tornara tricolor, e os navios continuavam a despejar suas tonelagens de carga humana, incentivados pelo prêmio ao tráfico negreiro concedido pelo Estado francês.

Enfim a abolição da escravatura! A Convenção decretou, em 4 de fevereiro de 1794, que *"Todos os homens, sem distinção de cor, domiciliados nas colônias, se tornavam cidadãos franceses beneficiando de todos os direitos garantidos pela Constituição"*, e encarregou um novo administrador de trazer o decreto de abolição para Guadalupe. Ao sair de Brest com sua frota de mil homens, ele não se esqueceu de levar uma guilhotina da qual pretendia fazer bom uso para limpar a ilha de seus últimos colonos monarquistas. Ora, o que a metrópole ignorava então, era que sua colônia estava ocupada há dois meses por 4.000 soldados ingleses, que ali haviam desembarcado com a cumplicidade do último grupo de monarquistas locais. Com a proclamação da República, a França se viu diante de uma coalizão europeia de impérios e de realezas, disposta a lutar

---

60 No Brasil é chamado de quilombola. O termo *quilombo* se refere a comunidades formadas por pessoas negras fugidas da escravidão. (N.T.)

pelo retorno da monarquia. Entre eles, a Inglaterra, dona do comércio marítimo, muito interessada pelas ilhas açucareiras francesas.

Prevenido da presença inimiga por falsos pescadores escondidos em canoas que rondavam ao largo de Guadalupe, Victor Hugues, driblando a vigilância das fragatas inglesas, atracou em Gosier em 7 de junho de 1794 e atacou a guarnição inglesa, desconcertada pelo efeito surpresa. Depois entrou em Pointe-à-Pitre, consciente de que suas tropas, desgastadas por esse confronto imprevisto e atingidas por uma epidemia de febre amarela, não conseguirão expulsar sozinhas o ocupante.

Assim que chegou à Place de la Victoire, ele oficializou a libertação dos escravizados *"Um governo republicano não tolera nem correntes nem escravidão; também a Convenção Nacional acaba de decretar solenemente a liberdade dos Negros [...]"*, e lançou imediatamente um apelo ao alistamento de voluntários para defender a pátria. Depois anunciou em alto e bom som - e seu pedido terá ainda mais peso - que qualquer homem que trouxer consigo dez homens será nomeado cabo; mais de dez homens, sargento; 25 homens, segundo-tenente; 50, tenente, 100 ou mais, capitão. Um processo que parecia totalmente alinhado com os procedimentos revolucionários que nomeavam generais de vinte e cinco anos, como acontecerá mais tarde com Napoleão.

A notícia da abolição percorreu a ilha num piscar de olhos. Os tambores e as conchas mal tinham terminado de transmitir o anúncio até as habitações mais remotas, quando os escravizados abandonaram em massa as plantações e precipitaram-se para Pointe-à-Pitre para aumentar a alegria ambiente. Naquele dia, Solitude estava entre os milhares de pobres-diabos incrédulos que, com lágrimas nos olhos, comentavam na praça o decreto da República. Ela viu homens cheios de gratidão saírem da multidão e avançarem em direção à plataforma onde o chefe branco estava exortando o povo. E foi assim que três mil escravizados, descalços e com as calças furadas, e centenas de Libertos, atenderam em massa o apelo de Victor Hugues, que os vestiu com as cores da República e fez deles o primeiro batalhão de *Sans-culottes*[61] negros.

---

61 Nome dado aos voluntários das classes populares alistados na defesa da Revolução Francesa.

Lançado ao ataque contra as forças inglesas após um treino intensivo, o exército de novos cidadãos libertou Guadalupe em seis meses de combates ferozes. O que permitiu então ao Comissário da República se ocupar de seus verdadeiros inimigos, os contrarrevolucionários, que foram fuzilados ou enviados em carroças inteiras para a guilhotina. Em virtude de julgamentos sumários proferidos pelo tribunal itinerante criado para esse fim, um bom milhar de pescoços monarquistas, ou assim considerados, foram cortados até nos menores recantos da ilha.

Depois de terem reconquistado seu país, os guadalupenses esperavam agora desfrutar do ato libertador que, para eles, simbolizava o reconhecimento pela França de que a prosperidade das colônias também tinha sido realizada apoiando-se nas costas dos Negros. Cidadãos franceses, eles agora precisavam de uma existência legal, eles cuja única identidade era um nome, um número pessoal e as iniciais de seu senhor gravadas a ferro quente em suas carnes. Eles se aglomeraram diante dos cartórios do registro civil. Com a pena de ganso na mão, os funcionários brancos da administração os aguardavam com determinação. Como distribuir um emblema de cidadão a essa massa indistinta de rostos negros que eles nunca consideraram de outra maneira senão como bestas de carga?

Com zombarias, os nomes foram fixados nos registros para a eternidade, evitando o máximo possível os nomes dos Brancos da colônia. Nomes de árvores: *Prunier* (ameixeira), Pommier (macieira), Manguier (mangueira); de flores e animais: Rosette (rosinha), Corbeau (corvo), Zébu (zebu). Próximo! Uma olhada no dicionário: *Châtaigne* (castana), *Chalumeau* (maçarico), *Chérubin* (querubim), *Fantaisie* (fantasia), *Jolicoeur* (bonito coração). Próximo! Personagens ilustres: Annibal (Aníbal), Darius (Dario), Ciceron (Cícero), Caton (Catão), Charlemagne (Carlos Magno), Ninon, Minerve (Minerva). Anagramas com múltiplas variantes: Etilagé [égalité] para igualdade ou Etrebil [liberté] para liberdade. Próximo! Nomes de lugares: Bordelais (para região bordalesa), Nankin (para Nanquim, em China). Nomes de senhores invertidos: Gélambé para Bélanger. Nomes compostos ou fantasiosos: Fetnat, como festa nacional, uma brincadeira para aqueles nascidos em 14 de julho, dia da festa nacional francesa. Sim, uma boa piada para expor a zombaria e ao ridículo esses negros analfabetos que a República pretendia impor a eles como concidadãos!

Solitude não precisava de nome. Os outros sempre a chamaram de mulata Solitude. Em sua narrativa, o escritor André Schwarz-Bart criou sua própria visão de Solitude, fazendo-a nascer em 1772, na propriedade de um plantador chamado Du Parc, na comuna de Capesterre. Este a chamou de Rosalie porque, no momento de seu primeiro choro, morria uma velha escravizada assim chamada. Mais tarde, ao avaliar sua tez clara, seu belo rosto e seus cabelos lisos, seu senhor decidiu que ela seria perfeita para servir sua mesa. Sua mãe teria sido uma verdadeira africana, estuprada por um marinheiro a bordo do navio que a havia arrancado de sua família. Segundo algumas tradições orais, ela seria filha de um Branco da ilha com uma escrava.

Então, um dia, elas foram separadas. Solitude deveria ser criada na casa de seu senhor, e sua mãe não tinha mais o direito de se aproximar dela. Desesperada, a pobre mulher escapou dos cães de guarda durante a noite e fugiu para os esconderijos dos *marrons*. Assim, a criança, que já não era muito falante, fechou-se em um silêncio absoluto e só respondia quando obrigada. Fizeram-na aprender francês, costura e harpa para que pudesse brincar com a filha do senhor, que era apenas um pouco mais velha que ela. Desde pequena, essa menina já se divertia açoitando-a violentamente enquanto, montada em suas costas, ordenava: *"Vamos, seja um cavalo!"*. Depois, Solitude foi enviada para outra propriedade e, mais tarde, para uma plantação de cana de açúcar.

Em 1794, depois de conquistar sua liberdade, não procurou se encaixar no molde que a República oferecia a seus cidadãos negros. Ela optou por se juntar no acampamento de Goyave, uma comunidade de negros quilombolas entrincheirados nas colinas e nas florestas. O que ela tinha vivido no inferno das plantações, ela preferia enterrar nas profundezas de sua memória, sabendo bem que nunca poderá esquecer... os estupros dos senhores, capatazes e intendentes que tinham se encarniçado sobre aquele corpo de madrepérola sem conseguir domar seu orgulho, mesmo se seus olhos cor de avelã, imbuídos de um abismo de tristeza, refletiam todas as cicatrizes do passado... Abortos clandestinos, onde se arriscava a vida nas mãos de curandeiras, com plantas mais ou menos eficazes.

Ela se lembrava daquela negrinha de quinze anos, tantas vezes abusada, que, gentilmente, enquanto o cobria de beijos, havia enfiado um prego no crânio de seu bebê para poupá-lo do horror da escravidão. O seu senhor tinha ficado tão furioso por perder assim uma futura força de trabalho que havia reunido todos os escravizados para assistir à tortura. E ali tinham permanecido horas olhando para aquele corpo nu amarrado a um poste e untado com melaço doce, enquanto até o último suspiro, a infeliz não parava de gritar maldições ao seu senhor, para não sentir as colunas de formigas carnívoras, as moscas devoradoras, as vespas e as abelhas que a mordiscavam lentamente.

Solitude conhecia o arsenal utilizado para subjugar os recalcitrantes: correntes, ferros, grilhões nos pés, cordas amarradas no pescoço, coleiras de ferro cujas pontas os impediam de dormir, celas, forcas; e também essas máscaras de ferro branco fixadas na boca para evitar que o escravizado faminto chupasse até mesmo um talo de cana. Ela tinha aprendido a domar a revolta que sentia ressoar dentro de si, diante do gozo do senhor ordenando que uma estaca incandescente fosse enfiada no traseiro de um Negro. Ou quando uma mãe era forçada a aplicar uma mistura de sal, pimenta, limão e cinzas ardentes no corpo ensanguentado de um filho, esfolado por chicotadas de vergalho de boi, para aumentar a dor e, ao mesmo tempo, evitar que a gangrena prejudicasse o capital humano.

Ela tinha visto tanto sangue jorrar quando o homem Branco mutilava um pulso, cortava um pé, decepava uma orelha ou dilacerava as partes sexuais de um temerário que tinha tentado fugir do paraíso de seu dono. E os linchamentos. Cada plantação tinha sua grande árvore esperando uma corda para apertar um pescoço preto.

Quantas vezes ela tinha fechado os olhos diante do insuportável: um capataz que exultava derramando cera flamejante, toucinho derretido ou xarope de cana fervendo sobre um Negro urrando, mantido nu no chão por quatro estacas. Ela tinha chorado seus companheiros de infortúnio, assados vivos em fornos de pão ou trancados em barris com pregos fixados no interior, que depois eram lançados ladeira abaixo.

Ela havia mordido os dedos até sangrar ao ver o pavor que vinha daqueles homens amarrados, cujas bocas e ânus haviam sido preenchidos com pólvora explosiva, antes que a corda que saía deles fosse acesa. Ela também havia lido sobre a humilhação daqueles que eram obrigados a comer seus próprios excrementos, beber a urina e engolir a saliva de outros escravizados, por terem respondido mal a um Branco. Ah! respeito por esses ousados envenenadores, cujas decocções de plantas, inodoras e insípidas, diluídas furtivamente em uma tigela de sopa, abatiam um senhor maldito em poucas horas. Mas enquanto isso, curvar a espinha. Apenas para permanecer vivo e um dia ver o fim de tudo isso.

A euforia da abolição durou pouco. Como, afinal, retomar a produção agrícola desorganizada pela libertação dos Negros, para grande fúria dos antigos proprietários? Depois de cento e sessenta anos de feroz opressão, eles agora se recusavam a trabalhar nas mesmas condições. Alguns recorriam a atos de sabotagem das colheitas, outros acertaram contas com os senhores que os maltratavam, e vinham à noite degolar os enormes mastins malhados que plantavam suas presas nas costas dos fugitivos.

Para trazer de volta a mão de obra para as plantações, o Comissário da República instituiu um sistema de trabalho forçado. Os novos libertos não incorporados no exército foram convidados a reintegrar suas antigas explorações agrícolas sob ameaça de prisão em caso de desobediência. No entanto, foi prometido que os proprietários seriam obrigados a remunerá-los sob o controle da autoridade pública. Uma medida cuja efetividade nunca foi comprovada. Bem. Isso não era exatamente escravidão e os castigos mortais já não eram aplicados. Muitos desses trabalhadores tinham tido a satisfação de ver seus odiados senhores deportados ou decapitados. Além disso, a incorporação ao património da República de explorações agrícolas confiscadas dos monarquistas permitiu estabelecer um sistema de arrendamento mais vantajoso para os camponeses negros. Então ...

É preciso dizer que a massa dos antigos escravizados já não era tão indistintamente compacta. Os elementos mais dinâmicos dessa comunidade, na sua maioria influenciados pelas ideias revolucionárias, tinham se juntado às fileiras do exército e desfrutavam de uma certa consideração, vivida como uma revalorização moral e social. Além disso, muitos dos que haviam fugido das plantações no caos do período revolucionário, se haviam estabelecido como agricultores em pequenas parcelas de terra. Outros haviam passado a trabalhar por conta própria nos povoados, fazendo-se esquecer no anonimato da cidade sob um novo estatuto de artesão. Quanto aos mais refratários, tinham optado pela clandestinidade do quilombo.

Precisamente, as autoridades da ilha viam com maus olhos esses agrupamentos de Negros deixados à própria sorte, suspeitos de terem fugido da liberdade, da igualdade, da fraternidade e do trabalho forçado. Construíram cabanas de galhos e barracos de tábuas longe de qualquer coletividade administrativa, e plantaram suas parcelas de inhame sob a folhagem de bosques inacessíveis. Na cidade, se contava que eles desciam à noite de seus morros para roubar colheitas e levar algumas cabras, a fim de melhorar suas rações frugais. Dizia-se também que os rebeldes que atacavam os plantadores e os capatazes sádicos para se vingar das sevícias passadas, encontravam refúgio em seus acampamentos. Assim, o exército os perseguia sem trégua, dizimando os bandos organizados e grupos errantes.

Em fevereiro de 1798, os guardas nacionais brancos do novo chefe de Guadalupe, o general Edmé Étienne Desfourneaux, atacaram de surpresa o acampamento de Goyave, e aniquilaram sob os obuses quase todos os quilombolas que ali estavam com suas mulheres e crianças. Solitude e alguns sobreviventes escaparam por pouco. Na verdade, ela estava no meio do caminho para o acampamento quando havia ouvido o som das conchas de lambis, um molusco local, nas quais sopravam os vigias posicionados no flanco da montanha para vigiar os intrusos. Sentindo o perigo, ela correu para as profundezas da floresta. Depois da carnificina, ela voltou a subir o morro, consolou os sobreviventes, enterrou os mortos e reformou um pequeno núcleo que, durante quase quatro anos, brincou de esconde-esconde com as milícias de uma ponta à outra da ilha.

Enquanto isso, a história seguia seu curso. Na França, um jovem general de vinte e cinco anos, coroado de vitórias militares, tomou o poder em 1799. Acolhido como salvador da República, Napoleão Bonaparte dedicou-se a reorganizar o país. Mas para ele, restaurar a ordem nas colônias significava restabelecer totalmente a escravidão. Sua esposa, Marie-Josèphe (conhecida como Joséphine) Rose Tasher de la Pagerie, viúva de Beauharnais, era filha de colonos da Martinica e o havia sensibilizado para os problemas da economia açucareira. Um homem de pulso forte será designado para essa missão: o contra-almirante Jean-Baptiste Lacrosse.

Assim que chegou a Pointe-à-Pitre, em maio de 1801, ele decidiu desferir um grande golpe ao quebrar o exército colonial e as elites antilhanas. Seu objetivo: neutralizar algumas personalidades que poderiam organizar uma resistência ao restabelecimento da escravidão. O exemplo do general negro haitiano Toussaint Louverture, que em 1800 assumiu o controle de Santo Domingo, havia traumatizado a França. Não se podia permitir que a mesma catástrofe se repetisse em Guadalupe, e de ver um poder negro ser estabelecido. Pretextando uma conspiração, ele mandou prender e deportar vários oficiais antilhanos respeitados por seus serviços militares. As tropas negras que haviam se destacado em inúmeros combates contra os ingleses, eram admiradas pela população.

Alguns dos oficiais de cor tinham feito seu serviço militar na França, onde haviam aperfeiçoado sua arte militar. As detenções arbitrárias, as humilhações e as deportações frenéticas para Madagascar, Nova Iorque ou França se multiplicaram. Mas foi uma violação racista da hierarquia militar, em detrimento do mais graduado dos oficiais antilhanos, que provocou uma primeira revolta dos soldados, imediatamente reprimida por execuções sumárias.

A tensão aumentou entre a população com o encarceramento de vários notáveis de cor envolvidos na vida local e acusados de serem inimigos do governo. Finalmente, a tentativa de prisão de um dos jovens oficiais mais populares do exército deixará Pointe-à-Pitre em ebulição. Prevenido a tempo, Joseph Ignace, ex-carpinteiro que, após uma brilhante trajetória militar, havia se tornado capitão do primeiro batalhão da colônia, conseguiu escapar. Mas a notícia teve o efeito de uma bomba. Uma parte da infantaria se espalhou pelas ruas da cidade, seguida por centenas de cultivadores que desceram dos canaviais assim que souberam que seus heróis estavam ameaçados. Esses homens haviam derramado seu sangue para permitir que a França não perdesse parte de seu domínio colonial!

Enquanto a guarda nacional, composta por Brancos, avançava em direção à multidão enfurecida, a tragédia foi evitada por pouco pela interposição de dois oficiais que chegaram às pressas, entre eles o coronel Magloire Pélage, que conseguiu acalmar os ânimos. No entanto, a população, o exército e certo número de notáveis brancos, exasperados pelos métodos brutais do líder bonapartista (refugiado em Basse-Terre, capital administrativa do país, antes de fugir de Guadalupe), decidiram criar um Conselho Provisório de governo composto por três comerciantes brancos e um mulato, cujo comando foi confiado ao coronel Pélage. Proclamando em alto e bom som sua lealdade à França, este, em diversas correspondências ao cônsul Bonaparte, tentou explicar que essa era a única alternativa possível diante do comportamento iníquo de seu representante oficial.

Vista de Paris, essa situação se assemelhava a um intolerável ato de rebelião. Bonaparte ordenou ao general Antoine Richepance que vá esmagar o motim, restabelecer a autoridade da França sobre a Guadalupe, e recolocar imediatamente no seu lugar, isto é, nos ferros da escravidão, esses Negros insolentes que haviam ousado desafiar seu poder. Uma frota de dez navios transportando uma força expedicionária de quase 4.000 homens surgiu em 4 de maio de 1802 na baía de Pointe-à-Pitre. Os guadalupenses não sabiam o que os esperava. Legalistas, eles se aglomeraram no porto ao som da música militar tocada pelas tropas coloniais. Eles estavam persuadidos de que Bonaparte, demonstrando compreensão, lhes estava enviando um administrador mais justo!

Assim que desembarcaram, e sem responder à saudação dos soldados antilhanos, os franceses tomaram posse dos fortes estratégicos da cidade guardados pela guarnição local. Foi nesse momento que Solitude, escondida entre a multidão de curiosos surpresos, aproveitou para fugir para seu refúgio. Ao anoitecer, todos os batalhões negros estavam reunidos fora da cidade, para a revisão das tropas. Richepance ordenou que os fuzis fossem colocados no chão. Alguns soldados de infantaria e oficiais armados desapareceram discretamente na escuridão. Os desertores – cerca de 150, incluindo o capitão Ignace – decidiram ir para Basse-Terre, considerada mais segura.

No campo de armas, mal o último soldado negro havia depositado sua baioneta, o corpo expedicionário francês se lançou sobre os homens, arrancou-lhes seus uniformes, e os espancou a pontapés antes de arrastá-los para os porões das fragatas, onde foram acorrentados. À meia-noite, o orgulhoso exército colonial já não existia mais, e seus valentes soldados se haviam tornado novamente escravizados! Um fugitivo que havia corrido a noite inteira pela floresta, e percorrido o restante do caminho em um barco de pescador, chegou esbaforido em Basse-Terre. Gaguejando de emoção, informou ao comandante da guarnição o que tinha visto. O coronel de infantaria Louis Delgrès compreendeu imediatamente a ameaça. Então esses rumores difusos sobre o restabelecimento da escravidão eram verdadeiros?

Revoltado com a reviravolta do Estado francês sobre a abolição, esse intelectual de trinta e seis anos, mulato, filho de um Branco de origem martinicana, poeta e violinista nas horas vagas, e também permeado de pensamentos da filosofia do Iluminismo, libertou a guarnição e a guarda nacional branca sob seu comando, com essas palavras: *"Meus caros amigos, querem tirar nossa liberdade. Saibamos defendê-la como pessoas de coração e vamos preferir a morte à escravidão. Viver livre ou morrer!"* Os oficiais antilhanos se juntaram a ele espontaneamente. Antes de evacuar Basse-Terre, instalaram baterias na costa para evitar um possível desembarque de Richepance. Alguns desertores começaram a chegar de Pointe-à-Pitre, entre eles Ignace e seu grupo. Alguns se dirigiram aos municípios vizinhos para informar a população sobre o que estava acontecendo.

Em 10 de maio de 1802, uma proclamação de Delgrès intitulada: *"Para todo o universo, o último grito da inocência e de desespero"*, foi afixada nas árvores e nas paredes de vários povoados da Basse-Terre. Ela foi redigida com a ajuda de um de seus próximos, o ajudante-geral Monnereau, um branco crioulo originário, assim como ele, da Martinica: *"Uma classe de desafortunados que se quer aniquilar, vê-se obrigada a levantar sua voz para a posteridade para que ela conheça quando ela tiver desaparecido, sua inocência e seus infortúnios. Nossos antigos tiranos permitiam que um senhor libertasse seu escravo, e tudo indica que, no século da filosofia, existem homens que não querem ver homens negros, ou os que têm origem nessa cor, senão nos ferros da escravidão. [...] A resistência à opressão é um direito natural. A própria divindade não pode se ofender por defendermos nossa causa: ela é a da justiça e da humanidade."*

Seu apelo ressoou como um grito de alerta. Dos campos ao redor e das plantações vizinhas, trabalhadores, agricultores, pacíficos pais de família, mulheres, adolescentes chegaram em pequenos grupos armados com porretes, lanças e facões. As fragatas de Richepance, que não puderam atracar, bombardearam intensamente os morros onde os insurgentes estavam entrincheirados, antes de desembarcar as tropas um pouco mais longe. Desde a chegada do chefe branco, Pélage, o antigo chefe do governo provisório, se mantinha pequenininho porque ele queria salvar sua própria cabeça. Como militar disciplinado, ele havia jurado lealdade e, tal como Judas, até guiou os soldados franceses pela montanha, em direção à suposta posição que abrigava seu antigo companheiro de regimento.

Entre as mulheres que, ao lado dos homens, lutavam nessa guerrilha desigual, transportavam munições, cuidavam dos feridos e confortavam as crianças assustadas, Solitude estava lá, com uma pistola na mão. Assim que rumores de resistência chegaram até ela, ela havia deixado seu refúgio com os seus para se juntar às frágeis forças do Comandante Delgrès. Ela estava grávida de seu companheiro, um Negro quilombola que que lutava como ela e que, logo, seria atingido por uma bomba. Marthe-Rose Toto, companheira de Delgrès, também estava lá com seu sabre.

Após quinze dias de um cerco sangrento, Richepance, que havia sofrido muitas perdas nesse terreno hostil, pediu novos reforços em Pointe-à-Pitre. Por sua vez, o chefe dos insurgentes sabia que não podia permanecer por mais tempo naquela fortaleza Saint Charles onde estava entrincheirado com seus 400 homens, aos quais se haviam juntado voluntários, camponeses e Negros quilombolas. Uma noite, por volta das três da manhã, enganando a vigilância dos atacantes exaustos, o grupo desapareceu em uma densa vegetação, seus passos abafados pelo murmúrio de um rio próximo.

Ignace tomou a direção de Pointe-à-Pitre com uma centena de homens. Sua missão: reunir forças para repelir a ofensiva francesa. Porque, à medida que as pessoas descobriam que os Brancos queriam restabelecer a escravidão, comunas se revoltavam, partidários procuravam se juntar aos rebeldes, enquanto outros tentavam assediar os reforços esperados, com o objetivo de atrasar sua junção com o acampamento dos rebeldes. A jornada de Ignace terminou em 25 de maio de 1802 nos arredores de Pointe-à-Pitre. Encurralado em um local desprotegido, ele e seus companheiros foram bombardeados pela coluna francesa que o perseguia. 675 cadáveres de homens e mulheres reduzidos a pedaços foram removidos desse local de martírio, e a cabeça de Ignace exposta numa estaca na place de la Victoire, enquanto 250 prisioneiros foram executados em público.

Após cinco dias de espera, Delgrès, escondido em uma mansão fortificada em Matouba, na região do vulcão Soufrière, compreendeu que a estratégia de Ignace havia falhado. Richepance, informado da morte do rebelde que poderia representar uma ameaça à sua retaguarda, lançou seus 1.800 soldados ao assalto da colina arborizada ocupada pelos insurgentes. O líder dos combatentes da liberdade reuniu então seu povo, talvez quinhentas pessoas, e pediu que aqueles que desejassem se retirar o fizessem naquele momento para não correrem riscos. Trezentos irredutíveis formaram um escudo com seus corpos ao seu redor. Ele mandou minar a habitação e foi com um grupo de homens ao encontro do inimigo para atrasar sua marcha. Um tiroteio intenso explodiu. Delgrès foi ferido no joelho. Os resistentes logo foram cercados. Eles voltaram para a mansão. Foi ali que esperaram seus inimigos para um último confronto frente a frente.

Assim que os franceses apareceram na barreira de cafeeiros que margeava a propriedade, foram recebidos com uma saraivada de balas. Ao redor da habitação, pobres Negros lutavam por uma causa que sabiam estar perdida. Apenas por sua dignidade de homens e mulheres livres. Sob o terraço, barris foram camuflados. Um rastro de pólvora serpenteava discretamente até o térreo do edifício, passando sob a pesada porta fechada e parando em um pequeno montículo entre Delgrès e seu ajudante de campo, sentados em um sofá. Cada um tinha um braseiro a seu lado.

Os trezentos mártires se davam as mãos, as mulheres apertavam seus filhos contra elas. Um último clamor: *"Antes a morte que a escravidão!"*, e depois: o silêncio. Quando, em 28 de maio de 1802, às três e meia da tarde, a vanguarda francesa finalmente cruzou a residência, baionetas em punho, uma explosão terrível ressoou. Em um bramido de erupções avermelhadas, corpos brancos e pretos voaram pelos ares e caíram espalhados nos escombros das paredes, como grandes aves desmembradas.

Sob os cadáveres dilacerados, Solitude, ferida, havia milagrosamente sobrevivido ao massacre junto com um punhado de resistentes. Sua gravidez salvou-a do enforcamento, mas apenas por alguns meses... Pois a repressão que se abateu sobre a população antilhana arrastou a ilha para um turbilhão sangrento. Por quase um ano, todos aqueles que haviam simpatizado com a rebelião foram impiedosamente caçados, condenados por uma comissão militar, e deixados para apodrecer durante quarenta e oito horas na viga de sua execução, fuzilados às dúzias nas praias ou atirados vivos em piras em praça pública. Estima-se que cerca de 10.000 pessoas tenham sido vítimas da insurreição, incluindo os deportados e aqueles que foram executados por se recusarem a retomar sua condição de escravos.

Na mesma semana, efetivamente, os cidadãos negros de Guadalupe voltaram a ser escravizados e foram reincorporados aos bens de seus antigos senhores ou, caso estes não fossem identificados, revendidos a proprietários de escravizados em benefício das autoridades públicas.

Em 11 de junho de 1802, a combatente Marthe-Rose Toto, esposa de Delgrès, foi transportada em uma maca até o carrasco. Tendo fraturado a perna durante a fuga noturna para Matouba, e impossibilitada de andar por falta de cuidados, foi encontrada no seu esconderijo e condenada à forca.

No dia 29 de novembro foi a vez da mulata Solitude de subir ao cadafalso. Ela, que tinha lutado pela liberdade, deixava um filho na escravidão: o recém-nascido que tinha dado à luz no dia anterior. A multidão que a acompanhava até a forca era imensa e silenciosa. Mas ela entendeu tudo em seus olhares. Não mostrar nem uma lágrima furtiva, por medo de ser taxado de rebelde. Curvar-se. Apenas para permanecer vivo e um dia ver o fim de tudo isso. Esse dia chegaria em 1848. A segunda abolição da escravatura.

Apesar da brutalidade da repressão, a multiplicação de revoltas espasmódicas acabaria desestabilizando de fato a economia açucareira, e constituiria uma grave ameaça à segurança dos colonos, em Guadalupe, mas também em Santo Domingo (Haiti), onde muitas plantações foram incendiadas e inúmeros Brancos massacrados. Esse clima insurrecional pesou fortemente sem dúvida na decisão da França a favor da abolição.

Harriet Tubman

A Moisés do povo negro americano

Símbolo de coragem e de liberdade, Harriet Tubman não tinha nada de uma *passionária* exortando as multidões a se libertarem da opressão e da tirania. Seu carisma vinha de algo completamente diferente. Os que a conheceram descreveram-na como uma mulher pequena, com um sorriso desdentado e a testa amassada pelo peso do ferro de um quilo que, aos treze anos, um capataz branco lhe atirou à cabeça, porque ela se havia recusado a entregar-lhe uma corda para linchar um escravo culpado de uma tentativa de fuga. Deixada para morrer, ela sobreviveu milagrosamente após vários dias em coma. Mas o golpe causou um traumatismo neurológico que, até o fim da vida, lhe provocou frequentes tonturas próximas do desmaio.

Na plantação de tabaco do condado de Dorchester, no Estado de Maryland, onde nasceu, escravizada, entre 1819 e 1823 segundo as fontes, Araminta Ross, também apelidada de Minty, foi uma das poucas sobreviventes entre os onze filhos de seu pai, Benjamin Ross e de sua mãe, Harriet Greene. Quase todos os seus irmãos e irmãs haviam sido vendidos pelo senhor. Eles moravam na beira da plantação, em um pequeno casebre sem janelas, glacial no inverno. Nas noites mais frias, ela dormia perto do fogo e tentava resistir a um sono muito profundo, para poder mergulhar os dedos das mãos e dos pés na cinza quente da lareira para que eles não congelem. Seus pais nasceram escravizados, mas seus avós eram verdadeiros africanos de origem. Ela fazia, portanto, parte de uma segunda geração de Negros nascidos na América. Araminta era o nome imposto pelo senhor. Mais tarde, quando ela tiver fugido desse universo maldito, ela se apressará em se livrar dele e adotará o nome de sua mãe, Harriet.

Aos cinco anos, Araminta foi colocada para trabalhar. Do amanhecer até a o anoitecer, ela ajudava as servas em diversas tarefas domésticas, e vigiava os filhos de uma família branca para a qual seu senhor a havia alugado. Desde os primeiros dias de sua entrada no serviço, conheceu o chicote porque sua senhora considerava que ela não entendia tão rápido assim e que não era habilidosa o bastante. E assim o tempo passou, entre golpes, intimidações e trabalho extenuante nas plantações para onde acabou sendo enviada. Lá ela aprenderia a forjar seu corpo, a testar sua resistência, e a suportar o chicote.

Ela devia ter vinte e três anos agora e ainda não havia se casado. É verdade que ela dificilmente atraía os machos da plantação, com sua testa espatifada, seu caráter solitário e seu ar sombrio. Mas isso não era aceitável. As mulheres escravizadas eram consideradas como potras que deviam dar à luz negrinhos para manter a plantação do senhor funcionando. Casaram-na então com um homem de meia-idade, um Negro liberto chamado John Tubman, para quem ela era, acima de tudo, uma criada e, acessoriamente, sua companheira.

Depois, por volta de 1849, o dono da propriedade faleceu, deixando sua família em uma difícil situação de endividamento. Harriet então soube, através dos escravos da casa – aqueles que serviam na residência do senhor - que a viúva deste e seu filho mais velho, herdeiro legítimo, planejavam vendê-la juntamente com outro lote de escravos, a um mercador de Negros a caminho do Sul profundo, aquele de onde só se saía morto. Para essas pessoas, o Negro representava apenas uma mercadoria que se negociava quando se precisava de dinheiro. E nesse caso, não havia laços familiares que importassem. Apenas o interesse do senhor prevalecia. As crianças eram arrancadas das suas mães, os homens de suas esposas e as mulheres de seus lares.

Harriet só pensava em uma coisa: FUGIR! Primeiro ela conversou com seu marido sobre isso. Mas ele não queria problemas. E, além disso, sua vida lhe convinha assim, já que ele era livre e não estava submetido aos rigores da servidão. Ela não voltou a falar no assunto com medo de que ele acabasse por denunciá-la.

E foi assim que uma noite, escapando de toda a vigilância, ela se lançou em uma trilha que acreditava levar ao Norte.

Quando criança, ela costumava acompanhar o pai na floresta próxima e juntos montavam armadilhas para coelhos, e ele lhe ensinara muitas coisas. Escondendo-se nas matas mais densas, dormia durante o dia longe habitações, das patrulhas armadas que percorriam a cavalo cada pedaço, e dos cães ferozes treinados para rastrear fugitivos. À noite, retomava a sua marcha pelas colinas e pântanos, tendo como único guia a estrela polar.

Essa América de meados do século XIX era então caracterizada por duas frentes antagônicas: o Norte industrializado e abolicionista, e o Sul rural cuja economia se baseava em grandes plantações (tabaco, algodão, arroz etc.), e em mão de obra servil importada da África. A maioria dos Estados do Norte já não praticava mais a escravidão, com exceção de cinco Estados fronteiriços, entre eles Maryland, região de origem de Harriet.

Finalmente, um dia, sem saber, pois não sabia ler as placas, eis que ela entra no Estado antiescravagista da Pensilvânia, um Estado do Norte, vizinho de Maryland em sua parte sul, e separado do Canadá pelo Lago Erie. Assim ela havia percorrido, sozinha, quase 160 km a pé! Era um mundo diferente daquele que ela tinha acabado de deixar: os negros tinham ali muito mais liberdade e, acima de tudo, podiam se beneficiar de empregos remunerados, mesmo que fossem explorados. Ela se estabeleceu na Filadélfia e encontrou acomodação e um emprego como lavadeira. Ela poderia finalmente desfrutar de uma vida nova. Mas Harriet estava obcecada com a ideia de que sua família ainda estava prisioneira nas plantações de Maryland. Se ela conseguira encontrar os caminhos isolados que lhe permitiram chegar ao Norte, por que não repetir a experiência?

Redobrando seu ardor no trabalho, ela não recusava nenhuma tarefa a fim de economizar o dinheiro necessário para a preparação de sua expedição. Ela precisava prever as rações alimentares para si e para os que ela iria conduzir, pois nunca jamais pediria nada em troca para levar alguém à liberdade. Então, sentindo-se finalmente pronta, um dia ela vestiu roupas de homem e retomou sua longa e perigosa jornada em direção à linha Mason-Dixon que separava os Estados escravagistas do Sul dos territórios abolicionistas do Norte. A um jornalista que a entrevistou no final da sua vida sobre sua extraordinária epopeia, Harriet Tubman contou: "*Quando eu estava perdida na floresta e não havia nenhuma estrela no céu para iluminar meu caminho, eu fazia uma oração e, do fundo de meu coração ouvia a resposta de Deus: "Vire à esquerda. Vire à direita. Caminhe ao longo do rio, atravesse a ponte." Então, eu obedecia.*"

Em dezembro de 1850, disfarçada de mulher idosa, ela retornou ao antigo bairro e, à custa de mil precauções, reviu os seus todos maravilhados com sua coragem. Como em toda comunidade submetida à opressão, os Negros tinham seu código de conduta: nunca trair um plano de fuga; ajudar um escravo fugitivo.

Harriet persuadiu sua irmã a partir com ela, assim como a cunhada e seus dois filhos. Ela também queria tentar, mais uma vez, convencer seu marido a ir morar lá, mas descobriu que ele havia encontrado outra mulher e sentiu uma profunda tristeza. Alguns dias depois, ela enviou uma mensagem ao filho de sua irmã, indicando um ponto de encontro à beira de um rio. No dia marcado, as duas mulheres foram até lá onde um barco as esperava. Elas remaram até a margem oposta, na baía de Chesapeake, onde Harriet os recebeu. De casas clandestinas a esconderijos secretos, ela as levou, juntamente com as crianças, até Filadélfia.

Dois ou três anos depois, com suas economias reconstituídas, ela voltou para Maryland, com o objetivo, desta vez, de resgatar seu irmão mais velho, Ben Ross, assim como seus pais idosos. Uma família de vizinhos estaria na viagem. Logo, seu nome começou a ser sussurrado nas senzalas; e também se falava com palavras veladas de uma rede que ajudava os Negros a fugir para os Estados do Norte, onde a escravidão não era praticada.

A Pensilvânia constituía um dos centros mais ativos na luta contra a escravidão, e dizem que foi de lá que foi estabelecido o *Underground Railroad* (Ferrovia subterrânea). A maioria dos ativistas brancos que apoiavam a sua ação vinha das igrejas metodistas e, sobretudo, nos Quakers, esses membros de uma comunidade religiosa que preconizava uma estrita prática moral e um princípio de solidariedade. Na Filadélfia, Harriet foi contatada por abolicionistas negros que haviam ouvido falar de sua extraordinária temeridade. Eles se aproximaram dela com cautela, quiseram testar sua discrição e depois lhe contaram sobre sua ação. A partir daquele momento, ela dedicará sua vida a devolver a liberdade para os outros.

A *Ferrovia subterrânea (Underground Railroad)* era, portanto, uma rede de evasão organizada por abolicionistas Brancos e Negros livres, para permitir que os escravizados escapassem dos Estados segregacionistas do Sul. Era constituída por pessoas intermediárias dedicadas tanto no Sul quanto no Norte, que organizavam a fuga dos escravizados, informando-lhes os caminhos a seguir, escondendo-os enquanto aguardavam o guia que devia prestar-lhes assistência, e que lhes forneciam comida. Mas era também um emaranhado de trilhas secretas que levavam para o Norte, esconderijos seguros, celeiros abandonados, carroças que permitiam camuflar os fugitivos sob sacos de juta, fardos de palha discretos, presbitérios, casas confiáveis, e cidades de acolhimento onde os fugitivos podiam fazer uma parada sem perigo. Iniciada na década de 1830, essa rede realizou ativamente suas operações até cerca de 1860 e permitiu a dispersão de aproximadamente 100 mil Negros em direção ao Norte dos Estados Unidos e ao Canadá.

Ainda hoje, a expressão *Ferrovia Subterrânea* soa como um símbolo na memória dos afro-americanos. Por volta de 1830, quando os primeiros trens a vapor começaram a circular no norte da América, esse novo meio de transporte rápido inspirou nos negros sonhos de viagens rumo à liberdade. Foi por isso que a rede adotou o nome de *Ferrovia... subterrânea,* como secreto... clandestino... Seus organizadores desenvolveram uma linguagem codificada baseada no jargão ferroviário, para permitir que os destinatários de suas mensagens interpretassem, sem risco de serem entendidos por ouvidos indiscretos, as informações relativas aos planos de fuga que eram elaborados para eles.

Era realmente indispensável que os candidatos à viagem para a liberdade fossem capazes de identificar com precisão as paradas, os locais de contato e as pessoas chave envolvidas na preparação de sua fuga. Assim, quando uma conversa entre escravizados era salpicada de palavras como: *viagem, estação ou mercadoria,* a mensagem era clara. O termo *condutor* se referia aos guias ou acompanhantes que ajudavam os fugitivos a se deslocarem de um ponto a outro, o de *carga* ou *passageiro* representava aqueles que tentavam escapar; as palavras *estação de trem* ou *posto* encarnavam os refúgios secretos e os lugares seguros para onde os fugitivos eram levados, e as palavras *chefe de estação* designava um responsável pela rede.

Harriet integrou, portanto, a *Ferrovia Subterrânea* como "condutora", ou seja, passadora de escravizados. Ela retomou suas idas e vindas entre Maryland e as fronteiras do norte; não mais do que uma ou duas vezes por ano, para não ser descoberta. Quando lhe acontecia cruzar com Brancos em algumas regiões do sul, ela fingia não estar em seu juízo perfeito. Ela falava e ria sozinha. As pessoas não percebiam nada. Apenas uma velha negra maluca, portanto: inofensiva. Ela mudava frequentemente seus trajetos e planejava suas viagens, principalmente no inverno, pois as noites eram mais longas e o frio limitava as rondas noturnas dos senhores.

As fugas geralmente aconteciam na noite de sábado porque no domingo, dia de descanso dos escravizados, eles costumavam receber permissão para visitar seus companheiros da vizinhança. Consequentemente, os senhores raramente notavam os desaparecimentos antes da segunda-feira. Além disso, os jornais só circulavam no início da semana, antes que os anúncios assinalando as fugas chamassem a atenção dos outros Brancos na região, e dessem sinal para a caça aos escravizados, ela conseguia ganhar uma vantagem que quase lhe permitia chegar ao seu destino.

A todos aqueles que queriam segui-la, Harriet impunha uma disciplina férrea. Ela não podia correr nenhum risco. Se fossem apanhados e algum fugitivo revelasse sob tortura a localização de um dos seus esconderijos ou os nomes daqueles que os ajudaram, toda a rede e as vidas de pessoas indispensáveis poderiam estar ameaçadas. Além disso, quando escoltava uma família com crianças pequenas, ela colocava um pouco de pó sonífero na água dos pequenos para que ficassem tranquilos e, principalmente, evitar que chorassem. E se, entre esses escravizados em fuga, alguém começasse a gemer, cedendo ao desânimo, ou quisesse voltar atrás, apavorado com a perspectiva angustiante desse périplo cheio de incertezas, ela apontava sua arma: *"Meu irmão, tu andas ou tu morres. Porque morto, tu não falarás."*

"Eu nunca precisei usar minha arma, ela dirá mais tarde em suas confissões. *Mas uma vez cheguei perto de fazê-lo e não teria hesitado porque demasiadas vidas estavam em jogo. Em um grupo que eu conduzia, no segundo dia de marcha, um homem começou a queixar-se de que estava cansado, que seus pés estavam inchados, que de jeito nenhum continuaria, e que preferia voltar para morrer na plantação,* se fosse o caso. *Os outros fizeram de tudo para convencê-lo, imploraram-lhe que fizesse um esforço, mas em vão. Massagearam seus pés e ofereceram-se para ajudá-lo a andar. Nada adiantou, ele queria voltar. Então eu disse aos outros rapazes para pegarem seus revólveres no bolso e que o mataríamos juntos. Eles obedeceram imediatamente. Assim que ouviu isso, o cara se levantou num salto e, como por encanto, se viu em tão boa forma quanto qualquer outro! Eu não teria colocado em risco uma missão tão perigosa por causa de um medroso."*

Os riscos eram, de fato, enormes, especialmente a partir de 1850, quando o *Fugitive Slave Act*, a lei sobre os escravizados fugitivos aprovada pelo Congresso americano, permitiu a qualquer agente da polícia federal prestar assistência aos fazendeiros na procura dos fugitivos. Além dos linchamentos e outros castigos previstos para os culpados e para aqueles que os ajudaram, essa lei deu origem a graves abusos: muitos negros livres ou libertos, por terem tido a infelicidade de viajar por regiões segregacionistas, foram sequestrados e escravizados como supostos fugitivos, "preguiçosos" ou "vagabundos", sem que seus documentos de identidade fossem levados em conta ou que tivessem qualquer possibilidade de provar seus status de homens livres.

A partir dessa época, as rotas de fuga passaram a se direcionar principalmente para o Canadá, vizinho da Pensilvânia. O Norte havia se tornado demasiado incerto devido ao fato que o *Fugitive Slave Act* legitimava a travessia de zonas abolicionistas por caçadores de escravizados, para recapturar aqueles que pensavam estar seguros em terras "livres", a fim de levá-los de volta ao Sul. Além disso, mesmo que esses Estados não praticassem a escravidão, isso não significava de forma alguma que fossem favoráveis à integração dos Negros. Assim, eles enfrentavam uma discriminação racial particularmente opressiva. Foi por isso que alguns desses Estados se apressaram em devolver os recém-chegados aos seus perseguidores, em nome de um "entendimento cordial". Não era, no entanto, o caso do Canadá que, que não apenas se recusava a entregar os escravizados, mas também proibia a entrada de seus perseguidores americanos em seu território.

Apesar dos seus invernos rigorosos em comparação ao clima quente ao qual estavam acostumados no Sul, os escravizados logo começaram a exaltar o Canadá como um lugar onde os negros poderiam viver sem medo de serem capturados ou punidos. Na história da América negra, esse país, celebrado em canções de esperança como a Terra Prometida, em oposição ao Sul, apelidado de Terra do Egito, representou um destino quase divinizado na longa batalha pela liberdade. Frequentemente ilustrado por *Negro spirituals* convocando os Negros a voltarem seus olhares para a Ursa Maior ou Estrela do Norte que, segundo o pastor Martin Luther King, *"guiava nas trevas e indicava o caminho para o paraíso"*, o terminal canadense era assimilado àquele Canaã bíblico, para onde Moisés conduziu os hebreus depois de tê-los resgatado da escravidão a que estavam sujeitos no Egito.

O Canadá se revelou uma terra tradicional de acolhimento para os Negros na época da Revolução Americana, entre 1776 e 1783, quando os colonos brancos da América quiseram se libertar do domínio da Inglaterra. Encurralados no meio dessa guerra, dezenas de milhares de Negros responderam ao apelo dos britânicos para lutar ao lado deles. Para motivá-los, os britânicos prometeram emancipá-los após a guerra e dar-lhes um pedaço de terra, bem como três anos de ração para subsistência. Mas os americanos saíram vitoriosos. Os Negros de Nova Iorque que haviam aderido à causa britânica antes da rendição, receberam seus certificados de emancipação.

Para todos os outros, foi necessário fugir em massa para a colônia inglesa do Canadá, a fim de escapar à vingança de seus antigos senhores. Os primeiros movimentos de dispersão aconteceram em direção à Nova Escócia e New Brunswick, onde mais de 3.500 Negros se estabeleceram com o advento dos Estados Unidos. No entanto, para esses legalistas negros foi uma liberdade ilusória porque, também ali, enfrentaram o racismo, a pobreza e os invernos rigorosos. A maioria deles, é claro, não recebeu terras e acabou trabalhando como mão de obra em canteiros públicos, na construção de estradas ou como empregados na comunidade branca.

Esta situação decepcionante levou, em 1792, cerca de 1.200 Negros emancipados a deixar Halifax de barco, rumo à África Ocidental, onde participaram da fundação de Freetown, capital da Serra Leoa. Em 1793, o governador do Alto Canadá (hoje Ontário) apresentou uma lei de abolição da escravatura e prometeu que todos os Negros que chegassem ao solo canadense seriam considerados livres. O fluxo migratório foi retomado, mas sua condição permaneceu a mesma até que a coroa inglesa aboliu a escravatura em 1834 em todo o seu império, que incluía o Canadá.

Alguns canadenses então se envolveram mais ativamente no movimento abolicionista, trabalhando na criação de pontos de acolhimento para a Ferrovia Subterrânea. Centenas de Negros retomaram sua exaustiva jornada para fugir da ferocidade do Sul, ou escapar da discriminação racial no Norte, quer pelos seus próprios meios, quer com a ajuda da rede clandestina. Um de seus principais pontos de passagem era um rio perto das Cataratas do Niágara, entre os lagos Erie e Ontário.

O local era particularmente perigoso, porque estava infestado de caçadores de recompensas que patrulhavam a fronteira americana em busca de escravizados para capturar. Além disso, os fugitivos precisavam atravessar uma ponte pênsil para chegar ao lado canadense. Porém, mais de 30 mil negros superaram esses obstáculos para encontrar refúgio em cidades e aldeias da região do Niágara, onde eles receberam terras para construir suas próprias chácaras e iniciar suas atividades agrícolas.

A cidade de Saint Catharines, em Ontário, deve sua fama ao fato de ter sido um importante ponto de desembarque da *Ferrovia subterrânea*. Além disso, situada perto das Cataratas do Niágara, era uma das portas de entrada para o Canadá, e foi lá que Harriet Tubman estabeleceu sua nova "estação". Ela viveu ali entre 1852 e 1857, período em que sua vida estava mais ameaçada do outro lado da fronteira. Ela havia alugado um quarto em uma pensão próxima à capela metodista de Salem, onde trabalhava como criada para financiar, além de seus deslocamentos, o acolhimento temporário dos refugiados que recebia em sua casa.

Algumas igrejas metodistas brancas participavam bastante bem da recepção dos Negros, mas eram poucas. Foi assim que, à medida que se instalavam, as comunidades negras começaram a contribuir para a construção de suas próprias igrejas. Foi ali que a ajuda aos refugiados era coordenada. Eles eram colocados em contato com paroquianos que os ajudavam a se integrar nesse mundo novo, onde podiam encontrar emprego nas comunidades religiosas, no exército canadense ou nas lojas dos comerciantes.

Em dezenove viagens realizadas entre 1850 e 1860, incluindo onze a partir do Canadá, Harriet Tubman conseguiu resgatar mais de 300 pessoas de Maryland, localizado a quase 900 km do Canadá! Conhecendo perfeitamente suas pistas e seus esconderijos secretos, ela sempre escapava das armadilhas, graças, principalmente, às ajudas que soube construir ao longo de um eixo que ia de Delaware até a região dos Grandes Lagos. Assim que o desaparecimento de um escravizado era afixado nas árvores, ela contava com cúmplices que arrancavam os cartazes para reduzir a disseminação da informação. Sua maior honra: nunca ter perdido um único "passageiro". De fato, nenhum fugitivo foi jamais abandonado pelo caminho: nem mulheres grávidas, nem doentes, nem feridos. Todos os seus "pacotes" chegaram ao destino final, além da fronteira fatídica entre o horror e a liberdade.

No Sul, em guerra contra os escravos fugitivos, policiais, soldados e milícias vasculhavam freneticamente as menores trilhas escondidas em busca dessa mulher odiada, mas agora louvada como um Moisés do povo negro pela comunidade de escravizados, que acreditava ver na aflição dos hebreus maltratados no Egito, o reflexo da sua situação na América. Sua cabeça foi colocada a prêmio por um duplo resgate nunca igualado no caso de um Negro: 40.000 dólares (o equivalente a 300 dólares hoje) oferecidos pelos fazendeiros e 12.000 pelo Estado de Maryland! Tudo em vão! A ação de Harriet Tubman, ao contrário, inspirou ainda mais os abolicionistas brancos, que intensificaram sua participação nas fugas. Alguns desceram para o Sul para informar discretamente os escravizados sobre as redes de fuga. Outros, durante os controles fingiam ser os proprietários de Negros encontrados em sua companhia nos caminhos ou nos trens.

O Reverendo Calvin Fairbank escreveu em seu diário em 1847 como operava seu trabalho de condutor. *"Eu os guiava em direção à Estrela do Norte, em violação aos códigos da Virgínia e do Kentucky. Eu os fazia atravessar as florestas principalmente à noite [...] As jovens estavam vestidas como damas, os homens e os meninos disfarçados de criados; os homens usavam roupas de mulher e as mulheres, roupas masculinas... Viajávamos a pé ou a cavalo, em charretes, carruagens, carroças, e escondidos sob cargas de feno, de palha, de móveis velhos, de caixas e de sacos... atravessando os rios a nado com a água até o queixo, ou em embarcações e canoas; em jangadas e, muitas vezes, em um tronco de árvore. E nunca permiti que sequer um deles fosse recapturado!"* Este pastor branco foi condenado a dezenove anos de prisão apenas por ter ajudado Negros.

Em junho de 1863, a Guerra de Secessão, também chamada de Guerra Civil, continuava a opor o Norte contra o Sul desde a decisão do presidente Abraham Lincoln, tomada em 1861, de abolir a escravatura em todo o território americano. A união dos Estados abolicionistas do Norte havia então entrado em guerra contra a Confederação dos onze Estados secessionistas do Sul, que desejavam se separar dos Estados Unidos.

Nessa América em ebulição por uma causa que lhe diz respeito, a libertação dos escravos, Harriet se havia juntado à linha da frente da luta. Ela não morava mais no Canadá, mas na cidade de Auburn, no Estado de Nova York, entre Rochester e Siracusa, onde Quakers brancos a ajudaram a encontrar uma casinha que ela ocupava com sua família. Ela tinha agora uns quarenta anos, dos quais quase a metade foi passada arriscando a morte em estradas perigosas, no frio e na angústia, responsável pela vida desses homens, mulheres e crianças que tantas vezes conduziu em jornadas incertas rumo à liberdade. Ela seguiu para a Carolina do Sul, onde as tropas nortistas estavam estacionadas, e se alistou no exército Unionista, onde serviu como cozinheira e depois como socorrista no hospital de Hilton Road, para onde os feridos eram encaminhados.

Mas também ajudou todas aquelas hordas de escravos famélicos e quase agonizantes que não esperaram a chegada de seus "libertadores" para escapar das plantações devastadas pela guerra. Eles chegavam em massa às linhas nortistas em busca de proteção. Harriet cuidou deles, encontrou comida para lhes, e aconselhou itinerários para aqueles que desejavam se afastar daquele lugar maldito. Os demais se alistariam nas tropas federais. Em seguida, ela entrou a serviço do coronel James Montgomery como guia.

Com alguns escravos sobreviventes que conheciam bem a região, ela formou um grupo de espiões que forneciam informações a Montgomery sobre os movimentos de tropas dentro dos territórios confederados, o que permitiria aos Unionistas assediar postos avançados inimigos, e lançar um ataque decisivo ao Rio Combahee entre 1º e 2 de junho de 1863. Essa iniciativa, claro, levou a outra, e eis que Harriet estava liderando um comando de tropas negras indo libertar escravos que ainda estavam presos nas plantações. Durante uma de suas ofensivas, eles libertaram 756 pessoas de uma só vez! Por essa façanha, cujo eco chegou até a Inglaterra, recebeu o apelido de *General Tubman*. De Londres, a Rainha Vitória mandou lhe atribuir uma medalha.

Enquanto guiava uma coluna de soldados negros na Carolina do Sul, Harriet conheceu aquele que se tornaria seu segundo marido, um soldado chamado Nelson Davis. Casaram-se depois da guerra, em 1869. A vitória do Norte e a abolição da escravatura, decretada em 1865 pela Décima Terceira Emenda da Constituição dos Estados Unidos, infelizmente não resolveram a situação dos Negros na sociedade americana. Harriet continuou incansavelmente sua luta em favor dos seus, e ao mesmo tempo continuou trabalhando como cozinheira e lavadeira para garantir seu sustento.

Pois o exército americano se recusou a reconhecer os serviços prestados por essa pobre negra. Desconhecida no batalhão! Os relatórios do general branco responsável por sua unidade, no entanto, mencionavam sua extraordinária coragem quando se infiltrava nas linhas inimigas para pescar informações, contribuindo assim, graças a informações de grande importância, para salvar muitas vidas entre os soldados da União!

Pouco importa! Ela não teve direito a pensão. Além disso, no momento da desmobilização, nem sequer quiseram cobrir o custo de sua passagem de trem para que retornasse juntamente com o grosso das tropas. "Generosamente", o exército lhe propôs embarcar em um carrinho de bagagem com destino à sua cidade de Auburn! É verdade que essa instituição sempre se destacou como um bastião inabalável do racismo, e os Negros sabem muito bem disso, eles que sempre pagaram um preço alto pelas operações de guerra do seu país. Só lembrando que 186.000 soldados negros lutaram nas fileiras Unionistas durante a Guerra Civil.

De volta a Auburn, Harriet militou ativamente pelos direitos civis em favor da igualdade para os Negros. Ela também procurou arrecadar fundos para financiar a criação de escolas para filhos de ex-escravizados do Sul. Suas proezas heroicas, sua coragem extraordinária e sua bondade de alma se tornariam conhecidos em todo o país. Ela foi solicitada em todos os lugares, em diversas comunidades afro-americanas, para testemunhar sobre sua atuação na *Ferrovia Subterrânea* e na Guerra Civil. Ela nunca soube ler e escrever, e seu inglês não era perfeito. Mas sua linguagem era cheia de vida quando ela usava suas próprias palavras, e sua mensagem de resistência ressoava. As pessoas escutavam com reverência esse ícone vivo de sua história, que ousou desafiar o sistema escravagista. Ela também lutaria pelo direito de voto das mulheres.

Em 1869, sua luta fantástica pela liberdade foi perpetuada em uma autobiografia redigida pela autora branca Sarah Hopkins Bradford, que reuniu suas memórias. O livro *Scenes in the Life of Harriet Tubman* [em português: *Harriet Tubman: a Moisés de sua Gente*] teve um impacto considerável em todo o país. Durante muito tempo a historiografia americana não se interessou pelos sentimentos dos Negros. Apenas a vida dos proprietários de plantações era descrita, com uma visão falsamente idílica da condição dos escravizados. A publicação das duas biografias escritas por Sarah H. Bradford, baseadas em testemunhos colhidos diretamente da própria Harriet, tornou-se um documento essencial sobre a opressão escravagista vivida por dentro.

Posteriormente, inúmeras obras serão dedicadas a ela.

Harriet nunca teve filhos e dedicou sua vida aos outros. Os poucos direitos autorais que recebeu por esse livro foram destinados à criação, em 1908, de um lar para idosos negros carentes. Uma última luta pela dignidade de seu povo. Foi lá que ela se retirou na velhice, quando já não tinha mais forças para trabalhar, e onde passou seus últimos dias, falecendo em 10 de março de 1913, aos noventa e três anos, na pobreza como sempre tinha vivido.

Sua pensão de reversão de viúva de um veterano da Guerra de Secessão era de apenas 20 dólares por mês! Desta vez, o exército, talvez um pouco envergonhado por sua mesquinhez, prestou-lhe honras militares. Sua cidade, que lhe dedicou um memorial, continua a preservar sua memória por meio da *Foundation Harriet Tubman Home*, estabelecida perto do local de sua antiga casa. Em 1944, um navio da Marinha dos Estados Unidos foi até mesmo batizado com seu nome por Éléonore Roosevelt, esposa do presidente Franklin Delano Roosevelt.

E finalmente, mais recentemente, em 1990, seguindo o exemplo do Canadá, um dia da lembrança, o *Harriet Tubman Day*, lhe foi dedicado pelo Congresso dos Estados Unidos e pelo Presidente George W. Bush, anualmente no dia 10 de março, data do aniversário de sua morte. O que não impediu que o contencioso com o Exército continuasse por anos, pois lhe foi negada uma pensão mensal de 25 dólares como ex-auxiliar. A injustiça somente foi reparada pelo Congresso em 2002, ou seja, noventa anos após a sua morte, graças à intervenção da senadora Hillary Clinton.

Assim, esse Moisés que voltou do Norte para arrancar seu povo das garras do Sul, era uma mulher negra. Diz-se que foi seu extraordinário percurso que inspirou um escravizado a criar aquele famoso *Negro-spiritual*, universalizado pelo célebre músico de jazz Louis Armstrong: *"Let my people go... Go down Moses, way down in Egypt land..."*

A Sarraounia Mangou

Uma heroína do Níger diante das atrocidades da conquista colonial

Esse episódio de triste memória na história da África causou grande repercussão na época, mesmo se o Estado francês tenha tentado abafar esse escândalo de massacres, gratuitamente perpetrados por ordem de oficiais franceses, contra populações em processo de colonização. Compreende-se, portanto, que a heroína nigeriana que ousou enfrentar essa epopeia sangrenta tenha sido ocultada pela História chamada universal. Isso aconteceu no Níger, no final do século XIX, e ela se chamava *Sarraounia* (rainha) Mangou.

Estamos em um contexto de extrema rivalidade entre as nações europeias, lançadas na corrida pela partilha da África, que se tornara um polo de atração em razão de seus formidáveis recursos naturais. Seu objetivo: apoderar-se de vastos territórios para explorar e construir ali impérios coloniais, tal como a Conferência de Berlim de 1885 agora lhes permitia fazer. Para os franceses, tratava-se de se precipitar à conquista do Chade para não serem ultrapassados pelos ingleses, já instalados entre o Egito e o Sudão; sabendo ainda que estes não hesitariam em invadir o espaço cobiçado por Paris.

Uma expedição militar foi, portanto, organizada para cumprir essa missão. O comando foi confiado a dois oficiais vindos da alta burguesia francesa, o capitão Paul Voulet, 32 anos, filho de um médico, e o tenente Julien Chanoine, formado em Saint-Cyr[62], de 28 anos, filho de um general e ex-ministro da Guerra. Segundo

62 Saint-Cyr é uma famosa escola militar francesa

as instruções do Ministro das Colônias, André Lebon – que também se destacaria por seus apetites pouco escrupulosos na pilhagem da África equatorial, e pelo fortalecimento do trabalho forçado no Gabão, no Congo e na futura República Centro-Africana –, eles deveriam conectar a África Ocidental ao que viria a se tornar a África Equatorial Francesa.

Saindo de Saint-Louis, no Senegal, nos primeiros dias de janeiro de 1899, a *Missão África Central-Chade*, apelidada de Missão Voulet-Chanoine, iniciou sua marcha rumo ao destino. E, na maior parte das regiões que atravessou até o Níger, as populações sofreram terríveis atrocidades, cujos ecos chegaram à imprensa parisiense, graças aos testemunhos de alguns soldados franceses envolvidos na operação.

Eis o que escreveu, chocado, um dos oficiais do regimento, o capitão Peteau, numa carta de cerca de dez páginas enviada em fevereiro de 1899 a parentes na França continental, para informá-los do que estava acontecendo: *"Na noite de 8 a 9 de janeiro, patrulhas deviam se aproximar das aldeias, tomá-las com armas brancas, matar tudo o que resistisse, levar os habitantes como cativos, apoderar-se dos rebanhos. Na manhã do dia 9, o grupo de reconhecimento retorna ao acampamento com 250 bois, 500 ovelhas, 28 cavalos, 80 prisioneiros. Alguns tirailleurs*[63] *foram feridos. Para dar "exemplo", o capitão Voulet manda capturar e matar vinte mulheres-mães, com crianças pequenas e bebês de peito, e mandou matá-las a golpes de lança, a algumas centenas de metros do acampamento. Os corpos foram encontrados pelo comandante do posto de Say."*

Tratando-se de saques de alimentos e de gado, é importante saber que a França, determinada a reduzir os custos da conquista ao mínimo, autorizava suas tropas a se abastecerem à força, com os bens e os mantimentos das populações encontradas ao longo do caminho, mesmo que isso significasse despojá-las completamente para poder completar, ou mesmo garantir seu próprio suprimento. A brutalidade dos métodos do capitão Voulet e de seu segundo em comando já era conhecida pelas autoridades militares e pelo governo francês.

---

63 Fuzileiros africanos.

Eles de fato haviam se comportado da mesma maneira durante a instauração do protetorado francês no Alto Volta (hoje Burkina Faso) em 1896. Diante da recusa de *Mogho Naba* Wobgho, soberano do reino Mossi de Ouagadougou, de se submeter à dominação colonial, os dois oficiais franceses mandaram incendiar a cidade e ordenaram execuções sumárias com arma branca, além de fuzilamentos coletivos contra a população. Quanto aos resistentes Samo que ousaram perseguir a coluna Voulet, feitos prisioneiros, foram asfixiados pela fumaça dentro de uma caverna por ordem do capitão, indica o professor Joseph Ki Zerbo na sua *História da África Negra*.

Esta companhia contava com oito oficiais e suboficiais brancos, duzentos e cinquenta fuzileiros africanos, spahis [64] a cavalo, e um grande número de carregadores recrutados à força após o massacre de suas famílias nas aldeias que a companhia havia atravessado. O objetivo dos franceses era esmagar os *indígenas* com uma política de terror. A Missão Voulet-Chanoine deixaria, assim, milhares de mortos em seu rastro. Cabanas incendiadas, decapitações de prisioneiros, estupros de meninas, mulheres grávidas estripadas, crianças torturadas com baionetas e penduradas em árvores à entrada das aldeias, pilhagem de mantimentos e rebanhos: os dois chefes brancos incentivam seus homens a uma crueldade cada vez maior. E todos tinham interesse em obedecer se não quisessem sofrer o mesmo destino.

De fato, aqueles – fossem oficiais brancos ou soldados negros – que relutassem em executar as ordens corriam o risco de serem fuzilados na hora. Vários carregadores e fuzileiros pereceram assim. Quando montaram seu acampamento para almoçar, Voulet e Chanoine faziam questão de alinhar diante deles as cabeças e as mãos decepadas das vítimas do dia, para fazer a contagem exata do número de mortos, como troféus de guerra. Apenas os prisioneiros mais robustos eram poupados, para serem designados ao transporte de bagagens e peças de artilharia.

Ao ouvir falar dos massacres e destruições perpetrados pela coluna infernal, a Sarrounia Mangou, rainha da tribo dos Aznas no território Hauçás, no sudeste

64 Spahis: corpo indígena do exército colonial, inspirado nos cavaleiros árabes do Magreb alistados durante a colonização francesa.

do Níger, não hesitou um segundo. Ela decidiu organizar a resistência na sua aldeia de Lougou, que era a sede de um grupo de aldeias que abrigava cerca de mil cabanas. Na maioria dos lugares devastados pela força expedicionária francesa, as populações, sem suspeitar da violência que iria recair sobre elas, deixaram-se surpreender; ou então os chefes haviam capitulado sem resistir. O que não será o caso da Sarraounia. Ela se empenhou em convencer os caçadores e guerreiros de sua tribo e das aldeias vizinhas, incluindo a de Tongana, a tentar deter a horda selvagem que estava dizimando seu país. Exercia sobre os seus uma autoridade tanto espiritual quanto social, e sua reputação como uma grande feiticeira animista fazia com que fosse temida e respeitada naquela região.

Na sociedade hauçá, não era incomum que mulheres ocupassem posições de poder, como rainhas ou líderes tribais. A história reteve o nome da famosa princesa Amina, quem se diz ter sido rainha do reino de Zaria (anteriormente chamado de Zazzau), uma cidade-Estado que governou por cerca de trinta anos durante o século XVI. Esse local corresponde a uma região do estado de Kaduna, ao norte da atual Nigéria. Famosa guerreira, à frente de um exército de vinte mil homens, segundo as tradições orais, Amina empreendeu inúmeras conquistas para expandir as fronteiras de seu reino e controlar parte do comércio transaariano.

Avisada da aproximação desses invasores sanguinários, a rainha Mangou apelou a outras aldeias aliadas para ajudar a reforçar o recinto fortificado de Lougou caso houvesse um ataque. Depois, ao saber que a coluna francesa havia feito uma parada na zona de Matankari (era 27 de março), a cerca de vinte quilômetros de distância, enviou-lhes um mensageiro com estas palavras: *"Contornem meu território ou vocês encontrarão meus guerreiros no seu caminho"*. Recebendo esse aviso como uma provocação, os dois chefes brancos decidiram, rindo, dar uma boa lição a esses *indígenas,* considerados bem temerários.

O choque ocorreu em 16 de abril de 1899, às seis da manhã. Depois de localizar a aldeia de Sarraounia, os franceses posicionaram canhoneiras nas colinas que cercavam a aldeia. A tropa cercou Lougou e perpetrou uma verdadeira carnificina contra os nativos que estavam armados apenas com suas lanças e flechas envenenadas. Os projéteis das metralhadoras desarticularam a defesa nigeriana, horrorizada por esse poder de fogo até então desconhecido, e atordoada pelo número de perdas causadas nos primeiros minutos do ataque.

Ao chamado de sua rainha, os combatentes se retiraram para o mato onde, no dia anterior, as mulheres, crianças e idosos haviam se abrigado. Escondendo-se sob a vegetação densa, os guerreiros Aznas acreditavam que poderiam resistir a seus atacantes. Eles também estavam convencidos de sua invencibilidade graças aos feitiços protetores que a rainha havia preparado para eles. Assim, quando os tiros recomeçaram, resistiram o máximo que puderam, galvanizados pelas exortações da Sarraounia.

Furioso com esta resposta inesperada, o capitão Voulet decidiu acabar com tudo antes do anoitecer, jurando que estava fora de questão "montar seu acampamento em uma área sob ameaçada de indígenas". Ele mandou acionar os canhões em direção às cabanas e deu ordem aos fuzileiros para inundar o matagal com mechas incendiárias. Um enorme incêndio apareceu. O crepitar das árvores em chamas foi imediatamente abafado pelos gritos de mulheres e crianças. Esses gritos de angústia ressoando na mata em chamas, foram levados pelas nuvens muito além do local da tragédia.

A tropa colonial assistiu impassível ao martírio das vítimas carbonizadas, sem tentar o menor gesto para socorrer os feridos. Ao meio-dia, a operação estava concluída. *"Um sucesso total"*, escreveria em seu relatório o tenente Paul Joalland, membro da missão, que acrescentou: *"Mas o caso custou-nos muito caro: 7.000 cartuchos disparados, 4 mortos e 6 feridos"* (entre os fuzileiros africanos). A França o nomeará general alguns anos depois. O número de mortes foi tão grande que os dois oficiais brancos dessa vez, contrariando a sua prática habitual, desistiram de fazer a contagem macabra.

Salva *in extremis* das chamas por seus guerreiros, a Sarrounia Mangou foi a única que tentou deter esse comando assassino que agia em nome da conquista colonial. Quando a expedição evacuou a área para retomar a sua rota em direção ao Chade, todas as aldeias que tentaram continuar a resistência e impedir os assassinos de seguir com suas atrocidades, foram incendiadas, e suas populações massacradas, sob o pretexto de que poderiam ser cúmplices da Sarraounia. Os chefes brancos também mandaram destruir todos os campos de painço e milho para provocar fome entre as populações; um verdadeiro crime nessa área desértica. No início de maio, atacaram a aldeia de Birni N'koni, que contava com cerca de mil habitantes. Lá também, o balanço foi terrível; nem mulheres nem crianças foram poupadas, e o local foi completamente arrasado.

A Missão Voulet-Chanoine continuou suas monstruosas carnificinas durante mais dois meses, antes que as autoridades francesas decidissem intervir diante dos questionamentos da imprensa. Um emissário foi enviado para a região, o tenente-coronel Arsène Klobb, um politécnico de 42 anos, responsável pela guarnição de Tombuctu, no Sudão (atual Mali). Sua missão: prender os dois oficiais responsáveis por esses massacres e pôr fim a toda essa selvageria.

Segundo o testemunho deixado pelo tenente Klobb em seus relatórios, à medida que avançava na perseguição aos assassinos, ele atravessou trilhas repletas de corpos torturados. Ele também encontrou dezenas de aldeias incendiadas com, ao redor, poços cheios de cadáveres e um número incalculável de valas comuns. E, quando ele finalmente alcançou a maldita coluna em Dankori, em 14 de julho de 1899, seu encontro com os dois oficiais lhe seria fatal. Recusando-se a se render, o capitão Voulet ordenou imediatamente a seus fuzileiros que abatessem o enviado do governo francês. Paris tentou então abafar o que foi apresentado como um simples erro cometido por "dois oficiais brilhantes", que aliás, foram complacentemente desculpados por seus pares militares.

O caso ainda causou escândalo na metrópole e gerou inúmeros artigos e publicações. Em reação, o governo suscitou por sua vez, pelo viés de jornalistas obedientes, uma enxurrada de artigos e crônicas, a maioria dos quais tentavam justificar o sadismo dos dois oficiais brancos como um "acesso de loucura passageiro causado pelo inferno do ambiente desértico africano". Chegou-se até a inventar a expressão *sudanite aguda* para designar essa suposta doença! A palavra de ordem oficial foi evitar a todo custo qualquer mancha na grandeza da conquista colonial. No processo, o governo da Terceira República fez com que a Câmara dos Deputados censurasse um pedido de comissão de inquérito parlamentar, solicitado em 1900 pelo deputado e escritor anticolonialista Paul Vigné d'Octon, médico de profissão.

Ele conhecia um pouco sobre a África por ter estado lá duas vezes. De fato, serviu como médico da Marinha na colônia de Guiné em 1885, e no Senegal em 1886. O que lhe fornecera material para denunciar os abusos da colonização, tanto em seus livros quanto em seus discursos na Assembleia Nacional, e em suas crônicas na imprensa. Vigné d'Octon decidiu alertar a opinião pública sobre esses crimes hediondos através de uma retumbante obra intitulada *La gloire du sabre [A glória do sabre]*, publicada em 1900. Ali detalhou as atrocidades da Missão Voulet-Chanoine, baseando-se em particular nos relatos de dois outros suboficiais franceses testemunhas da barbárie de seus comandantes, contra os quais estes não ousaram se opor no momento dos fatos.

Ao mesmo tempo, o Ministério das Colônias exerceu pressão para intimidar os jornalistas que investigavam o caso, a fim de impedir a divulgação de informações sobre esses abusos, e para proibir os artigos que mencionavam as exações cometidas. A carta acusatória do Comandante Peteau, que havia sido caçado por Voulet depois que sua denúncia dos acontecimentos se tornou pública, também trouxe problemas para seu autor. De fato, de volta para a França, ele foi tratado como um delator pelo novo Ministro das Colônias, e altos oficiais do exército tentaram desacreditar suas afirmações, bem como manchar sua honra como oficial.

Finalmente, para evitar que o debate se ampliasse, a posição oficial foi fazer crer que os oficiais Chanoine, e depois Voulet, haviam sido mortos respectivamente em 16 e 17 de julho de 1899, por seus próprios fuzileiros africanos que teriam se amotinado contra eles. Chegou-se até a dizer que esses haviam enterrado ali seus chefes. Mas em 1923, Robert Delavignette, um novo administrador francês recentemente nomeado para o Níger, mandou abrir os túmulos que supostamente abrigavam os restos mortais dos oficiais criminosos. Ele queria verificar os fatos, manifestamente não convencido pelas explicações oficiais. Os túmulos estavam vazios... Teriam esses algozes realmente sido executados ou lhes teria sido permitido evaporar na natureza para serem esquecidos? O mistério permaneceu inteiro nesse caso estranho e sórdido; o que deu origem a todo tipo de especulações.

Obviamente, o balanço dos massacres desse episódio angustiante da conquista colonial francesa foi totalmente ocultado. Em uma entrevista concedida ao jornal francês Le Monde em 1999, o historiador Élikia Mbokolo, Diretor de Pesquisas da Escola de Estudos Avançados em Ciências Sociais de Paris, estimou as vítimas africanas em vários milhares de mortos, sem contar os óbitos decorrentes da fome e das doenças engendradas por essas matanças. A *Missão África Central-Chade*, por sua vez, continuou tranquilamente com outros oficiais, após o desaparecimento do Capitão Paul Voulet e do seu segundo, Julien Chanoine.

Quanto à Sarraounia Mangou, traumatizada pela visão de seu povo ser martirizado, ninguém sabe realmente o que lhe aconteceu. Algumas versões relatam que, profundamente ferida diante do horror e do caos provocados pela agressão francesa, ela quis se matar por não ter conseguido defender sua aldeia. Ela teria se precipitado para o matagal em chamas, mas foi impedida por seus guerreiros que se solidarizaram em volta dela.

Outros disseram que ela desapareceu repentinamente alguns dias depois, em um bosque próximo, e nunca mais se ouviu falar dela. Mas seu ato de coragem diante dessa sangrenta invasão, que também ilustra o que foi a expansão europeia, permaneceu nas memórias. A ponto de impulsioná-la ao status de heroína nacional em seu país.

Para além dos testemunhos publicados à época dos acontecimentos, essa tragédia oculta, por ser considerada uma vergonha na história colonial, deu origem, em um período mais recente, a diferentes obras e ficções. Também inspirou o longa-metragem *Sarraouina,* do falecido cineasta mauritano Med Hondo, em 1986, e um filme para a TV, *Capitaine des ténèbres* (Capitão das trevas), dirigido pelo cineasta francês Serge Moati, em 2005.

Por fim, em 2020, o documentário *African Apocalypse,* realizado para a televisão britânica BBC por Rob Lemkin, e apresentado pelo autor britânico de origem nigeriana Femi Nylnder, revisitou esse trágico episódio da história colonial, seguindo o rastro dos crimes da coluna Voulet-Chanoine no Níger. Ele indicou que, segundo informações recolhidas no local, o número de vítimas teria chegado a 15.000 no intervalo que durou a terrível travessia nigeriana desses sanguinários oficiais franceses.

Yaa Asantewaa

A mãe da última rebelião anticolonial dos Ashanti de Gana

Em outra região da África Ocidental, foi de novo uma mulher que tomou a iniciativa de uma última revolta contra a dominação europeia: a rainha-mãe Yaa Asantewaa[65] que, por seu status de irmã de um chefe, desfrutava de uma posição influente na sociedade Ashanti.

No início do século XX, estávamos no prolongamento da expansão europeia sobre um continente africano traumatizado pela confiscação de seus vastos espaços de vida, onde os Brancos vieram erguer seus impérios coloniais. Em 25 de abril de 1900, Yaa Asantewaa lançou seus 40.000 combatentes ao ataque contra os colonizadores ingleses estabelecidos em Kumasi[66], capital do reino ashanti. A guerrilha duraria oito meses.

Foi na zona costeira que faz fronteira com o sul de Gana de hoje que os portugueses tinham erigido em 1482 o primeiro grande porto negreiro da África Ocidental voltado para o Oceano Atlântico. Construído com materiais de construção trazidos de Portugal por caravelas, o forte que protegia o local, batizado de São Jorge da Mina, acabaria por ser apelidado de Elmina, ou seja, *a mina*, em referência às jazidas de ouro que abundavam no país.

Embora autônomos, certos reinos e chefias dessa região tinham laços de dependência com a Confederação Ashanti que se estendia do norte até a costa, e abrangia vários grupos étnicos que nem todos aceitavam a supremacia

65 Escreve-se também Yaa Asantewa. Também chamada Nana Yaa Asantewaa.
66 Também encontrado com a grafia Koumassi.

das tribos Ashanti. Essa confederação tinha nascido no século XVII, após a unificação de vários territórios pelo reino Ashanti, que constituía o conjunto etnocultural mais poderoso do interior do país. Os suecos e os dinamarqueses também estiveram presentes no país em meados do século XVII, e haviam ocupado o espaço por tempo suficiente para se dedicar ao tráfico negreiro e à captação de ouro e marfim. Até trinta e cinco fortes europeus marcariam essa costa tão atrativa para o comércio negreiro. Os portugueses foram desalojados em 1637 pelos holandeses, que se impuseram na região até meados do século XIX, antes de ceder o lugar aos ingleses. Desejosa, na verdade, de se retirar do tráfico de escravos, que começava a ser denunciado por humanistas europeus, a Holanda decidiu, em 1850, vender suas possessões aos ingleses.

Estes, impacientes por meter as mãos nesse rico país, e em seu metal precioso, pretendiam também assumir o controle da produção de óleo de palma, extraído das sementes de palma por comunidades aldeãs para seu consumo alimentar. O desenvolvimento dessa planta em vastas áreas poderia gerar um lucro máximo se o óleo fosse transformado em produto de exportação destinado às indústrias europeias em plena Revolução Industrial, em particular aquelas que fabricavam produtos oleaginosos para o funcionamento das máquinas.

A segunda metade do século XIX representaria, portanto, um período de profundas mudanças para o continente africano. Depois de sempre ter sido administrado por seus próprios povos, seus reis, suas rainhas e seus chefes, o continente ia se desmoronar brutalmente nos últimos vinte anos deste século, sob os assaltos imperialistas das antigas potências europeias envolvidas no tráfico de escravos. Enquanto durou o tráfico negreiro, estas permaneceram restritas às zonas costeiras da África Ocidental, Central, do Sul e do Norte. Com: a França presente nas costas do Senegal, do Daomé (atual Benin), da Costa do Marfim, do Gabão e da Argélia; a Grã-Bretanha na Gâmbia, Serra Leoa, Costa do Ouro (Gana), Nigéria e África do Sul; e por fim, o Portugal na Guiné Bissau, Angola e Moçambique.

Após as abolições da escravatura, tornada ilegal, a alternativa escolhida pelos europeus foi substituir homens, mulheres e crianças negras nos porões dos navios mercantes por recursos agrícolas e mineiros. O que implicava se apoderar das riquezas do continente africano. Esta opção geraria um clima de intensas rivalidades entre os países industrializados em busca de matérias-primas e novos mercados para suas atividades. Quando os europeus cobiçavam um território, privilegiavam duas estratégias: a conquista militar ou a imposição de tratados aos chefes africanos. Foi assim que fizeram muitos reis assinarem tratados de "amizade" ou de aliança em todo o continente, fazendo-os acreditar que tal documento lhes traria a proteção de uma potência europeia.

No entanto, esses chefes, que não entendiam as línguas europeias, não tinham ideia do real conteúdo do pergaminho que lhes faziam assinar com uma cruz. E os intérpretes locais supostamente encarregados de traduzir as falas de uns e de outros, nem sempre dominavam as sutilezas do pensamento dos colonos, nem os artifícios escondidos nos tratados que lhes brandiam diante de seus olhos. Quando os chefes constatavam que, assim que o tratado era assinado, os europeus começavam a invadir áreas inteiras de seu território, eles emitiam fortes protestos e lançavam seu exército para resgatar o perímetro ameaçado. Mas todo levante era impiedosamente reprimido pelas tropas coloniais que se apoderavam definitivamente da área cobiçada – geralmente compostas pelas melhores terras – para redistribuí-la entre os Brancos que vinham se instalar na colônia.

Alguns reis, no entanto, não viram problema em pactuar com os invasores europeus, desde que estes não contestassem sua soberania. Assim, algumas comunidades foram se transformando progressivamente, primeiramente pelo contato com os traficantes brancos de escravizados para quem trabalhavam, e depois face aos colonizadores. Elites negras ocidentalizadas começaram assim a aparecer dentro dos clãs de notáveis tradicionais ou emergentes. Alguns se beneficiariam de uma instrução nas escolas criadas por missionários que chegavam na esteira dos negreiros e dos mercadores, para converter os Negros à religião católica ou protestante.

Fundado em 1824 por missionários ingleses da *Church Missionary Society*, o Fourah Bay College em Freetown, Serra Leoa, foi assim o primeiro centro universitário criado na África. Ele formaria muitos quadros oriundos de diferentes colônias de língua inglesa na África Ocidental. Africanos abastados também enviavam seus filhos para cursar o ensino superior na Europa, de onde regressavam com diplomas de médicos, advogados ou professores. Algumas instituições inglesas também ofereciam bolsas de estudo aos estudantes mais merecedores, para lhes permitir aceder à formação de alto nível na Grã-Bretanha. Foi assim que, por volta de 1788, a cidade de Liverpool acolheu seus primeiros estudantes africanos vindos da Costa do Ouro e da Serra Leoa.

Nessas sociedades tradicionais em plena transição para um novo universo modelado pelos europeus, nativos empreendedores podiam encontrar a oportunidade de criar seus próprios negócios, atuando como intermediários dos comerciantes brancos, a quem forneciam produtos agrícolas e mineiros, especialmente após as abolições da escravatura. Os exemplos mais notáveis dessas transformações sociais foram observados na Nigéria e na Costa do Ouro, onde incontestáveis sucessos econômicos, sociais e intelectuais emergiram no século XIX, lançando as bases de uma futura burguesia comercial e de funcionários da administração pública. É ali que se formaria uma nova classe social, a dos *indígenas evoluídos,* como eram chamados. Cultivando um sentimento de superioridade em relação ao resto da população, considerada menos "civilizada", distinguiam-se especialmente pela ostentação dos bens materiais, do conforto e do prestígio que lhes conferia o acesso às inovações técnicas introduzidas pelos Brancos.

Essas mudanças em curso nas sociedades africanas em processo de colonização, favorecerão também o advento de uma outra categoria de interlocutores da administração colonial, receptivos aos ideais e interesses europeus. Essa elite instruída passou a ser utilizada para substituir os dignitários tradicionais à medida que os poderes locais iam se desmoronando. Mas nem todos se alinharão sob a nova ordem colonial. De fato, foi também entre esses africanos educados que surgiram intelectuais e figuras nacionalistas prontos a acompanhar seu povo na contestação da dominação estrangeira.

Pode-se citar o exemplo emblemático de James Beale Horton, mais conhecido como James Africanus Horton, que já na década de 1860 se manifestava a favor da independência da Costa do Ouro. Ele nasceu quase por acaso na colônia inglesa de Serra Leoa. Era o ano de 1835, e seus pais, capturados na Nigéria, haviam sido libertados por um cruzador da Marinha Real Britânica que perseguia no mar os navios negreiros que operavam no tráfico clandestino.

A carga humana foi desembarcada em Freetown, onde a família decidiu ficar. O menino foi matriculado em uma escola de missionários, a *Church Missionary Society Grammar School*, e continuou seus estudos secundários no Fourah Bay College.

Aluno excepcional, James Beale Horton se beneficiou de uma bolsa de estudos em 1855 para ingressar na prestigiosa universidade King's College de Londres. Ele continuou seus estudos na Universidade de Edimburgo, onde obteve seu diploma de doutor em medicina. Foi durante sua matrícula na faculdade de medicina que ele acrescentou a seu patronímico o prenome Africanus. Contratado como cirurgião assistente nos serviços de saúde do exército colonial britânico, serviria ali durante cerca de vinte anos pelas suas diferentes missões na Serra Leoa, na Costa do Ouro, na Gâmbia e na Nigéria, antes de se aposentar em 1880, com a patente de tenente-coronel. Mas sua morte, ocorrida três anos depois, em outubro de 1883, em Freetown, iria impedi-lo de levar a cabo os muitos projetos que desejava explorar para o desenvolvimento de uma África mais autônoma.

Sensibilizado por suas experiências de campo, James Africanus Horton tinha, de fato, exortado as autoridades coloniais a desenvolverem mais ações a favor das populações colonizadas, como os cuidados básicos de saúde ou a instrução das mulheres. Mas suas propostas a favor da melhoria das condições de vida das populações, ou de um desenvolvimento do continente que beneficiasse mais os africanos, irritaram os defensores de uma dominação colonial ancorados em preconceitos sobre a inferioridade dos Negros. Foi duramente combatido no mundo dos Brancos, mas isso não o impediu de afirmar, através de seus numerosos escritos, convicções que iam desde a luta contra o racismo, até à emancipação dos povos africanos ou à independência da Costa do Ouro. Daí o impacto, entre as gerações emergentes das elites intelectuais africanas, de suas obras, sendo a primeira delas: *West African countries and Peoples [Países e Povos da África Ocidental]*, publicada em 1868.

Porque em breve, os europeus deixariam de se contentar com simples relações comerciais e diplomáticas com as chefias locais. O estabelecimento de uma colonização territorial autoritária agora se tornou necessária para assegurar um controle lucrativo sobre os recursos tão promissores do continente africano. Essa ocupação brutal tinha como objetivo despojar os africanos de todo poder, a fim de favorecer a divisão do continente em zonas de influência das potências interessadas; ou seja: Inglaterra, França, Portugal, Bélgica e Alemanha.

Foi isso que viria a ser oficializado na Conferência de Berlim de 1884-1885 sobre a partilha da África. Os europeus, utilizando como bases de retaguarda os entrepostos comerciais costeiros onde prosperaram no tráfico negreiro, começarão então a mordiscar progressivamente os espaços no interior. Era nesses terrenos já conhecidos que mobilizariam tropas indígenas a fim de lançá-las contra o restante do continente.

Na realidade, quando os chefes locais recusavam qualquer ideia de um tratado de amizade ou de protetorado, aí então se iniciava a conquista militar. Isto sempre favorecia os invasores, equipados com armas mais modernas e eficientes do que os fuzis obsoletos já em desuso na Europa, e que os mercadores brancos vendiam aos pequenos reis africanos. Foi, portanto, nesse contexto de corrida pela África que os britânicos lançaram seu assalto ao país Ashanti. Também não queriam correr o risco de serem superados por seus rivais franceses, que estavam em plena ocupação da Costa do Marfim, no flanco ocidental do território Ashanti, e do Alto Volta (atual Burkina Faso) ao norte, nem pelos colonizadores alemães já presentes no Togo, na fronteira leste.

As companhias mercantis inglesas, envolvidas desde o século XVII no tráfico negreiro nessa parte da África, haviam transformado a cidade costeira de Cape Coast em um de seus entrepostos comerciais mais dinâmicos do Golfo da Guiné. Foi lá que abriu, no século XVIII, a primeira escola de missionários onde eram escolarizados os filhos dos chefes, notáveis e intermediários locais que comercializavam com os ingleses. E foi, portanto, a partir dessa base territorial que o exército colonial – inicialmente enviado para proteger os interesses dos mercadores e dos negociantes – passaria a atuar desta vez em nome da Coroa Britânica. O objetivo: anexar um a um os pequenos reinos e chefias do litoral, antes de empreender sua expansão rumo ao interior, ainda sob soberania africana. A ideia final era agrupar todas essas novas possessões em uma colônia que seria batizada de Gold Coast, a Costa do Ouro.

Os invasores ingleses, no entanto, encontraram forte resistência por parte dos combatentes da Confederação Ashanti, que os enfrentaram à custa de batalhas ferozes, perpetuadas na história sob o nome de *Guerras Anglo-Ashanti*. Iniciado de forma latente na década de 1820, o conflito nem sequer terminou com a ocupação de Kumasi em 1896.

Os britânicos levaram, de fato, mais de sessenta anos para conseguir subjugar uma primeira vez a capital do reino Ashanti. Durante essa tomada de Kumasi, eles decidiram destituir e deportar os reis e chefes considerados pouco maleáveis, entre eles o rei Nana Prempeh I, cujo nome original era Kwaku Dua III, que ocupava o trono. Este havia ousado rejeitar várias vezes a proposta do governador inglês, sediado em Cape Coast, de colocar seu reino sob a proteção de Sua Majestade, a Rainha Vitória da Inglaterra.

Prempeh 1º, no entanto, tomara a precaução de especificar que seu "país continuaria a manter laços de amizade com todos os Brancos." E havia enviado a Londres uma delegação, composta por trezentas pessoas, com a missão de explicar à rainha por que o Ashanti não precisava de proteção estrangeira. Partindo de Kumasi em novembro de 1894, a delegação passou algum tempo em Cape Coast e chegou a Londres em abril de 1895. Mas o Palácio de Buckingham se recusou a receber seus emissários.

Diante desse sinal, em janeiro de 1896, o governador William Maxwell pretextou uma solicitação de audiência com o rei em Kumasi, para novas discussões. Mas foi uma coluna fortemente armada, liderada pelo coronel Sir Francis Scott e pelo major George Baden Powell, que se apresentou na corte, pronta para enfrentar os Ashanti. Os ingleses não podiam permitir que aquela orgulhosa expressão de patriotismo prosperasse, pois poderia não apenas dar um mau exemplo, mas também acarretar uma desestabilização do poder colonial.

Surdo às orações de seus chefes militares que queriam repelir os agressores, Prempeh I não manifestou qualquer oposição à sua prisão, a fim de evitar um banho de sangue prejudicial ao seu povo, dada a superioridade militar inimiga. Deposto publicamente por Sir William Maxwell em 20 de janeiro, foi transportado de canoa, por via fluvial, até Cape Coast, antes de ser levado de barco para o Forte de Elmina, onde foi colocado em detenção. Além dos membros de sua corte, duas de suas esposas o acompanhavam, bem como seus filhos e alguns criados.

Quando alguns chefes de Kumasi contrataram dois advogados africanos de Cape Coast para exigir a libertação de seu soberano, em Londres, o ministério das Colônias decidiu imediatamente afastar o jovem rei de trinta anos, apesar da recusa deste em deixar seu país. Mais uma vez, foi embarcado em um navio de transporte com suas esposas, e filhos, companheiros de prisão e criados, com destino à Serra Leoa, onde desembarcaram em 5 de janeiro de 1897. Mas isso não foi suficiente para frear a mobilização para o retorno de Prempeh.

Os chefes da Confederação ainda em função dirigiram uma petição ao novo governador, Frederick Mitchell Hodgson, para denunciar o tratamento infame de prisioneiro político infligido ao seu rei. As autoridades britânicas ordenaram então que ele fosse ainda mais afastado, enviando-o, junto com os outros cinquenta e seis prisioneiros Ashanti, para o arquipélago das Seicheles, onde chegaram em setembro de 1900, após uma travessia pelo oceano Índico.

Entre os dignitários, chefes militares e membros de sua família detidos com o rei, estava sua mãe, a rainha Yaa Akyaa. Mulher política por vocação e profundamente nacionalista, ela tinha sempre manobrado nos bastidores, mas também à vista de todos, para garantir a preeminência de sua dinastia familiar, e em particular de seus filhos, no trono real. Ela chegou a assumir a regência quando Prempeh I, seu filho mais novo - jovem e inexperiente - chegou ao poder em 1888. Personalidade controversa por sua rigidez e falta de escrúpulos, a rainha-mãe de Ashanti impôs-se, no entanto, pelo seu incontestável talento como negociadora, a ponto de ser investida de funções oficiais na corte.

Por duas vezes, ela liderou delegações diplomáticas para negociar tratados com oficiais europeus. Em abril de 1831, por exemplo, ela participou das negociações com o representante britânico George Maclean, e os Estados costeiros do sul que queriam se libertar da tutela de Ashanti, que já haviam tido de enfrentar, e a quem pagavam tributo.

Também ali, rivalidades acirradas e fortes tensões opunham regularmente às regiões costeiras envolvidas no comércio com os europeus, e algumas realezas do interior desejosas de se convidar para participar nos circuitos de abastecimento dos traficantes de escravos, e depois em produtos diversos. O que lhe permitia se equipar com fuzis importados e ameaçar, com o seu poder de fogo, territórios concorrentes menos bem protegidos. Essa vontade de autonomia dos povos costeiros só podia agradar os ingleses que gostavam de se impor como mediadores nesse tipo de conflitos, ao mesmo tempo que continuavam a praticar a política de "dividir para melhor reinar" entre facções rivais ou chefias antagônicas.

Pelo tratado que foi adotado, o Ashanti renunciou à sua soberania sobre a orla costeira do país, que caiu sob a influência britânica. Em agosto do mesmo ano, Yaa Akyaa também liderou, em nome da Confederação, a delegação mandatada para assinar um tratado de paz com o representante da Dinamarca no país.

Após a destituição de seu rei, o Ashanti entrou, humilhado, no jugo colonial. O reino foi declarado protetorado inglês sob a supervisão de um Residente inglês, agora o único a exercer o poder em nome do governador e da Coroa Britânica. Com a dissolução do governo local, foi mantido um comitê de chefes indígenas para tratar dos assuntos locais menores, e servir de elo com a administração colonial. Por fim, a dominação estrangeira resultou no desmembramento da Confederação Ashanti, após as autoridades coloniais obrigarem cada Estado e principado a assinar acordos separados de lealdade à Coroa britânica. Estava, portanto, criado o cenário para que explodisse o incidente que viria a seguir.

Em 28 de março de 1900, o governador Frederick Mitchell Hodgson, em visita a Kumasi com sua esposa, convocou os notáveis e chefes indígenas em praça pública para lhes expor as principais diretrizes às quais as populações sob protetorado deveriam se submeter dali em diante, a saber: tributação de cada família por um imposto por habitação e, obrigação de trabalho forçado para o desenvolvimento de culturas de exportação; exploração das minas de ouro em benefício dos ingleses; realização de obras públicas; construção de rotas e equipamentos, e alistamento de homens encarregados de transportar bagagens, mercadorias e materiais nas costas para os colonos brancos. Ele acrescentou que cada um dos Estados de Ashanti teria de pagar uma multa em onças de ouro por danos de guerra, em reparação pelas insurreições passadas.

Ele também decretou o fim da escravidão doméstica, para grande consternação dos notáveis que corriam o risco de perder a mão de obra que cultivava seus campos. E advertiu a audiência para não esperar um retorno de Prempeh I, banido para sempre. Por fim, encerrando sua intervenção, traduzida à assembleia por um intérprete local, exigiu que lhe fosse entregue sem demora o famoso *Banquinho de ouro* do Imperador Ossei Tutu, fundador da Confederação Ashanti no século XVII. Ele pretendia se sentar nessa preciosa relíquia que simbolizava a realeza tradicional e a unidade de Ashanti, para mostrar aos *indígenas* que agora eram os Brancos que estavam no comando. O Banquinho devia ser enviado em seguida como presente à Rainha Vitória.

Esse discurso teve o efeito de uma bomba. Mas o que mais escandalizou a assistência foi a exigência do Banquinho de ouro. Um pedido sacrílego para Nana Yaa Asantewaa que participava do encontro como líder do distrito de Edweso (hoje Ejisu), uma província da Confederação Ashanti situada a cerca de quinze quilômetros de Kumasi. Guardiã, na época, do tesouro real, ela era irmã do antigo chefe dessa região, Kwasi Afrane, um general prestigiado que tinha tido livre acesso à corte de Kumasi.

Apesar de não ser mais tão jovem - os dados sobre sua idade são imprecisos, com algumas fontes indicando que ela nasceu por volta de 1830, e outras entre 1840 e 1850 - era uma mulher muito ativa, que administrava suas próprias plantações de amendoim, de milho e de cebolas, enquanto assumia um papel político como corregente no tempo em que seu irmão estava no comando. Ela tinha sido casada com um polígamo com quem teve uma única filha, Ama Sewa Brakatu. Mas essa ainda assim daria onze netos a Yaa Asantewaa! Com a morte de seu irmão, o general, em 1894, Yaa Asantewaa foi elevada ao posto de *rainha-mãe* pois foi seu neto – o filho mais velho de sua filha – quem herdou a sucessão.

Esse estatuto de rainha-mãe, particular do grupo sociocultural Akan ao qual o Ashanti pertencia, baseia-se numa organização matrilinear da sociedade, onde a circulação dos bens e do poder se faz por meio das mulheres da família. De acordo com essas tradições multisseculares, quando um pai de família morre, a sucessão ou a transmissão da herança não vai para o filho mais velho, mas para o sobrinho do falecido; ou seja, o primeiro filho da irmã uterina do falecido, portanto nascida da mesma mãe que ele.

Se a irmã em questão não tivesse filho, a herança iria para o primeiro filho da sobrinha do falecido. Além disso, quando o jovem chefe da província de Edweso, Kofi Tene, cujo nome oficial era Afrane II, foi deportado para as Seicheles pelos ingleses ao mesmo tempo que o rei Prempeh I, em 1896, foi sua avó, Yaa Asantewaa, proveniente de um clã real e acostumada às funções de liderança, quem assumiu a regência.

Considerando a injunção do governador inglês como um insulto à história e à cultura deste povo, a rainha-mãe atacou duramente os dignitários e chefes de clãs que tinham convocado um Conselho de Anciãos naquela mesma noite, na propriedade de um dos notáveis, para deliberar sobre essa questão. Pois alguns pareciam indecisos! Certos membros até preconizavam recorrer ao diálogo, na tentativa de fazer o governador mudar sua decisão.

É verdade que o país tinha sofrido violentas repressões por parte dos ingleses, após diversos levantes que incendiaram essa região em 1824, onde os Ashantis tinham vencido os britânicos e matado seu comandante, Sir Charles McCarthy. A reação das forças britânicas em 1826 foi brutal e sangrenta. Depois, houve novas revoltas entre 1869 e 1872, que resultaram no incêndio de Kumasi pelos ingleses em fevereiro de 1874. Ashanti viu mil dos seus guerreiros serem massacrados nessa ocasião. Eram pais de família e filhos do país. Somaram-se a isto, posteriormente, duras medidas de retaliação em resposta a novas tentativas de rebelião entre 1885 e 1888.

Certamente. Mas para Yaa Asantewaa, tão enérgica do alto de seu pequeno tamanho, a única resposta a dar a esse insolente Branco era retomar a guerra contra esses ingleses que haviam colocado sua terra sob protetorado, e que, não satisfeitos em esmagar as populações com impostos, haviam se apoderado das minas de ouro de Ashanti para distribuí-las entre companhias estrangeiras. Em um discurso que ficou famoso, ela apostrofou à assembleia: *"Nenhum homem branco teria ousado falar com um chefe Ashanti da maneira como o governador falou conosco esta manhã! Será que o orgulho e a bravura do Ashanti já não existem mais para vocês? Isso é inacreditável! Então eu lhes digo, se vocês, homens do Ashanti, não têm coragem de enfrentá-los, então nós o faremos! Sim, nós, as mulheres o faremos! Chamarei minhas iguais e lutaremos contra os Brancos. Lutaremos até que a última de nós caia no campo de batalha!"*

Então, como para reforçar suas palavras, ela agarrou um fuzil ao acaso e disparou um tiro para o alto, fazendo os chefes sobressaltarem, atônitos. Então eles se curvaram, envergonhados. Depois de derramarem no chão de terra batida uma pequena cabaça de álcool artesanal feito de vinho de palma, em homenagem aos espíritos dos antepassados, beberam alguns goles para selar o acordo. Yaa Asantewaa obteve carta branca para organizar a resistência, e os diferentes chefes aceitaram colocar à sua disposição os contingentes de guerreiros sob sua autoridade. Ela própria dispunha, como chefe de principado, de uma força de três mil e quinhentos homens.

A tensão aumentou ainda mais quando o governador inglês enviou um destacamento de quarenta e cinco soldados indígenas sob o comando do capitão Cecil Armitage para revistar as casas de notáveis de Kumasi e arredores, em busca do Banquinho de ouro. Ele havia sido informado que esse assento sagrado de ouro maciço nunca ficava escondido no mesmo lugar por muito tempo. Ele estava sob a responsabilidade de um grupo de protetores do tesouro real, escolhidos entre chefes de lealdade absoluta, e cujas identidades eram mantidas em segredo. Aqueles a quem o objeto era confiado o guardavam por turnos, segundo um sistema de rotações, para que ninguém em seu entorno fosse tentado a descobrir seu misterioso esconderijo.

O governador, portanto, lançou seus investigadores na trilha do famoso Banquinho, mas sem sucesso. As informações que ele havia pagado para tentar localizar a pista do tesouro eram falsas. Esse ato desajeitado foi o estopim que acenderia a revolta e dissiparia as últimas dúvidas quanto à legitimidade de um novo levante. Efetivamente, aquilo foi demais para a rainha-mãe, até porque temia-se que a qualquer momento pessoas, atraídas pelas promessas de recompensa oferecidas pelos ingleses, acabassem entregando informações sobre os possíveis esconderijos do tesouro.

Determinada a caçar os invasores de seu país e a trazer de volta o Rei Prempeh de seu exílio, Yaa Asantewaa lançou um apelo ao qual responderam milhares de voluntários que imediatamente se alistaram sob seu comando. Deve ser dito que os homens do Ashanti eram conhecidos por sua bravura no combate, e que o antigo reino tinha conseguido sua expansão graças a um exército disciplinado e bem organizado. Até mesmo mulheres, segundo se diz, se apresentaram, prontas para reconstituir os batalhões de amazonas do passado.

Transformada para a ocasião em chefe da guerra, Yaa Asantewaa, solicitando intermediários africanos em contato com mercadores europeus da costa, ativou de imediato uma rede clandestina de fornecimento de armas e munições, para que tudo estivesse pronto no momento que chegasse. Seus contatos se estendiam até Krinjabo, capital do antigo reino agni de Sanwi, localizado no sudeste da colônia francesa da Costa do Marfim, na fronteira com a Costa do Ouro, e onde os Ashanti mantinham laços ancestrais.

Ao mesmo tempo, a Rainha de Edweso organizou em segredo para os recrutas um treinamento físico e espiritual, a fim de testar sua resistência e determinação. Ela também os fez preparar feitiços de proteção, e os organizou em esquadrões móveis de cinquenta a sessenta homens cada, que foram se esconder nos arredores da capital e em províncias aliadas, aguardando o Dia D. Os combatentes eram colocados sob a autoridade de um chefe superior, que podia ter até mil soldados sob sua responsabilidade. Toda essa coordenação militar foi gerida por Yaa Asantewaa, assistida por seus chefes de guerra, entre os quais estava seu mais próximo conselheiro, Akwasi Boadu, chefe de Besease, a aldeia natal da rainha-mãe. Para transmitir suas ordens aos comandantes de batalhão, ela usava mensageiros confiáveis e indetectáveis nas multidões; o que lhes permitiu planejar sua estratégia sem terem de se encontrar para não correrem o risco de atrair a atenção.

Yaa Asantewaa também cuidou do abastecimento suficiente de produtos alimentares para aguentar um cerco de vários meses. Ela delegou o reabastecimento de alimentos às mulheres, bem como a organização de equipes sanitárias para cuidar dos feridos. Ela finalmente despachou equipes de espiões em um amplo perímetro ao redor de Kumasi, para monitorar os movimentos das tropas inimigas e transmitir informações sobre seus efetivos. Toda essa preparação foi feita no maior sigilo. Assim, os ingleses foram apanhados de surpresa durante a primeira emboscada ocorrida em 2 de abril de 1900, na aldeia de Barekese, não longe de Kumasi.

Enquanto ele continuava sua caçada ao Banquinho de ouro, o comando do Capitão Armitage foi expulso a tiros de fuzil por aldeões furiosos. Os intrometidos só conseguiram escapar fugindo sob a chuva, sem sequer conseguirem revidar. O comando britânico, preocupado, passou a buscar possíveis rumores sobre uma possível tentativa de levante. Mas nada vazou. Tudo parecia calmo e as pessoas seguiam suas atividades habituais. Outras escaramuças eclodiram aqui e ali...

Em 25 de abril de 1900, a impetuosa sexagenária deu o sinal para a insurreição. Milhares de combatentes invadiram Kumasi e seus arredores, provocando a fuga de todos os Brancos em direção ao forte britânico. Uma primeira onda de insurgentes atacou a caserna dos soldados Hauçás da Nigéria que serviam às forças britânicas. O grupo incendiou então a missão protestante, cujos membros por sua vez se refugiaram no forte. Os atacantes foram libertar os presos encarcerados pela administração, antes de se voltarem contra o bairro europeu e o hospital.

Finalmente, na noite do dia 29, começou o cerco ao forte. Havia cerca de trinta europeus no local, incluindo quatro mulheres: o governador Hodson, ainda em Kumasi com sua esposa, funcionários mestiços anglo-africanos e oficiais brancos e suas famílias. Também estavam presentes criados, trabalhadores designados para diversas tarefas, e uma guarnição de duzentos e cinquenta a quinhentos soldados auxiliares africanos, conforme as fontes. Em torno das muralhas, muitas famílias africanas ao serviço dos ingleses estavam escondidas em acampamentos improvisados para escapar às represálias de seus compatriotas. Essas pessoas tinham fugido de suas casas incendiadas, mas não tinham sido autorizadas a entrar no forte. Implantado sobre uma ampla área, como aqueles construídos desde o século XVI para proteger os entrepostos europeus de comércio de escravos, o edifício podia abrigar mais de uma centena de pessoas, além dos serviços administrativos.

O conflito duraria cerca de oito meses, durante os quais os insurgentes, abrigados atrás de espessas paliçadas de proteção, hostilizaram seus alvos com ataques esporádicos, sem vacilar diante das pesadas perdas infligidas pelos canhões e fuzis ingleses. As linhas telegráficas ligadas ao forte foram cortadas para impedir qualquer comunicação com o exterior. A rainha-mãe de Edweso ordenou aos chefes provinciais bloquear as principais vias de acesso à cidade, para impedir a chegada de reforços britânicos e de seus soldados negros. Cada cidade-Estado, cada distrito ou cada aldeia tinha seus próprios combatentes. Eles construíam suas próprias barricadas para proteger as áreas de intervenção. Todos esses dispositivos eram coordenados sob a autoridade de um chefe cuja estratégia era seguida. E esse chefe era Yaa Asantewaa.

Depois surgiram estranhas barricadas pelas rotas, constituídas por volumosos troncos de árvores de quase dois metros de altura, cobertos com largas folhas de palmeira, e cujas fendas estavam veladas por lama seca. As paredes de madeira eram tão espessas que os atiradores adversários não conseguiam mirar com precisão os atacantes, e as balas ricocheteavam nos troncos. Mas os Ashanti que disparavam acima das paliçadas também tinham muitas vezes dificuldades de visibilidade para ajustar seus tiros, pois essas paredes improvisadas eram perfuradas com aberturas estreitas à altura do homem, por onde apenas os canos dos fuzis podiam passar. Cerca de vinte paliçadas desse tipo foram instaladas, incluindo onze em torno de Kumasi.

Não parece que Yaa Aasantewaa tenha estado ela mesma na linha de frente, mas seu papel como emissora de ordens foi comprovado, assim como se sabia que seu reduto de Edweso abrigava o quartel-general da resistência. Porém, alguns pretenderam que ela havia se deslocado para certos locais de confronto para encorajar os combatentes, e que carregava um facão preso ao cinto.

Seja como for, Kumasi não permaneceu como o único teatro de operações. Confrontos violentos ocorreram em outros distritos e aldeias que se juntaram ao conflito, atacando colunas de socorro britânicas. Nas suas reivindicações, os Ashanti exigiam o regresso do seu rei, o fim da caça ao Banquinho de ouro, e a anulação dos impostos e taxas de guerra exigidos pela administração branca. No entanto, o governador se recusou a negociar.

A rainha-mãe então mandou bloquear o abastecimento de água e de comida para o forte, de onde pessoas tentaram escapar sob o fogo das balas Ashanti, para não morrer de fome. Como não era possível tratar os feridos nem enterrar os mortos enterrados dentro do edifício, pessoas morriam de varíola e febre amarela, e cadáveres foram lançados por cima dos muros. Dia 13 de maio Yaa Asantewaa suspendeu temporariamente o bloqueio para permitir o reabastecimento de mantimentos ao forte; restavam apenas biscoitos secos, que os sitiados partilhavam com parcimônia. Então, ela decidiu permitir autorizar as esposas dos colonos e as criadas africanas a deixar aquele inferno. Mas a trégua foi rompida dois dias depois, quando ela soube que as tropas britânicas estavam convergindo em grande número para o local do conflito.

De fato, Londres tinha mobilizado, para além das divisões de cerca de quinhentos auxiliares acantonados em Accra, batalhões de soldados Hauçá e Yorubá vindos da colônia da Nigéria, bem como reforços enviados da Serra Leoa a fim de dar uma resposta decisiva aos Ashanti. Um total de pouco menos de quatro mil homens, incluindo um destacamento de soldados Sikh oriundos da Índia, também colônia inglesa. Por sua vez, o exército de Yaa Asantewaa foi estimado, segundo alguns relatos ingleses, entre 20.000 e 40.000 combatentes, incluindo guerreiros das províncias aliadas que vieram apoiar a resistência.

No dia 23 de junho, burlando a vigilância em torno da fortaleza, uma unidade de soldados conseguiu escapar por um acesso mal guardado que conduzia à rota de Patasi. Levavam consigo o governador e sua esposa, um grupo de europeus e alguns feridos. Graças à cumplicidade de um chefe local contrário aos Ashanti, eles conseguiram escapar dos seus perseguidores, furiosos por terem sido surpreendidos pelo seu estratagema. Dois oficiais brancos e uma centena de soldados Hauçás, no entanto, perderiam a vida cobrindo a fuga. Após três dias de caminhada, os fugitivos chegaram a uma aldeia segura, de onde foram evacuados em pirogas pelo rio Pra. De lá, embarcaram no barco a vapor que assegurava o tráfego fluvial até Accra.

Chegando a um local seguro, o Governador Hodgson começou imediatamente a preparar a contraofensiva com os imponentes reforços vindos da Nigéria, e que esperavam em Cape Coast. Eram compostos por cerca de mil homens liderados pelo tenente-coronel James Willcocks, auxiliado por cerca de sessenta soldados e suboficiais brancos. Deixando sua base em Cape Coast, eles enfrentaram por dias as trilhas atoladas e trombas d'água da estação chuvosa, e ainda sofreram diversas emboscadas pelo caminho. Então, na manhã de 14 de julho de 1900, a expedição de socorro investiu o forte de Kumasi com canhões e baionetas. Após uma violenta batalha, eles libertaram os ocupantes na noite de 15 de julho. E já era hora, porque as escassas rações estavam esgotadas e não restava mais nada para comer! No saldo da insurreição, as perdas africanas foram consideráveis de ambos os lados. Cerca de mil para a força negra do exército britânico, e o dobro disso – mais de dois mil, entre os Ashanti.

Começaria então uma caçada aos resistentes que ia desencadear um reinício dos confrontos até o fim de outubro de 1900. De fato, em seu desejo de reprimir a rebelião, os britânicos começaram a saquear todas as províncias ao redor de Kumasi. Os bens, as terras, as colheitas e as reservas alimentares das localidades que haviam apoiado a resistência foram pilhados, e os rebanhos de bovinos, ovinos e caprinos apreendidos. Muitas aldeias próximas das zonas de combate, e suspeitas de terem prestado auxílio aos insurgentes, mesmo se somente com víveres e cuidados, foram incendiadas.

Em 30 de agosto de 1900, a província de Edweso foi devastada em toda a sua extensão por duas companhias de novecentos homens. Combates ferozes ainda continuaram por todo o reino, esporadicamente, até a queda definitiva de Kumasi no mês de outubro, e a derrota do exército Ashanti. A repressão da insurreição levou à incorporação do Ashanti à colônia da Costa do Ouro, e à sua integração no império colonial britânico pelo decreto de 26 de setembro de 1901.

Os líderes foram sendo presos pouco a pouco; alguns, denunciados por oportunistas que almejavam posições de chefes. Alguns foram executados por enforcamento, outros condenados a penas de dez a vinte anos de prisão, e um terceiro grupo foi enviado ao exílio. Todos os chefes da resistência foram assim capturados. Todos, exceto Yaa Asantewaa, procurada como instigadora da rebelião, mas que permaneceu foragida, apesar da recompensa de 600 libras esterlinas prometida para ajudar à sua captura. Ela havia se refugiado em um acampamento distante na área florestal, com alguns de seus súditos e os remanescentes de seu contingente militar.

No entanto, parece que tinha conseguido reconstituir uma força de cinco mil homens, pronta para retomar as hostilidades contra o exército de ocupação.

Quando foi informada de que os ingleses exigiam sua rendição, ela respondeu que lutaria até o fim. A caçada durou vários meses; as bocas permaneceram fechadas. Mas um dia, um emissário chegou de Edweso para informá-lo que os ingleses tinham encarcerado sua filha e tomado seus netos como reféns.

Em 3 de março de 1901, às sete da manhã, a rainha-mãe se entregou no Forte de Kumasi, nas mãos do oficial Samuel Howard Hingley. Transferida em abril para o Forte de Elmina, onde foi presa com uma dezena de seus companheiros de luta, Nana Yaa Asantewaa embarcou no navio de transporte Darkwa em 25 de maio de 1901, para ser deportada a Mahé, capital do arquipélago das Seicheles, onde ela reencontrou o rei Prempeh I. Foi lá que ela morreu, por volta dos noventa anos, em 17 de outubro de 1921, após vinte anos de detenção. Essa última e quinta grande insurgência do Ashanti contra a colonização britânica ficou conhecida na memória coletiva como a *Guerra do Banquinho de ouro, ou a Guerra de Yaa Asantewaa.*

Quando o rei Prempeh I foi libertado em 1924, e finalmente pôde regressar ao seu país após vinte e oito anos de exílio, iniciou negociações com a administração colonial para obter autorização para repatriar das Seicheles os restos mortais dos trinta e nove resistentes Ashanti mortos no exílio. Após informá-lo de que ele já não era um simples cidadão desse país, as autoridades britânicas deram seu consentimento. As caixas com ossos chegaram a Kumasi em 1930. Yaa Asantewa fazia parte de uma delas.

Ela foi enterrada com dignidade na concessão real de seu clã em Edwesso. Ainda hoje, sua memória é perpetuada no Gana como uma grande figura da resistência anticolonial.

IV

PROFETISAS E MOVIMENTOS MESSIÂNICOS

Kimpa Vita, também chamada Dona Beatriz[67]

A Joana d'Arc do reino do Kongo

Alegando estar inspirada por Deus, essa jovem cristã congolesa incentivou seus compatriotas a reagir contra a crescente influência dos missionários europeus na condução de seu país. Diante da magnitude da revolta, estes convenceram o rei local a condená-la. Ela morreu na fogueira.

No início do século XVIII, o antigo reino do Kongo[68], que à época se estendia do norte de Angola até o atual Congo Democrático (ex- Zaire), encontrava-se devastado por uma terrível luta de clãs. Dessa vez, a guerra civil foi causada pela obstinação de dois pretendentes ao trono, cada um reivindicando o poder para sua linhagem: a dos Kimpanzu[69], que havia dado mais de dez reis ao Kongo e tentava reconquistar a hegemonia perdida, e a dos Kimuzala que lhe tinha sucedido no intervalo.

---

67 Apelido dado a esta personagem por autores congoleses e outros.
68 Ortografia da época. Escreve-se, hoje, Congo.
69 Kimpanzu, também escrito Chimpanzou por alguns autores; o mesmo para Kimulaza, grafado Chimoulaza.

O Kongo havia representado uma das mais antigas e notáveis entidades da África Central. O antropólogo e explorador alemão Léo Frobenius que, em 1904, fez sua primeira viagem ao continente africano, e em particular ao Kasai congolês, escreveu, por exemplo, em sua obra *História da Civilização africana*, traduzida para o francês em 1936: *"No reino do Congo, os primeiros navegadores portugueses descobriram uma multidão fervilhante vestida de seda e de veludo, grandes Estados organizados até os menores detalhes, soberanos poderosos, indústrias opulentas. Civilizados até a medula dos ossos!"*

Sem se deixar levar por tamanho entusiasmo, sabe-se que o país, banhado pelo rio Congo, se beneficiava de um ambiente fértil e possuía regiões auríferas, além de minas de cobre. O trabalho do ferro, dominado pelas populações bantu muito antes do primeiro milênio de nossa era, permitiu fabricar as ferramentas e armas necessárias à manutenção da supremacia do reino na região, até à chegada dos europeus.

Sua prosperidade estava baseada principalmente no ferro, mas também no marfim e no sal extraído das salinas da cidade portuária de Pinda, e da província de Ambriz situada na fronteira marítima do reino. O comércio, monopólio do Estado, era realizado por carregadores a pé, já que a floresta tropical era hostil à aclimatação dos cavalos. Entre as outras atividades praticadas, a agricultura de subsistência, a produção de óleo de palma e a criação de gado – onde a mosca tsé-tsé o permitia – garantiam ao país uma confortável segurança alimentar. Além disso, a confecção de joias e de objetos de artesanato em cobre, o trabalho em madeira e a produção de um veludo de ráfia, que tinha alto valor de troca, contribuíam a enriquecer sua oferta comercial.

O aparecimento dos missionários europeus introduziria uma virada decisiva na história desse reino, povoado na época com cerca de três milhões de habitantes. Chegados no final do século XV com as primeiras caravelas portuguesas que desembarcaram nas costas africanas, os missionários encontraram naquele país um terreno particularmente receptivo às suas campanhas de evangelização. Eles começaram pelos reis e pelas classes urbanas. A partir de 1491, a família real congolesa se converteu ao cristianismo, seguida pela aristocracia local que constituía a base do poder, e para quem se alinhar com as práticas do chefe era altamente recomendado. Eles se precipitaram, portanto, com entusiasmo ao batismo, ao contrário do povo do campo, ainda apegado aos cultos tradicionais.

Os estratos sociais estavam divididos entre a realeza e a nobreza letrada que vivia na capital, os aldeões espalhados por cinco províncias, e os escravizados. Os cargos-chave permaneciam circunscritos à comitiva do soberano, que ali escolhia seus governadores de província. Porém, como a realeza era eletiva sob o controle de um Conselho Real representando os clãs mais importantes, as lutas pela sucessão eram frequentes.

Os missionários se imiscuíram pouco a pouco na vida interna do país graças a seu papel como conselheiros influentes dos reis e dos poderosos. Um dos seus melhores alunos foi o rei Afonso I, "tão absorto pela leitura das escrituras sagradas que adormecia sobre seus livros, esquecendo-se de comer". Durante seu reinado, entre 1506 e 1543, fez do catolicismo a religião do Estado, rebatizou sua capital de Mbanza Kongo para San Salvador, e abriu grandemente seu país ao seu "amigo" o rei de Portugal, com quem trocou uma importante correspondência.

Uma brecha na qual se lançaram missionários, comerciantes e aventureiros de diversas origens. As congregações, em particular, responderam muito rapidamente ao apelo, sem dúvida também pelos privilégios de que desfrutavam graças à sua proximidade com as dinastias reinantes. Ao longo dos anos, sucederam-se franciscanos, jesuítas, dominicanos, calvinistas, agostinianos, capuchinhos etc. Nos primeiros tempos, a substituição dessa população estrangeira era bastante frequente, pois os Brancos resistiam dificilmente aos rigores do clima tropical e sucumbiam como moscas à malária e outras disenterias.

A adesão à cultura portuguesa por parte desse rei "assimilado" transformou a sociedade local com a introdução de importantes elementos externos. Mudanças que se observaram especialmente no domínio religioso, na educação, nos princípios de governo e de administração, bem como na domesticação de algumas plantas. Afonso I moldou assim a administração do reino segundo o modelo português. Ele também criou escolas para meninas, até mesmo nas províncias do interior, onde o ensino era ministrado por senhoras congolesas formadas pelos missionários.

Desejando incentivar a formação de padres africanos, ele enviou jovens para estudar em Portugal, incluindo seu próprio filho, Henrique, que mais tarde foi consagrado bispo em Roma. Enviado a Lisboa ainda muito jovem, esse realizou ali estudos brilhantes e, em 1513, quando tinha dezoito anos, ele pronunciou um discurso em latim perante os cardeais reunidos em Roma. Primeiro e mais jovem bispo africano, ordenado em 1518 com uma dispensa papal, ele retornou ao Congo por volta de 1521. Mas, com a saúde frágil, ali faleceu nove anos depois, sem ter desempenhado um papel significativo na Igreja Católica.

O idílio entre o Congo e Portugal iria, no entanto, se romper devido à questão da escravatura. A demanda das plantações americanas tendo dado um impulso frenético ao tráfico negreiro, portanto os portugueses logo viram no reino de seu "amigo" um extraordinário reservatório de abastecimento. A venda de escravos não era propriamente uma atividade comum nesse reino, onde os cativos eram utilizados principalmente nos trabalhos agrícolas e no serviço da nobreza provincial.

O rei, chocado com a falta de consideração demonstrada por seus súditos, e desapontado ao constatar que os princípios morais pregados pela religião europeia não pareciam se aplicar aos africanos, opôs-se a qualquer comércio de escravos no seu território. Isso lhe atraiu então o ódio dos negreiros brancos que tentaram até assassiná-lo em plena missa de Páscoa em 1540. As razias para captura de escravos se multiplicaram a partir da vizinha Angola, ocupada pelos portugueses, e da ilha de São Tomé, semeando a desolação nas aldeias fronteiriças congolesas, e em particular na província de Mbamba.

Relativamente disciplinados até então, os príncipes, duques, marqueses e condes locais, fascinados pelos bens de consumo europeus, passaram a ignorar abertamente o decreto real, e se lançaram também na caça de escravos. Do seu ponto de vista, se quisessem adquirir as fantasias importadas que tanto cobiçavam, não tinham muita escolha: Portugal tinha decretado que os escravos eram o único bem aceito como pagamento por seus produtos! Os navios de comércio portugueses, franceses, holandeses e outros, não paravam de trazer para a costa atlântica, objetos cada um mais tentador que outros, especialmente fabricados para esses mercados pouco exigentes: fuzis de pistão, armas de arremesso, ferramentas de todos os tipos, mas também roupas de damasco enfeitadas com rendas - pouco adaptados ao clima local -, botinas, vinhos, chapéus, espelhos e miçangas!

Os contatos com os europeus tendo permitido o aumento de suas capacidades ofensivas, nada mais impedia essas elites principescas de ignorar as instruções reais e guerrear entre si sempre que tivessem vontade! E não era o aspecto imoral da escravatura que os faria recuar, pois, ao que parece, até os padres brancos que lhes serviam de diretores espirituais se deixavam comprometer no tráfico negreiro! Enraizados nas cortes reais, os missionários, cuja influência sobre as elites era muito forte, constituíam naquela época uma verdadeira cabeça de ponte para as nações europeias nessas regiões.

Por sua intrusão até nas comunidades mais remotas, sabiam muitas coisas sobre o interior do continente. Colaboravam estreitamente com suas respectivas metrópoles, às quais informavam sobre os diversos aspectos físicos, econômicos, sociológicos e políticos dos Estados onde estavam estabelecidos, e cujos recursos conheciam perfeitamente bem, assim como seus forças e fraquezas. Daí a desconfiança de certas camadas da população.

Após a morte de Afonso, as lutas dos clãs para obtenção de cativos dominaram a vida política congolesa até a decadência do reino no século XVIII, quando as redes comerciais europeias se impuseram aos antigos Estados. Mas por ora, a desordem era total no país. As províncias tendo progressivamente se emancipado do poder central, o número crescente de pretendentes ao trono levou a uma fragmentação da realeza em principados inimigos. As hostilidades entre príncipes entrincheirados em suas respectivas províncias acabaram levando finalmente à guerra civil, à qual se somaram fomes e epidemias. O abalado povo congolês já não sabia a que santo recorrer para apaziguar a ira dos deuses. Como trazer de volta a paz?

Em 1704, no auge da tormenta, começaram a circular rumores sobre uma personagem extraordinária que devolvia esperança aos desesperados. Alguns outros visionários iluminados já tinham surgido no passado, em momentos difíceis da história do país, mas não duraram muito. Desta vez, tratava-se de uma garota de vinte e dois anos. Ela era da etnia Mukongo e se chamava Kimpa Vita. Ela proclamava ter recebido de Santo Antônio, padroeiro dos náufragos e dos que sofrem, a missão de reunir seu povo para pôr fim às desordens e permitir que o reino recuperasse sua grandeza.

Como se verá também na história da profetisa sul-africana Nongquause, os movimentos milenaristas que pontuaram períodos conturbados da história da África, se apresentavam geralmente como catalisadores do desespero de populações oprimidas. Frequentemente coincidiam com uma chegada violenta dos Brancos, ou percebida como tal, por populações privadas de sua autonomia anterior, e de seus meios de subsistência. Buscando desesperadamente uma resposta para "porquê esses Brancos estavam lá e porquê nos estavam atacando ao espoliar nosso país", eles podiam abrir seus corações e seus ouvidos a qualquer um que fosse capaz de lhes oferecer uma visão apocalíptica que lhes permitisse acelerar a partida de seus opressores.

Daí a proliferação de feiticeiros, profetas, sacerdotisas e outros milagreiros que se pretendiam investidos de uma missão sagrada junto aos seus compatriotas, e essas longas marchas de proselitismo pelo país, que constituíram uma constante nesses movimentos. Os dissidentes religiosos podiam tanto pregar uma rejeição do cristianismo que - aos seus olhos, havia coincidido com a chegada das desgraças da colonização ou de outras catástrofes naturais - quanto uma reapropriação da religião cristã como ferramenta de oposição aos Brancos.

O cristianismo pregava a igualdade e a fraternidade entre os homens, e afirmava que Deus não fazia nenhuma distinção entre os seres. Ora, os europeus lhes impuseram uma desigualdade flagrante em nome de sua superioridade racial. Daí a reinterpretação de um cristianismo africanizado, no qual os Negros não seriam mais os fracos, mas dominariam esses Brancos que haviam desorganizado seu mundo, a fim de reconquistar sua liberdade. Incapazes de suportar que os "dominados" explorassem assim as contradições de seus comportamentos, os europeus geralmente combatiam essas seitas com o maior vigor.

Oriunda de uma família aristocrática provinciana do Bakongo, Kimpa Vita havia recebido, como todos os jovens nobres da época, uma educação católica.

Pois, para agradar ao rei, sua família também havia adotado a religião dos novos aliados brancos, que vieram evangelizar as populações a qualquer preço. À frente de seus discípulos, Kimpa Vita, que havia retomado seu nome de batismo de Dona Beatriz, percorreu as aldeias rumo a San Salvador, a cidade das doze igrejas, antiga capital do reino, devastada pelas guerras e abandonada por sua população.

Seu corpo esguio vestido com um pano verde de veludo de ráfia e a fronte cingido de uma coroa de fibras trançadas, ela se deslocava infatigavelmente de uma província a outra. Seu rosto de traços finos expressava grande serenidade. Por onde passava, lhe estendiam os braços e ao longo de sua cruzada, ela contava com voz grave e calma o milagre que a havia designado para levantar seu povo dizimado.

"Eu estava doente e perto de morrer. Uma noite, tiritando da febre que me arrebataria, vi aparecer em sonho um irmão vestido como um monge. Ele me disse ser Santo Antônio, enviado por Deus na minha mente para me exortar a pregar e ensinar o povo a seguir em frente. Então, sem saber como, tive um grande alívio e me senti reviver. Chamei meus pais para explicar-lhes o mandamento divino. Em seguida, distribuí todas as minhas riquezas para mostrar que renunciava às coisas deste mundo, e me fui em frente para cumprir meu dever. Nunca tinha falado assim diante de desconhecidos, e hoje vocês prestam atenção na minha mensagem e me seguem com confiança!"

Como explicar o papel desse santo cristão na ação de Kimpa Vita? A figura de Santo Antônio havia sido popularizada pelos missionários portugueses durante a evangelização dos congoleses no final do século XV. Venerado no imaginário popular como protetor dos pobres e dos oprimidos, sua evocação deu forte ressonância à mensagem da jovem profetisa.

Exortando seus fiéis à oração, ela os levou a renunciar aos feitiços e destruir as pequenas cruzes impostas pela religião estrangeira. Ela também anunciou a chegada de um novo tempo e o renascimento de um reino onde o povo não conheceria mais a miséria. E muitos deles aglomeram-se à sua volta, encontrando em suas palavras o sopro de esperança que os ajudaria a afastar o espectro do infortúnio. Os aldeões aprovaram em uníssono as palavras dessa jovem que colocava ao seu alcance uma nova religião mais próxima deles, enquanto aquela professada pelos Brancos parecia pouco se importar com o bem dos Negros.

Uma religião onde os anjos não são apenas brancos e onde o céu também é habitado por Negros.

"O dia do juízo se aproxima! ela proclamava aqui. Deus, em sua indignação, nos castiga com terríveis punições. Vocês recitam o Salve Regina e nem sabem porquê! Pedem que vocês jejuem durante a quaresma, quando já estais exaustos de fome! Se vocês querem ser lavados de seus pecados, basta se exporem à chuva. A confissão não serve para nada... As boas obras são vãs... Só a intenção conta para Deus... Tomai, meus irmãos, quantas esposas quiserdes, se assim são os nossos costumes!"

"A verdadeira terra santa está no Kongo, afirmava ela em outro momento. Os verdadeiros fundadores da religião católica são da nossa raça, a raça negra. Jesus Cristo nasceu em San Salvador, mas os Brancos falam de Belém! Ele foi batizado em Sundi, que chamam de Nazaré. Mas saibam que Jesus Cristo, Nossa Senhora e São Francisco também são originários do Kongo! Que todos os missionários que se apoderam das nossas riquezas para o lucro exclusivo dos Brancos deixem o Kongo. Eles são contra a força do nosso reino. Santo Antônio é o nosso remédio. Só ele nos ouve e nos ajudará a reconstruir nosso país."

Diante das desgraças que se abatiam sobre eles, muitas pessoas humildes estavam inclinadas a responsabilizar os conselheiros estrangeiros pelos erros de seus reis, que já não os governavam como antes. Quem sabe, pensavam eles, se os padres europeus, sob o pretexto de filantropia, não trabalhavam, na realidade, para enfraquecer o reino, empurrando os príncipes que influenciavam com seus conselhos a se engajarem em disputas internas desastrosas? *"Juntai-vos a San Salvador!* ordenava ela às multidões em delírio que a acolhiam com fervor. *San Salvador, símbolo da nossa unidade perdida, deve renascer das cinzas. Em São Salvador repovoada, as raízes das árvores cortadas se transformarão em ouro e prata. Sob as ruínas levantadas descobriremos minas de pedras preciosas e metais raros. Em San Salvador, todas as riquezas que os Brancos nos roubaram serão destinadas àqueles que aderirem à verdadeira fé e contribuírem para o renascimento do reino."*

Os relatos dos milagres da "Santa" se espalharam por todas as províncias do Kongo, de norte a sul, de leste a oeste, despertando à esperança de uma nova era de ouro. Contava-se que ela curava os doentes e que, por onde passava, as árvores secas se erguiam novamente. Os fiéis disputavam os restos de sua comida, convencidos de que dela poderiam obter alguma graça. Até mesmo os nobres e senhores agora se aglomeravam ao seu redor! Eles estendiam seus luxuosos panos de ráfia e capas de seda no chão, e faziam deles toalhas sobre as quais ela era convidada a tomar suas refeições. E havia também o ritual das sextas-feiras. Toda sexta-feira, ela mergulhava em um recolhimento absoluto simbolizando a morte de Cristo. Ela dizia que subia ao céu para interceder junto a Deus pela causa dos Negros e pela libertação do Kongo... Depois ela "ressuscitava" no sábado, pronta para retomar a rota, sendo acompanhada em cada etapa de sua longa caminhada por novos discípulos ainda mais exaltados.

Elevada pelas multidões ao status de profetisa, Kimpa Vita decidiu ir encontrar o rei Pedro IV, refugiado com seus partidários no Monte Kibangu. Ela queria convencê-lo a retornar a San Salvador, outrora capital de um Kongo unificado. Primo dos dois beligerantes, este, filho de um príncipe Kimpanzu e de uma nobre Kimuzala, ocupava o terceiro lugar na ordem de sucessão. Esperando que sua filiação servisse de compromisso, ele havia sido escolhido, portanto, por ser instalado à frente do reino, e depois coroado pelos missionários capuchinhos que se acomodavam perfeitamente com sua falta de caráter. No entanto, consciente de sua legitimidade contestada, o temeroso Pedro IV não ousava deixar as alturas de sua cidadela para se instalar na antiga capital abandonada.

Apesar do veto dos capuchinhos que o cercavam, o rei aceitou receber a jovem profetisa. Como sua própria esposa, Hipólita Maria Kimpanzu (que mais tarde se converteu ao movimento antonino e rompeu com seu marido), e seu general-chefe, ele foi conquistado pelo seu carisma e pela sua mensagem cheia de bom senso. Enquanto isso, muitos dos que haviam fugido do inferno de San Salvador voltavam à capital. Queriam ver e tocar a "Santa". Estavam prontos a repovoar a cidade, reconstruir as casas, limpar os campos e replantar os jardins. Alguns príncipes rebeldes até declararam querer a reconciliação com Pedro IV.

Dona Beatriz então enviou pelo reino centenas de discípulos que ela apelidou de "pequenos Antônios", para que continuassem a difundir sua mensagem até os confins do país, e incentivassem os senhores das províncias a virem participar do movimento de paz e de restauração do reino. Reconhecíveis pelas coroas de ráfia trançada que usavam na cabeça, atravessavam as aldeias cantando o "Salve Antônia", uma adaptação do cântico católico *Ave Maria*. E assim, estimulavam o sentimento nacional ao pregar o ensinamento dos Antoninos[70].

Foi um sucesso fulgurante para a seita. Populações animistas aderiram em massa. Clãs aristocráticos começaram a se afastar da Igreja Católica. Em menos de dois anos, Dona Beatriz lançou os alicerces de uma nova igreja africanizada, onde se misturavam influências católicas e práticas tradicionais. Mas, acima de tudo, sua mensagem procurava provocar a renovação política do país.

Os representantes da igreja romana, que se consideravam os únicos intermediários entre Deus e os homens, começaram a ver nessa profetisa negra uma ameaça à sua posição privilegiada. *"Faça com que seu reino se torne cristão e seu poder será aumentado"*, haviam dito ao rei, para convencê-lo de que sua adesão à fé católica lhe garantiria superioridade sobre seus inimigos, e sobre as províncias em revolta. E eis que essa pobre garota levantava um povo inteiro, apontando a influência dos estrangeiros colocados em torno do rei! Ela pretendia fazer renascer as práticas pagãs que eles tinham tido tanto trabalho para expurgar desses selvagens! E ainda por cima, ela se apropriava descaradamente de um santo católico! Se essa contestação da fé cristã se propagava, seria o próprio fundamento de seu longo trabalho de apropriação dessas almas simples, que poderia ser posto em xeque.

Os missionários brancos não ignoravam a desconfiança que inspiravam na opinião congolesa, chocada com os enormes privilégios que eles tiravam de sua presença junto aos poderosos. Mas as razões da cólera do povo, pouco lhes importavam. Comerciantes portugueses que drenavam as riquezas do reino para o exterior... Príncipes que entregavam seus semelhantes em troca de um garrafão de aguardente, dois guarda-chuvas pretos e um colete de pano! A fome que atingia as crianças, enquanto o reino outrora só conhecera a prosperidade... Dane-se! Essa reação popular era perigosa demais para que se permitisse que ela crescesse.

Isolado em sua colina, longe de seus súditos, o rei era mais facilmente controlável. Os missionários não podiam permitir a restauração de uma realeza

---

70 Antoninos, também chamados de Antonianos segundo fontes.

forte que devolveria aos congoleses o gosto pela resistência. Instalados na vizinha colônia de Angola, os portugueses aguardavam o momento propício para alinhar todos esses territórios em uma vasta possessão.

Manipular o fraco rei Pedro IV foi para eles brincadeira de criança. Eles o convenceram de que a influência de Dona Beatriz lhe fazia sombra e colocava seu poder em perigo. O rei, no entanto, hesitou. Tinha receio de ferir o sentimento popular ao mandá-la prender. Contudo, os Capuchinhos vigiavam atentamente, pressionando-o continuamente em nome da "obediência a Deus". Então, Pedro IV ordenou a repressão do movimento. Dona Beatriz só teve tempo de fugir para ir se refugiar no mato, na companhia de alguns de seus discípulos. Perseguida, ficou escondida ali por algum tempo, e foi ali que deu à luz seu filho, filho de João Barro, seu fiel companheiro de jornada.

Mas os soldados a encontraram enquanto ela amamentava seu bebê. Apesar de tudo, o rei tinha alguns escrúpulos. Ele não estava realmente certo de que ela fosse tão perigosa assim. Ela parecia sincera em sua determinação de devolver aos congoleses uma vida melhor em um país unificado. Por outro lado, os capuchinhos não davam trégua ao pequeno rei que tinham feito. De forma veemente, exigiram que ele tomasse uma decisão. Estavam, aliás, escandalizados com o fato de que ela tivesse tido um filho, embora se dissesse virgem. Isso era uma impostura que devia ser punida. Eles pediram ao rei que a mandasse prender. Tal como Pôncio Pilatos, Pedro IV capitulou.

Um dos padres brancos a submeteu a um primeiro interrogatório. Ele a questionou sobre a origem do bebê. Dona Beatriz respondeu: *"Não posso negar que é meu. Mas como eu o tive, não sei. Só sei que ele me foi enviado do céu e que será o salvador do nosso povo."*

Depois, foi acorrentada antes de ser levada perante o Padre Bernado Di Gallo, o chefe dos Capuchinhos, que deveria conduzir um interrogatório mais aprofundado. Ela ainda segurava seu filho nos braços.

- *"Quem é você?"*, ele perguntou a ela.

- *Eu sou Santo Antônio. Vim do céu.*

- *E que notícias você traz de lá? Diga-me se há Negros do Kongo no céu, e se eles estão lá com sua cor negra?*

Impassível, ela respondeu que no céu havia pequenos Negros batizados assim como adultos, mas que lá eles não tinham a cor do Negro nem do Branco, porque no céu não existe cor alguma. Seus juízes ficaram furiosos. Como ela ousava profanar assim princípios tão sagrados! Negros no céu! Teremos visto de tudo! Sob a acusação de heresia, os missionários exigiram um castigo exemplar; aquele reservado na Europa àqueles que a Igreja Católica considerava feiticeiros ou hereges, ou seja, a fogueira. *"Que me importa morrer, replicou Dona Beatriz. Meu corpo nada mais é do que um pedaço de terra. Não dou valor algum a ele. Mais cedo ou mais tarde ele será reduzido a cinzas."*

O Padre Lorenzo da Lucca, que assistiu à execução, descreveu-nos esse dia 2 de julho de 1706, quando Kimpa Vita, que mais tarde alguns autores apelidariam de "Joana d'Arc congolesa", foi queimada viva na fogueira, no meio de uma multidão angustiada, contida por várias fileiras de soldados protegidos por seus escudos de guerra de pele de búfalo, e armados com lanças e flechas.

"O basciamucano, ou seja, o juiz, pronunciou finalmente a sentença contra Dona Beatriz, dizendo que sob o falso nome de santo Antônio, ela havia enganado o povo com suas heresias e suas falsidades. Consequentemente, o rei seu senhor, e o Conselho Real a condenavam à morte na fogueira, junto com seu concubino, que se fazia chamar São João. Após essa sentença, eles foram levados até a fogueira. Ela levava seu filho no braço. Houve então um tumulto tão grande entre a multidão aflita, que não nos foi possível oferecer qualquer assistência aos dois condenados. Havia ali uma grande pilha de madeira, sobre a qual foram jogados. Eles foram cobertos com outros pedaços de madeira e queimados vivos. Não satisfeitos com isso, na manhã seguinte, homens voltaram para queimar alguns dos ossos que haviam restado, e reduziram tudo a cinzas muito finas."

O que mais acrescentar a esse relato do martírio de Dona Beatriz, senão que sua morte mergulhou o povo congolês em uma profunda tristeza, e que ninguém quis acreditar nos Capuchinhos quando, mais tarde, estes afirmaram que essa "mulher do diabo" tinha se arrependido e renegado toda sua ação passada antes de morrer na fogueira. Quanto ao seu recém-nascido, foi salvo por pouco pelo padre Lorenzo da Lucca que, considerando-o inocente das faltas da mãe, havia conseguido que o rei lhe concedesse perdão. Sem dúvida ele foi acolhido pela grande família dos Antoninos. Ninguém sabe o que aconteceu com ele.

Desejosa de perpetuar sua memória, a tradição oral se apropriou da lembrança de Kimpa Vita. Os Antoninos espalharam o boato de que, após sua morte, dois poços profundos surgiram no local onde ocorreram as execuções; e que no meio desses poços, se viam brilhar duas lindas estrelas, uma simbolizando a alma de Dona Beatriz, e a outra, a de seu companheiro Barro.

Nongqause

Funesta profetisa dos Xhosa da África do Sul

A história não é feita apenas de heróis positivos, como ilustra esse terrível massacre de gado que, em meados do século XIX, provocou o autoextermínio de uma parte do povo Xhosa da África do Sul. Uma mulher está no centro dessa tragédia: a profetisa Nongqause que, para alguns, foi uma traidora diabólica e, para outros, uma figura injustamente difamada do nacionalismo sul-africano.

Numa manhã de abril de 1856, no coração do país Xhosa, na região do Cabo, uma garota de dezesseis anos deixou sua aldeia, como fazia todos os dias, para ir buscar água no rio que corria não muito longe, e vigiar os campos de sua família. Ela se chamava Nongqause. Órfã, ela havia sido criada por um homem chamado Mhlakaza, irmão de seu falecido pai. Ele era o adivinho da aldeia, e ela às vezes servia como médium, pois diziam que ela tinha o dom de se comunicar com os ancestrais. É preciso dizer que os Xhosa eram muito apegados ao culto dos mortos, e suas tradições estavam fortemente imbuídas de crenças segundo as quais os espíritos dos falecidos podiam se manifestar por meio de uma alma viva para transmitir suas mensagens aos homens.

Naquele dia, então, Nongqause se afastou das cabanas redondas com telhados pontudos que abrigavam os seus. Ela estava acompanhada por uma menininha de cerca de dez anos, Mombanda, que, no entanto, não viu nem ouviu nada do que iria acontecer em seguida. Seguiram por alguns quilômetros uma trilha que serpenteava por uma vasta extensão plantada com milho, e chegaram à beira do rio Gxarha[71]. Situado a leste do rio Fish, esse afluente formava uma espécie de fronteira natural com a área oposta ocupada por imigrantes holandeses. Recentemente implantados na região, estes não paravam de estender sua expansão às custas das tribos locais, cujas terras tentaram se apoderar; o que gerava relações de vizinhança bastante tensas em um clima hostil.

Após cumprir sua tarefa, a jovem pegou o caminho de volta. E aí, o que aconteceu? Só Deus sabe! Ainda assim, ao chegar à aldeia, Nongqause correu até a casa do tio e, sem fôlego, contou-lhe uma estranha história sobre Espíritos dos mortos que lhe tinham aparecido em uma visão.

"Esses Espíritos, afirmou, *perturbados pelo nosso grande infortúnio, me designaram para salvar nosso povo. Eu vi a imagem de meu pai que me pediu para ouvi-los e obedecê-los. Nossos mortos não conseguem encontrar descanso tanto estão comovidos com a imensa extensão de nossos sofrimentos. Disseram-me que nos ajudarão a devolver os estrangeiros ao mar, para que possamos recuperar nossa liberdade e os territórios que tínhamos herdado de nossos ancestrais. Em breve soará o dia da libertação. Mas para que esse dia abençoado chegue, há uma condição: deveremos fazer um grande sacrifício. Os Espíritos exigem que queimemos nossas colheitas e matemos todo o gado. Pedem que não cultivemos mais a terra, que destruamos nossas plantações, que abandonemos os campos em pousio e deixemos o milho morrer nos caules."*

A África do Sul estava então mergulhada no caos e no desespero. Os bôeres[72], descendentes de imigrantes holandeses que haviam desembarcado no Cabo da Boa Esperança em meados do século XVII, haviam se lançado em um vasto movimento de êxodo em direção ao nordeste do país, varrendo em sua passagem tudo o que não fosse branco assim como eles. Tinham deixado em massa a região do Cabo para marcar sua recusa à tutela britânica, que as complexidades da distante política europeia haviam transformado em dona do lugar em 1814. Com efeito, ao fim das guerras napoleônicas, o rei da Holanda cedeu sua colônia do Cabo à Inglaterra por seis milhões de libras.

Uma oportunidade de ouro para Londres, que podia assim controlar a rota para as Índias. O desembarque, em 1820, de três mil colonos britânicos causaria

71 Outras fontes mencionam o rio Kei.
72 Boer: palavra holandesa que significa camponês.

uma enorme frustração entre os pioneiros holandeses que haviam chegado ao local muito antes, e que agora se viam forçados a sofrer a concorrência dos recém-chegados pela partilha das terras arrancadas dos africanos. Quando a coroa britânica decidiu, em 1822, impor o inglês como língua oficial da colônia, eles passaram a nutrir um profundo ressentimento que não deixou de alimentar os antagonismos culturais entre as duas comunidades. Pior ainda, a abolição progressiva da escravatura decretada por Londres em 1834, lhes pareceu o auge da provocação.

Foi quase uma declaração de guerra para esses agricultores calvinistas que encontravam na importação de escravos de Madagascar, de Angola, de Daomé e até mesmo da Índia, uma fonte de mão de obra para valorizar terras propícias a uma combinação de atividades agrícolas e pastoris. Não havia mais, para eles, nenhuma razão para permanecer sob o domínio dessa potência inglesa tão detestada e, além disso, suspeita de se mostrar mais preocupada com os Negros, que os Bôeres, por sua vez, consideravam como seres inferiores.

Eles então iniciaram uma vasta migração conhecida como o *Grand Trek*. Em ondas sucessivas, entre 1835 e 1850, mais de quinze mil pessoas se amontoaram em pesadas carroças cobertas puxadas por bois, para se afastar da presença inglesa. Eles atravessaram longos trechos de deserto antes de encontrar novas terras férteis. As primeiras colunas se fixaram além do rio Orange, desalojaram os zulus da região depois de roubar seu gado, e criaram a República autônoma do Natal em 1840. Mas, não querendo perder o controle da situação, os ingleses anexariam o Natal três anos depois.

O evento provocará a retomada do êxodo em direção ao oeste, onde os bôeres fundaram o Estado Livre de Orange, e colonizaram a região do Transvaal. Em todos os territórios que caíram sob o seu domínio, os novos migrantes, embora em minoria, impuseram uma discriminação racial sistemática, prelúdio da política de apartheid que, até o século XX, deveria aprisionar a maioria negra em um sistema brutal de ódio e desumanidade, dentro de seu próprio país.

Dependendo das áreas onde se instalaram, os *trekkers* se depararam com dois tipos de populações: os nativos dos territórios atravessados, como as pacíficas tribos hotentotes, ou grupos de origem bantu, como os Xhosa, em plena migração rumo ao sul do país. Contra os primeiros, pouco habituados à guerra, os Brancos, mais bem equipados em armas, venceram facilmente, conquistando imensos domínios nos vales férteis de onde expulsaram as populações. Assim, os hotentotes rapidamente se viram reduzidos à servidão e empurrados para o sopé das colinas, confinados em pequenas reservas indígenas espalhadas por faixas de terra árida.

Com os Xhosa, a situação foi bem diferente. Essas populações se beneficiavam de uma vantagem importante: o domínio da metalurgia do ferro que lhes proporcionava ferramentas sólidas que permitiam o desmatamento e o cultivo em maior escala, bem como um armamento eficiente. Assim como eles, os bôeres se encontravam na situação de criadores seminômades. De incursões a represálias, durante anos, as duas comunidades antagônicas se enfrentariam pela conquista ou defesa das terras de pastagem e pela captura de gado. Por um tempo, o rio Fish foi imposto como limite de seu território às tribos Xhosa, que acabaram aceitando-o como zona tampão, supostamente destinada a protegê-los dos Brancos estabelecidos na margem oposta.

Mas os ataques não pararam, semeando reciprocamente a desolação nos acampamentos de uns e dos outros. Os nativos, por sua vez, perseguidos havia já meio século, viam suas fronteiras se estreitarem inexoravelmente em benefício dos invasores. O progresso dos bôeres não desacelerava, provocando uma expansão e à multiplicação dos conflitos. Esse sangrento confronto entre holandeses e povos bantus (apelidados de Cafres pelos europeus - essa palavra pejorativa sendo usada para desconsiderar os negros) atingiria seus picos mais trágicos entre 1779 e 1848. Ao fim desse período, pontuado por terríveis batalhas fronteiriças, que ficaram conhecidas na memória como as *Nove Guerras Cafres,* o Ciskei, país dos Xhosa, foi finalmente anexado pelas forças coloniais britânicas que desejavam ali instaurar uma zona de expansão para a colônia do Cabo.

Constantemente empurradas para o leste, ora pelos bôeres, ora pelos ingleses, as populações africanas sofreram profundamente com a perda ou fragmentação de seu ambiente, outrora constituído por espaços verdes, *kraal* (pastos) com ervas viçosas e colheitas abundantes. A desintegração de sua organização econômica e social privava-os de qualquer referência. Sua autonomia enquanto povo livre lhes era brutalmente negada por conquistadores estrangeiros que agiam como verdadeiros predadores. É nesse contexto traumático para essas tribos, perseguidas e impotentes diante da ameaça exterior, que ocorreu a história da jovem Nongqause.

Mhlakaza, perturbado, escutou em silêncio sua sobrinha. Ele parecia hipnotizado. Ele a questionou longamente. Mas ela repetia obstinadamente as mesmas palavras. Ele então se dirigiu ao chefe supremo dos Xhosa, que se chamava Sarili, e lhe anunciou a profecia dos ancestrais. Este começou zombando dele, recusando-se a levá-lo a sério. Nongqause, por sua vez, havia se apressado em reunir toda a aldeia para contar, a quem quisesse ouvir, sua extraordinária aventura. Ela irradiava tanta fé que os ouvidos se tornaram atentos e os corações, cheios de esperança... Essas pessoas que se sabiam irremediavelmente ameaçadas, só podiam esperar um milagre para salvá-las da aniquilação... E esse milagre lhes era prometido para breve.

Nongqause voltou à beira do rio, seguida por alguns curiosos. Ela se ajoelhou na margem, escrutando o tranquilo curso d'água em busca das sombras que haviam aparecido diante dela. E então, ela começou a falar com um tom de temor e a acenar com a cabeça vigorosamente, como que absorvendo palavras ouvidas apenas por ela. Ela então se virou veementemente para os aldeões que se tinham aproximado. "Ouçam-nos!" Ouçam-nos!" Mas ninguém ouviu nada. As pessoas ficaram por um momento se entreolhando com ceticismo, e depois se afastaram das mímicas da jovem para voltar para casa. Ela voltou no dia seguinte, com ainda mais gente, e no outro também. Até que, de repente, enquanto estava em comunhão com os espíritos à beira da água, uma mulher entrou em transe e começou a conversar com um de seus parentes, falecido havia uma eternidade!

O boato fez o resto. A partir de então, dia após dia, mais e mais pessoas passaram a ver os fantasmas de seus entes queridos falecidos, ordenando-os a seguir a revelação anunciada. Era como se seus antepassados tivessem regressado à terra para conduzi-los no caminho da liberdade! Qualquer que fosse o sacrifício exigido, o preço não seria alto demais, pois os levaria ao regresso à sua vida de antes, aquela onde mergulhavam no universo de paz e harmonia.

Divulgadas por aqueles que nelas acreditavam, as histórias de visões se espalharam por todo o território Xhosa. Nongqause e Mhlakaza percorriam as aldeias vizinhas para explicar a profecia que proclamava a iminência de uma nova era dourada. Por sua força de convicção e suas palavras inflamadas, a jovem conseguia cativar até os mais incrédulos.

"Quando chegar esse dia abençoado, ela prometia, *"dois sóis aparecerão. Eles colidirão e o céu ficará todo negro. Então explodirá por trás das colinas uma terrível tempestade... Então o céu cairá! Sim! Ele cairá e esmagará os Brancos, todos sem exceção, mas também, junto com eles, os Negros que não tiverem respeitado os mandamentos dos Espíritos.*

É então que aparecerão em nossas pastagens milhares de cabeças de gado, imensos rebanhos de bois e vacas com outros animais bem gordos. Da terra surgirão campos de milho até onde a vista alcança e a abundância reinará para todos! Nesse Dia da Renovação, os velhos voltarão a ser jovens, nossos mortos ressuscitarão para celebrar a vitória conosco, e os Brancos desaparecerão para sempre!

Outras tribos do Ciskei vieram se juntar a esse movimento milenarista que já tinha assumido proporções consideráveis. Estavam todos ali, camponeses despojados de seus lotes, mulheres angustiadas por verem seus filhos morrerem sob o fogo dos Brancos, ou acabarem na escravidão, guerreiros humilhados pela superioridade militar do inimigo. Eles estavam ali bebendo religiosamente essas palavras de esperança.

"Para que esse dia chegue sem demora, será preciso sacrificar todas as nossas riquezas. Para cada mulher que dará à luz um filho, uma vaca deverá ser abatida... Nossas enxadas deverão parar de mexer a terra... Nossos campos não deverão mais produzir."

As profecias provocaram entre os Xhosa uma verdadeira psicose coletiva. Cada dia trazia uma nova leva de visões e de testemunhos confirmando a missão sagrada da sacerdotisa. E Nongqause ameaçava com imprecações vingativas aqueles que, chamando-a de mentirosa, recusavam-se a levá-la a sério. Ela lhes predizia que um turbilhão ardente os projetaria no espaço se por acaso se ousassem resistir aos mandamentos dos ancestrais.

Diante de tal clima de histeria, o chefe Sarili se viu obrigado a ceder. Não corria, ele, o risco de ser responsabilizado por eventuais desgraças que poderiam ocorrer caso persistisse em duvidar daquilo que, para ele, parecia nada mais do que um delírio? Ele se resignou a dar o exemplo sacrificando seu melhor cavalo. Mhlakaza seguiu o gesto, abatendo seu próprio rebanho de bois. E foi então que começou em um tumulto horrível de vociferações humanas, de golpes de facões sobre pescoços quebrados, de mugidos apavorados e gorgolejos sangrentos, o terrível massacre do rebanho dos Xhosa.

Essa visão apocalíptica de animais degolados a golpes de lanças, e esmagados a machadadas, parecia anunciar o fim de um modo de vida secular. Já no céu giravam nuvens de abutres excitados enquanto, ocultos na orla da savana, bandos de feras selvagens farejavam com avidez o fedor sufocante dessas presas inesperadas. O verdejante país dos Xhosa logo se transformou em um imenso matadouro, atulhando com suas carcaças ensanguentadas e cadáveres inchados a natureza até então sorridente. Um sacrifício terrível para essas populações que, por nada no mundo, se teriam separado de seus animais!

Mas como parar essa loucura coletiva? Os Bantus estavam agora divididos em dois campos irreconciliáveis: adeptos de Mhlakaza de um lado, e incrédulos do outro, sendo estes minoria. Alguns clãs vizinhos, como os Fingoes, desprezando a reprovação geral, recusaram-se firmemente a sacrificar seu gado. Melhor ainda, aproveitaram-se da anarquia reinante para enriquecer barato, comprando o máximo de cabeças de gado que conseguissem encontrar. Proprietários arrasados, preocupados em poupar seus animais do holocausto, tinham, de fato, preferido vendê-los discretamente por alguns xelins cada.

Alguns Brancos intrigados também se tinham aventurado nas paragens e foram bem espertos! Conseguiram assim multiplicar seus rebanhos de uma só vez, oferecendo-se a preços irrisórios bezerros muito gordos e vacas reluzentes. Outros adquiriram quantidades impressionantes de peles, das quais tirariam bom proveito no comércio de couro. Enfim, agricultores brancos ainda mais astutos se posicionaram na zona fronteiriça para esperar os animais apavorados que fugiam, chifres contra chifres, em uma debandada desesperada, longe de suas antigas pastagens.

Nongqause havia fixado o Dia D para 15 de agosto de 1856. Porém, naquele dia, nada aconteceu. Nem sóis vermelhos, nem grande tempestade. Sem se abalar, Mhlakaza sustentou com veemência que, se a tempestade ainda não tinha ocorrido, era porque algumas famílias não tinham respeitado as instruções. Aqueles que, no entanto, se recusavam a submeter-se às ordens eram forçados ao exílio, e os que haviam vendido às escondidas alguns animais aos brancos eram marcados pelo opróbrio, acusados de traição. A recusa de obediência por parte de alguns inconscientes ameaçava recair sobre toda a comunidade! Era, portanto, necessário continuar a destruição do gado até o último animal, e afastar-se completamente das culturas.

Um viajante inglês que atravessou a região em dezembro de 1856, entre Peddie e East London, relatou que não tinha visto um único animal, nem mesmo um único acre de terra cultivada numa distância de 80 milhas. Tendo cruzado com alguns habitantes locais pelo caminho, ele notou que: *"As mulheres cafres são muito mais exaltadas do que os homens em sua crença nessa profetisa"*. Seu testemunho também mencionava numerosos rumores circulando pela região sobre fatos estranhos. Como essa história que ele ouviu numa aldeia: *"Um Cafre que se opunha ao mandamento quis, mesmo assim, cultivar sua terra. Mas assim que ele cravou sua enxada no chão, foi atingido por uma paralisia e permaneceu assim, o dia todo, curvado, com o braço travado no cabo da enxada. Foi preciso chamar a jovem profetisa à noite para que a maldição fosse quebrada e o homem recuperasse a liberdade de movimento!"*

A espera durou ainda quase dez meses. A data fatídica foi novamente adiada quatro vezes. No início de 1857, o chefe supremo dos Xhosa, preocupado com o rumo dos acontecimentos, ordenou uma trégua no extermínio dos rebanhos. Ele recomendou a seus súditos que guardassem ao menos uma cabeça de gado por família. Mas já era tarde demais. De maio de 1856 a janeiro de 1857, mais de 40 mil cabeças de gado haviam sido sacrificadas!

Como se não bastasse, uma grande seca assolou o país. As primeiras vítimas da fome foram as crianças. Como a alimentação básica dessas populações era composta por laticínios, o escasso consumo de milho não bastava para compensar as carências nutricionais causadas por tamanha mudança nos hábitos alimentares. Os funerais sucediam os enterros. Havia tantas mortes que as celebrações fúnebres eram realizadas coletivamente.

Finalmente o evento foi anunciado para 18 de fevereiro de 1857. Desta vez, prometiam os falsos profetas, era para valer. Na véspera do dia tão esperado, os Xhosa saíram de suas cabanas, abatidos, e se reuniram no meio dos campos abandonados. Eles passaram a noite olhando fixamente para o céu. A alba se levantou finalmente, envolta em uma camada espumosa de neblina. Então o astro flamejante apareceu acima das colinas, tingindo pouco a pouco em uma tonalidade cor-de-rosa um céu límpido e sereno.

Um arrepio - seria o frio? O horror? - percorreu a assembleia. Os olhos convergiram em um único movimento para Nongqause e Mhlakaza. *"Esperem! Esperem!* gritou Mhlakaza. *O dia está só amanhecendo! A tempestade ocorrerá ao meio-dia. Sim, ao meio-dia!"* Porém, quando as sombras do crepúsculo começaram a se alongar em direção ao oeste, sua voz se embargou: *"Esta noite! Vocês verão esta noite ao pôr do sol! A vitória está próxima, e nos trará de volta à liberdade!"*

Mas o sol, indiferente às orações do profeta, desapareceu como de costume atrás de uma cortina de nuvens púrpuras e douradas. A noite caiu em um instante e os Xhosa, traumatizados, se viram diante do terrível, horrível realidade. E esse pesadelo havia durado treze meses!

Alguns números frios e implacáveis não bastam para traduzir todas as sequelas de tamanho desastre: trezentos a quatrocentos mil animais massacrados, uma população de homens, de mulheres e de crianças literalmente dizimada. Quase cinquenta mil pessoas morreram de fome em atrozes sofrimentos. Essa tragédia marcou o início do declínio do grupo Xhosa que se fragmentou em ondas migratórias rumo a outras regiões, espalhando-se como fantasmas errantes, doentes, famintos, vagando nas periferias das cidades coloniais na esperança de mendigar um pouco de comida.

Nesta orgulhosa região onde viviam mais de cem mil almas, apenas trinta e sete mil pessoas sobreviveram à autodestruição. Seguiu-se uma grave crise demográfica que provocou uma profunda desestruturação do grupo étnico, bem como a libertação de vastos terrenos que os colonos brancos ocuparam sem dificuldade.

Resta, de fato, explicar as causas dessa tragédia. Um certo número de intelectuais Negros sul-africanos interpretou esse episódio como a consequência de uma cruzada desajeitada contra a opressiva presença estrangeira, fazendo de Nongqause uma figura de proa da resistência Xhosa. A desconcertante facilidade com a qual a enigmática jovem profetisa conseguiu arrastar todo um povo à sua perdição, seria, do ponto de vista deles, consequência do insuportável desespero moral em que viviam essas populações, à mercê da implacável ganância dos Brancos decididos a exterminá-los para se apossar de seu país.

Que uma adolescente aparentemente insignificante tenha podido se transformar em tal passionária, devia significar de alguma forma, que ela era talvez uma mensageira divina. No estado de desamparo em que se encontravam, os Xhosa estavam prontos a acreditar em qualquer milagre que lhes prometesse o fim de seu sofrimento. Hoje, alguns interpretam esse movimento como uma espécie de suicídio simbólico, associado ao nascente nacionalismo sul-africano, que preferiu a morte à alienação estrangeira.

Muitos outros pesquisadores, no entanto, se mostraram bem mais céticos. Longe de considerarem essa mulher uma libertadora, consideraram, pelo contrário, que tal obstinação em reduzir uma população inteira à fome, por meio da destruição de seus meios de subsistência, pareceria antes provir de uma conspiração sórdida. À pergunta "Quem se beneficiou com o crime?", para eles a resposta é clara: aos fazendeiros brancos maquiavélicos que cobiçavam aqueles territórios, e tramaram uma terrível conspiração para acelerar a liquidação dos Xhosa.

Para sustentar sua tese, apresentam várias constatações. Em primeiro lugar, a indiferença manifesta demonstrada pelos colonos face a esses eventos dramáticos que ocorreram quase diante de seus olhos. Um rio separava as duas comunidades, e os bôeres aguardaram tranquilamente a agonia de seus vizinhos africanos, sem reagir nem mesmo tentar dissuadi-los. Incriminados, estes iam se contentar com uma justificativa bastante cínica, revelando assim o desprezo que nutriam por essas populações. De fato, eles alegaram que tinham muito simplesmente acreditado que essa matança coletiva escondia, na verdade, uma tentativa de distração por parte dos chefes Xhosa para disfarçar a preparação de uma ofensiva "com tropas voluntariamente esfomeadas para torná-las mais ferozes"!

De qualquer forma, durante todo esse período de abate em grande escala, os jornais brancos da época se divertiram especulando, de maneira obscena, sobre as vantagens que poderiam tirar daquela loucura coletiva, afirmando que isso lhes garantiria a chegada maciça de braços para o trabalho agrícola e doméstico. Melhor, na sua edição de 14 de agosto de 1856, os editorialistas da gazeta de King William's Town se regozijavam abertamente com as consequências de tais privações sobre *"os indígenas que, totalmente enfraquecidos e famintos, se tornariam mais dóceis e submissos, embora livres e saudáveis, eles se mostravam demasiado orgulhosos e perniciosos"*.

De toda forma, nenhuma voz autorizada, mesmo na administração britânica local, se indignou com o que estava acontecendo, especialmente porque o governador inglês da Colônia do Cabo, Sir George Grey, apressou-se a requisitar as melhores terras assim abandonadas, para alocá-las, mediante um aluguel ridiculamente baixo de 2 libras por ano, a migrantes europeus recém-chegados na região de East London. Mais de trezentas fazendas foram implantadas em extensas superfícies e, nos dois anos que se seguiram à tragédia, a população branca da região cresceu de 949 para 5.888 habitantes. Nenhum africano foi autorizado a recuperar sua terra. Os sobreviventes foram confinados em zonas inóspitas impróprias para a agricultura, e foram submetidos a um imposto drástico, a *hut tax*, para forçá-los a entrar a serviço dos Brancos em troca de salários miseráveis. O país Xhosa, rebatizado de Cafreria Britânica, seria incorporado à Colônia do Cabo em 1864.

Ainda mais perturbador foi o destino posteriormente reservado a Nongqause. Enquanto seu tio Mhlakaza literalmente morreu de fome no meio do colapso, Nongqause, agora amaldiçoada por seu povo, conseguiu, por sua parte, fugir misteriosamente... para encontrar refúgio na comunidade branca! De fato, detida em março de 1857, foi colocada sob a proteção das autoridades britânicas que se opuseram a todas as represálias por parte de seus congêneres desesperados. Ora, a maioria dos chefes Xhosa que haviam respeitado seus comandos haviam sido presos e enviados ao presídio de Robben Island após os acontecimentos; o que permitiu aos ingleses quebrarem de uma vez as chefias tradicionais dessa comunidade, e tomar posse de seus territórios.

Este desenlace singular levaria muitos Xhosa a interpretar esse drama como uma conspiração orquestrada pelo governador inglês Grey, que se teria assegurado a cumplicidade de Mhlakaza para manipular sua sobrinha em vista de provocar um enfraquecimento do povo Xhosa, e permitir acelerar a expansão colonial. Em apoio às suas convicções, o fato de que antes de regressar à sua aldeia, três anos antes dessa tormenta, Mhlakaza - que tinha sido um cristão praticante da igreja anglicana - também ter sido durante anos clérigo em uma igreja da Colônia do Cabo, sob o nome de William Goliath. Além disso, ele também tinha servido o arquidiácono de Grahamstown entre 1849 e 1852, falava alemão e inglês, e mantinha contato com os Brancos. Deste lado da barreira, o caso ficou, portanto, lembrado pelos africanos, sob o nome de "Complô de Grey". Quanto a este, mencionou em todos seus relatórios oficiais um "Complô dos chefes Xhosa". Então: para os Negros foi um assassinato, e para os brancos, um suicídio.

Não obstante, o nome e o rastro de Nongqause desapareceram dos registros da polícia. Muito tempo depois, encontrou-se o breve relatório de um investigador da polícia que a interrogou na presença de seu tio, na época em que ela proclamava suas visões. Ele havia anotado: "Ela é uma garotinha de cerca de 16 anos, com um ar tolo, e que não me parece estar em seu pleno juízo", antes de arquivar sua investigação.

Seja como for, Nongqause foi inicialmente colocada com uma família de fazendeiros, antes de ficar, dois anos depois, alojada na casa do oficial de polícia encarregado do inquérito, o major John Cox Gawler, e sua esposa, que a abrigaram. Provavelmente por formalidade, em outubro de 1858, ela foi discretamente levada à prisão feminina, à espera de julgamento, na Cidade do Cabo, sob um nome falso, na companhia de outra adolescente envolvida no caso. Pouco depois, no entanto, somente ela foi misteriosamente libertada, sem que nenhuma acusação tivesse sido feita contra ela. Aparentemente, ela viveu dias felizes com os Gawlers, a tal ponto que um belo dia do mesmo ano de 1858, a dona da casa vestiu-a com um elegante traje tradicional, e mandou um certo Sr. Durney, um fotógrafo seu conhecido, tirar uma foto dela. Foi a única foto conhecida de Nongqause.

Nongqause recuperou então sua tranquilidade à sombra de um novo nome, o de Santa Regina; ela se casou alguns anos depois e teve duas filhas. Ela viveu assim em uma quase clandestinidade, primeiro em Alexandria, depois em Port Elizabeth. Mas, quando alguns Xhosa, que faziam parte de sua vizinhança, acabaram suspeitando de sua verdadeira identidade, ela teve de fugir às pressas para retornar para os arredores de Alexandria. Foi em uma fazenda dessa região que ela terminaria a sua vida entre 1898 e 1910 segundo diferentes fontes, com uns sessenta anos de idade.

Profetisa? Gênio do mal? Quer ela tenha sido o instrumento do poder branco para dizimar seus irmãos de raça, ou quer ela realmente acreditasse em uma missão salvadora, Nongqause conseguiu em todo o caso resolver de maneira radical a demanda por mão de obra de uma África do Sul então em plena expansão. Esse trágico acontecimento teve, de fato, como consequência de empurrar milhares de Xhosa famintos para a colônia do Cabo, onde os Brancos os direcionaram imediatamente como trabalhadores por tarefa para fazendas, minas, canteiros de obras públicas e para a construção da ferrovia. Despossuídos de tudo, esses infelizes estavam agora condenados a assegurar, quase gratuitamente, a prosperidade de seus inimigos de ontem, que tinham se tornado senhores de seu próprio país.

Com seu poder militar desmantelado, e seu espírito de revolta esmagado, esse povo passou a ser apenas a sombra do que fora. Foi necessário esperar o nascimento de uma renovação para que os Xhosa pudessem se reerguer e se tornassem novamente um dos fermentos da resistência contra o odioso regime do apartheid, que negava quaisquer direitos aos Negros.

Hoje, enquanto os Negros da África do Sul retomaram as rédeas de seu país, o debate está longe de terminar a respeito dessa obscura heroína. Alguns afirmam que um memorial celebrando Nongqause como um ícone do nacionalismo Xhosa teria sido erguido sobre seu túmulo pela cidade de Alexandria, que supostamente o oferece aos visitantes como uma das atrações da região.

Mas esta informação ainda precisa ser verificada. Na verdade, o historiador sul-africano Jeff Peires, que publicou em 2003 uma obra muito bem documentada sobre o estranho movimento de abate de gado Xhosa, quis seguir os rastros de Nongqause em Alexandria. Ele encontrou pessoalmente a sobrinha-neta e o sobrinho-neto da profetisa maldita, que nada revelaram e mantiveram segredo quanto ao local de sua sepultura.

Nehanda

A profetisa resistente do Zimbabué

Chamavam-na Nehanda, mas seu verdadeiro nome era Charwe Nyakasikana. Mais comumente apelidada Buya Nehanda, ou seja, *Vovó Nehanda* ou, no período contemporâneo, a Avó do Zimbábue, ela foi uma daquelas figuras femininas que deixaram sua marca na história da África ao fazer de seu poder espiritual um detonador de resistência. Não muito conhecida fora de seu país, essa mulher bastante misteriosa, nascida por volta de 1840, foi uma das líderes mais carismáticas de um dos principais levantes contra a colonização europeia. Era o final do século XIX na Rodésia do Sul, hoje zimbabué.

Esse país da África Austral, localizado ao norte da África do Sul, estendia-se principalmente por duas grandes regiões etno-geográficas: o Mashonaland, majoritariamente povoado pelos Shona em sua parte nordeste e central, e o Matabeleland, onde predominavam os Ndebele, ao sul e oeste. Como em muitas outras regiões do continente africano, os chefes desses territórios veriam suas terras extorquidas através de tratados que não podiam compreender devido a seu desconhecimento das línguas europeias. Foi assim que os colonizadores, engajados na corrida pela partilha da África, se aproveitaram disso para tomar o controle de vastos espaços cobiçados por seus recursos excepcionais.

A colonização britânica havia favorecido o estabelecimento de companhias comerciais nas suas áreas de expansão, e a apropriação dos novos territórios era confiada a concessionários e agentes de empresas mercantis de todos os tipos, que negociavam diretamente com os chefes locais a aquisição das áreas a serem exploradas. Em contrapartida lhes entregavam fuzis obsoletos e munições, roupas cerimoniais usadas, barris de álcool, colares de contas de vidro e ferramentas diversas. Influenciados por vezes por missionários europeus que tinham vindo preparar previamente o terreno, os chefes pensavam que todos esses objetos representavam "presentes de visita" trazidos pelos viajantes brancos. Como poderiam suspeitar que, sob a cobertura dos tratados de "amizade" que estes lhes faziam assinar com uma cruz, na verdade sua terra lhes escaparia?

No Matabeleland e no Mashonaland, territórios identificados por suas minas de ouro, o missionário britânico John Smith Moffat, que se orgulhava de saber como conquistar a simpatia dos negros para os evangelizar, não conseguiu, no entanto, atingir seu objetivo junto a essas populações irredutíveis, que se recusaram a renunciar às suas religiões tradicionais. Foi um fracasso que o levou a deixar a região em 1865, antes de renunciar, sem dúvida por lassidão, à sua congregação de origem, a *London Missionary Society*. No entanto, vai se recuperar bem ao conseguir ser recrutado algum tempo depois como assistente do vice-comissário britânico do novo protetorado de Bechuanaland (hoje Botswana), depois de ter destacado seu conhecimento do terreno. Um trampolim que aproveitará para se lançar em um papel mais lucrativo: tornar-se intermediário de companhias europeias junto aos chefes que tinha encontrado durante suas tentativas de evangelização.

Seu golpe de mestre foi facilitar para o poderoso empresário britânico Cecil Rhodes o controle do Matabeleland. Em 1870, esse filho de pastor tinha deixado a Inglaterra aos dezessete anos para imigrar para a África do Sul, mais precisamente na província de Natal, onde seu irmão mais velho tentava, com dificuldade, desenvolver uma pequena plantação de algodão. Foi também nessa época que alguns agricultores europeus haviam acabado de descobrir diamantes em uma região desértica do centro do país, posteriormente batizada de Kimberley. Cecil Rhodes e seu irmão estiveram entre as primeiras centenas de aventureiros brancos que se haviam precipitado para essa região, em busca de uma concessão para explorar. Cerca de vinte anos depois, tendo feito fortuna nas minas de ouro e de diamantes sul-africanas, compraria a maioria das concessões para se impor em monopólio. Depois de retornar por um tempo à Inglaterra para completar seus estudos, interrompidos ao emigrar para a África do Sul, Rhodes fundaria a poderosa empresa de diamantes *De Beers Consolidated Mines*.

O frenesi que tomou conta dos europeus da época, excitados pela perspectiva das enormes potencialidades a serem extraídas do continente africano, levaria John Moffat a aprimorar suas ações. Durante uma visita administrativa ao Matabeleland em 1887, ele procurou se aproximar do rei Lobenguela[73] Khumalo, chefe dos Ndebeles, cujo pai ele havia conhecido. Na época, o rei, com cerca de quarenta anos, desfrutava de grande prestígio na região. Moffat, fingindo estar totalmente desinteressado e somente preocupado em proteger os africanos, esforçou-se para convencê-lo a aceitar um tratado de amizade com os ingleses. Ele acrescentou que uma renda perpétua de 100 libras esterlinas lhe seria paga e a seus herdeiros, se ele permitisse que a companhia de Cecil Rhodes realizasse prospecções de minas em seu território. Durante a conversa sobre esse assunto, Lobenguela impôs como condições que o grupo de prospecção branco não ultrapassasse dez pessoas, que nenhuma escavação fosse realizada perto das aldeias, e que os Brancos se submetessem às leis de seu país durante o tempo de sua passagem. Por fim, insistiu que a missão não durasse além de um tempo determinado.

No entanto, o acordo que fizeram o rei do Matabeleland assinar em 11 de fevereiro de 1888 transferia para a empresa de Cecil Rhodes, a *British South-Africa Company* (BSAC), a exclusividade sobre todos os recursos minerais do país. A notícia, divulgada em diários londrinos, chamou a atenção de dois intelectuais africanos, John Kumalo e John Makunga, habituados a ler jornais estrangeiros. E foi assim que descobriram o ardil. Os brancos tinham acabado de se apoderar do Matabeleland! Além disso, anunciava-se que a província de Mashonaland também seria ocupada. Os dois homens informaram imediatamente o rei Lobenguela.

Este, furioso por ter sido assim enganado, publicou protestos em um jornal local, e tentou em vão obter a anulação do tratado. Para tentar acalmar seu povo consternado, que já estava irritado com a notícia espalhada pela boca a

73 Seu nome também se traduz em Lobengula.

boca, ele endereçou missivas à Rainha Vitória da Inglaterra, que permaneceram sem resposta. Em janeiro de 1889, ele chegou a enviar uma delegação oficial de conselheiros a Londres, que foi recebida pessoalmente pela Rainha. Eles transmitiram à soberana as reclamações de seu rei e seu pedido de anulação desse tratado iníquo.

Mas não deu em nada. Cecil Rhodes obteve por decreto real a autorização para colonizar a região. No início de 1890, seu próprio exército composto por 1.200 policiais patrulheiros, acompanhados por pioneiros britânicos e colonos brancos da África do Sul, veio tomar posse do país. Além disso, dispunham de cerca de mil auxiliares africanos originários de diversas províncias da África do Sul, ou recrutados localmente. Depois de invadir o Matabeleland e o Mashonaland, em 12 de setembro do mesmo ano, a força de ocupação içou a bandeira inglesa em Salisbury, uma localidade de Mashonaland que seria erigida como capital colonial. Embora inicialmente não tivessem demonstrado hostilidade à presença dos primeiros Brancos que tinham chegado pacificamente, as populações locais, entendendo que seriam expulsos de suas terras, revoltaram-se.

Aproveitando-se deste clima de tensão, um chefe vassalo radicado na região de Fort Victoria, que acabava de passar sob a administração da companhia de Cecil Rhodes, teve a ousadia de se recusar a pagar ao rei Lobenguela o tributo ao qual seu território estava anteriormente sujeito. De seu ponto de vista, o Matabeleland já não precisava exercer autoridade sobre sua província desde a chegada dos Brancos. Portanto, não era mais necessário continuar a prestar lealdade ao poder central. Diante dessa indisciplina flagrante que podia colocá-lo em uma posição de fraqueza, Lobenguela enviou seu exército para saquear o distrito do imprudente. Um pretexto que a tropa sul-africana, composta por mais de 700 soldados brancos prontos para massacrar Negros, aproveitaria para intervir no conflito. Ela ameaçou os Ndebele. Eles se recusaram a se submeter.

Lobenguela sentiu que estava perdendo o controle da situação. Ao mesmo tempo, recusava-se a lançar seus vinte mil guerreiros em um confronto suicida contra o poder de fogo dos Brancos. Diante da ira de seus generais, preferiu abandonar o combate e deixou precipitadamente Bulawayo, sua capital, para fugir em direção ao norte, rumo à Rodésia do Norte (atual Zâmbia), acompanhado de seus próximos. A deserção de seu rei não afetou a determinação dos Ndebele que, embora chocados, não estavam dispostos a se resignar com o colapso de seu país. Em outubro de 1893, eclodiu a primeira guerra do Matabele contra os invasores. Uma coluna de reconhecimento britânica foi despedaçada perto do rio Shangani.

Uma primeira contagem apresentada em janeiro de 1894 estabeleceu que, nos três meses seguintes, milhares de africanos haviam sido massacrados em retaliação pelos canhões das milícias privadas da *British South-Africa Company*. Os rangers também partiram em perseguição de Lobenguela, mas não conseguiram alcançá-lo. Segundo fontes, parece que ele teria morrido no caminho, de varíola ou de um ataque cardíaco. A companhia concessionária confiscou as terras, as minas, o gado (280.000 cabeças de gado, segundo os arquivos!), as colheitas e até as reservas alimentares dos aldeões. Depois ela submeteu esse povo de agricultores e pastores nômades ao trabalho forçado em minas e fazendas, antes de impor-lhes o imposto colonial.

Tal como na África do Sul, os negros foram submetidos ao regime de segregação racial e a castigos corporais. Eles também foram obrigados a obedecer a um rigoroso controle de sua circulação nos bairros e burgos através do sistema do *Pass*, um cartão de acesso obrigatório para a população negra. Os numerosos colonos brancos que invadiram a nova colônia se apropriaram de tudo o que os habitantes locais possuíam. Em 1895, esse território receberia o nome de Rodésia do Sul em homenagem a Cecil Rhodes; que aplicará o mesmo modelo de espoliação e de segregação ao território vizinho da Rodésia do Norte (Zâmbia), anexado em 1890. O homem de negócios viria a reinar de modo absoluto nestes dois países, considerados como seu patrimônio colonial.

Encurraladas na miséria e esmagadas por um sistema de ocupação que visava a destruir suas estruturas econômicas, sociais, políticas e religiosas, as populações Ndebele e Shona se amotinaram novamente. Além disso, o país havia sido atingido por uma série de catástrofes naturais – epidemias de varíola e peste bovina, grande seca – que deixaram as populações em um estado de desolação pelo qual os Brancos foram responsabilizados. Essa segunda insurreição armada eclodiu em março de 1896, primeiro no Matabeleland e depois, no mês de junho seguinte, na província do Mashonaland.

Uma revolta comum que, por um tempo, apaziguou as dissensões habituais entre as duas comunidades, agora solidárias na resistência. Muitas mulheres também participaram do movimento de luta que inflamou todo o país. Os homens se armaram com fuzis – algumas fornecidas por policiais negros que queriam ajudar seu povo – lanças, machados, flechas envenenadas e até bestas, para manifestar seu desespero diante do inferno que seu país tinha se tornado. 130 Brancos foram mortos em poucos dias no Matabeleland. Mas as perdas africanas seriam muito mais numerosas com a repressão.

Além dos líderes da revolta, alguns atores locais desempenharam um papel fundamental nessa grande insurreição. Em particular os sacerdotes tradicionais, adivinhos e profetas chamados *Svikiro*, que gozavam de grande consideração nessas sociedades ligadas ao culto dos antepassados. Ao mesmo tempo guardiões das tradições e despertadores de consciência contra os abusos coloniais, mantinham vivo o espírito de resistência por meio de sua influência espiritual, e em razão das crenças sobre sua suposta proximidade com os deuses ancestrais. Engajando-se também no combate, participavam da coordenação das ações de guerrilhas e asseguravam a divulgação clandestina de mensagens entre os grupos de combatentes. E, para as massas populares, representavam o principal recurso para a tomada de decisões quando as estruturas de autoridade locais desmoronaram sob o jugo colonial.

Na altura dessa rebelião, a milícia branca da companhia estava em operação na África do Sul. Surpreendidos pelo levante, os administradores privados da colônia recrutaram às pressas voluntários europeus montados a cavalo, e auxiliares negros da África do Sul, para tentar reprimir a revolta batizada de *Chimurenga* pelo povo; o que significa Resistência. Quando os africanos iniciaram a guerrilha, foram assaltados com bastões de dinamite por soldados brancos, que aproveitaram para destruir as colheitas, roubar o gado e levar as reservas de cereais a fim de condenar à fome as populações, e cortar o abastecimento dos insurgentes.

Os distúrbios se reativaram de forma intermitente à medida que outras províncias e chefias surgiam no conflito. Cecil Rhodes acabou temendo repercussões prejudiciais aos seus negócios se o clima de insegurança persistisse ou, pior, que adviesse uma intervenção do governo inglês, que não hesitaria em instaurar um protetorado no país. Em julho de 1896, fingiu aceitar negociar com os africanos por uma melhoria em suas condições. Algumas terras e cereais lhes foram restituídos, seis líderes da rebelião foram autorizados a participar das negociações de paz, e foi-lhes feita uma vaga promessa de justiça contra os abusos dos Brancos.

Algumas facções Ndebele concordaram, portanto, em discutir, para grande alívio da companhia que poderia assim colocar o Matabeleland sob controle, antes de se concentrar em esmagar o Mashonaland. Pois a maior parte dos resistentes shona, embora enfraquecidos pela falta de munições, continuaram seus ataques até que seus diferentes líderes e chefes militares fossem capturados e executados pelos colonos entre julho e setembro de 1897.

A guerra de resistência continuou de forma latente até 1903. Assim que a rebelião foi contida, a administração colonial endureceu consideravelmente sua posição em relação à maioria negra. Assim, alguns anos depois, uma nova lei, a *Land Appointment Act* de 1930, veio institucionalizar a prática de expulsão dos autóctones de suas terras ancestrais, que se tornaram, de fato, propriedades dos Brancos. As populações locais foram então confinadas em reservas indígenas ou nos townships fora das grandes cidades.

As perdas humanas decorrentes dessa segunda insurreição foram estimadas em 450 mortos e 188 feridos do lado europeu, e em 8.000 mortos entre as populações do Matabeleland e do Mashonaland. Um grande número de resistentes também foi condenado a trabalhos forçados. Entre as vítimas da repressão, a profetisa Nehanda Nyakasikana, ainda hoje venerada no Zimbábue por seu papel na rebelião dos Shona. Originária da aldeia de Chidamba, na província de Mazowe, dizia-se que ela era a herdeira dos poderes espirituais de uma linhagem de poderosas profetisas. E a influência dessa mãe de família, que tinha duas filhas e um filho, estendia-se por todo o centro e norte do Mashonaland.

Liderando uma cruzada de conscientização de aldeia em aldeia com seus emissários, ela convocou o povo a não desistir da resistência até que os Brancos fossem expulsos do país. Quando a força colonial invadiu o centro do Mashonaland e reprimiu a revolta de 1897, Nehanda foi acusada de ter ordenado o assassinato do comissário para os Assuntos indígenas da companhia *BSAC*, o britânico Henry Hawkins Pollard, conhecido por suas brutalidades contra os autóctones. Este, que estava baseado no distrito de Mazowe, onde aterrorizava as populações, foi capturado por insurgentes que o arrastaram até Nehanda. Uma testemunha ocular afirmaria, durante a investigação, que a profetisa se ajoelhou diante do homem odiado por todos e, depois de falar com ele, ordenou aos manifestantes que o matassem à beira de um rio para evitar que a decomposição de seu cadáver incomodasse a aldeia. Sua cabeça foi decepada com uma machadada.

Depois de procurá-la por mais de um ano, a polícia colonial capturou Nehanda em dezembro de 1897. Ela foi julgada e condenada à forca em 2 de março de 1898, por ordem do Alto Comissário inglês na África do Sul, Alfred Milner. A execução ocorreu em 27 de abril na prisão de Salisbury. Antes de ser levada ao cadafalso, um padre católico, o padre Richartz, veio implorar a Nehanda que se converta ao catolicismo. Ela recusou a oferta com desdém. Conta-se que o carrasco teve que tentar três vezes antes de conseguir acionar sua corda que se rompeu inexplicavelmente duas vezes.

Debatendo-se enquanto era empurrada para uma escada, a mãe da resistência shona gritou uma última frase em sua língua natal, que foi traduzida para o inglês como "My bones will rise again" (literalmente: "meus ossos ressuscitarão"); e que poderia ser interpretado em português como: "Eu renascerei das minhas cinzas". Uma misteriosa despedida que as populações traumatizadas abraçaram como um sinal de que o espírito de sua heroína continuaria a apoiar a resistência até a libertação do país.

Quase setenta anos depois, quando explodiu uma nova guerra de libertação contra os Brancos da Rodésia entre 1966 e 1979, a figura de Nehanda foi ressuscitada nos discursos dos movimentos nacionalistas e nos cantos de resistência, para federar as populações em torno da luta armada. Em

1980, a independência foi finalmente alcançada, com Canaan Banana como o primeiro Presidente negro e, Robert Mugabe, líder nacionalista e ex-professor de Economia, como Primeiro-Ministro. Este tinha sido preso e perseguido durante cerca de dez anos pelo regime racista branco.

O país adotou o nome de Zimbabué em referência ao reino do Grande Zimbabué que atingiu seu apogeu nessa região entre os séculos XI e XIV. E Nehanda, cujo papel na resistência anticolonial é ensinado nas escolas, foi elevada ao status de heroína nacional. Além disso, embora a administração rodesiana tenha tido o cuidado de enterrá-la em um local secreto para impedir que fosse objeto de peregrinações, seus restos mortais foram procurados e depois transferidos para o Memorial dos Heróis do Zimbabué. Hoje, diversas ruas e instituições do país levam seu nome. Um selo postal lhe foi dedicado em 2007.

Alice Lenshina

Fundadora da Igreja Lumpa na Zâmbia

Rodésia do Norte, 1953. A dominação britânica era absolutamente traumática para as populações zambianas, expulsas de suas terras e de suas atividades agrícolas, para servirem nas minas de cobre controladas pelos Brancos. Num contexto de nacionalismo emergente, a raiva crescia. Após visões místicas, a profetisa Alice Lenshina fundaria, no nordeste do país, uma seita milenarista com o objetivo de ativar a resistência. Ela teria um formidável impacto sobre parte da população negra. Mas as violências seriam inevitáveis. Ela acabaria na prisão.

A partilha da África (exceto a Etiópia e a Libéria) entre potências europeias, ratificada pela Conferência de Berlim, realizada de 15 de novembro de 1884 a 26 de fevereiro de 1885, tinha vindo consagrar uma apropriação progressiva iniciada três séculos antes com o tráfico negreiro. Com o objetivo de evitar a extensão das rivalidades coloniais em territórios cobiçados por vários países, essa partição oficial, decretada em nome do imperialismo europeu, se apoiou em alguns países em uma política de ocupação militar sangrenta, para eliminar as últimas resistências africanas.

Ela também desencadeou uma corrida dos europeus em direção os tesouros do continente negro. Mas, substituindo-se às guerras de conquista que vieram "pacificar" as zonas de influência ainda não anexadas, a aplicação do sistema de administração colonial em grandes grupos humanos foi vivida de forma dramática em certas regiões.

A brutalidade desse modus operandi se manifestou principalmente no campo econômico. Expropriações em massa, concessões de direitos soberanos a companhias privadas com carta régia, e pilhagem sistemática dos recursos, caracterizaram a tomada de controle administrativo de alguns espaços territoriais. Encravada entre Angola a oeste, Moçambique a leste, e fazendo fronteira - na sua parte norte, com a rica província mineira do Katanga, no leste do Congo Belga (hoje República Democrática do Congo), a Rodésia do Norte formava, na altura, uma vasta área sem litoral, com baixa densidade populacional. A tutela britânica pretendia transformar essa região da África Austral em um centro de colonização branca, à imagem da vizinha Rodésia do Sul (hoje zimbabué) e da África do Sul.

Não se sentindo de forma alguma preocupados com o desenvolvimento dos indígenas, os britânicos, cujo império colonial era composto pelas regiões ultramarinas mais férteis e mais ricas em recursos minerais, só esperavam uma coisa de suas colônias: que elas alimentassem sua máquina industrial com matérias-primas agrícolas e mineiras, e que elas importassem seus produtos manufaturados.

A administração da colônia foi, portanto, confiada a uma companhia com carta régia, a *British South Africa Company* (BSAC), propriedade do britânico Cecil Rhodes, que havia feito fortuna com diamantes e ouro na África do Sul. Do alto de seu poder, esse personagem também se transformou em um responsável político para moldar toda uma parte da África Austral sobre a exclusão dos Negros. Alinhando-se às leis indígenas do regime de apartheid sul-africano, a companhia se apropriou assim de todos os direitos fundiários do território, e sujeitou os africanos a um regime de exploração insuportável.

Expulsando em massa as populações de suas terras ancestrais, despojou-as de seu gado e as obrigou a deixar os locais para se aglomerarem em reservas indígenas superpovoadas e pouco adequadas à agricultura. Ao mesmo tempo, incentivou a imigração de colonos europeus, aos quais foram atribuídas as melhores terras aráveis, algumas das quais seriam destinadas a monoculturas de exportação como o tabaco, o que faria da Rodésia do Norte um notável fornecedor das companhias do selo *British Tobacco.*

A "descoberta" por geólogos americanos, por volta de 1925, de jazidas de cobre que os autóctones exploravam há gerações, e de onde fabricavam sua moeda, acarretaria um crescimento do setor de mineração no país, e atrairia importantes empresas ocidentais na região de extração, rebatizada *Copperbelt* (cinturão de cobre). Isso também levou a uma duplicação do número de expatriados europeus e de sul-africanos brancos, que passou de 7.000 em 1928 para 14.000 em três anos. Também ali, as populações africanas foram expulsas de seu habitat para liberar terrenos para a construção de zonas europeias na *Copperbelt*, destinada a se tornar um dos maiores sítios de extração de cobre do mundo.

Os Negros sofreram novas perdas de terras com a implantação do trecho ferroviário destinado a ligar o país a acessos marítimos indispensáveis à exportação dos produtos mineiros para os mercados europeus. Essa *line of rail*, financiada pelo BSAC, devia assegurar a conexão com as redes ferroviárias sul-africanas e da Rodésia do Sul que serviam o porto moçambicano de Beira, controlado pelos portugueses no Oceano Índico. A demanda por cobre estava então em plena expansão devido ao desenvolvimento da indústria automobilística, da fabricação de armamentos e da produção de fios e cabos indispensáveis para a implantação da eletricidade e do telefone nos países ocidentais.

A instituição opressora se fortaleceu ainda mais contra os povos autóctones, agora submetidos a um *imposto de cabana* em benefício da companhia com carta régia, para obrigá-los a trabalhar na indústria extrativa. Mas os salários oferecidos eram tão baixos que a maioria dos homens era forçada a procurar empregos mais bem remunerados na Rodésia, na África do Sul, ou nas minas congolesas do Katanga, a fim de enviar dinheiro às suas famílias para o pagamento do imposto. Essas migrações de longa duração acabavam, algumas vezes, desestruturando as comunidades e a economia agrícola local.

A mão de obra masculina, porém, não tinha muita alternativa, pois aqueles que não pagavam anualmente esse imposto privado, equivalente a mais de dois meses de salário, eram presos. Após a quebra da bolsa de Nova Iorque em outubro de 1929, a maior parte dos capitais americanos investidos no exterior teve de ser repatriado pelos bancos por ordem do Presidente Herbert Hoover. Foi assim que três quartos do pessoal da *Copperbelt*, nos quais intervinham financiamentos de grupos mineiros e bancos de investimento americanos, bem como capitais anglo-sul-africanos, foram despedidos em 1933. Entre eles, 7.600 africanos se encontraram na prisão por dívidas de imposto!

A participação direta da África no *esforço de guerra* durante os dois conflitos mundiais desempenhou um papel crucial na afirmação do desejo de emancipação. Tal como outros países que contribuíram para o fornecimento de contingentes negros que serviram de bucha de canhão – bem visível – nas linhas de defesa europeias, dez mil soldados zambianos combateram, durante a Segunda Guerra Mundial, ao lado das tropas britânicas contra os italianos na Etiópia, os alemães do general Rommel na África do Norte, e dos japoneses na Birmânia. Ao mesmo tempo, o país intensificou sua produção de minerais estratégicos para colaborar com o abastecimento das forças aliadas.

Envolvidos em um combate que, a priori, não era o deles, esses africanos tinham lutado pela democracia ao lado de seus senhores coloniais, e tinham dado suas vidas pela erradicação do nazismo e do fascismo fundados na negação dos Direitos do Homem. Não era, portanto, para voltarem e serem tratados como macacos pelos Brancos cuja nação eles haviam ajudado a salvar, e para serem maltratados em suas fábricas ou plantações! Durante o serviço militar, esses homens tinham ampliado seus horizontes, visto o que acontecia em outros mundos, aprenderam a ler e a escrever. Além disso, haviam retornado a seus lares alimentando-se de novas aspirações para si e para seus filhos, sabendo que, antes de sua partida, as autoridades britânicas tinham prometido, em troca de seu engajamento, uma melhoria em sua situação econômica, social e política... após o conflito.

Mas eram só promessas. As companhias continuavam a considerar os trabalhadores e suas famílias como escravos. Eles eram tratados como simples operários a serviço de pessoas que os haviam despojado de suas terras. A exploração dos recursos que fizeram a prosperidade de seus reinos de outrora, continuava a ser controlada por um sistema predatório em benefício de estrangeiros. Até o início dos anos 1950, a colônia da Rodésia do Norte e a metrópole britânica recebiam, respectivamente, apenas 12,5% dos royalties anuais da Companhia BSA que, embora já não administrasse mais o país que havia passado sob o protetorado britânico em 1924, havia mantido os direitos sobre o setor de mineração.

O que lhe permitia arrecadar receitas consideráveis sobre o cobre, principalmente devido aos impostos cobrados das companhias mineiras da *Copperbelt*. Daí a quase inexistência de infraestruturas de desenvolvimento para a maioria negra, sujeita a leis segregacionistas que os proibiam de se sindicalizar, de serem escolarizados em inglês - uma língua veicular internacional -, de frequentar cinemas, restaurantes, cafés, e até de se sentar nos mesmos bancos que os Brancos na igreja.

Naquele ano de 1953, a ascensão dos nacionalismos provocou uma forte colisão entre as forças em presença, em um contexto de cristalização dos antagonismos raciais. A população africana já não suportava mais estar submetida à opressão de uma minoria de 65.000 pessoas que controlava todo o poder. No nordeste do país, a província rural do Bemba vibrava ao ritmo das tensões. Outrora poderosa e rica graças ao comércio de marfim e de escravos com os árabes, essa região havia vivido tempos gloriosos antes da colonização. Ela não podia aceitar o domínio exercido pela Grã-Bretanha.

Ainda mais porque esta, cedendo às pressões dos Brancos da Rodésia do Sul tentados pelo modelo do apartheid dos africânderes, acabava de integrar as duas Rodésias, e o vizinho Niassalândia (atual Malawi), a uma Federação da África central britânica. A nova organização persevera em excluir os Negros de qualquer iniciativa, e a constituição federal autorizava o direito ao voto apenas para uma minoria ínfima dentre eles. Naquele ano, o corpo eleitoral contava com 14.487 europeus, 892 asiáticos e apenas 8 africanos, enquanto a maioria negra representava 85% de uma população estimada em dois milhões e oitocentos mil habitantes.

Para os nativos, os Brancos haviam aprisionado o país bemba dentro da *Copperbelt*. Todos seus filhos eram arrancados de sua terra nutridora para enriquecer os acionistas das empresas mineiras. Da aldeia de Chinsali ergueram-se as vozes dos nacionalistas as mais veementes, alguns dos quais foram duramente reprimidos pelo governador e pela administração provincial britânica. Entre esses professores, agentes subalternos e pequenos empregados que exigiam da metrópole reformas em favor dos africanos, estava Kenneth Kaunda, um jovem professor adepto da não violência, que viria a se tornar o primeiro dirigente negro da futura República zambiana. Seu ídolo era Mahatma Gandhi que, em 1906, ousou desafiar a África do Sul ao orquestrar em Pretória uma longa campanha de desobediência civil contra o apartheid e, em particular, contra o tratamento infligido aos indianos nesse país.

Mas naquele dia 16 de setembro de 1953, em uma charmosa casinha na aldeia de Kasama[74], localizada no distrito de Chinsali, uma família aflita mergulhava na angústia da espera: Alice estava doente. Uma doença a tinha atacado há vários dias, cujo desfecho parecia inevitável. Alice Mulenga Lubusha[75] era esposa de um nacionalista chamado Petros Chitenkwa, carpinteiro de profissão. Nascida por volta de 1920[76], esta mãe de cinco filhos pequenos, que havia recebido uma instrução básica, tinha trinta e três anos na época dos fatos. Seu pai havia sido soldado no exército colonial britânico durante a Primeira Guerra Mundial.

Lamentações perturbaram de repente o silêncio da noite. Alice estava morta! Tudo indica, na realidade, que ela tinha entrado em coma após uma grave crise de malária. Dois dias depois, ao amanhecer, a aldeia despertou em sobressalto em uma manhã cinza e fria. As casas foram abandonadas, as ruas se esvaziaram. Uma agitação incrível reinava em torno da casa mortuária. Alice Lubusha havia ressuscitado! Sim! Ela havia aberto os olhos e se sentado na cama, fazendo fugir em pânico os que velavam o corpo. Com a voz rouca, ela não parava de agradecer a Deus por tê-la livrado da morte.

As paredes do quarto já não conseguiam conter todos esses curiosos que se amontoavam ao redor da cama. A emoção e o medo podiam se adivinhar nos rostos. Braços se estendiam para tocá-la. Mas era bem ela, sim. O olhar fixo, o tronco apoiado em cobertores: ela estava viva! Ela falou com voz fraca. Todos esticaram os ouvidos: *"Eu estava morta, ela murmurou num sopro de voz, e encontrei Jesus. Ele estava cercado por milhares de anjos no céu. Ele falou comigo. Ordenou que*

74 Kasama: grafado Kasomo em algumas fontes.
75 Lubusha: algumas fontes mencionam-no sob o nome de Lubishi.
76 Outras fontes indicam 1919 ou 1924.

eu voltasse à terra para libertar meu povo. Pediu que eu pregasse para que todos nós alcançássemos a felicidade eterna". Então ela se levantou, com a voz acalorada: *"Sim! Ressuscitei para lutar contra o mal!"*

Inútil descrever a onda de choque que abalou a região. A notícia percorreu todas as aldeias do distrito de Chinsali, chegou aos arredores da cidade mineira, e espalhou-se até pelas zonas rurais ao longo da linha férrea. Em cada casa e em cada cabana, só se falava do milagre dessa ressurreição. Por vários dias, as pessoas desfilaram até a casa de Alice para vê-la, aproximar-se dela e ouvi-la. Assim nasceu o movimento Lumpa.

Alice Lubusha adotou o nome de Lenshina, que significa "rainha" na língua local, em referência a Regina, a Virgem sob a proteção da qual ela se colocava. Em seguida, dirigiu-se à missão protestante de Lubwa, dirigida por pastores brancos da *Church of Scotland* [Igreja da Escócia] com quem ela estava familiarizada, para relatar sua estranha experiência. Isso não impediu que eles a batizassem às pressas. Depois, começou a pregar de um ponto a outro dessa província onde os homens labutavam e morriam nas minas de cobre.

"Deus me ordenou que salvasse vocês do mal. Quando tivermos expiado nossos pecados, poderemos reconquistar nossas terras. Não estaremos mais submetidos aos Brancos e seus aliados. Os Brancos receberam de Deus um grande poder graças ao qual nos dominaram. Eles nos escondem o segredo de sua força, mas um dia seremos seus iguais. Seremos tão poderosos quanto eles em nosso país quando obedecermos aos mandamentos de Deus!"

Rumores sobre seu poder de convencimento se espalharam por toda parte. Conta-se que um dia, enquanto ela pregava em uma aldeia durante uma violenta tempestade, alguns céticos zombaram dela. A profetisa emitiu uma ameaça. Imediatamente, um raio jorrou do céu e os dois homens caíram fulminados, atingidos por um raio, sob os olhares petrificados da multidão.

O que viria a ser chamado de igreja Lumpa conheceu então um extraordinário crescimento. Não era, aliás, a primeira vez que emergiam manifestações de independência espiritual na história da Zâmbia, também pontuada por rebeliões latentes e greves de mineiros reprimidas pelas milícias privadas da Companhia. Em 1900, a *Ethiopian Church of Barotseland* [Igreja Etíope de Barotseland], que se proclamava uma *"igreja africana para africanos"*, tornou-se a porta-voz da comunidade Lozi para exigir que lhes ensinassem inglês, e não apenas seu dialeto, nas escolas das missões protestantes.

Nos anos 1920, o movimento religioso cristão de origem americana, *Watch Tower*, que supervisionava os Testemunhas de Jeová e difundia publicações de proselitismo bíblico através de revistas como *La Tour du Guet [A Sentinela]*[77], expandiu-se por toda a Zâmbia, embora os seus líderes tivessem sido presos e condenados a penas de prisão. Uma repressão que não impediu o ressurgimento de outras seitas político-religiosas onde as pessoas rezavam publicamente pelo fim da dominação branca.

Em dois anos, Alice Lenshina, que os seus chamavam respeitosamente de *Mama Lenshina*, mobilizou, somente por seu carisma, mais de seis mil fiéis, inclusive em países fronteiriços como Tanganica (atual Tanzânia), Niassalândia (Malawi) e Congo Belga (hoje República Democrática do Congo). Todos os dias, dezenas de homens e mulheres corriam para as paróquias Lumpa, onde ressoavam hinos de alegria em língua bemba, para receberem seu passaporte para o Éden: uma folha rosa supostamente capaz de garantir a vida eterna!

Seu ensinamento pregava uma moralidade estrita e condenava tanto o consumo de álcool e o adultério quanto as práticas de feitiçaria. Logo os feiticeiros não foram mais consultados. Os chefes locais e os missionários, considerados subordinados ao poder colonial, deixaram de ser ouvidos. Os Lumpas se organizaram em uma comunidade obstinadamente fechada. As tensões aumentaram entre Lumpas e não-crentes, sob o olhar inquieto da polícia colonial.

Associados a uma forma de resistência, os movimentos religiosos desse tipo representaram um dos primeiros meios de expressão do desconforto de certas populações africanas frente à presença colonial. Florescendo em diferentes períodos das relações euro-africanas, e sob formas variadas, essas seitas, caracterizadas por suas referências à religião cristã, deram frequentemente origem a igrejas de tendência nacionalista que exigiam o fim da dominação estrangeira.

---

77 Também conhecida como *La Tour de garde [A Torre da guarda]*.

Tais movimentos messiânicos eram geralmente liderados por africanos com um certo nível de instrução, que se sentiam decepcionados com o cristianismo por terem sofrido discriminação dentro das igrejas europeias. Eles não entendiam que essa religião lhes pregava ideais de igualdade, enquanto a comunidade branca não cessava de erigir barreiras para impedi-los de ascender socialmente em seu próprio país.

Se os padres e missionários, apresentados como bons pastores enviados da Europa para trazer as ovelhas pagãs de volta ao caminho de Deus, tinham, inicialmente, sido acolhidos com confiança por essas populações negras, agora suscitavam uma verdadeira desconfiança em certas comunidades. Muitos autóctones cristianizados suspeitavam que eles desempenhassem o papel de auxiliares da administração colonial, e que procurassem manipular suas mentes para lhes impor a ideia de uma inferioridade cultural dos africanos, e de uma superioridade dos Brancos. Decerto as missões religiosas eram, à época, as únicas instituições a se preocuparem verdadeiramente com o destino dos Negros, e não se pode negar a extraordinária dedicação que seus membros geralmente demonstravam em suas atividades. Mas é certo que também não foram muitos os que tomaram o partido dos colonizados para denunciar ou impedir a brutalidade dos abusos cometidos por seus compatriotas coloniais, sobre as almas dos quais eles também tinham responsabilidade espiritual.

A partir do ano da Conferência de Berlim sobre a partilha da África, em 1885, várias sociedades missionárias europeias, em sua maioria protestantes, mas também coexistindo com missões católicas, e frequentemente em situação de concorrência, tinham começado a atuar na Zâmbia. Sociedade das Missões Evangélicas de Paris, também chamada de Missão de Paris, Metodistas Primitivos, *African Watch Tower*, Missionários católicos romanos da África, conhecidos como "Padres Brancos", *United free Church of Scotland* [Igreja Livre Unida da Escócia] - para as mais influentes, eles eram praticamente os únicos a intervir nas áreas de saúde e educação para os autóctones. Contudo, tal como na África do Sul e na vizinha Rodésia, os missionários tinham se oposto ao ensino da língua inglesa aos africanos, a fim de evitar qualquer fator de coesão que pudesse permitir a comunicação entre etnias diferentes e, quem sabe, seu reagrupamento futuro.

Limitando-se a incentivar um ensino de baixo nível em línguas vernáculas, muitas vezes com foco profissional, e ministrado dentro das diferentes comunidades por instrutores locais, formaram, em sua maioria, professores de ensino primário, catequistas ou auxiliares de paróquias. Os alunos tinham poucas chances de aceder ao ensino secundário, e uma instrução bastante rudimentar era reservada às meninas. Isso explica que, no momento da independência, em 1964, o país contava com apenas quatro médicos e um engenheiro de origem africana, enquanto quase todos os empregos qualificados eram ocupados por europeus.

A maioria dos paroquianos que frequentavam as missões eram aldeões e trabalhadores mineiros a quem se ensinava a necessidade do trabalho e da docilidade perante os patrões. Alguns pastores chegavam até a exigir um recibo de imposto dos candidatos ao batismo! Não é de se espantar, portanto, que fossem percebidos como correias de transmissão para a administração colonial, e que os africanos se sentissem tentados a criar formações religiosas separatistas mais próximas de suas aspirações.

Em 1956, durante uma discussão infeliz, um padre Lumpa chamou de feiticeiro um missionário branco da Igreja romana. Ele foi condenado a um ano de prisão pelo tribunal. Esse julgamento causou grande emoção na comunidade Lumpa, que organizou uma manifestação de protesto, brutalmente reprimida pelos guardas da polícia móvel africana sob o comando de europeus. A revolta cresceu, seguida por uma vaga de detenções no distrito de Chinsali. O marido de Alice Lenshina foi condenado a dois anos de trabalhos forçados sob a alegação de ter pregado a violência em uma reunião proibida pela polícia.

Apesar das pressões da administração local britânica, a igreja Lumpa ganharia, ao longo dos anos, uma audiência cada vez maior, a ponto de reivindicar mais de cem mil membros em 1961. De todas as províncias vizinhas, os peregrinos afluíam aos milhares para Kasama, a aldeia natal da profetisa onde um quartel-general havia sido instalado em 1958 sob o nome de "Sione", a nova Sião, a fim de se impregnar de suas palavras. Para esses camponeses despojados de suas terras e para esses mineiros mergulhados todos os dias nas entranhas das minas de cobre, ela representava a esperança. Vestida com uma larga túnica branca, um lenço branco amarrado na cabeça, aquela mulher corpulenta e de rosto afável lhes prometia o Éden e a igualdade com os Brancos...

A rebelião que se intensificou contra a tutela inglesa foi resultado, tanto da comunidade Lumpa quanto de outros partidos nacionalistas, como o Partido Nacional Unido para a Independência. (*United National Independence Party*-UNIP). Esta formação tinha nascido em 1958 de uma cisão de dissidentes do Congresso Nacional Africano da Rodésia do Norte (*African National Congress of Nothern Rhodesia* - ANC), primeiro partido político de origem africana, constituído em 1948. Inicialmente, a resistência foi passiva, até que as insurreições começaram a se multiplicar. As forças de segurança coloniais atacavam tanto os militantes nacionalistas cujas casas eram incendiadas, quanto as aldeias de Lumpa, onde cabanas, plantações e celeiros de cereais, também eram incendiados apesar do risco de provocar fome nas populações.

Em ambos os lados, vozes se erguiam para reivindicar a independência do país. A violência se instalou quando, em 1962, a Rodésia do Norte obteve a autonomia interna; pois não estava bem certo de que a independência seria gerida pelos africanos, já que o sufrágio universal não lhes era reconhecido. Será concedido por Londres em 1964, pouco antes da independência. O número de eleitores negros, que era de 8 em 1953, passaria para mais de um milhão! E foi assim que a eleição de 21 de janeiro de 1964 levaria a UNIP ao poder, relegando à oposição o ANC e a representação branca. Seu líder, Kenneth Kaunda, tornou-se Primeiro-Ministro do governo autônomo da Rodésia do Norte, aguardando a proclamação da independência, em 24 de outubro do mesmo ano.

Finalmente frustrada por uma vitória da qual se considerava lesada, a seita, que também se reivindicava ser um centro de contestação nacionalista, orientou-se então para um ativismo mais político e direcionou sua amargura e sua agressividade contra o Partido Nacional Unido pela independência e seu líder, Kaunda, reconhecido como legítimo sucessor do poder colonial. Rejeitando o peso dos nacionalistas na situação interna, o movimento de Alice Lenshina negou-lhe qualquer autoridade e ordenou aos seus militantes que não se integrassem a nenhum partido político; melhor ainda, que boicotassem qualquer eleição.

No entanto, os jovens partidos nacionais precisavam de todas as vozes dos africanos para se imporem democraticamente diante do lobby branco que não suportava o fato de renunciar à sua onipotência. Pouco importava, os membros da seita se recusaram igualmente a pagar os impostos governamentais. Chegaram mesmo até a erigir paliçadas em torno de suas aldeias para resistir à administração, recusaram-se a enviar seus filhos à escola, e restabeleceram a autoridade dos chefes tradicionais.

Dois adeptos da seita Lumpa seriam assassinados durante um conflito com ativistas de uma seção local da UNIP. Em retaliação, nacionalistas foram mortos. Os Lumpas começam a queimar casas de não-crentes e de militantes do UNIP. Estes responderam incendiando casas e igrejas de Lumpas. A ruptura latente entre o UNIP e a igreja Lumpa estava, a partir de então, consumada, com cada lado acusando o campo adversário de se beneficiar da cumplicidade da administração colonial.

Os beligerantes respondiam uns aos outros com golpes de lanças, de fuzis e incêndios criminosos, deixando um rastro de mortes, de feridos e de destruições. As tentativas de tréguas entre os dois lados, incluindo aquelas iniciadas pelo próprio Kenneth Kaunda, não surtiram efeito. Muitos adeptos Lumpas deixaram suas aldeias de origem, que suspeitavam ter simpatias pelo UNIP, para se isolarem em acampamentos autônomos, com seus próprios campos e meios de subsistência, e onde apenas partidários de sua igreja eram admitidos.

O mês de julho de 1964 foi pontuado por confrontos violentos em intervalos cada vez mais frequentes, que ensanguentaram a província do norte, e ameaçaram a frágil unidade da futura república da Zâmbia prestes a alcançar a independência. Nas áreas próximas dos acampamentos de Lumpas, centenas de aldeões não envolvidos no conflito fugiam em massa pela mata em busca de lugares mais seguros. O governo de Kenneth Kaunda decidiu então reprimir com mais firmeza os insurgentes Lumpas, intimando-os a retornar às suas antigas aldeias. Por seu lado, estes se consideravam em estado de legítima defesa contra os abusos cometidos por concidadãos hostis à sua igreja, e beneficiando-se também da complacência do novo poder.

Os discípulos de Alice Lenshina começaram a se entrincheirar em suas aldeias fortificadas, de onde a polícia tentaria desalojá-los. No dia 30 de julho, às 8h40 da manhã, as forças de segurança cercaram Sione, a cidade santa da seita, onde havia sido construído um vasto templo de arquitetura impressionante. Armados com flechas, lanças e fuzis artesanais, os defensores de Sione ofereceram forte resistência aos policiais e ao exército que havia chegado como reforço. A profetisa conseguiu escapar. Mas antes, com a imposição das mãos, havia convencido seus fiéis que os tinha tornado "invencíveis".

Com os corpos manchados de excrementos, esses guerreiros iluminados se barricaram na igreja gritando "Jericó! Jericó! », convencidos de que a invocação deste nome por si só bastaria para desviar as balas, como afirmavam alguns pregadores. Enquanto o exército se aproximava, pronto para lançar o assalto final, eles se jogaram urrando sob o fogo das armas automáticas. Em um instante, eles sucumbiram, abatidos pelos tiros, sem sequer entenderem o que lhes estava acontecendo. Setenta e quatro mortes foram contabilizadas no pátio da igreja.

A resposta não tardou. Alguns dias depois, resistentes Lumpas atacaram uma pequena localidade favorável ao UNIP no vale de Luangwa, uma província oriental da Zâmbia. Naquela noite de 3 de agosto, aldeias Senga, do distrito de Lundazi, foram incendiadas e cento e cinquenta pessoas, incluindo mulheres e crianças, foram massacradas. As represálias e atrocidades cometidas eram muitas vezes equivalentes por parte dos militantes do UNIP que clamavam por vingança. Além disso, os responsáveis nacionais do partido no poder não pareciam fazer nenhum esforço particular para trazer à razão os elementos mais radicais de sua base. Os Senga, por sua vez, saquearam uma aldeia de Lumpas. Resultado: quarenta e seis vítimas.

Enquanto a deflagração ameaça se espalhar, Alice Lenshina, ainda em fuga, continuava desaparecida. Ela acabou se entregando às forças da ordem em 11 de agosto de 1964, diante da extensão da repressão policial contra seus seguidores. Segundo um relatório elaborado na época, mais de 710 pessoas haviam morrido nesses diversos confrontos. Condenada à prisão perpétua sem julgamento, foi inicialmente encarcerada com o marido em Mumbwa, na região central, antes de ser transferida para outros centros de detenção, após uma tentativa de fuga.

De fato, no dia 24 de outubro de 1967, Alice Lenshina conseguiu escapar do campo de internamento de Kalabo, perto da fronteira angolana, que ela tentou atravessar com a ajuda de cúmplices. Uma operação de busca foi imediatamente mobilizada para recapturá-la, mas guerrilheiros da rebelião angolana contra a colonização portuguesa capturaram-na e entregaram-na novamente ao governo zambiano.

Após vários meses de cativeiro, sempre na companhia de seu marido, a profetisa foi finalmente libertada em dezembro de 1975, e colocada em prisão domiciliária em um centro no subúrbio de New Chilenje, no sudeste de Lusaka. Foi ali que ela terminou seus dias três anos depois, em 7 de dezembro de 1978. Ela foi enterrada perto de sua aldeia natal, Kasama, no terreno de sua antiga igreja, demolida em 1970 por ordem do presidente Kaunda.

Embora desmantelado, o núcleo do movimento lumpa, circunscrito no vale da Luangwa, continuaria a recusar qualquer obediência à autoridade legal, mantendo suas atividades na clandestinidade. Mais tarde, muitos de seus adeptos procuraram refúgio no Malawi e no antigo Zaire (atual República Democrática do Congo) onde se estabeleceriam, continuando a perpetuar a memória daquela que, para eles, havia sido enviada pelo próprio Deus, *Mamã* Alice Lensina ...

V

GUERREIRAS

As Amazonas do Daomé

Não podemos prosseguir com esta evocação das mulheres que marcaram o passado da África, sem mencionar as Amazonas do Daomé, originalmente chamado Danhomé e hoje conhecido como Benim. Os primeiros viajantes europeus que as viram em ação ficaram tão impressionados que não hesitaram em compará-las às lendárias Amazonas da Antiguidade grega, chegando até a afirmar, em relatos cheios de imaginação, que elas cortavam o seio direito para melhor atirar com o arco!

Mas a realidade foi bem diferente, e nossas amazonas negras se destacaram sobretudo como o mais famoso exército feminino da história militar. Quanto à origem dessas combatentes de elite, existem diversas versões. Para alguns, foi em meados do século XVII, época da fundação do reino de Danhomé, que apareceram as primeiras Amazonas. Diz-se que essas mulheres eram caçadoras de elefantes tão notáveis que o rei Houégbadja, considerado o fundador da dinastia, as recrutou para sua guarda pessoal.

No início do século XVIII, os testemunhos se tornaram mais precisos. Relatou-se, por exemplo, que o rei Agadja, que subiu ao trono em 1708, enfrentou a escassez de efetivos para suas guerras de conquista. Além disso, diante de duas frentes inimigas, a de Oió ao norte e os países costeiros que tentava conquistar ao sul, decidiu recorrer a mulheres para reforçar seu exército. Daí teria nascido o exército das Amazonas, chamado Agodjiè em sua língua local, o Fon.

O Daomé construiu sua reputação como um reino guerreiro através de múltiplas batalhas e expedições punitivas empreendidas contra territórios vizinhos, cujos recursos ou localização cobiçava. Foi assim que a partir de Abomey, sua capital situada no centro do país, passava a absorver todas as regiões dentro do seu campo de visão, a fim de estender suas fronteiras até a zona costeira ao sul, para se garantir uma orla marítima. Nessa parte da África Ocidental, desfilavam então inúmeros navios negreiros provenientes de Portugal, da Inglaterra, da França, da Holanda, da Suécia e da Dinamarca.

Um pequeno lembrete sobre o contexto da época: no século XVI, navegadores portugueses tinham vindo estabelecer um entreposto comercial nessa zona do Golfo da Guiné. Seguiram-se outros países europeus, ávidos por participar do tráfico de escravizados dele decorrente. Por conseguinte, alguns pequenos reinos, chefias e aldeias piscatórias aproveitaram sua posição geográfica nesse litoral banhado pelo Oceano Atlântico, para servirem de intermediários aos negociantes brancos em busca de cativos. Tornando-se um centro do comércio negreiro, o local herdaria o apelido de *Costa dos escravos.*

Foi assim que africanos forneceram a esses entrepostos milhares de seres humanos, toneladas de ouro e presas de elefante, ou produtos agrícolas cobiçados pelos europeus. Em troca, recebiam fuzis usados que já não eram utilizados na Europa, barris de álcool e artigos de bugigangas especialmente fabricados para serem vendidos na África. Nessas negociações em que um tonel de rum, uma cartola velha, um espelho e uma pistola podiam ser trocados por um ou dois reféns, só o Branco determinava o preço da transação. E para esses reis africanos, entregar seus prisioneiros em troca de armas de fogo representava a garantia de uma superioridade militar sobre inimigos que dispunham apenas de lanças, flechas envenenadas e facões.

Ao estimular a competição entre tribos antagônicas, o sistema instaurado pelos traficantes europeus para o fornecimento de cativos, mergulhou a região em um estado de guerra crônica. Na verdade, confrontos de extrema brutalidade opunham territórios rivais lançados na captura dessas presas humanas destinadas a serem reduzidas à escravatura pelas potências marítimas europeias, para desenvolverem suas colônias espalhadas pelos quatro cantos do mundo. Sendo os prisioneiros na maioria das vezes oriundos de tribos diferentes das dos seus predadores, esse comércio não suscitava grandes escrúpulos quanto ao sofrimento das vítimas, acorrentadas em recintos à beira da praia, aguardando sua deportação para fora do continente.

Uma vez descarregados seus lotes de mercadorias, os navios enchiam seus porões de homens, mulheres e crianças negras, cujo critério de seleção exigia que fossem robustos e com idade entre quatorze e trinta anos. Assim, durante mais de quatro séculos, as monarquias da Europa Ocidental envolvidas no tráfico negreiro e na economia escravagista, fizeram do continente africano um reservatório de escravos, e do homem negro uma mercadoria. Os navios eram financiados por pessoas da alta sociedade, ricos comerciantes, Estados, depois por banqueiros e companhias de seguros. Esse comércio de seres humanos, que superou em intensidade outras atividades comerciais da época, iria se revelar particularmente lucrativo para seus investidores.

De fato, a deportação de africanos e sua exploração como mão de obra gratuita geraram uma parte considerável dos capitais utilizados para financiar a Revolução Industrial do século XVIII, e os inícios da mecanização que confeririam às potências escravagistas uma superioridade econômica sobre o restante do mundo. Famosas cidades europeias como Lisboa, Liverpool, Nantes, Bordeaux, Saint-Malo, La Rochelle, Roterdam, Copenhague e outras capitais, construíram sua prosperidade e seus belos bairros sobre o tráfico negreiro e na escravatura; mas também sobre a importação de produtos tropicais derivados do trabalho dos escravizados, como o açúcar, o algodão, o rum, as especiarias, o café ou o tabaco, que os consumidores europeus começavam a descobrir.

Nos mares, bem como nas escalas costeiras, uma acirrada concorrência também opunha os negociantes brancos que precisavam disputar os mesmos fornecedores. Nesse clima de extremas rivalidades, os pequenos reis locais eram incentivados a intensificar suas caças humanas, a fim de satisfazer uma procura cada vez mais crescente por mão de obra escrava para as plantações das colônias.

O exército constituía, portanto, a pedra angular do reino de Abomey, sempre em busca de novos mercados para seus prisioneiros de guerra. Se o rei Agadja foi o primeiro a recrutar mulheres como tropas auxiliares para reforçar seus combatentes, seus sucessores continuaram a recorrer a essa força feminina para compensar perdas consideráveis de homens, após combates sangrentos que por vezes envolviam dois a três mil combatentes uns contra os outros. Além disso, a produção agrícola destinada à alimentação da população recaía sobre os homens quando não estavam guerreando. Era, portanto, necessário evitar a escassez de braços para as lavouras e, ao mesmo tempo, permitir aos camponeses ter uma dedicação mais regular ao trabalho nos campos.

Mais recentemente, vozes se levantaram nos últimos anos no Benin para reivindicar, em benefício da Rainha Tassin Hangbe, a criação do corpo das Amazonas. Ela tinha exercido uma breve regência de alguns meses no trono de Abomey em 1708[78], após a morte acidental de seu irmão gêmeo, Akaba, a quem ela substituiu em cima da hora, e cujas tropas tinha liderado durante confrontos sangrentos coroados de vitórias. Reivindicação feminista no espírito da época ou realidade histórica? As fontes orais antigas mais recorrentes silenciam sobre esta afirmação, assim como os poucos documentos que evocam essa rainha; como o artigo do autor daomeano Anatole Coissy, publicado em 1949 sob o título *Um reinado de mulher no reino de Abomey.*

Desde o início, as Amazonas demonstraram tal ardor no combate que rapidamente se impuseram como o elemento decisivo do exército. Gozando da consideração do rei e dos dignitários, veneradas pelo povo por sua extrema bravura, essas mulheres-soldados nunca deixavam um inimigo vivo para trás, para evitar que ele voltasse um dia a ameaçar seu país. Mesmo que o desfecho de um combate se anunciasse desfavorável, elas também não abandonavam o campo de batalha. Se elas fossem feitas prisioneiras e acorrentadas, nunca desistiam, vigiando à menor falha para tentar neutralizar seus guardas e procurar escapar. Todos os testemunhos asseguram: essas guerreiras lutavam até a morte. A tal

78 Outras fontes orais indicam que ela permaneceu no poder entre 1708 e 1711.

ponto que alguns chegaram a dizer que sem as Amazonas aquele pequeno reino nunca teria conseguido alcançar tal dimensão.

No início do século XIX, o rei Ghézo empreendeu profissionalizar suas guerreiras para torná-las o emblema do exército. Ele as estruturou em um grupo autônomo, mesmo se elas combatiam ao lado dos outros soldados, e as posicionou principalmente nas linhas de frente dos combates. Representando entre 25 e 30% dos efetivos, essas mulheres haviam se tornado, em um século, uma força militar permanente e o principal elemento regular do exército. Embora a maior parte das tropas era mobilizada apenas para campanhas militares específicas, quatro a cinco mil Amazonas prontas para o combate podiam ser imediatamente alinhadas em caso de conflito. Também preocupado em garantir sua própria segurança, Ghézo decidiu, além disso, criar uma guarda pessoal feminina absolutamente digna de confiança. Ele tinha chegado ao poder em 1818, após um movimento popular que havia levado à destituição de seu antecessor, e não queria que tal desventura se repetisse. Mas onde encontrar esses elementos confiáveis com os quais ele pretendia formar um corpo de elite? Certamente não em sua comitiva!

Foi então que pensou nos cativos trazidos das numerosas expedições guerreiras a que o reino estava habituado, como grande fornecedor de escravizados para o tráfico atlântico. Havia uma pletora de mulheres ali. E como elas eram negociadas pelos negreiros brancos a preços inferiores aos dos robustos rapagões entregues nos porões dos navios que vinham se reabastecer nas costas africanas, o rei julgou preferível conservar as mais vigorosas deles para sua guarda, e destinar as outras às unidades de combate. Exigindo-lhes sua lealdade, não deixou de lhes fazer acreditar na promessa de que, a serviço do rei, elas encontrariam condições de vida muito mais invejáveis do que o destino que as aguardava junto aos brancos. Ghézo libertou assim essas prisioneiras selecionadas por suas aptidões físicas, proclamou-as Mulheres de Guerra, o que as colocou acima de outros súditos, com exceção dos nobres, e começou a iniciá-las nas técnicas de combate. Mas chegaria um momento em que o recrutamento das Amazonas não seria mais reservado apenas aos cativos, e recomeçaria a se abrir as nativas do reino.

Devotadas de corpo e alma ao seu rei, as Amazonas ocupavam uma parcela localizada dentro do recinto do palácio, enquanto os soldados homens viviam em acantonamentos externos. Submetidas a uma rigorosa formação físico, elas treinavam diariamente, da manhã à noite, no manejo de armas e em exercícios árduos para adquirir força e flexibilidade. Um percurso obrigatório composto por corridas a pé com um fuzil na mão, saltos de obstáculos, figuras acrobáticas e sessões de tiro e luta. Elas também seguiam além disso uma intensa preparação espiritual destinada a fortalecer o corpo, a disciplinar o ardor e a forjar o espírito para o respeito a uma disciplina férrea. Sem esquecer as poções e rituais místicos destinados a lhes conferir proteção mágica.

Mentalmente condicionadas a suportar privações terríveis como a fome e a sede, as Amazonas também deviam testar sua resistência resistindo à dor física até o limite extremo. Como quando enfrentavam este impressionante percurso de obstáculos, onde precisavam atravessar uma espessa mureta de galhos salpicados de espinhos afiados que atravessavam suas carnes e deixavam seus corpos ensanguentados; ou quando escalavam descalças taludes cobertos de cactos. Elas também simulavam ataques e combates extremamente realistas, soltando gritos aterradores para desestabilizar o adversário. Por fim, a obediência aos comandantes constituía uma regra absoluta do código das Amazonas. Elas deviam respeitar as ordens sem relutar, a fim de não colocar em risco suas companheiras de armas, ou colocá-las em perigo por iniciativas individuais impensadas. Treinadas para matar sem hesitação, essas mulheres deviam se endurecer para se tornarem totalmente insensíveis à piedade, a ponto de serem capazes de cortar cabeças de inimigos, sem estado de ânimo. Daí sua reputação de crueldade que espalhava terror entre as populações perseguidas, quando surgia um ataque de Amazonas.

No entanto, a forte solidariedade que mantinham entre si essas guerreiras lhes permitia suportar a dura existência de combatentes. Elas também exibiam certo orgulho diante dos demais súditos da sociedade. Quando elas saíam do palácio, eram precedidas por meninas que lhes abriam caminho, agitando sininhos e gritando com força para serem ouvidas por todos: *"Ago! Ago!"*, que significa "Afastem-se!" Afastem-se!" E os passantes tinham que obedecer imediatamente. Eles então se pressionavam contra as paredes das casas para lhes ceder passagem, evitando a todo custo tocá-las ou fixar o olhar sobre elas. Somente as princesas e as mulheres de alta posição social tinham direito ao mesmo respeito nas ruas.

Tornar-se uma Amazona representava, apesar de tudo, um pesado sacrifício para essas combatentes, mesmo que isso não tinha sido abertamente enfatizado. Pois o senso do dever devia absolutamente prevalecer sobre o medo ou a recusa de dedicar sua vida à guerra. Recrutadas a partir dos dezesseis anos entre jovens virgens, elas deviam manter o celibato e a castidade durante todo o tempo de serviço. Alguns relatos revelam até que as amazonas dispunham de bebidas contraceptivas à base de plantas que bloqueavam o ciclo menstrual para lhes manter o máximo de desempenho em ações militares. Portanto, elas sacrificavam a vida de mulher numa cultura que atribuía grande valor ao casamento e ao estatuto de mãe. Somente o rei tinha o direito de escolher esposas entre elas. Por isso, eram definidas simbolicamente como "esposas do rei", para impedir que qualquer homem fosse tentado a seduzi-las, sob pena de punição. Qualquer infração, casamento clandestino ou ocorrência de gravidez, era punida com a morte de ambos os culpados. O que não impedia, ao que parece, "a atração pelo fruto proibido", se acreditarmos nessa célebre anedota transmitida pelos antigos, que garantiam que "menos homens teriam morrido em combate do que os que tentaram escalar o muro do acampamento das Amazonas"!

Sob o reinado de Glélé, na segunda metade do século XIX, as mulheres-soldados foram autorizadas a se casar com chefes ou outros dignitários. Quando uma Amazona ficava grávida, ela deixava o exército para cuidar de seu filho até os três anos dele. Depois, ela o confiava às mulheres de seu círculo, e voltava às atividades militares. Em caso de inaptidão para o combate, a Amazona retornava à vida civil e era assistida pela comunidade.

Se as Amazonas ocupavam a vanguarda dos postos de combate, o papel das outras mulheres daomeanas em tempos de guerra também não era negligenciável. Nessa sociedade, as mulheres sempre desempenharam um papel importante, tanto no plano social quanto no econômico, onde elas geralmente gozavam de certa autonomia graças às suas atividades no comércio ou em outros domínios. Também não hesitavam em prestar seu apoio ao exército quando necessário, considerando que era também seu dever participar da defesa do país.

Quando se anunciava um período de perigo ou se preparava uma ofensiva, fossem elas mulheres do povo ou de alta posição, elas se apresentavam em grande número como voluntárias junto à administração real. Relatos populares antigos também mencionam casos de recrutamentos forçados ou paralelos. É o que sugerem algumas velhas anedotas sobre mulheres de temperamento forte, apresentadas como megeras gostando de fazer barulho na vida de seu lar, e que acabaram sendo incorporadas automaticamente ao exército, após seus maridos, desejando se vingar do caráter supostamente rabugento de uma esposa muito dominante, terem solicitado secretamente ao rei mandar alistá-las! Alguns sábios conselheiros certamente deviam acreditar que a disciplina militar domaria seu carácter irascível, permitindo que expressassem no campo de batalha a raiva que demonstravam na vida conjugal! E como ninguém podia se esquivar a uma ordem vinda do palácio, era também, para esses senhores, uma maneira conveniente de se livrar de uma esposa em desgraça.

Assim, as mulheres daomeanas, cujo ativismo habitual nunca faltava, mesmo nos tormentos da guerra, constituíram um dos apoios mais enérgicos do exército. E elas não se contentavam em assistir suas irmãs combatentes, em cuidar dos feridos, em ajudar no transporte de munições e mantimentos, em atuar ocasionalmente como agentes de informações, ou em preparar comida para as tropas, que, ao passarem, abasteciam generosamente com copiosos goles de vinho de palma, acreditando que isso aumentaria o ardor no combate. De fato, preocupadas em manifestar seu patriotismo, algumas dessas boas mulheres seguiam à distância os soldados armados e tentavam ser úteis como podiam. Assim, sempre que uma batalha terminava favoravelmente para o seu lado, viam-se mães de família irrompendo em pequenos grupos no teatro das operações, facão em punho, e soltando estrondosos gritos de guerra, lançavam-se em perseguição de alguns inimigos em fuga, atordoados ou feridos, a fim de lhes cortar as panturrilhas para impedir qualquer chance de retirada! Uma maneira de se oferecerem assim alguns feitos de glória.

Quanto à organização, inicialmente as Amazonas foram divididas em dois grupos principais: uma unidade defensiva composta pelos *Aligossi* ou protetoras do palácio real, também encarregadas da segurança interna, e um corpo ofensivo, os *Djadokpo*, que formavam a vanguarda do exército. Sob o reinado de Ghézo, elas foram organizadas em cinco regimentos, reconhecíveis por seus uniformes e equipamentos distintos.

O primeiro grupo, o das fuzileiras (*Gulohento*, na língua Fon) representava a fração mais numerosa, com um efetivo de cerca de três mil mulheres. Vestiam túnicas azuis, ajustadas na cintura por um cinto, e calças bufantes que desciam até os joelhos. Algumas tinham o crânio raspado, outras os cabelos cortados bem curtos. Usavam gorros de algodão branco, adornados de lado com um pequeno aplique de tecido azul em forma de jacaré ou de lagarto, dependendo do regimento. Elas estavam armadas com espingardas de pederneira e sabres curtos de lâmina serrilhada, temíveis no combate corpo a corpo, e que guardavam em bainhas de couro. Cartucheiras feitas de folhas de bananeira secas e trançadas também pendiam de seu cinto. Algumas unidades, dispunham ainda de lanças, facões ou machados. As fuzileiras tinham fama de excelentes atiradoras, e a precisão de seus tiros impressionou mais de um observador, como ilustra esta observação do explorador francês Edouard Foa, um emissário científico em visita no país no século XIX: *"Um daomeano precisa de 50 segundos em média para recarregar sua arma após ter disparado; uma Amazona faz isso em apenas trinta segundos."*

O segundo contingente, formado por caçadoras (*Gbeto*), contava com cerca de 400 mulheres. Seus uniformes eram idênticos aos do grupo anterior, mas de cor mais escura. Uma faixa de metal encimado de dois chifres de antílope envolvia suas cabeças raspadas; o que permitia enganar o inimigo quando elas se moviam furtivamente no matagal para espionar as posições adversárias através dos arbustos ou dos altos talos de milho. Seu papel como batedoras era essencial para guiar as tropas e, além de suas longas carabinas, pendia-lhes da cintura um punhal de lâmina afilada ligeiramente curva. As ceifeiras (*Nyekplohento*), por sua vez, inspiravam verdadeiro terror com suas impressionantes navalhas de cerca de 50 cm de envergadura fixadas em um cabo de madeira. Uma arma espantosa que era manejada com as duas mãos e que abria e fechava com um movimento de tesoura. Enquanto participava de uma revista militar em Abomey, em novembro de 1861, o Padre François Xavier Borghéro, da Sociedade das missões africanas, enviado de Roma para evangelizar o país, descobriu com estupor esse instrumento de tortura. Obviamente sob o choque da emoção, ele escreveu em suas memórias: *"Um único golpe dessa navalha pode cortar um homem ao meio!"*

O regimento das guerreiras responsáveis pela artilharia (*Agbalya*), vestidas de túnicas azuis e vermelhas, e armadas com bacamartes, estava encarregado dos canhões e das peças da artilharia. Por fim, o quinto grupo, o das arqueiras (*Gohento*), constituía uma unidade de apoio a armas de fogo. Os testemunhos escritos concordam sobre sua habilidade excepcional e a precisão infalível de suas flechas envenenadas, com pontas curvas. Vestiam túnicas azuis e um pequeno gorro de algodão branco na cabeça, ostentando uma grande pulseira de marfim no braço esquerdo. Corrijamos aqui um mito propagado na época por relatos fantasiosos de visitantes europeus de passagem pelo Daomé. Não, as Amazonas não cortavam um dos seios para facilitar o disparo do arco! As arqueiras eram simplesmente selecionadas entre jovens esbeltas e muito ágeis, com peitos suficientemente pequenos para poderem posicionar corretamente o arco. Evidentemente, nenhuma dessas guerreiras saía sem seus gris-gris e amuletos protetores que se entrelaçavam aos colares de grandes pérolas que enfeitavam seus braços e pescoços.

Recusando-se a ficar sob o comando de homens, este exército feminino tinha seus próprios oficiais e patentes militar autônomas; o rei designava as generais e as chefes de regimentos entre as combatentes mais experientes. Ela também possuía suas próprias insígnias militares, sua fanfarra, seus cantos de guerra, e um espaço distinto até lhe era reservado nos desfiles militares. Alguns dos cantos de guerra que entoavam durante suas marchas permaneceram para a posteridade. E expressam bem seu orgulho de guerreiras, assim como sua exigência de não serem assimiladas às tropas masculinas: *"Que os homens fiquem! Que cultivem o milho e façam crescer as palmeiras. (...) Que façam a colheita da mandioca. Nós partimos para a guerra. (...) Fomos criadas para defender o Danhomé. (...) Nossas espadas formam ao redor do reino, uma muralha alta, alta, alta. (...)*

Danhomé, tu serás o senhor do universo." Ou ainda: "Somos homens, não mulheres. Aquelas que regressam da guerra sem ter conquistado devem morrer. Se recuarmos, nossa vida ficará à mercê do rei. Seja qual for a cidade a ser atacada, devemos conquistá-la ou enterrar-nos em suas ruínas."

Apesar do terror, e mesmo da repulsa que pareciam inspirar, vários testemunhos europeus da época ressaltam, de maneira unânime, em suas descrições do Daomé, a formidável coragem, valentia e intrepidez que essas mulheres excepcionais demonstravam. Criadas no culto do sacrifício por seu país, impiedosas com o inimigo e determinadas a fazer de seus corpos um escudo para seu povo, era neles que repousava a solidez do reino. Pelo menos, estavam convencidas disso, movidas pela vontade de vencer, mesmo ao custo de uma morte atroz, sempre preferível a uma retirada vergonhosa.

Eis, por exemplo, o que dizia Edouard Chaudouin, agente da casa de comércio francesa Fabre, estabelecida em Ouidah, e que foi feito prisioneiro em março de 1890 com alguns outros franceses, na corte do rei Béhanzin: *"Eles estão lá, 4.000 guerreiras, as 4.000 virgens negras do Daomé, guarda pessoal do monarca, imóveis sob suas camisas de guerra, com o fuzil e a faca em punho, prontas para saltar a um sinal do mestre. Velhas ou jovens, feias ou bonitas, elas são maravilhosas de contemplar. Tão solidamente musculosas quanto os guerreiros negros, sua postura é igualmente disciplinada e correta, alinhadas como em uma reta."* Decididamente pouco rancoroso, sua descrição de Béhanzin, que acabará por libertá-los, permanece cheia de consideração: *"Ele tem cerca de quarenta anos, é um negro admirável, bem proporcionado, embora de estatura mediana. Seu rosto é inteligente, o olhar franco e direto, e ele não ostenta nenhum dos adornos com que gostam de se enfeitar os reis negros. Temos diante de nós, e sentimos bem isso, um homem e não um grotesco ou um macaco; ele veste o traje dos guerreiros de seu país, sóbrio e simples: uma camisa e um pano. A atitude é orgulhosa e digna."*

Outro testemunho sobre as Amazonas, o de já referido Edouard Foa que residiu quatro anos no país, e não podia ser suspeito de complacência para com os indígenas. Ele assim observava em sua *História do Daomé*, publicada em 1895: *"As Amazonas têm em seu estandarte numerosas façanhas de bravura. Com elas, não há surpresas. O combate em plena luz do dia, o peito exposto ao fogo inimigo, o combate corpo a corpo desesperado, o triunfo ou a morte. Foi assim que Ghézo as treinou."*

Respeitosamente apelidadas de *Mino ou Ahossi*, que significa "Nossas mães", em reconhecimento ao papel de protetoras do reino que reivindicavam, as Amazonas gozavam, portanto, de grande popularidade em seu país. A lista de seus atos de bravura era motivo de orgulho para muitas famílias do Daomé, cujos anciãos transmitiam às gerações subsequentes os relatos de seus feitos mais notáveis, sem omitir nenhum detalhe. Assim foi celebrado o memorável heroísmo que elas demonstraram durante o segundo cerco de Abeokuta, lançado pelo rei Glélé em 1864.

O exército do Daomé, que visava à rica capital do país Egba, localizada na atual Nigéria, se havia encontrado em sérias dificuldades diante da resistência obstinada de seu alvo. Furiosa com o rumo dos acontecimentos, uma companhia de Amazonas - que tinha notado uma falha na defesa de um dos flancos da cidade sitiada – se lançou através dos fossos cobertos de espinhos e sarças cavados em frente das muralhas egba. Já em 1851, durante um primeiro confronto que envolveu três mil combatentes daomeanas, elas tinham pagado um pesado tributo diante dos mesmos muros de Abeokuta. Mais de mil de suas irmãs tinham sido exterminadas. Esse novo embate tinha para elas o sabor da vingança.

Sem se preocupar com suas carnes dilaceradas e com seus pés ensanguentados, e apesar dos tiros intensos que cruzavam de todos os lados, elas começaram a escalar as paliçadas feitas de troncos de palmeiras que protegiam o local. Aquelas que conseguiram chegar ao topo das muralhas descarregaram seus mosquetes sobre os defensores egba, antes de atacá-los com facões, afastando vigorosamente com o braço os fuzis que as ameaçavam. Durante essa furiosa batalha, uma das Amazonas, mesmo com o braço decepado, ainda teve forças para estripar seu oponente com seu braço válido, antes de ser transpassada por seus agressores e lançada do alto da muralha e, em seguida, atirada do topo do muro periférico.

É verdade que a frequência das guerras daomeanas permitia que essas mulheres-soldados repetissem à vontade suas sangrentas demonstrações. Foi o caso na batalha de Atakpamé em 1840, onde elas conseguiram oferecer uma vitória inesperada ao seu exército à beira da derrota. Sendo-lhes insuportável a ideia de uma retirada, reuniram suas últimas forças e lançaram-se em um ataque desesperado contra o inimigo que, antecipando a vitória, tinha baixado a guarda e foi aniquilado! Esse feito glorioso refletirá por muito tempo nessas mães e filhas que haviam renunciado a tudo para responder ao chamado das armas.

Foi na resistência contra a invasão de seu território pelas tropas coloniais francesas, entre 1890 e 1894, que as Amazonas desdobraram pela última vez, e com um raro senso de sacrifício, esse heroísmo que tinha feito sua fama. Lançando-se com a energia do desespero em direção aos canhões franceses, elas lutaram até a quase completa aniquilação de seus regimentos.

Após mais de quatrocentos anos de um tráfico negreiro intensivo, na segunda metade do século XIX as potências europeias envolvidas já não encontravam tanto interesse em deportar os Negros da África e explorar seus descendentes nas colônias. A mecanização de algumas tarefas começava a tornar a utilização de escravos menos rentável, e a Revolução Industrial exigia novos mercados, bem como uma necessidade ilimitada de matérias-primas para alimentar fábricas em plena expansão. Ao denunciar a barbárie da escravatura perante as opiniões públicas na América do Norte, Inglaterra e França, os movimentos abolicionistas, animados por ativistas brancos e Negros livres, contribuíram certamente em parte para esta reviravolta. Mas parecia evidente que a África poderia ser mais lucrativa fornecendo suas matérias-primas e tornando-se consumidora de bens manufaturados.

A escravidão tendo sido agora proibida sob pressão da Inglaterra, as nações responsáveis pela deportação dos africanos aceitaram pôr fim a isso. Londres proclamou sua abolição da escravidão a partir de 1834, a França em 1848, os Estados Unidos em 1865 e o Brasil em 1888. Alguns países, incluindo França e Portugal, iriam, no entanto, fazê-lo com relutância pois as economias baseadas na produção de açúcar e café ainda precisavam de mão de obra servil para atender à explosão do consumo europeu. Resultado: o tráfico clandestino iria perdurar muito além das abolições.

Encher os porões dos navios mercantes com produtos agrícolas e mineiros em substituição aos cativos negros, implicava na realidade tomar o controle dos territórios mais lucrativos e subjugar seus povos, a fim de se apropriar de suas riquezas. O que provocaria uma corrida em direção a África por parte das potências escravagistas - Portugal, Inglaterra, França, Espanha, às quais se juntaram a Bélgica, a Alemanha e a Itália, quando a Conferência de Berlim, realizada em 1885, formalizou a partilha desse continente para seu benefício. Enquanto durou o tráfico, os negreiros europeus haviam se limitado às zonas costeiras. Mas, com o movimento de expansão colonial, conduzido com suas forças armadas, as potências envolvidas procuraram se estabelecer no interior do continente, utilizando como bases de retaguarda os locais costeiros que haviam abrigado seus antigos entrepostos negreiros, agora reconvertidos em centros de exportação de matérias-primas. Embora enfraquecidas por séculos de deportações massivas e brutais de suas populações mais dinâmicas, certas regiões tentaram resistir a essas invasões estrangeiras.

Em todos os espaços cobiçados, o processo utilizado para estabelecer a dominação europeia foi o mesmo: impor aos reis africanos tratados de "amizade", cujo verdadeiro conteúdo não lhes era revelado, pois se tratava de despojá-los gradualmente de seus territórios, sabendo que estes não entendiam a língua de seus futuros colonizadores. E os que, desconfiados, se mostravam refratários às propostas de aliança ou de protetorado, eram impiedosamente ejetados a tiros de canhão, e seus países colocados sob tutela colonial. Essas operações eram mais fáceis de realizar posto que as expedições coloniais decorriam sem que seus responsáveis se sentissem obrigados a prestar contas às suas autoridades na metrópole; as quais podiam convenientemente fechar os olhos até mesmo aos abusos mais escandalosos.

Foi nesse esquema que aconteceu a conquista francesa do Daomé, cujos campos de palma azeiteira, otimizados em vastas plantações, forneceriam os preciosos produtos oleaginosos procurados por numerosas fábricas europeias, assim como o cultivo do algodão seria explorado para as indústrias têxteis. O envolvimento da França na Costa dos Escravos havia começado em 1671 em Ouidah, onde tinha construído um forte em 1704. Quando essa região foi anexada pelo Daomé em 1727, a presença estrangeira não foi questionada pelos reis sucessivos, desde que sua soberania fosse respeitada. Mas, no final do século

XIX, quando os poderes tradicionais estavam inexoravelmente desmoronando em todo o continente, diante do rolo compressor europeu, a desconfiança se tornou inevitável.

O rei Glélé (1858-1889) teve de lembrar a seus interlocutores brancos que, se ele não via inconvenientes em continuar as relações diplomáticas e comerciais estabelecidas por seus predecessores, era absolutamente inconcebível "que europeus pudessem algum dia se apoderar das terras dos africanos." Esta foi sua maneira de rejeitar as ofertas de protetorado apresentadas pelos futuros invasores. Mas com seu filho e sucessor, o príncipe Kondo, futuro Béhanzin (1890-1894), a situação seria bem diferente.

Constatando que os representantes franceses no local pretendiam instaurar sua autoridade em terras dependentes de seu reino, principalmente Cotonou e Ouidah, em nome de tratados concluídos com seus antepassados, e ali decretar um sistema aduaneiro em benefício da França, ele reagiu vigorosamente. Especialmente quando os franceses decidiram, por um lado, prender dignitários do reino de Abomey em serviço em Cotonou e, por outro, tomar posse unilateralmente dessa aldeia costeira. A resposta não tardou. Com as Amazonas à frente, cinco a seis mil guerreiros desceram sobre Cotonou no início de março de 1890, com o objetivo de desalojar os franceses dos bairros onde se situavam seus entrepostos comerciais. Esse violento confronto, que resultou em um número considerável de vítimas do lado daomeano, e na perda da localidade sitiada, desencadeou quatro anos de guerra e escaramuças sangrentas entre março de 1890 e janeiro de 1894.

Paris enviou ao local batalhões de infantaria da marinha, que contaram com o apoio dos guerreiros do rei Toffa de Porto-Novo, inimigo jurado do Daomé. Algumas centenas de *tirailleurs sénégalais* (fuzileiros africanos) também estavam entre os reforços. Era o nome dado aos soldados negros originários de diferentes territórios da África Subsaariana anexados pela França, e alistados no Senegal para servir nas guerras de conquista colonial. Apostando na superioridade numérica de suas tropas, o reino de Abomey se envolveu na resistência, privilegiando uma guerrilha latente para tentar eliminar a ameaça.

Parece que Béhanzin não estava fechado a negociações de paz. Mas para ele, o respeito pela independência de seu país era inegociável. Isso fica claro em suas correspondências enviadas à metrópole; e em particular ao Presidente Sadi Carnot, nas quais explicava que a ocupação de terras do Daomé pela França representava uma ameaça à sua soberania, e que tal interferência não era aceitável. E se contestava a validade dos tratados firmados por seus antepassados, era porque estes comprometiam a integridade de seu território.

"Será que eu, rei do Daomé, fui algumas vezes à França fazer guerra contra vocês?", escreveu ele ao representante local da França, que lhe imputava agressões contra o reino de Porto-Novo. *"Eu permaneço em meu país e, todas as vezes que uma nação africana me prejudica, tenho todo o direito de puni-la. Isso não lhes diz respeito de maneira alguma.* Ele ainda alertou: *"Eu e meu povo resistiremos até o fim e expulsaremos o estrangeiro da nossa terra"*. Mas Paris reagiu com desprezo e a imprensa se inflamou. Já em 1890, a *Revue des deux mondes* vociferava contra esse *"pequeno potentado, negro que se entrega a sacrifícios humanos em seu reino, possui um fantástico exército de amazonas, e que ousa lançar-se sobre nossas possessões, renegar seus tratados, e contestar nossos direitos e nosso protetorado em Porto-Novo."*

As Amazonas desempenharam um papel crucial na estratégia de assédio desenvolvida contra os invasores. A intensidade dessa feroz resistência surpreendeu Paris, que decidiu enviar uma segunda expedição comandada pelo coronel Alfred Dodds, um mestiço franco-senegalês originário de Saint-Louis do Senegal, a primeira colônia francesa na África Ocidental. Ele desembarcou em Cotonou em 28 de maio de 1892, com o mandato de invadir o Daomé. Foi-lhe confiado um corpo expedicionário de mais de dois mil homens, composto de legionários e de fuzileiros senegaleses. Em julho de 1892, uma primeira coluna armada com canhões e fuzis com baionetas para combate corpo a corpo, partiu do porto de Cotonou, onde havia sido instaurado um bloqueio marítimo para impedir Béhanzin de se abastecer de armas junto a outras nações europeias rivais da França. Até então, ele se abastecia com negociantes alemães baseados em Ouidah ou no vizinho Togo, trocando, como de costume, escravos por fuzis, canhões e centenas de caixas de munições. Os cativos, por sua vez, eram rapidamente enviados pelos alemães à sua colônia dos Camarões, sendo ali forçados ao trabalho em canteiros de infraestruturas, ou revendidos ao Congo sob dominação belga.

Depois de ter sido o orgulho dos reis do Daomé, o corpo de elite das Amazonas foi finalmente dizimado pelas tropas francesas, que elas enfrentaram com a energia do desespero para tentar impedir a capitulação do reino. Testemunha dessa valente resistência que terminaria com a derrota do décimo primeiro e último rei de Abomey, o Capitão Jouvelet anotou sobre essas impetuosas guerreiras: *"Elas estão armadas com facões de dois gumes e carabinas Winchester. Essas Amazonas são prodígios de valor; elas vêm se deixar matar a trinta metros de nossos quadrados..."* Outros oficiais franceses relataram: *"As Amazonas são as mais ferozes; apesar da saraivada de balas, elas avançam até cem passos de nossas linhas. Assim que uma fileira inimiga desaparece sob nossas balas, outra se forma e, passando por cima dos cadáveres, segue adiante."* E Adolphe Burdo, que dirigia o cais de Cotonou, descreveu: *"Elas demostram uma determinação incrível. (...) As mulheres daomeanas, atingidas ou não, agarraram-se às pernas dos atiradores, tentando derrubá-los e depois esfaqueá-los."*

Em 17 de novembro de 1892, no crepúsculo do reinado de Béhanzin, essas mulheres excepcionais travaram, às portas de Abomey em chamas, um patético e último combate contra os soldados de Dodds, cujos sucessos no campo de batalha lhe valeram o posto de general. O palácio havia sido incendiado para que nenhum inimigo pudesse pisar ali, mas os vencedores ainda tiveram tempo de recolher importantes tesouros reais, seus despojos de guerra. Colocado sob protetorado, o Daomé, agora uma possessão francesa ladeada pelo Togo alemão e pela Nigéria britânica, foi integrado ao vasto império colonial francês, cuja área era vinte vezes maior que a da França metropolitana.

Entrincheirado no matagal com os remanescentes de seu exército, Béhanzin foi caçado durante mais de um ano. Com seu país agora sob ocupação estrangeira e seus pedidos tardios de negociações ignorados, sua capitulação se tornou inevitável. Pode-se também imaginar a amargura desse homem ao constatar que esses Brancos por quem ele tinha sacrificado tantas vidas humanas a fim de satisfazer suas necessidades de escravos negros, estavam agora se voltavam contra ele para arrancar-lhe seu reino. Ele se rendeu ao General Dodds em 25 de janeiro de 1894.

Detido, foi rapidamente embarcado em um navio rumo ao exílio em Fort-de-France, na Martinica, acompanhado de quatro de suas esposas, três das suas filhas e seu filho de nove anos, Ouanilo, um secretário, e o intérprete daomeano com sua esposa. Ao longo dos doze anos que passou nessa colônia francesa nas Antilhas, Béhanzin não deixou de pedir às autoridades francesas para retornar ao seu país, pois sentia muita saudade dele. Diante da multiplicação de seus escritos sem respostas, alguns jornais fizeram eco a seus pedidos. Assim, em abril de 1906, foi transferido com sua família para Blida, na Argélia, também colônia francesa. Ali faleceu alguns meses depois, em 10 de dezembro do mesmo ano, aos 61 anos de idade. Seus restos mortais foram restituídos ao seu país em 1928, após uma forte mobilização de seu filho Ouanilo, que havia se tornado advogado em Bordeaux, na França.

Durante sua estada forçada na Martinica, Béhanzin ditou um memorando a seu filho, então um brilhante estudante do ensino médio. Ele dava sua versão da colonização do Daomé, com o objetivo de deixar um testemunho diferente dos relatos veiculados pelas fontes francesas. Nele destacou em particular o jogo duplo dos representantes locais da França, que lhe garantiam querer manter relações pacíficas com o reino, enquanto, ao mesmo tempo, preparavam a guerra de conquista, cuja decisão, segundo ele, o havia pegado de surpresa. Sobre a sua rendição, eis o que disse: "*Durante toda a campanha, […] apesar do meu grande desejo, não pude dialogar com os franceses que bloqueavam todas as rotas. Enfim, aceitei o convite do General Dodds para conversar com ele; ele me declarou que, não tendo poder para concluir o tratado de paz, eu deveria me dirigir pessoalmente à França para tratar com o chefe de Estado. Acreditando que eu estava indo para a França, fui levado para a Martinica. No início, o chefe francês havia exigido, para que a paz fosse concluída, que depositasse as armas de meus soldados em seu acampamento, dizendo-me que faria o mesmo com as dos seus. Obedeci. Longe de estabelecer a paz, os franceses continuaram as hostilidades e marcharam mais resolutamente do que nunca. Um pouco mais tarde, o General Dodds me pediu para lhe enviar meus ministros a fim de negociar. Os enviados foram feitos prisioneiros […].*

Para concluir sobre as Amazonas, que lembrança restou dessas orgulhosas combatentes criadas no sacrifício da guerra pela defesa de seu reino? Somente sua descendência poderia hoje dar testemunho disso. Mas, após a anexação de seu país, uma última humilhação lhes seria infligida pela nova ordem colonial: a de serem representadas como guerreiras sanguinárias em espetáculos colocando em cena mulheres negras comuns, disfarçadas de Amazonas, e forçadas a se exibir como atrações de feira diante de milhares de visitantes no Jardim de Aclimatação de Paris, ou em circos e outros locais de entretenimento. Era com esses *zoológicos humanos* que a França pretendia mostrar à sua opinião pública as "raças inferiores" de seu Império.

Deve-se dizer que no final do século XIX e até os anos 1930, uma espécie de imaginário fantasioso foi criada na Europa em torno das Amazonas. A exploração, pelos jornais de grande circulação, de histórias de viajantes que haviam descoberto Amazonas em ação no reino do Daomé, havia, de fato, atraído a curiosidade do público para esse exército de mulheres um tanto quanto insólito. A mensagem era, evidentemente, que essas africanas eram selvagens sanguinárias, embora corajosas. Além dos jornais, livros e cartazes, cartões coloridos ilustrando lutas de Amazonas, e até imagens distribuídas nas escolas, contribuíram amplamente para esse interesse entusiástico. Sem falar no sucesso dos romances de aventuras cujos autores pretendiam ter experimentado os costumes íntimos de uma bela Amazona!

Sob o pretexto de exposições etnográficas, esses espetáculos atraíam multidões não somente na França e nas grandes cidades europeias, mas também na Rússia e nos Estados Unidos. No entanto, na realidade, como nenhum Branco teria conseguido capturar verdadeiras Amazonas em solo do Daomé para exibi-las no exterior, recrutavam-se mulheres do Daomé ou de outras colônias, vestiam-nas com trajes exóticos decorados de conchas chamadas de cauris, e supostamente representando seus uniformes militares, e faziam-nas imitar ruidosas cenas de treinamento, com cantos, danças de guerra frenéticas, e combates espetaculares ao som de tambores vibrantes. Quando a fotografia começou a se desenvolver, substituindo os desenhos dos exploradores, houve uma corrida para fixar na lente da câmera a imagem dessas temíveis guerreiras africanas! Daí o uso de figurantes locais ou trazidas das colônias para esse tipo de encenação. São essas mulheres que aparecem na maioria das fotografias da época, hoje amplamente compartilhadas nas redes sociais com a legenda "Amazonas do Daomé".

VI

ROMANCES PRINCIPESCOS

Yennega

A Amazona do Burkina Faso

É com particular ternura que o povo Mossi do antigo Alto Volta (hoje Burkina Faso) evoca a história da Princesa Yennega, mãe do herói fundador de sua dinastia. Reivindicando um dia sua feminilidade, essa intrépida cavaleira renunciou de repente à glória militar, bem como a seu estatuto principesco, para construir outro destino e realizar-se na felicidade tranquila de esposa e de mãe.

O pequeno reino de Gambaga onde nasceu Yennega, em uma época entre os séculos XI e XIII, situava-se em um território limítrofe ao norte dos atuais Gana e Burkina Faso. A cidade de Gambaga ainda existe em território ganense. Na época, Nédéga, o chefe desse reino, tinha reunido sob seu cetro algumas tribos vindas do nordeste do Delta do Níger, os Dagomba, os Mamproussi e os Nankana. Esse povo de guerreiros vivia principalmente da caça e das incursões realizadas nas regiões vizinhas.

Filha única do rei Nédéga que não tinha herdeiro homem, Yennega, também conhecida pelo nome de Poko, e que era apelidada de "a Esbelta" ou "a Liana (ou cipó)" devido à sua estatura esguia e delgada como uma palmeira, estava à frente do exército de seu pai. De fato, desde jovem ela tinha sido educada por ele, que via nela o filho que não tinha tido. Além disso, em vez de receber a educação tradicionalmente reservada às meninas, destinada a torná-la uma esposa exemplar e uma mãe dedicada, Yennega acompanhava seu pai na caça, aprendia a atirar com arco e a manejar a lança. E foi assim que ela se tornou uma cavaleira exímia.

Frequentemente à frente das batalhas, a princesa conduzia as operações militares com uma autoridade e uma intrepidez que desconcertaram muitos de seus adversários. Se eles pudessem imaginar que esse impetuoso chefe de guerra era na verdade uma mulher! Mas quem poderia ter adivinhado? Com cabelos raspados, lança na mão, Yennega nunca usava adornos femininos e nada a distinguia de seus companheiros de luta. Era também uma princesa muito respeitada, cujas ordens eram seguidas tão escrupulosamente como se fossem as do próprio rei.

Como verdadeira legionária, ela trazia de suas expedições militares valiosos despojos que contribuíam para a prosperidade do reino. Caçadora habilidosa, ela também conquistava belos troféus. Quando os guerreiros regressavam da caça, e a carne era partilhada entre os diferentes chefes de clãs, não era raro encontrar Yennega sentada no meio dos soldados, trinchando, com vigorosas facadas, veados, alces e búfalos, cuja carne as mulheres iriam depois defumar.

Muito orgulhoso de sua filha, o rei Nédéga acabou por esquecer que ela era afinal uma mulher. Por conseguinte, ele nem sonhava em dá-la em casamento. Sua única ambição era transformá-la em uma grande conquistadora que um dia o sucederia à frente de seu povo. No entanto, ficou claro que a jovem princesa não pensava apenas em proezas militares. Ela parecia sonhar com outra vida, como a que suas companheiras levavam. Todas as jovens de sua faixa etária estavam se casando, e já amamentavam seus filhos primogênitos, enquanto ela passava seu tempo guerreando!

Yennega já havia passado há muito tempo da puberdade, e seu pai ainda não se preocupava em encontrar-lhe um marido. Cada vez que ela levantava a questão, ele respondia maliciosamente que não havia pressa.

Mas a teimosa princesa não via as coisas dessa forma. Ela decidiu dar uma lição ao pai. Então, ela plantou um canteiro de quiabos em frente ao palácio e, quando chegou o momento de colhê-los, decidiu deixar as plantas morrerem em pé. Intrigado, o rei se surpreendeu e acabou lhe dizendo: *"Mas minha filha, por que tu estás deixando teu quiabo morrer?"* *"Ah, sério!* respondeu Yennega sem nem disfarçar sua raiva, *você acha que meu quiabo está envelhecendo? Mas o que você diz de uma garota da minha idade que ainda não encontrou um marido?!"* Longe de se zangar, o velho rei se divertiu bastante com esta resposta insolente. Mas apesar disso, ele fingiu não entender. Então, cansada de insistir em vão, Yennega decidiu fugir. Em uma noite sem lua, enquanto o palácio inteiro dormia profundamente, a princesa vestiu suas roupas masculinas, montou em seu cavalo, e desapareceu na floresta.

Aqui, as versões divergem um pouco sobre os motivos de sua partida. Para alguns tradicionalistas, seu desaparecimento seria antes devido ao acaso, quando ao retornar de uma ofensiva contra tribos rivais no país Boussancé[79], a montaria de Yennega teria se desgovernado, levando sua dona para longe de suas tropas, antes de se perder em uma floresta.

O que quer que fosse, depois de muito cavalgar, a princesa se viu no coração de uma vasta clareira, onde seu cavalo, exausto, finalmente parou. Ela se deparou com uma cabana solitária construída no meio da clareira. Atraído pelos relinchos do animal, um jovem de bela aparência saiu da cabana, acalmou o animal e ajudou Yennega a desmontar. Ofereceu-lhe então que descansasse em sua cabana, pensando que se tratava de um viajante perdido.

O jovem era um caçador de elefantes chamado Rialé. Ele contou a Yennega que era filho de um soberano Malinké e que, após ter sido afastado da sucessão por um de seus irmãos, havia se retirado para longe de sua família, nesta floresta de Bitou, para viver como eremita. Depois de lhe agradecer pela hospitalidade, ela o observou com cautela por alguns dias, fingindo ser o jovem caçador que ele pensava ter encontrado. Mas finalmente, seduzida pela cordialidade e pelo charme de seu anfitrião, a princesa acabou revelando a ele sua identidade, e lhe contou sua aventura. Rialé expressou sua surpresa por uma mulher andar tão bem a cavalo, mas ele por sua vez sucumbiu à bela Amazona, e desse encontro nasceria uma união marcada, sem dúvida, pelo selo do destino!

---

79 Boussancé: nome comumente usado em antigos estudos coloniais. Refere-se à região de Bissa.

Esquecendo seu pai, seus guerreiros, seu reino, Yennega viveu longos anos de felicidade ao lado de seu esposo. Teve um filho, que chamaram de Ouédraogo, que significa "cavalo impetuoso" em memória da montaria que a havia conduzido até Rialé. Quando a criança entrou em seu décimo ano, Yennega decidiu enviá-lo para o seu pai, pois a tradição ditava que o primeiro filho de uma mulher fosse criado em sua família paterna, até alcançar a idade adulta. Ao fazer isso, a princesa fugitiva também esperava reparar o erro que havia cometido ao abandonar seu país.

O velho Nédéga, consumido pela tristeza, tinha mesmo mandado procurá-la em toda parte. Foram organizadas buscas por toda a região, e delegações enviadas às regiões vizinhas, mesmo em territórios inimigos, para encontrar a jovem desaparecida. Mas em vão. O rei tinha então se resignado. Ele não esperava mais nada senão a morte, para enfim reencontrar sua filha amada no reino dos ancestrais.

Não se poderia descrever a alegria e a emoção que tomaram conta do velho ao ver seu neto! Sua raiva por não ter tido notícias da filha, que estava, portanto, bem viva durante todos esses anos, foi rapidamente esquecida. Ele encheu o menino de presentes, e imediatamente enviou uma escolta para buscar o casal em sua floresta de Bitou. Seu retorno foi celebrado com calorosas festividades. As comemorações duraram várias luas, atrasando a separação. Pois, apesar das súplicas do pai, Yennega não quis continuar morando em Gambaga. Ela preferiu seguir o marido que desejava continuar no estilo de vida que havia escolhido.

Após anos tranquilos ao lado de Rialé, Yennega faleceu em sua querida floresta. Seu corpo foi levado para Gambaga, onde seu povo organizou funerais grandiosos. Objeto de grande veneração, seu túmulo permaneceu, até hoje, um lugar de peregrinação frequentado durante gerações por soberanos e fiéis Mossis.

Quanto a Ouedraogo, tendo completado sua educação principesca e aprendizagem de homem junto a seu avô, regressou para se estabelecer no acampamento de Bitou após a morte de sua mãe. Ao partir, o velho rei lhe havia oferecido uma escolta de cavaleiros, cavalos, cerca de cinquenta vacas, um rebanho de ovelhas e ouro. A região de Gambaga começava a conhecer uma certa superpopulação, e as terras não eram mais suficientes para todos os filhos de uma mesma família. Alguns dos companheiros de infância de Ouedraogo também aproveitaram a oportunidade para deixar sua região natal com ele, e fincar raízes em outro lugar.

A epopeia de Ouédraogo, que se imporia como unificador de povos de diferentes origens, ilustra também a importância das dinâmicas migratórias, frequentes em certas zonas, e o papel da forte coesão em torno de chefes carismáticos na formação dos grandes conjuntos da África pré-colonial. Reforçando seu exército a partir da cavalaria oferecida pelo seu avô, o príncipe se lançou numa estratégia de conquista que lhe permitiria estender sua autoridade em numerosos territórios, incluindo as zonas agrícolas da região de Bousancé.

Das múltiplas misturas que se seguiriam entre conquistadores e populações autóctones nasceria o povo Mossi, que faria de seu chefe o fundador de uma dinastia multissecular. Prosseguindo sua migração rumo ao norte com seu grupo de pioneiros, Ouédraogo estabeleceu a capital de seu futuro império em Tenkodogo, situada a cerca de 200 km ao sudeste de Ouagadougou. Este novo berço constituiria o ponto de partida de uma expansão mossi que se desdobraria em ondas sucessivas pelo planalto central do país, entre as bacias dos rios Volta Negro e Volta Branco.

Para preservar a coesão desse conjunto, Ouedraogo reorganizou-o mais tarde em quatro reinos autônomos, aos quais confiou o comando a três de seus filhos. Zoungrana lhe sucederia no trono de Tenkodogo, Diaba Lompo fundaria o Estado de Gourma a leste, enquanto Rawa se estabeleceria ao noroeste com o reino do Rawatenga, premissa do futuro Estado do Yatenga. Posteriormente, seu neto Oubri, filho de Zoungrana, estabeleceu as fronteiras de Oubritenga, futuro reino de Ouagadougou que daria sua capital a Burkina Faso.

Ao fundar seu império, Ouedraogo criou também a famosa linhagem dos Mogho Naba, esses chefes supremos que exerciam autoridade sobre a administração, o exército, a justiça e o respeito às tradições e que, ainda hoje, gozam de grande prestígio na cultura burquinense, onde simbolizam o poder tradicional. Os reinos Mossis, no entanto, não escapariam aos conflitos de sucessão e às turbulências causadas por pretendentes ao trono insatisfeitos. Mas, graças a uma organização hierarquizada, conseguiram manter sua independência até a conquista francesa. Em 1919, esses territórios seriam reunidos a outras regiões para constituir a colônia do Alto Volta, que se tornaria independente em 1960, e seria rebatizada como Burkina Faso em 1984, que significa *País dos homens íntegros.*

Salou Casaïs, princesa de Gao e Anselme d'Isalguier, fidalgo de Toulouse

Um romance franco-maliano do século XV

Salou Casaïs[80], filha de uma família de notáveis de Gao (na atual República do Mali), foi sem dúvida a primeira africana a empreender uma longa travessia pelo Sahara e pelo Mar Mediterrâneo, para seguir seu esposo francês até a região de Toulouse, onde viveu o restante de sua vida.

Essa história aconteceu no início do século XV na região de Gao, berço do povo Songai e do reino com o mesmo nome, no Mali ocidental. Na época dos acontecimentos, o Songai já não se encontrava mais sob a autoridade do Império do Mali, que tinha entrado em declínio, e cujos esplendores de antanho representavam apenas uma longínqua recordação. Mesmo que esta região da África permanecia o maior produtor mundial de ouro na Idade Média.

O Mandingo tinha perdido sua hegemonia política e territorial, e tinha se desintegrado progressivamente sob os golpes de seus antigos vassalos. O que permitiu ao Songai se libertar desse domínio na virada do século XV, para voltar a ser um reino poderoso na curva do rio Níger. No mesmo período, a França, de onde era originário o jovem Anselme d'Isalguier[81], exauria-se nos últimos sobressaltos da interminável Guerra dos Cem Anos contra a Inglaterra, por obscuras razões de transferência de poder.

---

80 Grafa-se também Salam Cazaïs, conforme os autores.
81 D'Isalguier ou Ysalguier, conforme as fontes.

Com a morte do rei Filipe, o Belo, em 1328, dois pretendentes de origens diferentes tinham disputado o trono de França: o francês Filipe VI de Valois, sobrinho do falecido e favorito dos pares do reino, e o jovem rei da Inglaterra Eduardo III, neto de Filipe, o Belo, por sua mãe. Mas a lei Sálica, que excluía a transmissão da coroa a partir da linhagem materna, descartava o jovem inglês da herança. A guerra que devia supostamente resolver essa questão espinhosa duraria cem longos anos, sacrificaria três gerações de franceses, e deixaria o país devastado. Ela também devia arrebatar de Anselme seu pai, Jacques d'Isalguier, uma figura da nobreza de Toulouse e alto magistrado do Parlamento local, ferido por um arqueiro inglês.

Situada na encruzilhada das rotas comerciais que ligavam o Magrebe à África Ocidental, a região do Songai[82] onde vivia Salou Casaïs formava um caldeirão multicultural, marcado pela vitalidade das trocas entre as duas margens do Saara. As caravanas do deserto vinham ali escoar suas mercadorias - sal, tâmaras, figos, armas, cavalos do Marrocos, tecidos de algodão e sedas, anéis de cobre e adornos - e abasteciam-se de ouro, marfim, goma-arábica, especiarias e escravos destinados à exportação para os mundos muçulmano e europeu. A islamização da África Subsaariana proporcionaria a esses intercâmbios uma expansão extraordinária, e os integraria a uma rede intercontinental que ligava a Índia à Espanha, e os países mediterrânicos ao Oceano Índico e à Ásia; espaços que o pertencimento a uma religião comum unificaria em um vasto mercado.

Introduzido no século XI por monges guerreiros de origem berbere, os Almorávidas, vindos do Sahara para travar a Guerra Santa, o Islã tinha continuado sua expansão pela savana africana através dos grandes eixos comerciais. Nesse ínterim, os mesmos conquistadores berberes impunham quase simultaneamente sua dominação sobre a Espanha e Portugal, encontrando-se à frente de um império euro-africano de "duas margens", que se estendia do rio Ebro, na Espanha, até o rio Senegal.

Uma das consequências mais importantes dessa expansão islâmica foi o forte aumento do tráfico de escravizados que visava prioritariamente, mas não

82 Escreve-se também Songhay ou Sonraï.

exclusivamente, às populações animistas refratárias à nova religião. Seus Estados foram os mais ameaçados e eles se viram majoritariamente acorrentados atrás das tripulações das caravanas. Por outro lado, aqueles que rapidamente se submetiam - principalmente os dirigentes e as elites urbanas - à adoção do Islã permitia consolidar alguns poderes através de jogos de alianças com outros convertidos. O que não impediu que essa expansão religiosa conduzisse ao fortalecimento dos laços tecidos ao longo dos séculos entre as populações saarianas de pele clara, que controlavam o comércio transportado pelas caravanas, e os malianos de pele negra, sedentarizados em atividades como agricultura, cultura do arroz, pecuária e pesca.

Gao, capital do Songai, contava, segundo o geógrafo árabe Mahmoud Kati, com 7.626 casas em tijolos de barro, sem contar as habitações espalhadas pelos seus subúrbios. Na época em que se passava esta narrativa, sua população era de aproximadamente 100 mil habitantes. O rio Níger, que atravessava a cidade, se espalhava em um grande lençol piscoso, delimitando os diferentes bairros em conjuntos de ilhotas interligadas por uma rede de barcos utilizados no transporte de pessoas e mercadorias.

Além de Gao, mencionada no mapa do geógrafo persa Al Khwarizmi no ano 833 da era cristã, a próspera metrópole de Tombuctu contribuiu fortemente para a notoriedade desse reino. Situada na encruzilhada entre o deserto e a água, essa cidade mítica, que mais tarde seria chamada de *pérola do Mali medieval* pelos primeiros exploradores europeus, era um ponto central do comércio de sal, considerado na época tão valioso quanto o ouro que era exportado em grande quantidade. Era também de lá que era transportado, por via fluvial, boa parte do comércio destinado a todas as regiões que margeiam o rio Níger.

Do antigo império do Mali, o Songai herdaria também a prestigiada Universidade de Tombuctu, o primeiro viveiro universitário africano da Idade Média. Foi, portanto, nesse florescente porto do Sahel que Anselme d'Isalguier, um jovem nobre da província francesa, desembarcou em 1405, vindo em uma caravana de comerciantes berberes. Descendente de uma família de *capitouls,* altos magistrados da cidade de Toulouse, ele havia percorrido durante uma dezena de anos quase todos os mares do mundo, movido por uma insaciável sede de descobertas que o levou até a Ásia, passando pela Turquia. É possível que tenha sido um dos primeiros exploradores europeus a se aventurar no Mali, bem antes do major escocês Gordon Laing, que chegou a Tombuctu em 1826, e do francês René Caillé, em 1828.

Não se sabe com precisão qual foi o trajeto seguido por Anselme d'Isalguier. Três hipóteses surgiram a partir de diferentes fontes. Segundo a primeira, o jovem de Toulouse teria se juntado a um grupo de cavaleiros originários da Gasconha, que partiam para cruzadas em direção à África do Norte. Com o aperfeiçoamento da navegação e o aparecimento de embarcações maiores, o espaço mediterrânico tinha se tornado palco de expedições militares marítimas lideradas por cristãos, conhecidos ou anônimos, contra territórios considerados heréticos ou dominados por muçulmanos, apelidados de sarracenos. Outra fonte sugere que Anselme teria atravessado os Pirineus para embarcar em um veleiro mercante saindo da Espanha.

Alguns portos espanhóis, como Cádiz ou Barcelona, comercializavam intensamente com a África do Norte via cidades marítimas de Tânger, em Marrocos, Túnis ou Tlemcen, na Argélia. E o Sul de Espanha, sob dominação muçulmana, ocupava, tal como Gênova na Itália, um lugar preponderante nas importações de ouro do Império do Mali para a Europa, transportado pelo comércio transaariano de caravanas.

Assim, para voltar à viagem de Anselme, segundo certas crônicas, o jovem teria deixado o porto francês de La Rochelle em 1º de maio de 1402 a bordo de uma flotilha comandada por um senhor normando chamado Jean de Béthencourt, que planejava conquistar o arquipélago das Ilhas Canárias. A caravela em que Anselme se encontrava provavelmente teria naufragado, et ele teria encalhado algures entre o cabo Bojador[83], localizado na parte sul da costa marroquina, hoje denominado Saara Ocidental, e a zona da atual Nouadhibou na Mauritânia. Ele teria então empreendido uma travessia do Saara seguindo uma caravana de mercadores árabes-berberes, antes de continuar sua viagem em embarcações que asseguravam o tráfego fluvial no rio Níger até Gao.

---

83 Cabo Bojador, atual Cabo Boujdour.

A descoberta do Songai o encantou. Botânico e homem de ciência, versado no estudo dos astros e da natureza, fluente em árabe e turco, essa sociedade mestiça onde convivia um mosaico de povos de origens, cores e culturas diversas, só lhe podia inspirar o maior interesse. Sua personalidade aberta e calorosa lhe atraiu sólidas amizades na elite intelectual da cidade, o que lhe permitiu se adaptar muito rapidamente à vida local. Acolhido na boa sociedade de Gao, instruindo-se com respeito sobre os costumes indígenas, e apaixonado pelo grande saber de alguns de seus interlocutores, Anselme d'Isalguier foi logo considerado um verdadeiro filho do país. Ele chegou até mesmo a frequentar a corte do rei Sonni Ma Daou, conhecido como Madogo, que governava o Songai na época, e acolheu o jovem sábio branco com grande benevolência.

Sob a condução de um jovem príncipe amigo que o acompanhava nas suas andanças, Anselme se deixava absorver pela descoberta desse novo universo. Fazendo mil e uma perguntas por onde quer que seus passos o levassem, ele queria se enriquecer de tudo e descobrir o Songai sob suas múltiplas facetas. O francês gostava particularmente de passear pelos bairros populares que se estendiam até as margens do rio. Ele apreciava esses lugares barulhentos e a alegre promiscuidade das habitações. Ao redor das parcelas onde viviam as famílias, pequenos rebanhos de ovelhas eram vigiados distraidamente por meninos que tentavam combater seu tédio se divertindo correndo atrás de galinhas cacarejantes. Cenas de vida tão familiares, e, no entanto, estávamos no século XV!

As pessoas se chamavam em diferentes dialetos aos quais ele prestava maior atenção. Habituados às idas e vindas incessantes dos condutores de caravanas de pele clara, os malianos acolhiam com simpatia aquele Branco de surpreendente simplicidade, que se comunicava diretamente com eles em suas línguas, das quais ele tinha o cuidado de aprender alguns rudimentos com a ajuda de seus conhecidos. A atmosfera vibrante e colorida desses subúrbios contrastava com a orgulhosa disposição das espaçosas residências com elegantes terraços e pátios decorados com jatos de água, onde a refinada elite de Gao competia pela sua presença nas cerimônias do chá.

Naquele dia, o jovem caminhava com seu guia pela praça do mercado onde, sob o calor sufocante da manhã, reinava uma animação excepcional. Anunciadas por um concerto de pandeiros, caravanas acabavam de chegar, trazendo mil tesouros que todos queriam ser os primeiros a descobrir, na esperança de fazer bons negócios. Aldeões vindos desde o amanhecer das províncias do interior chamavam apressadamente as mães de família que se esgueiravam entre as barracas, em busca de condimentos para preparar seus pratos.

Eles precisavam vender seus produtos de caça e seus produtos agrícolas – arroz, milho-miúdo, sorgo, óleo de palma – para se abastecerem de sal, gado ou objetos de artesanato marroquino. As trocas eram realizadas por permuta ou por meio de produtos de referência usados como moedas: cauris, ouro, sal e cobre. No meio da multidão impaciente, um grupo de mulheres elegantes assistia a esse heteróclito desempacotamento, se extasiando em voz alta sobre as soberbas peças de tecidos egípcios que dois comerciantes Dioula acabavam de exibir em suas mãos.

À entrada do mercado, homens do deserto, sentados em tapetinhos estendidos no chão batido, tinham disposto diante de si pilhas de diferentes volumes desse precioso sal que fazia sua fortuna. Um pouco mais adiante, no posto de trânsito, viajantes aglomerados ao redor dos poços, enchiam seus odres de pele de cabra, na expectativa de uma travessia extenuante. Por sua vez, os condutores de caravanas se apressavam em verificar pela última vez a carga dos camelos amarrados às tamareiras, enquanto aguardavam a partida. O mercado já se aproximava do fim e, com a agitação diminuindo, cada um se apressava, alguns em direção às cabanas de palha dos bairros populares, outros em direção às ricas residências em tijolos de banco[84] que se avistavam do outro lado do rio.

Ávido por satisfazer sua curiosidade, Anselme d'Isalguier não parava de interrogar seu amigo sobre a origem e o destino dos produtos que descobria, caminhando com cautela para evitar pisar, na confusão, nas mercadorias dispostas no chão.

De repente ele levantou a cabeça e seu olhar cruzou, do outro extremo da praça, como isolados na multidão, dois olhos negros e brilhantes entre pálpebras delicadamente pintadas com Kohl. Um véu de seda azul escondia o resto do rosto.

---

84 O adobe africano (N.T.).

A jovem que o fitava estava envolta em um longo tecido índigo, cujo topo caía como um xale sobre seus cabelos finos, habilmente presos em largas tranças no alto da cabeça. Uma pepita de ouro fixada no penteado brilhava acima de sua testa cor de âmbar. Com um gesto gracioso, ela segurava, com a mão artisticamente decorada de tatuagens de hena, uma ponta do pano colocado em sua cabeça, fazendo tilintar a cada movimento do braço os braceletes de ouro e prata que trazia no pulso.

Como que incomodada pelo olhar insistente do estranho, Salou Casaïs baixou os olhos e, seguida por suas criadas, desapareceu furtivamente na esquina de um beco. Embora encantado pela graça dessa aparição inesperada, Anselme d'Isalguier não ousou sair em busca da desconhecida. Pois, em terra do Islã, ele se arriscava à pena de morte se ofendesse uma mulher de alta posição.

O embaraço do jovem não tinha escapado a seu acompanhante. Um súbito rubor lhe tinha subido ao rosto, e este se divertiu muito, aumentando ainda mais o desconforto de Anselme. A educação songai exigia de um homem que soubesse disfarçar suas emoções. Principalmente diante de uma mulher. Seu amigo não pareceu nem um pouco chocado com o interesse evidente que o Branco demonstrava por uma de suas compatriotas. Pelo contrário, contou-lhe que Salou Casaïs pertencia a uma das linhagens mais elevadas de Gao.

Órfã, ela vivia na família de seu tio paterno, um homem rico e muito piedoso, altamente respeitado na cidade. Apaixonado por poesia e por astronomia, ele havia criado a sobrinha com certa liberdade, e lhe havia proporcionado uma boa instrução em árabe. Pois, ao contrário da Europa da Idade Média, naquela civilização, a educação não estava reservada apenas aos homens ou apenas a uma elite. A grande beleza e vivacidade de caráter da jovem a haviam tornado um dos melhores partidos de Gao. Mas a princesa era exigente, e muitos eram os pretendentes que esperavam, em vão, ter uma chance.

Como todas as noites, no terraço com vista para o rio onde gostava de se isolar para encontrar um pouco de frescor, Salou Casaaïs admirava o crepúsculo que caía sobre Gao. Embalada pelas melopeias entoadas pelos canoeiros que mergulhavam seus remos em cadência nas águas calmas e profundas, ela observava a cidade mergulhar devagar em um silêncio morno, somente perturbado pelos mugidos dos rebanhos voltando das pastagens.

Com o olhar sonhador, ela seguiu por um instante a trajetória do sol. Em breve, ele pairaria sobre as palmeiras plantadas a perder de vista, antes de desaparecer atrás das dunas de areia para morrer bem longe, no vale do Oued. Então, pouco antes da noite capturar o céu, brilhariam por toda a cidade como milhares de vaga-lumes, pequenas fogueiras acesas nas casas.

Ela se surpreendeu pensando no estranho que havia encontrado naquela manhã na praça do mercado. Um leve sorriso iluminou seu rosto ao se lembrar da surpresa admirativa que tinha lido em seus olhos claros. Apesar da tez bronzeada sob o leve albornoz com que estava vestido, ele não podia ser um tuaregue. Um leve farfalhar atrás dela a fez se virar. Era sua serva que trazia notícias. A jovem confidente havia assumido como missão pessoal não voltar de mãos vazias da busca de informações que lhe fora confiada. Assim, ela tinha se comprometido a passar pelas casas principescas onde o estranho já havia sido recebido, para interrogar discretamente os criados, sem levantar suspeitas. Foi assim que ela conseguiu extrair o máximo de detalhes possível, para satisfazer a intensa expectativa de sua senhora.

Então era ele o famoso viajante cujo país ficava além do deserto e dos mares, e que viera para descobrir o Songai! Ela tinha ouvido dizer que ele estudava os costumes e as línguas do país, anotando cada palavra em grandes folhas de pele de cabra curtida. Dizia-se também que era um homem de grande cultura, e que cativava todos os salões de Gao com os relatos de suas aventuras entre os povos que havia encontrado, e através dos mares que tinha percorrido.

"Vou pedir a meu tio que lhe envie um convite", disse a si mesma, estreitando os olhos maliciosamente. Convencê-lo seria para ela uma brincadeira de criança, sabendo que o velho erudito dificilmente se faria rogar face à perspectiva de conversas fascinantes com o jovem francês. As mulheres de posição principesca eram, na época, muito livres. Elas não estavam sujeitas à moral nem às regras sociais impostas aos cidadãos comuns. Nem mesmo os rigores do Islã podiam restringir as prerrogativas conferidas a elas por sua posição. Assim, tinham a

possibilidade de escolher livremente seus esposos. Um direito que ninguém podia negar-lhes.

Salou multiplicou sutilmente as ocasiões de encontros, e Anselme compreendeu com felicidade que não se tratava de simples coincidências. Os jovens se apreciaram e se amaram sem se deixarem deter pelo que poderia separá-los: a raça, a religião, a cultura. Por fim, após alguns meses, Gao celebrou com grande pompa e na mais pura tradição muçulmana, o casamento de Salou Casaïs com o cristão Anselme d'Isalguier. Um casamento ecumênico antes do tempo, que foi abençoado pelo rei Sonni Madogo.

Durante oito anos, os esposos viveram em paz às margens do Níger. Eles tiveram uma primeira filha, Marthe, sobre a qual as crônicas de Toulouse contam que teria nascido com dois dedos da mão esquerda completamente brancos, e uma mancha branca na testa. Mas, sem dúvida, era apenas a primeira mestiça que aqueles cronistas provinciais da Idade Média viam!

Mulher culta, Salou, que lia e escrevia perfeitamente árabe, aprendeu francês com seu marido. Foi assim que ela o ajudou a processar as informações que ele tinha coletado em várias províncias do reino, e que pretendia utilizar para escrever um livro de geografia sobre o Songai. Da mesma forma, ela lhe trouxe sua valiosa contribuição como intérprete na elaboração do dicionário francês-latim-songaï em que Anselme estava trabalhando.

Apesar da doçura da vida em Gao, Anselme d'Isalguier começou a sentir saudades de sua terra natal. Sentia falta da França, de suas terras às margens do Garonne, de sua mãe, viúva... Salou, por sua vez, mostrava-se bastante curiosa por descobrir essa sociedade de costumes tão diferentes, que seu marido tantas vezes lhe descrevia, mas ela não conseguia se resolver a deixar sua família. Com paciência, porém, ele acabou vencendo suas resistências, e aos poucos a levou aceitar a ideia de uma partida. Mas não havia contado com a feroz oposição de sua família e de seu círculo social, para os quais uma nobre de Gao não podia ir se perder em um país estrangeiro. Aliás, o novo soberano, Sonni Suleyman Dama Dandi, que tinha subido ao trono em 1410 e que, tal como seu antecessor, tinha Anselme em alta estima, nunca teria autorizado tal projeto!

Foi então que decidiram partir clandestinamente para evitar qualquer discussão que pudesse gerar tensões em sua união. Após preparativos, cuidadosamente mantidos em segredo, deixaram Gao à noite, com a cumplicidade do jovem príncipe que tina sido testemunha de seu primeiro encontro, e que Anselme considerava seu irmão. Um punhado de criados os acompanhava, assim como Aben Ali, médico pessoal de Salou. Ela também dispunha de uma fortuna pessoal em ouro que lhes garantiria uma existência muito confortável.

Escondidas pelos tufos de palmeiras-doum plantadas ao longo das margens, as pirogas carregadas de bagagens deslizaram suavemente sobre o rio, iluminadas por um tênue quarto de lua. Uma caravana bem escoltada os esperava à entrada da trilha que os conduziria, em uma longa fita sinuosa através do deserto, até às portas do oceano. E foi com profunda tristeza e cheia de remorsos que a jovem mulher deixou a terra de seus antepassados, apertando sua filhinha nos braços.

A viagem nas costas de camelo foi particularmente penosa. Abatida pelo calor do dia, transida pelo frio glacial da noite do deserto, apesar das espessas mantas de pêlo de camelo e dos tapetes de lã de ovelha com que se protegia, sob a sólida tenda de lona que abrigava suas paradas, Salou tentava esconder seu desespero para não magoar o marido. Depois de algumas semanas, chegaram ao Touat, um oásis ao sul da Berbéria (atual Argélia), onde puderam descansar e saciar em abundância os lábios ressecados.

A caravana então se dividiu em três grupos. Alguns negociantes se dirigiram para o Marrocos, outros para a Argélia; Anselme seguiu aqueles que iam para a Tunísia. Chegando às costas da África do Norte, alugaram um quarto em uma hospedaria, aguardando um veleiro que partisse rumo à França. O ouro de que dispunham os mantinha a salvo de qualquer necessidade, e aproveitaram essa parada para visitar Túnis, imensa metrópole aos olhos de Salou, em comparação com Gao.

Logo chegou o embarque em um navio francês que os transportaria para o outro lado do Mediterrâneo. A travessia foi incrivelmente agitada. A meio caminho entre Túnis e a Sicília, talvez nas imediações das Ilhas Pelágias, o veleiro de três mastros foi atacado em plena tempestade por corsários catalães. Apesar da feroz resistência da tripulação, os corsários capturaram vários passageiros, entre eles, a jovem mulher e seus três servos que eles pretendiam vender como escravos.

A tempestade durou várias horas. Felizmente para os náufragos, infiltrações de água tinham aparecido no casco do barco corsário que, fortemente danificado pelos combates, acabou encalhando em um banco de areia. Aproveitando a confusão dos piratas, que estavam principalmente preocupados em salvar seu barco, os prisioneiros pegaram uma canoa e remaram até a primeira ilha que avistaram.

Por milagre, o navio francês tinha acabado de ali ancorar para reparar suas avarias, depois de ter vasculhado em vão as ilhotas vizinhas em busca dos passageiros perdidos. Ultrapassando a toda velocidade os tripulantes que avançavam com cautela, Anselme, que só tinha conseguido salvar sua filhinha, correu como um louco na frente da canoa fugitiva. E ali, tomado de alegria, reencontrou sua esposa em lágrimas entre os sobreviventes. Foi um momento de intensa emoção ver aquele cavalheiro branco e todos esses Negros em prantos - a princesa, as criadas, o médico e dois outros servos - caírem nos braços um do outro com exclamações incrédulas. Comovidos com essa cena tocante, os outros passageiros viram a mão do Senhor no reencontro dessa família tão singular, e todos fizeram o sinal da cruz em uníssono. Por fim, a viagem pôde prosseguir sem outros incidentes.

Foi em um frio dia de outono do ano de 1413 que Salou Casaïs descobriu o porto de Marselha, cuja prosperidade remontava ao tempo do Império Romano. Veleiros descarregavam mercadorias trazidas por marinheiros audazes de todas as províncias do mundo, enquanto outros zarpavam para outras terras distantes. E todas aquelas pessoas de pele branca, vestidas de maneira insólita, que se expressavam com sotaques estranhos difíceis de entender, embora tivesse aprendido rudimentos de francês com o marido! Negra, mas vestida como uma dama distinta, ela tinha a impressão constrangedora de ser objeto de curiosidade, isolada nesse mundo estranho contra o qual sua família e seus adivinhos a haviam advertido, e ultrajada por ser encarada assim, sem qualquer consideração por sua posição.

Anselme contratou um coche com cavalos e seguiram viagem rumo a Toulouse. Do interior da diligência que sacolejava pelos caminhos pedregosos, Salou descobriu, com uma curiosidade misturada com apreensão, as paisagens que desfilavam diante de seus olhos: aldeias de tristes casinhas habitadas de pessoas pobres castigadas pela guerra, pelas pilhagens e pela fome; campos que se estendiam por vastas planícies dominadas por colinas, no topo das quais se erguiam imponentes castelos ou cidades fortificadas rodeadas por altas muralhas. Um ambiente tão mais sombrio, a seus olhos, que as lembranças familiares que lhe vinham à memória: a cortina de palmeiras oferecendo um exuberante panorama de vegetação desde seu terraço, os barqueiros cruzando o rio, a alegre animação dos mercados de Gao, às portas do deserto. Mas aqui a realidade era bem outra e o frio congelante estava ali para lembrá-la disso.

Algum tempo depois de sua chegada a Toulouse, Anselme d'Isalguier mandou batizar sua esposa na religião cristã, bem como a pequena Marthe, de seis anos, sem esquecer os seis criados que haviam acompanhado sua esposa: três criados Sonraï e três eunucos, incluindo Aben Ali. Este, homem de ciência oriundo da Universidade de Tombuctu e praticante da medicina tradicional africana, adquiriu, graças ao seu domínio das plantas medicinais, uma sólida reputação que foi mencionada nas crônicas da cidade.

Assim, o historiador Germain de Lafaille, oriundo de Toulouse, e autor de *Abrégé de l'ancienne histoire de la ville de Toulouse* (Resumo da antiga história da cidade de Toulouse) publicado em 1687, relata que Aben Ali curava todo tipo de doenças graças às substâncias que preparava - em especial com raízes que provocavam vômitos para tratar os doentes, e com sangrias que praticava por si mesmo. Depois de salvar de uma pleurisia mortal o jovem Guillaume Bardin, filho de um conselheiro do parlamento de Toulouse, e amigo de Anselme d'Isalguier, a fama desse médico negro de grande humildade lhe atraiu uma clientela importante da alta sociedade local. O que incomodou profundamente os médicos de Toulouse que alertaram seus pacientes de que os cristãos que consultassem "esse charlatão muçulmano" se exporiam às chamas do inferno. Mas o aviso não foi muito dissuasivo e a notoriedade de Aben Ali não cessou de crescer.

No entanto, foi ele quem foi chamado à cabeceira do jovem príncipe Carlos VII de Valois, delfim da coroa da França, acometido por uma forte febre durante uma viagem à Provença em março de 1420. Era um período turbado em plena guerra de Cem Anos entre as realezas francesa e inglesa, e a eventual morte, na capital do Languedoc, do herdeiro do trono francês não deveria sequer ser considerada! Se alguma coisa acontecesse ao adolescente, aos dezessete anos, confrontos sangrentos poderiam incendiar o país. Na verdade, tal drama não deixaria de levantar sobre Toulouse sérias suspeitas de assassinato; pior, de cumplicidade com os ingleses. E nesse caso, as tropas do rei não hesitariam em sitiar a cidade... Era preciso evitar a catástrofe a todo custo.

Como os médicos chamados à cabeceira do delfim haviam se declarado impotentes diante da doença, os notáveis da cidade pediram a Anselme d'Isalguier que permitisse que o médico negro examinasse, por sua vez, o príncipe acamado no castelo de Tarascon. Em cinco dias, Aben Ali conseguiu curar o futuro rei da França graças a unguentos dos quais tinha o segredo. Essa cura rápida teve enorme repercussão, e, como recompensa, o jovem delfim lhe entregou pessoalmente 1000 escudos de ouro, o que na época representava uma soma considerável.

Isso foi demais para seus detratores. Algum tempo depois, Aben Ali começou a vomitar e ter convulsões violentas. Ele suspeitou que havia sido envenenado, mas não conseguiu preparar um antídoto, pois não sabia qual substância ativa lhe havia sido administrada. Morreu em meio a atrozes sofrimentos, pranteado por Salou que, com ele perdia um pai, um confidente e seu último vínculo com sua terra natal. Essa morte repentina causou grande comoção na cidade, e espalhou-se o boato de que o curandeiro negro havia sucumbido vítima de uma conspiração tramada por médicos de Toulouse invejosos de seu sucesso, e que teriam contado com a cumplicidade de um camponês da vizinhança para expedir o velho Negro *ad patres*. Ele tinha setenta e três anos.

Foi um choque terrível para Salou Casaïs. Ela, que tinha desfrutado de uma vida brilhante em Gao, frequentando a elite intelectual, convivendo com os viajantes mais prestigiados de passagem pelo reino, vivia agora como uma reclusa à sombra de seu castelo de Castelnau-d'Estrétefonds. Ainda assim, ela tinha continuado a ser uma mulher de notável inteligência, enquanto as mulheres europeias da época, mesmo as pertencentes à nobreza, não tinham acesso à educação. Salou ajudou, portanto, o marido a redigir o relato de sua viagem à África, fornecendo-lhe informações valiosas para completar sua descrição das populações, dos costumes locais, das crenças religiosas e do sistema político. Ela também o auxiliou na finalização do dicionário que ele havia começado a escrever às margens do rio Níger.

É verdade que as portas não tinham se aberto para a estrangeira que ela era. Com efeito, embora tenha sido acolhida com cortesia pela família do marido, especialmente por sua sogra que havia se retirado para suas terras em Montrabé, e por alguns fiéis amigos de Anselme, Salou nunca foi aceita pela nobreza provincial, chocada com o fato de que um filho de família tivesse podido trazer uma negra de suas peregrinações e, além disso, dado seu nome a filhas "mestiças". Forçada ao isolamento pela sociedade na qual vivia, levou uma vida austera, totalmente voltada para a educação de suas três filhas, tendo como única saída os serviços religiosos, dos quais não faltava uma única véspera. Sua paixão pela leitura a fazia passar longas horas na biblioteca do castelo; e ela também dedicava um pouco de seu tempo às obras de caridade de sua paróquia.

Marthe, sua filha mais velha, tornara-se uma bela jovem, muito culta e piedosa, que "dava muito de seu dinheiro aos pobres". Mas os cronistas da época ressaltam sobretudo que ela tinha a pele escura, "mais negra que a da mãe!" Em 1425, aos dezoito anos, casou-se com um jovem fidalgo da região, o cavaleiro Eugène de Faudoas, filho de um amigo de seu pai. Também aí as narrativas têm se detido na fortuna em ouro de Salou, que proporcionou um dote muito rico à sua filha; o que não deixou de suscitar alguma amargura entre muitas senhoritas de boas famílias da região.

Dessa união nasceu um filho, Eustache, que o povo apelidou de "O Mouro de Faudoas", devido à sua tez morena. O que não o impediu de fazer carreira nos exércitos do rei, onde sua grande coragem lhe valeu o cargo de chefe da cavalaria de Francisco I. As outras duas filhas de Salou, chamadas a branca Isabeau, e Marguerite, a Negra, tiveram menos sorte. Depois de perder tragicamente seus noivos na guerra, as duas entraram para o convento e tornaram-se religiosas.

Com a morte de Anselme, por volta de 1440, Salou Casaïs, ainda jovem, recolheu-se, por sua vez, a um convento da região. Ela, ali, permaneceu até o fim de seus dias, guardando bem no fundo de seu coração a nostalgia de sua família e de seu país natal, embora tivesse vivido uma felicidade serena ao lado de seu querido marido.

As obras de Anselme d'Isalguier não chegaram até a posteridade. O que sabemos de sua história, devemos ao seu amigo Guillaume Bardin, que lhe consagrou um relato em uma crônica sobre o parlamento de Toulouse. Em 1515, o castelo da família em Castelnau-d'Estrétefonds foi confiscado pelo rei da França em benefício do senescal de Lyon. Foi lá que este encontrou os arquivos de Anselme, entre os quais dois manuscritos importantes: o primeiro relatava sua viagem à África, e o segundo era um dicionário de tuaregue-francês-songai.

No século XVIII, um padre erudito chamado Anthelme Tricaud, cônego em uma diocese de Lyon, teve em mãos essas obras, às quais faz referência em uma breve nota de seu *Ensaio de literatura para o conhecimento dos livros*. Para o historiador do século XX, Charles de la Roncière, esses manuscritos ainda se encontravam em um colégio de jesuítas em Lyon, em 1702. Depois, infelizmente, perderam-se todos os rastros.

O nome de Salou Casaïs, no entanto, não desapareceu da memória nacional francesa. Hoje existe na pequena comuna de Pinsaguel, situada a quinze quilômetros ao sul de Toulouse, uma midiateca que leva seu nome. Uma forma de perpetuar para as novas gerações, a lembrança dessa princesa africana vinda do Mali no século XV, e que viveu no castelo local; o qual foi transformado ao longo dos séculos, e hoje é conhecido como Château des Confluences, classificado como monumento histórico. Em certa época, uma das quatro torres do castelo foi denominada "A torre do Mouro", em memória de Eustache de Faudoas, neto de Salou Casaïs.

VII

VÍTIMA

Saartjee Baartman,

Chamada de *Vênus hotentote*

Porque ela tinha as costas arqueadas e nádegas proeminentes, características comuns a algumas mulheres negras, e era, portanto, diferente dos padrões estéticos do corpo feminino aos quais os europeus estavam acostumados, ela foi fechada na jaula com barras, e exposta ao escárnio de multidões racistas. Esta é a revoltante história de Saartjee Baartman, cujo nome verdadeiro era Sawtche, uma jovem sul-africana raptada do seu país e ignominiosamente reduzida à condição de atração de circo em dois Estados europeus promotores dos Direitos Humanos.

Segundo as fontes escritas europeias, sua vida começou aos vinte anos de idade, quando ela era empregada doméstica em uma fazenda na cidade do Cabo. Sobre seu passado não se sabe grande coisa. Mas, segundo a tradição oral, ela teria nascido por volta de 1790, numa comunidade de pastores nômades da etnia Khoï-Khoï, um dos povos originários da África do Sul, que os primeiros colonizadores holandeses rebatizaram de Hotentotes, zombando do estalar de língua que esses "selvagens retardados" (em suas próprias palavras) pontuavam sua maneira de falar.

Naquela época traumática para suas populações negras, a África do Sul havia caído sob o jugo de imigrantes europeus caçados de seus países por conflitos religiosos opondo a Europa cristã à emergência do protestantismo. Os pioneiros holandeses que chegaram primeiro, procuraram reconstituir, nas planícies férteis que encontraram, as atividades agrícolas e pecuária que tiveram de abandonar em seu país. Para isso, desalojaram os habitantes locais e ali edificaram vastas propriedades, antes de estabelecerem uma nova sociedade baseada na opressão dos Negros.

No entanto, foi quase por acaso que eles tinham acabado de chegar nesse país. Em 1648, um navio fretado pela Companhia Holandesa das Índias Orientais, que controlava rotas comerciais para as Índias, encalhou próximo à baía do Cabo da Boa Esperança. A tripulação conseguiu chegar à costa e sobreviveu graças à hospitalidade dos africanos que os encontraram na praia. Eles permaneceram ali por vários meses antes de serem resgatados por outro navio que navegava ao largo do Cabo.

Os marinheiros sobreviventes descreveram o local de forma tão atraente que a companhia decidiu estabelecer ali uma estação de reabastecimento para os navios que viajavam para as Índias. Em 1652, um primeiro núcleo de empregados desembarcou no Cabo. Mas as trocas comerciais com os indígenas não ocorreram sem dificuldades. Os pastores Khoi-khoi se recusaram a trocar seus alimentos e gado por bugigangas com as quais os europeus costumavam "remunerar" as riquezas da África.

Assim, o entreposto do Cabo foi transformado em colônia de povoamento, tornando-se uma base para a penetração no interior do país. Cada ano, cerca de 5.000 marinheiros ali faziam escala, para quem era necessário garantir o reabastecimento. Com suas boas terras e seu clima temperado, a região podia se tornar um extraordinário centro de produção agrícola. Na segunda metade do século XVIII, o movimento migratório aumentou consideravelmente, despejando na região agricultores holandeses, doravante chamados de bôeres, mas também alemães e huguenotes (protestantes) franceses que fugiam das perseguições religiosas que dividiam a Europa, desde a revogação, em 1685, do Édito de Nantes sobre a liberdade de culto protestante.

As exterminações e dispersões das populações negras continuariam para permitir aos recém-chegados se estabelecer em suas terras. Desembarcando, por sua vez, no Cabo em 1795, os britânicos puseram fim à supremacia holandesa ao estabelecerem sua soberania sobre a colônia em 1814. O que teve o efeito de provocar o recuo dos bôeres para o interior das terras.

Constantemente assediadas por comandos holandeses em busca de terras para roubar, as tribos autóctones dizimadas foram sendo empurradas para as regiões menos hospitaleiras. Nesse confronto desigual entre lanças e mosquetes de pólvora, seus combatentes não tinham chance alguma: os sobreviventes eram arrastados junto com mulheres e crianças para servirem como mão de obra nas fazendas. Foi o que aconteceu com Sawtche quando ela era ainda muito jovem. Os poucos depoimentos encontrados sobre ela indicam que a menina teria sido levada à servidão para um fazendeiro após seus pais terem sido massacrados durante um ataque de colonos brancos contra sua tribo.

Em 1810, portanto, ela trabalhava como empregada doméstica para Peter Caezar. Uma noite, ele recebeu a visita de seu irmão Hendrick para jantar. Um cirurgião da marinha britânica que havia conhecido recentemente o acompanhava. Seu navio havia feito escala no Cabo e ele passava alguns dias de férias na cidade. Como tal ideia poderia ter surgido em suas mentes? Foi sem dúvida ao verem a jovem circulando pela casa, onde cuidava das crianças e ajudava um pouco na cozinha, que imaginaram um plano susceptível de lhes trazer muito dinheiro.

Esse período de contatos recentes entre as comunidades branca e negra era, de fato, marcado pela ampla difusão de estereótipos completamente disparatados – alimentados pelas fantasias dos europeus – sobre as mulheres khoi-khoi. Mulheres consideradas tendo nádegas anormalmente grandes, e das quais se contava que seus órgãos genitais apresentavam um misterioso alongamento dos pequenos lábios. Um termo específico chegou a ser inventado por cientistas europeus para designar essa suposta "anomalia" do sexo das hotentotes: o chamado "avental hotentote".

A Europa era então apaixonada pelas questões de hierarquização das raças, convencida de que os Negros constituíam o elo perdido entre o macaco e o homem. Grandes pensadores, obcecados em demarcar as fronteiras entre a espécie humana e o reino animal, concentravam sua atenção nos órgãos genitais dos Negros para alimentar suas comparações. A partir de suas teorias se desdobraria uma infinidade de invenções e de preconceitos totalmente extravagantes, visando a inferiorizar a raça negra supostamente caracterizada por "sua natureza selvagem". Alguns destes mitos ainda persistem vivos no imaginário ocidental, a ponto de o negro "bem dotado" – ou seja, um ser bestial – e a sensualidade "animal" das mulheres negras, ainda fazem sucesso hoje na literatura e na publicidade.

Mas, vocês perguntarão, por que os excessos desse fervor pseudocientífico teriam se cristalizado mais precisamente para os hotentotes? Algumas explicações foram apresentadas, essencialmente ligadas ao fato de que, devido à quase ausência de mulheres brancas nos primeiros movimentos migratórios, a proximidade com os indígenas devolvia esses holandeses puritanos à sua obsessão pelo fruto proibido. Sendo a cópula com uma Negra formalmente reprovada por sua moral, o que não impedia os estupros, precisavam imaginar barreiras suficientemente dissuasivas para os levar a refrear seus desejos sexuais. Demonizar a sexualidade negra era, na verdade, uma forma de se proteger, por autossugestão, contra suas próprias pulsões.

Os rumores mais loucos circulavam, portanto, sobre os hotentotes que nada haviam feito para atrair tal atenção! Relatos de viagens rivalizavam entre si com considerações fantasiosas sobre sua vulva "tão proeminente que ultrapassava a coxa!" Pseudocientistas e curiosos dos mais doentios, para não dizer voyeurs, viajaram até a África do Sul apenas para satisfazer sua sede de sensacionalismo. Para a grande surpresa, sem dúvida, dessas mulheres negras, que deviam se perguntar o que podia justificar tanto interesse por parte de tais estranhos. Sabe-se que alguns chegaram até a experimentar pessoalmente a intimidade sexual dessas mulheres africanas, mas se abstiveram de se vangloriar diante de experiências não muito conclusivas, a fim de preservarem a credibilidade de seus escritos que pretendiam atestar a veracidade dessa particularidade totalmente imaginada!

Compreende-se, portanto, que face a tal exemplar de mulher khoi-khoi, Caezar e seu cúmplice Dunlop não hesitaram nem por um segundo. Sawtche era rechonchuda, com nádegas bem espessas sob quadris largos, peito opulento: a fortuna deles estava garantida se conseguissem levá-la à Inglaterra para exibi-la em um desses espetáculos onde desfilavam, sob zombarias da multidão, mulheres barbadas, gigantes zarolhos e anões estropiados. O negócio foi fechado. O irmão mais velho dos Caezar deu a jovem ao seu irmão e, em 20 de março de 1810, depois que lhe foram rapidamente providenciados documentos transformando seu nome tradicional de Sawtche para Saartje, ao qual se adicionou o sobrenome Baartman (que significa barbudo em holandês!), eles embarcaram no primeiro navio partindo para a Inglaterra.

Pode-se imaginar a odisseia dessa pobre jovem, a quem certamente ninguém tinha perguntado sua opinião, ao contrário do que alguns especialistas franceses tendenciosamente tentaram fazer crer. O argumento deles? Um contrato supostamente oferecido a Saartje por Caezar, e que ela teria aceitado com pleno conhecimento dos fatos, atraída pela promessa de ganho financeiro. Era realmente sério afirmar, nos dias de hoje, que a pequena criada tinha conhecimento suficiente dos costumes de um país do qual ela ignorava tudo, nesse caso a Inglaterra, para imaginar o tipo de "trabalho" que se poderia exigir dela: exibir seu corpo e suas partes íntimas em público, como um animal de zoológico?

Além disso, desde quando os Brancos se preocupavam com os sentimentos ou a vontade de seus escravizados, considerados por natureza como subumanos? Quem seria levado a acreditar que esses senhores, sobretudo num país tão racista, se preocupavam com os direitos de seus domésticos negros a ponto de lhes estabelecerem contratos regulando o uso que pretendiam fazer deles?! Pretender que Saartje sabia o que a esperava, mesmo para se eximir de uma evidente má consciência, era realmente abusar um pouco demais da má-fé!

Seja como for, essa interpretação não poderia de forma alguma relativizar a ignomínia da situação. Eles chegaram a Londres após uma travessia de três meses. Pátria do liberalismo e precursora da luta contra a escravatura, cujo tráfico havia sido abolido em 1807[85], a Inglaterra do século XIX já abrigava Negros

85 A Grã-Bretanha eliminou gradualmente a escravatura em todo seu império entre 1834 e 1838. A França em 1848.

em seu solo, mesmo que não constituíssem uma comunidade homogênea. Encontravam-se ali antigos escravizados transformados em domésticos, mas também libertos e letrados gozando de certo conforto, e dos quais surgiria posteriormente o embrião de uma burguesia britânica negra.

Na esperança de tirar o máximo proveito dessa Vênus hotentote trazida em suas bagagens – foi o nome que os dois cúmplices lhe haviam atribuído -, Caezar e Dunlop procuraram primeiro vendê-la a negociantes de atrações. Eles abordaram, entre outros, um antiquário chamado William Bullock, também proprietário de um museu de arte e de história natural. Mas a oferta não encontrou compradores. Decepcionado, o cirurgião finalmente decidiu revender "sua parte" de Saartje ao seu sócio, que se tornou o único proprietário. Transformado em empresário, este saiu em busca de uma sala em Piccadilly, o famoso bairro de entretenimento da vida londrina, onde domadores de ursos, adestradores de pulgas e outros monstros de três cabeças dominavam a cena. Sua morfologia desconcertante, aos olhos do padrão europeu, faria o infortúnio da jovem africana, transformada em espécime etnológico.

Em 20 de setembro de 1810, um anúncio sensacionalista proclamava no jornal *Morning Post "a chegada, vinda do país dos Cafres, de uma Vênus hotentote. Venham em grande número observar este fenômeno, um espécime extraordinário que ultrapassa qualquer descrição feita pelos viajantes em suas jornadas. Das 13h às 17h, 2 xelins a entrada."* O sucesso foi imediato. As pessoas se precipitaram. A fila aumentava a cada dia. Os homens, em particular, se apinhavam em grande número.

Na verdade, era a primeira aparição concreta de um membro daquele povo um tanto mítico, sobre o qual se cristalizavam muitas fantasias. As nádegas da Negra eram tão monstruosas como se dizia? Obviamente, ela não tinha nada das silhuetas brancas sem proeminências, que ditavam a norma. Ver-se-ia aquela enorme vulva transbordando na coxa? Enclausurada em uma jaula com barras, Saartje ficava de pé em um estrado, com o peito à mostra e a cintura envolta em um curto pequeno saiote tradicional khoi-khoi. E ela tocava goura[86], um instrumento musical de seu país.

---

86 Gorá é um instrumento musical sul-africano, formado por uma tripa retesada em um arco e que se faz vibrar soprando-a fortemente por uma pena de avestruz. (N.T.)

Os espectadores eram convidados a olhar por baixo de seu saiote. Alguns lhe beliscavam as nádegas para sentir a espessura de sua pele. Outros a apalpavam ou a picavam com a ponta da bengala para se certificar de que era realmente feita de carne e osso. Elegantes senhoras, abotoadas até o pescoço, davam-lhe pancadinhas com a ponta da sombrinha para forçá-la a mostrar o que o ingresso lhes dava direito de ver. Ordenavam-lhe que avançasse, recuasse. Mas, quando a humilhação se tornava insuportável, e ela se recusava a obedecer, seu dono então fechava a cortina. Segundo muitos testemunhos, Caezar a golpeava com violência usando uma longa vara de bambu, apesar de suas lágrimas e súplicas, até que ela retornasse à jaula, submissa e quebrada.

O boca-a-boca bastou para fazer dele o espetáculo mais cômico de Londres. Canções populares floresciam por toda parte, zombando do traseiro da "selvagem", ou de suas nádegas "tão largas quanto um caldeirão". Nos bares e salões, as pessoas disputavam as últimas caricaturas e revistas satíricas, parodiando sua "anca monstruosa". No entanto, algumas pessoas se emocionavam diante tal exposição, considerada degradante. Indignados, três militantes abolicionistas, líderes da Liga Abolicionista e da Sociedade Africanista, chegaram mesmo a apresentar queixa junto à Corte Real de Justiça contra Caezar pelo tratamento imoral e humilhante imposto à pobre garota. Em 28 de novembro de 1810, o tribunal mandou interrogá-la em holandês, a única língua europeia que ela entendia um pouco, por ser a falada pelos Brancos de seu país.

Era a primeira vez que Saartje tinha a oportunidade de se expressar. Ela nunca tinha pisado em um tribunal. Ela estava apavorada com todo aquele alvoroço feito em torno dela, tanto quanto com a fria solenidade dos juízes drapeados com togas vermelhas de golas de arminho, e usando longas perucas brancas. Será que ela era sequer capaz de entender, tendo conhecido somente a submissão aos Brancos desde sua infância, por isso o que sofria não era aceitável nesse país para um ser humano? Nada era menos certo.

Então ela respondeu docilmente aos juízes, indicando que se tinha comprometido a exibir-se nos palcos ingleses por um período de seis anos, que era bem tratada e não tinha nada a censurar ao seu mestre, que nunca lhe havia infligido maus-tratos. Ela acrescentou até, ingenuamente, que seu mestre às vezes lhe permitia passear de carruagem aos domingos, sem nem perceber que, se ele havia investido na sua roupa de dama e em passeios de carruagem no coração de Londres, era unicamente para atrair clientes para seu espetáculo!

Finalmente, ela concluiu dizendo que ele havia prometido retribuir-lhe mais tarde, e custear sua viagem de volta à África do Sul. Absolvido por essa declaração, era com toda a tranquilidade que Hendrick Caezar veio então afirmar ao tribunal que Vênus agia de livre e espontânea vontade, que cuidava dela com humanidade, e que de forma alguma a considerava uma escrava. Melhor ainda, ele apresentou um contrato (redigido especificamente, como se descobriria mais tarde, para uso exclusivo da corte), no qual estavam estipulados os termos do acordo entre eles, e pelo qual ela também se comprometia a servi-lo como doméstica.

Um contrato que nos faz perguntar como ela poderia tê-lo entendido, já que não sabia ler nem escrever! É baseado nesse testemunho que alguns europeus se apoiarão, um tanto comodamente, para afirmar que Saartje Baartman tinha escolhido seu "trabalho" com conhecimento de causa. O que foi refutado com a maior energia pelos pesquisadores sul-africanos que se debruçaram em sua trágica trajetória. Como imaginar, de fato, que essa órfã de vinte anos, arrancada de sua savana natal pela violência da guerra, escravizada por um senhor Branco, e depois exibida de maneira humilhante em um país estrangeiro como um animal de feira, pudesse dispor de qualquer forma de seu livre arbítrio?

Essa moça tão simples, adestrada pelo sistema colonial, era sequer capaz de revolta? Com quantas pauladas Henrick Caezar a havia aterrorizado para que ela repetisse diante do tribunal as palavras que ele certamente lhe ditara? Ainda mais considerando que, sem dúvida, ele não tinha deixado de desestabilizá-la ao fazê-la compreender a precariedade de sua situação. Como, de fato, ela poderia ter conseguido sobreviver sem ajuda em um ambiente tão hostil, se fosse libertada desse senhor que a havia reduzido a tal estado de dependência? Pode-se supor seu desespero, e talvez também uma certa lucidez, pois ela devia estar ciente de seus limites para sair sozinha de tal provação.

Deliberando com base nessas declarações, o tribunal arquivou o caso. No entanto, Saartje nunca recebeu um único centavo desse vil cafetão. Eles viviam em um sótão sórdido, frio e úmido, onde ela só recebia um mínimo de comida. E quando ela estava doente e tremenda de frio, era com varadas de bambu que ele a obrigava a se expor seminua à curiosidade do público. Se a submissão de Saartje poupou seu mestre da ira da justiça, Caezar mesmo assim sentiu o calor da pressão. Eles desapareceram da cena londrina e levaram seu número para o interior da Inglaterra. Mas tratava-se da era pré-industrial e reinava uma grande pobreza nas zonas rurais. Apenas as classes abastadas tinham poder de compra suficiente para se permitirem algumas atividades de lazer.

Reencontraremos seu rastro um ano depois na cidade de Manchester, onde Caezar a fez batizar com o prenome de Sarah, em 7 de dezembro de 1811. Três anos depois, arruinado, ele decidiu tentar a sorte na França, onde a escravidão ainda era legal. Finalmente, assim que chegou a Paris, ele a vendeu a um domador de animais francês chamado Réaux. Ela tinha 24 anos e era a primeira mulher khoi-khoi a pisar em solo francês. Uma vez mais nos jornais, anúncios provocantes assinalaram *"A presença da Vênus, recém-chegada de Londres, exposta ao público em uma sala do Palais Royal, rua Neuve-des-Petits-Champs, e cuja monstruosidade de certas partes do corpo causou admiração na Inglaterra."*

E eis novamente a infeliz confrontada a uma gargalhada coletiva contra este corpo que, entre os seus, nada tinha de singular. Foi um sucesso escandaloso. Ela apareceu nas manchetes dos jornais parisienses. Os artistas se precipitavam para caricaturá-la, alargando exageradamente seu "traseiro" saliente. Piadas, histórias picantes e vaudevilles sobre a Vênus calipígia e a "monstruosidade" de certas partes de seu corpo estavam na programação dos cabarés e dos teatros dos bairros mais animados de Paris. Era exibida na rua, mas também em salões da alta sociedade.

Réaux acabou alugando um local onde o público podia vê-la das onze da manhã às nove da noite. Sob as ordens da multidão, ela saltitava, dançava; jogavam-lhe doces para incentivá-la a fazer seus truques... E as lágrimas rolavam por suas faces. Quando ela se mostrava muito relutante, um copo de álcool oferecido pelo dono servia para anestesiar a revolta nascente e o frio que a atravessava. Para arredondar sua margem de lucro, ele não hesitava em "monetizá-la" para pervertidos ávidos por sensações fortes. Ao contrário de Londres, poucas pessoas em Paris expressaram compaixão por ela: para os franceses, ela nem sequer representava um ser humano.

Na esperança de aumentar o valor de mercado de sua descoberta, Réaux procurou conferir-lhe um caráter de espécime científico. Sabe-se as tolices propagadas sobre a hipertrofia das partes genitais das mulheres hotentotes. Obcecados por sua mania de classificar o gênero humano em grupos e subgrupos, os cientistas franceses não deixariam escapar uma tão bela oportunidade de reforçar suas falaciosas demonstrações sobre a raça negra.

Réaux emprestou, portanto, sua Vênus ao Museu de História Natural de Paris, onde lecionavam eminentes cientistas. Dois deles se interessaram: o zoólogo e paleontólogo Georges Cuvier, que também era professor de anatomia e político, pois era conselheiro de Estado, e que se tornaria Par da França em 1831, e o naturalista Etienne Geoffroy Saint-Hilaire, apaixonado pelo estudo dos monstros. Eles tinham ouvido relatos sobre esse famoso alongamento dos pequenos lábios das mulheres hotentotes, e queriam absolutamente examiná-la. Era abril de 1815. A presença de dois retratistas tinha sido requisitada para fazer esboços do exame e representar o sujeito sob quatro ângulos.

Obviamente, o que interessava especialmente os cientistas era observar essa suposta "anomalia" genital que tanto excitava a curiosidade. Mas Sarah resistiu. Ela apertou as coxas, cruzou fortemente as mãos sobre sua intimidade; ela gemeu e se debateu tanto que os homens brancos não puderam se aproximar dela. Ela não queria se deixar explorar assim, mesmo sendo-lhe negada a condição de ser humana. Cuvier tentou persuadi-la. Ele lhe ofereceu dinheiro para que ela concorde em deixá-lo ver seu sexo! Ela o empurra com um ar de repulsa. Foi seu jovem rosto assustado que um dos ilustradores presentes à cena desenhou -, e graças a ele temos uma de suas imagens mais realistas, já que Sarah havia inspirado apenas caricaturas aos desenhistas europeus.

Se os homens de ciência não tinham conseguido ver nada daquela vez, era apenas questão de tempo. Na verdade, não importava; eles iriam se vingar dissertando sobre sua natureza "animal" para demonstrar suas pressuposições. Assim, o Barão Cuvier, totalmente insensível ao desespero e à exigência de dignidade daquela mulher, anotou em seu relatório de exame: *"Seus movimentos tinham algo de brusco e caprichoso que lembravam os do macaco. Ela tinha principalmente uma maneira de projetar os lábios, exatamente semelhante à que observamos no macaco orangotango."*

Quanto a Etienne Geoffroy Saint-Hilaire, sem dúvida frustrado por ter sofrido tal rejeição, ele lhe achou *"um focinho ainda mais considerável que o do orangotango vermelho das ilhas do Oceano Índico"*, e comparou *"o volume prodigioso" de suas nádegas às das macacas quando elas estão com distúrbios menstruais!*

Alguns meses depois, Saartje morreu misteriosamente em 29 de dezembro de 1815, aos vinte e cinco anos, na casa insalubre de Réaux, certamente em consequência de maus-tratos, embora ninguém jamais tenha procurado esclarecer as circunstâncias. Ela só tinha sobrevivido cinco anos a esse traumático contato com a Europa. Mas seu calvário ainda não havia terminado. Até um enterro decente lhe seria recusado! Curiosamente, de fato, seu corpo, mal arrefecido, encontrou-se muito rapidamente na mesa de dissecação de Cuvier, no laboratório de anatomia do Jardin des Plantes, onde este se encarniçaria com prazer nessa massa inerte, agora sem resistência.

Um ato claramente clandestino, pois, legalmente, o Museu de História Natural não estava autorizado a realizar esse tipo de intervenção. Além disso, sabendo o quanto o eminente cientista estava interessado no corpo da Vênus hotentote, haveria motivos para nos perguntarmos sobre a origem de sua morte e sobre o mistério que, até recentemente, ainda cercava esse caso. Um caso que poderia até ser qualificado como um enigma, dada a surpreendente relutância do Estado francês em responder favoravelmente às autoridades sul-africanas que, durante quase dez anos, exigiram a devolução dos restos mortais de Saartje.

Cuvier realizou uma ablação dos órgãos genitais da infeliz. Mas, decepção: nenhuma excrescência particular foi observada. Sua vulva e seu ânus foram removidos e colocados em frascos com formol. Esquecidos durante anos numa prateleira, um belo dia desapareceram de forma bastante misteriosa da reserva do Museu para reaparecer, igualmente misteriosamente, em 2002, após uma missão de investigação do Senado francês sobre o inventário de seus restos mortais, antes da restituição ao seu país. Seu cérebro também foi dissecado. Para provar o quê? Que o Negro ocupava o grau mais baixo da escala humana, apenas acima do orangotango, o mais evoluído dos primatas…

Um ano depois, foi diante de seus pares impressionados que Cuvier apresentou à Academia de Ciências de Paris seu famoso relatório sobre a Vênus hotentote, publicado em 1817 nos *Mémoires du Muséum* sob o título "Extratos de observações sobre o cadáver de uma mulher conhecida pelo nome de Vênus Hotentote". Naquela ocasião, ele exibiu os órgãos genitais de Sarah e tirou conclusões totalmente distorcidas por seus preconceitos racistas. Vejamos: *"O negro, como se sabe, tem o focinho saliente e o rosto comprimido pelas laterais; O Calmouque (população da Mongólia, no noroeste da China) tem o focinho achatado e o rosto alargado. Em ambos os casos, os ossos do nariz são menores e mais achatados que os do europeu. Nossa Boshimane [Sarah] tem o focinho ainda mais saliente que o do negro, o rosto mais alargado que o calmouque, e os ossos do nariz mais achatados que os de ambos. A esse respeito, nunca vi uma cabeça humana mais parecida com a dos macacos do que a dela."*

O esqueleto dessa mulher, no entanto, era o de um ser humano. Essa atitude representava, na verdade, uma ilustração perfeita do chamado "racismo científico", que deu origem a descrições e teorias universalmente propagadas pelos ocidentais em uma ótica de condicionamento de suas opiniões públicas, quanto à inferioridade de certas raças humanas. Claramente obcecado por essa anatomia, Cuvier também teve o cuidado de mandar fazer um molde em gesso do corpo inteiro de Sarah. Esse foi exposto por muito tempo no Museu do Homem em Paris, até que feministas francesas denunciaram em 1980 a exploração racista e sexista feita da imagem dessa mulher negra.

Com o fim do apartheid em 1994, intelectuais sul-africanos, apoiados por comunidades descendentes do grupo étnico khoi-khoi, os Griquas, exigiram da França a restituição dos restos mortais de Saartje, para que ela reencontrasse, por meio de um sepultamento decente, o respeito e a dignidade que lhe foram negados por causa de suas origens. De seu ponto de vista, um funeral em sua terra natal, conforme os ritos de sua cultura, permitiria honrar sua memória manchada pela forma indigna como foi tratada durante sua vida e após sua morte.

A história dessa mulher sul-africana destruída pela barbárie europeia se tornou de fato um verdadeiro símbolo para as vítimas do racismo branco. A comemoração de sua tragédia desencadeou um importante movimento de opinião, no qual se envolveu pessoalmente o Presidente Nelson Mandela, herói da luta contra o apartheid.

O silêncio constrangedor do Estado francês durou anos, durante os quais se multiplicaram os artifícios para impedir a restituição ao seu país dos restos mortais da infeliz, classificados como "coleção" do Museu do Homem, sob o argumento de que esse troféu constituía um "elemento inalienável do patrimônio nacional francês"! Mais provavelmente, parecia bastante difícil para a pátria dos Direitos do Homem assumir que um caso tão escabroso pudesse manchar sua imagem, e correr o risco de revelar publicamente a atitude escandalosa de alguns de seus cientistas de renome.

Quase duzentos anos após sua morte, Saartje Baartman, arrancada de sua terra, enjaulada como um animal de zoológico, estuprada pela exibição de sua nudez ao deleite de voyeurs de uma civilização supostamente superior, e depois sordidamente desmembrada após sua morte, com seus órgãos espalhados pela natureza, ainda expiava em uma caixa nas caves do Museu do Homem em Paris, o fato de não ter sido, para os Brancos, mais do que uma simples Negra.

Posteriormente transformada em questão diplomática sob pressões sul-africanas contra a França, a Vênus hotentote, humilhada como mulher e explorada como africana, teve de obter autorização do Parlamento francês, "seu país anfitrião", para retornar à terra de seus ancestrais!

Foi necessária uma lei, adotada em 22 de fevereiro de 2002 pela Assembleia Nacional sob proposta do Senador Nicolas About, para que seus restos mortais, ou pelo menos o que restava deles, fossem finalmente entregues à embaixada da África do Sul em Paris, em maio de 2002. Três meses depois, em 9 de agosto de 2002, em sua região natal de Hankey, no vale de Gamtoos, a leste da cidade do Cabo, o povo sul-africano ofereceu com fervor à sua pequena mártir funerais nacionais que foram transmitidos para o mundo todo.

VIII

MÃES DE HERÓIS

Sogolon Kedjou a corcunda

Mãe do fundador do império de Mali

Rejeitada por sua aparência física, ela deu à África o mais famoso de seus heróis: Sundiata Keita, fundador do império mandinga. Misturada ao sobrenatural, como sempre são as histórias dos griôs, a vida perseguida de Sogolon Kedjou, mãe devotada e corajosa, nos ensina que as mulheres mais humildes também podem dar à luz grandes homens.

No início do século XIII, o Mandinga, também chamado de Mandé, era ainda um pequeno reino governado por um homem famoso por sua beleza excepcional, Nare Famaghan Keita[87], que subiu ao trono por volta de 1218. Um dia, seu adivinho lhe anunciou que encontraria uma mulher corcunda particularmente feia, mas que ele deveria tomá-la como esposa, apesar de sua falta de atrativos. "*Pois,* tinha predito o adivinho, *essa garota será a fonte de onde fluirá a água que saciará a sede dos filhos do Mandinga. Ela vem até você para cumprir uma grande missão. Acolha-a e case-se com ela sem hesitar, pois ela será a mãe daquele que tornará o nome de seu reino imortal para sempre.*"

---

87 Também nomeado por outras fontes, Naré Maghan ou Maghan Kon Fatta.

Algum tempo depois, enquanto o soberano conversava com alguns súditos e seus conselheiros sob uma grande sumaúma que dominava seu palácio de barro, dois caçadores apareceram na curva de uma trilha. Eles saudaram o rei e se apresentaram. Com eles estava uma mulher, com o rosto dissimulado por um pano escuro. Caminhando com dificuldade, ela se mantinha um pouco afastada, com a cabeça baixa. Quando ela se aproximou, o rei foi surpreendido por seus olhos esbugalhados e pela monstruosa corcunda que lhe arqueava singularmente as costas. Diante de tamanha desgraça, ele desviou o olhar, mas as palavras de seu adivinho lhe voltaram à mente.

Ela se chamava Sogolon Kedjou. Os visitantes então contaram ao rei uma história estranha. Queriam oferecer-lhe aquela jovem para cumprir uma promessa feita a uma misteriosa anciã que haviam encontrado no distante país de Dô (atual região de Ségou), onde tinham ido caçar um búfalo selvagem que assolava a região. O animal parecia invencível. Nenhuma flecha conseguia alcançá-lo, nenhuma emboscada tinha permitido capturá-lo. A tal ponto que o rei de Dô teve de prometer uma forte recompensa a quem matasse o búfalo assassino, que já havia derrotado cento e sete valentes caçadores, ferido outros setenta e sete, deixado muitas aldeias de luto, e saqueado as melhores colheitas da planície de Ourantamba.

Durante dias, os dois caçadores, e com eles a coorte de aventureiros atraídos para a região pela tentação da recompensa, vasculharam o matagal nos seus menores recantos, em um irritante jogo de esconde-esconde com o terrível animal. Finalmente, cansados do fracasso, os dois jovens se haviam separado do grupo para voltar em direção à cidade. No caminho, encontraram uma velha sentada à beira de uma trilha, cheia de lamentações em seus pobres trapos. Ela estava faminta e nenhum viajante queria prestar atenção nela. Comovidos, ofereceram-lhe uma parte de sua ração de carne defumada, da qual ela se deleitou com avidez antes de agradecê-los calorosamente. Então, ela lhes disse: *"Posso ajudá-los a vencer o búfalo, mas com uma condição. Além de um grande saco de ouro, o vencedor será premiado com a mão daquela que escolher entre as mais belas meninas de Dô. Quando a multidão estiver reunida na praça central, olhem bem ao seu redor. Lá vocês procurarão a garota mais feia que puderem encontrar e a levarão até um grande rei."*

Intrigados, os dois amigos haviam aceitado a proposta sem hesitar e, seguindo escrupulosamente as instruções da velha, haviam voltado imediatamente para Ourantamba. Ao se aproximarem do local, tinham encontrado um caos indescritível. Os famosos grupos de voluntários estavam fugindo aos gritos das vociferações ameaçadoras do animal, que se preparava para atacar. Sem se intimidar, o mais jovem dos caçadores havia armado seu arco e, depois de ter realizado alguns gestos secretos revelados pela mulher, tinha atingido o animal com uma flecha em plena artéria carótida. Então, após ter-lhe cortado o rabo, ele se havia precipitado com seu companheiro em direção à cidade para se apresentar ao rei, após ter ordenado aos demais caçadores, eufóricos com a vitória, que transportassem o corpo do animal.

Esperados por uma multidão em delírio, os jovens estrangeiros foram acolhidos como heróis ao som vibrante dos tambores. Em seguida, risos explodiram de todos os lados quando, no momento de escolher a prometida, deixando de lado as beldades decepcionadas que esperavam com sorrisos, apontaram ao rei, sob as zombarias dos espectadores que gargalhavam, a corcundinha atônita que tentava abrir caminho para ver o cadáver mutilado do búfalo exposto no centro da praça. Seriam loucos por preferirem uma mulher tão feia às deusas enfeitadas de joias do país de Dô? Uma corcunda, uma "mulher búfalo"! O apelido pegou...

Depois de ter ouvido o relato dos caçadores, Nare Famaghan não pôde recusar o presente. E, apesar de sua relutância e de seu profundo desgosto, resolveu tomar Sogolon como sua esposa, enfrentando a raiva da sua esposa, uma senhora orgulhosa e caprichosa, e o espanto de seu povo, desconcertado pela estranheza de tal escolha. No entanto, não fossem sua corcunda e seus olhos tão profundamente afundados nas órbitas, ela teria parecido uma jovem bastante agradável, com seu corpo musculoso, seu peito firme e a expressão de grande bondade que emanava dela. Mas dela só se queria ver o físico ingrato.

Na primeira quarta-feira do mês seguinte, em um alvoroço de músicas, de cantos e de tambores, Niani foi oficialmente informada desse surpreendente casamento, que apesar de tudo foi celebrado com pompa. Distribuíram-se alimentos por uma semana à população, assim como belos tecidos e punhados de pepitas de ouro. Na noite de núpcias, porém, Nare Famaghan se deparou com uma recusa obstinada de sua jovem esposa. Impossível forçar sua vontade. Além disso, algo dentro dele o paralisava, impedia-o de insistir. Na manhã seguinte, as velhas tias do rei, que tinham corrido cedo para buscar o pano da virgindade que deveria ter recolhido as primeiras gotas de sangue da defloração, foram discretamente dispensadas.

Isso durou uma semana. Aquele homem poderoso e sedutor a quem nada resistia, especialmente as mulheres, teve de se resignar à paciência. E, no sétimo dia, o milagre se realizou. Sogolon não resistiu. Ela foi fecundada naquela noite. Durante sua gravidez, aquela que secretamente chamavam de "mulher búfalo", foi alvo de todas as atenções do rei. As roupas mais elegantes e as joias mais suntuosas eram para ela, a ponto de Sassouma Bérété, a primeira esposa, sentir grande desgosto. Temendo que seu próprio filho fosse relegado da sucessão ao trono, ela secretamente convocou temidos feiticeiros para que preparassem algo capaz de neutralizar sua rival. Mas todos eles se admitiram incapazes de enfrentar Sogolon, que parecia se beneficiar de uma proteção oculta superior à deles.

Então, numa noite de violento tornado, Sogolon deu à luz um menino cujo nome, Mari Djata, que mais tarde se tornaria Soundiata[88], notícia que foi espalhada pelos griôs e pelo boca a boca por todo o Mandinga. Bois foram sacrificados e o rei recebeu oferendas de todo o povo e dos reinos vizinhos.

Três anos mais tarde, Sogolon começou a se preocupar seriamente. Seu filho, que ainda era carregado nas costas, ainda não usava suas pernas e se arrastava a quatro patas, enquanto as crianças da mesma idade faziam traquinagens por todos os lugares ao seu redor. Angustiada, ela utilizou todos seus talentos de feiticeira para insuflar força no pequeno inválido, mas as ervas mais raras e os gris-gris (amuletos) mais elaborados não surtiram efeito. A primeira a alegrar-se foi sua coesposa, Sassouma Bérété. Seu filho, Dankanran Touma, um vigoroso adolescente de cerca de quinze anos, já havia passado por sua iniciação nas profundezas da floresta, e agora se dedicava a adquirir as qualidades necessárias para o exercício do poder.

88 Également orthographié Soundjata ou Sondjata, contraction de Sogolon Djata.

Sogolon Kedjou teve outras duas filhas que, infelizmente para elas, não herdaram em nada o charme do pai. Decepcionado por ter engendrado um filho deficiente, Nare Famaghan se afastou da esposa e proibiu-lhe sua casa. Tomou então uma terceira esposa, que lhe deu outro filho, mas não era aquele anunciado pelos adivinhos como o futuro leão do Mandinga. Cheio de amargura, nunca deixava de questionar seu marabu: "*Como poderia essa criança aleijada se tornar um dia o herói prometido?*" E este lhe respondia: "*O Todo-Poderoso tem seus mistérios. As grandes árvores crescem lentamente, mas fincam raízes profundas na terra.*"

O rei morreu prematuramente sem poder ver a profecia se cumprir. Imediatamente, a primeira esposa fez com que seu filho fosse entronizado às pressas, embora Sundiata tivesse sido claramente designado por seu pai para sucedê-lo. É verdade que ela usou argumentos imparáveis para fazer o Conselho do Reino se curvar: "*Já se viram reis zarolhos, reis manetas, reis coxos, mas reis com pernas aleijadas, disso nunca se tinha ouvido falar! Não se podia entregar o trono a alguém com pernas impotentes e que além disso não falava! Se os gênios o amavam tanto, teriam começado por dar-lhe o uso das pernas!*"

Após a posse de Dankanran Touma, formou-se um Conselho de Regência, do qual a rainha-mãe se atribuiu os poderes até que seu filho tivesse idade suficiente para reinar. Assim começou para Sogolon e seus filhos uma vida terrível de perseguições. Confinada no quintal do palácio, em uma velha cabana que tinha servido de depósito para rainha, ela teve de enfrentar novamente os escárnios dos curiosos. Enquanto o rei era vivo sua feiúra tinha sido tolerada, agora com Sassouma Bérété à frente, nenhuma mesquinharia foi poupada à mulher-búfalo e a seu principezinho que, aos dez anos, ainda se movia de quatro. A cerca que protegia sua pequena parcela foi derrubada para deixá-los à mercê da crueldade dos passantes. Traumatizado, o menininho reagia às zombarias da multidão com grunhidos incompreensíveis.

Sogolon Kedjou se armou de dignidade diante da hostilidade ao redor. Marginalizada de toda a vida social, escolheu ignorar as provocações a que eram submetidos, e concentrou-se na educação de seus filhos. Ela mantinha um jardinzinho que lhes permitia subsistir. Um dia, porém, faltou-lhe condimentos para preparar a comida, e arriscou-se a pedir às criadas da rainha que a ajudassem com algumas folhas de baobá. Sassouma Bérété a ouviu e enxergou aí nova ocasião de provocá-la. Exclamou diante de todos: *"Tome, pobre mulher, pegue uma cabaça cheia. É meu filho quem colhe minhas folhas de baobá. Não se pode dizer o mesmo de tua tartaruguinha rastejante!"*

Era mais do que ela podia suportar. Sogolon, transtornada, fugiu chorando para sua cabana. A visão de Sundiata estirado em frente à cozinha, remexendo nas cabaças em busca de um pouco de comida, aumentou seu desespero. Ela pegou um galho de árvore que estava caído no chão e, em um acesso de raiva, começou a bater no menino: *"Filho do infortúnio, será que um dia andarás?!", ela gritou chorando. Por tua causa, acabei de sofrer a maior afronta da minha vida! O que eu fiz para merecer tamanho castigo?*

Surpreso, o aleijadinho fitou a mãe com um olhar triste. Então, pela primeira vez, palavras saíram de sua boca, lentamente, com dificuldade, praticamente incompreensíveis no início, até se imporem com clareza: *"Tu sofreste muito por minha causa"*, articulou ele com esforço. *Mas consola-te. Hoje, eu andarei. Que me tragam uma sólida bengala de ferro, a bengala mais pesada que os ferreiros de meu pai puderem fabricar."* O fiel griô do falecido rei havia vindo visitá-los naquele dia. Ao ouvir Sundiata, ele ordenou a seus criados que corressem até o mestre das forjas para fazer o pedido.

Novamente, o menino se dirigiu a Sogolon: *"Mãe, tu só queres as folhas do baobá ou preferes que eu lhe traga a árvore inteira?* Ela, ainda abalada pela emoção, respondeu em tom exasperado: *"Quero o baobá, e com todas suas raízes, diante da minha porta!"*

Duas horas mais tarde, seis aprendizes de ferreiro, curvados pelo esforço, vieram colocar uma pesada barra de ferro aos pés de Sundiata. Então elevou-se aos ares, um cântico poderoso de exortação. Era o griô de seu pai: *"Levanta-te, jovem leão. Ruge!! E que a savana saiba que agora ele tem um mestre."* Atraídas por esse barulho incomum no meio da tarde, as pessoas saíram de suas casas para ver o que estava acontecendo. Em um instante, a notícia correu pela aldeia e uma multidão intrigada começou a se aglomerar ao redor da cabana de Sogolon.

Apoiando-se em seus joelhos, o menino agarrou a pesada bengala sustentada pelos carregadores e, com mão firme, posicionou-o verticalmente diante de seu corpo. Um estranho silêncio pairava no ar, envolvendo o público em uma espécie de expectativa imóvel. Sundiata fechou os olhos, as pálpebras contraídas por uma intensa concentração. Depois ele se agarrou à barra de ferro e tentou várias vezes mover as pernas inertes. Ele estava pingando de suor e, apesar do sofrimento que se lia em seu rosto, erguia-se a cada vez que suas pernas escorregavam. Sua mãe o observava com amor e confiança, como se quisesse insuflar-lhe uma última centelha de energia.

Mais uma vez ele tentou controlar suas pernas. Apoiando-se na bengala com toda a força, ele tensionou os músculos de seus braços e, de repente, os joelhos deixaram o chão, como se impulsionados por um empurrão irresistível. Sogolon não tirava os olhos dele, hipnotizada pelo tremor brusco que agitava os membros de seu filho. Aqueles que, incrédulos, tinham vindo desfrutar de um espetáculo julgado ridículo, ficaram tomados de espanto. Estavam ali, boquiabertos, incapazes de dizer uma só palavra. O príncipe, de pé sobre as próprias pernas, olhava fixamente para a sua mãe. E, conta a tradição oral, no esforço, a pesada cana de ferro tinha se torcido e havia tomado a forma de um arco!

Com passos incertos, Sundiata se moveu como um autômato até a beira da clareira que margeava o palácio, seguido por uma boa centena de espectadores atônitos. Sem esforço aparente, como se movido por uma vontade maior que sua força física, arrancou um jovem baobá, colocou-o nos ombros, e veio deixá-lo diante da cabana de sua mãe, dizendo solenemente: *"De agora em diante tu não precisarás de ninguém mais. É em frente à tua cabana que todas as mulheres de Niani virão abastecer-se de folhas de baobá!"*

Pesquisadores e tradicionalistas modernos tentaram, naturalmente, elucidar esse desfecho extraordinário, um verdadeiro milagre que imediatamente foi açambarcado pela lenda. Foi assim proposta uma hipótese interessante, segundo a qual o jovem príncipe poderia ter sido afetado por uma forma atenuada de poliomielite na sua primeira infância. Enfraquecido pela extrema pobreza e falta de cuidados, ele teria tido dificuldade em usar as pernas. Mas ao crescer e ganhar força, talvez tivesse praticado inconscientemente uma espécie de auto reabilitação, que lhe havia permitido recuperar gradualmente certa mobilidade, que acabou por se manifestar repentinamente após o choque psicológico causado pela visão de sua mãe perturbada por ter sido tão humilhada.

De qualquer forma, o episódio provocou uma reviravolta na situação. O príncipe aleijado se tornou um verdadeiro herói aos olhos da opinião pública, e a história de sua façanha se espalhou por todo o país. A coragem de Sogolon – mãe exemplar que jamais havia perdido a fé no filho– foi celebrada por toda parte, e ela passou de repente a ser tratada com respeito.

Quanto ao Sundiata, agora adorado depois de ter sido zombado e desprezado, sua parcela nunca ficava vazia. Cercado por um grupo de rapazes de sua idade, era agora ele quem liderava os jogos e as caçadas. Todas as mães incentivavam os filhos a conviver com o pequeno milagroso, agora reconhecido como o futuro herói anunciado pela profecia. Outros reis aliados enviaram seus jovens príncipes à corte de Niani para que fizessem seu aprendizado ao lado de Sundiata que, guiado pelo griô de seu pai e educado para o mundo por sua mãe, estava se moldando como um verdadeiro líder.

A popularidade do jovem prodígio não deixou de fazer sombra ao mais velho, o usurpador do trono, cuja personalidade parecia, no fim das contas, bem apagada em comparação com a de Sundiata. E isso, a rainha-mãe, cuja maldade e estúpida presunção já não convenciam ninguém diante da crescente simpatia por sua rival, não podia aceitar. Ela mandou então buscar as nove piores feiticeiras que se podia encontrar no país, e prometeu-lhes uma grande recompensa se conseguissem encontrar um veneno suficientemente eficaz para eliminar o intruso.

Sogolon, por sua vez, conhecia bem a duplicidade da rainha-mãe. Ela não ignorava que esta tentaria prejudicar seu filho, por medo de que ele viesse a reivindicar sua herança. Como mãe cautelosa, decidiu então fugir clandestinamente do reino com seus filhos. *"Mas,* disse ela a Sundiata, *"um dia tu voltarás ao Mandinga, pois é lá que teu destino se cumprirá."*

Durante a longa fuga rumo ao norte, Sogolon demonstrou uma perseverança admirável. Nem a idade nem o cansaço abalaram sua firme vontade de colocar os seus a salvo. Assim que eles chegavam a algum lugar, já precisavam pensar em partir de novo após uma breve parada, pois nenhum soberano querialhes conceder asilo, temendo desagradar as autoridades oficiais do Mandinga. No máximo, ofereciam alguns dias de hospitalidade, um cavalo novo ou provisões para o trajeto.

Eles também se beneficiaram da ajuda e compaixão de muitos comerciantes, cujas caravanas puderam seguir em certos trechos. Finalmente, depois de uma longa e penosa viagem que durou sete anos, foram acolhidos na região de Ségou pelo rei Soninké de Nema, Moussa Tounkara. Este, não tendo tido filhos, afeiçoou-se à jovem Sundiata que lhe parecia particularmente corajoso e, comovido por sua história, decidiu tomar a família sob sua proteção.

Desfrutando enfim de uma vida tranquila nessa terra de asilo, Sogolon, enfraquecida pelo peso das misérias sofridas e por sua corcunda que lhe causava dores, teve a felicidade de ver seu filho se tornar um brilhante guerreiro e conselheiro respeitado do rei de Nema. Ele impunha respeito por sua autoridade natural e, como estrategista habilidoso, vencia todas suas campanhas militares.

Mas logo se soube que o Mandinga havia caído sob o domínio de um novo conquistador, Soumaoro Kanté[89], rei de Sosso, conhecido por sua grande crueldade, e por estar supostamente protegido por poderosos feiticeiros que o tornavam invencível. Seu objetivo era se apoderar das preciosas minas de ouro do Mandinga para desestabilizar esse reino, posto que alguns de seus chefes perseguiam as populações animistas para entregá-las aos traficantes muçulmanos árabes-berberes da África do Norte, que controlavam o comércio escravagista no deserto do Saara.

Opondo-se ao tráfico muçulmano de escravos, Soumaoro Kanté foi o único dirigente da região a se rebelar contra a caça aos animistas. Ele subjugou um a um todos os territórios situados a seu redor, provocando a dispersão do povo de Niani pelas províncias vizinhas. Até mesmo o rei Dankaran Touman, meio-irmão de Sundiata que ocupava o trono, havia fugido. Foi então que o Conselho dos Anciãos, refugiado na clandestinidade, decidiu, em nome dos diferentes chefes de clãs do reino, enviar emissários em busca de Sundiata cuja fama já os havia alcançado, para que este viesse libertar o berço de seus ancestrais.

---

89 Também referido como Soumangourou Kanté em outras fontes documentais.

A delegação chegou uma noite a Nema e foi imediatamente levada até o filho de Sogolon, a quem transmitiu o apelo do povo Mandinga. Depois de ouvir os emissários e convidá-los a descansar, este dirigiu-se então ao quarto da mãe para informá-la, como sempre fazia em situações graves.

O estado de Sogolon havia piorado. Ela estava acamada havia alguns dias, e foi tremendo sob seus panos que ela o ouviu sem dizer uma palavra. Profundamente comovido ao ver sua mãe moribunda, Sundiata se virou para o leste e exclamou, de braços abertos: "*Deus Todo-Poderoso, é hora de agir agora. Se eu devo ter êxito na reconquista do Mandinga, permita que minha mãe morra aqui em paz, e que eu possa enterrá-la antes de partir. Mas se eu, por outro lado, tiver que fracassar em minha tentativa contra o intrépido rei de Sosso, faça com que eu encontre minha mãe ainda viva, amanhã ao acordar.*

"*Meu filho,* respondeu ternamente Sogolon com uma voz febril, "é assim que falam os homens de boa linhagem! *Aproxima-te. Vou te confiar três fórmulas secretas que te permitirão saber imediatamente se tua missão está destinada ao sucesso e se Deus um dia te devolverá o trono do teu pai. Vai recitar essas fórmulas sagradas diante da árvore de karitê seco que está no meu quintal. Quando tu tiveres pronunciado a primeira palavra, a árvore reverdecerá. Na segunda fórmula, ela florescerá, e na terceira, três frutos maduros cairão de seus galhos. Se tudo isso acontecer, pega esses frutos e come-os. Em todas as terras onde cresce o karité, Deus estabelecerá tua autoridade.*"

Depois de ter enunciado com dificuldade as três fórmulas, Sogolon apertou os antebraços do filho com toda a força que lhe restava, e desejou-lhe boa noite. Sundiata, com o coração apertado pela tristeza, deixou imediatamente a cabana e dirigiu-se ao karité seco que havia no quintal de sua mãe. Ali ele recitou as fórmulas. Imediatamente, conta a lenda, surgiram as folhas da árvore, seguidas das flores e depois dos frutos. Três nozes maduras caíram no chão. Sundiata pegou-as, mastigou-as e foi se deitar. No dia seguinte, antes da alvorada embranquecer o céu, Sogolon Kedjou, a mulher-búfalo, a corcunda, havia deixado este mundo. Seu papel estava cumprido. O de seu filho, Soundiata Keita, podia começar.

Graças às alianças estabelecidas com chefias vizinhas, ele levantou um impressionante exército e conseguiu derrotar o rei de Sosso em 1235, durante a épica batalha de Kirina, cujo local fica a cerca de quarenta quilômetros de Bamako, a atual capital da República de Mali. Mas só conseguiu este feito graças a um ardil de sua meia-irmã e filha de Sassouma Bérété, a princesa Nana Triban Soukho, que tinha sido dada em casamento, contra sua vontade, ao chefe inimigo. Na verdade, o fraco rei do Mandinga, Dankaran Touman, não hesitou em sacrificar sua jovem irmã, pensando erroneamente que essa união levaria Soumaoro Kanté a desistir de conquistar o Mandinga. Ao saber do retorno de Sundiata ao país, a jovem mulher usou de sua sedução para arrancar do marido o segredo de sua invencibilidade. E ela descobriu que apenas uma flecha encimada por uma espora de galo branco poderia tirar sua vida. Então, aproveitando a ausência do marido imprudente, fugiu a cavalo para entregar essa preciosa informação ao irmão. Ele a ouviu.

No dia da batalha, assim que avistou a alta silhueta do rei de Sosso empoleirado em seu cavalo preto, no meio de seus guerreiros, Sundiata Keita tendeu seu arco e disparou uma misteriosa flecha que, sem se desviar, atingiu seu alvo. Soumaoro Kanté desapareceu misteriosamente do campo de batalha. Alguns tradicionalistas argumentam que o rei ferreiro, ferido, foi conduzido por seu corcel até uma caverna situada na montanha de Koulikoro. E foi aí que ele evaporou. Quando Sundiata e seu guarda chegaram à gruta, encontraram apenas o cavalo negro.

Depois de ter sitiado por alguns meses o reino de Sosso, o príncipe do Mandinga anexou as terras do vencido, e federou todas as províncias que haviam lutado pelo Mandé. O que lhe permitiu adicionar doze reinos e chefias às fronteiras do pequeno reino herdado de seu pai. Foi assim que ele unificou sob sua autoridade uma vasta área de savana, do Senegal até o Níger. Proclamado rei dos reis do mais poderoso império da África Ocidental, o filho da mulher-búfalo passaria a viver então um destino excepcional, celebrado ainda hoje pelos griôs malinkés. Ele assegurou a paz e a prosperidade em seu país até sua morte em 1255.

Nandi

Mãe de Chaka, o fundador do império zulu na África do Sul

Outra mulher, outro destino. Mãe de um grande conquistador sul-africano do século XIX, Chaka, o fundador da nação zulu, apelidado por alguns autores de Napoleão Negro, ela tentou protegê-lo de uma infância difícil, mas acabou sendo vítima do homem impiedoso que ele tinha se tornado.

Essa região da África Austral, que abrangia as atuais Zululândia e Natal, era dominada pelas tribos ngouni, espalhadas em um conjunto de pequenos Estados, chefias e clãs autônomos liderados por um chefe supremo chamado Jobé. Estabelecidas em uma vasta paisagem de prados espalhados entre montanhas, florestas e vales bem irrigados, essas populações de agricultores e de criadores complementavam seus recursos com o comércio de peles, de tabaco e de objetos artesanais esculpidos.

O clã dos Abatêtwé, que se orgulhava de possuir os melhores escultores de madeira da região, era liderado por Senzangakona, um dos vassalos de Jobé. O problema desse homem maduro era que nenhuma de suas quatro esposas havia conseguido lhe dar um herdeiro do sexo masculino. Incapaz de aceitar esse destino, ele continuava desejando ardentemente um filho. Então ele decidiu tentar a sorte de novo e encontrar uma nova mulher, na esperança de que esta, pelo menos, lhe trouxesse o filho tão desejado.

Para isso, mandou organizar uma grande festa à qual foram convidadas jovens de todas as províncias sob seu domínio. E foi então que notou Nandi, filha de pastores, originária da aldeia de Quoubé, situada do outro lado do vale. Ela era a mais graciosa das dançarinas de *matchocho*, um tipo de ritual de sedução muito apreciado pelos jovens. Essa roda de rapazes executando impressionantes figuras acrobáticas representava uma das melhores atrações das festas de aldeias. No centro do círculo, as jovens incentivavam com suas canções os dançarinos mais ágeis, marcando o ritmo com palmas. Entre suas companheiras, Nandi, cheia de entusiasmo, animava com sua voz melodiosa a roda frenética dos jovens.

Com seu corpo bem delineado por formas harmoniosas, a pele acobreada dourada pelo sol, e seu rosto desabrochando por uma alegria natural, ela bem que merecia seu nome de Nandi, que significava "Deliciosa". Senzangakona a escolheu como parceira de dança. Nandi logo percebeu que o chefe a desejava e, completamente impressionada com esse interesse, não desdenhou os elogios que não cessava de lhe dirigir. A festa terminou muito tarde da noite, de modo que os dançarinos e músicos das aldeias vizinhas foram hospedados no local, aguardando o amanhecer para retomar o caminho de volta.

Por sua vez, Senzangakona, profundamente perturbado pelo encontro com a jovem, não conseguiu pegar no sono. Ele ardia de vontade de revê-la. Antes mesmo do nascer do sol, ele se vestiu, pegou sua lança e foi se esconder atrás de um bosque de árvores para vigiar a passagem dos últimos festeiros a caminho de suas respectivas aldeias. Logo apareceu a coluna de jovens na qual estava Nandi, conversando alegremente com suas companheiras. Quando ela chegou perto dele, teve um sobressalto de surpresa ao vê-lo. Discretamente, ele lhe fez sinal para se aproximar e, atraindo-a para trás da cortina de árvores, tentou insistentemente convencê-la a ceder ao seu desejo.

Nandi o rechaçou. A lei e a moral de sua sociedade eram muito rigorosas nesse ponto, e, se acontecesse que uma garota fosse encontrada grávida antes do casamento, ela era condenada à morte juntamente com todos aqueles que partilhavam a mesma cabana com ela, automaticamente suspeitos de cumplicidade.

O amor, porém, não obedece nem à lei nem à moralidade. Bastante lisonjeada pela atração que exercia no chefe, Nandi aceitou voltar a vê-lo às escondidas e, após uma corte assídua, Senzangakona venceu a resistência da jovem pastora que, tranquilizada por uma promessa de casamento, se deixou seduzir. Algumas semanas depois, ela entendeu que sua lua a havia traído: ela estava esperando um filho. Imediatamente, ela informou Senzangakona que, apressadamente, iniciou os preparativos para o casamento. Para apoiar seu pedido, ele enviou aos pais de Nandi um dote de cinquenta cabeças de gado e diversos utensílios esculpidos. Ele queria se casar com ela rapidamente, antes que a gravidez se tornasse aparente.

Mas a tradição tinha de ser respeitada e somente depois de cumpridas todas as formalidades exigidas para validar o casamento, que Nandi foi autorizada a se mudar para a casa conjugal. Quando se aproximou o momento do parto, a jovem voltou para a casa dos pais, como mandava o costume, para dar à luz seu filho.

Naquele dia, um mensageiro entrou correndo no pátio de Senzangakona. *"O herdeiro nasceu! O herdeiro finalmente chegou!"* gritou ele para todos, acordando a vizinhança com suas barulhentas demonstrações de alegria. Senzangakona se levantou em sobressalto e foi até a soleira de sua cabana. Ele afastou a cortina de cipós e saiu para a luz do dia. *"Levem a boa nova a Jobé nosso soberano,* ordenou a seus guardas. *Anunciem que nasceu um pastor para seu rebanho. Ele será meu herdeiro. Ele será o unificador de todas as tribos deste país. Seu destino será grandioso. É por isso que lhe dou o nome de Chaka."* Era o ano de 1785.

Nandi, a mãe do herdeiro, tornou-se uma mulher realizada. Senzangakona instalou-a em uma espaçosa habitação, colocou várias criadas à sua disposição, ofereceu-lhe um rebanho de bois e cabras, e elevou-a à posição de princesa. Dedicava-lhe também muito tempo, para grande fúria de suas outras esposas, que nunca perdiam a oportunidade de lembrar a Nandi sua origem humilde.

Quanto à criança, era um menino forte que nunca chorava, mesmo quando se machucava. Quando nasceram os primeiros dentes, seguindo a tradição, sua mãe o levou até uma renomada feiticeira que conhecia as virtudes das plantas e das medicinas sagradas contra os maus espíritos. A bruxa pegou a bile da serpente amarela, essa serpente assustadora por meio da qual os espíritos enviam sinais aos vivos, e misturou-a com uma bebida misteriosa que ela deu para a criança engolir, enquanto lhe predisse um futuro extraordinário.

A felicidade de Nandi durou pouco. Depois dela, de fato, duas outras esposas de Senzangakona, pertencentes a linhagens nobres, deram à luz meninos. Vendo que a mãe de Chaka continuava sendo a favorita, as coesposas se uniram contra ela e exigiram que Senzangakona deserdasse Chaka em favor de um dos filhos de sangue nobre. O chefe permaneceu surdo às suas exigências. Chaka era seu primeiro filho.

Suas rivais logo recorreram a todos tipos de truques e sortilégios para afastar Senzangakona de Nandi, mas em vão. Foi então que elas o ameaçaram de denunciá-lo a Jobé por ter se casado com uma mulher grávida, apesar da proibição costumeira... De fato, elas haviam descoberto, por uma indiscrição, o segredo do nascimento de Chaka; um segredo ainda zelosamente guardado na aldeia de sua mãe, onde o menino havia sido oficialmente apresentado como prematuro.

Por medo do escândalo e do castigo, Senzangakona acabou cedendo à coalizão de suas esposas. Se Jobé descobrisse que, como chefe, ele havia desviado um de seus súditos do caminho certo, além da desonra à qual estaria condenado, a sentença poderia ser terrível. Embora parecesse amá-la acima de tudo e adorar seu filho, ele repudiou Nandi e a mandou de volta à sua aldeia, recusando-se até mesmo a assegurar a subsistência da criança. O caso provocou a indignação dos Abatêtwé, chocados com o comportamento de Nandi, "engravidada como uma cadela", e lançou o opróbrio em sua família. Tendo a sua mãe se tornado alvo de ódio, o jovem Chaka também não foi poupado, e em seu entorno algumas vozes se levantaram para exigir a morte do "filho do pecado".

Exilada no meio dos seus, Nandi tentou desesperadamente poupar o filho das humilhações que a sociedade ngouni reservava para aqueles que considerava bastardos. Rejeitado e desprezado por sua tribo, o menino se fechou em si mesmo. Nessa dura escola da vida, ele aprendeu a fortalecer seu corpo, a cultivar sua vontade e a endurecer sua alma. Com o passar dos anos, as perseguições ainda não pararam. Por fim, Nandi decidiu procurar refúgio junto ao sucessor de Jobé, o rei Dinguiswayo, que reinava ao norte do atual Natal. Ele concordou em colocá-los sob sua proteção.

De temperamento mais brando, o novo rei se afeiçoou a esse adolescente solitário e retraído, dotado de uma força física prodigiosa e cuja coragem nunca faltava. Ele fez dele seu braço direito e Nandi recuperou as honras devidas à mãe de um chefe. A pobre mulher, porém, não conseguiu apagar do coração do filho as feridas profundas cavadas por uma infância difícil e anos de afrontas. Revoltado com a atitude do pai, condenado ao exílio, Chaka havia se tornado um homem de guerra particularmente cruel, inacessível à piedade.

Com a morte de Senzangakona, ele lançou um ataque contra sua antiga aldeia para recuperar a herança que lhe era devida, massacrou a maioria de seus meio-irmãos, bem como todos os atores de sua desgraça para, disse ele, "lavar a afronta feita a Nandi". Ele se tornou o novo líder de seu clã, mas essa primeira vingança não lhe abriu caminho para o apaziguamento.

Quando Chaka se casou com a bela e terna Noliwé, irmã mais nova do rei Dinguiswayo, sua mãe passou a acreditar que essa união suavizaria o temperamento violento de seu filho. Uma afetuosa cumplicidade a unia a Noliwé, a quem ela amava como se fosse sua própria filha. Por isso, ela sentiu uma grande felicidade quando a princesa lhe anunciou a feliz notícia: uma criança estava a caminho.

A expansão holandesa-britânica pela África do Sul havia desmantelado, no início do século XIX, a maioria das comunidades africanas, espoliadas de suas terras. Rechaçados à força de mosquetes pelos colonos, os sitiados, recuando ao longo dos anos, empurraram outras comunidades obrigadas, por sua vez, a se deslocar para áreas já ocupadas. Isto à custa de confrontos por vezes sangrentos entre diferentes grupos, forçados a se aglomerar em espaços reduzidos com populações cada vez mais numerosas. Essa pressão pela busca de novas terras habitáveis, e a necessidade de reorganizar as economias e os meios de subsistência, deram origem a vastos movimentos de dispersão batizados pela palavra zulu "Mfecane".

Impondo uma lógica de guerra às populações obrigadas a defender ferozmente suas efêmeras localizações, esses êxodos forçados e esses choques bélicos abalaram profundamente os equilíbrios demográficos e geopolíticos anteriores. Os modos de vida e as organizações políticas que não tinham conseguido se adaptar às rupturas impostas por esse contexto crítico, foram absorvidos por entidades mais poderosas dirigidas por chefes de um tipo novo, prontos a defender seu território com unhas e dentes.

Chaka foi um desses homens. Estrategista habilidoso, ele também se revelaria um temível edificador de império. Em 1818, Dinguiswayo, seu protetor, foi morto durante uma de suas inúmeras batalhas de conquista travadas contra o chefe Zwidé, seu principal inimigo. Voando em seu socorro, Chaka, chegando tarde demais, encontrou a cabeça de seu benfeitor empalada em uma estaca em praça pública. Depois de derrotar as forças de Zwidé, que morreu pouco depois, o exército de Dinguiswayo o designou como chefe supremo. Ele tinha cerca de trinta anos e, a partir daí, nada mais poderia impedir sua ascensão.

Diante do colapso das populações repelidas pela invasão dos bôeres, Chaka decidiu reunir sob seu cetro todas as tribos ngouni, a fim de formar uma nação suficientemente forte para resistir à invasão europeia que agora reivindicava sua legitimidade nesse país. Começou por renomear seu povo, para substituir o nome Ngouni, considerado demasiado apagado, por Zulu. Uma palavra que, para ele, "ressoava como um tambor de guerra e trovejava como o estrondo de uma tempestade." Ele também formou um poderoso exército de 100.000 soldados, alistando adolescentes em escolas militares conhecidas por sua disciplina marcial.

Organizou suas tropas em um verdadeiro exército profissional, onde os regimentos, cada um com seu uniforme e seus sinais distintivos, correspondiam a diferentes faixas etárias, com os veteranos formando a retaguarda. Ele também levantou contingentes de mulheres encarregadas da cozinha e do transporte dos alimentos. A alimentação das tropas era composta quase exclusivamente de carne, para manter a força dos homens. Abandonou a longa lança de arremesso por azagaias mais curtas, com lâmina alargada, mais temível no combate corpo a corpo.

Chaka se mostrava impiedoso com seus guerreiros que, nas aldeias atacadas, não deviam deixar vivos nem mulheres, nem crianças, nem idosos. Cada azagaia devia atingir seu alvo, e aqueles que voltavam da guerra sem sua arma eram imediatamente executados, pois isso significava que haviam fugido ou lançado a arma ao acaso. Da mesma forma, diz-se que ele mandava queimar com ferro quente os olhos dos comandantes do exército que retornavam sem despojos de guerra, ou que haviam subestimado a resistência do campo inimigo.

Os homens também seguiam um treinamento particularmente intensivo para testar sua bravura, mas também sua eficácia. Eles deviam demonstrar domínio absoluto sobre seus corpos e seus impulsos sexuais. Os jovens só podiam se casar quando todo o grupo conquistava uma vitória em combate. Para testar seus recrutas e manter vivo o espírito guerreiro, Chaka mandou instalar perto dos campos militares, haréns de garotas, compreendendo até 5.000 adolescentes selecionadas dentre as cativas de guerra.

Mas ninguém deveria se arriscar a se aproximar delas! Qualquer contato carnal com essas garotas era estritamente proibido, e a menor transgressão podia levar ao massacre, por indisciplina, do regimento inteiro a qual pertenciam os infratores. Os guerreiros deviam esperar até o fim do serviço militar para obter permissão de escolher uma esposa, e alguns soldados chegavam aos quarenta anos antes de poderem se casar.

Visto como um verdadeiro semideus por seu povo, Chaka era, ao mesmo tempo, temido por sua extrema crueldade. Como um vagalhão, as guerras de conquista do exército zulu espalharam fogo e sangue em todo o oeste e sul da África Austral. Um ciclo de violências que se acompanhavam, para as populações atingidas, da destruição de suas colheitas e de seu gado, seguida de graves períodos de fome. O que permitiu à revolução zulu dar à luz a um império sólido onde foram incorporados os outros clãs e chefias ngouni.

Sua tirania, porém, não conhecia limites. Para obedecer ao seu adivinho, uma alma maldita que lhe tinha predito um destino mais glorioso se aceitasse sacrificar sua esposa, Chaka não hesitou em esfaquear sua jovem esposa, a doce princesa Noliwé, grávida de seu primeiro filho. Foi nesse momento que Nandi entendeu que nada mais poderia deter a loucura assassina de seu filho, cujas atrocidades sangrentas lhe eram relatadas diariamente.

Chaka agora havia se tornado incontrolável. Ninguém mais tinha influência sobre ele. Nem mesmo a mãe, cujos conselhos e repreensões ele já não escutava. Por sua vez, Nandi dizia a si mesma que só a maldade dos homens havia transformado seu filho naquele ser sedento de sangue. Ela acreditava que uma criança poderia salvar a alma atormentada de Chaka; um herdeiro que perpetuaria o poderoso império que ele tinha edificado.

Mas o rei dos Zulus já não ouvia mais a razão dos homens. Assim que uma mulher que ele havia possuído ficava grávida, ele mandava matá-la. E se por acaso ele descobria a existência até mesmo do menor bebezinho gerado por ele, não demonstrava a menor piedade pelo inocente, apesar das súplicas da mãe.

Mais tarde, explicou-se que, apesar de seu físico impressionante, Chaka era na verdade profundamente complexado porque seu pênis era pequeno, o que, na infância e na adolescência, lhe havia rendido todo tipo de zombarias por parte dos meninos de sua idade. Machucado pelo que considerava uma deficiência, acreditava-se incapaz de procriar. Daí sua tendência a mandar executar aquelas de suas esposas que não tinham conseguido se proteger da gravidez, convencido de que haviam cometido adultério.

Um dia, Nandi decidiu esconder, em uma aldeia distante da capital, uma das jovens mulheres de Chaka que, apavorada, tinha vindo contar-lhe que havia sido fecundada por seu filho. Mas quando o bebê veio ao mundo, Nandi não resistiu ao desejo de vê-lo. Ela corria um grande risco ali, mas não aguentando mais, ela mandou trazê-lo até ela em total segredo.

Chaka, pouco impressionado pelo súbito desaparecimento dessa esposa fugitiva, notou, no entanto, o interesse de sua mãe por aquela criança desconhecida, que ela criava havia quase dois anos. Intrigado, pediu-lhe explicações. Perturbada, ela respondeu um pouco rapidamente que o menino era filho de uma vizinha com quem ela era muito próxima, e que não havia mal nenhum em cuidar dele.

Chaka não disse nada, mas, desconfiado, voltou um pouco mais tarde ao pátio de sua mãe. Ele se aproximou do bebê que dormia em uma pequena esteira à sombra de um arbusto. Ele observou a criança por um breve momento e, com uma lança, perfurou sua garganta ao som dos gritos desesperados das criadas. Cometido o crime, ele deu meia-volta e partiu. Ao cair da noite, o imperador dos Zulus reapareceu na casa de sua mãe. A cidade estava mergulhada nas trevas e, ao redor, não havia vivalma. Sozinha em seu quarto que uma tocha mal iluminava, Nandi, com os olhos inchados de lágrimas, invocava os espíritos. *"Por que tu insistes tanto em querer me dar um herdeiro?"*, urrou Chaka. *"Eu não tenho o que fazer com uma criança!" Nenhuma mulher deve contrariar minha vontade, mesmo sendo minha mãe!"*

Nandi não respondeu. Fixava os movimentos da chama trêmula que parecia minguar aos poucos sob o sopro do ódio. Chaka se aproximou dela, ameaçador. O silêncio de sua mãe fez decuplicar sua raiva. Com um soco violento, ele a jogou no chão, insultando-a furiosamente. Reprimindo os gemidos que a dor lhe arrancava, Nandi não se queixou. Ela se levantou lentamente, mas sua calma só atiçou ainda mais a ira de Chaka, tomado por uma fervura incontrolável de fúria. Com toda a força ele espancou o pobre corpo encolhido a socos e pontapés. Quando enfim parou, sua mãe não era mais do que um amontoado de carnes ensanguentadas. Então, embriagado de sangue, ele cravou o punhal em seu seio. Na queda, a chama se apagou. Assim pereceu Nandi. Era agosto de 1827. Triste destino para uma mãe de herói.

No dia seguinte, o povo soube, consternado, da morte da mãe do rei, mas ninguém ousou se informar abertamente sobre as circunstâncias desse súbito desaparecimento. Aqueles que, das cabanas vizinhas, tinham ouvido a cena julgaram mais prudente desaparecer do cenário por um tempo. Nandi era querida porque transbordava de generosidade com todos que se aproximavam dela, sem dúvida também na tentativa de fazer com que esquecessem as atrocidades que seu filho cometia.

Enquanto a praça da aldeia estava lotada de gente comentando a notícia, Chaka apareceu de repente. Ele olhou para a multidão inquisitiva, depois se jogou no chão e rolou na poeira, jogando areia sobre o corpo e lamentando em altos brados a morte de sua mãe. Depois de algum tempo, recobrando os sentidos, mandou proclamar que todos aqueles cujas lágrimas não fossem visíveis seriam imediatamente sacrificados, pois olhos secos seriam sinal de indiferença. As pessoas não precisaram ouvir duas vezes e, durante dias e dias, milhares de pessoas começaram a derramar tabaco ou poeira nos olhos antes de saírem em público, para escapar dos jatos mortíferos das azagaias.

Ao longo de todos os caminhos que levavam à sua capital, os guardas de Chaka faziam rondas, com a missão de vigiar os transeuntes para ver quem andava com despreocupação ou quem não chorava. Isso deu origem, dizem, a impressionantes massacres em uma terrível atmosfera de gritos e de lamentos. Como se isso não bastasse, Chaka também mandou procurar as antigas amigas de Nandi, bem como suas famílias, e todos foram sacrificados para, proclamou ele, afastar a maldição que a morte de sua mãe poderia trazer sobre seu povo.

Ele finalmente enviou espiões por toda a cidade para anotar os nomes daqueles que não pareciam compartilhar sua "dor", aproveitando para incluir no massacre pessoas das quais queria se livrar: regimentos rebeldes que começavam a ficar indignados com sua violência gratuita, supostos opositores, notáveis que haviam demorado a apresentar suas condolências, e até simples anônimos que haviam cometido o erro de cruzar seu caminho no momento errado. Essas múltiplas matanças ocorreram no vale de Oundo'nga-louka-Tatyana, de triste memória, e que, segundo a tradição, foi o terrível ossário de uma pilha de milhares de cadáveres.

Esse ato de crueldade insuportável manchou para sempre a imagem do déspota junto ao seu povo traumatizado. Então começou o declínio de Chaka. Alguns de seus tenentes, cansados de suas guerras e violências, se separaram e foram se refugiar no norte do atual Transvaal, junto com os clãs Ngonis (descendentes dos antigos Ngounis) que, eles também, não suportavam mais a ditadura de seu chefe. Outros tomaram o caminho do êxodo com vários grupos de populações, sob a liderança do valoroso Mzilikazi. Eles atravessaram o Drakensberg, cruzaram o rio Limpopo e acabaram se estabelecendo na região aurífera de Bulawayo (no atual Zimbabwe).

Quanto a Chaka, cada vez mais isolado e entregue à sua loucura, morreu em circunstâncias bastantes misteriosas em setembro de 1828. Na verdade, foi assassinado por dois de seus meio-irmãos, Dingaan e Mhlangana, que haviam escapado do massacre perpetrado por Chaka após a morte de seu pai. Mas será que o contexto caótico da época poderia ter gerado algo diferente de um herói tão controverso?

BIBLIOGRAFIA

Anna Zingha, Rainha de Angola

ABRANTES Laure Junot, Duchesse d', "Zingha, reine de Matamba et d'Angola" in *Les femmes célèbres de tous les pays*. T. 1. Paris, 1834.

CASTILHON Jean Louis, *Zingha, reine d'Angola*. Lacombe, Paris, 1769.

Histoire générale de l'Afrique. Vol. 5. Unesco, Paris, 1998.

KAKÉ Ibrahima Baba, *Anne Zingha, reine d'Angola*. ABC, Paris, 1975.

LABAT Jean-Baptiste R. P., *Relation historique de l'Éthiopie occidentale* de P. Cavazzi. Traduction de l'italien. Vol. IV. Éd Charles Jean-Baptiste Delespine, Paris, 1732.

LEYDEN Dr et MURRAY Hugh, *Histoire complète des voyages et découvertes en Afrique depuis les siècles les plus reculés jusqu'à nos jours*. Vol. 3. Arthus Bertrand, Paris, 1821.

Njinga, Reine d'Angola. La Relation d'Antonio Cavazzi de Montecuccolo (1687). Traduction de Xavier de Castro et Alix du Cheyron d'Abzac - Éditions Chandeigne, Paris, 2010.

PACAVIRA Manuel Pedro, *Nzinga Mbandi*. União dos escritores angolanos, Luanda, 1985.

RANDLES William G. L., *L'ancien royaume de Kongo, des origines au XIXe siècle*. Mouton, Paris, 1968.

THORNTON John, *Cavazzi Missione evangelica*. Boston University College, 2008. http://www.bu.edu/afam/faculty/john-thornton/cavazzi-missioneevangelica-2/

O sacrifício heroico da Rainha Pokou na Costa do Marfim

ABRANTES Laure Junot, Duchesse d', *Les femmes célèbres de tous les pays*. Paris, 1834.

DELAFOSSE Maurice, *Essai de manuel de la langue agni.* Librairie africaine et coloniale, Paris, 1901.

DERVAIN Eugène, *Pokou la conquérante.* Inédit. Abidjan, 1969.

DESANTI Dominique, *Histoire mondiale de la femme.* T. 3. Nouvelle Librairie de France, Paris, 1967.

GUILHEN Marcel et YAPI Michel, *Récits historiques de la Côte d'Ivoire.* Ligel, Paris, 1968.

LOUCOU Jean-Noel, *L'exode des Baulé.* Recueil de traditions orales, inédit, Université d'Abidjan, 1975.

PESCHEUX Gérard, *Le royame Asante.* Editions Karthala, Paris, 2003

QUENUM Maximilien, *Trois légendes africaines.* Ed Thoyou-Thèze, Rochefort, 1946.

Tassin Hangbe, rainha efêmera do Daomé

COISSY Anatole, *Un règne de femme dans l'ancien royaume d'Abomey.* Études dahoméennes, T. II. IFAN - Paris, 1949.

CORNEVIN Robert, *Histoire du Dahomey.* Berger-Levrault, Paris, 1962.

FOA Edouard, *Le Dahomey.* Éd. Hennuyer, Paris, 1895.

LE HERISSE Auguste, *L'ancien royaume du Dahomey.* Larose, Paris, 1911.

Ndete Yalla, rainha do Walo no Senegal

Annales sénégalaises 1854-1885 (anonyme), Maisonneuve, Paris, 1885.

BA Oumar, *La pénétration française au Cayor.* T.1, inédit, Dakar, 1976.

BARRY Boubacar, *Le royaume du Walo.* Maspéro, Paris, 1972.

BOILAT Abbé P. David, *Esquisses sénégalaises.* P. Bertrand, Paris, 1853.

COHEN William, *Empereurs sans sceptres.* Berger-Levrault, Paris, 1973.

FAIDHERBE Louis Léon, *Le Sénégal : la France dans l'Afrique occidentale. Paris, 1889.* Collection numérique de la Bibliothèque nationale de France (BNF).

GENTIL Pierre, *Les troupes du Sénégal de 1816 à 1890.* T. 1. NEA, Dakar, 1978.

Les techniciens de la colonisation XIXe-XXe siècles. Ouvrage collectif dirigé par Charles-André Julien, PUF, Paris, 1947.

MONTEIL Vincent et WADE Amadou, *Chroniques du Walo.* IFAN, Dakar, 1966.

Ranavalona III, última soberana de Madagascar

BARRIER Marie-France, *Ranavalo, dernière reine de Madagascar.* Balland, Paris, 1998.

BOYER Danika, *Sa majesté Ranavalo III, ma reine.* Éd. Fasquelle, Paris, 1946.

ESOAVELOMANDROSO Manassé, "Madagascar, 1880-1939" in *Histoire générale de l'Afrique,* T. VII, Unesco, Paris 1987.

GRANDIDIER Guillaume, *Madagascar. Histoire politique et coloniale. T. II. Histoire des Mérinas.* Tananarive, 1956.

KI-ZERBO Joseph, *Histoire de l'Afrique noire.* Hatier, Paris, 1972.

L'Illustration, "Portrait de Ranavalona", Paris, 12 octobre 1895.

Le petit Journal, "Ranavalo à Paris". Juin 1901.

Nefertiti, rainha do Egito

ALDRED Cyril, *Akhenaton le pharaon mystique.* Tallandier, Paris, 1970.

GORE Rick, "Le pharaon illuminé" in *National Geographic* N° 19, Paris, avril 2001.

RACHET Guy, *Néfertiti.* Éd. du Rocher, Paris, 1999.

Na corte da rainha Kassa no império do Mali

AL OMARI Ibn Fadl, *L'Afrique moins l'Égypte.* Trad. Gaudefroy Demonbynes. Librairie orientaliste Paul Geuthner, Paris, 1927.

BATTUTA Ibn, *Voyage dans le Soudan*. Vincent Monteil. Éd. Anthropos, Paris, 1968.

KHALDOUN Mohammad Ibn, *Histoire des Berbères*. Trad. Baron de Slane. Paul Geuthner, Paris, 1982.

MAUNY Raymond, *Les siècles* obscurs de l'Afrique noire. Fayard, Paris, 1970.

Malan Alua, a Messalina Negra do reino Sanvi na Costa do Marfim

BRETIGNERE Amédée, *Aux temps héroïques de la Côte d'Ivoire*. Éd. Pierre Roger, Paris, 1931.

CLOZEL François-Joseph, *Dix ans à la Côte d'Ivoire*. Éd. Augustin Challamel, Paris, 1906.

DESANTI Dominique, *Histoire mondiale de la femme*. T. 3. Nelle Histoire de France, Paris, 1967.

DIABATE D. Henriette, *La reine du Sanvi*. Inédit, Université d'Abidjan, 1976.

Histoire et coutumes de la Côte d'Ivoire, Cercle d'Assinie. T. 2, Imprimerie nationale d'Abidjan.

MONNIER Marcel, *France noire. Côte d'Ivoire et Soudan*. Plon, Paris, 1894.

MOUEZY R.P Henri, *Assinie et le royaume de Krinjabo*. Larose, Paris, 1942.

REICHENBACH J.C, *Le royaume d'Assinie*. Bulletin de la société de géographie, T. XI, 1890.

Madame Tinubu, mulher de negócios e política da Nigéria do século XIX

AJAYI J.F. Ade et CROWDER Michael, *History of West Africa*. Vol. 2. Longman, London, 1971.

DUNGLAS Edouard, "Contribution à l'histoire du Moyen Dahomey" in Études dahoméennes, IFAN, Dakar, 1957.

MBOKOLO Elikia, *Afrique noire, Histoire et civilisations*. T. 2. HatierAUPELF, Paris, 1992.

ERCIER Paul, *Civilisation du Bénin*. Société continentale d'édition moderne, Paris, 1962.

Nigerian Broadcasting Corporation, *Eminent Nigerians of the nineteenth century*. Cambridge University Press, 1960.

WILLIAMS Eric, *Capitalisme et esclavage*. Présence africaine, Paris, 1968.

YEMITAN Oladipo, *Madame Tinubu; Merchant and king maker*. Ibadan University Press, 1987.

Kahena, rainha de Aurès

CORNEVIN Robert, *Histoire de l'Afrique*. T. 1. Payot, Paris, 1976.

DELAFOSSE Maurice, *Essai de manuel de la langue agni*. Éd. J. André, Paris, 1900.

NEBOT Didier, *La Kahéna, reine d'Ifrikia*. Anne Carrière, Paris, 1998.

Une Jeanne d'Arc africaine. Anonyme, J. André Éd., Paris, 1891.

O sacrifício das mulheres de Nder no Senegal

AZAN Henri, *Notice sur le Walo*. Revue maritime et coloniale, volume 9, Paris, 1863.

REYANE, "Les femmes de Nder" in *Awa* N°1, Dakar, janvier 1964.

ROUSSEAU Robert, "Le Sénégal d'autrefois : étude sur le Oualo" in *Cahiers de Yoro Dyâo*. Bulletin du Comité historique et scientifique de l'AOF N° 1, 1929.

Solitude a mulata, mártir da escravidão em Guadalupe

ADELAIDE-MERLANDE Jacques, *Delgrès. La Guadeloupe en 1802*. Karthala, Paris, 1986.

ANDUSE Roland, *Ignace le premier rebelle*. Ed. Jasor, Pointe-à-Pitre, 1989.

DEBIEN Gabriel, *Les esclaves aux Antilles Françaises, XVIIe-XVIIIe siècles*. Société d'Histoire de la Guadeloupe, Basse-Terre, et Société d'Histoire de la Martinique, Fort de France - 1974.

LACOUR Auguste, *Histoire de la Guadeloupe*. T. 3, p 311. Basse-Terre, 1858. Version numérisée : http://books.google.fr/books?id=e817AAAAMAAJ&printsec=frontcover#v=onepage&q&f=false

SAINT-RUF Germain, L'épopée Delgrès. La Guadeloupe sous la Révolution française. L'Harmattan, Paris, 2002.

SCHWARZ-BART André, *La mulâtresse Solitude*. Seuil, Paris, 1972.

Harriet Tubman, a Moisés do povo negro americano

BRADFORD H. Sarah, *Scenes in the Life of Harriet Tubman*. W.J. Moses, Auburn, 1869.

-*Harriet, The Moses of her people*. Lockwood and son, New York, 1886. Reedição: Dover Publication, 2004.

CARTER Velma & Levero, *The Black Canadians; Their history and contributions*. Reidmore Books, Edmonton, 1989.

CLIFFORD Larson Kate, *Bound for The Promised Land: Harriet Tubman, Portrait of An American Hero*. Ballantine/One World, New York, 2004.

CLINTON Catherine, *Harriet Tubman: The Road to Freedom*. Back Bay Books, 2005.

FABRE Michel, *Esclaves et planteurs*. Julliard, Paris, 1970.

PETRY Ann, *Harriet Tubman: Conductor of the Underground Railroad*. Amistad, New York, 1995.

SERNETT Milton C., *Harriet Tubman: Myth, Memory, and History*. Duke University Press Books, 2007.

Sarraounia Mangou, uma heroína do Níger diante das atrocidades da conquista colonial

CHANAIWA David: *Initiatives et résistances africaines en Afrique méridionale* – Histoire générale de l'Afrique – Vol 7 – PP217-244 – Unesco/NEA – Paris -1987.

La colonne infernale de Voulet Chanoine, LDH Toulon/ le Monde – 2004 http://www.ldh-toulon.net/spip.php?page=imprimer&id_article=399

Lougou et Saraouniya, MOULIN Nicole, NAMAÏWA Boubé, ROY MarieFrançoise, ZAMO Bori, Association Tarbiyya Tatali, Collection Arewa, Niamey, 2007.

MOREL Jacques, *Calendrier des crimes de la France d'Outre-mer,* L'esprit-Frappeur, Paris, 2001.

VIGNE D'OCTON Paul, *La gloire du sabre,* Quintette, Paris, 1984 (1ère édition 1900).

Yaa Asantewa, a mãe da última grande resistência anticolonial dos Ashanti de Gana

ARHIN Brempong, *The role of Nana Yaa Asantewa in the 1900 Asante War of Resistance,* Department of African Studies, Kwame Nkrumah University of Science and Technology, Kumasi, Ghana, 2000. https://people.ucalgary.ca/~taarn/LeGriot/article4.pdf

BOAHEN Albert Adu, *Yaa Asantewaa and the Asante-British War of 1900-1,* James Currey Publishers, Oxford 2003 &Sub-Saharan publishers, Accra.

Histoire générale de l'Afrique, *L'Afrique sous domination coloniale,* Vol 7- UNESCO, Paris, 1987.

Mc CASKIE T. C. *The Life and Afterlife of Yaa Asantewaa,* Cambridge Journal, Africa, Volume 77 / Issue 02 / May 2007, pp 151-179.

Kimpa Vita, também chamada Dona Beatriz, a Joana d'Arc do reino do Kongo

BALANDIER Georges, *La vie quotidienne au royaume de Congo du XVIe au XVIIIe siècle.* Hachette, Paris, 1965.

CORNEVIN Robert, *Histoire de l'Afrique.* T. 2. Payot, Paris, 1976.

CUVELIER Jean, *Relation sur le Congo du Père Laurent de Lucques, 1700-1717.* Institut royal colonial belge, Bruxelles, 1953.

JADIN Louis, "Aperçu de l'histoire du royaume de Congo, 1482-1718" in *Bulletin de la faculté de Lettres de Strasbourg,* Mars 1964.

- "Le Congo et la secte des Antonins. Relation de Bernardo di Gallo" in *Bulletin de l'Institut historique belge de Rome*. Tome XXXIII, P 525, Bruxelles, 1961.

MBOKOLO Elikia, *Afrique noire, Histoire et civilisations*. T. 2. HatierAUPELF, Paris, 1992.

RANDLES William G. L., *L'ancien royaume de Kongo, des origines au XIXe siècle*. Mouton, Paris, 1968.

SINDA Martial, *Le messianisme congolais*. Payot, Paris, 1972.

Nongquause, funesta profetisa dos Xhosa da África do Sul

COQUERY-VIDROVITCH Catherine, *Les messianismes en Afrique australe*. Inédit. Paris, 1977.

PEIRES Jeff, *The dead will arise. Nongqawuse and the great Xhosa cattle killing of 1856*. Jonathan Ball Publishers, Johannesburg, 2003.

ROUX Edward, *Time longer than Rope*. University Press of Wisconsin, Madison, 1964.

Nehanda, a profetisa resistente do Zimbabwe

Histoire générale de l'Afrique. Vol. 7. *L'Afrique sous domination coloniale*. UNESCO, Paris, 1987.

MOLISA Wa Nyakale, *Mbuya Nehanda*. https://molisa.wordpress.com/2010/04/01/my-bones-shall-rise-again/

PEIL Margaret, OYENEYE Olatunji Y., *Consensus, Conflict, and Change: A Sociological Introduction to African societies*. East African Educational Publishers, Nairobi, 1998.

RANGER Terence O. *Revolt in Southern Rhodesia*, 1896-7: A Study in African Resistance. Heinemann, 1984.

Alice Lenshina, fundadora da igreja lumpa na Zâmbia

BINSBERGEN Wim Van, *Religious changes in Zambia*, Routledge, New York, 2009

CORNEVIN Robert, *Histoire de l'Afrique*. T. 3, Payot, Paris, 1977.

DAVIDSON Basil, *Les Africains*. Seuil, Paris, 1971.

DECRAENE Philippe, *Alice Lenshina, prophétesse du dialogue*. Bingo N° 141, Paris, 1964.

GORDON David, *Rebellion or massacre? The UNIP-Lumpa conflict revisited,* in "One Zambia, many histories". Afrika-Studiecentrum Series, Volume: 12 - Brill, 2008.

HINFELAAR Hugo, *Women's Revolt: the Lumpa Church of Lenshina Mulenga in the 1950s*. Journal of Religion in Africa – Vol 21, Issue 2, 1991.

Histoire générale de l'Afrique. T. 8. UNESCO, Paris, 1998.

HUDSON John, *A time to mourn: a personal account of the 1964 Lumpa Church revolt in Zambia,* Bookworld Publishers, Lusaka, Zambia 1999.

MBOKOLO Elikia, *Afrique noire, Histoire et civilisations*. T. 2. Hatier /AUPELF, Paris, 1992.

As Amazonas do Daomé

AGUESSY Cyrille et AKINDELE Adolphe, *Le Dahomey*. Éditions Maritimes et Coloniales, Paris, 1955.

AJAYI J.F. Ade et CROWDER Michael, *History of West Africa*. Vol. 1. Longman, London, 1971.

ALPERN B. Stanley, *Amazons of Black Sparta. The women warriors of Dahomey.* New York University Press, 1998.

AMEGBOH Joseph, Béhanzin, roi d'*Abomey*. ABC, Paris, 1975

BURTON Richard Francis, *A mission to Glele, king of Dahome*. T. 1. Tinsley Brother, London, 1864.

CHAUDOUIN Edouard, *Trois mois de captivité au Dahomey*. Hachette, Paris, 1891.

CORNEVIN Robert, *Histoire du Dahomey*. Berger Levrault, Paris, 1962

Les mémoires de l'Afrique des origines à nos jours. R. Laffont, Paris 1972.

Les divers épisodes de la lutte contre le royaume d'Abomey (1887-1894). In : Revue française d'histoire d'outre-mer, tome 47, n°167, deuxième trimestre 1960. pp. 161-212. https://www.persee.fr/doc/outre_0300-9513_1960_num_47_167_1319

D'ALMEIDA-TOPOR Hélène, *Les Amazones - Une armée de femmes dans l'Afrique précoloniale*. Rochevignes, Paris, 1984.

DALZEL Archibald, *The history of Dahomey*. London,1793.

DJIVO Adrien, *Guezo. La rénovation du Dahomey, XIXe siècle*. ABC, Paris, 1977.

DUNGLAS Edouard, *"Contribution à l'histoire du Moyen Dahomey"* in Études dahoméennes N° 19, 20, 21 - IFAN, Dakar, 1957.

FOA Edouard, *Le Dahomey*. Hennuyer, Paris, 1895.

"Voyage au Dahomey par le Docteur Répin, ex-chirurgien de la marine impériale", Le Tour du monde, N° VII, Paris, 1856.

HERSKOVITS Melville Jean, *Dahomey, an ancien West African kingdom*. JJ Augustin, New York, 1938.

PIERRE-LOUIS Jessica, *Béhanzin, roi du Dahomey: 12 ans d'exil forcé à la Martinique.* https://tanlistwa.com/2019/12/10/behanzin-roi-du-dahomey-12-ans-dexilforce-a-la-martinique-1/

Yennega, a Amazona de Burkina Faso

CHERON Georges, *"Contribution à l'histoire du Mossi"* in Bulletin du Comité d'études historiques et scientifiques de l'AOF. Oct-dec. 1924, pp 635-691.

DELAFOSSE Maurice, *Haut-Sénégal–Niger*. T. 1. Larose, Paris, 1912.

DELOBSON Dim, *L'empire du Morho Naba. Coutumes des Mossis de la Haute-Volta.* Domat-Montchrestien, Paris, 1932.

FAGE John Donnely, *"Early history of the Mossi-Dagomba group of States"* in The Historian in tropical Africa. Oxford University Press, London, 1964.

KI ZERBO Joseph, *Histoire de l'Afrique noire*. Hatier, Paris, 1972.

PROST R.P. André, *"Note sur l'origine des Mossis"* in Bulletin de l'Institut Français d'Afrique Noire. T. 15, série B N° 3, Dakar, 1953.

SKINNER Elliot, *Les Mossi de la Haute Volta*. Nouveaux Horizons, Paris,1972.

TAUXIER Louis, *Le Noir du Yatenga*. Larose, Paris 1917

TIENDREBEOGO Yamba, *Histoire et coutumes royales des Mossis de Ouagadougou*. Presses Africaines, Ouagadougou, 1964

UNESCO / Présence Africaine, *Histoire générale de l'Afrique*. Vol IV. Paris, 1991.

Salou Casais, princesa de Gao no império do Mali

BERAUD-VILLARS Jean, *L'empire de Gao, un État soudanais aux XVe et XVIe siècles*. Plon, Paris, 1942.

CARDOT Véra, *Belles pages de l'histoire africaine*. Présence Africaine, Paris, 1961.

FREY Philippe, *Le chevalier Songhaï*. R. Laffont, Paris, 2000.

HAMA Boubou et BOULNOIS Jean, *Empire de Gao, histoire, coutumes et magie des Sonraï*. Paris, 1954.

KAKE Ibrahima Baba, *Salou Casais : une idylle franco-songhay au XVe siècle*. ABC, Paris,1975.

LAFAILLE Germain de, *Annales de la ville de Toulouse*. Ed. Colomiez et Posuël, Toulouse, 1687.

LA RONCIERE Charles de, "La découverte de l'Afrique au Moyen Âge", in *Mémoire de la Société royale de géographie d'Égypte*. Paris, 1924.

Saartjee Baartman, chamada de Vênus hotentote

BADOU Gérard, *L'énigme de la vénus hottentote*. JC Lattès, Paris, 2000

BAKER John, "The Hottentot Venus", in *Race*. Oxford University Press, 1974.

BLAINVILLE Henri de, "Sur une femme de la race hottentote", in *Bulletin des Sciences pour la Société philomathique de Paris*, 1816.

GEOFFROY SAINT-HILAIRE Étienne et CUVIER Frédéric, "Femme de race Boschimane", in *Histoire Naturelle des Mammifères*. Paris, 1824.

Comptes-rendus des sessions du Sénat sur la proposition de loi autorisant la restitution par la France de la dépouille mortelle de Saartjie Baartman dite "Vénus Hottentote" à l'Afrique du Sud, présentée par le sénateur Nicolas About. Paris, décembre 2001 – janvier 2002.

MASEKO Zola, *On l'appelait la Vénus hottentote.* Documentaire sudafricain, 1998.

Rapport de la Commission culturelle de l'Assemblée nationale sur le projet de loi autorisant la restitution par la France de la dépouille mortelle de Saartjie Baartman. Paris, février 2002.

Sogolon Kedjou a corcunda, mãe do fundador do império do Mali

CLAIR Andrée, *Le fabuleux empire du Mali.* Présence Africaine, Paris, 1959.

CORNEVIN Robert, *Les Mémoires de l'Afrique.* R. Laffont, Paris, 1972.

Fondation SCOA, *Dossier sur l'empire du Mali.* Recueil de traditions orales. Inédit, Paris 1974.

NIANE Djibril Tamsir, *Soundiata ou l'épopée mandingue.* Présence Africaine, Paris, 1961.

VIDAL Charles, "La légende officielle de Soundiata Keita" in *Bulletin du Comité de l'AOF*, Paris, 1924.

Nandi, mãe de Chaka, fundador do império zulu na África do Sul

BALANDIER Georges, "Chaka" in *Le Monde noir*, numéro spécial Présence Africaine, Paris, 1950.

GOLLOCK Georgina Anne, *Fils et filles d'Afrique.* Société des missions évangéliques de Paris, 1946.

KAKE Ibrahima Baba, *Chaka, fondateur de la nation zouloue.* ABC, Paris, 1976.

KI-ZERBO Joseph, *Histoire de l'Afrique noire.* Hatier, Paris, 1972.

MBOKOLO Elikia, *Afrique noire, Histoire et civilisations.* T. 2. HatierAUPELF, Paris, 1992.

MOFOLO Thomas, *Chaka, une épopée bantoue.* Gallimard, Paris, 1940.

CRÉDITO FOTOGRÁFICO

Anne Zingha

No alto: © Biblioteca de Artes Decorativas, Paris, col. Maciat. *Em baixo*: © Biblioteca nacional da França, Paris, *in* Labat, *Relation historique de l'Éthiopie occidentale*, T. 4. 1732.

Estátua: © Ministério da Cultura da Republica de Angola.

Ndete Yalla

© Biblioteca nacional da França, Paris, *in Esquisses sénégalaises*, Abbé David Boilat, 1853.

Ranavalona III

© BNF, Paris, *in L'Illustration*, outubro de 1895.

A Mulata Solitude - © D.R.

Harriet Tubman - © D. R.

Yaa Asantewaa

Exil aux Seychelles : D.R : *Histoire générale de l'Afrique* – Vol 7 – UNESCO.

Estátua: © Nysymb Lascony

Foto de sua detenção: Arquivos britânicos - Domínio público.

Kimpa Vita conhecida como Dona Beatrice

© Biblioteca nacional da França, Paris, *in Bulletin de l'Institut historique belge de Rome*, 1961. Fascículo 33.

Nehanda, Domínio público. *Wikipedia Commons.*

ALICE LENSHINA

© Bingo/ Biblioteca nacional da França, Paris, outubro 1964.

NONGQAUSE

https://en.wikipedia.org/wiki/Nongqawuse. Domínio público.

As Amazonas do Daomé (imagens domínio público)

Esquadrão de Amazonas, *Journal des voyages* N° 701, dezembro de 1890.

Ataque a uma canhoneira francesa, *Le Petit Journal,* 20 de agosto de 1892.

Batalha contra a colonização francesa, 1892, Wikipédia.

Mulheres generais do exército das Amazonas, © UNESCO, Programa Memória do Mundo.

Cartaz para zoológicos humanos, Gallica, Biblioteca nacional (BNF).

6 :Exibição de Amazonas, *Le Petit Journal* N°14, fevereiro de 1891.

Saartjee Baartman, chamada de *Vênus Hotentote*- Wikipedia

Sylvia Serbin – 4ª capa - © Bettina Serbin.

Esta obra foi composta em Arno Pro Light 13 para a Editora Malê
e impressa em Pólen Bold 90 na gráfica JVM, no Rio de Janeiro,
em agosto de 2025.